Was die Wahrsagerin der vierzehnjährigen Rose, Tochter eines verarmten Plantagenbesitzers auf Martinique, für die Zukunft voraussagt, ist umwerfend, aber zugleich auch völlig unglaubwürdig, wenn nicht sogar lachhaft. Rose soll die Frau eines Kaisers werden. Dabei ist sie doch völlig mittellos, ohne vornehme Erziehung und durch einen Ozean von der glanzvollen Welt der Kaiser und Könige getrennt.

Doch tatsächlich erzählt die Historie die Geschichte von Rose, die durch die Vermittlung ihrer Tante Désirée in eine reiche aristokratische Familie in Paris einheiratet. Nach einer unglücklichen Ehe mit Alexandre de Beauharnais bleibt Rose als Witwe mit zwei Kindern in den Wirren der Französischen Revolution zurück. Getrieben von dem Wunsch zu überleben, flüchtet sie sich in die Obhut des korrupten Barras, dem mächtigsten Mann Frankreichs. Und es ist seine Idee, daß Rose sich mit dem merkwürdigen kleinen Korsen anfreundet, dem Mann, der Rose zu Joséphine und zur Frau von Napoléon Bonaparte werden läßt.

Die Autorin entwirft in ihrem Roman nicht nur ein fesselndes Panorama dieser Epoche, sondern sie zeichnet einfühlsam und zugleich kraftvoll das außergewöhnliche Schicksal einer faszinierenden und eigenwillig starken Frau nach.

Sandra Gulland wuchs im kalifornischen Berkeley auf, wo sie auch studierte. 1970 ging sie nach Kanada und arbeitete als Lehrerin und Lektorin. Mit ihrer Romantrilogie um Joséphine, für die sie jahrelang intensive Quellenstudien betrieb, hat sich Sandra Gulland ihren Platz unter den großen Autorinnen historischer Romane gesichert. Die Autorin ist verheiratet und hat zwei erwachsene Töchter.

Im Fischer Taschenbuch Verlag liegen auch der zweite und dritte Teil der Trilogie vor, ›Joséphine und Napoléon‹ (Bd. 15168) sowie ›Kaiserin Joséphine‹ (Bd. 15298).

Unsere Adresse im Internet: www.fischer-tb.de

Sandra Gulland

Joséphine

Roman

Aus dem Amerikanischen
von Sigrid Gent

Fischer Taschenbuch Verlag

Limitierte Sonderausgabe
Veröffentlicht im Fischer Taschenbuch Verlag,
einem Unternehmen der S. Fischer Verlags GmbH,
Frankfurt am Main, April 2003

Die amerikanische Originalausgabe erschien 1995
unter dem Titel ›The Many Lives & Secret Sorrows of Josephine B.‹
im Verlag HarperCollins Publishers, Inc., Toronto

Lizenzausgabe mit Genehmigung des
Wolfgang Krüger Verlags, Frankfurt am Main

Gesamtherstellung: Clausen & Bosse, Leck
Printed in Germany
ISBN 3-596-50613-1

Für Richard, der keine Ruhe ließ

... die Geister unserer Zukunft
sind unberechenbar
und nicht zu beeinflussen.

Wendy Rose,
aus »The Fifties«

1
Mademoiselle

Mir wird eine außergewöhnliche Zukunft vorausgesagt

23. Juni 1777 – Trois-Ilets, Martinique

Heute bin ich vierzehn geworden und immer noch nicht verheiratet. Ohne Mitgift, welche Hoffnung besteht da schon? Mutter sagt, der Wind packt die Hoffnung und schleudert sie hoch in den Himmel, so wie der große Wind unser Haus gepackt und hochgeschleudert und an seiner Stelle nichts als Schulden hinterlassen hat.

Oh, welch düstere Stimmung hat mich ergriffen. Sollte einem die Feier des eigenen Geburtstages nicht Vergnügen bereiten? Nach dem Essen, nach dem Verzehr von zu vielen Beignets mit Guavegelee, verabschiedete ich mich und kletterte zu meinem Platz im Kapokbaum hinauf. Im Schatten der Blätter war es kühl. Ich konnte Großmutter Sannois und Mutter hören, wie sie sich im Salon zankten, den Singsang der Sklaven, während sie in der Mühle die Zuckerrohrstangen durch die Walzen schoben, ein Huhn, das in den Geißblattbüschen scharrte. Ich kam mir seltsam vor dort oben – verfangen im Trübsinn über mein glückliches Leben starrte ich hinaus auf meine Welt.

Der Voodoo ist schuld daran, ganz sicher, das bitter schmeckende *Quimbois*, das mir Mimi heute morgen zu trinken gab, ein geheimer Zaubertrank. »Etwas, was *manbo* Euphémie für dich gemacht hat«, flüsterte sie. Sie hatte sich ein rotgelbes Tuch fest um den Kopf geknotet.

»Euphémie David – die Wahrsagerin?« Die Obifrau, die Voodoopriesterin, die in der Hütte flußaufwärts lebte.

Mimi drückte mir die Kokosnußschale in die Hände. »Das wird dir einen *Mann* bringen.«
Ich beäugte die Flüssigkeit mißtrauisch, denn sie roch abscheulich.
»Schnell!« Sie spähte über ihre Schulter. Denn Mutter ist gegen Voodoo. Mutter sagt, daß der Teufel durch die Münder der Voodoogeister spricht. Mutter sagt, daß der Teufel nach Mädchen wie mir hungrig ist. Mutter sagt, daß der Teufel ihr zu viele Mädchen gesandt hat und danach giert, eines zurückzubekommen.
Hier ist also das Bekenntnis Nummer eins, niedergeschrieben in meinem neuen Tagebuch, das mir meine wundervolle Tante Désirée den ganzen weiten Weg von Paris hierher geschickt hat: Ich habe einen Zaubertrank getrunken, und ich werde Mutter nichts davon erzählen. Ich habe einen Zaubertrank getrunken, und ich bin voller Kummer.
In einem Briefchen, das Tante Désirée ihrem Geschenk beigefügt hatte, stand: »Ein kleines Buch, in dem Du Deine Wünsche und Träume – Deine geheimen Bekenntnisse niederschreiben kannst.«
Ich schüttelte das Buch über dem Tisch. Zehn Livres fielen heraus.
»Bekenntnisse?« fragte meine Schwester Cathérine. Sie ist jetzt zwölf, fast dreizehn, aber trotzdem immer noch zu Streichen aufgelegt. Die Nonnen in der Klosterschule machen viel Aufhebens um sie. Sie wissen nicht, daß es Cathérine ist, die die Hühner ins Pfarrhaus einläßt, daß es Cathérine ist, die die Zuckerkuchen stiehlt, bevor sie ausgekühlt sind. Sie hat die Seele eines Gauners, sagt Mimi.
»Sag uns, was du dir wünschst«, lispelte meine jüngste Schwester Manette durch ihre Zahnlücke. Das Leuchten in ihren Augen stimmte mich traurig, denn sie ist erst zehn, jung genug, um noch zu glauben, daß Wünsche in Erfüllung gehen.
Ich zuckte mit den Schultern. »Ich wünsche mir jedes Jahr dasselbe.« Ich blickte hinüber zu Vater. Er hatte den Tag mit Rum

und Absinth begonnen und anschließend den ganzen Nachmittag über Agavepunsch getrunken. »Nach Frankreich zu reisen.« Schickt Rose nach Frankreich, schrieb meine wundervolle Tante Désirée jedes Jahr – schickt sie zu mir, nach *Paris*.
Vater sah weg. Seine Haut war gelb. Bestimmt ist es wieder die Malaria. Und dann hatte ich wieder ein schlechtes Gewissen, denn ist es Vaters Schuld, daß er nur Schulden geerbt hatte? Ist es seine Schuld, daß er mit drei Töchtern gestraft worden ist und keinen Sohn bekommen hat, daß Mutters Mitgift in seinen Händen zu Staub zerfallen ist, daß sein Traum, mich nach Frankreich zu schicken, niemals wahr geworden ist, weil er den Preis für die Überfahrt nicht bezahlen konnte?
»Frankreich!« Großmutter Sannois schubste ihre beiden Möpse vom Schoß. »Ich würde dieses Mädchen weit von Madame Désirée fernhalten.« Großmutter Sannois hält nichts von Tante Désirée, eigentlich von keinem der Taschers (*insbesondere* nicht von Vater). »Was gibt es an diesem Jungen drüben in der Nähe von Laniantin auszusetzen«, sagte sie und schluckte ihr Laudanum: sieben Tropfen in einem Gläschen Brandy. »Was gibt es an diesem jungen Beal auszusetzen?«
Algernon Beal! Der dicke Junge, den wir alle Algie nannten.
»Monsieur Beal fordert eine Mitgift«, sagte Mutter.
»Monsieur *de* Beal heißt es jetzt, glaube ich«, sagte Vater, »der Hersteller von Ketten und Brenneisen, der Besitzer von drei vergoldeten Kutschen, zweiundzwanzig Kampfhähnen, einem englischen Thoroughbred-Hengst und einem geistig beschränkten Sohn.« Vater hustete und leerte sein Glas. »Monsieur *de* Beal und ich hatten Gelegenheit, uns bei der Sklavenversteigerung im letzten Monat zu unterhalten. Er erzählte mir in aller *Länge* und in allen *Einzelheiten*, wie groß die Mitgift eines Mädchens, wie edel ihre Abstammung, wie üppig ihr Busen und wie unversehrt ihre Jungfräulichkeit zu sein hätten, damit es auch nur davon träumen könne, seinen pickeligen Sohn zu heiraten ...«

Manette hatte sich ihre Serviette in den Mund gestopft, um nicht lachen zu müssen.
»Nun ja, es gibt ja immer noch das Kloster«, sagte Großmutter Sannois.
Das *Kloster.* Immerzu das *Kloster.* Soll das etwa meine Zukunft sein? Ich sehne mich nach soviel mehr. Aber jetzt ist es wohl zu spät, denn dieses Mal, zu meinem vierzehnten Geburtstag, hat Tante Désirée kein Angebot gemacht, und zum ersten Mal, solange ich mich erinnern kann, hat Vater mir keine Versprechungen gemacht ... und um ehrlich zu sein, vorher, mit den funkelnden, falschen Hoffnungen, die mir den Tag verschönten, hat es mir besser gefallen.

24. Juni

Heute morgen habe ich meine zehn Livres dem Sklavenaufseher gegeben, damit er sie unter den Feldarbeitern aufteilt. Ich bin jetzt erwachsen und aufmerksamer den Leiden der Welt gegenüber.
Doch Mutter fand es heraus und wurde zornig. Ich sei genauso wie Vater, beschuldigte sie mich. Der »großzügige« Vater, der seine Familie verhungern lassen würde, um einem Freund zu essen zu geben. Der »verrückte« Vater mit seinen abenteuerlichen Geschichten und Träumen von Ruhm und Ehre. »Träume vom Rumgott«, schimpfte sie. »Versprechungen wie Wolken an einem Sommertag.«
Vater, der nie zu Hause ist. Er ist schon wieder nach Fort Royal aufgebrochen – »um mit dem Teufel zu spielen«, sagte Großmutter Sannois.
»Um mit den weiblichen Teufeln zu spielen«, murmelte Mutter vor sich hin.

Sonntag, 29. Juni

Liebes Tagebuch, ich habe mir über meine Sünden Gedanken gemacht und bereut.

Ich bin schuldig, weil ich sehnsüchtige Gedanken hege und zügellose Vorstellungen habe.

Ich bin schuldig, weil ich mich im Teich spiegele.

Ich bin schuldig, weil ich mit den Händen unter meinen Laken schlafe.

Da steht es geschrieben. Die Tinte trocknet, während ich schreibe. Ich muß dieses Buch jetzt schließen – ich kann den Anblick dieser Wörter nicht ertragen.

Sonntag, 6. Juli

»Mademoiselle Tascher«, rief mich Pater Droppet heute morgen nach der Kirche. »Ihre Großmutter bat mich, mit Ihnen zu reden.«

Ich fingerte an den Seiten meines Meßbuches herum. Draußen hörte ich ein Pferd wiehern und einen Mann rufen.

»Sie kommen in das Alter, in dem Sie sich entscheiden müssen«, sagte er. Seine große Nase zuckte.

»Ja, Pater.« Ich konnte den Umriß seiner Weste unter seiner weißen Kutte sehen.

Er zögerte. »Ich rate Ihnen, sich Gottes Willen zu fügen und sich mit einem Leben in Pflichterfüllung abzufinden.«

Ich spürte, wie mir die Hitze in die Wangen stieg.

Pater Droppet reichte mir ein Taschentuch. »Das Leben einer Nonne könnte den Hunger Ihres Herzens stillen.«

Durch das hohe, geöffnete Fenster konnte ich den Kopf der Christusstatue auf dem Friedhof sehen. Die Augen blickten zum Himmel auf. Der Hunger, den ich verspürte, war der nach Festen und Seidenschuhen, nach der Liebe eines stattlichen Kavaliers.

Er beugte sich zu mir. »Auch ich war einmal jung«, sagte er. Sein Atem roch nach Rum.
»In einem Kloster würde ich sterben!«
Vergib mir, Vater im Himmel. Ich wich zurück. An der Tür drehte ich mich um und rannte.

24. Juli

Heute nachmittag haben Mimi und ich in den Ruinen* gespielt, als Mimi einen Fleck auf meinem Unterkleid entdeckte.
Ich drehte mich nach hinten und zog meinen Rock herum. Blut?
»Das ist der Monatsfluß«, sagte Mimi.
Ich wußte nicht, was ich tun sollte.
»Sag's deiner Mutter«, sagte sie.
»Das kann ich nicht!« Mutter ist anständig.
Deshalb holte Mimi mir einen Lappen und zeigte mir, wie ich ihn benutzen sollte. Sie erzählte mir, daß sie ihren draußen in der Bucht wäscht, frühmorgens, wenn niemand sie dabei sehen kann.
»Wo wir baden?« Wie abscheulich.
»Weiter flußabwärts.«
Als ich ums Haus herumging, spürte ich dieses riesige Tuch zwischen meinen Beinen und dachte, daß sicherlich jeder es bemerken würde. Das also soll die große Wende in meinem Innern sein, aber ich fühle mich nur elend.

* Das Wohnhaus der Familie wurde 1766 bei einem Hurrikan zerstört. Sie zog in die Sucrerie, die ehemalige Zuckersiederei.

Samstag

Mimi bringt mir bei, die Zukunft aus den Karten zu lesen, wie man sie auslegen muß, wie man ihre Bedeutung erkennt. Heute haben wir bei meiner Schwester Cathérine geübt. Die Karte an der neunten Stelle bedeutete Tod.
Cathérine protestierte.
»Es bedeutet nicht wirklich Tod«, sagte Mimi und nahm die Karten auf. Sie schien irgend etwas zu riechen.
Später fragte ich sie: »Warum hast du aufgehört?«
»Hast du nicht den Zigarrenrauch gerochen?« flüsterte sie. »Der Geist des Todes ist ein Schwindler. Glaub ihm *nie*.«

Donnerstag, 31. Juli

Liebes Tagebuch, es ist etwas Schreckliches geschehen. Es schwebt wie ein Fluch über meiner Seele.
Es begann mit einer Lüge. Ich sagte meiner jüngeren Schwester Manette, daß Mimi und ich zum oberen Feld hinaufgehen wollten, um nachzusehen, ob Vaters Schiff schon im Hafen wäre. »Du bleibst hier«, befahl ich ihr.
Mimi und ich gingen den Weg hinter der Maniokhütte hinauf, doch oben auf dem Hügel nahmen wir den Pfad, der zum Fluß in Richtung Morne Croc-Souris hinunterführte. Wir waren noch nicht weit gekommen, als uns Manette einholte.
»Ich habe dir doch gesagt, daß du dableiben sollst«, schimpfte ich.
»Ihr habt gelogen. Ihr habt gesagt, daß ihr den Hügel hinaufgeht.«
Mimi starrte sie zornig an. »Kannst du ein Geheimnis für dich behalten?«
»Ich verrate kein Wort!«
Am Fluß war es dunkel. Das Moos hing dick von den Bäumen.

Wir hörten ein Huhn aufgeregt gackern, bevor wir auf die Hütte der Wahrsagerin stießen.
»Da lebt der Werwolf«, sagte Manette und nahm meine Hand.
Ich sah zu Mimi hinüber. »Ist es hier?«
Vor dem Haus stand ein Holzkohlebecken. Der Geruch gebratener Ziege hing schwer in der Luft. Im Schatten einer mit Bananenblättern gedeckten Veranda sah ich eine alte Negerin mit gekreuzten Beinen sitzen. Euphémie David – die Voodoopriesterin.
Als wir näher kamen, stand sie auf. Sie trug ein rotes Satinballkleid mit Goldfransen, reichlich zerfetzt und fleckig und außerdem viel zu groß für sie. Ihre Haare waren weiß und wollig und standen wie ein Heiligenschein von ihrem Kopf ab. Eine rostige Machete lehnte an der Wand hinter ihr.
Mimi rief etwas, das ich nicht verstehen konnte. Die alte Frau antwortete etwas in afrikanischer Sprache.
»Was hat sie gesagt?« fragte ich.
»Kommt her«, sagte die alte Frau. Ein Hündchen kam aus der Hütte und knurrte uns an. »Ich bleibe hier«, sagte Manette.
Mimi schubste mich vorwärts.
»Kommst du nicht mit?« fragte ich.
Wir beide gingen näher. Wovor sollten wir uns fürchten?
Als wir in den Schatten der Veranda traten, war ich überrascht, wie klein die alte Frau war, nicht viel größer als Manette. Ihre schwarze Haut hing lose von ihrem Hals. In der einen Hand hielt sie eine Muschelschale – es sah nach Schweinsknöchel und Kokosnuß aus – und aß mit den Fingern der anderen Hand. Sie warf dem Hündchen einen Knochen hin. Die alte Frau und Mimi unterhielten sich jetzt auf afrikanisch. Ich blickte über die Schulter zurück. Manette stand neben einem Kalebassenbaum und sah zu uns herüber. Eine Krähe stieß Warnlaute aus.
Mimi berührte meinen Arm. »Sie sagt, deine Zukunft ist überall um dich herum.«

»Was bedeutet das?«
Die alte Frau ging in die Hütte. Sie kehrte mit einem Korb zurück, den sie mir in die Hände drückte. In dem Korb waren eine Kürbisrassel, eine Holzpuppe, ein Stück Holz, zwei Kerzen, ein Knochen, kleine Stücke ausgefranster Bänder und ein Kruzifix.
Die alte Frau sagte etwas zu Mimi.
»Sie möchte, daß du drei Dinge aussuchst«, sagte Mimi zu mir.
»Egal was?« Ich nahm eine Kerze, die Puppe und das Kruzifix aus dem Korb.
»Sie möchte, daß du sie hinlegst«, sagte Mimi.
»In den Dreck?«
Die alte Frau stimmte einen Singsang an. Ich blickte mich um, ob Manette noch neben dem Kalabassenbaum stand. Ich zuckte mit den Schultern zu ihr hinüber. Ich erinnere mich, daß ich dachte: *Schau nur, es gibt keinen Grund, sich zu fürchten.*
Die alte Frau fing an zu stöhnen und rollte den Kopf von einer Seite zur anderen. Das Weiß ihrer Augen war trüb. Dann sah sie mich an und schrie – ein Laut, den ich nie vergessen werde, fast so wie ein Schwein, das abgestochen wird.
»Was ist los?« wollte ich wissen. Ich war nicht frei von Furcht. »Mimi! Warum schreit sie?«
Die alte Frau schüttelte den Kopf und murmelte vor sich hin. Schließlich sprach sie, langsam, aber seltsam. »Du wirst unglücklich verheiratet sein. Du wirst Witwe sein.«
Ich faßte mir an die Kehle.
Die alte Frau begann zu zittern. Sie schüttelte ihre Hände und stieß Worte aus, die ich nicht verstand. »Mimi, was sagt sie?«
Die alte Frau begann zu tanzen und sang dabei so tief wie ein Mann. Ich wich zurück, stolperte über eine knorrige Baumwurzel. Ich fiel in den Schmutz und taumelte wieder auf die Füße.
Du wirst Kaiserin sein, sagte sie.

Ich werde bestraft

Montag, 4. August 1777

Als ich Pater Droppet auf seiner grauen Stute den Weg entlangkommen sah, schlich sich Furcht in mein Herz. Ich rannte den Pfad zur Maniokhütte hinauf. Mimi wendete gerade den großen Eisenschaber.

»Pater Droppet ist hier!« sagte ich. »Warum? Es ist doch kein Feiertag.«

Mimi hörte auf, das Rad zu drehen.

»Ich habe gestern morgen meine Sünden bekannt«, erzählte ich ihr.

»Hast du es gesagt?«

»Das von der Voodoohexe?« Ich nickte.

»Hast du gesagt, daß ich dich mitgenommen habe?« In ihren Augen war Angst.

»Das würde ich nie.« Plötzlich besorgt wandte ich mich um. »Ich frage mich, was da vor sich geht.«

Ich wollte nicht lauschen. Das hatte ich nicht vor. Aber anstatt geradewegs zur Sucrerie zu gehen, lief ich in die Schlucht hinunter. Von meinem Platz im Kapokbaum aus konnte ich Stimmen auf der Veranda hören – Mutter, Großmutter Sannois. Dann Pater Droppet, der gerade sagte: »Sie verstehen, das ist eine Angelegenheit von ... Ich muß es nicht ...«

»Mein Gott!« rief Mutter aus.

Pater Droppet sagte etwas, das ich nicht verstehen konnte. Ich hörte, wie sich die Haustür öffnete und schloß. Dann hörte ich Manettes Stimme.

Manette! Angestrengt versuchte ich etwas zu hören, doch alles, was ich verstehen konnte, war Großmutter Sannois, die sagte: »Ich habe es dir gesagt. Ich habe dir gesagt, daß es so kommen würde.«

Ich hörte, wie die Tür erneut geöffnet und geschlossen wurde, und bald darauf das Weinen von Manette in einem Schlafzimmer im oberen Stock. Dann hörte ich Pater Droppet sagen: »Wenn man den Teufel läßt ... Sie müssen ...«

»Aber Pater Droppet!« hörte ich Mutter ausrufen. Ich versuchte angestrengt, mehr zu hören, doch auf dem Ast über mir landete ein Schwarzfink, der anfing so heftig zu schimpfen, daß ich kein Wort verstehen konnte. Ich rüttelte an dem Ast, um den Vogel zu verscheuchen. Dann wieder Pater Droppets Stimme: »Wenn Sie nicht ...«

Plötzlich wurde es dunkel, und es begann zu regnen, zunächst war es nur ein leichter Schauer, doch dann fielen große, schwere Tropfen.

»Yeyette!« hörte ich Mutter rufen.

Ich kletterte hinunter und näherte mich der Veranda.

»Schau an, da ist ja Rose«, sagte meine Mutter. »Du bist klatschnaß.«

Großmutter Sannois hing in einem Rohrstuhl. Pater Droppet stand mit einem leeren Glas in der Hand neben der Tür. Er nickte.

»Was hast du dir bloß dabei gedacht, bei einem solchen Wolkenbruch draußen zu bleiben. Geh und zieh dir etwas Trockenes an, und dann kommst du zurück. Es gibt etwas, das wir besprechen müssen«, sagte Mutter.

Ich war froh, entkommen zu können. Cathérine empfing mich oben an der Treppe, einen Stickrahmen in der Hand. »Manette sagt, du wirst eine Kaiserin sein! Sie sagte, das hat dir die alte

Hexe erzählt. Aber sie will einfach nicht aufhören zu weinen! Was ist geschehen?«

Ich konnte Manettes Geplärre sogar von der Diele aus hören. Ich ging den dunklen Gang entlang zu ihrer Zimmertür. Ich klopfte.

»Manette, ich bin's.«

Das Weinen hörte auf, doch sie antwortete nicht.

»Ich werde dir nichts tun, ich verspreche es.« Ich stieß die Tür auf. Sie kauerte in der Ecke des kleinen Himmelbetts. Ich bückte mich unter den Baldachin und setzte mich ihr gegenüber. Ihre Augen waren gerötet, und ihre Nase lief. Ich tastete in meinem Mieder nach einem Taschentuch und reichte es ihr. »Ich weiß, daß du es verraten hast«, sagte ich.

»Du bist nicht böse?« fragte sie schluchzend. Sie blickte zu Cathérine auf, die zur Tür gekommen war.

Ich schüttelte mit dem Kopf. »Ich hätte dich nie dorthin mitnehmen dürfen. Hast du etwas von Mimi erzählt?«

»Nein!«

»Verstehst du, was passieren könnte, wenn du das getan hättest, Manette? Man würde sie verkaufen – oder in eine Feldkolonne stecken.« Oder noch Schlimmeres …

»Ich habe kein Wort gesagt!« schluchzte sie so heftig, daß mein Herz von Furcht erfüllt wurde.

Der Regen hatte aufgehört, als ich auf die Veranda heraustrat. Ich konnte hören, wie Mutter und Großmutter Sannois unten auf dem Weg Pater Droppet verabschiedeten. Ich stand neben der Eingangstür, die Hände vor mir gefaltet, und wartete. Es klang, als wäre Pater Droppets Grauschimmel mürrisch. Ich hörte den Stallburschen auf afrikanisch fluchen. Das Pferd beruhigte sich. Dann hörte ich das gleichmäßige Geklapper der Pferdehufe auf den Steinen.

Mutter erschien auf dem Weg, Großmutter Sannois an ihrem Arm. Die beiden Möpse schnüffelten im Unkraut hinter ihnen.

Sie waren naß und sahen wie große Ratten aus. Großmutter Sannois sagte etwas zu Mutter, während sie langsam voranschritten. Dann blickte Mutter auf, sah mich.
Ich hielt den Atem an.
»Ich werde es ihr sagen, wenn du es nicht tust«, sagte Großmutter Sannois, als sie sich in dem Stuhl mit dem Sisalsitz niederließ. Einer ihrer Möpse sprang ihr auf den Schoß, und sie stieß ihn hinunter.
Mutter drehte sich um und sah mich an.
Ich senkte den Kopf. Ich spielte mit dem Gedanken, mich ihr zu Füßen zu werfen. Machte man das nicht so?
»Und sich vorzustellen, daß du die kleine Manette *gezwungen* hast, dich zu begleiten!« flüsterte sie so leise, daß ich sie kaum hören konnte.
»Laß mich es ihr sagen«, sagte Großmutter Sannois.
Mutter holte tief Luft. »Mimi wird natürlich ...«
»Nein!« Eine heftige Erregung überkam mich. »Mimi hat nichts damit zu tun! Ich habe sie *angefleht*, mich mitzunehmen, aber sie weigerte sich. Ich war diejenige, nur ich allein!« Mein Atem kam stoßweise, ich konnte ihn nicht beruhigen.
Mutter nahm die Kette von ihrem Hals, die Kette mit dem großen silbernen Kreuzanhänger. Sie nahm meine Hände und legte das Kreuz hinein. »Sieh mich an, Rose«, sagte sie.
Ich sah ihr in die Augen.
»Schwöre, daß du die Wahrheit sprichst.«
»Mimi ist unschuldig. Es ist alles mein Werk, meine Schuld«, rief ich, was nicht einmal gelogen war.
»Sie hat dich nicht mitgenommen, um die gottlose Frau in den Wäldern aufzusuchen?« Ich schüttelte heftig den Kopf.
»Sag es.«
»Mimi war nicht mit«, log ich. Das Kreuz fühlte sich kalt und schwer in meinen Händen an. Ich drückte es meiner Mutter wieder in die Hand.

»Ruf das Kind herunter«, sagte Großmutter Sannois.
Mutter setzte sich auf einen Holzstuhl. »Komm her, Rose«, sagte sie. Sie zog mich herunter – vor sich auf die Steine. Sie wischte mir ein paar feuchte Haarsträhnen aus der Stirn. Ihre Berührung war sanft. »Manchmal ist es nicht einfach, Mutter zu sein«, sagte sie. Ihre Stimme klang kalt, als sie sagte: »Du wirst in den Sturmraum, in den Keller gesperrt. Dort wirst du acht Tage bleiben.« Sie sah zu Großmutter Sannois hinüber und dann wieder zu mir. Sie holte tief Luft. »Du wirst nichts zu essen bekommen außer trockenes Brot und Wasser.«
Ich sah sie fassungslos an. Acht Tage? Acht *Nächte*? Im Keller? »Allein?« Meine Stimme bebte. In der *Dunkelheit*?
Mutter ließ die Kette mit dem Kreuz über meinen Kopf gleiten. »Das wirst du brauchen«, sagte sie.

Ich bin in mein Zimmer geschickt worden, um meinem Schicksal zu harren. Ich soll mit meiner Familie zu Abend essen und mich verabschieden. Es wird meine letzte Mahlzeit sein.
Mimi und Manette sind bestürzter als ich. Cathérine dagegen kann nur an die Zukunft denken, die mir vorausgesagt wurde. »Daß *du* einmal eine Kaiserin sein wirst, Rose. Stell dir das vor!«
Mein Kindermädchen Gertrude erschien, das Gesicht tränenfeucht. Sie drückte mich fest an ihren Busen. Dann wusch sie mich von den Füßen an aufwärts mit einer wohlriechenden Flüssigkeit. »Warum?« fragte ich, denn ihre Methode war seltsam. Ich hatte plötzlich das Gefühl zu schweben, so als gehöre mir mein Körper nicht. »Das wird dich beschützen«, sagte sie.
»Ich werde stark sein«, sagte ich und dachte auf einmal: *Wie es sich für eine, die Kaiserin werden wird, geziemt.*
In diesem Moment wußte ich, daß es wahr war: Ich *war* verflucht worden.

Beim Abendbrot brachte ich kaum einen Bissen hinunter. Danach umarmten mich alle, als ob ich zu einer Reise über den Ozean aufbräche. Großmutter Sannois überreichte mir ihre Bibel. Gertrude umarmte mich derart fest, daß ich fürchtete, meine Knochen würden brechen.

Mutter hielt die Lampe hoch, als wir in den Keller hinabstiegen. Es war kühl, die Luft feucht – abgestandene Luft. Aus Angst vor Kakerlaken achtete ich darauf, wo ich hintrat. Ich folgte Mutter in den Sturmraum – ein großer Raum mit einem schmalen Bett. Es gab einen Stuhl mit einer durchgescheuerten Sitzfläche aus Korbgeflecht und einen dreibeinigen, in einer Ecke abgestützten Tisch. Auf dem Tisch standen eine Laterne, eine Kerze, ein Tonkrug und eine gesprungene Porzellantasse. Das war alles, abgesehen von einer kleinen, mit einem Holzladen abgedeckten Öffnung hoch oben in der Wand.

Ich stellte meinen Korb auf das Bett. Den Flickenüberwurf erkannte ich als einen, den Cathérine und ich gemeinsam gefertigt hatten. Mutter setzte die Lampe auf dem Tisch ab und prüfte mit dem Finger, ob er abgestaubt worden war. Sie wandte sich zu mir. »Rose, ich hoffe, du verstehst, warum dies notwendig ist.«

»Ja«, log ich. Ich wußte nicht, was ich sonst hätte sagen sollen.

Sie begann zu weinen. Es war eher eine Art Erschaudern als ein Laut, denn es waren keine Tränen zu sehen. Irgendwie war es unnatürlich. Ich legte den Arm um ihre Schultern. Es überraschte mich, wie klein sie wirkte. Sie wischte sich das Gesicht mit dem Handrücken ab. »Möge Gott dir beistehen«, sagte sie.

Und dann war sie gegangen, und ich war allein.

Später.

Liebes Tagebuch, es ist Nacht, meine erste. Ich stemmte den Laden auf. Die nächtlichen Geräusche strömten in mein Zimmer. Dann verschloß ich den Laden wieder fest aus Angst vor den umherirrenden Nachtgeistern, den hungrigen Geheimnissen.
Ich fürchte, ich bin nicht allein. In den Schatten spüre ich deutlich die Gegenwart eines Geistes. Ich kann nicht schlafen, will nicht schlafen, aus Angst, er könnte sich mir nähern. Mit offenen Augen, ständig auf der Hut, spähe ich in die Dunkelheit.
Das Öl in meiner Laterne brennt schwach. Ich weiß, daß ich sie ausblasen, diese Insel des Lichts aufgeben muß. Mut, sage ich. *Vertrauen*, höre ich etwas flüstern.

5. August

Ich erwachte vom Lärm des Sklavenaufsehers, der oben im Sklavendorf in seine Trompetenmuschel blies. Eine Zeitlang lag ich da, starrte an die Decke und suchte in den Rissen nach Gesichtern. Ich glaubte eine Stimme und ein Kichern zu hören. Ich schob den Stuhl an die Wand und öffnete den Laden. Durch das hohe Gras spähten mich Cathérines dunkle Augen an.
»Wir müssen uns beeilen!« flüsterte sie durch das Gitter.
Hinter ihr vernahm ich Manette: »Laß mich mal sehen! Laß mich mal sehen!« »Still!« zischte Cathérine.
Manettes kleines Gesicht kam zum Vorschein. Sie streckte die Hand aus. Ich nahm eine Handvoll feuchter Krumen entgegen. »Ein Mangokuchen. Ich habe ihn gestohlen!«
Dann wieder ein wenig Gezanke, und Cathérine war wieder zu sehen. »Wie ist es da unten?«
»Langweilig.«
»Lauf!« hörte ich Manette ausrufen.
Und dann war nur noch Gras zu sehen.

6. August

Gegen Abend hörte ich wieder ein Kratzen am Fenster. Ich stellte mich auf den Stuhl und schaute hinaus. Es war wieder Cathérine. Sie weinte.

»Was ist los?«

»Du mußt versprechen, es nicht zu verraten.«

»*Was*?«

Sie begann zu sprechen, doch die Tränen kamen. »Gleich«, sagte sie, holte ihr Taschentuch hervor und putzte sich die Nase. Sie drückte das Gesicht näher an das Gitter. »Ich war bei der Wahrsagerin.«

»Bei Euphémie David?«

Sie nickte.

»Aber Cathérine! Wie konntest du nur!«

»Nur, weil sie dir gesagt hat, du würdest eine Kaiserin werden.«

»Hat Mimi dich mitgenommen?« Ich war jetzt wütend.

»Ich bin allein hingegangen.«

»*Allein?*« Ich konnte mir nicht vorstellen, daß jemand *so* tapfer sein konnte.

Nun fing sie zu keuchen an, tiefes Schluchzen überwältigte sie. Ich steckte den Finger durch das Gitter, um sie zu berühren. »Was ist geschehen? Hat sie etwas gesagt?«

Und dann erzählte sie es mir. Zuerst hatte ihr die Hexe befohlen, sich davonzumachen, sie würde ihr die Zukunft nicht voraussagen, und dann sagte sie, sie könne sie nicht sehen. Doch dann sagte das alte Weib etwas Schreckliches, nämlich daß Cathérine noch vor ihrem nächsten Geburtstag unter der Erde wäre.

»Mutter hat recht – sie ist der Teufel!« fauchte ich, doch Cathérine war schon durch das Gras davongekrochen.

[Ohne Datum]

Ist es der Teufel oder eine Art Geist, der die Form einer Fledermaus annimmt? Vergangene Nacht waren mehrere da. Ich werde allmählich benommen und bin überhaupt nicht mehr hungrig. Warum bin ich hier? Ich kann mich nicht mehr erinnern.

[Ohne Datum]

Ich habe einen Spaziergang gemacht. Ich erinnere mich an das Gesicht eines alten Weibes. Ich erinnere mich an ihre Augen und an den Staub auf ihren Händen. Ich erinnere mich, daß ich zusah, wie sie getrocknete Blätter aus einem Korb zupfte und eines nach dem anderen vor mich auf den Boden legte. Ich erinnere mich an ihren Singsang, an ihr seltsames Wehklagen. Ich erinnere mich an eine Tonschale mit zwei kleinen Herzen darin, umschwärmt von Fliegen. Ich erinnere mich, daß ich eine Made in der Schale sah.
War das ein Traum?
Ich erinnere mich an ein verkrüppeltes altes Weib, das mit erhobenen Armen dastand. Ich erinnere mich, daß sie einen Flakon mit Teufelsfeuer an den Mund setzte und es wie Wasser trank. Ich erinnere mich, daß sie vor mir auf dem Boden auf und nieder hüpfte und mit ausgestreckten Händen nach der Luft schlug.
Ich erinnere mich an die Worte: *Du wirst eine Kaiserin sein.*
Das muß ein Traum gewesen sein.

Dienstag, 12. August, spät

Es war Mutter, die mich schließlich holte. Ich lag auf dem Bett. Sie stand mit einer Laterne in der Hand an der Tür. »Rose?«
Ich antwortete nicht. Ich versuchte es, aber ich konnte es nicht – es schien meine Kräfte zu übersteigen.

Sie kam zum Bett. Sie trug ein weißes Kleid und ein weißes Kopftuch, und im Schein der Laterne sah sie wie ein Engel aus. »Sie sehen wie ein Engel aus«, sagte ich mit seltsamer, heiserer Stimme.
Ich spürte ihre Finger über mein Gesicht flattern. Ich hörte einen Schnieflaut. »Oh, mein liebster Jesus!« flüsterte sie.
Ich sah sie verwirrt an. Warum weinte sie? Ich sah ein strahlendes Licht, das sie umhüllte. Sie war die Jungfrau Maria, die gekommen war, um mich zu segnen. »Maman!« rief ich staunend über ihre Schönheit aus, küßte ihre Finger und preßte ihre Hand an meine Wange.

Die geheimen Geister setzen ihren Willen durch

Donnerstag, 21. August 1777

Ich erwachte von einem leisen Pochen an meiner Schlafzimmertür. »Wer ist da?« wisperte ich ängstlich.
Die Tür sprang auf.
»Vater!« Er trug einen Reitrock, blau mit goldenen Knöpfen.
»Ich habe angeordnet, dein Pony zu satteln«, flüsterte er, damit Gertrude nicht aufwachte. Aus dem Tonbecher in seiner Hand stieg Dampf auf. Er roch nach Kaffee und Rum. »Ich möchte, daß du meine neue Dame kennenlernst«, sagte er und warf mir einen Schokoladenkuchen zu.

Vaters neue Dame war eine schwarze Stute mit weißen Fesseln – ein keckes, gut gebautes Mädchen mit großen Augen, noch jung. »Lady Luck habe ich sie genannt«, sagte er stolz, »an den Tischen gewonnen.«
Ich streckte die Hand aus, um ihr Maul zu berühren. Sie riß heftig den Kopf nach hinten. »Sucre ist mittlerweile zu klein für mich geworden«, sagte ich. Mein kleines Pony stand mit Fliegen in den Augen neben der Mauer.
»Die hier ist ein wenig zu hitzig für dich«, sagte Vater. Ich hielt den Zaum, als er aufsaß.
Die Pferde schnaubten und schüttelten die Köpfe gegen die Fliegen, als wir den Weg hinunterritten. Die Sonne war gerade aufgegangen. Die Schatten waren noch lang, das Gras feucht. Ein Blaureiher flog auf, als wir uns den Zuckerrohrfeldern näherten,

wo nach der Ernte noch alles durcheinander lag. Am weitentfernten Horizont, am Ufer des Meeres, arbeiteten Sklaven, bereiteten ein Feld zum Abbrennen vor.
»König Zucker«, sagte Vater mit einem ironischen Lächeln und schlug nach einer Mücke. Er zog einen Lederflakon aus der Rocktasche, neigte den Kopf nach hinten.
Andere Pflanzer lebten wie die Könige. Warum waren wir nicht reich? Aber ich kannte die Antwort. Dein Vater macht Lady Luck den Hof, sagte Mutter. Aber die Glücksdame behandelt ihn schlecht.
»Erzählen Sie mir eine Geschichte, als Sie bei Hofe waren, Vater.«
Er stöhnte.
»Die Jagdgeschichte?«
»Die kennst du doch auswendig«, sagte er.
Das stimmte. Ich kannte die Geschichte von der Jagd so gut, daß ich sie selbst erzählen konnte. Wie der König jeden Morgen mit seinen Statthaltern und untergeordneten Statthaltern, den Jagdgefährten, seinen Edelknaben und untergeodneten Edelknaben und Pagen aufbrach. Wie die Hunde jaulten, wie der König jeden beim Namen kannte. Wie die edelblütigen Pferde im Morgendunst tänzelten – so viele, daß sechzig Mann nötig waren, nur um sie zu tränken!
Ich lehnte meinen Kopf an Sucres Hals, atmete ihren warmen, sauberen Geruch ein, stellte mir eine solche Welt vor. »Dann eben eine Geschichte von der Königin«, sagte ich. »Von der Geburt des Dauphins.« Von den Feuerwerken, die die Nacht erleuchteten.
Vater ließ die Zügel los, erlaubte seiner Stute zu grasen. »Apropos Königinnen, da hat man mir doch eine höchst ungewöhnliche Geschichte erzählt.« Er drehte sich um und sah mich an. »Man hat mir erzählt, daß du das alte Voodooweib flußaufwärts aufgesucht hast.«

Ich richtete mich auf. »Wer hat Ihnen das erzählt?« Ich versuchte nicht beunruhigt zu klingen.
»Eine Frau in Fort Royal.«
»Oh?« Es gefiel mir nicht, daß Vater mit »einer Frau« über mich sprach.
»Es heißt, daß du eine Königin sein wirst«, sagte er.
Ich spürte, wie meine Wangen glühten. Ich blickte zur Seite.
»Dann stimmt es also«, sagte er. Er hielt mir den Flakon hin. Ich schüttelte den Kopf. »Du siehst ein wenig blaß aus, Rose, ein wenig dünn. Bist du krank gewesen?«
»Nein.« Man hatte mich davor gewarnt, etwas zu sagen.
»Du weißt ja, daß ich mir gewünscht habe, daß du ein Junge wirst.« Er nahm einen neuerlichen Schluck aus seinem Flakon. Dann lachte er. »Aber eine Königin wäre vielleicht gar nicht so übel«, sagte er und trieb seine Stute an. »Eine Königin könnte mir vielleicht behilflich sein, meine Spielschulden zu begleichen.«
»Ich bin bestraft worden, Vater!« Die Worte entschlüpften mir ungewollt.
Sein Sattel knarrte, als er sich zu mir umdrehte. »Bestraft?«
Tränen traten mir in die Augen.
»Weil man dir gesagt hat, daß du eine Königin sein wirst?« fragte er.
Ich holte bebend Luft. »Weil ich mit dem Teufel gesprochen habe«, flüsterte ich.
»Der Riemen?« Seine Stimme klang kalt.
Ich nickte. Ich wollte ihm die Wahrheit sagen, aber ich wagte es nicht. Ich wollte ihm von dem Raum im Keller erzählen, von den Fledermäusen und den Geistern und den Gesichtern in der Nacht. Ich wollte ihm von den Stimmen erzählen. Aber es würde ihn verärgern, das wußte ich, und es gäbe Streit. Es gab schon genug Streit.
»Haben das die Alten gemacht?« So nannte er Mutter und Großmutter Sannois.

»Pater Droppet hat sie dazu angestiftet.«
»Der Teufel sei verdammt«, fluchte er vor sich hin. Seine Stute bockte, als er sie antrieb, bockte wieder, als sie in Galopp fiel. Ich versetzte meinem Pony einen kräftigen Tritt und hielt mich fest, die Tränen machten mich fast blind. Vater stieß einen Schrei aus, als ich ihn am Galgenbaum überholte.

25. August

Cathérine und ich bereiten uns darauf vor, in die Klosterschule von Fort Royal zurückzukehren. Die kleine Manette sieht uns neidisch dabei zu, bietet ihre Hilfe an, steht im Weg.
Wir reisen übermorgen ab, trotz des Regens. Das Wetter ist heiß und entsetzlich feucht. Wir müssen unsere Sticknadeln durch den schweren Baumwollstoff stoßen.

Eine Woche später, 6 Uhr nachmittags – Fort Royal

Cathérine und ich sind wieder in der Schule, wieder im eintönigen Dames de la Providence, wieder bei Schwester Gretchs finsteren Blicken. Messe um sieben, Unterricht von acht bis elf und nochmals von eins bis fünf. Zeichnen und Sticken. Lesen und Schönschreiben. Vorträge über Tugend und Bescheidenheit. Mein Hinterteil ist schon ganz wund, weil ich den ganzen Tag auf harten Bänken sitze.

7. September

Diese Regenzeit wird nie enden. Die Straßen sind Schlammbäche. Cathérine und ich stecken hier im Kloster fest – wir können nicht einmal zu Onkel Tascher zum Sonntagsessen. Stattdessen essen wir gesalzenen Fisch, schon den dritten Abend hintereinander. Eine Kakerlake, die größte, die ich jemals gesehen habe, lief unter den Tischen herum. Cathérine schrie, obwohl ich ganz genau weiß, daß sie mutiger als die meisten Jungen ist. Sie kletterte auf den Tisch, trat in mindestens zwei Eßteller und stieß ihren eigenen krachend zu Boden. Wenn Cathérine nicht wäre, würden wir vor Langeweile sterben.

Mittwoch, 10. September, 11 Uhr

Heute morgen beim Baden hob Cathérine ihr Unterkleid, als die Schwestern gerade nicht hinschauten. Ich bedeutete ihr, es herunterzulassen, aber sie kicherte nur und tat es noch einmal. Bald waren wir alle unartig.

Sonntag, 14. September, 1 Uhr mittags

Heute morgen nach der Messe wurden wir zu einer Promenade über die Savane geführt. Der Geruch der Sklavenschiffe im Hafen war streng. Und dann geschah etwas Beunruhigendes. Auf unserem Rückweg flüsterte Cathérine: »Ich will nicht sterben!«
»Dein Gesicht ist gerötet«, sagte ich aufgeschreckt durch ihre seltsame Erklärung. »Bist du krank?« Sie sah fiebrig aus.
Heute abend war Cathérine die erste, die einschlief. Das ist das beunruhigendste Zeichen. Normalerweise bekommt sie Schläge, weil sie zu spät ins Bett geht.

Dienstag, 16. September

Cathérine ist mittlerweile so krank, daß sie nach Hause zurückkehren muß. Ich habe darauf bestanden, sie zu begleiten. Schwester Gretch sagte mir, daß ich das Unglück meiner Schwester als Ausrede benutze, um nicht zur Schule gehen zu müssen. Es wäre nicht aufrichtig, liebes Tagebuch, wenn ich nicht zugeben würde, daß an Schwester Gretchs Worten etwas Wahres dran ist. Ich hasse es, in der Klosterschule zu sein, aber es ist auch wahr, daß ich mir Sorgen um Cathérine mache. Ich habe sie zwei Tage lang gepflegt. Wir fahren morgen früh ab.

22. September – Trois-Ilets

Wir sind seit fünf Tagen zu Hause, und Cathérine ist noch kränker, ständig in einem Dämmerzustand. Gertrude hat übelriechende Salben hergestellt und sie auf ihrer Brust verteilt, aber sie haben nicht geholfen. Mutter sitzt den ganzen Tag da, beobachtet sie und fächelt ihr mit einem großen Palmblatt Luft zu. Von Zeit zu Zeit betupft sie sie von Kopf bis Fuß mit Rum, ihre Gebete erfüllen das Zimmer mit einem monotonen Gemurmel.

23. September

Ich fand Hühnerfedern und Knochenteile unter Cathérines Bett. Voodoozauber, hoffe ich.

4 Uhr nachmittags

Großmutter Sannois sagt, Cathérine hat das Gelbfieber.
Gelbfieber! Ich versuche, nicht an Madame Laveaux' kleinen Jungen zu denken, der im Sommer starb, versuche nicht daran zu denken, was die Sklaven sagen, daß nämlich Madame Laveaux das Herz ihres toten Jungen mit einem Fleischermesser durchbohrt hat, um den Teufel von seinem Grab fernzuhalten.

Freitagnachmittag, 26. September

Endlich kam der Arzt und sah nach Cathérine. Er verschrieb Hoffmannstropfen mit Zucker. Er sagte, sie wäre von einem Schüttelfrost gepackt worden, dem ein Fieber gefolgt wäre, aber daß es nicht das Gelbfieber wäre und daß es keinen Grund zur Besorgnis gäbe – aber warum geht es ihr dann immer schlechter?

Ich bat Mutter, den Arzt zurückzurufen, aber sie sagte: »Wozu? Er wird ja doch nur das gleiche noch mal sagen und noch einen Livre berechnen.«

27. September, 10 Uhr abends

Heute nacht hat Cathérine im Traum gesprochen, aufgeschrien und gebrüllt. Dann sprang sie aus dem Bett und lief im Zimmer umher. Sie hielt die kleine Manette für eine riesige Krabbe, die sie zu zwicken versuchte. Mutter, Gertrude und ich versuchten sie festzuhalten, aber sie war zu stark. Ich konnte es nicht glauben, sie ist doch so dünn. Schließlich ließen ihre Kräfte nach, und Gertrude steckte einige Kräuter in ein Paar Socken und band ihr die Socken dann an die Füße. Es half, sie schlief ein.

6. Oktober

Cathérines Zustand verschlechtert sich. Manette und ich dürfen nicht in ihr Schlafzimmer. Wir stehen an der Tür, aber durch die Netze ist sie kaum zu sehen.

Donnerstag, 8. Oktober

Heute nacht, nachdem Mutter eingeschlafen war, schlich ich mich in Cathérines Zimmer. Ich setzte mich unter den Netzen an ihr Bett, und wir flüsterten im Dunkeln. Bevor ich ging, nahm ich ihre Hand.

»Du darfst mich nicht berühren«, sagte sie und zog ihre Hand zurück.

»Stell's dir vor. Stell dir vor, daß ich dich festhalte«, sagte ich.

Sie fing zu weinen an, darum legte ich die Arme um sie und hielt sie ganz fest. Wie hätte ich es nicht tun können?

14. Oktober

Vater kam heute abend spät nach Hause. Ich hörte, wie er hereintorkelte, und dann hörte ich Mutter: »Cathérine liegt im Sterben, und wo bist du? Betrinkst dich, du verdammter Narr!«

Wetterleuchten erhellte mein Zimmer, und in der dunklen Stille hörte ich das schrille Pfeifen der Flughunde. Cathérine *liegt im Sterben*?

15. Oktober

Nach der morgendlichen Hausarbeit ging ich zum Fluß hinunter, um nach Mimi Ausschau zu halten. Ich brauchte ihre Hilfe. Mimi kannte sich mit den Eigenheiten der Geister, den Geheimnissen aus. Sie stand bis zu den Knien im Teich und wusch Wäsche. Ihr Mehlsackhemd war klitschnaß. Unter einem Fliederbusch hockten die beiden Möpse und schauten zu. In der Nähe scharrte ein Huhn im Dreck.

Es fing zu regnen an. Wir suchten unter einem mit grünen Orangen beladenen Baum Schutz. Die Möpse raschelten um Mimis Füße herum.

»Erinnerst du dich noch, als wir zur Hütte der Wahrsagerin gegangen sind?« sagte ich.
»Glaubst du, das würde ich vergessen?« Sie warf einen Kieselstein nach dem Huhn, um es zu verscheuchen.
»Etwas habe ich dir nie erzählt.« Ich hielt inne. Der Regen prasselte jetzt heftig und tropfte durch die Blätter. Ich begann, mich etwas unwohl zu fühlen, so wie ich mich immer fühle, wenn ein Wind aufkommt. »Die Alte hat Cathérine gesagt, daß sie noch vor ihrem Geburtstag in diesem Dezember unter der Erde wäre. Und nun sagt Mutter, daß Cathérine ...«
»Cathérine ist hingegangen?«
»Als ich im Keller war.«
»Das hast du mir nie erzählt!«
»Ich habe es *versprochen*.«
»Dieses Mädchen!«
»Und nun sagt Mutter, daß Cathérine ...« Tränenerstickt hielt ich inne. »Was, wenn die Worte der Alten wahr werden?« platzte ich heraus. »Kannst du das nicht ändern?«
»Es ungeschehen machen?«
»Ja!«
Mimi stützte das Kinn auf die Knie und dachte nach. »Ein Kongobündel«, sagte sie schließlich.
»Ja«, sagte ich und holte Luft. Ein Kongobündel, richtig zusammengestellt ...

Ich verbrachte den Nachmittag damit, Mimi beim Sammeln der Bestandteile zu helfen: eine Kröte (die Mimi tötete, nicht ich), eine *Tcha-Tcha*-Wurzel, einen Beutel *Mombin*-Blätter und einige Haare, die ich aus Cathérines Kamm zog.
»Es muß unter einem *Mapou*-Baum vergraben werden«, sagte Mimi, während sie das Bündel mit einem Stück roter Kordel von der Art, wie sie unfruchtbare Frauen bei Voodoozeremonien tragen, fest zumachte. »Bei Mondschein.«

»Ich kann nicht«, sagte ich. »Nicht nachts.«
»Es passiert nichts, wenn du die Augen gesenkt hältst.«
»Es ist wegen Mutter.« Mutter glaubt nicht an Voodoo, aber sie fürchtet die Voodoogeister.
»Dann mach ich es eben«, sagte Mimi.
»Allein?« fragte ich voller Ehrfurcht vor ihrem Mut.
Ich weiß nicht, wie spät es war, als Mimi durch mein Fenster kletterte. »Ich hab's gemacht«, zischte sie, als sie mich wachrüttelte. In der Dunkelheit konnte ich sie kaum sehen. »Ich hab das Bündel vergraben.« Durch das monotone Rauschen des Regens hörte ich schwach das Schlagen von Trommeln.
»Du bist naß«, sagte ich, als ich ihre Hand berührte.
»Ich kann nicht bleiben.« Sie knotete sich ihr Taschentuch um den Kopf. »Es findet eine Séance statt.«
Ich sah zu, wie sie den Mangobaum herunterkletterte, schaute ihr nach, bis ich sie nicht mehr sehen konnte. Ich spürte, wie mich ein Schauder durchfuhr, nahm den schwachen Geruch einer Zigarre wahr. Zitternd schloß ich das Fenster und zog die Gardinen fest vor der dunklen Nacht zusammen.

15. Oktober

Heute kam Pater Droppet. Ich muß plötzlich blaß ausgesehen haben, denn er führte mich zum Sofa im Salon und schlug mir vor, mich einen Moment auszuruhen. Da kam Mutter herein. Sie nahm seinen durchnäßten Umhang und seinen Hut. »Ich fürchtete schon, Sie würden es nicht schaffen«, sagte sie. »Die Straßen sind so schlecht.«
»Die Straßen sind schlecht«, sagte er.
Er war für einen kurzen Augenblick bei Cathérine. Als er herauskam, bot ihm Mutter Tee an, aber er sagte, er müsse sich auf den Weg machen, wegen der Straßen.
Nachdem er fort war, ging ich in mein Schlafzimmer. Ich nahm

das schwere Holzkreuz von der Wand und küßte es, drückte es an mein Herz. Nimm Cathérine nicht mit, betete ich. Tu's nicht. *Tu's nicht.*

16. Oktober

Als ich erwachte, war es still im Haus bis auf Mutters Weinen und Vaters müde, kummervolle Stimme.
Ich ging auf Zehenspitzen in Cathérines Zimmer und sah sie dort liegen, reglos, keiner, der ihr zufächelte, der betete. Ich beobachtete, ob sich ihre Brust hob und senkte, ob ihre Augenlider flatterten, aber da rührte sich nichts, da war nur Stille.
Ich zwang mich, sie zu berühren, sie aufzuwecken, aber es gelang mir nicht. Ich stolperte die Diele entlang in mein Zimmer zurück. *Cathérine ist tot.* Ich begann zu zittern.
Ich kletterte aus meinem Fenster und den Mangobaum hinunter. Ich rannte den Pfad zu den Sklavenhütten hinauf. Mimi schlief auf ihrer Strohpritsche. Sie öffnete die Augen und erkannte mich nur langsam.
»Du hast gesagt, es würde funktionieren!« weinte ich. Ich schlug mit der Faust nach ihr.
»Oh ...« Sie packte mich fest an den Handgelenken.
»Tu etwas!« schluchzte ich. »Mach, daß sie zurückkommt!«
Jetzt weinte Mimi auch. »Oh, dieses kleine Balg«, stöhnte sie. Sie hielt mich in ihren Armen, wiegte mich und flüsterte: »Es ist vorbei, es ist vorbei, ruh dich jetzt aus.«

7 Uhr abends

Der Regen hat aufgehört. »Wir sind gesegnet«, sagte Mutter mit glänzenden Augen. Sie wusch Cathérine von Kopf bis Fuß mit Rum und bahrte sie in ihrem Festtagskleid auf einer bunten Decke auf. Vater trug mir und Manette auf, Blumen zu pflücken.

Den ganzen Morgen über brachten wir Körbe mit Rosen, rotem Jasmin, Orchideen und Geißblatt herein. Mutter flocht die Orchideen in Cathérines Haare und drapierte die anderen Blüten hübsch um sie herum.
»Sie sieht wunderschön aus«, sagte Manette ehrfürchtig.
Aber so reglos.
Mutter mühte sich, daß ihr bestes Kruzifix, das eiserne mit dem kleinen Rubin in der Mitte, in Cathérines Hand blieb, doch es glitt immer wieder zu Boden.
»Das reicht«, sagte Vater. Ich glaube nicht, daß er es guthieß, daß Mutter soviel Aufhebens machte.
Mutter legte das Kreuz auf Cathérines Brust, und es blieb liegen.
Am Nachmittag trafen nach und nach Nachbarn ein und starrten auf unsere zerschlissenen Teppiche. Später brachen wir in zwei Kutschen und einem Fuhrwerk durch den Morast nach Trois-Ilets zum Friedhof hinter der Kirche auf. Die Straßen waren gefährlich, aber es war so heiß, daß wir es nicht wagten, einen Tag zu warten. Eines der Pferde strauchelte in dem tiefen Schlamm, und einige Male mußten wir anhalten, um eine Kutsche aus den Fahrrinnen zu ziehen.
Die Sonne ging unter, als der Sarg ins Grab hinabgelassen wurde. Meine Knie gaben nach, als sie den Deckel schlossen. Gertrude half mir auf die Beine. Auf dem gesamten Heimweg umschwirrten uns Glühwürmchen. Schwirrten und schwirrten um uns herum.

Es ist schon spät. Die Luft ist schwer von drohendem Regen. Ich lausche den Landbrisen, die den Mangobaum vor meinem Fenster bewegen, der lauten Waldziege. Pater Droppet sagt, daß Cathérine im Himmel ist, daß sie bei Gott ist. Doch ich spüre sie im Wind, in den dunklen Schatten. Ich spüre ihre Tränen, und ich denke: Warum *Cathérine*? Warum nicht *ich*? Mein Herz schlägt, welch schreckliche Sünde.

Sonntag, 19. Oktober

Mutter und ich nahmen heute eine eingetopfte kupferrote Lilie mit in die Stadt, um sie auf Cathérines Grab zu pflanzen. Dann befahl mir Mutter, mich in den Wagen zu setzen. Als ich zurückschaute, sah ich sie auf der Erde knien. Ich lief hin, um zu sehen, ob sie verletzt war. Sie biß sich auf die Faust, und ihr Gesicht war feucht. Es machte mir Angst, sie so zu sehen. Ich wußte nicht, was ich sagen oder tun sollte.

»Gibt es einen Gott?« rief sie aus. In ihren Augen war Zorn.

Ich hatte Angst zu antworten, Angst, daß irgend etwas, das ich sagte, Cathérine in die ewige Hölle verdammen könnte. »Wir sollten besser gehen«, sagte ich rasch und streckte aus Angst vor dem, was sie an diesem heiligen Ort vielleicht tun würde, die Hand nach ihr aus.

Als wir zu Hause waren, überredete ich Mutter, einen Rum mit Sirup zu trinken, und brachte sie dazu, sich hinzulegen. Ihr Aufschrei hallte immer noch in mir wider: *Gibt es einen Gott?*

Meine Feder zittert, und winzige Tintenkleckse sprenkeln wie ein Tränengestöber die Seite.

Ich erleide eine bittere Enttäuschung, und wieder wird Hoffnung geboten

3. Januar 1778

Onkel Tascher kam heute von Fort Royal mit einer Wagenladung Vorräte zu uns: grober Baumwollstoff für die Sklavenbekleidung, schwarzer Crêpe für unsere Trauerkleidung. Dann zog er einen Brief aus seiner Westentasche – einen Brief aus Paris! Von Tante Désirée.

Vater las den Brief. Er blickte zu seinem Bruder auf. »Es geht um Désirées Patenkind – den Sohn des Marquis.« Er grunzte. *»Du meine Güte.«*

»Wollen Sie ihn nicht vorlesen, Vater?« Ich setzte mich neben Mutter aufs Sofa. Draußen bewegte eine leichte Brise die Palmen. Unser liebeskranker Bulle brüllte in seinem Pferch.

Vater begann vorzulesen. In dem Brief teilte Tante Désirée Vater mit, daß der Sohn des Marquis, Alexandre – »stattlich und wohlerzogen« –, nun siebzehn wäre. Falls er heiratete, käme er in den Besitz seines mütterlichen Erbes, darum hätte Tante Désirée vorgeschlagen, daß er eine ihrer Nichten heiraten solle – eine von *uns.*

Endlich! dachte ich. Meine Gebete waren erhört worden.

Doch dann las Vater weiter vor, daß Alexandre Cathérine den Vorzug gäbe.

Cathérine?

»Aber ...«, stotterte ich. Es war erst zwei Monate her, daß wir Cathérine begraben hatten.

Mutter legte ihre Flickarbeit nieder. »Dann soll er sie eben bekommen«, sagte sie. Sie ist immer noch so – irgendwie seltsam.

Vater schritt im Zimmer auf und ab. »Der junge Chevalier wird über ein jährliches Einkommen von mindestens vierzigtausend Livres verfügen.«

»Vierzigtausend?« sagte Großmutter Sannois, die gerade ins Zimmer kam. »Sagte er vierzigtausend? Oder vier?«

Vater stand am Fenster. »Vielleicht nehmen sie Manette statt dessen«, sagte er.

»Genau daran habe ich auch gedacht, Joseph«, sagte Onkel Tascher und rieb sich das Kinn.

Ich verstand das nicht. Warum nicht mich?

»Viertausend wäre ein akzeptables Einkommen«, sagte Großmutter Sannois.

»Manette ist *elf*«, sagte Vater. »Bis dahin ...«

»Gerade eben«, sagte Mutter.

»Elfeinhalb. Du bist unvernünftig!« sagte Vater mit erhobener Stimme.

Onkel Tascher hustete und schenkte sich einen Rum ein. »Solche Gelegenheiten bieten sich nicht alle Tage«, sagte er.

»Warum nicht mich?« sagte ich und stand auf.

Vater machte ein gequältes Gesicht. Er seufzte. »Rose ...« Er warf erneut einen Blick in den Brief. Dann räusperte er sich. »Der Chevalier hat den Wunsch nach einer jüngeren Braut geäußert. Du bist nicht viel jünger als er. Du würdest nicht in der Weise zu ihm aufschauen, wie es sich für eine Ehefrau schickt.«

Mutter schnaubte.

»Genau das ist es«, sagte Vater. Er stapfte zur Tür. »Gott stehe mir bei!« Er schlug die Tür hinter sich zu.

»Ich lasse es nicht zu, daß du mir mein Baby wegnimmst!« schrie Mutter.

Ich lief in mein Zimmer. Ich fing an, Sachen in eine alte Proviant-tasche zu werfen. Ich wollte weglaufen, ganz gleich wohin. Irgendwohin. Selbst der leerstehende Sklavenschuppen unten am Ufer wäre besser als dies hier. Selbst eine Höhle in den Bergen, mit den entlaufenen Sklaven.

In diesem Moment sah ich Manette, die an einem Zuckerrohr kauend in der Tür stand, ihre ramponierte Holzpuppe unter dem Arm.

»Ich dachte, du würdest draußen spielen«, sagte ich. Manette interessierte mich nicht, um die Wahrheit zu sagen.

Ich hörte ein Schniefen. »Ich will nicht fort!«

»Oh ...«, sagte ich. »Du hast alles gehört.« Ich nahm sie in die Arme. »Arme kleine Vogelscheuche«, sagte ich zu ihr. Das war der Name, den ihr die Sklaven gegeben hatten.

Sonntagnacht, 4. Januar

Ich erwachte von dem Geräusch, das Billardkugeln machen, wenn sie gegeneinanderschlagen, von dem Lärm lachender Männer. Onkel Tascher und Vater sind im Spielzimmer, dachte ich. Wie spät war es?

»Warum eines von *deinen* Mädchen, Joseph?« hörte ich den Onkel fragen.

Ich ging zur Tür, drückte das Ohr gegen den Spalt.

»Nicht, daß sie nicht reizend wären«, fuhr er fort, »und von unschuldiger Reinheit, alle beide – aber mache dir doch nichts vor, ein Mädchen ohne Mitgift? Der Bursche muß verzweifelt sein. Und wenn er so ein Prachtexemplar ist, warum muß er dann wegen eines Mädchens, das er noch nie gesehen hat, um die halbe Welt reisen? Und wegen eines mittellosen obendrein. Wenn er wirklich so ist, wie unsere Schwester sagt, dann würde er sich doch wohl irgendeine von den reinrassigen Huren in Frankreich nehmen.«

»Désirée ist nicht töricht«, hörte ich meinen Vater antworten. »Wie alt ist der Marquis denn jetzt eigentlich? Sechzig? Siebzig?

Wenn er mal den Löffel abgibt, dann wird Désirée ...« Vater furzte.

Dann sagte Onkel Robert etwas, das ich nicht verstehen konnte.

»Wenn sie das schafft« – einen Moment lang wurden Vaters Worte undeutlich –, »dann wäre sie rechtmäßig verwandt. Und für eine *Verwandte* würde es sich doch wohl nicht schicken, ihre Tage in einem Wohlfahrtsheim beenden zu müssen.«

Ich hörte einen Sessel über den Holzboden quietschen. »Der Vorteil für Désirée leuchtet mir ein – aber warum sollte der *Sohn* damit einverstanden sein?« fragte Onkel Tascher.

»Hat der Junge denn eine Wahl? Bis er einundzwanzig ist, muß er in die Seine springen, wenn sein Vater sagt, daß er in die Seine springen soll. Und wenn unsere Schwester dem Marquis sagt, daß er seinen Sohn in die Seine springen lassen soll, dann würde der alte Knacker das auch machen, glaube ich. Weiß der Teufel, was sie zur Belohnung mit ihm anstellt.« Er lachte.

»Dann meinst du also, daß der junge Alexandre zu dieser Abmachung gezwungen wird?«

»Weniger gezwungen als bestochen. Zufriedenheit ist ein unbegrenztes Einkommen, wenn du mich fragst. Die einzige Möglichkeit für den jungen Chevalier, über sein Vermögen verfügen zu können, ist die Heirat. Und ich schätze mal, daß sein hochnäsiger Vater zu ihm gesagt hat – auf den *Vorschlag* unserer geliebten Schwester hin, Gott segne sie –: Hör zu, wenn du meine Heiratserlaubnis willst, dann muß es ein Taschermädchen sein.«

Wieder brach Gelächter aus, und das Gespräch wandte sich den Sklavenpreisen zu. Ich kroch ins Bett zurück. In meinem Bauch war ein merkwürdiges Kribbeln. Was hatte Vater damit gemeint, daß Tante Désirée etwas mit dem Marquis *angestellt* hatte – etwas, das ihn veranlaßte, das zu tun, was sie wollte?

5. Januar

Ich erzählte Mimi, daß Manette vielleicht nach Frankreich reist, um verheiratet zu werden. »Sie hat Angst«, sagte ich.
»Was gibt's da Angst zu haben?« fragte Mimi, während sie die Hirse mit heftigen Schlägen zerstampfte.
Ich war mir nicht ganz sicher, wovor Manette Angst haben mußte, aber ich wußte, daß es irgend etwas war – irgend etwas, das mit Hunden zu tun hatte, die aufeinanderstiegen und dabei so mitleiderregend zitterten. »Du weißt schon, Ehepflicht.«
»Hat sie schon ihren Monatsfluß?«
Ich schüttelte den Kopf. »Was hat das denn damit zu tun?« Ich wußte nur, daß die Köchin kein Schweinefleisch pökeln durfte, wenn sie ihren Monatsfluß hatte.* »Kind, sagen die dir denn *gar nichts*!« Aber Mimi sagte mir auch nichts.

17. März

Jetzt ist Manette krank – sie hat Fieber, genau wie Cathérine. Mutter sagt, daß ihre Angst, verheiratet zu werden, das Fieber ausgelöst hat.
Ich kroch neben sie unter die Decken und versuchte, sie aufzumuntern. Ich erzählte ihr, wie fabelhaft es in Frankreich sein würde. Ich erzählte ihr von den wunderschönen Puppen, die sie dort haben, und wie sich unsere wunderbare Tante Désirée um sie kümmern würde. Ich erzählte ihr, wie stattlich der Chevalier wäre, wie gepflegt und wohlerzogen, wie vornehm und reich. Ich erzählte ihr, wie neidisch ich bin. (Oh, das bin ich wirklich!)

* Der Glaube, daß eine menstruierende Frau einen Schinken verderben konnte, hielt sich bis ins neunzehnte Jahrhundert. Ärzte veröffentlichten Beiträge in medizinischen Zeitschriften über die Theorie, daß eine Frau während der Menstruation eine feuchte Haut bekäme und dadurch verhindert würde, daß das Schweinefleisch Salz aufnimmt.

Aber in ihrem Fieber weinte sie nur. In manchen Nächten habe ich solche Angst, daß sie wie Cathérine sterben wird, in einem einzigen großen Augenblick fort ist und nur noch ein schlaffer Körper auf einem zerwühlten Bett zurückbleibt, nicht mehr und nicht weniger als eine Lumpenpuppe.

23. Juni, 9 Uhr abends

Vater kam gestern von Sainte-Lucie zurück. Sofort fingen er und Mutter zu streiten an.
»Aber Manette wollte niemals fort!« hörte ich Mutter sagen. »Du hast ihr diese Worte in den Mund gelegt.«
Sie fing zu schluchzen an, daß er ihr Manette nicht wegnehmen *könne*, nicht so bald nach dem Verlust von Cathérine. Vater schrie: »Du verrücktes Kreolenweib und deine Kinder!« Ich spürte, wie die Wände bebten, als die Tür zugeworfen wurde.

24. Juni

Vater hat nachgegeben. Er schrieb Tante Désirée, teilte ihr mit, daß er Manette nicht bringen könne, sie sei zu krank für die Reise, aber wie es mit mir wäre? Er erklärte, daß ich gar nicht *so* alt sei und dabei schon gut entwickelt wäre.
»Du weißt, daß ihnen diese Idee möglicherweise nicht gefällt, Rose«, sagte er zu mir, als er den Brief mit Wachs versiegelte. »Immerhin bist du schon fünfzehn.«
»Wann wirst du es erfahren?«
»Es wird ein paar Monate dauern, bis mein Brief dort ankommt, und dazu noch der Krieg ...« Er hörte auf zu rechnen. »Fünf Monate?«
Ich stöhnte. Fünf Monate! Ich will es *jetzt* wissen!

Ich verliebe mich

Sonntag, 19. Juli 1778

Es wird von einer neuen Familie in der Stadt geredet, einer Frau und ihrem Sohn. In der Kirche habe ich sie nach der Messe gesehen. Der Junge – über sechzehn, und von schöner Gestalt – schaute gerade drei Dorfjungen zu, die einen Skorpion jagten, der unter eine Kirchenbank geschlüpft war. Er spielte mit dem Griff seines Entermessers herum, die langen dunklen Ponyfransen verdeckten seine Augen. Sein Leinenkittel und seine Lederstiefel waren geflickt.
»*Béké-goyave*«, murmelte Mutter vor sich hin und schob mich nach draußen, »weiße Landstreicher.«

25. Juli

Mutter erlaubte mir, heute mit Mimi und Sylvester zum Markt zu fahren. »Sofern deine Hausarbeiten erledigt sind«, sagte sie. Wir brachen mit dem Ochsenkarren in die Stadt auf.
Im Dorf war viel los. Ich gestehe, daß ich hoffte, den neuen Jungen zu sehen, aber es waren nur Seeleute da, die aus Fort Royal zu den Hahnenkämpfen herübergekommen waren. Ich hielt den Blick gesenkt, wie es die Nonnen gelehrt hatten.
Am Pier kauften wir von einem Fischer mit hellem Kraushaar eine Makrele und drei Korallenfische. Er starrte mich an, während wir seinen Fang begutachteten. Dann sagte er etwas zu Sylvester und lachte auf eine Weise, die mich erröten ließ.

Wir spazierten wieder zum Dorfplatz hinauf, um Pawpaws, Guaven, Avokados und Tapiokas zu kaufen. An einem Tisch, auf dem Heiligenbilder, kleine Spiegel und Rosenkränze ausgelegt waren, erzählte uns eine Frau von dem entlaufenen Sklaven, der sich in einen Hund verwandelt und auf der Desfieux-Plantage ein Baby gefressen hatte. Gerade als es richtig schaurig wurde, erschien die Mutter des neuen Jungen, in einigem Abstand von dem Jungen gefolgt, der mit Paketen beladen war.

Seine Mutter nickte mir zu. Sie hatte tiefliegende Augen. »Ich habe Sie in der Kirche gesehen«, sagte sie. Sie sprach wie eine Nonne, korrekt. Zwischen den Sätzen preßte sie die Lippen zusammen.

Ich nickte.

Sie stellte sich als Madame Browder vor, ein britischer Name. Der Junge heißt William.

»Wir leben am Fuße des Morne Croc-Souris«, erzählte ich ihnen.

Mimi spuckte auf die Erde.

»Am Fluß?« fragte Madame Browder und steckte eine rote Haarsträhne unter ihre einfarbig weiße Haube.

»Weiter entfernt, La Pagerie.« Von jenseits der Bucht konnte ich einen Einbaum sehen, der langsam auf die Küste zutrieb. Ein Schwarm Möwen stand über ihm wie Moskitos in der Regenzeit.

»Wir wohnen näher an der Stadt«, sagte Madame Browder.

»Die alte Laignelot-Siedlung«, sagte Mimi. Sie kraulte die Ohren eines räudigen Hundes. »Nachbarn, wenn du am Fluß entlanggehst.«

Ich hatte das Gefühl, daß ich sie zu Tee und Kuchen einladen sollte, aber ich wagte es nicht, da ich mich an die barschen Worte meiner Mutter erinnerte: *béké-goyave*. Ich wurde von Sylvester gerettet, der mit dem Wagen vorfuhr. Hastig verabschiedete ich mich.

»Schöne Augen«, neckte mich Mimi auf dem Heimweg und stieß mich mit dem Ellenbogen an. »Ich hab gesehen, wie du ihm schöne Augen gemacht hast.«

Sonntag, 9. August

William und seine Mutter saßen heute morgen ziemlich weit vorne in der Kirche. Mutter, Manette (der es jetzt besser geht) und ich saßen auf einer Bank einige Reihen dahinter. Während der ganzen Messe beobachtete ich ihn, und mein Herz flatterte dabei wie ein gefangenes Vögelchen.

10. August

Heute nachmittag schlich ich mich zum unteren Teich, um zu schwimmen. Als ich jedoch dort ankam, sah ich den neuen Jungen, William Browder. Er angelte, die Hosenbeine bis zu den Knien aufgerollt. Er erschrak, als er mich sah, so, als ob er nicht dort sein sollte. Er zog die Leine aus dem Wasser, ein langes Stück weißes Roßhaar, das an einer Bambusstange befestigt war.

»Etwas gefangen?« Es war heiß, und ich sehnte mich nach einem Bad, aber ich wußte nicht, ob ich sollte, jetzt, da er dort war. Statt dessen setzte ich mich ans Ufer. Ich zupfte einen langen messerscharfen Grashalm und spaltete ihn, um hindurchpfeifen zu können. »Wie machst du das?« fragte William Browder, als er seine Hosenbeine hinunterrollte.

Ich zeigte es ihm, und wir saßen da und pfiffen.

»Warum seid ihr nach Trois-Ilets gezogen?« fragte ich schließlich. *Cul-de-sac à vaches* – Kuhweide – nannten wir es. »Nicht, daß es mich etwas anginge«, fügte ich in dem Bemühen, Manieren zu zeigen, hinzu.

»In Saint-Pierre war es schwer für meine Mutter«, sagte er. Er schaute zum Himmel hinauf. Ein Habicht kreiste. »Hier ist es auch schwer für sie.« Er zuckte mit den Schultern.

Ich hatte gehört, daß seine Mutter früher Schauspielerin gewesen war und sich während des Siebenjährigen Krieges in einen Seemann der britischen Marine verliebt hatte. Stell dir mal vor, eine solche Mutter zu haben, dachte ich. Eine Schauspielerin! Welch eine Schande und welch ein Ruhm. Eine Schauspielerin konnte nicht auf dem Kirchfriedhof begraben werden oder durfte nicht einmal heiraten – die Kirche verbot es.

»Du bist Engländer? Aber du hast gar keinen Akzent.« Ich schlug nach einer roten Ameise, die meinen Arm heraufkroch.

»Mein Vater stammte eigentlich aus Schottland.«

Ich wußte nicht, wo Schottland lag, aber ich war froh, daß er kein Engländer war. Die Engländer sind keine Christen – sie fressen Kinder.

»Ich habe ihn nie kennengelernt«, fuhr er fort. Er streckte sich im Gras aus und zwirbelte einen Grashalm zwischen den Fingern.

»Nie?«

William sah mich an. Seine Augen war von einem hellen Blau, wie ich es noch nie gesehen hatte. »Ich erinnere mich an sein Gesicht, an sein Lächeln. Aber das ist auch schon alles.«

»Mein Vater ist selten zu Hause, darum glaube ich nicht, daß da ein großer Unterschied ist«, sagte ich zu ihm.

»Als ich klein war«, sagte William, »gefiel mir der Gedanke, daß meine Eltern sich sehr geliebt hatten und sich auf tragische Weise trennen mußten. Ich fand das besser als eine mühsam aufrechterhaltene Ehe, in der Mann und Frau nur verbittert und gefühllos werden.«

Ein Fisch sprang aus dem Wasser und zog dabei Ringe auf der spiegelglatten Oberfläche des Teiches. Ich dachte an meine Eltern, an die Bitterkeit zwischen ihnen. War da jemals Liebe im Spiel gewesen?

William schob sich die Haare aus den Augen. »Ich bin ein Ro-

mantiker, glaube ich.« Er lächelte. »Wie mein Idol, Jean-Jacques Rousseau.«
Ich stand auf, mir war unbehaglich. Niemand, und schon gar nicht ein Junge, hatte jemals über solche Dinge mit mir gesprochen. Ich fürchtete, daß es unschicklich war, und wußte nicht, was ich entgegnen sollte. »Ich muß gehen«, sagte ich.
»Ja«, sagte William und erhob sich auch. Er stand vor mir, verlegen und zögernd, kein geheimnisvoller junger Mann mehr, Sohn einer Schauspielerin, die auf tragische Weise geliebt worden war, sondern statt dessen nur William, ein *béké-goyave* in geflickten Kleidern.
Ich eilte den Pfad hinauf. An der Steinbrücke warf ich einen schnellen Blick zurück. William sah mir nach.
»Morgen?« rief er.
Mit brennendem Gesicht rannte ich den Hügel hinauf.

Mittwoch, 12. August

Den ganzen Morgen sagte ich mir: Ich werde nicht hingehen, ich werde nicht hingehen. Und dann, nach den Hausarbeiten, machte ich mich doch auf den Weg zum Teich …
William grinste, als er mich den Pfad herunterkommen sah. Ich tat, als wäre ich überrascht, ihn dort zu treffen. Ich wußte nicht, was ich sagen sollte, also setzte ich mich ans Ufer und warf Kieselsteine ins Wasser. Dann lief ich singend nach Hause.
Nicht auszudenken, was aus mir wird, wenn irgend jemand das herausbekommt.
Ich werde nie wieder hingehen.

2. September

Wann immer es möglich ist, gehe ich zum Fischteich. William ist oft dort. Meistens sitzen wir nur da und reden. Ich erzähle ihm, wie gerne ich nach Frankreich gehen möchte, nach *Paris*, daß ich spüre, wieviel es doch zu erleben und zu sehen gibt, wie aufregend es ist, jung zu sein und sich auf all das zu freuen, wie schwer es ist, wenn einem gesagt wird, daß Träume unerfüllbar sind.
William geht es genauso. Er möchte so gerne die Welt sehen. Er liest die Zeitungen, die mit den Schiffen herüberkommen. Er berichtet mir alles, was in den amerikanischen Kolonien geschieht. Er spricht von »Freiheit« und »Gleichheit«. Er fragt mich, was ich von all dem halte, aber ich sage ihm, daß ich nicht lese, woher soll ich es also wissen?
»Du mußt nicht lesen, um zu wissen, was du von so etwas wie Freiheit hältst. Das steht in deinem Herzen geschrieben«, sagte er, »nicht auf der Seite eines Buches.«
Heute nachmittag hat er mir einen Abschnitt aus einem Buch vorgelesen: *Der Mensch ist frei geboren, doch überall in Ketten.**
»Frei *geboren*«, sagte er. »Stell dir das vor.«
»Jeder?«
»Frei *und* gleich.«
»Sklaven auch?«
»Ein Herr und seine Sklaven.« Er dachte nach. »Ein König und seine Untertanen.«
»Und *das* steht in diesem Buch?« Ich betrachtete es besorgt, als könnte es vor meinen Augen in Flammen aufgehen. »Aber William«, sagte ich, »wenn das wahr wäre, dann wäre die Welt ...« Ich hielt inne. Mir fiel kein Wort ein, das groß genug gewesen wäre.
»Ja!« sagte er.

* Aus *Vom Gesellschaftsvertrag* von Jean-Jacques Rousseau

Freitag, 18. September

William und ich haben uns gestritten. Es begann damit, daß ich ihm erzählte, wie Mimi mir die Karten legt, daß sie mir beibringt, wie man das macht.
»Wie kann sich dein Leben in diesen kleinen Papierschnipseln abspielen?« wollte er wissen.
»Ich weiß nur, daß die Karten recht haben. Ich habe gesehen, daß es so ist.«
»Dann kannst du nicht an die Freiheit glauben«, sagte er.
»Zeig mir die Freiheit!« rief ich, und er wußte keine Antwort darauf. Denn so etwas gibt es nicht.

20. September, 8 Uhr 30 abends

William hat sich entschuldigt, und ich habe angenommen. Er gab zu, daß ihn der Gedanke bekümmert habe, so etwas wie Freiheit könne es nicht geben, daß alles nur auf dem Papier stünde.
»Welche Bedeutung hätte es denn dann, was ein Mensch tut?« wollte er wissen.
Ich erzählte ihm von Cathérine und dem Schicksal, das ihr die alte Frau vorausgesagt hatte, und wie es sich auf so tragische Weise erfüllt hatte. Dann erzählte ich ihm von dem Schicksal, das mir die alte Frau vorausgesagt hatte.
»Glaubst du wirklich, daß dies deine Vorsehung ist – *Kaiserin* von Frankreich zu sein?« fragte er.
»Wie entsetzlich das doch wäre«, sagte ich. Eine Schar Krähen lärmte in den Büschen unten in einer Schlucht.
William brach einen Bougainvilleazweig ab und krönte damit meinen Kopf. Er trat zurück, um mich zu betrachten. »Du wärst eine wunderschöne Kaiserin«, sagte er.
Ich wandte mich ab, denn ich fühlte mich so schamlos schön in seinen Augen.

Er verbeugte sich spöttisch. »Aber wer wird der Kaiser sein?«
Die Bougainvillea fiel von meinem Kopf. Ich beugte mich hinunter, um sie aufzuheben. Als ich mich aufrichtete und ihm gegenüberstand, war mir plötzlich schwindlig. »Du?«
Dann küßte er mich, und ich ließ es geschehen.

16. Oktober

Heute nachmittag zogen William und ich den Berg hinauf in der Hoffnung, die grüne Flamme* zu sehen. Wir warteten bis kurz nach Einbruch der Dunkelheit, aber trotzdem sahen wir sie nicht, weil wir uns zuviel küßten.

Sonntag, 1. November, Allerheiligen

Oh ... Ferien, Ferien, Ferien, mir ist so bang, daß sie zu schnell vorbeigehen.
Heute morgen, nachdem wir Kerzen auf Cathérines Grab angezündet hatten, sind Mutter, Manette und ich zu einem sogenannten Ferienfestmahl nach Hause zurückgekehrt: Gekochte grüne Bananen und Hirse. Die Hirse schmeckte fürchterlich ohne Salz, ohne das wir auskommen müssen, seit die Briten den Hafen blockiert haben.** Wir sprachen ein Gebet für Vater, der sich am Kampf in Sainte-Lucie beteiligt.
Ich habe William seit fünf Tagen nicht gesehen.

* Eine schmale grüne Linie, die gelegentlich bei Sonnenuntergang oder Sonnenaufgang zu sehen ist. Es heißt, daß sie jenen, die sie sehen, Glück bringt.

** Frankreich unterstützte inoffiziell den Amerikanischen Unabhängigkeitskrieg gegen England, indem es den amerikanischen Truppen von Fort Royal aus Vorräte lieferte. Daher blockierten die Briten den Hafen.

15. Dezember

Die Briten haben Sainte-Lucie eingenommen. Vater ist in Sicherheit – er ist auf dem Heimweg.

Neujahrstag 1779

Heute habe ich William als Geschenk Ingwerkonfekt mitgebracht. »Du hast den Weg zu meinem Herzen gefunden«, sagte er. Manchmal spricht er so – wie ein altmodischer Ritter.
Es war so heiß, daß wir lange im Wasser blieben. Als wir herauskamen, streckten wir uns am Ufer zum Trocknen aus. Er löste mein Haar. Dann küßte er mich und drückte mich eng an sich. Kein Laut war zu hören, kein Vogelgezwitscher, nur der Schlag meines Herzens. Schließlich rückte ich von ihm ab, denn es machte mir angst, das alles.

»Wo bist du gewesen?« sagte Mutter, als ich heimkam. Die Schatten waren lang geworden.
»Mit Mimi am Fluß«, log ich.
»Deine Wangen sind verbrannt«, sagte sie. »Du unterläßt es, deine Haube zu tragen.«

Jetzt ist es Nacht, spät. Die Hügel sind still. Ich konnte nicht schlafen, darum stand ich auf, zündete eine Kerze an und öffnete dieses liebe Büchlein, damit ich die Gedanken, die mir im Herzen brennen, niederschreiben kann.
Ich liebe William. Ich liebe William. Ich liebe William.

Ich werde versprochen

Freitag, 29. Januar 1779

Heute kam der Brief aus Paris. Tante Désirée schrieb an Vater: Welches auch immer, nur bringe ein Mädchen her, mich oder Manette, es spiele keine Rolle. »Wir brauchen unbedingt eine Deiner Töchter.« Sie drängte Vater, eilig zu handeln – der junge Chevalier könnte seine Meinung ändern, wenn er zu lange warten müßte.
Der Marquis hatte Vater ebenfalls ein Briefchen geschrieben: »Diejenige, die Sie für meinen Sohn als die Geeignetste erachten, wird unserem Wunsch entsprechen.« Er fügte die Erlaubnis bei, das Aufgebot verlesen zu lassen, und ließ Platz, um einen Namen einzusetzen.
Vater sah mich an. »Nun, Rose – deine Gebete sind erhört worden«, sagte er und schrieb meinen Namen auf den Bogen.
Ich sah weg.
»Was bist du doch für ein sonderbares Mädchen. Immer wenn du glücklich bist, weinst du.«
Ich wischte mir die Wangen mit dem Handrücken ab. »Ja, Vater«, sagte ich.

31. Januar

Heute morgen in der Kirche sah ich William. Ich machte unser Zeichen, und er nickte mir zu.
Wieder zu Hause beeilte ich mich mit meinen Hausarbeiten. Ich

bat um Erlaubnis, zum Fluß gehen zu dürfen – mit Mimi, sagte ich und betete um Vergebung für meine Lüge, zu allem Überfluß noch an einem Sonntag.
Mutter willigte ein, und ehe sie es sich anders überlegen konnte, war ich fort, den Pfad hinunter und in den Wald hinein. An der Brücke blieb ich stehen, mein Atem ging stoßweise. Warum rannte ich denn? Ich ging langsam weiter, während mich meine aufgewühlten Gedanken einholten. Was sollte ich ihm sagen?
William angelte am Teich. Er wandte sich um, als er mich auf dem Weg hörte.
»Ich bin froh, daß du kommen konntest«, sagte ich, als ich wie eine Fremde nervös neben ihm stand. »Ich muß dir etwas mitteilen.« Ich hörte den Schrei eines Raben.
William zog seine Leine ein. Am Haken hing ein lebender Frosch.
»Vater hat einen Brief von seiner Schwester in Paris erhalten«, sagte ich. »Sein Angebot wurde angenommen.«
»Welches Angebot?«
»Ich soll versprochen werden – einem Mann in Frankreich.«
William machte sich an dem Haken zu schaffen, um den Frosch abzunehmen. Er fluchte vor sich hin und bat mich dafür nicht um Verzeihung.
»Ich werde in Paris leben. Ich werde eine Vicomtesse sein.« Gegen meinen Willen klang Stolz aus meiner Stimme.
William sah mich an. Seine Augen wirkten unnatürlich blau.
»Willst du nicht irgend etwas sagen?« Ich fühlte mich unbehaglich.
William warf das Angelgerät in seinen Korb. »Danke, daß du es mir gesagt hast? Soll ich das sagen?« Er band seine staubige Eselin von einem Gummibaumast los.
»William ...« Ich legte ihm die Hand auf die Schulter.
Er sprang mit einem Satz weg und zog sich auf den Rücken der

Eselin hinauf. Dann trat er ihr in die Flanken und ritt den Pfad hinunter davon.
Ich saß am Fluß und bemühte mich krampfhaft, nicht zu weinen.

Sonntag, 11. April

Heute morgen, nach der Messe, verlas Pater Droppet das Heiratsaufgebot zwischen Alexandre-François, Chevalier de Beauharnais, und Marie Joseph Rose de Tascher de la Pagerie.
Manette zwinkerte mir zu. Jeder drehte sich um und starrte mich an. Mir war, als ob Pater Droppet nicht von mir, sondern von jemand anderem gesprochen hätte.
Dies ist nun die große Neuigkeit im Dorf: Endlich werde ich verheiratet, und das mit einem reichen Mann in Paris, einem *Beauharnais*, dem Sohn des ehemaligen Gouverneurs der Windward-Inseln. Ich werde eine Madame de Vicomtesse sein. Man betrachtet mich jetzt als Erwachsene, und ich gebe zu, daß ich mich älter fühle.

8. Mai

Mutter läßt ein Kleid für mich anfertigen, im Pariser Stil, aus purpurrotem Brokat mit Gaze rund um die Ärmel und den Hals. Ich darf es erst tragen, wenn ich in Frankreich bin. So hätte ich wenigstens ein anständiges Stück Garderobe, sagte sie. Heute gehe zur ersten Anprobe.

Montag, 7. Juni

Mutter besteht darauf, daß ich lerne, mich richtig anzukleiden. Ich muß ein Fischbeinkorsett tragen, das so steif bleibt, daß es meinen Busen nach oben drückt und mich zwingt, aufrecht zu

sitzen. Selbst das Atmen bereitet Schmerzen. »Wann kann ich es ablegen?« fragte ich, nachdem ich eine lange Stunde an meinem Frisiertisch gesessen und Salben aufgetragen hatte.
»Du darfst es nie ablegen«, sagte Mutter, während sie Mimi zeigte, wie mein Haar gepudert werden muß. »Du bist jetzt eine Frau.«

23. Juni

Heute bin ich sechzehn geworden – wie schnell doch die Jugend vergeht. Mimi hat mir eigene Tarotkarten geschenkt. »Mit heiligem Wasser geweiht«, flüsterte sie.
Sorgfältig legte ich sie aus. In der zehnten Position war der gehängte Mann, dessen Haare nach unten hingen.
»Das Leben wurde auf den Kopf gestellt«, prustete sie. »Das bist du!«

Samstag, 10. Juli

Vater hat Mühe, genügend Geld aufzutreiben, um die Überfahrt zu bezahlen. Ich hörte zufällig mit an, wie er sich mit Onkel Tascher stritt. »Ich habe dir bereits genug geliehen, Joseph!« hörte ich Onkel sagen.

16. Juli, 3 Uhr mittags

Vater hat endlich genügend Geld. Onkel Tascher hat nachgegeben. Nun muß Vater ein Schiff finden, das uns mitnehmen kann. In diesen Kriegszeiten wird es nicht leicht sein, sagt er.
Ich mache mir Sorgen, denn seine Gesundheit ist angegriffen.
»Du wirst diese Reise nicht überleben, Joseph«, hörte ich Mutter heute morgen zu ihm sagen. »Und was wird dann aus uns?«

»Es ist meine einzige Hoffnung. Diese Ärzte in Paris verstehen ihr Handwerk«, sagte er hustend.
Was, wenn Mutter recht hat? Was, wenn Vater stirbt?

28. Juli

Wir brechen in zwei Wochen auf. Mutter hat die beiden großen Seekisten in den Salon hinaufschleppen lassen, und überall stapeln sich Kleidungsstücke. Es gibt soviel zu tun, zu entscheiden, was mitgenommen werden soll, was zurückgelassen wird.
Mutter ist fest entschlossen, Gertrude mit mir mitzuschicken, aber Gertrude fleht, hierbleiben zu dürfen. Die Reise würde sie umbringen, sagt sie.
»Es ist Lasyrenn, die ihr Angst macht«, flüsterte Mimi.
Lasyrenn, der Voodoogeist des Meeres, die Meerjungfrau mit den langen schwarzen Haaren. Lasyrenn, die knapp unter der Wasseroberfläche lebt und ruft.

29. Juli

Mimi begleitet mich!

Sonntag, 8. August

Übermorgen brechen wir nach Fort Royal auf, und am Tag danach segeln wir los. In Saint-Domingue wechseln wir zur *Ile de France* über, einem Versorgungsschiff der Marine, das, wie Vater warnt, nicht allzu komfortabel sein dürfte. Die Fregatte *La Pomone* wird uns auf dem ganzen Weg nach Frankreich begleiten, um uns für den Fall, daß wir von den Engländern auf See angegriffen werden, zu verteidigen.
»Ich segele nicht gern in Kriegszeiten«, sagte Vater zu mir, »aber

wenn wir auf den Frieden warten, werden wir niemals dort ankommen.«
Es ist unheimlich, aber aufregend – was, wenn wir in einen Kampf geraten?

1 Uhr mittags

Ein Wind kommt auf, biegt die Palmen. Die heiße Luft stürzt sich auf meine Röcke, löst meine Zöpfe, zerrt fest an meinem silbernen Ohrgehänge. Es ist Mittag, aber dunkel wie um Mitternacht. In meinem Zimmer befestige ich mit einiger Mühe die Holzläden und zünde eine Wachskerze auf meinem Toilettentisch an. Ich kritzele über die Seiten auf der Suche nach einem Weg zu meinem Herzen, zu einem Wort, einem Namen: *William.*
Von irgendwoher erfaßt eine Brise die Flamme, löscht sie aus, und tiefe Dunkelheit umgibt mich.

9. August

Der Tag brach an, als ich aufstand. Ich schlüpfte in meine Kleider und ging auf die Felder hinaus. Sucre war mühsam einzufangen. Ich mußte sie mit einem Zimtapfel locken. Schließlich schaffte ich es, sie aufzuzäumen, und ritt auf den Fluß zu, die Unterröcke bis zu den Hüften hochgeschlagen, den warmen Körper meines Ponys zwischen den Beinen.
Ich wartete an der Steinbrücke. Bald darauf kam William, ein Buch lesend, gemächlich auf seiner Eselin daher. Er war überrascht, als er mich sah.
»Komm mit mir den Berg hinauf«, sagte ich.
»Du bist versprochen.«
»Ich reise morgen ab!«
Das schien ihn zu erschrecken.
Ich übernahm die Führung, als wir den Hügel hinaufritten. Am

oberen Ende des Weges, dort, wo er in eine Lichtung mündet, hielt ich an. »Das ist ein guter Platz.« Ich ließ mich von Sucre gleiten.
»So gut wie jeder andere.« William band seine Eselin an eine Kokosnußpalme.
»Du bist nicht der einzige, der ...«
»Der *was*? Was empfindest du denn, Rose?« Er wandte sich ab. »Es tut mir leid«, sagte er. »Ich weiß ja, daß es nicht zu ändern ist.«
Ich preßte die Stirn an seinen Rücken. »Hältst du es für möglich, daß wir einander ewig lieben werden?«
»Sprich nicht von Liebe, ich flehe dich an«, sagte er mit tränenerfüllter Stimme.
Wir blieben auf dem Berg, bis die Moskitos zu schwärmen begannen. Er küßte mich auf die Wange. Ich sehnte mich nach mehr, viel mehr, doch ich hatte kein Recht mehr dazu.
Wir ritten den Berg hinab, durch die langen Schatten. Am Fuß wandte er sich mir zu. »Wir haben nie die grüne Flamme gesehen.«
Ich hatte es schon vergessen.
»Ein andermal«, sagte er und schützte mit der Hand seine Augen vor der Sonne.

11. August – Fort Royal

Wir waren zu acht in dem Planwagen – ich, Vater und Mimi, dazu Mutter, Manette, Großmutter Sannois, und sogar Gertrude. Und Sylvester kutschierte. Dazu noch die beiden großen Seekisten. Es war ein Wunder, daß das Pferd uns alle ziehen konnte. Mehr als einmal steckten wir bis zur Radnabe im Schlamm und mußten zu Fuß gehen.
Es war schon bedenklich weit nach Einbruch der Dämmerung, als wir in Onkel Taschers Innenhof einfuhren. Seine Frau kam

mit aufgelösten Haaren und unordentlich gekleidet heruntergelaufen, um uns zu begrüßen, Onkel Tascher mit hochrotem Gesicht hinter ihr her.
Wir wurden alle zusammen in zwei Zimmern im ersten Stock untergebracht. Onkel Taschers Dienstmädchen brachte uns Kassavenbrot mit Zuckersirup und einen Kochtopf mit heißer Schokolade, der Vater einen Schuß Brandy aus seiner Futteralflasche beigab. Wir aßen und machten uns zum Schlafen bereit. Als wir gemeinsam unsere Abendgebete sprachen, konnte ich ein Schniefen hören. Gertrude hatte das Gesicht in den Händen vergraben.

Ich erwachte, bevor der Morgen dämmerte. Eine Zeitlang lag ich träumend da. Wie Monsieur de Beauharnais wohl sein mag, überlegte ich. Ich stellte ihn mir gutaussehend und schneidig vor, vielleicht ein wenig schüchtern, so daß ich ein wenig kokettieren mußte, um ihm die Befangenheit zu nehmen. Ich übte, mit den Augen zu rollen, die angeblich das Attraktivste an mir sind, und meine Hand zu küssen, was sie jedoch lediglich naß machte und mich an William erinnerte. Ich hoffte, daß Monsieur de Beauharnais William sehr ähnelte, nur eben adlig und reich, und daß er mich sehr lieben würde. Was mich betrifft, so weiß ich, daß ich ihn lieben werde, denn Gertrude sagt, ich könnte sogar einen Floh lieben.
Großmutter rührte sich, stupste Mutter an, damit sie ihr aufhalf, und der Tag begann. Ich ging zum Fenster und zog die schweren Brokatvorhänge zurück. Unser Segelschiff war noch da, neben den kleinen Fischerbooten. Eines der Segel war losgemacht worden. Ich konnte es kaum erwarten, an Bord zu gehen, denn was, wenn ein Wind aufkam und wir zurückgelassen wurden?
Dieses eine Mal mußte mir Mutter nicht sagen, daß ich mich fertigmachen sollte. Gertrude schnürte mich in mein bestes Gewand, das gelbe mit dem Schal, das ich selbst bestickt hatte.

Mimi, immer noch in ihren Unterröcken, gesellte sich aus dem anderen Zimmer zu uns. »Ich hatte einen schlimmen Traum heute nacht.« Sie rieb sich die schläfrigen Augen.
Gertrude schlug die Hände über die Ohren. »Sag das nicht!«
»Schweig!« sagte Mutter und bekreuzigte sich.

Schließlich waren wir, in unsere Sonntagsgewänder gekleidet, bereit. Wir hatten gegessen, Kaffee mit Milch getrunken und unsere Morgengebete gesprochen, die so lange dauerten, daß mir die Knie weh taten.
Onkel Tascher ließ zwei Wagen anspannen. Sein Kutscher (in neuer Livree – sehr stattlich) und Sylvester luden die Kisten auf ein Fuhrwerk, das von zwei schläfrigen Mulis gezogen wurde. Mimi, ihren Weidenkorb an sich gedrückt, und eine schniefende Gertrude kletterten hinten auf. Sylvester schwang sich auf den Kutschbock. Onkels Kutscher – der trotz der Stunde betrunken aussah – half uns in Onkel Taschers neue Karosse.
»Du meine Güte«, sagte Mutter, als sie die blauseidene Polsterung berührte. »Bist du sicher, daß wir darauf sitzen sollten, Robert?«
Großmutter klopfte an die Verglasung, um zu sehen, ob sie echt war, und zog eine der Jalousien herunter, um zu sehen, ob sie funktionierten. »Schade, daß es diese Farbe ist«, sagte sie.
»Aber ja, aber ja, aber ja, setzt euch nur.« Onkel Taschers Frau ordnete ihren braunen Taftfaltenrock (aus *Mailand*). »Ich gehe nirgendwohin mehr zu Fuß.« Sie schaute in die Glasscheibe, um sich zu vergewissern, daß ihr gräßliches rotes Haar unter ihrer Spitzenhaube gut verborgen war.
»Ich fühle mich wie eine Kaiserin in dieser Karosse«, sagte ich. Dann schlug ich die Hand vor den Mund, denn das Gerede über meine Zukunft war noch nicht verstummt.
Der Kutscher knallte mit der Peitsche, und die Pferde zogen mit einem Ruck an, wodurch wir durcheinandergewirbelt wurden.

Als wir uns dem Hafen näherten, nahm Vater meine Hand. »Nervös?«
»Mon Dieu«, sagte Mutter. »Dieses Schiff ist nicht besonders groß, Joseph.«
»In Sainte-Domingue wechseln wir auf ein größeres über.« Vater sprang auf den Kai, als wäre er ein junger Mann. Er ließ den Metalltritt herunter.
»Ein Schiff *und* ein Geleitschiff.« Onkel Tascher rückte seinen Hut zurecht, denn er war jetzt Hafenkommandant. Er nahm Mutters Hand, als sie herunterstieg. »Sie sollten eigentlich vor einem Angriff sicher sein.«
Sylvester lenkte das Fuhrwerk mit Gertrude und Mimi hinter uns heran. Unsere beiden Seekisten wurden in ein Ruderboot geladen, und plötzlich sagten wir alle auf Wiedersehen.
»Schick mir eine Puppe!« verlangte Manette, als sie meine Taille umklammerte.
Ich küßte ihr liebes, tränenverschmiertes Gesicht. »Wirst du mir schreiben?«
Sie nickte, aber ich wußte, daß sie es nicht tun würde.
Mutter ergriff meine Hände. »Du darfst nicht vergessen, dich unter den Nägeln zu waschen.«
»Maman!«
Sie legte mir die Hand auf die Schulter. »Wirst du ein braves Mädchen sein?«
Ich umarmte sie. Ich hatte Angst, sie könnte weinen.
Mimi und Vater hatten bereits in dem kleinen Passagierdinghi Platz genommen. Vater schrie mir zu, einzusteigen.
Gertrude nahm mich in die Arme. »Mein Baby!« Ich begann ebenfalls zu weinen.
Ich küßte ihre feuchten Wangen und riß mich los. Ein bärtiger Matrose half mir ins Boot. Vater reichte mir sein Taschentuch. Mimi sah verängstigt aus. Und dann waren wir auf dem Wasser, winkten und warfen uns Kußhändchen zu.

Ich sah zurück. Gertrude war auf die Knie gefallen und betete. Mutter stand regungslos da, die Hände an die Brust gepreßt. Schließlich standen nur noch Manette und Sylvester da und winkten.

2

Vicomtesse

Ich komme in die Alte Welt

Dienstag, 12. Oktober 1779 – Brest, Frankreich

Meine Knie zitterten, als ich auf den Kai kletterte. Ich hielt mich an Mimi fest, um mein Gleichgewicht nicht zu verlieren. Mir war gar nicht zu Bewußtsein gekommen, wieviel Angst ich gehabt hatte, daß wir es niemals schaffen würden.

Frankreich! So viele Menschen, Pferde, Kutschen! Ein Träger, der eine Last auf dem Kopf balancierte, fuhr uns an, aus dem Weg zu gehen. Ein Ausrufer schrie seine Neuigkeiten am Rand der Menge aus. Es wirkte seltsam, all diese weißen Gesichter, die umhereilten und Worte ausriefen, die ich nicht verstehen konnte.

Der Kapitän und der Flaggschiffleutnant halfen Vater. Er war so krank, daß er kaum laufen konnte. Er hatte ein Gebräu aus Federgrassirup und Brandy getrunken, das ihm der Schiffsarzt zubereitet hatte, aber es hatte nicht geholfen.

Ich fragte eine geschminkte Dame, die neben einigen Seekisten stand, wo wir eine Pferdedroschke mieten könnten, aber sie sah mich nur an. »Sie kann Ihren Dialekt nicht verstehen«, erklärte der Kapitän, während er Vater auf eine Kiste setzte. Er winkte eine Mietdroschke heran und half uns, in einem Gasthaus unterzukommen. Er sandte sogar eine Nachricht an Tante Désirée, daß wir angekommen wären. Er sagte, daß sie ungefähr zehn Tage bräuchte, um herzukommen, vielleicht auch länger.

Zuerst versuchten wir, im Hôtel du Monarque Quartier zu nehmen, ein luftiges und helles Gebäude mit Kronleuchtern, Teppichen und einem Büffet, auf dem ein paar Platten angerichtet waren. Wir wurden in einen Salon geführt, wo neben dem Kamin eine Dame in einem Kleid mit einem Reifrock stand, der so groß war, daß ich mich fragte, wie sie wohl durch die Tür gekommen war.

Wir waren nur kurz davor, uns zu einigen, als Vater, den wir in einen Sessel gelehnt hatten, hustend zusammenbrach, und die Hotelbesitzerin uns erklärte, daß wir nicht bleiben könnten. Der Kapitän, der ohnehin seinen Zorn nicht zügelt, wollte etwas einwenden, aber ich versicherte ihm rasch, daß wir es vorzögen, anderswo zu wohnen. Und hier sind wir nun, im Hôtel Graves, das zumindest sauber, obwohl nicht annähernd so prachtvoll ist.

Vater und ich haben ein Zimmer im ersten Stock mit Blick zur Straße. Mimi hat ein Zimmer neben den Ställen und Aborten bekommen. Ich sagte der Hotelbesitzerin, Madame Mignon Lodi-Clarion, ein mürrisches Weib und dünn wie ein Besenstiel, daß ich Mimi bei mir haben möchte, daß sie mir während der Nacht mit Vater helfen müßte, aber Madame war unerbittlich. »Der Bursche wird sie holen, wenn es nötig ist«, sagte sie, etwas kurz angebunden.

Nachdem ich Vater untergebracht hatte, bat ich als erstes um ein Bad. Madame brachte mir ein Handbecken mit heissem Wasser, Joppaseife und sagte, Eintauchen sei gefährlich. Ich wusch mich, so gut es ging.

Als die arme Mimi kam, roch sie wie die Scheune. Ich überließ ihr mein Wasser, damit auch sie sich waschen konnte, und dann steckten wir unsere kleine Wäsche ins Wasser. Wir drapierten sie über die Stühle vor dem Kohlekamin. Es ist so kalt und feucht, daß ich fürchte, sie wird nie trocknen.

Am selben Abend

Alle Leute, die in diesem Gasthaus logieren, essen gemeinsam. Ich ging ohne Vater hinunter. Wir aßen Kabeljaukopf mit Shrimps und Austern und anschließend Hammel, Eier und ein Gericht aus gegrillten Aalen, das mir zwar nicht zusagte, das ich mich jedoch aus Höflichkeit zu essen zwang. Nach der Mahlzeit rieb sich ein Mann, der mir am Tisch gegenüber saß, die Zähne mit einem Schwamm und einem Spachtel ab. Ich dachte, daß dies hier vielleicht so üblich war, aber er war der einzige, der das tat. Dann bat er um einen Nachttopf. Hastig verabschiedete ich mich.

Donnerstag, 14. Oktober

Vater hat vergangene Nacht nicht geschlafen und unter Fieberträumen gelitten. Er sagte ständig, daß er jetzt nicht sterben *könne*.

Ich versuchte ihn zu überreden, etwas Fischsuppe zu sich zu nehmen, aber er konnte sie nicht bei sich behalten, weil er Blut spuckte. »Ich werde Madame holen.« Ich wollte nicht, daß er mich weinen sah.

»Nein.« Er sank in die Kissen.

Ich bin jetzt wieder in meinem Zimmer, aber ich kann nicht schlafen, weil ich auf Geräusche von der anderen Seite der Wand horche. Auf das Leben horche – aber den Tod fürchte.

Am selben Abend

Schließlich kam der Arzt mit einem langwüchsigen Gehilfen, der ihm die große Tasche trug. Er verschrieb ein Elixier, das Vater dreimal täglich nehmen soll. Die Arznei und sein Besuch kosteten fünf Livres! Wenigstens muß Vater nicht zur Ader gelassen werden.

16. Oktober

Gestern abend, nachdem Vater eingeschlafen war, gesellte ich mich zu einigen Gästen im Salon. Ich brachte ihnen bei, wie man Pikett spielte, was ich auf dem Schiff gelernt hatte. Ich war keck und setzte ein wenig Geld darauf und gewann zwei Sous von Monsieur d'Aelders, einem reizenden alten Mann aus Dijon. Ich wollte es ihm zurückgeben, doch er, ein wenig stolz, bestand darauf, daß ich es behielt. Für heute abend hat er Revanche geschworen!

Sogar Madame spielte. Sie nippte an einem Glas Wein und summte vor sich hin.

Jeder wollte wissen, wie es sei, auf einer Zuckerplantage zu leben. Madame sagte, es wäre eine altbekannte Tatsache, daß der Besitzer einer Zuckerplantage mehr Geld verdiene als der König. Monsieur d'Aelders wollte wissen, ob es stimmte, daß die Sklaven nackt herumliefen.

»Nicht immer«, sagte ich, eine Antwort, die ihm zu gefallen schien.

Ich erzählte ihnen, daß ich nach Frankreich gekommen sei, um meinen Verlobten kennenzulernen. Madame erzählte, wie sie, als sie ihrem Ehemann (der vor sechs Jahren starb) vorgestellt wurde, falsche Augenbrauen aus Mäusefell trug. Aber eine Augenbraue war abgefallen, was sie nicht bemerkt hatte! Ihr Verlobter sah sie die ganze Zeit über seltsam an.

Ich kann Madame jetzt besser leiden. Sie ließ mich wissen, daß ich sie Madame Mignonette nennen dürfe. Sie verriet mir, wie man Stockflecken aus Leinen herausbekommt: mit Seife einreiben, etwas Kalk abkratzen und einreiben, ein wenig anfeuchten und in die Sonne legen. Sie sagte, vielleicht müßte ich es zweimal machen, aber die Flecken würden herausgehen.

Ich sagte ihr, daß mir Frankreich zwar gefiele, ich allerdings zugeben müsse, daß mich der Gestank manchmal vollkommen überwältige. Sie schenkte mir ein Fläschchen, das ich mir um den Hals hängen soll. Es enthält ein Blumenwasser, an dem ich schnuppern kann. Außerdem kann ich mir Tröpfchen an die Handgelenke, hinter die Ohren und sogar auf den Busen tupfen. Sie meinte, ich soll es »überall« hintupfen, wobei sie mit den Augenbrauen wackelte. Wenn sie einmal Zeit hätte, sagte sie, würde sie mir zeigen, wie man sich wie eine *echte* französische Dame kleidet.

21. Oktober

Immer noch keine Nachricht von Tante Désirée.

22. Oktober, abends

Kurz vor Mittag kam Madame, um Vater mitzuteilen, daß eine Frau da wäre, die ihn zu sehen wünsche. »Empfangen Sie Besuch, Monsieur?«

Ich sah mich in seinem Zimmer um, warf einen Blick auf sein Äußeres. Er war noch nicht rasiert, und das Zimmer war nicht aufgeräumt worden.

»Comtesse de la Touche de Longpré.« Als wäre sie eine vornehme Dame, reckte Madame die Nase in die Luft und wedelte mit den Fingern. »Die Tochter von Madame de Girardin, soll ich Ihnen ausrichten.«

Ich sah Vater verwirrt an. War Girardin nicht der Name von Mutters Schwägerin? Ich war ihr nur ein paarmal begegnet. Sie war mir als eine hochnäsige Frau in Erinnerung, die Mutter schlecht behandelte.

Vater stöhnte. »Mon Dieu, Laure Longpré – Brigittes Tochter ...«

Meine Cousine Laure? Ich hatte sie nicht mehr gesehen, seit ich ein Kind war. Soweit ich mich erinnerte, war sie viel älter als ich, fast fünfzehn Jahre, verheiratet und Mutter. Ich erinnerte mich, daß die Jungen sie angegafft hatten und ihr nachgelaufen waren, was sie nicht zu verhindern suchte.

»Was in Gottes Namen hat *die* denn hier zu suchen?« schnaubte Vater.

Kurz darauf wurde Madame Longpré eingelassen und erfüllte das Zimmer mit einem schweren Irisduft, der Vater zum Husten reizte. Rasch öffnete ich die Fenster.

»Rose, wie du gewachsen bist«, sagte sie und nahm mein Angebot, sich zu setzen, an. Sie trug ein duftiges pinkfarbenes Kleid mit Gazeschleifen und Troddeln.

Ich knickste, wußte nicht, was ich sagen sollte. Sie war ziemlich stark geschminkt und überall mit Juwelen behängt, insbesondere über ihrem Busen, den sie derart zur Schau stellte, daß man erröten mußte.

»Wie reizend, Verwandte in Frankreich zu haben«, sagte sie. Ihre Augenbrauen waren zu einer dünnen Linie gezupft und mit einem Kohlestift geschwärzt, und die Augenlider waren silbern bemalt. »Wie ich höre, wird es vielleicht bald eine Hochzeit geben.«

Vater bekam einen Erstickungsanfall.

»Hättest du gerne eine Schale Tee?« fragte ich. »Konfekt vielleicht?«

»Nein, danke, Kind. Ich will euch nicht aufhalten. Ich sehe, daß es meinem Onkel nicht gutgeht, und was mich betrifft, so muß ich nach Hause zurückkehren, da ich erst *kürzlich* das Kindbett verlassen habe.«

Bevor Vater und ich unsere Segenswünsche aussprechen konnten, wandte sich Madame Longpré an mich. »In den letzten beiden Jahren hatte ich das Glück, die Bekanntschaft deines Verlobten, Chevalier Alexandre de Beauharnais, zu machen, der, wie ich dir versichere, der *reizendste* Mann ist, den man sich nur wünschen kann.«

Vater spuckte in sein Taschentuch.
Ich suchte nach einer Antwort. »Vielleicht ein Glas Wein?«
Madame Longpré lächelte mich an. Sie erhob sich und nahm ihren pinkfarbenen Sonnenschirm auf. »Wenn der Chevalier eintrifft, wärst du dann so freundlich, ihm meine herzlichsten Glückwünsche zu übermitteln. Teile ihm mit, es wäre mir das *größte* Vergnügen, ihm *persönlich* zu gratulieren.«
Sofort, nachdem Madame Longpré gegangen war, verlangte Vater ein Glas Brandy.
»Mutter hat gar nicht erwähnt, daß Laure Longpré hier lebt«, sagte ich.
»Ich bezweifele, daß sie es überhaupt weiß. Deine Mutter und ich mögen die Girardins nicht sonderlich – und sie, muß ich wohl sagen, mögen uns auch nicht sonderlich.«
»Madame Longpré machte einen *sehr* freundlichen Eindruck.«
»Wie ein tollwütiger Fuchs«, schimpfte Vater und leerte sein Glas.

23. Oktober

Heute nachmittag hat mir Madame »Modetricks« gezeigt. Mimi und ich kicherten, was Madame nicht schätzte, aber wir konnten nicht anders, insbesondere, als sie uns die falschen Gesäße und Busen vorführte. Sie zeigte mir, wie ich eine kleine Korkkugel in die Wange stecken mußte, um die Lücke auszufüllen, wo man mir einen Zahn gezogen hatte. Madame macht es selbst, auf der rechten Seite. (Jetzt ist mir klar, warum sie manchmal etwas schwer zu verstehen ist.) Sie zeigte mir auch, wie ich mir kleine Schönheitspflästerchen ins Gesicht kleben konnte, um meine Pockennarben zu überdecken. Sie schenkte mir zwei kleine aus dicker blauer Wolle: eines in Form eines Diamanten, das andere ein Oval. Dann zeigte sie Mimi, wie sie mein Korsett straffer schnüren konnte, indem sie ihre Füße am Bettrahmen abstützte und zog. Wir staffierten mich von Kopf bis Fuß aus, mit Gesäß und Busen und einer ganz, ganz schmalen Taille. Ich sah wunderschön aus, aber ich konnte nicht atmen und war ganz kurz davor, in Ohnmacht zu fallen!

26. Oktober

Tante Désirée und Monsieur de Beauharnais werden morgen eintreffen! Ich fürchte, ich werde krank.

Ich werde meinem Verlobten vorgestellt

27. Oktober 1779

Mimi und ich verbrachten den Morgen damit, in meinem Zimmer viel Wirbel um mein Make-up, meine Kleider und mein Haar zu machen. Alle paar Minuten liefen wir zum Fenster. Gegen elf hörte ich das Dienstmädchen laut auf der Straße reden. Ich schaute hinaus und sah eine große Frau, der aus einem Gefährt geholfen wurde, aber keinen jungen Mann – daher wußte ich, daß sie es nicht waren.

Dann war plötzlich eine Frau an meiner Tür. Es war meine Tante Désirée! Ich hatte sie zuletzt gesehen, als ich erst drei oder vier Jahre alt war, und hatte daher keine Erinnerung mehr an sie, obwohl ich sie mir immer *vorgestellt* hatte: meine »wunderbare Tante Désirée«, die hochgewachsene Frau mit goldenem Haar, die den wohlhabenden Marquis verhext hatte. Und da war sie nun – füllig, mürrisch und herrisch.

»Aha.« Sie musterte mich von oben bis unten mit einem leichten Stirnrunzeln, »du mußt Rose sein.« Sie trug ein rotweiß gestreiftes Taftkleid und einen Hut mit wippenden roten Federn. Sie drängte mich in eine Umarmung. Der Puder in ihrer Perücke reizte mich zum Husten. Sie wollte wissen, wo Vater sei. »Mein Bruder – ist er schon tot?« bellte sie.

Ich öffnete die Schiebetüren zu Vaters Zimmer in der Hoffnung, daß sie den Branntweingeruch nicht riechen würde.

»Joseph«, befahl Tante Désirée von der Tür aus, »du hast nicht zu sterben!«

»Ich gebe mir wirklich keine Mühe zu sterben, Désirée«, sagte mein Vater, der sich mit einer Spur von Unbehagen, noch verstärkt durch die heftige Begrüßung seiner Schwester, im Bett aufsetzte. Ich half ihm, die Kissen hinter seinem Rücken zurechtzurücken. »Wo ist der junge Chevalier?« fragte er, eine Frage, die auch mich am meisten beschäftigte.

»Ich habe ihn für Besorgungen weggeschickt.« Tante Désirée nahm sich einen Likör aus der Vitrine am Bett. Sie musterte mich. »Wirst du deinen Mund halten, junge Dame? Deine Mutter warnte mich, daß du etwas geschwätzig seist.«

Gerade jetzt mußte ich meinen Mund halten.

»Désirée, wirst du wohl ... Grand Dieu! Ich hatte vergessen, welch ein ...«

»An deiner Stelle wäre ich still, Joseph. Ich wurde bereits von dieser Madame da unten überfallen wegen der sechsundachtzig Livres, die du ihr schuldest. Und es wird zweifellos noch andere Rechnungen geben.«

Ich seufzte und ging zum Fenster. Ein mit Mehl bestäubter Barbier überquerte die Straße und wich einem Mann zu Pferd aus.

»Wann wird Monsieur de Beauharnais zurückkehren?« fragte ich.

Tante Désirée faßte mich an den Schultern und drehte mich zum Licht. »Nicht so bald, hoffe ich. Du hast viel zu viel Rouge aufgetragen. Und was sind das für Dinger, die du dir da ins Gesicht geklebt hast? Schönheitspflästerchen sind schon seit dem Tod von König Louis XV. aus der Mode!«

Ich warf einen schnellen Blick zu Mimi, die an der Tür stand und sich große Mühe gab, nicht zu kichern. »Madame hat mir bei meiner Toilette geholfen«, gestand ich.

»Diese Madame da unten? Kein Wunder, daß du wie eine Dirne aussiehst.«

Ich unterdrückte die Tränen. Tante Désirée seufzte und schürzte die Lippen. Ich entdeckte ein Anzeichen von Zuneigung unter ihrer rauhen Schale. »Mein liebes Kind, du wirst feststellen, daß dein Verlobter – das heißt, sollte er Gefallen an dir finden und in diese Verbindung einwilligen – *Schlichtheit* schätzt, nicht Künstlichkeit. Er ist, wie dir der junge Mann *zweifellos* selbst mitteilen wird, ein überzeuger Verfechter des ›Empfindsamkeitskultes‹, Gott stehe uns allen bei.«

Sie gab diese Erklärung ab, als wäre sie eine ehrenvolle und lächerliche Auszeichnung zugleich. Ich hatte nicht die leiseste Ahnung, was sie meinte.

»Worauf deine Tante Désirée hinauswill, Rose«, sagte mein Vater und sank wieder unter die Bettdecke, »ist, daß du deine Garderobe wechseln sollst.«

Und so kam es, daß ich eine weitere Lektion darin erhielt, wie sich eine echte französische Dame kleidet.

»Na bitte. Joseph, was hältst du davon?« Tante Désirée schob mich ans Fußende von Vaters Bett. Sie hatte mir ein einfaches Batistkleid angezogen und einen mit Seidenblumen geschmückten Strohhut aufgesetzt.

»Du hast eine Landpomeranze aus ihr gemacht, Désirée. Bist du verrückt? Sie wird sich in diesem Aufzug den Tod holen.«

Das Kleid unterschied sich nicht allzu sehr von den Hemdkleidern, die wir daheim trugen – im Haus während der Hausarbeiten. Ich war enttäuscht, daß ich das pupurrote Brokatkleid, das Mutter mir hatte nähen lassen, ausziehen mußte, aber Tante Désirée betonte nachdrücklich, daß es aus der Mode wäre und daß Monsieur de Beauharnais *niemals* in eine Heirat mit mir einwilligen würde, wenn er mich in einem *solchen* Kleid sähe.

»Du hattest noch nie Geschmack, Joseph.« Tante Désirée zupfte an meinen seitlichen Locken, damit sie locker um mein Gesicht fielen – à la négligence nannte sie das. »Obwohl ich zugeben muß, daß ich dir in diesem besonderen Fall fast recht gebe. Aber was immer die Königin trägt, die jungen Leute folgen ihr, und weiß Gott, sie führt sie auf eine fröhliche Jagd.« Sie zog eine Uhr aus ihrem Busen. »Komm jetzt, Kind, wir dürfen nicht trödeln.«

Ich war eher verwirrt als nervös, als ich Tante Désirée die Treppe hinunter zum Salon folgte. Die Bemühungen der letzten Stunden hatten mich durcheinandergebracht, und aus irgendeinem Grund war ich nicht darauf gefaßt, Monsieur Beauharnais in diesem Moment zu begegnen – als ich daher einen jungen Mann in Uniform auf dem Sofa sitzen sah, in ein Buch vertieft, dachte ich mir nichts dabei.

»Alexandre, wenn ich bitten darf«, rief Tante Désirée mit einer theatralischen Gebärde aus, »es ist mir eine Freude, dich meiner Nichte vorzustellen – deiner *Verlobten*.«

Monsieur de Beauharnais sah erschrocken auf, als hätte er auf eine Kutsche gewartet, und plötzlich wäre sie angekommen. »Oh!« Er legte ein Lesezeichen in seinen kleinen Lederband, bevor er ihn sorgfältig auf dem Beistelltisch ablegte. Er stand auf.

»Mademoiselle Tascher de la Pagerie«, sagte Tante Désirée feierlich, »Monsieur le Chevalier de Beauharnais.«

Ich hatte das Gefühl, daß hier ein Irrtum vorlag. Dieser junge Mann war so *ungemein* vornehm in seiner weißen Uniform mit Silberbesatz. Seine Haare (seine eigenen, keine Perücke – ich mag das) waren aus der Stirn nach hinten gebürstet und fein gepudert. Seine Nase war vielleicht etwas zu lang, aber elegant in dieser Form. Seine gewölbten Augenbrauen verliehen ihm ein intelligentes, fragendes Aussehen. Seine Augen waren dunkel und ziemlich tiefliegend.

Ich sank bis zum Boden in einen Knicks (wobei ich, wie ich gestehe, meinen Busen wirkungsvoll zur Geltung brachte) und bot, als ich mich aufrichtete, meine Hand dar, wie Vater es mir beigebracht hatte, grazil, den kleinen Finger leicht gespreizt. Ich lächelte, wobei ich darauf achtete, meinen Mund geschlossen zu halten*, was nicht schwer war, da ich schreckliche Angst davor hatte zu sprechen. Glücklicherweise hatte Tante Désirée diese Angst nicht. Sie nahm auf dem Sofa Platz und zog mich neben sich. Dann unterhielten sie und Monsieur de Beauharnais sich darüber, ob sie anderswo Quartier nehmen sollten oder nicht. Offensichtlich war Monsieur de Beauharnais mit dem Hôtel Graves nicht zufrieden. Tante Désirée bemerkte, daß Vater nicht an einen anderen Ort gebracht werden sollte; er müsse für die lange Reise nach Paris Kräfte sammeln. Monsieur de Beauharnais sagte, daß er sich in diesem Fall ein Zimmer im Hôtel du Grand Monarque nähme. Ich drehte den Kopf von einem zum anderen.

In diesem Moment stolperte Madame Mignonette herein, mit einem Korb schmutziger Wäsche. Sie erfaßte rasch die Situation und fragte stammelnd, ob wir eine Erfrischung wünschten.

»Was ist denn mit dieser Frau los?« fragte Monsieur de Beauharnais, als sie sich entfernt hatte, wobei sie auf höchst komische Art rückwärts aus dem Zimmer ging. Er zog eine Zigarre aus einem silbernen Futteral.

»Sie ist zweifellos durch den Zweck dieser Begegnung etwas aus der Ruhe gebracht«, antwortete Tante Désirée.

»Sie *weiß* davon?«

»Soweit ich feststellen kann, weiß *jeder* davon.« Tante Désirée verdrehte die Augen.

Madames Dienstmädchen kam mit Wein in einer Karaffe, einer kleinen Schale Kaumarzipan und einem Teller mit gebuttertem, verbranntem Toast herein. Ich lehnte den Wein ab, nahm jedoch eine Scheibe Toast an, den ich in kleinen Bissen und, trotz der Krumen, die in meinen Schoß fielen, um damenhaftes Benehmen bemüht verzehrte. Wann immer mir Monsieur de Beauharnais zufällig einen Blick zuwarf, lächelte ich und machte ihm schöne Augen.

* Wie alle Mitglieder ihrer Familie hatte Rose fürchterliche Zähne.

Ich überlegte angestrengt, was ich sagen konnte. »Madame Longpré kam zu Besuch«, verkündete ich schließlich. »Sie sagte, sie würde die Gelegenheit begrüßen, Monsieur de Beauharnais zu sehen.«

Für einen Moment herrschte Unruhe, da sich ein Stück Toast gefährlich in Tante Désirées Kehle verfangen hatte. »Madame *Laure* Longpré?« fragte sie mit tränenden Augen.

Ich nickte. »Hat Mutter sich nicht um sie gekümmert, als sie klein war?«

»Deine Mutter und ich gemeinsam. Laure war eine Plage.«

»Das ist sie immer noch«, sagte Monsieur de Beauharnais.

»Wie schade, daß wir sie nicht werden besuchen können«, sagte Tante Désirée.

Dann verkündete Madame Mignonette, daß das Abendessen serviert sei. Wie ich befürchtet hatte, gab es zum Hauptgang Aal. Ich bemerkte, daß Monsieur de Beauharnais auch nicht davon begeistert war – so haben wir wenigstens dies gemeinsam.

Später saßen wir im Salon am Kamin. Einige der anderen Gäste spielten Whist. Sie lärmten so stark, daß ich manchmal Schwierigkeiten hatte, den Worten von Monsieur de Beauharnais zu folgen. »Eine stärker werdende Welle erhellenden Liberalismus überschwemmt das Land«, oder so etwas in der Art. Daraufhin nickte Tante Désirée und lächelte, und ich nickte und lächelte, und Monsieur de Beauharnais sprach den nächsten Satz.

Und auf diese Weise verbrachten mein Verlobter und ich den ersten gemeinsamen Abend.

28. Oktober

»Nun?« fragte Vater, als ich ihm seine morgendliche Schale Fischbrühe brachte. (Ich habe ihn mit Erfolg überredet, vom Branntwein zu lassen – zumindest bis zum Mittag.) »Ist der Chevalier nach deinem Geschmack?«

»Er ist ein Herr.« Ich zog die Bettvorhänge zurück. »Und attraktiv«, fügte ich hinzu. Meine Wangen fühlten sich gerötet an.
»Allerdings. Ich nehme an, daß er den Damen recht gut gefällt.«
»Seine Passion ist die Philosophie«, erzählte ich ihm stolz.
»Mon Dieu – ein *philosophe*?« Vater sank in die Kissen zurück.
»Nun«, seufzte er, »es könnte wohl schlimmer sein.«

Später

Heute nachmittag traf sich Tante Désirée mit einem Notar. Nun ist sie befugt, die Heirat selbst zu arrangieren, sagt sie, »falls etwas passieren sollte«.
Falls Vater sterben sollte, meint sie.

Am selben Abend

Monsieur de Beauharnais ist aufs Land gefahren, um Freunde aus seinem Regiment zu besuchen. Tante Désirée hat seine Abwesenheit genutzt, um mich darin zu unterweisen, was eine gute Ehefrau ausmache. Heute nachmittag, nach der Mittagsmahlzeit (ich darf nicht mit den Fingern essen), überreichte sie mir ein Buch, mit dem ich mich befassen soll. Darin stehen eine Anzahl von Aufsätzen über Enthaltsamkeit und Gehorsam sowie einer darüber, wie man Fleisch zubereitet und zu Bediensteten spricht. Sie erklärte mir, daß ich Mimi zu sehr wie eine Vertraute behandele, daß ich, um den meinem Stand gebührenden Respekt zu erlangen, auf korrekte Umgangsformen achten müsse.
Auch wäre ich, als nunmehr erwachsene Frau, für die Unterweisung meiner Dienerin verantwortlich: Mimi darf nicht spucken, und sie hat es zu unterlassen, in feiner Gesellschaft Wörter wie *Pißpott* zu benutzen. Sie muß einen Knicks machen, wenn sie mich sieht, und mich mit Mademoiselle de la Pagerie anreden. Wenn ich verheiratet bin, muß sie mich Madame la Vicomtesse

nennen. Dann führte Tante Désirée einen Knicks vor und ließ Mimi so lange üben, bis sie ihn beherrschte. Mimi hat sich noch nie durch Anmut ausgezeichnet, und ich mußte mich sehr beherrschen, um nicht loszulachen.

30. Oktober

Monsieur de Beauharnais kam von seinem Besuch auf dem Land wohlgelaunt zurück, ergriff meine Hand und versprach, »auf der Reise durchs Leben« ein getreuer Gefährte zu sein. Ich sagte: »Ich auch«, und Tante Désirée machte ein glückliches Gesicht und gackerte um uns herum wie eine Henne.
Nach dem Abendessen spielten wir Trictrac. (Ich ließ Monsieur de Beauharnais gewinnen.) Er ist ja so gebildet und begabt. Ich habe großen Respekt vor ihm. Er zeichnet Porträts, er hat eine gute Singstimme, und er spielt Cembalo. Er liest Latein, spricht Deutsch und sogar ein wenig Englisch. Er sagte mir, ich hätte wunderschöne Augen und nannte mich »mathia mou«, die griechischen Worte für »sein Augenlicht«, sagte er. Ich wünschte, ich wüßte auch einen griechischen Namen für ihn.

31. Oktober, der Abend vor Allerheiligen

Der Arzt meint, daß es Vater hinreichend bessergeht, um reisen zu können. Wir fahren morgen früh ab. Monsieur de Beauharnais hat eine geschlossene Kutsche für die Reise erworben. (Für vierzig Louis! So viel!) Sie ist dunkelgrün mit schwarzen Ledersitzen – *sehr* hübsch. Tante Désirée hielt ihm einen Vortrag über die Übel des Schuldenmachens, aber er sagte, daß die Ausgaben für Vaters Bequemlichkeit notwendig wären. Und, fügte er hinzu: »Wenn Mademoiselle Tascher und ich heiraten, werden Schulden kein Problem sein.«
Wenn wir heiraten?

Ich komme in die Stadt meiner Träume

Mittwoch, 10. November 1779 – Paris

Paris! Als wir die Seine überquerten, gab mir Vater einen Sou, um ihn hineinzuwerfen. »Wünsche dir etwas.«
»Das *ist* mein Wunsch.«
Paris ist größer und schöner, als ich es mir vorgestellt hatte, aber so schmutzig!
»Boue de Paris«, schimpfte Monsieur de Beauharnais, denn ein Stück Dreck war auf den Ärmel seiner Reitjacke aus lavendelblauem Seidenrips gespritzt.
»*Lutetia*, Stadt des Schmutzes – so nennen wir sie«, sagte Tante Désirée.
Ich mußte zugeben, daß es seltsam roch. Tante Désirée sagte, daß man sich daran gewöhne, aber sie gemahnte mich, darauf achtzugeben, daß kein Schmutz an meine Röcke kam – er kann ein Loch brennen, wenn er zu lange haftet.
Wir bahnten uns auf einem Bürgersteig den Weg durch überfüllte Straßen. Mir wurde ganz schwindlig, während ich alles in mir aufnahm. Es war kalt. Jedermann auf dem Markt trug Schuhe. Ein Mann mit einer bebänderten Perücke verkaufte Essig aus einer Schubkarre. Ein gedrungener kleiner Seifenhändler mit pockennarbigem Gesicht hatte hübsche Tücher miteinander verflochten, um seine wildledernen Bundhosen zusammenzuhalten. Ich sah eine Fischverkäuferin mit einer bogenförmigen Haube.
Und so viele Gerüche! Überall redeten, stritten, sangen Fußgän-

ger, aber ich konnte kein einziges Wort verstehen – es ist Französisch, aber *poissard*, sagte Tante Désirée, die vulgäre Sprache des Marktes.

Es war schon spät, als wir in den Bezirk kamen, in dem das Haus der Familie von Monsieur Beauharnais stand. Die Straßenlaternen, die an großen Wandarmen hingen, wurden gerade angezündet. Das Haus liegt in einer Straße, die so eng ist, daß die Kutsche nicht wenden kann. Tante Désirée warnte vor der Gegend. »Es ist allgemein bekannt, daß sich nicht weit von hier entfernt Diebe zusammenrotten«, sagte sie.*

Das Haus ist hoch, mit großen Fensterläden. Über der Eingangstür ist ein steinernes Frauengesicht. »Vesta«, sagte Monsieur Beauharnais, als er Vater die Treppe hinaufhalf. »Eine römische Göttin.«

»Eine *guiablesse*!« wisperte Mimi und weigerte sich, hindurchzugehen.

Ich packte ihre Hand und zog sie hinein. »In Paris gibt es keine Voodoogeister«, fauchte ich.

Drinnen war es sehr prächtig – noch prächtiger als Onkel Taschers Haus in Fort Royal – mit einem großen Kamin und vielen erlesenen Möbeln. Im vorderen Salon hingen weißgoldene Brokatvorhänge von goldenen Stangen.

»Ohhhh«, seufzte Mimi. Das glatte Parkett knarrte, als sie darüberging, was mich an das Krachen von steifen Gelenken erinnerte.

Vater nahm meinen Arm. »Wird das genügen?« fragte er augenzwinkernd.

»Es ist wie ein Palast«, flüsterte ich. Betrübt dachte ich an Mutter und Manette, an unsere zerschlissenen Teppiche.

* Die einst wohlhabende Gegend war jetzt ziemlich ärmlich, in unmittelbarer Nähe des Eingangs zum »cour de miracles« gelegen – einem Zufluchtsort für Bettler und Diebe, der in Victor Hugos *Der Glöckner von Notre-Dame*, geschrieben 1831, Berühmtheit erlangte.

»Hier entlang!« rief Tante Désirée und folgte Monsieur Beauharnais eine ausladende Treppe hinauf.
Monsieur de Beauharnais' Vater, der Marquis de Beauharnais, empfing uns, auf zwei Spazierstöcke gestützt, in seinem Schlafgemach. Er war mit einem Nachtgewand aus Flanell und einem wattierten Schlafrock aus Goldsatin bekleidet und trug eine altmodische, weißgepuderte Perücke mit dicken Locken, die ihm über die Schultern und den Rücken fluteten. Er war ein ganzes Stück älter, als ich erwartet hatte – zwischen sechzig und siebzig oder darüber, denke ich –, aber er hatte etwas Vornehmes an sich, obwohl er nur unzulänglich bekleidet war.
Ich deutete einen Knicks an und folgte seiner Aufforderung, mich in einen Sessel am Kamin zu setzen, wo ein Teetisch angerichtet war.
»Zufrieden, Alexandre?« fragte der Marquis, nachdem wir einander vorgestellt worden waren. Ich war erleichtert, daß Monsieur de Beauharnais bejahte.
»Ich glaube, sie wird dir gefallen«, sagte Tante Désirée.
»Das kann ich selbst sehen«, sagte der Marquis. Er zwinkerte mir zu.
Nach einem leichten Abendessen und einem Familiengebet zogen wir uns zurück, allesamt müde Reisende.
Tante Désirée zeigte mir mein Zimmer, das groß und voll von äußerst eleganten Möbeln ist. Vater ist im Zimmer nebenan, so daß ich mich mühelos um ihn kümmern kann. Mimi ist in einem Zimmer in der zweiten Etage bei den anderen Hausbediensteten untergebracht.
Und nun, liebes Tagebuch, muß ich die Kerze ausblasen. Ich höre Kirchenglocken läuten. Ich bin hier, endlich. *Paris!*

13. November

Vater fühlt sich wohler, seit er nun im Bett liegen kann und sich nicht von der Stelle rühren muß, obwohl er nicht sonderlich glücklich ist über all die Spezialmixturen, die Tante Désirée ihn einzunehmen zwingt. Morgens muß er einen Brei aus Rhabarberpulver und Korinthen essen. Abends bringt sie ihm Flohkraut mit Zucker vermischt. Das macht ihm nicht so viel aus, aber der Breiumschlag, den Mimi ihm auf die Brust schmieren muß, ist widerlich: mit Milch, Eigelb und Rosinen zerstampftes Brot.

14. November

Der Arzt brauchte nur einen Moment, um Vater zu untersuchen. Trotzdem ist er überzeugt, Erfolg zu haben. Er verschrieb ein Gran Brechweinstein gefolgt von einem Abführmittel, wenn die Übelkeit beginnt. Vater war zufrieden; er muß roten Bordeauxwein als Medizin zu sich nehmen.

20. November

Ich bin krank gewesen, »heimwehkrank«, sagt Tante Désirée. Es stimmt. Ich hatte von zu Hause geträumt. »Nichts, was ein Einkaufsbummel am Nachmittag nicht kurieren könnte«, sagte sie.

Also bestellte sie nach unserer Morgenschokolade gleich die Kutsche. Aubin, der Lakai, eskortierte uns, indem er in seinem gelben steifen Unterrock mit einer Fransenborte am Saum und ohne Kniebundhosen vor unserer Kutsche herrannte.* Mimi erzählte mir, daß in der Silberkugel auf seinem Stab Wein ist und

* In Kniebundhosen war das Rennen beschwerlich, daher trugen die Lakaien Röcke. Außerdem kleideten sie sich in helle Farben, damit sie in der Dunkelheit leichter zu erkennen waren.

daß er gar nichts unter seinem Rock anhat! (Jedesmal, wenn ich ihn jetzt sehe, kann ich an nichts anderes denken.)
Paris ist eine dreckige, überfüllte Stadt – aber überall, wo man hingeht, herrscht Fröhlichkeit. Überall sind Bettler. Manche sind ziemlich aufdringlich. Andere vollführen Kunststücke, um dich auf sich aufmerksam zu machen. Eine Bande Gassenkinder bedrängte uns vor einem Billardsalon, bis Aubin sie verjagte. Eines der Kinder schlug Aubin mit seiner Querflöte ans Bein, was ihm einen heftigen Fluch entlockte.
Ich war überwältigt von der Schönheit all der ausgestellten Dinge, all der Verzierungen und Accessoires, den Spitzen, Bändern und Seiden. Alles, was ich sah, wollte ich haben – das heißt, bis ich den Preis erfuhr. An einem Marktstand kaufte ich einen Skizzenblock und Zeichenkohle. Der Verkäufer erinnerte mich an William, was wehmütige Träume in mir weckte. Heimlich habe ich ein Porträt von ihm begonnen, aber ich kann mich schon nicht mehr richtig an sein Gesicht erinnern.

Samstag, 27. November

Es ist spät. Wir sind gerade vom Haus des Bruders des Marquis, Comte Charles, zurückgekehrt, der für uns einen Empfang gab. Ich trug ein neues Kleid, das Tante Désirée für mich hat machen lassen: elfenbeinfarbene Seide, kurz geschnitten – ziemlich kurz! – mit einer ganz schmalen Taille. (So schmal, wie es nur irgend geht – ich versuche abzunehmen.) Die Ärmel haben goldende Paspelverschlüsse, sehr hübsch. Der ganze Rock wird von hübschen kleinen Blumensträußen hochgerafft, wodurch ein Rock aus Gaze und ein gesteppter Seidenunterrock sichtbar werden.
Aubin hat über zwei Stunden gebraucht, um meine Haare zu einer sogenannten Igelfrisur aufzutürmen – in drei Wellen über meiner Stirn. Zuerst wurden meine Haare eingefettet und über

ein Drahtgeflecht, das mit Nadeln festgesteckt wurde, gekämmt. Dann begab ich mich ins Puderkabinett, um gepudert zu werden (ich bin fast erstickt). Zum Schluß befestigte er überall Bänder, Federn und Seidenblumen. Ein Windhauch könnte mich umwerfen, fürchte ich! Über dieser schweren Kreation muß ich nun Tag und Nacht eine Haube tragen, damit sie bis nach der Hochzeit schön bleibt.

Bevor wir aufbrachen, ging ich in Vaters Zimmer, um ihm mein Ensemble vorzuführen.

»Es ist zu ...!« Er seufzte und legte sich in die Kissen zurück. »Du siehst *bezaubernd* aus.« Er lächelte. »Deine Mutter würde das niemals billigen.«

»Wir sind in Paris, Vater«, sagte ich und bereitete ihm sein Abendelixier. »Nicht in Trois-Ilets.«

»Das will ich meinen«, sagte er und nahm sein Glas. »Vergiß nicht, deine Handschuhe anzulassen.«

»Und aufrecht zu sitzen und meinen Mund geschlossen zu halten, wenn ich kaue, und ...«

»Viel Vergnügen«, sagte er.

Alle applaudierten, als Monsieur de Beauharnais und ich schließlich erschienen. Es waren zahlreiche Gäste da: Onkel, Tanten, etliche Cousins und Cousinen wie auch Freunde der Familie. Ich wurde Monsieur de Beauharnais' älterem Bruder, François, vorgestellt. Er sieht bei weitem nicht so gut aus wie Monsieur de Beauharnais, ist auch nicht so gescheit, aber er scheint ein liebenswürdiger Mann zu sein und sehr höflich. In einer schwarzen Satinweste mit Ornamenten aus blauen Steinen war er eine elegante Erscheinung. Er ist mit Marie (seiner Cousine) verheiratet, die hochschwanger ist. Sie sah krank aus und redete nicht. Ihre Haare, die nicht frisiert waren, waren unter einer mit Geierfedern verzierten Kappe verborgen. Sie brachen kurz nach dem Essen auf, da Maries Niederkunft bevorsteht. Tante Désirée erzählte mir, daß ihr erstes Kind vor noch nicht allzu langer Zeit starb und Marie nicht besonders gut damit fertig geworden ist.

Es waren viele vornehme Männer und Frauen da. Ein Monsieur de la Chevalerie* und seine Tochter waren reizend. Monsieur hat seine Jugend im Militär in Saint-Domingue verbracht, daher unterhielten wir uns über die Inseln. Mademoiselle lud mich zum nächsten Treffen ihrer Freimaurerloge ein. »Wir veranstalten Feste und verrichten gute Werke.« Ihre Haare waren rund um ihr Gesicht nach hinten zu einem Wuschelkopf gekämmt, was sie wie ein Schaf aussehen ließ.

Das Abendessen war erlesen und üppig, serviert auf einem mit achtzehn Tüchern bedeckten Tisch. Wir aßen gebratene Seezunge, gekochten Tafelspitz, geschmortes Kaninchen mit Zwiebelsoße, Stücke vom gerösteten Hammel mit süßer Sauce, Eierkuchenpastete mit Bratensaft, Makkaroni und Torten, wozu Wein in Hülle und Fülle und Brandy gereicht wurde. Zum Dessert gab es Haselnüsse, Apfelpudding und etliche Käsekuchen. So viel! Ich war dankbar für mein strenges Korsett, denn sonst wäre sicherlich eine Naht geplatzt. Während wir dinierten, spielte ein Geiger.

Nach dem Dessert spielten Monsieur de Beauharnais und sein Bruder im Spielzimmer Billard, während sie über Politik »diskutierten« (was eher ein Streit war).

»Oh, die Politik, immer die Politik«, flüsterte mir Mademoiselle de la Chevalerie zu. »In der Loge sprechen wir nur über erhabene Themen.«

Ich war versucht, Monsieur de Beauharnais bei einem Stoß, den er vorbereitete, zu einem geeigneteren Winkel zu raten, hielt jedoch meinen Mund. Er stieß und verfehlte, wodurch der Weg

* Jean Jacques de la Chevalerie (1731–1821) war ein berühmter Freimaurer. 1773 war er Großmeister des Grand Orient de France.

für seinen Bruder frei wurde, vier Kugeln nacheinander zu versenken.

Im Salon begann jemand, auf dem Cembalo zu spielen. »Ihr Verlobter mag ja nicht gut im Billard sein«, flüsterte Mademoiselle de la Chevalerie, als wir das Spielzimmer verließen, »aber er ist ja so charmant. Er ist der Liebling aller Damen.«

Im Salon spielte Tante Désirée auf dem Cembalo, während eine Frau dazu sang. Ich wurde mehreren Leuten vorgestellt, die gerade eingetroffen waren. Bald darauf gesellten sich Monsieur de Beauharnais und sein Bruder zu uns, und die Gesellschaft wurde fröhlich. Auf Drängen von Monsieur de Beauharnais wurde getanzt, zuerst eine Polonaise, wo man eher schreitet, und dann Kontertänze, die komplizierter sind.

»Alexandre ist der beste Tänzer in ganz Paris«, sagte eine der jüngeren Cousinen zu mir. Obwohl nicht gerade eine Schönheit, war sie auffallend in ein lavendelblaues Seidenbrokatkleid mit riesigen Rüschen und einer Turnüre gekleidet. Ihre geflochtenen Schuhe hatten goldene Schnallen, die wie Blumen aussahen.

»Sogar die *Königin* hat schon davon Notiz genommen«, flüsterte Mademoiselle de la Chevalerie.

»Die Königin?« Ich nahm ein weiteres Glas Champagner, das ein Diener herumreichte. Wir drei saßen in der Nähe der Musiker, und die Verständigung war etwas schwierig.

Mademoiselle de la Chevalerie kicherte hinter ihrem goldbemalten Fächer. »Aber der Königin hat es ja jeder beliebige Mann angetan.«

Ich fühlte mich ein wenig benommen und unterließ es zu antworten. Ich wandte mich um, weil ich zuschauen wollte, wie sich Monsieur de Beauharnais durch die komplizierten Figuren bewegte. Seine Bewegungen waren *wirklich* elegant. Ich konnte verstehen, warum ihn alle so bewunderten.

Nach dem Musikstück, das über zwanzig Minuten dauerte, forderte mich Monsieur de Beauharnais auf, seine Partnerin bei einer Polonaise zu sein. Ich lehnte ab. Ich tanze sehr gern, aber diese Figuren waren vollkommen neu für mich. Ich hatte Angst, ihn zu blamieren.

Trotzdem war es ein unterhaltsamer Abend. Selbst der Marquis schien guter Dinge zu sein – ich sah ihn ohne Hut tanzen.*

Auf dem Heimweg in der Kutsche (ich mußte auf einem niedrigen Schemel zwischen den Sitzen Platz nehmen, weil meine Friseur so hoch war) teile Tante Désirée Monsieur Beauharnais mit, daß sie beschlossen hätte, die Hochzeit auf ihrem Landsitz in Noisy-le-Grand auszurichten, und daß sie beabsichtige, einen Sonderdispens vom Erzbischof von Paris zu erlangen, damit das Aufgebot nicht dreimal verlesen werden müßte. »Auf diese Weise können du und Rose noch vor Weihnachten heiraten.«

»Ausgezeichnet«, sagte Monsieur de Beauharnais. »Ich werde morgen mit meinem Finanzberater sprechen.«

Vor *Weihnachten*? So *bald* …

* Männer, die tanzen wollten, trugen auf einer Soirée einen Hut. Allerdings wurde es für einen älteren Mann als unpassend erachtet zu tanzen, geschweige denn seine Tanzabsicht zu verkünden. Für einen älteren Mann war es jedoch zulässig, spontan aufgestellt zu werden und ohne Hut zu tanzen.

Ich heirate und erfahre die Geheimnisse des Lebens

14. Dezember 1779 – Noisy-le-Grand

Um neun Uhr am Morgen meiner Hochzeit begann ich mit meiner Toilette. Ich gestand mir vier Stunden zu, um einer Reihe von Ritualen zu frönen: einer Körperreinigung mit jasminparfümiertem Wasser (wovon ich Heimweh bekam), einer Massage (die mir Schmerzen verursachte) und einer Gesichtsmaske aus Gurke und Essig (wovon meine Haut Flecken bekam). Daher verlief mein Hochzeitstag gleich zu Beginn nicht so, wie ich es geplant hatte.

Nachdem ich zur Ader gelassen (nicht zuviel – gerade ausreichend, um mir einen blassen Teint zu verleihen), mein Make-up aufgetragen, was fast eine *Stunde* dauerte, und meine Friseur frisch gepudert worden war, halfen mir Mimi und Tante Désirée in ein steifes Fischbeinkorsett, an dem die Reifröcke befestigt wurden. Ich stieß fortwährend gegen die Möbel. Darüber kam das Kleid: eine weiße Satinrobe mit einer bestickten und mit Spitze besetzten Schleppe. Die wurde am Mieder befestigt, ein bestickter Einsatz, der an der Vorderseite nach unten lief. Es war nicht einfach, denn die Robe war eng. Ich betrachtete mich im Spiegel. Ich sah wunderschön aus, aber nicht strahlend. Es ist eine *Folter*, in dieser Konstruktion stecken zu müssen.

Zum Schluß schlüpfte ich in meine neuen, silbern geschnürten Schuhe. Ich stand vor dem Spiegel.

»Du siehst wie eine Braut aus!« sagte Mimi und stieß einen Schrei aus.

»Und du hast dich gerade wie Gertrude angehört«, sagte ich und drehte mich, um mein Profil zu sehen. Tränen traten mir in die Augen. Wie ich mich nach Mutter und Manette sehnte – und sogar nach Großmutter Sannois! Wenn sie mich jetzt bloß sehen könnten.
»Weine nicht! Du verdirbst dir sonst dein Rouge«, rief Tante Désirée.
Tante Désirée und ich gingen nach unten, um die Gäste zu erwarten. Ich setzte mich ans Fenster. Mein Schleier war durch eine perlenbestickte Haube, die ständig verrutschte, an meiner aufgetürmten Frisur befestigt.
Zuerst traf Abbé Tascher ein, um für Vater einzuspringen, der zu krank war, um uns nach Noisy-le-Grand zu begleiten. Kurz danach dann Monsieur de Beauharnais' Cousin Comte Claude, der die Nachricht überbrachte, daß François nicht würde kommen können, da Marie unpäßlich sei. Natürlich waren wir daraufhin alle besorgt, daß die Zeit ihrer Niederkunft begonnen hätte, aber es wurde uns versichert, daß dies nicht der Fall sei. Drei Männer in Uniform trafen ein, Kameraden aus Monsieur de Beauharnais' Regiment. Sie entschuldigten sich, daß einer von ihnen nicht teilnehmen könne, da er unter einer Unpäßlichkeit, die in Versailles grassiere, zu leiden habe. Monsieur Patricol, der Privatlehrer von Monsieur de Beauharnais – als er noch klein war –, erschien ein wenig verspätet und etwas aufgeregt, da er, wie er sagte, Ärger mit dem Rad seiner Kutsche gehabt hätte. Aber er formulierte es anders. Er sagte: »Es hat offensichtlich eine Auseinandersetzung mit dem Antriebsmechanismus gegeben.« Ich war von seinen vorstehenden Augen und von seiner gewaltigen Stirn beeindruckt.
Schließlich kam auch Monsieur de Beauharnais nach unten und gesellte sich zu uns. In einem schwarzseidenen Rock, einer goldbestickten Weste und einer Spitzenkrawatte war er eine elegante Erscheinung. Es machte mich stolz, neben ihm zu sitzen.

Tante Désirée bestellte Erfrischungen. Ich nippte an einem Glas Champagner, seufzte von Zeit zu Zeit vor Nervosität und aus Angst, ich könnte durch den Luftmangel, den mir mein Korsett verursachte, in Ohnmacht fallen.
Wir brachen zur Kapelle auf. Ein paar Kinder riefen: »Lange lebe die Braut und der Bräutigam!« Die Kirche war klein und ziemlich kalt. Wir wurden empfangen, und Monsieur de Beauharnais und ich sprachen unsere Gelübde. (Das Ankleiden dauerte länger als das Heiraten.) Beim Aufbruch stolperte der Priester beinahe über sein Ornat, als er sich bei Tante Désirée für das Geschenk von zwei Kupferkandelabern und sechshundert Livres bedankte, die, wie er ihr versicherte, in ihrer *Gesamtheit* dafür verwandt würden, um ein bedauernswertes Mädchen seiner Pfarrei mit einer Mitgift auszustatten.
Zurück im Landhaus wurden die Glückwünsche ausgesprochen. Tante Désirée stieß mit mir an. »Auf die Vicomtesse.«
Ich fühlte mich benommen und mußte mich niederlegen. Ich war immer noch etwas schwach, als ich mich wieder zu den Gästen gesellte. Die Männer neckten Monsieur de Beauharnais wegen der kommenden Nacht. Es war beinahe Mitternacht, als die letzten Gäste abfuhren. Auf Tante Désirées Anweisung begleitete mich Mimi zu Monsieur de Beauharnais' Zimmer. Ein Feuer war hergerichtet worden, trotzdem war es kühl. Im Ankleidezimmer half mir Mimi aus meinem Gewand und in ein neues spitzenbesetztes Hemd, das hübsch, aber kratzig war. »Du siehst wie ein Engel aus«, sagte sie. Mimi steckte meine pomadisierte und gepuderte Frisur unter eine mit Stäbchen verstärkte Haube. Sie begann zu summen: *Calypso, du bist eine Frau genau wie ich* ...
»Wie geht dieses Lied?« Es klang vertraut.
Mimi sang: »Ich streichelte Sonson, schmuste mit Sonson, ich ging sogar soweit, ich knabberte an Sonson!«
Ein Schwindelgefühl überkam mich. Ich hielt mich an einem Perückenständer fest.

»Geht's dir gut?« fragte Mimi.
»Ja.« Obwohl ich nicht sicher war. Ich hörte Schritte im Schlafzimmer, hörte, wie die Tür geschlossen wurde, das Bettgestell knarrte. Plötzlich ging das Licht im Schlafzimmer aus.
»Ooooh!« Hastig tupfte mir Mimi Jasminduft auf Hals, Busen und hinter die Ohren. Dann schob sie mich durch die Vorhänge des Ankleidezimmers.

Die Dunkelheit tröstete mich. »Ich bin hier«, hörte ich Monsieur de Beauharnais sagen. Unten hörte ich jemanden husten.
Ich tastete mich zur Bettkante. Seine Hand griff nach mir. »Du hast mich erschreckt!« sagte ich.
»Das tut mir leid«, sagte er und schlug die Decken zurück. »Ich hätte eine Kerze brennen lassen sollen.«
Ich schlüpfte unter die Decken, spürte die Wärmpfanne am Fuß des Bettes. Ich versuchte zu überlegen, was ich sagen sollte. Mußte ich etwas sagen? Plötzlich spürte ich den dumpfen, anhaltenden Schmerz an meinem schlimmen Zahn. Werde ich ihn ziehen lassen müssen? Hatte ich Würmer in meinen Zähnen, wie Mimi sagte? Durfte ich Monsieur de Beauharnais gestatten, mich zu küssen, wenn es so war?
»Was denken Sie?« fragte Monsieur de Beauharnais. Er drehte sich auf die Seite zu mir hin. Meine Augen gewöhnten sich allmählich an die Dunkelheit. Ich konnte die Umrisse seines Kopfes, seiner Schultern erkennen. Er trug keine Nachthaube.
»Nichts.« Ich hatte gedacht, daß ich am Morgen meinen Mund mit Urin spülen sollte, damit der Schmerz aufhört. Bei dem Gedanken wurde mir übel, aber dadurch würde ich den Zahn retten – »Und was denken *Sie*?« fragte ich.
»Ich denke, welch seltsame Situation dies doch ist. Wir kennen uns kaum.« Seine Worte klangen etwas undeutlich.
Ich lachte leise auf.
»Vielleicht würdest du lieber warten«, sagte er.

»Ja.« War es das, was er mir sagen wollte? überlegte ich.
Plötzlich wurde das Zimmer heller. Der Mond war hinter einer Wolke hervorgekommen. Ich konnte seine Augen erkennen. Seine Lippen waren schmal, ein wenig hochmütig, seine Nase markant, was ihm ein aristokratisches Profil verlieh. Mein Gemahl, der Mann, den Gott für mich bestimmt hatte. Erst vor sechs Wochen hatte ich ihn kennengelernt, und jetzt war ich seine Frau.
»Wenn ich dich vielleicht nur küßte«, sagte er.
»Ja.« Eine Nadel hatte sich in meiner Frisur gelockert und stach mir unangenehm in die Kopfhaut.
Er rückte zu meiner Hälfte des großen Bettes herüber. Sein Kopf verdeckte das Licht, das durchs Fenster fiel. Ich konnte seine Gesichtszüge nicht mehr erkennen. Er legte mir die Hand auf die Schulter. Sein Atem roch nach Brandy und Zigarren. Seine Lippen berührten meine, und dann zog er sich zurück. War es das schon? fragte ich mich. Hatte ich etwas falsch gemacht?
»Ich habe etwas vergessen«, sagte er.
Er langte nach hinten und öffnete das Schränkchen neben dem Bett. »Tante Désirée möchte nicht, daß die Laken fleckig werden«, sagte er und reichte mir ein Tuch.
Was sollte ich damit anfangen?
»Lege es unter dein ... du weißt schon.«
Unter mein Gesäß?
Er legte sich neben mich. Ich spürte, wie er an meinem Bettjäckchen herumnestelte. »Hast du etwas dagegen?« fragte er.
»Soll ich es ausziehen?« Ich wollte es nicht ausziehen.
Er küßte meine Nase. Hat er meinen Mund verfehlt, fragte ich mich? Seine Hand glitt in das Oberteil meines Nachthemdes. Seine Lippen bedeckten meinen Mund. Dann ließ er seine Hand unter mein Nachthemd gleiten, fand die Stelle zwischen meinen Beinen. Ich schrie überrascht auf. Seine Finger waren kalt. Er küßte mich heftig. Er schob mir das Nachthemd bis zur Taille

hoch, kam über mich. Seine Männlichkeit fühlte sich warm auf meiner Haut an. Er stieß sie hierhin und dorthin. Ich lag reglos da. Ich war nicht sicher, was von mir erwartet wurde. Dann spürte ich einen stechenden Schmerz. Ich schrie auf und versuchte, mich freizumachen, aber er hielt mich fest. Und dann war er in mir.

Er küßte meine feuchten Wangen. Er stöhnte und bewegte sich hin und her. Ich fragte mich, wie lange es wohl dauern würde. Ich versuchte, nicht zu weinen, aber es tat weh! Dann drückte er mich heftig an sich, seine Füße zappelten, und er brach stöhnend auf mir zusammen.

Hatte er einen Anfall erlitten? War er tot? Das Bild von Williams Gesicht tauchte vor mir auf, sein Lächeln. *Du würdest eine wunderschöne Königin abgeben*, hatte er zu mir gesagt.

Tränen kullerten seitlich an meinem Gesicht herunter in das Kissen. War ich nun eine Frau?

1. Januar 1780, Neujahrstag – Paris

Ich habe beschlossen, jeden Morgen zur Messe zu gehen. Ich möchte eine gute Ehefrau werden. Ich habe dafür um göttlichen Beistand gebeten, denn so häufig bewölkt ein schmerzlicher Ausdruck Monsieur de Beauharnais' Stirn.

»Was tue ich bloß?« fragte ich Tante Désirée. »Was ist der Grund?«

»*Grund*«, korrigierte sie meine Aussprache. »Du verschluckst nach wie vor die *Rs*, Rose.«

Tante Désirée hat eine Liste mit Wörtern geschrieben. Die muß ich üben und ihr jeden Abend vortragen. Ich versuche, ihre Zurechtweisung ohne Zorn hinzunehmen, denn ich weiß, daß ich mir gerade *darin* große Mühe geben muß – ohne Fragen zu gehorchen, eine Madame la Vicomtesse zu werden, eine ausgezeichnete Ehefrau.

13. Januar

Monsieur de Beauharnais übt den ganzen Tag lang vor den großen Spiegeln Tanzschritte. Er ist zum Ball der Königin nach Versailles eingeladen worden ... aber ich nicht.
»Warum?« fragte ich Vater und Tante Désirée. »Warum darf *ich* nicht hingehen?«
»Du bist noch nicht bei Hofe vorgestellt worden, Rose«, sagte Vater.
»Alexandre auch nicht.«*
»Aber Alexandre ist der beste Tänzer von ganz Paris«, sagte Tante Désirée. »Dies ist wirklich eine Ehre, Rose. Du solltest dich für deinen Gemahl freuen.«

Sonntag, 23. Januar

Monsieur de Beauharnais ist aus Versailles zurückgekehrt. Er hat mit der Königin getanzt!
Tante Désirée sah aus, als fiele sie gleich in Ohnmacht. »Alexandre, sag uns die Wahrheit. Du hast doch nicht mit der *Königin* getanzt.«
Es stimmte, er hatte mit der Königin getanzt, für eine Vierteldrehung bei einer Polonaise.
»Hat sie deinen Handschuh berührt?« fragte Tante Désirée. »Diesen hier?«
»Seht, Madame, ich gebe Euch meinen Segen.« Monsieur de Beauharnais schwenkte elegant die Hand durch die Luft und legte sie auf ihre Schulter.
Wir versammelten uns im Salon, um seinem Bericht zu lauschen. Sogar Vater gesellte sich zu uns nach unten und unterbrach da-

* Um bei Hofe vorgestellt zu werden, mußte man eine adlige Abstammung bis zum Jahre 1400 nachweisen. Alexandres Adel war relativ neu und durch die Tatsache, daß die Regierung zu Tausenden Titel verkaufte, um Geld aufzutreiben, weniger eindrucksvoll.

durch Monsieur Beauharnais, der uns gerade über die Einzelheiten wahrhaft königlichen Benehmens ins Bild setzte.
Monsieur de Beauharnais sagte, daß die Königin graziös sei – obwohl sie im Augenblick nicht allzu viel tanze, nun, da sie Mutter sei, und sich an einem Abend nur ein paar Quadrillen oder eine oder zwei Colonne anglaise gönne. Wenn der König mit ihr zusammentrifft, muß er tanzen, ohne ihr den Rücken zuzuwenden, was ihn hoffnungslos durcheinander und aus dem Takt bringt.
Monsieur de Beauharnais sagte, daß die Königin eine vollendete Gastgeberin sei und die jungen Männer davon abhält, die ganze Nacht in Ecken herumzustehen und über Pferde und Duelle zu reden.
Oh, er hat uns soviel erzählt, daß man sich kaum alles merken kann: die Schweizer Garde mit gestärkten Halskrausen, ihre Spaniels an der Leine; eine Glastür, die so klar war, daß die Leute beinahe hindurchgelaufen wären; ein Raum, in dem sich Dienerinnen um die Kleider kümmerten, die einer Reparatur bedurften: die Feuerwehrmänner, die mit Wassereimern und großen Schwämmen bereitstanden …
Schon den ganzen Abend über träume ich vor mich hin. Ich stelle mir vor, wie ich herumschlendere und mich mit einem Fächer aus Perlmutt abkühle. Männer in schwarzem Samt und mit wippenden langen Federn tanzen um mich herum. Ich stelle mir die Musik vor, die Frauen, die in höfischen Reifröcken herumwirbeln, das Rascheln von Seide an Seide …
Der Morgen bricht an. Ich habe die ganze Nacht getanzt. An den Wänden des vergoldeten Raumes liegen die zusammengesunkenen Körper der schlafenden Pagen, Dienerinnen, der erschöpften Tänzer. Doch ich tanze immer noch …

Dienstag, 29. Februar

Oh, grenzenlose Trauer. Vor einer Woche gebar Alexandres Schwägerin, Marie, ein Mädchen. Tante Désirée und ich sind jeden Morgen zur Messe gegangen und haben für die Gesundheit des Neugeborenen gebetet, doch trotz unserer Bemühungen ist es heute morgen mit sieben Tagen gestorben. Dies ist nun schon der zweite Säugling, den Marie verloren hat.

Freitag, 23. Juni, Johannistag

Ich bin heute siebzehn geworden. Monsieur de Beauharnais machte mir einen Rubin zum Geschenk. Dann teilte er mir mit, daß er zu seinem Regiment zurückkehren müsse. »Wie lange wirst du fort sein?« fragte ich.
»Sechs Monate.«
Sechs Monate!

18. Juli, 3 Uhr nachmittags

Monsieur de Beauharnais ist fort. Er hinterließ eine Liste von Büchern, die ich durchlesen soll: Agesilaos, Brutus, Aristides. Ich bin beim Lesen eingeschlafen.

25. Juli, 1780 – Brest

Liebe Rose,
ich bin erfreut, daß Du Dich um Dein Studium kümmerst, aber entmutigt, daß Deine Bemühungen sich nicht besser in Deinem schriftlichen Ausdruck widerspiegeln. Sitzt Du ordentlich am Schreibtisch, wie ich es Dir gezeigt habe? Hältst Du Deinen Federkiel korrekt, indem Du den Arm richtig abwinkelst?
Um den Anforderungen zu entsprechen, schlage ich vor, daß Du Tante Dési-

rée fragst, ob sie ein Buch mit Briefen hat, das Du kopieren könntest. Auf diese Weise lernst Du vielleicht den korrekten Ausdruck.
Mein Herz ist von Sehnsucht erfüllt nach der einen, die mir die Liebste ist. Voller Entzücken schlafe ich des Nachts ein und drücke Dein Bild an meine Lippen. Oh, wenn Du es doch wärst! Welch grausame Zeit, die uns immer wieder trennt.
Schreibe, Rose. Vernachlässige Dein Studium nicht.
Dein Gemahl, Alexandre de Beauharnais, Vicomte

2. August

Heute morgen habe ich vor dem Spiegel meinen Leib erforscht, mich nach rechts und nach links gedreht und versucht zu erkennen, ob sich irgend etwas verändert hat. Schon vor zwei Wochen hätte mein Monatsfluß einsetzen müssen.

Donnerstag, 31. August

Heute morgen, als ich aufwachte und mich so unwohl fühlte, wie jetzt so häufig, beschloß ich, mit Tante Désirée zu sprechen. Nach dem Mittagsmahl fragte ich sie, ob wir uns unterhalten könnten. Sie bat mich in ihr Zimmer. Mir war etwas feierlich zumute, als ich mich auf dem Sofa niederließ. Ich sagte ihr, daß ich sie um ihren Rat bitten möchte.
Sie betrachtete mich wachsam, aber zufrieden. »Ja?«
»Woher weiß ich, ob ich ein Kind bekomme?«
Einen Augenblick dachte ich, Tante Désirée hätte zu atmen aufgehört, denn für gewöhnlich ist das Heben und Senken ihres Brustkorbs bemerkenswert.
Sie straffte die Schultern und sagte: »Sehr gut«, und dann stellte sie mir Fragen.
Als ich ihr sagte, daß ich seit über zwei Monaten meinen Monatsfluß nicht gehabt hätte, stand sie auf und steckte mich umgehend

ins Bett, wo sie mich seitdem mit Hühnerbrühe und Wein ernährt.
Der Arzt kommt jeden Morgen zu Vater. Hoffentlich befreit er mich aus diesem Gefängnis.

1. September

Der Arzt verschrieb zehn Tropfen Eisentinktur am Morgen, zweimal am Tag Fleisch und ein Glas Bier oder Portwein zum Abendessen. Ich kann das Bett verlassen, aber ich darf keine Kutsche fahren. Ich leide mit Freuden. Ich bin nicht mehr allein.

14. September, 7 Uhr abends

Monsieur de Beauharnais schreibt liebevolle Worte, nachdem er nun meine Nachricht erhalten hat. Aber, oh weh, ich fürchte, es ist zu spät. Vor einer Woche begann ich zu bluten – nicht viel, aber ich war vorsichtig und blieb im Bett. Das Baby wurde aufgehalten, sagte Mimi, am Wachsen gehindert. Sie bereitete eine Drachenblutmischung zu, die ich gehorsam zweimal täglich mit pulverisierten und mit Eigelb vermischten trockenen Mandeln zu mir nahm. Dies zog sich über einige Tage hin. Trotzdem wurde ich gestern von schrecklichsten Schmerzen gepackt. Mimi fragte, ob sie Tante Désirée holen solle, aber ich lehnte ab.
Daher war es Mimi, die mir beistand, wofür ich ihr ewig dankbar sein werde. Es war schlimm – das *einzige*, was ich tun konnte, war, nicht zu schreien –, aber Mimi wußte, was zu tun war, damit es vorüberging. Als es vorüber war, betete sie für mich, kein christliches Gebet, wie ich gestehen muß, aber ein sanfter, gefühlvoller Singang über die Schmerzen einer Frau und die Erde, die neues Leben hervorbringt.
Ich weinte die ganze Nacht. Ich bekomme kein Kind mehr.

Ich bin zuviel allein

1. November 1780, Allerheiligen

Bei Tisch sprachen der Marquis und Tante Désirée über Maries Mutter »Tante Fanny«, die kürzlich aus Rom zurückgekehrt ist. Sie ist Schriftstellerin und unterhält einen *salon*. Sie hat ein Buch veröffentlicht, *Heil allen Denkern!* (das, wie der Marquis überzeugt ist, »einer ihrer« Liebhaber geschrieben haben muß), und einen Liebesroman mit dem Titel *Triumph der Liebe* (den mir Tante Désirée zu lesen verbot).
»Ihr Salon ist bis fünf Uhr morgens geöffnet«, entrüstete sich der Marquis. »Ich würde zu gerne wissen, was Leute zu dieser Uhrzeit tun können!« Es war recht unterhaltsam, ihn so aufgebracht zu erleben.

Dienstag, 7. November

Mein Zimmer ist voll von schwerem Rosenölduft. Tante Fannys Parfüm. Ich gestehe, daß ich entzückt bin. Ihr Gesicht ist winzig und hat etwas Feenhaftes. Sie trägt eine entsetzliche Menge Schminke auf, vor allem auf die Augen, die sehr lebendig und ständig in Bewegung sind. Sie ist höchst *theatralisch*. (Man kann sich kaum vorstellen, daß sie Maries Mutter ist. Marie ist so scheu.)
Ihr Kleid war schlicht, aber sie trug es ohne Korsett – ich war entsetzt! Ihr Hut hatte eine männliche Note, die durch einen Kranz aus Blüten, die sie ungeachtet ihres Alters in Hülle und Fülle trug, reizend abgemildert wurde.

»Das also«, sagte sie, als wir uns kennenlernten, »ist die Schönheit, von der ganz Paris sprechen wird.«

Ich errötete. Wenn es doch wahr wäre! Ich glaube nicht, daß ich jemals Paris sehen werde, obwohl ich doch mittendrin wohne.

Sie blieb nur eine Stunde und trank ihren Tee mit Brandy. Der Marquis schien nur allzu bereit, ihren abenteuerlichen Geschichten zu lauschen, obwohl er sie mißbilligte, wie er unmißverständlich klarstellte. Sie kennt Künstler und Politiker, Philosophen und Dichter, die unterschiedlichsten Leute. Sie hat gerade einen Liebesroman fertig geschrieben, der bald veröffentlicht wird, und bereits mit einem neuen begonnen. Aber am meisten war sie an *mir* interessiert.

»Zu welchen Ereignissen habt ihr das Mädchen mitgenommen?« wollte sie wissen.

»Ereignissen?« fragte Tante Désirée.

»Du weißt schon – *draußen*.« Fanny hat eine abgehackte und energische Art zu sprechen. »Logentreffen, die Jahrmärkte ...«

»Wir sind ganz zufrieden damit, im Haus zu bleiben«, sagte der Marquis.

»Ihr habt sie nicht zum Jahrmarkt von Saint Germain mitgenommen?« Fanny war eindeutig entsetzt.

»Der ist so schmutzig geworden«, wehrte Tante Désirée ab. »Und als wir das letzte Mal dort waren, wurden wir praktisch von einer Kutsche überfahren, die im Galopp durch die Tore hereinpreschte.« Zur Bestätigung dieser Tatsache wandte sie sich an den Marquis.

»Ermenonville ist ruhig – dorthin könnt ihr sie mitnehmen.«

»Ich bin womöglich die einzige Person in Frankreich, die vor *Entzücken* nicht entzückt ist«, sagte der Marquis. »Verzeih mir, aber dein Held Jean-Jacques ist nicht nach meinem Geschmack.«

»Haben Alexandre und sein lieber Patricol dich nicht bekehrt?«

»Das haben sie nicht.«
»Sie haben dich nicht zu einem ihrer Freimaurertreffen gelockt?«
Der Marquis schnaubte verächtlich.
»Du konntest dir nie das Losungswort merken«, sagte Tante Désirée und verbarg ein hämisches Lächeln hinter ihrem Fächer.
»Das war ganz und gar nicht das Problem«, wandte der Marquis ein. »Es war dieser ganze Unsinn über Freiheit, Gleichheit und brüderliche Liebe. Und die roten Kappen, die sie trugen, waren ebenso kratzig wie häßlich.«
»Vielleicht das Theater? Ihr habt sie doch sicherlich in ein paar Aufführungen mitgenommen.«
Tante Désirée schüttelte den Kopf. »Ich fürchte, Alexandre würde es nicht billigen«, sagte sie. »Hat etwas mit dem Theater zu tun, das im modernen Zeitalter ein Gefühl der inneren Distanz fördert.«
Fanny schnaubte, ein höchst undamenhaftes Geräusch. »Ich nehme an, daß er uns alle draußen auf der Straße haben möchte, wo wir singen und mit Bändern um Maibäume herumtanzen sollen! Ich bin dieser Sehnsucht nach ›Den alten Zeiten‹ überdrüssig. Man kann die Grundsätze von Rousseau auch zu weit auslegen. Die Frage ist doch ganz einfach, wie könnt ihr dieses Mädchen nach Paris holen und sie *nicht* ins Theater mitnehmen?«
»Vielleicht können wir sie ins Théâtre Français mitnehmen«, schlug Tante Désirée mit einem raschen Blick zum Marquis behutsam vor.
»Mon Dieu!« sagte Fanny. »Das einzige Schauspiel, was dort sehenswert ist, ist der König – und gelegentlich die Königin, wenn es ihm gelingt, sie zu diesen langweiligen Inszenierungen mitzuschleppen. ›Ah, Tugend!‹ ...« Fanny stolzierte durchs Zimmer und mimte einen Schauspieler, der auf höchst oberflächliche Weise Texte rezitierte. Als ich mich umdrehte, sah ich Mimi in der Tür stehen und kichern.

»Die Königin hingegen, die vielleicht keinen Verstand, aber zumindest Geschmack hat«, fuhr Fanny fort, »ist eher dabei zu beobachten, wie sie sich die Unterhaltung auf dem Boulevard du Temple zu Gemüte führt.«

»Den Boulevard des *Verbrechens* meinst du?« fragte der Marquis.

»Mittlerweile erwarten wir ja auch schon gar nichts anderes mehr von ihr«, sagte Tante Désirée.

»Haben Sie sie schon einmal gesehen?« platzte ich heraus und verriet mich damit als das, was ich ja auch war: ein für Berühmtheiten schwärmendes Mädchen von den Inseln.

»Was gibt es da zu sehen?« knurrte der Marquis.

»Wie kann man sie *nicht* sehen?« stöhnte Fanny. »Die Frau ist überall – im Theater, an den Spieltischen, bei den geistlichen Konzerten, in den Salons ... nicht in *meinem*, versteht sich – aber ich erfuhr von Comte Clairon, daß sie im Salon der Comtesse d'Autricourt war, in vermeintlicher Verkleidung, die natürlich jeder sofort durchschaut hat. Arme Frau. Sie tut mir leid. Hoffe, sie ist nicht allergisch gegen Katzen.* Soviel ich weiß, ist sie in das kleine Trianon umgezogen – der größeren *Freiheit* wegen (Fanny gönnte mir ein Augenzwinkern) – wo sie sich ganz ihren ›ländlichen‹ Gefühlen hingeben kann, wie zum Beispiel die Schäferin spielen, den Kühen und Schafen hübsche Bänder umbinden. Das ist alles so in Mode, daß es mich ganz krank macht, ehrlich. Obwohl ich zugebe, daß ich es nicht länger als eine Minute aushalten könnte, Königin zu sein. Der Palast ist voller Fremder, die sich das Kommen und Gehen der königlichen Familie ansehen, als wäre sie öffentlich ausgestellt, und sich in den Ecken erleichtern. Die Leute schauen ihnen sogar

* Nach Meinung mancher Leute führte die Comtesse de Lingiville d'Autricourt, die sich mit Angorakatzen umgab, von denen jede ein leuchtendes Seidenband trug, den hervorragendsten Salon in Paris.

beim Essen zu – könnt ihr euch das vorstellen?* Ich bin weiß Gott absolut dafür, auf Korsetts zu verzichten – wer kann sie schon ausstehen? –, aber meint ihr nicht, daß es unsere Königin zu weit treibt?« Fanny wartete nicht auf eine Antwort. »Aber natürlich, wer würde nicht verrückt werden mit einem Mann wie König Ludwig als Gemahl? Seine einzige Leidenschaft ist das Essen.«

»Und sich wie ein Kind aufzuführen«, murmelte der Marquis seinerseits, »und die Fontänen auf Spaziergänger zu richten, zur Belustigung. Es ist an der Zeit, daß Seine Majestät erwachsen wird, findet ihr nicht auch?«

»Wußtet ihr eigentlich, daß sie in Straßburg wahrhaftig eine Münze geprägt haben, die unseren verehrten König als Hahnrei mit Hörnern zeigt?« sagte Fanny. »Es stimmt – ein Freund eines Freundes besitzt eine.«

Sehr zu meinem Vergnügen hätte Fanny immer so weitererzählen können, aber Tante Désirée wechselte das Thema und berichtete Fanny, daß ich Harfespielen lernte, daß ich recht hübsch sänge und daß ich auch am Zeichnen interessiert wäre. Ich war zwar peinlich berührt, so vorgeführt zu werden, aber andererseits auch erpicht darauf, Fannys Aufmerksamkeit zu erregen.

Sie wollte unbedingt eine Zeichnung, an der ich gearbeitet hatte, sehen, eine Inselszene. Ganz zufällig stieß sie auf eine, die ich von der Steinwand des Nachbarhauses angefertigt hatte – der Blick aus meinem Fenster –, und sie lachte. Sie meinte, daß sie Originalität und Sinn für Humor ausdrücke, »oder einen ernsten Fall von Schwermut«. Sie musterte mich durchdringend.

Sie bemerkte einen offenen Band von Helvetius auf einem Tisch. Sie fragte mich, ob ich das läse. »Ich versuche es«, gestand ich.

* In Versailles war es der Öffentlichkeit erlaubt, die königliche Familie beim Essen zu beobachten. Die Menge rannte dann von einem Bereich des Palastes zum anderen, um mitzuerleben, wie die verschiedenen Mitglieder der königlichen Familie mehrere Gänge zu sich nahmen.

»Warum?« fragte sie. »Nicht, daß es keine vortreffliche Beschäftigung wäre.«
»Es ist der Wunsch von Monsieur de Beauharnais«, erklärte ich. »Er möchte mich bilden.«
»Wie nett von ihm«, sagte sie mit einem sarkastischen Unterton.
»Meine Rechtschreibung ist grauenvoll«, verteidigte ich die Absicht meines Mannes.
»Voltaires Briefe waren *voll* von Rechtschreibfehlern«, sagte sie, als sie meine in einer Ecke lehnende Gitarre bemerkte. »Spielst du?«
Ein wenig widerwillig gab ich es zu, denn Monsieur de Beauharnais hatte mir zu verstehen gegeben, daß nur Angehörige der niederen Gesellschaftsschichten solch ein primitives Instrument spielten.
»Ein wunderbares Instrument – so ausdrucksvoll. Welche Stücke kennst du?« Ich erzählte ihr, daß ich versuchte, die Kantaten von Clérambault einzustudieren, aber sie anspruchsvoll fände. »Das möchte ich meinen«, sagte sie, was mich ermutigte.
An der Tür drehte sie sich zu mir um. »Sag mir, meine Liebe – was hältst du von unserer schönen Stadt?«
Ich errötete.
»Nur keine Hemmungen. Meinst du nicht, daß dir dein Kummer im Gesicht geschrieben steht? Ebenso wie alles, was du denkst und fühlst? Wirklich, du bist ein äußerst durchschaubares Geschöpf. Aber nun komm schon – gib es zu –, man kann keine Französin sein und diese Stadt nicht lieben.«
Ich hatte das Gefühl, daß sie meine intimsten Gedanken lesen, meine Seele, ja sogar meine Träume durchdringen konnte. Hatte ich nicht mein ganzes Leben lang von Frankreich geträumt? Hatte dieses Wort für mich nicht alles Romantische, Schöne bedeutet? »Ich gestehe, daß ich nur mit diesen vier Wänden vertraut bin«, sagte ich.

»Und *dem*, meine Liebe, werden wir abhelfen müssen. Als erstes wirst du in meinen Salon kommen – morgen abend.« Sie hob einen Finger, um meinen Einwand zum Verstummen zu bringen. »Ich *bestehe* darauf. Ich werde dir meinen Lakai schicken, um neun.«
Und damit ist es abgemacht. Ein *Salon*? Ich weiß ja nicht einmal, was das ist.

Donnerstag, 9. November

Als ich eintraf, waren schon etliche Männer und Frauen in Fannys Salon versammelt – zwölf zählte ich. Fanny stellte mich als eine Studentin der Malerei und Musik vor, was meinen bescheidenen Bemühungen sehr schmeichelte. Nach dem Essen wurde Musik gespielt und Lyrik vorgelesen. Es wurde viel gelacht und diskutiert. Die ganze Zeit über lag Fanny hingegossen auf einem silberblauen Diwan mit einer Blumengirlande auf dem Kopf, was sie wie eine Göttin aussehen ließ. Ein Dichter mit Namen Michel de Cubières (klein, mit dröhnender Stimme und wulstigen Lippen) las einige von Fannys Gedichten vor, die ich nicht verstand, die aber jedermann zu schätzen schien. Ich war nervös, aber natürlich auch ziemlich stolz, als die Lesung vorüber war und sie von allen gelobt wurde.
Ich kann nicht einmal annähernd die interessanten Leute, die ich traf, und die Lebendigkeit der Unterhaltung beschreiben. Ich brachte keinen Ton heraus, wurde aber trotzdem freundlich aufgenommen. Ein älterer Herr mit einer engen, altmodischen Perücke erriet sofort, daß ich Kreolin bin.
»Woher wissen Sie das?« fragte ich.
»Ihr Akzent verrät Sie. Und Ihr betörender Gang.«
Mein betörender Gang, daß ich nicht lache!

Montag, 13. November

Ich war auf dem Treffen einer Freimaurerloge – die Loge des Triple Lumière. Ich bin mit François und Mademoiselle de la Chevalerie hingegangen, die ich kurz vor Alexandres und meiner Hochzeit kennenlernte. Das Bankett war erlesen, die Gesellschaft reizend, und abgesehen von der Länge mancher Reden war es ein angenehmer Abend. Etliche Männer und Frauen von den Inseln sind Mitglieder, so daß ich mich sehr heimisch fühlte. (Es wurde sogar Kalabassenbrot gereicht!) Die Lieder waren hübsch, alle handelten von Brüderlichkeit und Liebe.

Mademoiselle de la Chevalerie hat versprochen, meinen Namen vorzubringen. Sie zeigte mir bereits ein geheimes Handzeichen.

»Ich habe es auf dem Jahrmarkt von Saint Germain ausprobiert, und *Hunderte* erwiderten das Zeichen«, sagte sie.

»So viele?« Es war schwer vorstellbar.

»Sollten Sie jemals in Not sein, brauchen Sie nur ein Zeichen zu geben, und es wird Hilfe kommen«, sagte sie leidenschaftlich.

Samstag, 18. November

Fanny nahm mich heute abend zu einer Theateraufführung mit. Sie traf früh ein, um meine Toilette zu überwachen. Wir nippten Brandy und benahmen uns vielleicht ein wenig zu albern, denn Tante Désirée steckte den Kopf herein und runzelte die Stirn. Nachdem sich die Tür geschlossen hatte, schnitt Fanny eine Grimasse. Im Ernst, ich habe noch nie jemanden wie sie kennengelernt.

Fanny wies ihren Kutscher an, zum Boulevard du Temple zu fahren. Nach dem, was der Marquis gesagt hatte – daß er der Boulevard des Verbrechens genannt wurde –, hielt ich überall nach Raufbolden Ausschau, aber ich brauchte nicht lange, um mich von der fröhlichen Stimmung des Ortes einnehmen zu lassen.

Wir wurden ringsumher von Seiltänzern, Puppenspielern, Pantomimen und dressierten Tieren umgeben – es war, als wäre ein Zirkus auf die Straßen losgelassen worden! Jeder Bänkelsänger und Händler hatte ein Lied vorzutragen – über die Freiheit in Amerika, über den Ungehorsam der Königin und natürlich eine Menge Liebeslieder. Es waren sogar Schauspieler da, die eine sentimentale Liebesszene aufführten, eine Frau auf der einen Straßenseite, ein Mann auf der anderen, die sich Worte zuschrien. Es war unmöglich, von der erregenden Stimmung nicht mitgerissen zu werden. Etwas widerwillig betrat ich daher das Theater, nur um in eine wiederum ganz andere Welt hineingezogen zu werden. Nachdem Fanny und ich in ihrer Loge Platz genommen hatten – ich gab mir große Mühe, nicht wie ein Kind auf dem Jahrmarkt hierhin und dorthin zu schauen –, bemerkte ich Unruhe im Publikum. Alle richteten den Blick auf eine Loge an der Bühne. Es war die Königin!

Ich konnte ihr Gesicht sehr deutlich sehen. Sie ist jünger, als ich dachte, nicht viel älter als ich, und hübsch mit einem freundlichen Gesichtsausdruck, fast schüchtern. Natürlich sog ich jede Einzelheit ihrer Kleidung in mir auf, insbesondere ihre Frisur, eine höchst phantasievolle Kreation aus mauvefarbenen Federn, die bei jeder ihrer Bewegungen wippten. Sie war in Begleitung einer blonden Frau und eines großen, stattlichen Mannes.

»Das sind Yolande de Polignac und der Comte de Vaudreuil«, raunte Fanny. »Sie ist die Mätresse des Comte. Sie führen, was man eine ›heimliche Ehe‹ nennt – kompliziert, sollte man meinen, bei seiner Beziehung zur Königin.« Sie betrachtete mich über den Rand ihres Fächers.

»Die *Königin*?« flüsterte ich.

»Und überdies«, Fanny hob die Augenbrauen, »nehme ich an, die Königin und Yolande sind …« Fanny hielt zwei ineinderverschlungene Finger hoch. »Wenn man dem, was die Leute sagen, glauben kann«, fuhr sie fort. »Was ich natürlich nicht tue.«

Genau in diesem Augenblick gingen die Lichter aus, und im Publikum wurde es still. In der Loge neben uns konnte ich eine Frau kichern hören.
»Ist da jemand drin?« fragte ich. Denn die Vorhänge waren dicht geschlossen.
»In der eigenen Loge darf man *jeden* empfangen.« Fanny verdrehte die Augen.
Ich hörte erneut schallendes Gelächter, gefolgt von einer tiefen Männerstimme. »Sie meinen ...«
»Wie ich sehe, muß ich dir einen meiner Romane zu lesen geben, Schätzchen«, raunte Fanny, als sich der Vorhang hob. »Getarnt als ein Text über Ästhetik, versteht sich.«
Das Stück, das wir sahen, war *Der Besiegte*, und ich lachte so heftig, daß ich befürchtete, meine Korsettschnüre würden reißen. In dem Stück wird Janot, einem Diener, ein Nachttopf über dem Kopf ausgeleert. Er versucht, rechtliche Schritte zu unternehmen, kommt jedoch schließlich ins Gefängnis. Es war schrecklich albern, aber gut gemacht. Zwischen den Akten gab es Reden, Gesang und Bekanntmachungen.
Oh, ich liebe das Theater! Fanny hat versprochen, mich bald in eine andere Aufführung mitzunehmen.

22. November

Monsieur de Beauharnais schrieb mir: *Labor omnia vincit improbus*. Ich mußte Vater bitten, es zu übersetzen. »Unablässige Arbeit besiegt alles«, sagte er mir. Ich hätte wissen müssen, daß es mit Lernen und absolut nichts mit *Liebe* zu tun hat.

Samstag, 25. November

Fannys neuester Roman mit dem Titel *Abailard, der Heuchler* ist veröffentlicht worden. Heute abend gingen wir alle in ein Ballett, um zu feiern – Fanny, mein Schwager François (Marie ist ans Bett gefesselt), Tante Désirée und sogar der Marquis. Als die Tänzerinnen in die Luft sprangen, konnte man ihre Strumpfbänder und Unterhosen sehen. Fanny dachte sich nichts dabei, aber ich konnte sehen, daß der Marquis und Tante Désirée peinlich berührt waren.

27. November

Tante Désirée liest Fannys neuen Roman, um zu entscheiden, ob ich ihn lesen darf. Ich bezweifele es – sie bekreuzigte sich, bevor sie ihn in die Hand nahm.

7. Dezember

Monsieur de Beauharnais benachrichtigte uns, daß er nach Hause kommt. Ich habe ihn seit fünf Monaten nicht mehr gesehen.

Mittwoch, 13. Dezember, 11 Uhr 30 morgens

Heute ist unser erster Hochzeitstag. Aber Monsieur de Beauharnais ist schon wieder fort, auf dem Weg zu seinem Regiment in Verdun. Er war nur vier Tage hier.

Ich werde Mutter und entdecke eine entsetzliche Wahrheit

Sonntag, 28. Januar 1781

Tante Désirée und ich wurden in der Nacht gerufen. Maries Wehen hatten eingesetzt. Wir eilten an ihr Bett, die Pferde rutschten auf dem vereisten Kopfsteinpflaster. Als wir eintrafen, wurden wir augenblicklich in Maries Schlafzimmer gebracht, wo Fanny uns mitteilte, daß Marie bewußtlos geworden sei. Tante Désirée übermannte ein Unwohlsein, und sie verließ das Zimmer, Fanny im Gefolge. Kurz darauf wurde das Kind geboren. Die Hebamme bat mich, den Säugling zu halten, während sie die Nabelschnur abband. Das kleine Mädchen schrie nicht. Seine Augen waren geöffnet, seine blaue Haut verfärbte sich langsam rosa, das Wunder des Lebens in meinen Händen. Meine Tränen tropften auf seine Wangen.
Der Priester verspätete sich, und Fanny lag viel daran, daß der Säugling rasch getauft wurde. Ich hielt das schreiende Kind, als Tante Désirée Wasser über seinen Kopf goß und murmelte: »Ich taufe dich.« Die Kleine heißt Émilie. Wir beten für sie. Ich bete für sie.

19. Februar

Ich trage wieder ein Kind unter dem Herzen. Ich bewege mich mit großer Vorsicht.

28. Februar – Brest

Liebling,
Freude erfüllte mein Herz nach dem Empfang Deiner wundervollen Neuigkeit. Vergiß nicht, alles gemäß den Anweisungen des Arztes zu tun. Ich habe Patricol gebeten, ein Leseprogramm für Dich zu entwerfen, denn zur Zeit heißt es, daß sich die Gedanken einer Mutter auf das Kind, das sie trägt, auswirken werden, sowohl zum Guten als auch zum Schlechten. Ich brauche Dich wohl nicht daran zu erinnern, daß jede Lektüre von Romanen verboten ist – insbesondere von Liebesromanen. Halte Dich von Situationen fern, die heftige Gefühle wecken, und vor allem, gehe nicht ins Theater!
Ich habe Tante Désirée gebeten, Kupferstiche von beflügelnden Momenten der römischen und griechischen Geschichte zu besorgen und sie neben Deinem Bett aufzuhängen. So wirst Du, wenn Du einen Blick auf diese heroischen Bilder wirfst, für eine gute Wirkung sorgen. Ich verbiete Dir, eine Amme zu nehmen, da die Milch den Charakter des Kindes beeinflußt. Wenn Mütter ihre Kinder selbst nährten, wären viele Übel der Gesellschaft ausgemerzt.
Ich umarme Dich, meine zärtliche Freundin.
Dein Gemahl, Alexandre de Beauharnais, Vicomte.
Anmerkung – Ich schlage für diese Zeit des Wartens vor, daß Du Dich von Tante Fannys Gesellschaft fernhältst.

7. März

Fanny kam gegen elf zum Tee vorbei. Als sie ging, drückte sie mir ein kleines Paket in die Hand. »Verrate Désirée nichts«, flüsterte sie. »Und schon gar nicht deinem Vater.«
Ich habe es gerade geöffnet. Es sind Rousseaus *Bekenntnisse*, die verboten worden sind. Ich habe sie zu lesen begonnen und war augenblicklich entsetzt. Ich habe das Buch unter meiner Matratze versteckt.

15. März

Fanny kam vor dem Abendessen. Ich hatte nicht geglaubt, daß ich Gelegenheit bekäme, sie zu etwas in den *Bekenntnissen* zu befragen, aber schließlich ging Tante Désirée hinaus, um nachzusehen, wie die Köchin mit den Kaninchen zurechtkam, die Fanny mitgebracht hatte, und ich nahm all meinen Mut zusammen.
»Du möchtest, daß ich dir das erkläre?« fragte sie.
Ihr Gesichtsausdruck machte mir deutlich, daß ich nicht hätte fragen sollen.
»Du weißt, wie gewisse Dinge ... einen Mann *erregen* können?« fragte sie.
Nun war ich an der Reihe zu erröten.
»Nun – was Rousseau angeht, ihm gefällt es, wenn man ihm ein wenig den Hintern versohlt.«
Ich war entsetzt. »Sie meinen ...?«
»Bei einem solchen Mann trage eine Birkenrute bei dir und lasse ihn betteln, meine ich.« Sie lehnte sich mit mütterlicher Miene auf dem Sofa zurück. »Vielleicht ist es ja genau das, was dein Alexandre braucht«, sinnierte sie.
Als Tante Désirée zurückkam, war ich in einem so überdrehten Zustand, daß mein Benehmen sie mehr und mehr in Aufregung versetzte. Nachdem Fanny gegangen und ich wieder allein war, holte ich das Buch hervor und suchte nach den Passagen, die sich zuvor meinem Verständnis entzogen hatten. Auf diese unanständige Weise verbrachte ich einen angenehmen Tag des Herrn.

Sonntag, 25. März

Gestern, am Vorabend von Mariä Verkündigung, spürte ich mein Kind wie einen Schmetterling in meinem Leib flattern. Ich bewegte mich nicht mehr. Es tat es noch einmal, es flatterte – oh, so leicht!

Mimi legte mir die Karten. Ich werde einen Jungen bekommen, sagte sie.
Ein *Junge*! Ich denke an all das, was ein Junge tun muß, all das, was eine Mutter ihn tun lassen muß, und möchte am liebsten weinen. Bedeutet dies, eine Mutter zu sein, dieses verwirrende Gefühl, das mein Herz durchflutet?

Sonntag, 15. April

In der Kirche erfuhren wir, daß die Königin wieder ein Kind erwartet. Der Jubel war groß. Ich empfand die Feierlichkeiten, als wären sie mir zu Ehren, denn ich weiß, was sie empfindet, ich kenne ihre Freude.

18. April

Monsieur de Beauharnais beklagt, daß ich nicht geschrieben habe, doch wenn ich schreibe, werden meine Briefe korrigiert und zurückgesandt. Nun schlägt er vor, daß ich ihm *alle* meine Briefe sende – sogar die an Mutter und Manette –, damit ich in korrekter Rechtschreibung und Satzstellung unterrichtet werden könnte. Jetzt kann ich überhaupt nicht mehr schreiben, ich bin so bekümmert.

Später

Vater hat vorgeschlagen, daß Tante Désirée mir nun bei meinen Briefen an Monsieur de Beauharnais hilft – sie wird sie für mich aufschreiben, um sicherzustellen, daß keine Fehler gemacht werden.

30. April

Monsieur de Beauharnais hat Tante Désirée beschuldigt, meine Briefe für mich zu schreiben. Er ist außer sich!

4. Mai – Noisy-le-Grand

Heute nachmittag erhielt ich einen Brief von Monsieur de Beauharnais, abgeschickt aus La Roche-Guyon, dem Landgut seines Gönners, des Duc de la Rochefoucauld.
»Aber Monsieur de Beauharnais ist doch in Verdun«, sagte ich zu Tante Désirée. Monsieur de Beauharnais wäre sicher nicht nach La Roche-Guyon gereist, ohne uns zu besuchen – *mich* zu besuchen. Es war nur ein kleiner Umweg auf der Strecke.
»Alexandre hatte zweifellos seine Befehle«, sagte Tante Désirée, aber in ihren Augen konnte ich Zweifel lesen.
»Seine Befehle, zu leben, wie es ihm gefällt, ohne jede Rücksicht auf seine schwangere Frau«, sagte ich ärgerlich. Ohne jede *Liebe* für seine Frau.
»Du mußt dir mehr Mühe geben, Rose«, sagte Tante Désirée. »Eine Ehefrau hat die Aufgabe, ihren Mann zufriedenzustellen.«
»Monsieur de Beauharnais ist unmöglich zufriedenzustellen!« Ich ging zum Fenster. Selbst die Aussicht auf die Landschaft beruhigte mich nicht. »In einer Minute ist er fröhlich, in der nächsten mißmutig, mal ernst und dann frivol, mal hitzig und dann kalt – man weiß nie, woran man bei ihm ist!«
Seufzend legte Tante Désirée ihre Spitzenhandarbeit nieder. »Wir brauchen Hilfe«, sagte sie.

Donnerstag, 7. Juni

Tante Désirée schickte Patricol, Alexandres Hauslehrer aus Kindertagen, nach La Roche-Guyon, um mit ihm zu sprechen. Nun hat Patricol Tante Désirée geschrieben und eine Lösung für »unser« Problem vorgeschlagen: daß andere an meinem Unterricht mitwirken sollten. Daher stellt Tante Désirée jetzt Hauslehrer für mich ein. Jeder – sogar Vater – wird zu diesem Versuch, mich zu bilden, herangezogen.

23. Juni

Heute bin ich achtzehn geworden. Es ist entsetzlich heiß, und in meinem Zustand leide ich. Dennoch habe ich mich bemüht, den ersten Band von Vertots *Römische Geschichte* zu Ende zu lesen – doch dann bewegte sich das Baby in mir und verleitete mich zum Träumen.
Meine Briefe an Monsieur de Beauharnais berichten nur von meinen Studien. Von dem Wandel in meinem Herzen erzähle ich ihm nichts.

Montag, 3. September – Paris

Heute morgen wurde mein Kind geboren – ein Junge, genau am gleichen Tag wie meine Schwester Manette. Ein gutes Omen.
Es war eine Schinderei, schmerzhafter, als ich jemals vermutet hätte, aber die Liebe, die ich für dieses kleine Geschöpf empfinde, dieses kleine saugende Ding, überwältigt mich, versöhnt mich mit allem. Ich drücke meinen schreienden Sohn an mich und singe zärtliche sanfte Lieder, taufe ihn mit Tränen über dieses Wunder. Ich kuschele mich mit ihm unter die Laken und lege ihn an meine Brust. Er schnappt gierig nach meiner Brustwarze, zieht die wäßrige Flüssigkeit aus mir heraus, und danach sind wir

gemeinsam still bis auf seine zwitschernden und saugenden Laute. Schließlich fallen wir in einen süß duftenden Schlaf, mein Kind und ich, und wenn wir sanft in Träume hinübergleiten, denke ich, das ist der Himmel, nicht wahr? Sieht so denn nicht der Himmel aus?

Später

»Rose, hier ist jemand, der dich besuchen möchte«, sagte Tante Désirée. Etwas in ihrer Stimme warnte mich.

Hinter ihr sah ich Monsieur de Beauharnais. Ich holte tief Luft. Seit wie vielen Monaten hatte ich ihn nicht mehr gesehen? Acht? Ich hatte die Übersicht verloren. Er sah außerordentlich gut aus, bekleidet mit einer eleganten schwarzen Jacke, einer rot gestreiften Weste und fleischfarbenen Kniehosen. Die Kappen seiner glänzenden schwarzen Stiefel liefen spitz zu.

Er lächelte und tippte an seinen Zylinder. »Bitte um Vergebung. Ich wollte eigentlich zu dem Ereignis hier sein, aber ...«

»Du brauchst dich nicht zu entschuldigen, Alexandre. Ich hatte dich nicht erwartet«, sagte ich.

»Ich entsinne mich, daß die Anrede mit meinem Vornamen bedeutet, daß du verärgert bist.«

»Ich bin zu müde, um verärgert zu sein.« Ich spürte einen Druck in der Brust. Bald würde es Zeit zum Stillen.

»Ich habe ein Geschenk für dich.« Er zog eine Schmuckschatulle aus der Westentasche. Darin war eine goldene Nadel mit einem winzigen Porträt von ihm.

Mimi kam ins Zimmer, mein Baby wie ein Bündel in den Armen. Sie erschrak, als sie Monsieur de Beauharnais sah.

»Alexandre, du erinnerst dich an ...«

»Rose, selbstverständlich ...« Er stockte.

»Mimi«, half ich ihm auf die Sprünge.

Aber sein Blick ruhte auf dem Kind. »Und das ist ...?

Mimi legte den Säugling behutsam in Monsieur de Beauharnais' ausgestreckte Arme. Er hob vorsichtig den Zipfel der Decke an und betrachtete das Gesicht seines Sohnes. Dann sah er zu mir herüber, die Augen voller Tränen. »Hast du ihm schon einen Namen gegeben?« fragte er mit bewegter Stimme.
»Die Ehre gebührt dir.«
»Ich würde ihn gerne Eugène nennen«, sagte er.
»Der Name gefällt mir«, sagte ich. Das Kind wurde unruhig. »Er ist hungrig.«
Monsieur de Beauharnais legte mir unseren Sohn in die Arme.
»Willkommen zu Hause, Alexandre.« Ich berührte seine Hand.

Freitag, 7. September, 3 Uhr nachmittags

Monsieur de Beauharnais verhält sich aufmerksam. Unaufhörlich schwärmt er von einem neuen Leben. Er hat die neusten Theorien studiert und ist fest entschlossen, alles richtig zu machen. Er spricht von Rousseau, vom Stillen, von der »Entwicklung« eines Kindes – er spricht von allem, was eine Mutter falsch machen könnte. Er ist außer sich vor Sorge.
Ich möchte seinen Kopf an mein Herz ziehen. Ich möchte ihm sagen, habe keine Angst. Ich möchte ihm über seine feinen, langen Haare streichen und ihn bemuttern – Monsieur de Beauharnais, mein Gemahl, der Mutterlose.

Montag, 22. Oktober

Die Sturmglocken läuten, auf den Straßen wird gefeiert. Die Königin hat ihr Kind zur Welt gebracht – ein *Junge*! Einhundert und eine Kanone wurden abgefeuert. Überall schreien die Leute: »Lang lebe der Dauphin!«
Ich drücke mein Kind ans Herz und bete für die Königin. Ich be-

neide sie nicht, denn ihr Kind gehört ihr nicht. Ihr Junge wird König werden. Er gehört Gott, Frankreich – er gehört uns allen.

23. Oktober

Vergangene Nacht hatte ich einen Traum, in dem mir Monsieur de Beauharnais mitteilte: »Du bist nicht meine einzige Frau.«
Ich erwachte schweißgebadet, als hätte ich Fieber.
Heute morgen habe ich Mimi von dem Traum erzählt. Ihr Gesicht ist wie Wasser, man sieht ihm die leichteste Bewegung an. Daher beobachtete ich sie.
»Was für ein verrückter Traum«, sagte sie, aber sie hatte diesen wachsamen Blick.
»Wenn etwas Wahres daran wäre, würdest du es mir sagen?«
»Frag Charlotte.« Charlotte ist Tante Désirées Köchin. Charlotte ist eine Klatschbase und übt beträchtliche Macht aus, und das nicht nur mit einem Messer. »Mimi – laß mich nicht die Demütigung erleiden, es von Charlotte erfahren zu müssen.«
Zweifel breitete sich in Mimis dunklen Augen aus.
»Bitte!« Denn die Wahrheit wurde immer offensichtlicher.
Mimi sammelte sich, bevor sie fortfuhr, in der ihr eigenen stolzen und ruhigen Art. »Monsieur le Vicomte hält sich eine Geliebte«, sagte sie.
Eine *Geliebte*. Es überraschte mich nicht. Monsieur de Beauharnais war selten zu Hause. »Wer ist es?« fragte ich.
Mimi senkte den Kopf. Das Licht funkelte auf ihrem schwarzen Haar. »Madame Longpré.«
»Madame Laure Longpré?« stammelte ich. »Meine Cousine Laure Longpré?« Ich rief mir die dralle Frau in Erinnerung, die Vater und mich besucht hatte, als wir gerade in Frankreich angekommen waren. Ich erinnerte mich an ihren mit funkelnden Juwelen geschmückten Busen, ihr duftiges, rosafarbenes Kleid.

Mimi nickte.
»Aber sie ist doch soviel älter als Alexandre«, wandte ich ein. Ich war eher verwirrt als gekränkt. Mir kam das Lied in den Sinn, das die Jungen immer gesungen hatten: *Laure, Laure, geht zur Lore runter.* Ich habe nie gewußt, was da unten bei der Lore passiert, aber irgend etwas sagte mir, daß es mit dem Raffen von Unterröcken zu tun hatte.
»Das ist noch nicht alles, es gibt auch ein Kind. Einen Jungen.«
»Monsieur de Beauharnais ist der Vater? Woher weißt du das. Wer hat dir das erzählt?«
»Charlotte.«
»Ist es allgemein bekannt? Der Marquis? Mein Vater?«
»Ob es dein Vater weiß, kann ich nicht sagen.«
Ich setzte mich auf die Bettkante und stützte den Kopf in die Hände. Dann stand ich auf. »Wohin gehst du?«
Ich ging nach unten. Ich fand Tante Désirée in der Speisekammer, wo sie die Vorräte überprüfte. »Könnte ich mit Ihnen sprechen?« fragte ich.
»Kann es warten, Rose?«
Ich schüttelte den Kopf.
»Gehe in den Salon. Ich komme gleich nach.«
Ich ging in den Salon.
Tante Désirée betrat das Zimmer, nahm Platz und legte entschlossen die Hände in den Schoß. »Ja?« Sie hatte zu tun.
»Ich habe gerade von Madame Longpré erfahren.« Ich war erleichtert, daß ich nicht weinte und meine Stimme fest war. »Und von ihrem Kind. Alexandres Sohn.«
»Oh«, sagte Tante Désirée mit äußerlicher Ruhe.
»Ist das etwa belanglos?« fragte ich nun doch erregt.
»Laure stellt keine Gefahr für dich dar, Rose. Alexandre hat dich gern, wenn es das ist, was dir Sorgen macht.«
»Woher wollen Sie das wissen?« Eine mit Boshaftigkeit gepaarte Verbitterung hatte mich gepackt.

»Alexandre erzählt mir alles.« Tante Désirée lehnte sich mit selbstgefälliger Miene zurück.
Ich stand auf. Ich fühlte mich benommen und mußte mich niederlegen. Tante Désirée griff nach meiner Hand. »Rose, bitte – sei nicht so provinziell.« Ich hastete auf die Treppe zu.

Kurz darauf kam Vater in mein Zimmer. Ich weigerte mich, ihn anzusehen, und widmete mich einer Zeichnung, die ich gerade überarbeitete. Er setzte sich neben meinen Schreibtisch und spielte mit einem gespaltenen Federkiel. »Désirée meinte, ich solle mit dir reden«, sagte er.
Ich hielt die Zeichnung auf Armeslänge ausgestreckt vor mich hin. Es war ein Porträt von Eugène. Ich war mit den Gesichtszügen nicht zufrieden.
Vater hustete. »Wie ich höre, bist du nicht glücklich.«
»Ich bin vollkommen glücklich«, sagte ich. Dennoch konnte ich das Zittern meiner Unterlippe nicht verbergen.
»Rose, du warst doch noch nie übermäßig stolz«, sagte Vater seufzend. »Und mehr als einmal warst du mit der Kraft, vergeben zu können, gesegnet. Denk nur daran, wie oft du *mir* schon vergeben hast.« Er lächelte, ließ einen weiteren Hustenanfall abklingen.
»Sie sind mein Vater.«
»Ich bin ein Mann. Du mußt begreifen, daß es nicht leicht für den jungen Chevalier ist …«
»Bitten Sie mich ja nicht, das zu akzeptieren, Vater!« Ich stand abrupt auf und ging zum Kamin. Ich kniete nieder und nahm den Blasebalg in die Hand.
»Es liegt in der Natur eines jeden Mannes … Interessen zu haben«, fuhr mein Vater fort und zerbrach den Federkiel in seinen Händen. »Aber das bedeutet doch noch nicht, daß Alexandre dich nicht liebt. Eine Ehefrau muß lernen … nachgiebig zu sein.«

Die Asche wehte mir ins Gesicht. »Meinen Sie etwa, ich bemerke nicht, wenn Alexandre der Kammerzofe übers Mieder streicht? Meinen Sie etwa, ich weiß nicht, daß er die Hand unter ihre Röcke schiebt, wenn sie ihn frisiert, daß er ihre Schlafkammer aufsucht? Meinen Sie etwa, ich weiß nicht, daß er der Vicomtesse de Rosin-Mallarmé sein Porträt geschenkt hat? Daß er eine Sammlung von Seidenstrümpfen – Siegestrophäen! – in seinem Schrank aufbewahrt? Meinen Sie etwa, ich bin blind? Ich sehe, ich weiß – *und* ich sehe weg. Aber das hier, *das* ist etwas anderes. Laure Longpré ist meine *Cousine*!«
Ich legte den Blasebalg zur Seite, erhob mich und wischte die Asche von meinem Rock. »Sie haben selbst gesagt, daß von Laure nichts Gutes zu erwarten sei. Erinnern Sie sich an ihren Besuch, als wir gerade in Frankreich angekommen waren? Das Kind, das sie gerade geboren hatte, war *Alexandres* Kind, Vater. Erinnern Sie sich, wie sie *mich* bat, Monsieur de Beauharnais aufzufordern, sie zu besuchen? Und ich – so dumm! so unschuldig! so *freundlich*! – tat ihr den Gefallen. Erinnern Sie sich, wie er schon eine Woche später fort ist? Um Freunde aus seinem Regiment zu besuchen, sagte er!«
»Wenn du dich dadurch irgendwie besser fühlst«, Vater reichte mir eine Verschlußkappe mit Whisky aus dem Flakon, den er bei sich trug, »ich glaube, es ist meine Schuld.«
Ich setzte mich auf den Schemel. Der Alkohol brannte, als ich ihn herunterschluckte. »Was meinen Sie damit?« Ich gab ihm die Kappe zurück.
»Wie du weißt, hat Laures Familie die unsere lange Zeit gehaßt – hat sich über die Gefälligkeiten geärgert, die der Marquis mir erwiesen hat, nur weil ich nun mal Désirées Bruder bin. Ich glaube, es ist kein Zufall, daß sich Laure in deine Ehe einmischt. Dieser Familie liegt die Boshaftigkeit im Blut. Sie ist eine Katze, die mit der Maus spielt.«
»*Spielt*, Vater? Dieses *Spiel* wird mich töten!«

Um fünf Uhr kehrte Monsieur de Beauharnais nach Hause zurück. Ich hörte seine Stimme an der Haustür, hörte Vaters leise, warnende Töne, gedämpftes Flüstern.
Kurz danach erschien Monsieur de Beauharnais an der Tür. »Kommst du nicht zum Abendessen herunter?«
Ich weigerte mich zu antworten.
»Désirée erzählt mir, daß du mit ihr über Laure gesprochen hast.« Er trat ins Zimmer.
Laure. Nicht Laure Longpré. Nicht Madame Longpré. Sondern *Laure*. Ich preßte die Hand an die Lippen, um die Gefühle, die in mir aufwallten, zu unterdrücken.
»Oh, Rose, bitte!« Monsieur de Beauharnais hatte ebenfalls diesen ungeduldigen Ton in der Stimme: *provinziell*. Es war *provinziell* von mir, wegen so etwas gekränkt zu sein.
»Schlage mir gegenüber nicht diesen Ton an, Alexandre.« Auf meinem Kleid waren feuchte Flecken, Kleckse von meinen Tränen. Monsieur de Beauharnais ging zum Fenster. »Hier drin ist es stickig.« Er öffnete mit einiger Mühe das Fenster, denn es klemmte häufig.
»Wie kannst du nur so unbekümmert sein!«
»Du wirst das Kind aufwecken«, warnte er.
»*Du*, der sich so gut mit Kindern auskennst.« Ich wandte mich ab. »Wann werden wir Eugène mitteilen, daß er nicht dein Erstgeborener ist – an seinem fünften Geburtstag? Oder vielleicht sollten wir es ihm schon früher mitteilen, an seinem dritten …«
»Herrgott noch mal, Eugène ist mein einziger rechtmäßiger Sohn.«
»Und Madame Longpré?« Ich konnte mich nicht zurückhalten. »Wer ist *sie*?«
»Möchtest du, daß ich ehrlich bin?«
»Von Betrug habe ich genug.«
»Du bist meine Frau.« Er zog einen Vorhang beiseite und schaute auf die Straße hinaus.

»Und …?«
»Und Laure ist die Frau, die ich liebe.«
»Scher dich raus!«
»Du wolltest ja die Wahrheit wissen!«
Ich warf ein Kissen und noch eines. Ich zitterte, als ich nach einer Vase griff.

Meine Geduld geht zu Ende

13. Dezember 1781

»Meine Tochter trägt ein langes Gesicht spazieren«, sagte Vater, als ich ihm sein abendliches Glas Rotwein brachte. Seit Monsieur de Beauharnais vor sechs Wochen nach Italien aufbrach, ist Vater liebenswürdig.

»Ach ja?« Ich wußte, daß es stimmte. Es war der Tag meiner Trauung mit Monsieur de Beauharnais vor zwei Jahren. Unser Hochzeitstag.

Vater griff nach meiner Hand. »Komm mit mir zurück, Rose.«

»Nach Martinique?« Vaters Gesundheit hatte sich gebessert, und es war ihm gelungen, eine kleine Erhöhung seiner Pension zu erhalten. Er würde bald nach Hause zurückkehren.

»Dein Mann ehrt dich nicht genug.«

Seine Worte überraschten mich. Hatte er meine Mutter genug »geehrt«?

»Ich könnte es nicht«, sagte ich. Eugène war noch zu klein – die Reise würde ihn umbringen.

»Laß dein Kind bei einer Amme zurück. Du kannst ja nach einiger Zeit nach ihm schicken lassen, wenn er alt genug zum Reisen ist.«

Eugène verlassen? Es war allgemein üblich, das wußte ich. Doch ich konnte den Gedanken nicht ertragen. »Verzeihen Sie, Vater, aber ich könnte es nicht.« Mein Kind ist meine einzige Freude.

Vater sah mich lange an. »Ihr Kreolenmütter«, seufzte er.

19. Januar 1782

Vater ist heute morgen abgereist. Er blickte nicht zurück, als die Kutsche davonfuhr.
Nun bin ich allein. Ich fühle mich um Jahre älter.

[Ohne Datum]

Ein Gefühl der Einsamkeit quält mich ohne Unterlaß. In dieser Osterwoche habe ich mein Gewissen erforscht. Monsieur de Beauharnais und ich wurden von Gott vereint. Habe ich das Recht, diese Vereinigung in Zweifel zu ziehen? Ich habe der Jungfrau Maria gelobt, daß ich meinem Mann schreiben und ihm in meinem erbärmlichen Stil, den er so verabscheut, mein Herz ausschütten werde.

25. Juli – Noisy-le-Grand

Heute morgen kam ein Bote mit einer Nachricht: Monsieur de Beauharnais ist in Paris. Unverzüglich ließ ich eine Kutsche kommen. Ich bat Mimi, das Kind zurechtzumachen. Sie zog Eugène seinen Matrosenanzug an – ein Ensemble, das eigentlich für ein um ein Jahr älteres Kind gedacht war. Ich küßte ihn auf sein dikkes Näschen. Er belohnte mich mit einem Lächeln und strampelnden Füßen. Ich versuchte ihn zu stillen, bevor ich mich ankleidete, aber ich war zu unruhig. Eugène jammerte und fing zu schreien an. »Ich werde es unterwegs noch einmal versuchen«, sagte ich Mimi, als ich ihr Eugène zurückreichte. Nervös bereitete ich meine eigene Toilette vor und wählte ein cremefarbenes Besuchskleid aus Seide und einen großen Strohhut mit breiten cremefarbenen Bändern, die unter meinem Kinn gebunden wurden. Die Jacke war mir mittlerweile etwas eng geworden.
Auf dem ganzen Weg in die Stadt überlegte ich, was ich sagen

sollte. An einem Waldrand wies ich den Kutscher an, in eine schattige kleine Lichtung einzubiegen. Diesmal war Eugène hungrig genug, um ungeachtet meines Gemütszustandes die Brust zu nehmen. Ich hielt ein Taschentuch an meine andere Brustwarze, damit sie meine Jacke nicht befleckte. »Ich bin nervös«, sagte ich zu Mimi.

Im Hôtel de la Rochefoucauld überreichte ich meine Karte. Mimi stand mit Eugène hinter mir und summte ihm etwas vor. Ich rückte seinen lustigen kleinen Matrosenhut zurecht, der ihm über die Augen gerutscht war.

»Rose.«

Ich drehte mich um. Es war Monsieur de Beauharnais, der in der offenen Tür stand. Er sah elegant aus in seiner zweireihigen, mit Gold bestickten Weste. Ich bot ihm meine Hand. »Es ist schön, dich zu sehen, Alexandre.« Das Baby stieß einen Schrei aus. Mimi hob es in die Arme seines Vaters. Einen Augenblick fürchtete ich, Eugène könnte in den Armen dieses Fremden erschrekken, doch das tat er nicht. Er starrte auf die Goldknöpfe an der Weste seines Vaters und streckte die Hand aus, um einen zu berühren.

»Halte ich ihn so richtig?« fragte Monsieur de Beauharnais nervös.

»Er ist ein kräftiger, gesunder Junge, du wirst ihm schon nicht weh tun«, sagte ich und folgte ihm in den Salon.

Monsieur de Beauharnais berührte mit dem Finger die Wange des Kindes. Eugène belohnte ihn mit einem Grinsen. »Er hat mich angelächelt! Meinest du, er weiß, wer ich bin?« Eugène begann zu strampeln. »Ich muß etwas verkehrt gemacht haben.« Monsieur de Beauharnais übergab Mimi seinen Sohn. Eugène begann zu brüllen.

»Kann ich hier irgendwo mit ihm hingehen?« fragte Mimi.

»Durch diese Türen geht es zum Garten«, sagte er.

Ich setzte meinen Hut ab, befühlte mein Haar. Monsieur de

Beauharnais stopfte sich eine Pfeife. Ich nahm Platz, denn meine Knie zitterten. »Wie war es in Italien?« fragte ich.
»Regnerisch.« Er hielt inne. »Einsam.«
Trotz meiner Gebete spürte ich, wie Zorn in mir hochstieg. Ich zwang diese Gefühle nieder. Sie waren das Werk des Teufels, nicht Gottes Werk. Denn da war auch diese Sehnsucht, die so mächtig von mir Besitz ergriffen hatte. Meinem Sohn zuliebe, mir zuliebe wollte ich meinen Gemahl an meiner Seite haben. Dafür war ich bereit zu vergessen und mein Herz aufs neue zu verschenken.
Monsieur de Beauharnais steckte seine Pfeife an, indem er heftig am Mundstück saugte. »Ich habe deinen Brief erhalten«, sagte er und stieß den Rauch aus.
Einen Moment herrschte Schweigen. Draußen hörte ich mein Kind juchzen. Eugène, der wieder glücklich war.
»Er war der Grund für meine Rückkehr.« Er musterte seine Fingerspitzen.
Ich erhob mich, ging zum Fenster, schaute hinaus. Ich fürchtete, das Falsche zu sagen.
Monsieur de Beauharnais legte seine Pfeife auf dem Kaminsims ab. »Ich ... ich weiß, daß es nicht einfach für dich war, Rose, aber auf meinen Reisen hatte ich Zeit nachzudenken, die Vergangenheit zu erforschen ... und an die Zukunft zu denken.« Er räusperte sich. »Ich habe beschlossen ... das heißt, ich habe den Entschluß gefaßt, eine gewisse Frau aufzugeben.«
Eine gewisse Frau. Ich drehte mich zu ihm um. »Wird es dir schwerfallen, Alexandre?«
Er kam zu mir und küßte mich, zuerst nur leicht. »Nein«, sagte er. Ich legte meine Hand an seinen Nacken. Er umarmte mich gefühlvoll. Mein Herz wurde weich.
Ich hörte mein Kind weinen und wich zurück. Mimi war an der Tür mit einem weinenden Eugène in den Armen. »Ich kann später wiederkommen«, sagte sie grinsend.

Monsieur fuhr sich mit den Fingern über die Haare. »Nein, komm herein ...« Er küßte mir die Hand.
Wir sind aufs Land zurückgekehrt, Monsieur de Beauharnais und ich, Mimi und unser Sohn. Von Zeit zu Zeit ertönt eine warnende Stimme in mir. Ich schenke ihr keine Beachtung. Ich bin fest entschlossen, die Einsamkeit hinter mir zu lassen.

1. September

An meinen Mann gekuschelt erwachte ich mit dem köstlichsten Gefühl der Wärme. Es erfüllte mich ein Gefühl des Friedens. Ich bin wieder guter Hoffnung.

3. September, abends

Eugènes erster Geburtstag. Ich habe eine äußerst niederschmetternde Nachricht erhalten. Monsieur de Beauharnais hat sich um die Stellung des Flügeladjutanten beim Gouverneur von Martinique beworben.
»Aber Alexandre, unser Sohn ist noch zu klein. Ich könnte ihn nicht zurücklassen. Und wenn ich ...«
»Ich glaube nicht, daß es für euch beide dort sicher wäre.«
»Du würdest uns zurücklassen?«
»Ich kann viel gewinnen, wenn ich diese Gelegenheit ergreife ...«
»Und *alles* verlieren«, rief ich, worauf das Kind zu brüllen begann.

7. September

Heute morgen erwachte ich, und Monsieur de Beauharnais war fort. Er war in der Nacht abgereist.

10. Dezember

Ich habe erfahren, daß sich Laure Longpré, nun Witwe, auf demselben Schiff befindet wie Monsieur de Beauharnais, ebenfalls auf dem Weg nach Martinique.
Ein Gefühl der Bitterkeit überwältigt mich. Man hat mich hintergangen.
Ich bete um Kraft. Ich muß standhaft sein – meinem Jungen zuliebe, dem Kind in mir zuliebe.

10. April 1783

Heute morgen habe ich entbunden, früher als erwartet. Sie ist rot, zart – sie schläft den Schlaf des Todes.
Nachdem die Nabelschnur durchtrennt war, nachdem die Hebamme sie in Rotwein gebadet und in Baumwolle gewickelt hatte, wusch mich Mimi mit einem wohlriechenden Tee. Ich hob an, um etwas zu sagen, aber sie brachte mich zum Schweigen. Eine Frau, die gerade entbunden hat, sollte niemals sprechen. »Sonst fährt ein Wind in dich«, sagte sie.
Ich schloß die Augen, die Lippen. Ich verschloß mein Herz. Der Wind war bereits in mich gefahren, ein mit Tränen beladener Sturm.

11. April

Heute nachmittag wurde mein Kind getauft. Fanny als Patin hat den Namen Hortense vorgeschlagen. Der Name gefällt mir nicht. Ich bin zu müde, um Einwände zu erheben. Ich mußte ein Medaillon verkaufen, um den Priester bezahlen zu können.
Ich kann mich nicht erinnern, mich bei Eugènes Geburt genauso gefühlt zu haben ... so traurig, so traurig.

22. April – Noisy-le-Grand

Hortense wächst nicht. Der Arzt besteht darauf, daß ich sie in die Obhut einer Amme gebe. Er hat Madame Rousseau hier im Ort empfohlen.

»Eine Amme in Noisy-le-Grand dürfte besser sein als eine in Paris«, antwortete Tante Désirée auf meine Bedenken. »In Paris lassen die Ammen ihre Schützlinge verhungern. Sie nehmen schmutzige Wäsche an, überanstrengen sich und verderben damit ihre Milch.«

Ich betrachtete das schreiende Kind in meinen Armen. Es hatte stundenlang gesaugt und sich trotzdem vor Unzufriedenheit gekrümmt. War auch meine Milch verdorben? Konnte Kummer die Muttermilch verderben?

Aus diesem Grund gingen Tante Désirée und ich heute zu Madame Rousseau, um mit ihr ein Einstellungsgespräch zu führen. Ihre Behausung ist bescheiden, aber sauber. Im Haus werden keine Tiere gehalten. Sie hat einen einjährigen Jungen (gesund, stellte ich fest), der immer noch gestillt, aber jetzt entwöhnt wird, wie sie uns versicherte. Ihre Brüste sehen üppig aus – sie entblößte sie, damit wir sie begutachten konnten.

»Ich kann Ihr Kind heute abend holen«, sagte sie.

So bald? »Ich hatte an morgen gedacht«, sagte ich.

»Heute abend wäre geeigneter«, sagte Tante Désirée. Das Schreien meines Kindes bekümmerte den Marquis, wie ich wußte.

Hortense jammerte, als wir zurückkehrten. Mimi ging mit ihr auf und ab. Ich nahm ihr meine unglückliche Tochter ab, legte sie an die Brust, aber schon kurz darauf schrie sie wieder. Ich ging über eine Stunde mit ihr im Garten spazieren, bis sie glücklicherweise erschöpft einschlief. Wenn Madame Rousseaus Milch das Schreien meines Kindes lindert, werde ich zufrieden schlafen.

24. April

Ich bin krank, habe immer noch schreckliche Schmerzen, habe nicht geschlafen. Nachdem mir mein Kind genommen worden war, band mir Mimi die Brüste ein, aber trotzdem hat sich die eine Brust entzündet und meine Milch stocken lassen. Der Arzt kommt jeden Morgen, um mich zur Ader zu lassen. Danach kann ich schlafen, doch ich wache weinend auf.
Eugène bringt mir Blätter, die er vom Fliederbusch im Garten abgerissen hat. Seine süßen Küsse sind mein einziger Trost. Das und die Nachricht, daß mein Kind nicht mehr schreit. Man hat mir geraten, es nicht zu besuchen, bis meine Milch versiegt ist.
Wer hätte gedacht, daß dieser Prozeß so herzzerreißend sein würde? Ich bewahre eines der Nachthemden meines Babys nachts unter meinem Kissen auf, drücke es an die Lippen, während ich schlafe, atme seinen süßen Duft ein. Ich sehne mich so heftig danach, es in meinen Armen zu halten, daß es mich krank macht. Ich trauere um die Mütter der ganzen Welt.

30. Juni

Der Marquis hat etliche Briefe erhalten, die Alexandres zügelloses Benehmen in Martinique betreffen. Sein Sohn, so mußte er erfahren, trinkt, spielt und verkehrt öffentlich mit einer Anzahl Frauen (nicht nur mit Laure), offensichtlich zur Schande für den Namen seiner Familie. In bedenklichem Maße zornig entwarf der Marquis einen Brief an den König mit der Forderung, seinen Sohn mit einem geheimen, königlichen Haftbefehl festnehmen zu lassen. Mit einiger Mühe brachte Tante Désirée den Brief an sich, bevor er abgeschickt wurde.

2. September

Ich beendete gerade die Stickerei auf einer Weste für Eugène, als Mimi mir einen Umschlag brachte. »Er ist von deinem Mann«, sagte sie.

»Hat ihn ein Bote gebracht?« Es war ungewöhnlich für einen Boten, so früh zu kommen.

»Eine Frau.« Mimi starrte zu Boden. »Madame Longpré.«

»Madame Laure Longpré?« War sie denn nicht in Martinique?

»Sie kam *hierher*?« Ich betrachtete den Umschlag in meiner Hand. Er roch nach Irispuder. Ich brach das Siegel und zog das Blatt Papier heraus.

Es war ein Brief – ein Brief von Monsieur de Beauharnais.

»Was ist los?« fragte Mimi, als sie meinen Kummer bemerkte.

»Monsieur de Beauharnais hat mir befohlen, das Haus zu verlassen – in ein Kloster zu gehen. Er behauptet ...« Ich stockte. Ich konnte es nicht aussprechen. Alexandre behauptete, daß Hortense nicht sein Kind wäre.

»Laß mich Madame holen!«

Ich wehrte mich nicht. Ich spürte, wie meine Kräfte schwanden. Tante Désirée eilte ins Zimmer. Sie nahm mir den Brief ab.

Darin nannte mich Monsieur de Beauharnais ein liederliches Geschöpf. Er beschuldigte mich, als junges Mädchen zahlreiche Affären gehabt zu haben. Er behauptete, ich hätte in der Nacht, bevor ich abreiste, um mit ihm verlobt zu werden, bei einem Mann gelegen und bei einem anderen in Saint-Pierre auf der Reise nach Frankreich. Er behauptete, Beweise zu besitzen.

Tante Désirée sank in den Sessel neben mir. »Mon Dieu«, hörte ich sie flüstern.

Ich spürte, wie die Welt um mich herum bedrückend wurde.

3

Madame

Ich werde in ein Kloster verbannt

29. Oktober 1783

»Das Logis beträgt sechshundert Livres im Jahr für ein Zimmer und die Kost achthundert Livres«, teilte uns die Äbtissin der Abtei von Penthémont mit. Sie ist eine kleine Frau mittleren Alters, hübsch trotz eines pockennarbigen Gesichts. Sie spricht mit diesem besonderen Tonfall, an dem man ein Mitglied der höchsten Adelsschicht erkennt.

Ich nickte. Ich hatte mehr erwartet. Das Kloster von Penthémont ist eine elegante Einrichtung für aristokratische Damen in Not. Die Prinzessin von Condé war auch schon als Pensionsgast dort.

Die Wohnung, die zur Verfügung steht, ist die Suite Nummer drei, im ersten Stock, mit Blick auf einen gepflasterten Hof. Die Zimmer, vier an der Zahl, sind nicht groß, aber sonnig und schlicht möbliert. Durch zwei mächtige Eichen konnte ich den glitzernden Invalidendom sehen.

Tante Renaudin fuhr mit dem Finger über das Fensterbrett, um zu prüfen, ob dort Staub lag.

»Zufrieden, Madame?« fragte die Äbtissin mit einem nachsichtigem Lächeln.

Ende November ziehe ich ein.

1. November

»Warum solltest *du* ausziehen!« schimpfte der Marquis. Er konnte mich nicht einmal ansehen, ohne sich zu ereifern. Sein Sohn hatte ihn auf schmerzlichste Weise enttäuscht. Seit seiner Rückkehr nach Paris hatte Alexandre nicht einmal mit seiner Familie sprechen wollen. Als Folge war die Gicht des Marquis wieder aufgeflammt.
Seine Loyalität rührt mich, doch was soll ich machen? Nach dem Gesetz muß ich Alexandres Befehlen folgen, ungeachtet der Tatsache, daß er nicht einen Écu zu meinem Unterhalt beigetragen hat, seit er mich vor über einem Jahr verließ, ungeachtet seines zügellosen Benehmens, seines Angriffs auf meine Ehre.
Eugène brach in Tränen aus, als ich es ihm erzählte. Er möchte bei »Papa« bleiben, weinte er, seinem geliebten Marquis. Wie soll ich es ihm erklären?

27. November

Wir sind umgezogen, Mimi, Eugène und ich. »Ich will nach Hause!« schrie Eugène, als ich ihm sein neues Bett zeigte.

1. Dezember

Gestern morgen erhielt ich eine stilvoll geschriebene Einladung zu einem Abendessen mit der Äbtissin.
Ihre Zimmer liegen im Erdgeschoß, direkt unter meinen. Drei weitere Pensionsgäste leisteten uns Gesellschaft: die Vicomtesse de Douai (groß, elegant), die Duchesse de Monge (geistreich, rundlich) und Madame de Crény (klein, lieb). Wir genossen ein erlesenes Mahl mit frischen Austern, Nierenspießen, Gänseleberpastete auf Trüffeln und zum Schluß ein Fondue, das in einer Kasserolle auf einem Rechaud mit einer Spiritusflamme auf den

Tisch kam. Danach saßen wir am Kamin und tranken *régals à gloire* – ein heißer Kaffee mit Kognak, der im Moment in Mode ist.
Heute abend war eine Zusammenkunft in der Wohnung der Vicomtesse de Sotin. Monsieur Beaumarchais, der Stückeschreiber, war zugegen. Nach Lesungen und Gesang gab es die üblichen Diskussionen über das Wetter, das Theater und die Politik. Dann gingen wir zum entspannenderen Zeitvertreib über – Klatsch und Spiele. (Die Äbtissin ist beim Trictrac unschlagbar, stellte ich fest.) Ich äußerte die Befürchtung, daß unser Gelächter unsere Nachbarn stören könnte, aber die Äbtissin sagte, ich sollte mir keine Sorgen machen – sie hätten sich im Laufe der Jahre daran gewöhnen müssen.
Das Leben hier ist ganz anders, als ich erwartet hatte.

Dienstag, 2. Dezember, 11 Uhr abends

Heute nachmittag, als ich noch eines meiner Kleider enger nähte (ich bin dünn geworden), teilte ich Tante Désirée mit, daß ich beabsichtigte, eine gesetzliche Trennung anzustrengen.
Tante Désirée machte ein besorgtes Gesicht. »Eine Trennung, Rose? Hast du überhaupt eine Ahnung, was das nach sich zöge – das gesellschaftliche Stigma, das an dir und deinen Kindern haften würde?«
»Trotzdem haben Sie eine gesetzliche Trennung von Ihrem Mann erreicht.« Im ersten Jahr ihrer Ehe hatte Tante Désirées Mann versucht, sie zu vergiften.
»Und ich habe den Preis dafür bezahlt. Viele Male bin ich von Gesellschaften ausgeschlossen worden. Es zählt überhaupt nicht, ob eine Frau unschuldig ist. Sie ist besudelt worden und wird als ungeeignet für die *anständige* Gesellschaft erachtet.« Tante Désirée legte ihre Näharbeit nieder. »Und was, wenn Alexandre sich als streitlustig erweist, Rose? Bist du bereit, die Einzelheiten eures

Privatlebens vor ganz Paris auszubreiten? In solch einem Kampf gewinnt eine Frau nur selten. Selbst wenn du grün und blau geschlagen woren wärst, würde man das als das Recht deines Ehemannes ansehen – und als deine Pflicht, sich seinem Wunsch zu beugen, *gleich*, welcher Art dieser Wunsch auch sein mag.«

»Soll ich etwa gar nichts tun?« fragte ich und stach mir versehentlich mit der Nadel in den Daumen. Mit einiger Mühe unterdrückte ich einen Fluch. »Alexandre hat meine Ehre in aller Öffentlichkeit angegriffen.«

»Aber was ist mit deinem Sohn? Überlege, wie es ihm schaden würde. Eugène ist alt genug, um die Sticheleien seiner Spielkameraden zu verstehen.«

»Überlegen Sie doch, wie ein Makel an meiner Ehre ihm schaden würde. Stellen Sie sich vor, wie es für ihn wäre, eine Mutter zu haben, die bis ans Ende ihrer Tage in einem Kloster leben muß. Und was ist mit Hortense? Ihre Aussichten auf eine gute Heirat würden bedenklich geschmälert. Eine gesetzliche Trennung ist meine einzige Alternative – sowohl um meinetwillen *als auch* um der Kinder willen.«

Tante Désirée seufzte. »Ich werde für dich beten, Rose.«

8. Dezember, später Nachmittag

Heute nachmittag traf ich mich mit Monsieur Joron, Anwalt und Bevollmächtigter der Krone in Chastelet, um meine Anklageschrift amtlich zu machen. Er erschien mit seinem Vater* und seinem Sekretär. Es fiel mir schwer, das Scheitern meiner Ehe offenzulegen, aber sie waren taktvoll und nahmen mir die Befangenheit.

* Monsieur Jorons Vater gab seiner Frau folgende Beschreibung von Rose: »Eine faszinierende junge Person, eine Dame von Rang und Eleganz, mit perfektem Stil, sehr kultiviert, und mit einer äußerst schönen Stimme.«

Monsieur Joron teilte mir mit, daß es ein paar Monate dauern werde, bis eine Anordnung über die Trennung von Person und Wohnung erlassen worden sei, und daß ich danach über ein Jahr lang keine Regelung erwarten dürfe. Bis dahin muß ich gemäß den Wünschen meines Gemahls leben. »Ein ganzes Jahr?«
Der Sekretär schrieb meine Aussage in seiner sorgfältigen Handschrift nieder. Ich wurde gebeten, sie durchzulesen und jede Seite zu unterzeichnen. »Wie soll ich unterzeichnen?« fragte ich. »Mit Beauharnais oder Tascher de la Pagerie?«
»Wie es Ihnen lieber ist.«
Ich schrieb: Tascher de la Pagerie.
Und so ist es auch – meine Ehe ist annulliert.

13. Dezember – Noisy-le-Grand

Wir sind für ein paar Tage in Noisy-le-Grand. Vor vier Jahren wurden Alexandre und ich hier getraut, teilten das Bett, in dem ich jetzt schlafe. Ich erinnere mich so deutlich an das erste Mal, als ich ihn sah, ein stattlicher junger Mann, der im Salon des Hôtel Graves in Brest Ciceros *Fragmente über die Rechtlichkeit* las. Es scheint eine andere Welt zu sein, eine andere Zeit – eine andere Rose.
Nachdem Eugène aus seinem Mittagsschlaf erwacht war, gingen wir zu Madame Rousseau, um Hortense zu besuchen. Sie kicherte, als ihr Bruder sie unbeholfen umarmte. Ich nahm sie beide in die Arme. Wie kann ich eine Verbindung bedauern, die mir zwei so wundervolle Kinder geschenkt hat?

Montag, 22. Dezember – zurück in Paris

Die Frauen hier im Kloster machen viel Aufhebens um mich. Ihre Herzlichkeit verblüfft mich. Wohlerzogen, reich und adlig sind sie meinem Stand weit überlegen.

»Sie erkennen eine natürliche Vornehmheit in Ihrem Auftreten«, sagte mir die Äbtissin heute morgen. (Ich lese ihr vor; dafür hilft sie mir bei meinem Ausdruck.) »Und außerdem ist nichts so lohnenswert wie eine eifrige Schülerin.«
Eine eifrige Schülerin, das gebe ich zu, bin ich geworden. Ich wünsche mir so sehr, daß ich mich in dieser Welt, unter diesen Frauen ungezwungen fühle – aber es gibt so vieles, was ich lernen muß: wie man sich verbeugt, wie man einen Raum betritt, wie man Platz nimmt, wie man spricht. Heimlich beobachte ich, wie die Vicomtesse de Douai ihre Kutsche bestellt, wie die Duchesse de Monge sich verbeugt (und für wen und wie tief, je nachdem), achte darauf, wem ihr Lakai beide Doppeltüren öffnet und wem nur eine, lausche der Redeweise der Äbtissin, ihrem aristokratischen Tonfall.
Allein in meinem Zimmer übe ich vor dem langen Spiegel, verbeuge mich tief vor meinem Spiegelbild. »Lache nicht!« sage ich zu Mimi, die mich mit spöttischem Lächeln beobachtet.

4. Februar 1784

Alexandre klagt auf Rückgabe meines Schmuckes, einschließlich des Medaillons, das ich verkaufen mußte, um Hortenses Taufe zu bezahlen. Er behauptet, daß es zu seinem Erbe gehörte, daß ich kein Recht gehabt hätte, es zu verkaufen.
Ich bin derart außer mir, daß ich nicht schlafen kann. Alexandre trägt nichts zu meinem Unterhalt bei. Ich benötige immer dringlicher Geld. Jeden Tag, so scheint es, steht ein Gläubiger an meiner Tür. Gestern wurde mir eine Rechnung für Schmuck vorgelegt, den ich noch nicht einmal gesehen habe. Ich gab dem Mann Alexandres Adresse und schickte ihn dorthin, wobei ich mich bemühte, mir meinen Zorn nicht anmerken zu lassen.

23. Februar

Fanny kam heute am frühen Morgen vorbei, das stark gepuderte Gesicht tränenverschmiert. Ihre Tochter Marie hat schon wieder den Tod eines Kindes erlitten. Die jüngste, Amédée, starb in der Nacht an Fieber. Sie war noch nicht einmal zwei. Die dreijährige Émilie hatte ihre »schlafende« Schwester gefunden.
»Kannst du mich begleiten?« fragte Fanny. »Ich kann ihr nicht allein gegenübertreten. Nicht schon wieder.« Es ist das dritte Kind, das Marie verloren hat.
Alexandres Bruder François, bekleidet mit einer Schlafmütze und einer blauen Weste über einem Nachthemd, kam an die Tür, um uns zu begrüßen. Er sah verzweifelt aus. Ich weiß nicht, warum mich das überraschte, da er doch ein einfühlsamer Mann und Kindern liebevoll zugeneigt ist. Er führte uns in Maries Schlafzimmer, wo sie auf einer Chaiselongue ruhte, eine Schale Tee auf dem Beistelltisch. Sie war bleich, starr, als wäre sie selbst tot. Die kleine Émilie saß mit verwirrtem Gesicht still neben ihrer Mutter.
Man sagte uns, daß das Kind im Nebenraum in seinem Bett läge. Ich blieb bei Marie, während Fanny hinüberging, um mit Hilfe des schluchzenden Kindermädchens den Leichnam vorzubereiten.
Nachdem der Priester gekommen war und anschließend der Arzt (der sowohl Fanny als auch Marie und François Laudanumtropfen verschrieb), verließ ich das Haus und nahm die kleine Émilie mit nach Penthémont. Mimi, Eugène und ich bemutterten sie zartfühlend. Trotzdem weigerte sie sich zu sprechen.

2. März

Eugène hat seinen magischen Charme auf Émilie wirken lassen. Sie folgt ihm überallhin. Sie ist ein intelligentes kleines Ding, eine kleine Fee mit hellrosa Wangen und kohlschwarzen Haaren und Augen – aber ach, so ernst! Nur Eugène kann ihr ein Lächeln entlocken.

»Ich fürchte, wir werden Émilie bald wieder nach Hause bringen müssen.« Ich brachte ihm die Nachricht schonend bei. »Zu ihrer eigenen Mutter.« Marie brauchte sie jetzt, brauchte ihr einziges Kind, das überlebt hatte.

10. April – Noisy-le-Grand

Hortense ist heute ein Jahr geworden. Sie läuft!

27. April 1784, Noisy-le-Grand

Liebe Madame Beauharnais,
ich gebe Ihnen das Geld zurück, das Sie mir geschickt haben. Ihr Mann kam letzte Woche zu Besuch und hat für zwei Monate bezahlt. Er brachte dem Kind ein paar hübsche Spielsachen vom Jahrmarkt mit. Sie hat überhaupt nicht gefremdelt. Er sang ihr eine Ballade vor und tanzte mit ihr herum, worauf sie spucken mußte, aber es machte ihm nicht allzuviel aus. Sie haben Ihren Mann nie erwähnt. Ich hoffe, ich habe das Richtige getan.

Hochachtungsvoll, Madame Rousseau

Dienstag, 11. Januar 1785 – Noisy-le-Grand

Tante Désirée hat die Nachricht erhalten, daß Alexandre Eugène sehen möchte. »Und er wäre damit einverstanden, mich ebenfalls zu sehen«, sagte sie, als sie den Brief studierte.

Der Marquis schnaubte wütend. »Wie reizend von ihm.«

»Ich meine, Sie sollten hingehen«, sagte ich.
Tante Désirée verbrachte den Morgen damit, sich fertigzumachen. Sie entschied sich für ihr blaues Seidenkleid mit einem schwarzen Samtcape. Ich lieh ihr meinen Hut mit den blauen Bändern, der hübsch zu dem Kleid paßte. Sie war aufgeregt, was etwas Farbe in ihre Wangen brachte.
Ich zog Eugène seine besten Kleider an. »Geh ich in die Kirche?« fragte er. Er ist noch zu klein, um die Situation zu erfassen. Für ihn ist der Marquis sein Vater – wie könnte es auch anders sein?

Tante Désirée kehrte bei Einbruch der Dunkelheit zurück und wirkte erleichtert. Eugène war ganz aufgeregt über die Fülle der Geschenke, mit der der »fremde Mann« ihn überschüttet hatte.
»Alexandre fragte, ob ich Eugène einmal in der Woche bringen könnte.« Tante Désirée setzte ihren Hut ab und brachte ihre Frisur in Ordnung.
»Was meinen Sie?« fragte ich.
»Es könnte von Vorteil sein.« Sie zögerte. »Obwohl es seine Meinung nicht ändern wird.«
Ich erstarrte. Selbst, wenn Alexandre nachgeben sollte, könnte sich mein Herz öffnen? »Und Sie? Wie fanden Sie ihn?«
»Oh, er hat viele schöne Worte von sich gegeben ...«
Ich kannte Alexandres schöne Worte. »Aber er war nicht mit dem Herzen dabei?«
Tante Désirée sah mich an, und ihre Augen füllten sich mit Tränen. »Wie ist das bloß möglich?«

Freitag, 4. Februar

Heute, als ich von meiner Schneiderin zurückkehrte, kam Mimi völlig aufgelöst auf mich zugerannt und schrie auf afrikanisch.

»Sprich!« befahl ich. Sie war auf die Knie gefallen. »Mimi, mon Dieu!«
»Der Junge! Er ist weg!«
Ich konnte es nicht fassen. Eugène? *Weg?* Was bedeutete das?
Hastig sprudelte sie ihre Geschichte hervor. Sie hatte Eugène erlaubt, wie gewöhnlich im Hof zu spielen. Alle fünf Minuten schaute sie hinaus. Eugène hatte auf eine Trommel eingeschlagen, und durch den Lärm wußte sie, wo er sich gerade aufhielt. Sie war in ihr Zimmer gegangen, um nach einem bestimmten farbigen Garn zu suchen. Als sie wieder herauskam, fiel ihr auf, daß es im Hof still geworden war. Sie schaute aus dem Fenster. Der Hof war leer.
Sie lief in den Hof hinunter und zu den Eisentoren hinaus – die geschlossen waren, wie sie mir versicherte – und auf die Straße. Eugène war nirgendwo zu sehen. Sie befragte die Bewohner, erhielt jedoch keine Antwort. Sie lief zur Äbtissin, die jedoch ausgegangen war.
Ich ging zum geöffneten Fenster und schaute in den leeren Hof. »Eugène?« rief ich. Ich eilte durch die Zimmer, sah in jeden Schrank und unter den Betten nach. Ich konnte nicht glauben, daß Eugène nicht da war. In diesem Augenblick bemerkte ich einen Zettel, der unter dem Teppich hervorschaute. Offensichtlich war er unter der Tür hindurchgeschoben worden. Ich hob ihn auf und wußte schon, bevor ich ihn las, was er enthüllen würde.
Er war von Alexandre. Er hatte Eugène mitgenommen.

Es dauerte nicht lange, um nach einem Fiaker zu schicken und den Weg zum Stadthaus der Rochefoucaulds in der Rue de Seine zu finden. Die großen Türen zum Hof waren noch geöffnet, die Pferde noch nicht ausgespannt. Ein livrierter Lakai öffnete die Tür.
Alexandre kam mit wachsamem Blick in die Halle. Wir hatten

einander nicht mehr gesehen, seit er vor zwei Jahren in der Nacht mein Bett verlassen hatte. Er sah unverändert aus, wenn auch blaß und schmal, zweifellos aufgrund der langwierigen Folgen des bösartigen Fiebers, an dem er in Martinique erkrankt war. Er trug keine Perücke, seine Haare waren lang und hingen bis zu den Schultern herab.

»Ich komme wegen Eugène.« Ich versuchte, mich zu fassen.

»Ich möchte nicht, daß mein Sohn in einem Frauenhaus aufwächst!« sagte er.

»Dann erlaube mir, anderswo mit ihm zu leben!« rief ich.

Er drehte mir den Rücken zu und befahl dem Lakai, die schwere Tür zu schließen. Mimi zog mich fort.

5. Februar

Ich habe die Behörde benachrichtigt. Heute in einem Monat ist eine Anhörung festgesetzt worden, doch bis dahin bin ich machtlos. Als Vater kann Alexandre mit Eugène machen, was ihm gefällt.

Mimi ist fort, um bei Alexandre zu wohnen und sich um Eugène zu kümmern. Ich bin unerträglich allein hier.

Samstag, 7. Februar

Als ich gerade packte, um nach Noisy-le-Grand abzureisen, kam die kleine Madame de Crény vorbei. Sie benötige eine Ablenkung, sagte sie. Ihre Kutsche war über eine Stunde lang in Saint-Sulpice im Verkehr steckengeblieben. »Eine gigantische Hochzeit.« Sie setzte ihren Hut ab. Sie trug ein Reisekostüm aus grauer Seide mit üppigem Spitzenbesatz, der ihre winzige Figur überflutete. An Hals und Ellenbogen waren riesige rosa und weiß gestreifte Schleifen. »General Arthur Dillon und diese Frau mit dem Busen. Kreolin, wie es heißt. Vielleicht kennen Sie sie ja.

Offensichtlich hat sie Dillon in Martinique kennengelernt. Ihr Name ist Longbeau, Longpreid ... oder so ähnlich. Sie kaut Kerzen, wie ich hörte.«

Laure Longpré.

»Sie hätten die Equipagen sehen sollen. Die Königin und der König unterzeichneten den Ehevertrag.« Madame de Crény verdrehte die Augen. »Nicht einmal der Schwester der Duchesse de Monge wurde *diese* Ehre zuteil, und sie lebt praktisch bei der Königin.«

Fassungslos setzte ich mich. Die Königin und der König? Unterzeichneten ihren Ehevertrag? Alexandres Abstammung war nicht einmal vornehm genug, um in einer königlichen Equipage zu sitzen. »Madame Longpré ist eine Cousine von mir.« Ich zögerte. »Mein Mann war ihr zugeneigt«, sagte ich.

»War *sie* diejenige?« sagte Madame de Crény freundlich. »Oh ...!« Sie nahm meine Hand. »Und nun ist sie mit General Dillon verheiratet?«

Ich erinnerte mich an den verstörten Ausdruck in Alexandres Augen. »Seltsam«, sagte ich, »nicht wahr?« Seltsam und grausam.

3. März

Nach der Messe heute morgen kam die Äbtissin an meine Tür. »Ihr Mann möchte mit Ihnen sprechen.«

»Alexandre?« Morgen sollen Alexandre und ich vor Gericht erscheinen. Warum kam er gerade jetzt? »Ist Eugène bei ihm?«

Die Äbtissin schüttelte den Kopf. »Sie müssen sich überlegen, ob *Sie* mit ihm sprechen wollen oder nicht.«

»Was könnte es schaden?«

»Wenn Sie wirklich gewillt sind, ihn zu empfangen, Rose, empfehle ich, daß Sie dies in Anwesenheit Ihres Anwalts tun.«

»Ich werde in nichts einwilligen, das verspreche ich Ihnen.«

»Sie werden ihn empfangen?«
»Wenn Sie bei mir bleiben.«
»Das ist klug.«
Sie blieb, wie es mir vorkam, lange weg. Als Alexandre eintrat, war ich über den Ausdruck in seinen Augen verblüfft. Es war schon immer schwierig, Alexandres Gefühle zu deuten, und dieses Mal war es nicht anders.
Die Äbtissin machte es sich auf einem Sessel neben der Tür bequem. Alexandre schien ihre Anwesenheit nicht zu behagen, und einen Augenblick lang dachte ich, er wolle Einwände erheben. Doch dann redete er: »Rose, nach einiger Zeit des Nachdenkens bin ich zu dem Schluß gekommen ...« Er hielt inne, um sich zu räuspern. »Ich bin zu dem Schluß gekommen, daß ich mich im Irrtum befunden habe.«
Sein Geständnis bestürzte mich, doch ich blieb trotz allem wachsam. Wie oft schon hatte mich Alexandre mit seinen goldenen Worten betört, mit Schmuck, den er verschenkte, aber nicht bezahlte?
Alexandre wandte sich jetzt an die Äbtissin. »Ich habe inzwischen eingesehen, wie ... schmerzlich meine Handlungsweise war – während meines Aufenthalts in Martinique und dann noch einmal, erst kürzlich, als ich Eugène mitnahm. Ich habe keine Rechtfertigung«, fuhr er fort, »außer, daß ich von Gefühlen besessen war, die ich nicht beherrschen konnte. Ich habe gelobt, mich zu bessern. Eugène wird dir in Kürze zurückgegeben werden. Bei der morgigen Anhörung werde ich mich schuldig bekennen, denn ich stehe im Bewußtsein meiner Schuld vor dir.«
Bis auf das gleichmäßige Ticken der Uhr war kein Laut zu hören.
»Madame de Beauharnais – wenn ich zu Ihrem Mann sprechen dürfte«, sagte die Äbtissin.
Ich nickte.
»Vicomte de Beauharnais, ich bitte Sie eindringlich, an dieser Denkweise festzuhalten. Es wird nur Früchte tragen. Die Er-

scheinung eines fiat lux* im Leben hilft nicht nur einem selbst, sondern allen Menschen in unserer Umgebung und setzt beliebig viele willkommene Ereignisse in Gang. Aber nicht aus diesem Grund möchte ich das Wort ergreifen. Ich möchte Ihrer Frau raten, Ihre Entschuldigung anzunehmen – aber nur, wo sie sich in greifbarerer Form ausdrückt, wie zum Beispiel in einer nur gerechten und sofortigen Begleichung überfälliger Rechnungen. Doch gleichzeitig möchte ich sie warnen, sich der Vorteile bewußt zu sein, die Ihnen aus Ihrem Schuldbekenntnis erwachsen könnten, denn vielleicht werden Ihre Sünden dadurch weniger streng beurteilt und Sie könnten auf diese Weise gewinnen. Ist es nicht so? Sagen Sie mir ehrlich«, fuhr sie fort, »wie denkt Ihr Anwalt über dieses ... ›Bekenntnis‹ von Ihnen?«
»Äbtissin, bei allem Respekt«, unterbrach ich. »Ich danke Ihnen für Ihren Rat. Ich werde mir Ihre Worte sehr zu Herzen nehmen. Aber in diesem Augenblick möchte ich gerne ein Wort mit meinem Mann sprechen, unter vier Augen.«
Die Äbtissin sah mich besorgt an.
»Ich verspreche, daß ich nichts Törichtes tun werde«, raunte ich, als ich sie zur Tür begleitete.
Sie berührte meine Schulter, als sie ging.
Ich schloß die Tür hinter mir und wandte mich, den Schal fest um meine Schulter ziehend, zu Alexandre um. »Alexandre, sag mir, was dies zu bedeuten hat – ich habe zu lange mit der Unsicherheit gelebt.«
»Ich bin bereit, dir alles, was du verlangst, zu geben, Rose. Ich blicke mit Bedauern auf das zurück, was ich getan, was ich gesagt habe. Ich kann nur daraus schließen, daß ich nicht bei Sinnen war. Vielleicht war es das Delirium, das ich aufgrund des Fiebers in Martinique durchmachte.«
Erleichterung erfüllte mein Herz, doch dann auch Wachsamkeit.

* Sie bezieht sich auf Genesis: »Es werde Licht.«

Ich rief mir die Worte der Äbtissin in Erinnerung. »Was wirst du bei der Gerichtsanhörung fordern, im Hinblick auf eine Regelung?«
Alexandre wandte das Gesicht der Glut im Kamin zu. »Ich werde allem zustimmen. Einer öffentlichen Entschuldigung, einem Eingeständnis meines Irrtums, einer monatlichen Unterhaltszahlung, deiner Freiheit, dort zu leben, wo es dir gefällt ... was auch immer du wünschst.«
Ich ging zum Fenster. Ein Maurer arbeitete an der Hofmauer. »Und als Gegenleistung?«
»Ich bitte lediglich um die Vormundschaft für meinen Sohn, wenn er fünf wird.«
Eugène!
»Du wirst Hortense haben«, verteidigte er sich. »Kannst du mir nicht Eugène zugestehen? Ein Junge braucht seinen Vater. Er wird brauchen, was ich ihm beibringen kann. Das weißt du, Rose. Dem Jungen zuliebe.«
Dem Jungen zuliebe ...

Wir werden vom Unglück heimgesucht

12. März 1785 – Fontainebleau

Schatz!

Herzlichen Glückwunsch! Wer hätte geglaubt, daß eine Frau ihren Mann vor Gericht bringen und gewinnen könnte! Völlig undenkbar! Alle Damen sind in fieberhafter Erregung über Deinen Sieg. Man hat mir erzählt, daß sogar die Königin darüber spricht. Du bist jetzt eine Heldin!*

Ich habe Deine Tante und den Marquis endlich überredet, zu mir nach Fontainebleau zu ziehen. Das Landgut, das sie in der Rue de Montmorin gemietet hat, liegt günstig und ist groß – Ställe für zwölf Pferde! Und alles, versteht sich, zum Preis von so manchen Pariser Schuppen.

Stimmt es, daß Du bald zu uns kommen willst? Ich hoffe es sehr. Mein Salon hier in Fontainebleau könnte Dein aufgewecktes Gemüt gebrauchen.

Deine Dich liebende Tante Fanny.

24. März 1785 – Fontainebleau

Liebe Rose,

mit dem Erlös aus dem Verkauf von Noisy-le-Grand konnte ich eine langfristige Miete für ein Landgut in Fontainebleau sicherstellen. Es wird Dir sehr gefallen. Für Dich und die Kinder gibt es eine reizende Suite mit Blick in

* Die Trennungsvereinbarung verlangte, daß Alexandre Rose einen jährlichen Unterhalt von fünftausend Livres zahlte zuzüglich eintausend Livres für die Kosten für Hortense bis zu ihrem siebten Lebensjahr, danach fünfzehnhundert Livres. (Leider wurden diese Zahlungen nur selten geleistet.) Was Eugène betraf, verlangte die Vereinbarung, daß Alexandre die Vormundschaft übernahm, sobald der Junge fünf Jahre alt wurde.

den Garten. Es wird Dich freuen zu erfahren, daß Alexandre uns einen Besuch abstattete, um uns persönlich von den Ergebnissen der Regelung zu informieren. Er und sein Vater haben sich versöhnt. Welch große Freude das für mich ist. Ich bemerke bereits eine Besserung der Gesundheit des Marquis.
Komme bald zu uns. Der Garten, recht groß, hat Deine besondere Zuwendung bitter nötig. Die Preise sind angemessen, und es gibt diesen ganzen unangenehmen Pöbel nicht, dem man heutzutage in Paris begegnet.
Wir vermissen Eugène. Alexandre hat uns eine Reihe reizender Geschichten erzählt – es besteht kein Zweifel, daß er dem Jungen sehr zugetan ist. Was Hortense betrifft, so erwähnte er ausdrücklich, daß er es gern sähe, wenn »seine Tochter« (seine genauen Worte) von ihrer Amme entwöhnt würde. Ich sagte ihm, daß es das Beste für sie wäre, wenn sie nach Deinem Umzug entwöhnt würde. Ich weiß, daß das Warten schwerfällt, aber es ist kein einfacher Prozeß. Am besten ist es, sich erst einmal einzuleben.

Deine Dich liebende Tante Désirée

22. Juli, Tag der Heiligen Maria Magdalena – Fontainebleau

Wie ruhig Fontainebleau ist – so ganz anders als Paris, das nie zur Ruhe kommt. Heute morgen trank ich meine morgendliche Tasse Schokolade im Garten. Ich konnte das beruhigende Klipp-Klapp des Pferdes des Kaminkehrers hören, das Knarren des Fuhrwerks des Lumpensammlers. Irgendwo in der Nähe krähte ein Hahn. Hier werden wir glücklich sein.

24. Juli, abends

Heute abend brachte Madame Rousseau, die Amme, Hortense. Die gute Frau heulte, weil sie »ihr« Mädchen zurücklassen mußte, sie hat sie so sehr in ihr Herz geschlossen. Als Hortense sah, wie die Kutsche davonfuhr, fing sie zu brüllen an, als würde sie gefoltert. Dieser schreckliche Zustand hielt über zwei Stunden an.

Nun ist sie endlich in einen erschöpften Schlaf gefallen. Ich betrachte das Gesicht meiner Tochter mit ängstlicher Sorge. Wird sie mich jemals lieben?

Freitag, 23. September

Vater schreibt, daß La Pagerie keine Einkünfte erbracht hätte, selbst die Besitzungen des Marquis in Saint-Domingue nicht.*

»*Keinerlei* Einkünfte? Aber wie ist das denn möglich?« rief Tante Désirée aus, als ich den Brief vorlas. »Wie sollen wir denn zurechtkommen?«

In der Tat. Meine Schulden wachsen bereits. Alexandre hat schon seit vier Monaten kein Unterhalt mehr bezahlt. Er kaufte kürzlich von seinem Bruder einen Landbesitz an der Loire und behauptet, kein Geld zu haben. Und nun, ohne Einkünfte von den Inseln ...

4. Mai 1786

Eine Madame Croÿ kam heute nachmittag zu Besuch. Sie hatte vor einer Woche einen Brief aus Paris gesandt, in dem sie um eine Audienz in einer Angelegenheit bat, die, wie sie sagte, uns beträfe.

Sie ist eine bescheidene Frau von ruhiger Gelassenheit. Obwohl ihre Kleider zerlumpt waren, trug sie sie mit Würde. Sie war nervös in unserer Gesellschaft, als sie jedoch bemerkte, daß wir freundlich waren, konnte sie ihr Anliegen vorbringen.

Ihre Tochter, eine verheiratete Frau mit drei Kindern, wird demnächst ein weiteres bekommen. Sie erklärte, daß ihre Tochter beabsichtigte, dieses Kind der Wohlfahrt zu überlassen, da sie für

* Joseph fungierte als Geschäftsführer aller Besitzungen der Beauharnais' in der Karibik. Leider war er kein guter.

seinen Unterhalt nicht aufkommen könnte. Madame Croÿ war besorgt über diese Möglichkeit, denn sie wußte, welches Schicksal dieses Kind erwartete.
Tatsächlich stirbt über die Hälfte aller Kinder, die im Laufe eines Jahres weggegeben werden.*
»Warum sind Sie zu uns gekommen?« fragte ich.
»Weil Monsieur de Beauharnais der Vater ist ...«
»Alexandre?« unterbrach Tante Désirée.
»Ich glaube nicht, daß er es bestreiten würde.« Die Rougeflecken auf Madame Croÿs Wangen leuchteten grell in der Nachmittagssonne.
Ich lehnte mich zurück.
Irrtümlicherweise hatte ich angenommen, daß Alexandres verwerfliches Benehmen mich nicht mehr berühren könnte. Ich täuschte mich.
»Sie wollen doch wohl nicht vorschlagen, daß *wir* das Kind nehmen«, sagte Tante Désirée.
»Nein – ich dachte, vielleicht könnten Sie ... Ich dachte, wenn Sie helfen könnten ...«
»Finanziell, meinen Sie«, seufzte Tante Désirée.
»Es würde nicht viel kosten, aber es ist mehr, als ich beisteuern kann. Ich mußte meinen Winterumhang verkaufen, um für die Fahrt hierher eine Karte für die Kutsche kaufen zu können.«
»Wieviel würde Ihre Tochter benötigen, um das Kind behalten zu können?« fragte ich.
»Ich glaube nicht, daß sie das Herz dazu hätte«, sagte Madame Croÿ. »Ich schäme mich, das zu sagen, aber das Kind wäre besser bei Pflegeeltern aufgehoben. Ich mache die Wäsche für eine Frau, eine Madame d'Antigny, die Frau eines Goldschmieds, eine Faulenzerin – sie hat keine eigenen Kinder. Vielleicht wäre sie bereit, wenn für die finanziellen Bedürfnisse gesorgt wäre.«

* Etwa vierzigtausend Kinder wurden alljährlich ausgesetzt.

»Haben Sie schon mit ihr darüber gesprochen?« fragte Tante Désirée.
»Tante Désirée, ich glaube, wir sollten mit Alexandre reden«, sagte ich.

6. Mai

Alexandre kam im Regen an. Er war am Tag zuvor von Paris aufgebrochen, aber die Straßen waren so schlammig, daß eines der Vorderräder einen Achsnagel verlor und sie in einem Gasthof am Wegesrand haltmachen mußten.
Daß ich mich eines berittenen Boten bedient hatte, hatte ihn aufgeschreckt. »Schlechte Nachrichten kommen immer rasch. Geht es um Vater? Spann mich nicht auf die Folter, ich bitte dich.« Sein gelber Frackrock aus Samt war schlammbespritzt.
»Eine Madame Croÿ hat uns einen Besuch abgestattet«, sagte ich. Alexandre lehnte sein Schwert an die Wand. »Kenne ich diese Madame Croÿ?« Aubin putzte den Schlamm von seinen Stiefeln.
»Sie behauptet, du hättest einer Liebschaft mit ihrer Tochter gefrönt.« Tante Désirée erschien in der Tür hinter uns, bekleidet mit einem Brokatmorgenmanntel über ihrem Korsett und Unterkleid. Sie hatte ihre Toilette unterbrochen, um zur Tür zu kommen, die Haare waren pomadisiert, aber ungepudert.
Alexander stöhnte.
»Du erinnerst dich?« fragte Tante Désirée.
Er seufzte verärgert und betrat den Salon. »Ich denke, ihr meint Madame Darigrand – eine gewisse Geneva-Louise.« Er setzte sich ans Feuer, blies in die Hände und rieb sie. »Es ist so kalt draußen! Kaum zu glauben, das wir Mai haben. Was ist nur mit diesem Land los? Das Wetter ist unberechenbar geworden!«
Das Dienstmädchen kam an die Tür. »Hätte Vicomte de Beauharnais einen Wunsch?«
»Ich trinke ein Glas Rotwein – warm.«

»Alexandre!« sagte Tante Désirée. »Es ist noch nicht einmal elf.«
»Und *Sie* sind nicht zwei ganze Tage lang in diesem grauenvollen Wetter gereist. Wenn man an den Unsinn denkt, für den die sich interessieren, sollte man meinen, daß sie einen Weg gefunden hätten, eine Postkutsche zu beheizen.«
Ich nahm ihm gegenüber Platz, bereit, über das anstehende Thema zu sprechen, als Mimi zur Tür kam, mit Hortense an der Hand und Eugène im Schlepptau, der eine Spielzeugarmbrust bei sich trug, die er tags zuvor aus Stöcken und Kordelstücken gebastelt hatte.
»Bring die Kinder weg«, forderte Tante Désirée Mimi auf.
»Bitte, wenn Sie einen Moment gestatten.« Ich wußte, wieviel Eugène die Besuche seines Vaters bedeuteten. Hortense wand sich, um sich aus Mimis Griff zu befreien.
Alexandre prüfte Eugènes Armbrust. »Möchten Sie sie ausprobieren?« fragte Eugène.
»Zuerst muß ich mit deiner Mutter und Tante Désirée sprechen.«
Mimi hob Hortense hoch, was Protestgeschrei auslöste. »Du wirst deinen Vater bald sehen«, versicherte ich ihr.
Nachdem die Kinder fort waren, saßen wir drei einen Augenblick in unbehaglichem Schweigen da. Tante Désirée räusperte sich. »Madame Croÿ ist um das Wohl des Kindes besorgt«, sagte sie schließlich.
»Des Kindes?« Alexandre stand vor dem Feuer. Es lagen nur noch ein paar kleine Zweige in einem tiefen Aschebett – sie verbreiteten wenig Wärme. »Welches Kind?«
»Du weißt nichts davon?« fragte ich. Tante Désirée und ich wechselten einen verwirrten Blick.
Tante Désirée erklärte: »Madame Croÿ behauptet, daß ihre Tochter, Madame Darigrand – in Kürze dein Kind zur Welt bringen wird.«

Alexandre setzte sich in einen Sessel, schlug erregt die Beine übereinander und wieder auseinander.
»Alexandre«, sagte ich, »du wirkst aufgebracht. Bitte erkläre es uns.«
»Ich ... kannte Genova-Louise – oder Madame Darigrand, wie ihr sie zu nennen beehrt – über einen Zeitraum von sechs Monaten. Ich war nicht der erste, und ich werde nicht der letzte sein. Wir trennten uns, und einen Monat später kam sie zu mir und behauptete, schwanger zu sein.«
»Warum überrascht dich dann diese Neuigkeit?« fragte ich.
»Weil ich Madame Darigrand eine ansehnliche Geldsumme gab, um ... ihren Zustand zu *bereinigen*.«
»Ich verstehe.« Tante Désirée bekreuzigte sich. »Und was schlägst du vor, was jetzt geschehen soll?«
»Ich sagte Madame Darigrand, daß ich nichts mehr mit ihr zu tun haben wollte«, sagte Alexandre, »und gewiß nicht mit einem Kind.«
»Aber, Alexandre«, sagte ich. »Du bist der Vater dieses ...«
»Ich bin nicht den ganzen Weg von Paris hergereist, um mir eine Moralpredigt halten zu lassen«, sagte Alexander. Mit schnellen Schritten ging er in die Halle zurück.
»Hortense und Eugène werden untröstlich sein, wenn du fortgehst!« rief ich.
Er blieb. Ich versprach, Madame Darigrand nicht mehr zu erwähnen.*

* Im Juni wurde Marie-Adélaïde (Adèle) geboren. Monsieur und Madame d'Antigny wurden ihre Pflegeeltern. Rose steuerte zum Unterhalt des Kindes bei. 1804 arrangierte Rose – als Kaiserin – die Heirat Adèles mit einem Captain Lecomte und stattete sie mit einem Bauernhof als Mitgift und einer Aussteuer aus.

10. August

Wir werden von finanziellen Problemen bedrängt, worüber ich mich außerordentlich ärgere, da ich Geld bei weitem nicht für das Wichtigste im Leben halte. Doch wenn es daran mangelt, kann dies zweifellos sehr bedrückend sein.
Die Plantage des Marquis in Saint-Domingue bringt nichts ein, auch La Pagerie in Martinique nicht. Tante Désirée und ich haben einen Brief nach dem anderen an meinen Vater geschrieben, aber es ändert nichts. Er behauptet, es seien die Briten, das Wetter, die Inflation … was alles auf das gleiche Ergebnis hinausläuft: keine Einkünfte. Ich muß mich auf Alexandres Zahlungen verlassen, die nur selten kommen. Es gibt Zeiten, in denen ich gänzlich mittellos bin …

3. September, 1 Uhr 15 nachmittags

Es heißt, der Herbst in Fontainebleau sei wundervoll, aber in diesem Jahr kann ich seinem Reiz wenig abgewinnen. In drei Stunden wird Alexandre eintreffen, und wir werden die Erfrischungen einnehmen, die die Köchin zu Ehren von Eugènes fünftem Geburtstag bereitet hat. Ich habe gerade die Tortendekoration beendet und seinen Wunsch nach Lakritzkonfekt auf der gesamten Oberfläche erfüllt. Oh, wie mein Herz bei jedem Konfekt, das ich setzte, überströmte, wie die Tränen kamen, als ich die Kerzen hineinsteckte.

4. September

Eugène und Alexandre reisten heute morgen ab. Eugène hielt seine neue Büchertasche mit der einen Hand fest und wirkte sehr erwachsen, abgesehen von der Babydecke, die er mit der anderen Hand umklammerte. Ich gab mir große Mühe, nicht zu weinen, da er dann vielleicht auch geweint hätte, und das würde ihn, wie ich wußte, bekümmern, wo er sich doch solche Mühe gab, groß zu sein. Wir gaben uns alle Mühe.

Mittwoch, 3. Januar 1787

Gläubiger umschwirren unsere Tür wie die Fliegen im Herbst. Vor Jahren wurde die jährliche Pension des Marquis auf einhundertfünzigtausend Livres festgesetzt. In den letzten zehn Jahren wurde sie auf zwölftausend herabgesetzt. Und nun, wegen des Geldmangels in der Regierungskasse *, wurde sie noch einmal auf unter dreitausend Livres im Jahr gekürzt.

Dreitausend! Wie kann man vom Marquis und meiner Tante erwarten, von einem solchen Betrag zu leben? Nach all seinen Jahren hervorragender Dienste ist dies der Dank? Ich habe dem Kriegsminister geschrieben, um ihn möglicherweise zu überreden, die Pension erhöhen zu lassen. Wir mieten ein Haus, das zwölf Pferden im Stall Platz bietet, aber können es uns nicht einmal leisten, zwei zu halten.

Der Marquis bewahrt seinen Humor. »Früher habe ich jemanden für verarmt gehalten, wenn er das Privileg nicht genießen konnte, drei bewaffnete Männer aufzustellen. Ich werde bald so arm sein, daß ich im Bett bleiben muß, während meine Bundhosen repariert werden.« Da er sowieso die ganze Zeit im Bett liegt, ist es unwahrscheinlich, daß er jemals wieder ein Paar Bundhosen verschleißt.

* Frankreich war unter anderem wegen seiner Unterstützung der amerikanischen Revolution bankrott.

1. Mai 1788

Die Briefe von zu Hause sind bedrückend. Vater geht es nicht gut, und nun ist Manette ernsthaft erkrankt. Mutter bittet mich inständig, nach Hause zu kommen – ihre Worte klingen unheilverkündend. Ich muß fahren, gewiß ... aber wie könnte ich Eugène verlassen?

Dienstag, 27. Mai

Wir haben äußerst verwirrende Nachrichten erhalten: Die Inselbesitzungen haben doch Gewinn abgeworfen. Den Informationen Onkel Taschers zufolge hat La Pagerie im vergangenen Jahr siebzigtausend Livre eingebracht.
»Siebzigtausend! Warum hat Joseph dir deinen Anteil nicht geschickt?« wollte Tante Désirée wissen. »Oder hat er dir etwas geschickt?«
»Er ist krank gewesen. Zweifellos ...«
»Ich frage mich, ob die Besitztümer des Marquis ebenfalls einen Gewinn abgeworfen haben.« Sie lief erregt hin und her. Meine Sorge, sie könnte ohnmächtig werden, legte sich.
»Wenn ich doch nur mit ihm reden könnte«, sagte ich.
Tante Désirée blieb stehen. »Du mußt fahren, Rose.«
»Nach Martinique?« stammelte ich.
»Ich würde gerne selbst fahren, wenn die Gesundheit des Marquis es zuließe.«
»Aber ...« Was war mit Eugène? Alexandre würde mir niemals erlauben, ihn mitzunehmen. »Aber Eugène kommt in wenigen Wochen, um seine Sommerferien bei mir zu verbringen.« Ich hatte mich schon darauf gefreut, Pläne gemacht.
»Aber gerade um seinetwillen mußt du doch fahren, Rose. Es ist schließlich sein Erbe, seine Zukunft.«
Ich wußte nicht mehr weiter. Ich sehnte mich danach, meine

Familie wiederzusehen, meinen kränkelnden Vater und meine kranke Schwester, doch allein schon bei dem Gedanken an eine Seereise wurde mir übel. »Die Reise würde ein kleines Vermögen kosten«, sagte ich. Vergangene Woche hatte mir Alexandre mitgeteilt, daß er die für Eugènes Ausbildung benötigten zweitausend Livres nicht hätte. Auch meine Schulden sind gestiegen.

»Wenn du *nicht* fährst, wird es teuer für dich.«

»Aber es ist doch schon fast Juni. Ich müßte unverzüglich aufbrechen.« Im August, dem Monat der Hurrikans, wäre es gefährlich, auf See zu sein.

»Ganz recht.« Tante Désirée tauchte eine Feder ins Tintenfaß. »Der Marquis mag ja schwach sein, aber als ehemaliger Kommandant der Marine kann er doch noch ein paar Dinge arrangieren – eine Passage auf dem nächsten Schiff nach Fort Royal dürfte ja wohl dazugehören«, sagte sie, während sie eine Nachricht niederschrieb. »Hier ...« Sie streute Sand über den Brief und schüttelte ihn ab. »Bring den Brief hinauf, damit er ihn unterschreibt, und ich werde ihn mit der nächsten Postkutsche absenden.«

2. Juni

Es ist alles sehr schnell gegangen. Die Passage ist schon gefunden. Ich habe mir sechstausend Pfund für die Reise geliehen. Außerdem wird mir Tante Désirée eintausend Pfund leihen. Sie hat bereits einen Käufer für meine Harfe gefunden – das sollte helfen, Eugènes Unterricht bezahlen zu können.

Und nun steht es also fest – Mimi, Hortense und ich werden in wenigen Wochen nach Paris aufbrechen. Von dort werden wir drei Tage mit der Kutsche nach Rouen unterwegs sein, wo wir eine Flußbarkasse nach Le Havre nehmen, um dort auf das Schiff zu warten.

Es gibt soviel zu tun, so vieles, was ich nicht vergessen darf, so vieles, um das ich mich kümmern muß.
Gestern abend zur Schlafenszeit habe ich es Hortense erzählt. Der Gedanke an ein Schiff gefällt ihr. Sie ist jetzt fünf und ein kräftiges Mädchen.
Mimi ist natürlich begeistert.
Ich kann nicht glauben, daß wir das wirklich tun.

20. Juni – Paris

Hortense und ich sind in Paris, um Eugène und Alexandre Lebewohl zu sagen. Morgen früh brechen wir nach Le Havre auf.
Es war schwer, Eugène zu erklären, daß wir für sehr lange Zeit fort sein werden. »Ich muß meinen Vater und meine Schwester besuchen«, erklärte ich. »Sie sind krank.« Er ist doch erst sechs. Diese Erklärung konnte er am ehesten verstehen.
Er sagte, er würde uns besuchen kommen, und ich mußte ihm erklären, daß dies unmöglich ist. »Deine Schwester und ich werden sehr lange auf dem Schiff sein, nur um dort hinzukommen.«
Ich schenkte ihm eine Spieldose mit einem Spielzeugsoldaten, der hochschnellt. Ich drehte die Uhr um. Im Boden war eine Widmung eingraviert.
»Ich kann es nicht lesen«, gestand er.
Ich zeigte auf jedes Wort, während ich es aussprach: »Für Eugène, den ich immer lieben werde, Maman.«
Er drehte die Dose in seinen Händen. »Ist das alles?« fragte er.
»Das ist alles«, sagte ich, den Tränen zu nahe, um mehr sagen zu können.

Ich kehre heim

Donnerstag, 3. Juli 1788

Als wir uns der offenen See näherten, wurde es dunkel. Bald kam ein heftiger Wind auf, und eines der Segel begann knallend zu flattern. Hastig fingen die Männer an, die Segel einzuholen.

»Gehen Sie unter Deck«, schrie ein Flaggmann. »Nehmen Sie das Kind mit!«

Ich packte Hortense aus Angst, der Wind könnte sie fortreißen.

Die Wellen wurden immer höher. Der Regen peitschte auf uns ein. Kurz bevor ich in den Gang hinunterkletterte, schaute ich aufs Meer hinaus. In der Dunkelheit konnte ich eine noch dunklere Dunkelheit erkennen, eine Zusammenballung von Wind und Regen. Dann ein ohrenbetäubendes Prasseln; der Regen war zu Stein geworden. Mimi tauchte auf und fiel hinter uns die Leiter hinunter.

Wir stolperten in unsere Kabine, so gut es ging, da wir in dem schmalen Gang von einer Seite zur anderen geschleudert wurden. Hortense schrie auf; ich umklammerte sie zu fest. Ich stützte mich an der Koje ab. Ich spürte, wie Übelkeit in mir hochstieg. Wir waren in die Höllengrube gefallen, in eine Urgewalt.

»Mimi!« rief ich.

»Ich bin hier.« Eine Stimme im Dunkeln, über dem angsterregenden Heulen kaum zu vernehmen. Ich tastete nach ihr und fand sie am Fußende der Koje zusammengerollt liegen.

Wieder überkam mich Übelkeit. Ich kämpfte kraftlos dagegen an. Oh, bitte, Gott, betete ich, beschämt, daß ich Ihn vernachlässigt hatte.

Wir kamen ins Licht hinaus, schwindlig von der Erinnerung an den Schrecken. Das Deck war übersät mit Hagelkörnern, die wie ein Meer von Diamanten glitzerten. Und, so weit ich sehen konnte, die wellige Meeresoberfläche ruhig und friedlich.

[Ohne Datum]

Wir sind in eine Flaute geraten und hilflos, unbeweglich. Schon seit zwei Tagen sind wir nicht vorangekommen, nur getrieben. Ich hätte nie geglaubt, daß ich einmal um Wind beten würde.
Ich fühle mich von der Welt abgeschnitten, losgelöst. Das Schrecklichste könnte geschehen, und ich würde es nie erfahren.
Wenn ich darüber nachdenke, während ich unter dem hellen und sternenübersäten Himmel auf Deck stehe und auf die weite Wasseroberfläche hinausblicke, wenn ich an das ungeheure Ausmaß all dessen und die Bedeutungslosigkeit meines eigenen kleinen Lebens denke, bin ich erschüttert und getröstet zugleich.
»Die Zeit ist länger als ein Tau«, sagt Mimi, ein karibisches Sprichwort. Und nun verstehe ich es.

7. August

Endlich haben wir Wind. Er zieht uns vorwärts. Bei dem Auf und Ab der Wellen überfällt mich wieder die Übelkeit. Ich nehme sie gerne hin. Ich warte ungeduldig auf das Ende dieser Reise.

[Ohne Datum]

Wir nähern uns Martinique. Ich kann es riechen. Ich stehe an Deck und tue so, als triebe mir der Wind die Tränen in die Augen.

10. August

Als ich die Berge sah, umarmte ich Hortense und weinte. »Ist das ›Tinique‹«, fragte sie mich vielleicht viermal, bevor ich es aufgab, zu antworten. Mimi lehnt an der Reling und starrt, als ob diese Vision verschwinden könnte, wenn sie sich umdrehte.
Oh, meine wunderschöne Insel – mitten in einem solch großen Wasser.

11. August – Fort Royal

Wir fuhren in einem Wolkenbruch in den Hafen ein. Onkel Tascher, naß bis auf die Haut, trotzte dem Wetter, um uns abzuholen.
Die Straßen waren Schlammbäche. Wir schafften es mit Mühe bis zu seinem neuen Landhaus in den Bergen, wo uns die Haussklaven aus unseren schlammbespritzten Kleidern halfen. Hortense entwischte und lief in ihrem Unterkleid durch die Zimmer (Mimi hinterher), sehr zum Vergnügen ihrer Cousinen.
Ich war verblüfft über die luxuriöse Ausstattung von Onkel Taschers Haus. Er ist jetzt Bürgermeister und obendrein noch Hafenkommandant. »Und er hat nichts weiter zu tun, als die jungen Männer davon abzuhalten, sich in Duellen umzubringen«, sagte seine Frau kichernd. Der Tag ihrer Niederkunft rückt näher, es ist nicht zu übersehen.
Trotz seiner durch den Regen wieder aufgeflammten Gicht machte der Onkel einen vergnügten Eindruck.

12. August

Das Meer in der Bucht war zu rauh, um mit dem Schlauchboot überzusetzen, daher legten wir den Weg nach Trois-Ilets über Land in einer Kutsche zurück.

Eine »Kutsche« sage ich – es war mehr ein Fuhrwerk mit einer primitiven Überdachung aus Leinwand, die entsetzlich leckte, sobald wir von einem heftigen Windstoß erfaßt wurden. Hortense, zappelnd vor Eifer, warf sich trotz meiner Bemühungen, sie zu besänftigen, von einer Seite zur anderen. Schließlich fiel sie in einen erschöpften Schlaf, den schweißnassen Kopf in meinem Schoß, und ich blieb mit meinen Gedanken allein.

Von Zeit zu Zeit riß der Himmel auf, und die Sonne kam hervor und beleuchtete das dichte Laub mit einer Intensität, die ich vergessen hatte. Es roch feucht, fruchtbar und salzig vom Meer. Alles, was ich vermißt hatte und noch vermisse, versetzte mich in einen Gefühlstaumel. Der unaufhörliche Lärm der Zikaden, das Quaken der Ochsenfrösche, selbst das Summen der Moskitos war wie ein Lied, auf dessen Melodie ich sehnsüchtig gewartet hatte. Ich hatte das Gefühl, ein Leben lang fort gewesen zu sein, und wurde von Erinnerungen der Freude, aber auch des Schmerzes bestürmt.

Als wir den Hügel hinunter nach Trois-Ilets einfuhren, bat ich Morin, den Kutscher, auf dem Platz vor der Kirche anzuhalten. Die Marktfrauen waren da, wie früher, und verkauften Obst. Die Fischerboote lagen hügelabwärts am Pier vertäut. Hinter der Kirche die hellweißen, mit Blumen und Schmuckgegenständen übersäten Gräber. Nichts hatte sich verändert. Nur ich hatte mich verändert – schmaler, in elegante Seide und Spitze gekleidet, eine Haube auf dem Kopf, die den Kummer in meinen Augen verbarg.

Mimi stieß einen Schrei aus – sie hatte eine der Frauen auf dem Markt wiedererkannt. Sie kletterte aus dem Wagen und rannte

über den Platz. Die Röcke bis zu den Knien geschürzt, hatte sie im Nu das damenhafte Schlendern vergessen, das sie sich in Paris angewöhnt hatte.
Hortense setzte sich auf und rieb sich die Augen. »Ich bin durstig«, sagte sie.
»Vielleicht verkauft uns eine der Marktfrauen einen Saft.« Ich kletterte vom Wagen, nahm Hortense in meine Arme. Ihre Kleider waren feucht von der Hitze. »Das ist die Kirche, in der ich getauft wurde.«
»Sie ist klein.«
»Ja.« Auch mir kam sie klein vor. Ich drückte Hortense an mein Herz, atmete den süßen Duft ihres feuchten Haares ein, küßte sie auf die Nase, bevor ich sie zu Boden gleiten ließ. »Möchtest du mit mir hineingehen?« Ich nahm ihre Hand, die mittlerweile schmutzig geworden war.
»Und dann einen Saft?«
Ich nickte. Ich hatte ihren Durst vergessen.
Wir stiegen die drei Stufen zur Tür hinauf. Sie knarrte, als ich sie aufzog. Drinnen war es dunkel und kühl – und leer, wofür ich dankbar war. Wir standen beisammen, schlugen das Kreuz (Hortense so lieb), gingen den Mittelgang hinunter. Der Klang unserer Schritte hallte auf den schwarzweißen Fliesen wider. »Ich will nur ein Gebet sprechen, und dann gehen wir«, flüsterte ich ihr zu und schlüpfte in die zweite Kirchenbank.
»Ein Gebet wofür?«
»Für Saft, für dich«, neckte ich sie.
»Mutter!« Sie runzelte beunruhigt die Stirn, weil sie meinen Scherz verstanden hatte und zweifellos meinte, daß Scherzen in der Kirche eine Sünde sei.
»Zum Dank für unsere glückliche Reise«, flüsterte ich, während ich meine Röcke ordnete und niederkniete. Und für die Seele meiner toten Schwester Cathérine. Und für meine kränkelnde Schwester Manette und meinen stets kränkelnden Vater. Und für

meine Mutter, die sie alle in ihren Armen hielt, die Toten und die Sterbenden. Und für meine eigene kleine Seele.
Nach kurzer Zeit erhob ich mich. Hortense saß mit zugekniffenen Augen, gefurchter Stirn und zu Fäusten unter dem Kinn geballten Händen neben mir auf der Bank. Ihre Augen flogen auf. »Einen Augenblick.« Ihre Augen schlossen sich wieder fest.
»Und wofür hast *du* gebetet?« fragte ich, als wir in die Helligkeit hinaustraten. Mimi saß bereits im Wagen und teilte sich eine Mango mit Morin. Sie flirtet, dachte ich, so, wie sie sich bewegt.
»Für Vater.« Hortense sprang drei Stufen auf einmal hinunter.
»Alexandre?« Ich war erstaunt. Ich nahm sie an der Hand, und wir eilten über den Markt.
»Für seinen Segen.« Hortense sah sich auf dem Markt um. Stämme gefällter Bananenbäume, dicht mit grünen Früchten behängt, waren neben einem Korb mit überreifen Mangos gestapelt, über denen Fliegen schwirrten.
Ich fragte die älteste der Frauen, ob sie einen Saft hätte. Sie grinste zahnlos und deutete auf einen Stapel reifer Orangen vor ihr. Sie hatte nicht verstanden, und meine Erinnerung an die afrikanische Sprache hatte mich verlassen. Ich nahm drei Orangen, gab der Frau eine Münze.
»Die Orange wird wunderbar saftig sein«, sagte ich Hortense, die gerade Einspruch erheben wollte. »Für seine Liebe, meinst du?« Ich schälte eine Orange, reichte ihr eine Spalte und steckte mir auch eine in den Mund. Die Süße der Frucht weckte eine ferne Erinnerung an eben diesen Markt, als ich nach der Messe am Sonntagmorgen an einer Orange saugte. Ein Mädchen mit wehem Herzen, das an einer Orangenspalte saugte und die Kirchentür beobachtete und in der Menge nach einem Jungen namens William suchte. Ich nahm Hortense an die Hand und eilte zum Wagen zurück.

»Ja, für dich.« Der Saft der Orange tropfte ihr vom Kinn.
Ich blieb im Schatten eines Manzanillobaumes stehen.
»Für ihn, damit er dich liebt«, sagte sie.
Ich hörte Mimi lachen. Ich sah zum Wagen hinüber. Die beiden Pferde schliefen im Stehen. »Du hast für deinen Vater gebetet, damit er *mich* liebt?«
Hortense machte ein verwirrtes Gesicht. »War das schlimm?«

»Bleib«, sagte ich zu Mimi, als ich Hortense auf den Wagensitz hievte und dabei (vergebens) achtgab, meine Röcke nicht an den schlammigen Wagenrädern zu beschmutzen. »Es geht uns gut hier hinten«, fügte ich hinzu und reichte zwei Orangen nach vorne, eine für Mimi und eine für Morin.
Die Straße, die nach Trois-Ilets hinausführte, war noch genauso holprig, wie ich sie in Erinnerung hatte. Beinahe wäre der Wagen umgekippt. Bald erreichten wir die Zuckerrohrfelder meiner Familie, schwarz von Asche. In der Ferne ein chaotisches Feld, das nach der Ernte noch nicht abgefackelt worden war, und jenseits davon frisch gepflanzte Kaffeebäume.
»All das gehört meiner Familie«, erklärte ich Hortense.
»Es ist abgebrannt.« Sie stand auf meinem Schoß, um besser sehen zu können. »Das tun sie nach der Ernte, um Käfer und Schlangen zu verscheuchen.«
»Schlangen!«
Am Fluß mußten wir absteigen. Die Pferde weigerten sich, die Hufe auf die alte Holzbrücke zu setzen. Man mußte ihnen gut zureden und am Ende die Peitsche geben, doch schließlich rannten sie los und galoppierten, vor Angst schweißgebadet und den Wagen rumpelnd hinter sich herziehend, darüber.
Wir stiegen wieder auf. Ich bemerkte eine Kolonne Feldsklaven mit großen Strohhüten, die auf einem Feld arbeiteten – wahrscheinlich neu anpflanzten. »Erkennst du jemanden wieder?« fragte ich Mimi.

»So weit kann ich nicht sehen.« Mimi warf eine Orangenschale ins Rohrdickicht. »Bieg da vorne links ab«, sagte sie zu Morin und ordnete ihre Röcke. »An den Kohlpalmen.« Sie drehte sich zu mir um und grinste.

Die Pferde wurden langsamer, als sie zum Aufstieg auf den sanften Hang ansetzten. Die Straße war stärker überwuchert, als ich es in Erinnerung hatte, das Moos hing schwer von den Bäumen und erinnerte mich an Träume. Als wir an den Küchengärten vorbeikamen, winkten einige der Negerfrauen.
»Sie haben obenherum ja gar nichts an.« Hortense preßte die Hände über die Augen.
»Es ist heiß, wenn man in der Sonne arbeitet.« Meine Kleider waren auch schon feucht, die Hitze war so intensiv. Als wir uns der Siedlung näherten, begann es zu regnen, ein weicher, kühlender Schauer, eher ein Sprühnebel. Ich machte mich an Hortense zu schaffen, säuberte ihr Gesicht, versuchte, ihre widerspenstigen Haare unter ihren Hut zu stecken.
»Ist es das?« fragte sie und schob ihren Hut vom Kopf nach hinten. Ich drehte mich um, als wir vor dem alten Steingebäude vorfuhren – der Zuckersiederei, die meine Familie ihr Zuhause nannte. Ich nickte wortlos, kletterte hinunter und betrachtete den reizlosen Bau mit den kritischen Augen eines Fremden. Der wuchtige Steinschornstein ragte über uns empor, drohend und schwarz vom Regen. Eine Ecke des Verandadachs hatte sich leicht gesenkt.
Wo waren Mutter und Vater? Ich suchte nach einem Zeichen in den Fenstern, aber alle Läden waren gegen die Mittagssonne geschlossen.
Es war Gertrude, die als erste zu unserer Begrüßung kam, schreiend den Weg von der Mühle herunterrannte. »Sie sind hier! Sie sind hier!« Ihre dicke Unterlippe bebte, als ihre riesigen, wie eine Windmühle kreisenden Arme zuerst Mimi und dann mich zu

einer so festen Umarmung einfingen, daß mir augenblicklich die Luft wegblieb. Sie wirbelte mich in ihren Händen herum und bewunderte meine Pariser Eleganz. »Du lieber Himmel, Mädchen, schau dich bloß mal an, eine *Dame*! Aber du bist zu dünn!« Jetzt weinte sie, stieß Schreie in afrikanischer Sprache aus, melodische Schnalzlaute. Sie war in den neun Jahren meiner Abwesenheit alt geworden, ihr Gesicht war von Linien durchfurcht wie Gletscherspalten in einem uralten Berghang. Aber ihre Augen strahlten, ihr Geist war so klar, wie ich ihn in meinem Herzen bewahrt hatte. In ihren Armen fühlte ich mich wieder wie ein kleines Mädchen.

Und dann auf einmal, fast wie durch ein Wunder, waren wir von allen Hausklaven umringt, von den vertrauten Gesichtern meiner Jugend, die in dem kühlenden Dunst Schreie ausstießen. Nacheinander nahmen sie uns in die Arme und tanzten fröhlich um uns herum. »Oh, schaut euch beide an, so elegant! Schaut bloß! Sogar das kleine Mädchen trägt Bänder! So fein mit ihrem kleinen Hut!« Sylvester war da, ältlich jetzt, so komisch wie immer, die vom Regen ausgelöschte Pfeife im Mund. Mein Herz war von der Liebe, die ich um mich herum spürte, zum Bersten voll. Ich hatte mich nach ihnen allen verzehrt und es nicht gewußt.

Beschämt von dem erstickenden Gefühl, das in mir aufgewallt war, suchte ich in meinem Samtbeutel nach einem Taschentuch.

»Und das ist Hortense« sagte ich und wischte mir die Augen.

»Oh, und wie sie lächelt!« Gertrude zog ein Stück Zuckerrohr aus der Tasche. »Hast du schon mal an einem Zuckerrohr gesaugt?«

Hortense betrachtete mißtrauisch den Strunk, sah mich um Zustimmung heischend an.

Ich küßte ihre schmutzige Wange. »Kau es. Es ist wie Konfekt.«

Mit einem Windstoß verwandelte sich der sanfte Nebel in pras-

selnde Regentropfen. Eilig suchte ich mit Hortense Schutz in der Veranda. Gertrude rannte hinterher.
»Mutter? Vater?« Ich setzte Hortense auf dem Boden ab. Ihre Abwesenheit verblüffte mich.
»Deinem Vater geht es nicht gut.« Gertrude stieß die schwere Tür zur Raffinerie auf. Sie hatte Hortense an die Hand genommen, umwarb mein Mädchen mit ihrem großherzigen Zauber. Ich folgte und trat ein.
Der Boden des Siederaums war mit Zuckerrohrstrünken übersät. Ich war hingerissen von dem vertrauten Geruch des Zuckersirups, dem Summen der Fliegen. Ich sah die Treppe, die in den Keller hinunterführte – zu dem Raum, in dem ich meine Strafe verbüßt hatte. War das wirklich geschehen?
Von oben hörte ich Stimmen. Ich stieg die wackelige Treppe hinauf.

In der Diele war es dunkel. »Mutter?«
Sie tauchte vor mir auf, so streng, wie ich sie in Erinnerung hatte, wären ihre Augen nicht gewesen, in die sich etwas anderes eingegraben hatte. Ich wußte nicht, was. Sie trug ein braunes, einfach geschnittenes Musselinkleid und eine weiße Rüschenhaube.
»Laß dich anschauen.« Sie nahm meine Hände in ihre. Sie trat zurück und musterte mich. »Du bist dünn, Rose.«
»Und Sie auch.« Sie war so viel älter, als ich sie in Erinnerung hatte, älter, als ich es mir jemals hätte vorstellen können.
»Nur, daß *du* wie eine modische Dame aussieht.«
Ihre Hände fühlten sich rauh, trocken an. »Haben Sie Hortense schon gesehen?« fragte ich.
»Das Kind?«
Beim Klang von Hortenses Gekicher drehten wir uns beide um. Gertrude kam mit großen Schritten herein, mein Mädchen auf ihren Schultern. Hortense grinste. Eine Hand bedeckte Gertru-

des linkes Ohr, die andere umklammerte immer noch den Zuckerrohrstrunk. »Dich hab ich früher auch so getragen, Rose«, sagte Gertrude. »Erinnerst du dich noch?«
Lächelnd griff ich nach oben, um Hortense herunterzuheben. Ich hielt sie fest in den Armen und wandte mich an Mutter. »Meine Tochter«, sagte ich.
Mutter streckte einen Finger aus, strich über die glatte Haut an Hortenses Arm. Hortense war plötzlich still, saugte an ihrem Zuckerrohr. »Sie ist reizend.« Mutters Augen glitzerten. »Sie kommt nach ihrem Vater, nicht wahr.«
»Ja.«
»Ich bin kein Mann!« sagte Hortense.
Ich ließ sie herunter. »Sie ist sehr groß für ihr Alter«, sagte ich, »gesund – ziemlich aufgeweckt. Und *lebhaft*«, seufzte ich, als ich zusah, wie Hortense auf dem glatten Holzboden im Kreis herumwirbelte.
»Ein Kind im Haus wird uns guttun«, sagte Mutter. »Wir sind alle zu alt hier.«
Aus dem Salon hörte ich eine Stimme dröhnen. »Das muß Yeyettes Mädchen sein!« Es war Vater, der zweifellos zu Hortense sprach, die in das andere Zimmer gewirbelt war.
»Nein«, hörte ich Hortense antworten. »Wer ist Yeyette?«
»Das weißt du nicht!«
Ich folgte Mutter in den Salon. Da war Vater, gestützt auf einen Spazierstock mit Quasten, und redete mit Hortense. Er trug einen geflickten Jagdrock über einem Nachtgewand. Zu seinen Füßen schnüffelte einer der Möpse, um die Schnauze herum mittlerweile weiß geworden und ziemlich dünn. Großmutter Sannois war vor fast drei Jahren gestorben, der andere Mops im darauffolgenden Jahr.
»Sie ist nicht mehr Yeyette«, sagte Mutter. »Sie ist jetzt eine Frau.«
»Vater!« Ich küßte ihn auf beide Wangen, wobei ich darauf ach-

tete, nicht gegen seinen Stock zu stoßen. Er sah so schwach aus – so zerbrechlich. »Sie sehen wunderbar aus«, sagte ich.

Vater blickte auf Hortense herab. »Also du würdest so etwas niemals sagen, habe ich recht? Einem häßlichen alten Mann sagen, daß er wunderbar aussieht. Das *Wunder* ist, daß ich immer noch am Leben bin.« Er hielt einen Moment inne, musterte mein Gesicht. »Meine Güte – aber du bist so wunderschön geworden.« Er wandte sich an meine Mutter. »Claire – wer hätte gedacht, daß dieses zusammengestoppelte, pummelige Ding mit dem schmutzigen Gesicht sich jemals in so etwas verwandeln würde!« Er machte eine schwungvolle Bewegung mit der Hand, zu schwungvoll, denn er begann, das Gleichgewicht zu verlieren.

Rasch war Mutter an seiner Seite, einen Arm um seinen Rücken gelegt, die Schulter unter seinen Arm gestützt. Vater hustete. »Du bist zu überschwenglich, Joseph«, sagte sie und klopfte ihm mit der Faust auf den Rücken.

Gertrude erschien mit einem Tablett. »Etwas Saft – und Zuckerkuchen«, verkündete sie. »Aber ich wette, daß du Zuckerkuchen nicht magst«, sagte sie zu Hortense.

»Doooch.« Hortense wirbelte ihre Röcke herum. »Und ob!«

Mutter nickte zur Diele hinüber. »Manette ist in ihrem Zimmer, Rose.«

»Geh«, sagte Vater und winkte mich fort. »Sie wartet schon.«

»Rose, sie ist ...« Mutter beendete ihren Satz nicht.

Ich tastete mich durch die dunklen Räume, die angefüllt waren mit dem Duft von Zuckersirup, dem moschusartigen schwachen Duft von Schimmel und dem Summen der Fliegen an jedem Fenster. Am Ende des schmalen Flurs war die Tür zu Manettes Zimmer. Ich blieb einen Augenblick stehen, bevor ich sie öffnete. Ich erinnerte mich, wie ich genau vor dieser Tür gestanden und Manettes Weinen gelauscht hatte. Jetzt war es nur still.

Es war dunkel im Zimmer. Ein Fensterladen war geschlossen. Manette lag in einem fleckigen weißen Musselinhemd auf dem Bettzeug, das lange dunkle Haar zersaust, feuchte Ringellocken um den Hals. Ein pummeliges Negermädchen, das ich nicht wiedererkannte, saß am Fußende des Bettes und fächelte ihr mit einem Palmwedel träge Luft zu.
Zögernd ging ich auf das Bett zu. Ich bemühte mich, eine tapfere Miene aufzusetzen, doch die Tränen brachen sich Bahn, sobald ich die Augen meiner Schwester erblickte. Ich tat so, als wären es Freudentränen – doch das waren sie nicht. Oh, meine kleine Manette, wie schrumpelig und alt sie geworden war, ein altes Weib im Körper einer jungen Frau.
Manette sprach langsam, stieß die Worte mit Mühe aus sich heraus. »Rose ...« Sie hielt inne. Sie nahm meine Hand. »Es tut mir leid«, flüsterte sie.
Ich legte den Kopf auf ihren eingesunkenen Bauch. Ich wußte bereits, daß es keine Hoffnung mehr gab.

Stürme wüten

17. August 1788

Als der Karibenhäuptling herankam, rannten die Sklaven davon. Er stand in seinem weiten, aus alten Mehlsäcken genähten Hemd auf dem Weg, die langen Haare flatterten im Wind. Mutter erhob sich, um ihn zu begrüßen.

Es war ein windiger Morgen ohne Moskitos. Die Blätter des Gummibaumes segelten zu Boden.

Ich konnte nur wenig hören, nichts verstehen. Er redete in seiner Sprache mit Mutter, einer altertümlichen Sprache, die mir unbekannt war, und meine Mutter antwortete ihm in der gleichen Sprache, langsam und mit einiger Mühe. Er drehte sich um und ging, der Rücken seines Hemdes war schweißbefleckt.

Ich ging zur Veranda hinunter.

»Ein Sturm zieht auf.« Mutter stand da und schaute in Richtung von Morne Croc-Souris.

»Kommt er immer?«

»Bisher erst einmal.« Sie drehte sich zur Zuckersiederei um. »Vor dem großen Sturm.«

Der große Sturm. Siebzehnhundertsechundsechzig. Damals war ich erst drei, doch noch heute überfällt mich ein flaues Gefühl, wenn Wind aufzieht. Meine ganze Kindheit über hörte ich Geschichten vom Wind, der unser Haus weggeblasen hatte, vom Regen, der eine ganze Stadt ertrinken ließ, von der Welle, die hundert Schiffe vollständig verschluckte, nicht einmal ein Schuh wurde an die Küste gespült.

»Wir müssen nach den Fensterläden sehen«, sagte Mutter.
Die Morgenstunden wurden hektisch. Die Feldkolonne wurde hereingerufen, die Haussklaven gewarnt, die Kinder in der Gartenmannschaft ausfindig gemacht, die Tiere in ihre Ställe zurückgebracht.
Nach dem Mittagessen wurde die Luft dicker. Der Wind heulte. Ein Holzeimer auf der Veranda klapperte über die Steine. Regentropfen klatschten heftig gegen die Fensterläden. Ein von dem aufziehenden Sturm erfaßtes Huhn schrie.
Wir stiegen in den steinernen Keller hinunter, die Luft dort war schwer vom Gestank verfaulender Kartoffeln. Mir wurde einen Augenblick übel, als ich diesen dunklen Raum betrat – den Raum, in dem ich als Mädchen eingesperrt worden war, mein Gefängnis. Das Bett stand immer noch da. Der dreibeinige Tisch war fort. Ich langte nach oben, um mich zu vergewissern, daß die Läden fest geschlossen waren.
Sylvester trug Manette die schmale Treppe herunter und legte sie behutsam auf das Bett. Sie blickte sich verträumt um. Mutter setzte den Mops ab und deckte sie gut zu. Mimi und ich saßen auf einer Strohmatte, mit dem Rücken an der rauhen Steinwand. Gertrude quetschte sich neben mich, während sie versuchte, Hortense festzuhalten, die sich trotzdem freistrampelte, um eine Eidechse zu jagen. Vater kauerte an der Tür, den Stock neben sich, und trank *Pétépié* aus einer Flasche.
Alle drängten sich herein, die Haussklaven und ihre Kinder zu uns, der Sklavenaufseher und die Feldsklaven in den anderen Kellerraum.
Ein Windstoß rüttelte am Fenster. Die Sklaven im anderen Raum stimmten ein Lied an.
»Ich möchte da hinein«, sagte Hortense.
»Was ist mit der Eidechse passiert?«
»Sie verlor ihren Schwanz und rannte davon. Ich möchte Max suchen.«

»Du läßt Hortense da hineingehen?« Mutter hatte ihre Bibel geöffnet auf dem Schoß liegen. Der Singsang im anderen Raum war lauter geworden. Jemand hatte zu trommeln begonnen. »Ich wünschte, sie würden aufhören«, seufzte sie und schloß die Augen.
»Sie ist weg, um einen Freund zu suchen. Sie wird gleich zurück sein.«
Mutter wollte gerade etwas sagen, als ein schreckliches Brüllen anhob. Der Deckenbalken über uns knackte. Mutter preßte ihr Kreuz an sich.
Ich sah zu Gertrude. Ihre Oberlippe perlte vor Schweiß. Ich dachte an die dunklen Nächte, in denen ich in ihren Armen gezittert, ihre Milch getrunken, in ihrem Bett geschlafen hatte. Als kleines Kind hatte sie mich vor den Ameisen beschützt, die über unsere Insel hergefallen waren, die Berge und Täler heimsuchten und alles fraßen, was ihnen in den Weg kam. Bei jedem Sturm hatte sie mich festgehalten, Gebete zu den heulenden Winden gesungen. Ich nahm ihre Hand.
»Jetzt bist *du* es also, die mich tröstet«, sagte sie.

Bei Tagesanbruch kamen wir heraus, gegen die Sonne blinzelnd, erschöpft von dem Schrecken und dem ununterbrochenem Beten. Vier Hühner hockten in einem entwurzelten Orangenbaum. Tiefe Risse waren in die Erde geschnitten worden, wie ein Netzwerk aus Schlangen. Überall ein dicker Teppich aus zerfetzten Bäumen und Büschen – selbst der riesige Kapokbaum war umgestürzt und über den Fluß gekracht, der nun vor Trümmern schäumte. Die Verwüstung war überall zu sehen, rosa und rein im frühen Morgenlicht.
Hortense fing zu heulen an. »Mein Krickettor!«
»Psst«, sagte ich. Wir haben überlebt.

Später.

Wir verbrachten den ganzen Tag damit, Trümmer zu durchsuchen. Die Sklavenhütten sind zerstört worden. Die Ställe und auch die Mahlhütte sind erheblich beschädigt worden. Der Schaden im steinernen Küchenschuppen beschränkt sich auf zwei zerbrochene Fenster und eine Überschwemmung. Zwei Pferde, neun Kühe und eine Ziege fehlen. Die Sau war schwer verletzt und so schwach, daß sie nicht einmal schrie, als sie geschlachtet werden mußte.

19. August

Wir haben Nachricht aus Fort Royal erhalten. Das Dach von Onkel Taschers Haus wurde weggeblasen und die Einrichtung zerstört. Aber keiner ist verletzt, Gott sei Dank.

14. September

Post – *endlich*.

16. Juli 1788 – Fontainebleau

Schatz!

Zwei Wochen, nachdem Du abgesegelt warst, hatten wir einen schrecklichen Hagelsturm – im Juli, dem heißesten Monat des Jahres! Stell Dir das mal vor. Wirklich, allmählich glauben wir, daß Frankreich von einem Unheilsengel heimgesucht wird. Die Hagelkörner waren so groß, daß sie Vögel töteten und die Zweige von den Eichen im Jardin du Luxembourg rissen. Meine Dienstboten geben den Priestern die Schuld, weil ihr Einfluß nichts bewirkt.*

* Fanny plagiiert, was sie bekanntermaßen regelmäßig tat. Die Aussage über den Unheilsengel ist in Wahrheit dem großen Ökonom Mirabeau zuzuschreiben.

Meine süße kleine Fee, Émilie, recht groß für sieben, entwickelt sich weiterhin prächtig. Vor kurzem hatte ich auch Eugène bei mir – die beiden sind ein Wundermittel gegen Schwermut.

Eine Million Küsse von Deiner Dich liebenden Tante Fanny

18. Juli 1788 – Fontainebleau

Liebe Rose,
wir waren damit beschäftigt, uns um die Finanzen und die Gesundheit zu kümmern. Es ist unerträglich, wieviel Zeit beides beansprucht. Glücklicherweise mache ich, zumindest was die Gesundheit betrifft, allmählich Fortschritte. Ein Arzt empfahl mir, Abführmittel und Klistiere zu nehmen, gefolgt von peruanischer Rinde. Ich befolge sein Programm mit ausgezeichnetem Erfolg. Ich füge drei Unzen dieser Rinde zum Preis von zehn Livres bei, die ich Deinem Vater auf die Rechnung setze. Ich bitte Dich inständig, Joseph (und Deine Schwester?) dazu zu bringen, sie einzunehmen. Halte ihn außerdem davon ab, Milchprodukte und Pökelfleisch zu verzehren – von Alkohol ganz zu schweigen.
Die Situation hier verschlechtert sich … es hat einen schrecklichen Hagelsturm gegeben, der die Ernte vernichtete, gerade, als jeder um Korn betete. Ohne Zweifel ist dies Gottes Strafe für die Aufstände in Paris. Der Bruder meiner Kammerzofe schwört, daß er die Statue von König Heinrich IV. hat bluten sehen.
Versäume nicht, Deine Gebete zu sprechen – morgens und abends – ebenso Deine Stundengebete. Hast Du mit Deinem Vater über die Geschäftsbücher gesprochen? Wir warten begierig auf Nachricht.

Deine Dich liebende Tante Désirée

5. Juli 1788 – Paris

Liebe Rose,
ein paar Zeilen in Eile (ich muß an einer Versammlung teilnehmen) – ich habe beschlossen, in die Politik einzusteigen. Dies ist eine Aufgabe, der ich mich bereitwillig unterziehe; mein Land braucht mich.

Dein Gemahl, Alexandre Beauharnais

Anmerkung – Eugène geht es gut.

Sonntag

Chère Maman,
aus dem Himmel kam Eis. Kommen Sie schon nach Hause?

Tausend Küsse, Eugène

29. Januar 1789

Ein Gespräch mit Mutter über die Geschäftsbücher. Es widerstrebt ihr, einen Außenstehenden hinzuzuziehen.
»Was kann es denn schaden?« beharrte ich. Vater war nicht fähig, Mutter war nicht bereit, und ich hatte keine Erfahrung, noch weniger das Wissen.
»Unser einziges Problem sind Vaters Schulden«, sagte sie. »Sein *Laster.*«
Aber schließlich gab sie nach. Sie hat eingewilligt, daß ich einen Monsieur de Couvray, einen verdienten Buchhalter in Fort Royal, zu Rate ziehen darf.

Montag, 16. Februar

In Vorbereitung meiner Reise nach Fort Royal habe ich die Geschäftsbücher durchgesehen. Es gibt da eine ganze Reihe von Rätseln. Vater war zunächst außer sich, weigerte sich, meine

Fragen zu beantworten, beschuldigte mich, keine Ahnung zu haben. Behutsam, aber beharrlich wies ich auf Widersprüche hin. Schließlich brach er zusammen. Ein großer Teil des Geldes war zur Deckung von Spielschulden verbraucht worden – aber nicht alles. Ein Teil deckte Fehler ab, die ihm bei der Verwaltung der Plantage unterlaufen waren. Es waren die Schnitzer, die er sich einzugestehen schämte, nicht die Spielschulden – diese »Ehrenschulden«, behauptet er unverdrossen, sind die Folge von Mut, nicht von Schwäche. »Es erfordert Kraft, ernsthaft zu spielen«, sagte er, »mit dem Wenden einer Karte sein Vermögen aufs Spiel zu setzen.« (Ich versagte mir den Hinweis, daß es nicht *sein* Vermögen gewesen war, das er aufs Spiel gesetzt hatte.)
Trotz seiner Enthüllungen blieb ein beträchtlicher Teil ungeklärt.
»Das kann noch nicht alles sein, Vater.«
Er gestand: Vor vier Jahren hatte er eine Liebschaft mit einer Näherin in Rivière Salée. Die Frau hatte ein Kind bekommen. Er war verpflichtet, sich um sie zu kümmern.
Ich wußte nicht, was ich sagen sollte. »Hat sie dir einen Sohn geschenkt?« fragte ich schließlich. Er hatte sich immer einen Sohn gewünscht.
»*Noch* eine Tochter.«
Ich hatte eine Halbschwester.*
»Sie ist fast drei, niedlich.«
»Weiß es Mutter?«
Vater nickte. »Deine Mutter ist eine Heilige.«

* Marie-Joséphine Benaguette, »Fifine«, geboren am 17. März 1786, Tochter von Marie-Louise Benaguette. Roses Mutter nahm das Mädchen schließlich in ihrem Haus auf, und 1806 ließ Rose – als Kaiserin – ihm eine Mitgift von sechzigtausend Livres zukommen.

Dienstag, 17. März – Fort Royal

Hortense, Mimi und ich kamen kurz vor neun dreckbespritzt in Fort Royal an. Hortense und ich zogen uns um, bevor wir uns mit meiner Tante und meinem Onkel zum Mittagessen trafen. Anschließend entschuldigte sich meine Tante, »um ein Schönheitsnickerchen zu machen«, sagte sie. Dann wurden Hortense und ihre Cousinen mit ihren Kindermädchen auf einen Ausflug an die Küste geschickt, was mir Gelegenheit gab, mit meinem Onkel unter vier Augen zu sprechen.

Ich nahm ein Stück Papier aus meinem Korb. »Da sind zwei Personen, die ich gerne zu Rate ziehen möchte, solange ich hier bin. Vielleicht könnten Sie mir sagen, wie ich sie erreiche.«

Onkel Tascher studierte die Namen und zwirbelte dabei die Spitze seines gewaltigen Schnurrbartes. »Monsieur de Couvray? Wahrscheinlich sehe ich ihn schon heute abend, bei einem Logentreffen. Wenn du möchtest, könnte ich einen Termin vereinbaren.«

»Ausgezeichnet.« Meine Handflächen waren feucht. »Und der andere …?« fragte ich.

»Monsieur William Browder?« Onkel Tascher blickte auf. »Ein englischer Name – ich habe ihn irgendwo schon einmal gesehen. Oh, ja – *Captain* Browder. Er ist in der Marine, als Übersetzer, glaube ich, falls ich mich nicht täusche. Ich kann mir nicht vorstellen, wozu es gut sein sollte, ihn zu Rate zu ziehen.«

»Er und seine Familie waren früher Nachbarn von uns«, sagte ich mit belegter Stimme. »Es gibt da ein Feld, das immer gemeinsam zum Weiden genutzt wurde, eine Gemeindewiese – das heißt, bis heute. Die jetzigen Pächter haben es zu ihrer ausschließlichen Benutzung gefordert.«

»Aber das ist doch sicherlich ein Fall für das Gericht.«

»Ein teures Verfahren, obwohl vielleicht ein notwendiges. Auf jeden Fall benötige ich Dokumente, Informationen …«

Ein Diener mit Silberringen in den Ohren kam zur Tür, nickte Onkel Tascher zu und verschwand.
»Wenn du mich entschuldigen würdest«, sagte Onkel Tascher und erhob sich. »Man braucht mich in der Residenz des Gouverneurs.« Er reichte mir das Papier zurück. »Mein Sekretär, Monsieur Dufriche, wird dir sagen können, wie Captain Browder zu erreichen ist.«
Ich zog mich in mein Zimmer zurück. Die Kammerzofe, ein Mädchen mit schmutzigen Händen und einem unangenehmen Geruch, half mir, mein Kleid auszuziehen. Meine Unterröcke waren feucht von der Hitze. Ich bat das Mädchen, in einer Stunde wiederzukommen, und streckte mich unter dem Baldachin aus Gazenetzen aus. Ein goldenes Kreuz baumelte an den Bettvorhängen.
Vergib mir, betete ich.

Ich stelle mich der Vergangenheit

18. März 1789

Ich saß am Schreibtisch im Arbeitszimmer meines Onkels, als Captain Browder angemeldet wurde, früher als erwartet. »Bitten Sie ihn herein.« Ich glättete die Spitzenrüschen über dem Mieder meiner Seidenbluse. Plötzlich kam sie mir zu offiziell vor.
Ich schlug ein Buch auf, ein Werk über griechische Geschichte, um mir den Anschein zu geben, beschäftigt zu sein. Ich kann den Tumult in meinen Gedanken einfach nicht beschreiben. Ich fürchtete, daß ich ihn lieben würde; fürchtete, daß er mich enttäuschen würde. Keiner dieser Gedanken erleichterte mein Herz.
Das Leder meines Stuhles knirschte, als ich mich umwandt. William stand in der Tür, einen schäbigen Hut mit schwarzer Feder in der Hand. Seine ungepuderten Haare wurden im Nacken mit einem Band zusammengehalten. Sein schlecht sitzender Frackrock war an einem Ellenbogen geflickt. Mir fielen die Worte meiner Mutter ein: béké-goyave.
»Captain Browder«, sagte ich. Ich streckte meine Hand aus.
William durchquerte das Zimmer, verbeugte sich. »Madame la Vicomtesse.« Er roch nach Pferden.
Ich zog meine Hand zurück, eher aus Angst, er könnte meine feuchte Handfläche bemerken, als aus einem Gefühl des Anstands heraus. »Wie schön, Sie zu sehen. Bitte, nehmen Sie Platz«, begann ich, die abgedroschenen Phrasen, mit denen man sich Mut zuspricht. »Hätten Sie gerne einen Brandy?« fragte ich.

»Nein, danke.« Er setzte sich auf den Schemel neben der Tür zum Garten. Der Schemel war zu niedrig für ihn. Er drehte seinen Hut in den Händen, während er mich betrachtete.
Ich blickte weg. Ich hatte vergessen, wie unnatürlich blau seine Augen waren. »Ich war zutiefst bekümmert, als ich vom Tod Ihrer Mutter erfuhr«, sagte ich. Erhängt, munkelte man, durch eigene Hand.
»Sie bekam, was sie wollte«, sagte er.
Die Bitterkeit in seiner Stimme entwaffnete mich.
»Von allem befreit zu sein.« Er schleuderte seinen Hut auf einen niederigen Tisch neben sich.
Freiheit. Williams Idol. Für ihn war das zweifellos ein Leben auf See, ein Leben in Freiheit. Befreit von Bequemlichkeit, befreit von Liebe?
»Bist du glücklich geworden, Rose?« wollte er wissen.
»Ja ...« Ich hielt inne, zuckte mit den Schultern. »Nein. Mein Mann und ich haben uns getrennt«, sagte ich.
»Ich bin nicht überrascht.«
Meine Wangen brannten. Mir kam es vor, als wüßte die ganze Insel von Alexanders schlechtem Benehmen, Alexanders Anschuldigungen.
»Hast du ihn geliebt?« fragte er unverfroren. Zu unverfroren, dachte ich.
»Ich war bereit, ihn zu lieben«, antwortete ich schließlich.
»Das ist nicht dasselbe, nicht wahr.«
»Deine Grübchen gibt es immer noch, wie ich sehe«, sagte ich, um das Thema zu wechseln. Ich merkte, daß ich einen Fehler gemacht hatte.
»Meine Töchter ziehen mich damit auf.«
»Und deine Frau?«
Er lächelte. Einen Augenblick sah ich den William, den ich kannte. »Sie findet sich mit mir ab«, sagte er.
»Ist das denn so schwierig?«

»Ich habe Wunschträume, sagt sie.«

»Ja.« Ich betrachtete sein Gesicht. Er hatte immer noch dieses jungenhafte Aussehen.

»Denkst du noch an diese Zukunft, die man dir vorausgesagt hat?« fragte er.

»Manchmal in meinen Träumen.« *Du wirst unglücklich verheiratet sein.*

»Schöne Träume?«

»Schlechte Träume.« Entsetzliche Träume.

»Ich muß ein Geständnis ablegen«, sagte er nach kurzem Zögern. »Ich wollte heute eigentlich nicht kommen. Aber dann änderte ich meine Meinung. Ich beschloß, daß ich etwas beweisen wollte.«

Er wurde vom Klang einer Kinderstimme, von näher kommenden Schritten unterbrochen. Mimi und Hortense erschienen an der Tür. William erhob sich.

»Hortense würde gern ... zum Pier hinuntergehen, um die Schiffe anzuschauen«, stammelte Mimi, der die Überraschung ins Gesicht geschrieben stand.

»Ja, das wäre schön. Captain Browder, das ist meine Tochter, Hortense. Und Sie erinnern sich noch an Mimi? Madame Mimi nennen wir sie jetzt.« Denn Mimi war unübersehbar in anderen Umständen. »Natürlich erinnere ich mich.« Er verbeugte sich.

»Großmama sagt, daß es sich nicht gehört, sich vor Sklaven zu verbeugen.« Hortense schob ihren Strohhut von der Stirn zurück.

»Hortense! Für ein Kind gehört es sich nicht, einen Erwachsenen zu tadeln.« Mit ihren sechs Jahren hatte Hortense einen übertrieben strengen Sinn für Recht und Unrecht und schien jedem mitteilen zu wollen, wie er sich zu benehmen hatte.

»Vielleicht ist Captain Browder das, was wir einen ›Neudenker‹ nennen«, erklärte Mimi meiner Tochter. »Solche Leute denken anders.«

»Oooooh.« Hortense betrachtete William mit Besorgnis.
William nickte. »Ich könnte sogar einen Kopfstand machen.«
Hortense musterte ihn eine Weile und lachte dann laut heraus.
»Entschuldige, daß wir gestört haben – wie ich sehe, bist du beschäftigt.« Mimi ging rückwärts zur Tür und zog Hortense mit sich.
»*Womit* beschäftigt?« hörte ich Hortense hinter der Tür fragen.
»Ich muß mich entschuldigen.« Ich ordnete die Papiere auf dem Schreibtisch. »Meine Tochter war unhöflich.« Ich hatte zuvor einen Federkiel gesehen, aber nun konnte ich ihn nicht finden – er steckte nicht in seinem Halter. Überrascht bemerkte ich, daß meine Hände leicht zitterten.
»Ich sollte gehen. Ich sollte nicht hier sein.« William stand am Fenster und sah in den Garten hinaus.
»Ich wollte eigentlich mit dir über dieses Feld sprechen.«
William zog ein Dokument aus der Westentasche. »Darin findest du, was du wissen mußt.« Es war eine Einverständniserklärung die Nutzung des Gemeindelandes betreffend.
»Möchtest du, daß ich sie dir zurückgebe?« Ich stand auf.
»Ich brauche sie nicht.«
»Du sagtest etwas, bevor wir unterbrochen wurden.«
»Ich erinnere mich nicht mehr.«
Ich zögerte. »Daß du heute hergekommen bist, um etwas zu beweisen.
»Es war nicht wichtig.«
»Den Eindruck hatte ich nicht.«
Er räusperte sich, sah mich an. »Ich bin heute in der Absicht hergekommen, zu beweisen, daß ich dich nicht mehr liebe.«
In der Stille hörte ich eine Krähe viermal schreien. Ich dachte an all die Nächte, in denen ich von ihm geträumt hatte, die Gespräche, die ich in Gedanken mit ihm geführt hatte. Die Fragen, die ich gerne gestellt, die Geschichten, die ich gerne erzählt hätte.

Aber der Mann, der vor mir stand, war nicht William. »Ich glaube, Sie sollten gehen, Captain Browder«, sagte ich.
Captain Browder nahm seinen Hut. »Ich habe mich geirrt«, sagte er, als er sich an der Tür umdrehte. »Ich liebe dich immer noch. Guten Tag, Madame.«

Später

Kurz nach vier wurde Monsieur de Couvray in Onkels Arbeitszimmer geführt. Als er sich von dem Unbehagen, geschäftliche Dinge mit einer Frau erörtern zu müssen, erholt hatte, machten wir uns daran, die Geschäftsbücher von La Pagerie durchzusehen, die Vermögenswerte zu prüfen, das Land. Der geringe Zuckerertrag deutet auf eine Ausmergelung des Bodens hin, wie ich vermutet hatte; gewisse Felder mußten erst zum Blühen gebracht werden und dann von dem Samen neu bepflanzt werden.
Seine anderen Empfehlungen waren weniger angenehm und werden es auch für Mutter und Vater nicht sein, wie ich befürchte. Er stellte fest, daß es unter unseren Sklaven, unserem »denkenden Eigentum«, wie er sich ausdrückte, etliche Kinder gab. »Es ist wirtchaftlicher, Sklaven zu kaufen, als sie aufzuziehen«, sagte er.
»Das ist nicht absichtlich geschehen.«
»Vielleicht sollten Maßnahmen ergriffen werden ... um die Produktion zu hemmen.« Er wischte die Handflächen an seinem wildledernden Bundhosen ab. »Wenn man diese Zahlen betrachtet, ist im großen und ganzen klar, daß die Unterhaltskosten zu hoch sind im Verhältnis zur geleisteten Arbeit.«
Ich wußte, daß das stimmte. Einige der Sklaven seien mittlerweile entweder gebrechlich oder gealtert, erklärte ich.
»Wenn ein Sklave nicht mehr produktiv ist«, sagte er, »ist es klug, ihn zu ermuntern ... *weiterzuziehen*.« Er paffte an seiner Pfeife; das Feuer war ausgegangen.

»Ziehen?« Ich war verwirrt. »*Wohin* ziehen?«
Er wedelte jetzt ungeduldig mit den Fingern. »Sie wissen schon ...«
»Sie meinen doch nicht ... getötet werden?« Ich hatte ihn gewiß mißverstanden.
»Nein! Du meine Güte. *Dieses* Wort würde ich doch nicht benutzen. Die Methoden sind jedenfalls human, und wenn sie leiden ...«
»Monsieur, ich bin überzeugt, daß meine Mutter und mein Vater eine solche Praktik nur sehr widerwillig anwenden würden, und was mich angeht, so ist es mir zuwider, sie vorzuschlagen.« Wir unterhielten uns nur noch kurze Zeit, der Form halber. Ich brachte ihn zur Tür.

Samstag, 21. März

Ich packte gerade, um nach Trois-Ilets zurückzukehren, als Mimi mir einen Brief brachte. »Ist er zum Haus gebracht worden?« fragte ich beunruhigt. Ich setzte mich ans Fenster.
Mimi schüttelte den Kopf, ihre Ohrringe klimperten. »Auf dem Markt. Er bat mich, ihn dir zu geben.«
Ich erbrach das Wachssiegel.

Madame Beauharnais:
Mir ist eine Information zu Ohren gekommen, die die Nutzung des Gemeindelandes durch Ihre Familie betrifft. Es ist dringend, daß Sie davon Kenntnis erhalten.
Wann immer es Ihnen genehm ist.

Ihr Diener, Captain Browder.

Ich legte den Brief auf den Beistelltisch.
»Er fragte, ob es möglich wäre, ein Treffen zu vereinbaren«, flüsterte Mimi.

Ich blickte in meinen Schoß hinunter. Meine Hände sahen wie die einer alten Frau aus. »Etwas von einer grünen Flamme.« Sie sah mich mit verwirrter Miene an.
Ich hielt den Atem an. »Sag ihm nein«, sagte ich.

2. April – Trois-Ilets

Wir sind schon seit über einer Woche wieder in Trois-Ilets. Ein Gefühl der Unruhe läßt mich nicht los. Als junger Mensch träumt man von Liebe; und bis man erwacht, ist es zu spät.
Auf der Suche nach Trost mache ich nach der Hausarbeit Morgenspaziergänge. In der Kühle des Waldes wird mein Geist besänftigt, aber nicht geheilt. Oftmals gehe ich zum Fluß hinunter, auf das Meer zu, doch heute morgen folgte ich dem Pfad nach Morne Croc-Souris. Bald hatte ich den Ort erreicht – die Lichtung am Flußufer, die Hütte aus Flechtwerk und Lehm zusammengebrochen, ein blühender roter Jasminbusch, wo einst die Tür war.
Du wirst unglücklich verheiratet sein.
Nicht weit von den Trümmern entfernt sah ich ein grobes Holzkreuz in einem mit Steinen bedeckten Erdhügel stecken. Ein Grab.
Du wirst Witwe sein.
Ein Wind, der durch den Wald fegte, schüttelte die Blätter, ein Vogel stieß einen Warnruf aus. Ich ging auf den Steinhügel zu. Der Boden war mit zerknitterten Papierfetzen, Federn, einem Stück Knochen übersät.
Du wirst Kaiserin sein.
Ich spürte, wie mich ein kalter Wind durchfuhr. Ein Gefühl der Leichtigkeit ergriff von mir Besitz, das Gefühl, im Wasser zu treiben.
Du wirst eine wunderschöne Kaiserin abgeben, hatte einmal ein Junge zu mir gesagt.

Zwei Welten fordern mein Herz

4. Januar 1789 – Paris

Chère Maman,
es ist schon seit drei Wochen kalt. Ich sah einen toten Mann, erfroren. Wir gehen am Fluß spazieren. Wann kommen Sie nach Hause?

Tausend Küsse, Ihr Sohn Eugène

3. April 1789 – Paris

Liebe Rose,
ein paar Zeilen in Eile – ich bin in den Generalstand gewählt worden, ein Vertreter der Adligen von Blois. Eine optimistische Stimmung hat unser Land durchdrungen. Es ist erregend!

Dein Gemahl, Deputierter Alexandre Beauharnais

Anmerkung – Die Zeichnung von Hortense war gut ausgeführt. Deine Technik bessert sich, obwohl eine Schattierung mit Kohle wirkungsvoller gewesen wäre, meine ich.
Und noch etwas – ich füge ein Pamphlet von Sieyès bei, Wer ist der Dritte Stand? *Ich empfehle Dir, es gründlich zu lesen.*

15. April 1789 – Paris

Schatz!
Ich bin nach Paris zurückgezogen – es ist hier jetzt sehr spannend. Es herrscht noch einmal die »Römische Republik« – die Göttin der Liebe regiert. Überall, wohin man geht, wird heftig gefeiert und um Freudenfeuer getanzt. Wenn

man auf der Straße spazierengeht, wird man von tiefer Sentimentalität berauscht, von jedem umarmt, den man trifft, reich und arm, jung und alt gleichermaßen.
Mein Salon wird niemals wieder derselbe sein. Wo wir früher über Schönheit sprachen, sprechen wir heute über Gleichheit der Stände.

Deine Dich liebende Tante Fanny

11. August

Ich habe die Zeitungen gelesen, die mit dem letzten Schiff herübergekommen sind. Die Nachricht, daß der Dauphin gestorben ist, betrübt mich – obwohl niemand davon Notiz zu nehmen, geschweige denn sich dafür zu interessieren schien. Ich teile den Schmerz der Königin. Ein Junge, der Eugène so ähnlich war.
Eugène. Die Sehnsucht, ihn wieder in meinen Armen zu halten, macht mich krank ... Ich bin nun schon seit einem Jahr in Martinique.

20. Juli 1789 – Fontainebleau

Liebe Rose,
Alexandre und François sind beide in den Generalstand gewählt worden. Wann immer nun die beiden Brüder an Feiertagen zu Besuch kommen, streiten sie sich fürchterlich. Der Marquis weigert sich, weiterhin über politische Angelegenheiten auch nur zu diskutieren mit der Begründung, »all das« sei ihm zuwider. »All das« wird bald vorüber sein, sagt er, und alles wird wieder so sein, wie es sein sollte. Er verbrannte alle Bücher, die von Rousseau im Haus waren, sogar die signierte Ausgabe vom Diskurs über die Ungleichheit. *Der Gedanke, was geschehen wird, wenn Alexander ihr Fehlen entdeckt, ist mir sehr unangenehm.*
Wenigstens sind wir nicht in Paris – dort sind jetzt zwanzigtausend Soldaten. Die Dirnen werden zweifelsohne reich. Außerdem sind alle Bettler und Diebe

aus ganz Frankreich in die Stadt gekommen, bei der geringsten Gelegenheit wimmelt es von ihnen. Jeder Bezirk – von allen sechzig – hat seine eigene Armee aufgestellt, um die Ordnung aufrechtzuerhalten. Ich habe mir angewöhnt, in meinem Beutel eine Pistole mitzunehmen, selbst hier in Fontainebleau.
Vergiß Deine Gebete nicht.

Deine Dich liebende Tante Désirée

Anmerkung – Hast Du von dem Aufstand an der Bastille gehört? Fanny hat versprochen, einige der Steine für mich zu retten. Ich werde einen für Dich aufbewahren, wenn Du möchtest.

10. August 1789 – Versailles

Liebe Rose,
was früher zusammenhanglose Notizen waren, ist nun zu einem fließenden System der Philosophie geworden, ein Äther, der die Gegenwart mit der Vergangenheit verbindet. Ich habe schon lange begriffen, wie das Römische Reich vom Feudalsystem verdrängt wurde, das wiederum von der zeitgenössischen Monarchie verdrängt wurde. Solch ein Studium enthüllt den repressiven Charakter unserer Gesetze. Doch erst jetzt begreife ich ganz allmählich, daß es die Römische Republik ist, nach deren Wiederaufbau wir streben.
Wenn meine Familie doch den tiefen Sinn der vor uns liegenden Aufgabe verstehen könnte. Leider sind sie von der Geschichte und der traditionellen Habgier unserer Klasse geblendet. Als ich mich anderen erleuchteten Adligen anschloß (La Rochefoucauld! Lafayette! Der Duc d'Orléans!), um unseren Feudalprivilegien zu entsagen, war ich gezwungen, zwischen meiner Familie einerseits und meinem Land andererseits zu wählen. Oh, welch eine Nacht großen Heldentums! Welch erhabenes Opfer! Möge die Nacht des 4. August ewig in meinem Herzen brennen.
Die Achtung meines Vaters, die brüderliche Umarmung meines Bruders geopfert zu haben, diesen Verlust muß ich ertragen. Die Revolution fordert, daß jeder Bürger ein persönliches Opfer zum Wohle der Nation bringt. Ich beuge

mich mit aufrichtigen Tränen in den Augen, denn ich weiß, daß meine Qual belohnt werden wird.

Mit edlem Herzen,
Dein Gemahl, Deputierter Alexandre Beauharnais
»ein ehrenwerter und aufrichtiger Republikaner«

Anmerkung – Ich bitte Dich eindringlich, die Pamphlete zu studieren, die ich gesandt habe, öffne der Wahrheit, die Du darin finden wirst, Dein Herz. Eines – Einige Gedanken über die Natur von Vernunft & Revolution – *habe ich selbst geschrieben. Ich habe es in einfache Worte gefaßt, damit auch eine Frau es möglicherweise versteht, denn ich gehöre nicht zu jenen, die Frauen für unfähig halten abstrakt zu denken.*

Sonntag

Chère Maman,
ich habe jetzt mein eigenes Schwert. Mein Hauslehrer sagt, daß ich es vielleicht brauchen könnte. Wann kommen Sie nach Hause?

Tausend Küsse, Eugène

9. Dezember

Ein Kreole wurde tot auf einer Lichtung im Wald von Fort Royal aufgefunden, zusammen mit dem Kopf eines geschlachteten Huhns. Über seine Hände hatte man Blut gegossen. Drei Tage zuvor war ein Sklave auf seiner Plantage gestorben, eingesperrt in eine glühend heiße Hütte in der Sonne ohne Nahrung und Wasser. Im Sklavendorf höre ich Trommeln schlagen. Der Mond wirft ein gespenstisches Licht. Auf dem Hügel sehe ich ein Feuer, höre Geschrei und Gesang. Ich kenne das Lied.
Nie, nie werde ich die Stämme Afrikas vergessen
Nie, nie werde ich ihre Kinder vergessen.
Ich bin verzweifelt.

10. Oktober 1789 – Fontainebleau

Liebe Rose,
dem Marquis und mir ist es nicht gut ergangen. Unsere Nerven leiden unter den erschreckenden Berichten in den Zeitungen.
Ich schäme mich meines Geschlechts. Frauen – zu Tausenden, wurde berichtet – zwangen unseren König und unsere Königin in diesen entsetzlichen Palast in Paris zu ziehen, und nun spricht jeder von Format davon, Frankreich zu verlassen. Sogar der Bruder des Königs ist geflohen, sogar Madame de Polignac, die königliche Gouvernante, hat ihre Schützlinge verlassen. (Wie konnte sie nur?)
Doch das ist noch nicht alles. Monsieur Ogé, dieser Mulatte aus Saint-Domingue, trat vor die Nationalversammlung und forderte Gleichberechtigung für Mulatten – und hatte Erfolg*! Einer der Delegierten schlug sogar vor, die Sklaven zu befreien.** Alle, so scheint es, haben den Verstand verloren. Wenn man den Sklaven die Freiheit gibt, sind wir mittellos!*
Bete für uns …

Deine Dich liebende Tante Désirée

*Anmerkung – Fannys Sohn Claude und seine Frau haben ein kleines Mädchen bekommen.*** Laß sie Deine Anteilnahme wissen.*

23. Januar 1790

Morin, Mimis Liebhaber und der Vater des Kindes, das sie trägt, wurde bei einem Aufstand in Fort Royal getötet. Ich kann nichts zu ihrem Trost sagen, denn es waren Leute meiner Rasse, die ihn ermordeten.
Ich stand an der Tür zu ihrer weiß getünchten Hütte, sah zu, wie sie in den Armen der Sklavenfrauen zusammenbrach, lauschte

* Dieser Delegierte wurde gehängt, als er nach Saint-Domingue zurückkehrte.
** Stephanie Beauharnais sollte später von Napoleon adoptiert und mit dem Großherzog von Baden verheiratet werden, der sie zur Großherzogin des Hofes von Württemberg machte.

ihrem gemeinsamen Wehklagen – und ich, die ich ihr wie eine Schwester war, mußte mich mit Tränen, die über meine Wangen liefen, abwenden.
Trommeln in den Bergen. Als Kind wiegte mich der gleichförmige Rhythmus in den Schlaf. Doch heute nacht finde ich nichts Tröstliches in diesen Klängen. Heute nacht höre ich Wut und einen schrecklichen, schrecklichen Schmerz.

5. November 1789 – Lago Maggiore

Schatz!
Michel de Cubières und ich sind in einem reizenden Alpenkurort. (Erinnerst Du Dich an Michel? Den Dichter mit den wulstigen Lippen?) Jeden Abend spielen wir Pharao in einem Kasino im Dorf, wo eine erschreckende Menge Geld den Besitzer wechselt. Aber was ist das Leben, wenn man nicht bereit ist, alles in den Wind zu schlagen? Es erfordert Mut, so närrisch zu sein.
Die Österreicher haben gedroht, quer über die Berge eine »Gesundheitssperrzone« zu errichten, damit keine »gefährlichen Gedanken« von Frankreich herüberkommen. Hätte ich nicht so hirnlos geplappert und Michel nicht geschwiegen – dieses eine Mal! –, bezweifele ich sehr, daß sie uns in ihr rückständiges kleines Paradies eingelassen hätten. Glücklicherweise versäumten sie es, in den Korb zu schauen, in dem sich die politischen Pamphlete befanden, Pamphlete, die Michel auf den Straßen von Rom verteilen will.
Paß auf Dich auf, Schatz. Wie ich höre, ist Dein Ehemann ein Held der Revolution geworden. Wie verwegen!

Deine Dir ergebene Tante Fanny

Anmerkung – Claudes Frau hat ein Mädchen bekommen. Er nimmt es nicht gut auf, was mich enttäuscht. Ich dachte, das hätten wir alles hinter uns.

1. Februar

Mimi hat ihr Kind verloren. Ich besuchte sie im Krankenhaus, aber sie hatte Fieber und begriff nicht, daß ich es war. Ich saß eine Weile neben ihr und kühlte sie mit in Rum getränkten Leinenstreifen. Sie sprach im Traum: *Nie, nie werde ich vergessen ... Nie, nie ...*

Oh, meine liebe Mimi, wie sehr ich mit dir fühle. Ich bete, ich bete.

11. November 1789 – Paris

Liebe Rose,

ich bin zu einem der drei Sekretäre der Nationalversammlung gewählt worden. Ich fühle mich sowohl geehrt als auch herausgefordert. Nur das Schicksal kann der Schöpfer eines Projekts von derart heroischen Dimensionen sein.

Ich füge eine Abschrift der Erklärung der Menschenrechte *bei, die sich zum Einrahmen eignet. Ich halte die Mitwirkung an ihrer Entstehung für eines der Verdienste in meinem Leben.**

Dein Gemahl, Deputierter Alexandre Beauharnais

Sonntag – Fontainebleau

Chère Maman,

Papas Name ist in den Nachrichtenblättern. Ich habe ihn schon seit zwei Wochen nicht mehr gesehen. Kommen Sie jemals zurück?

Tausend Küsse, Ihr Sohn Eugène

* Frankreich faßte die amerikanische Bill of Rights weiter. Während die Amerikaner die Menschen in *ihrem* Land für frei und gleich erklärten, erklärten die Franzosen die Menschen *überall* für frei und gleich.

3. Februar

Mimi ist aus ihrem Fieber aufgetaucht, in Trauer gehüllt wie ein Geist. Die Sklavenfrauen schleichen beschützend um sie herum, wann immer ich näher komme. »Geh weg! Du hast sie verflucht!« Ich gebe auf.

7. Dezember 1789 – Chambéry

Schatz,
die Italiener sind wirklich versessen *auf mein Gedicht »Für Friedrich den Großen zum Tode Voltaires«. Dieses und einer meiner Romane (*Abailard, der Heuchler, *stell Dir mal vor – das frechste aller meiner Werke) wird ins Italienische übersetzt und bald veröffentlicht. Jetzt bin ich eine Weltautorin!*
Wie geht es meinem Patenkind Hortense? Ich füge für sie eine ledergebundene Ausgabe von Erasmus' Manieren für Kinder *bei. Es ist wenigstens egalitär. Ermuntere sie, den wunderschönen Text abzuschreiben – der erste Schritt auf dem Weg zur Schriftstellerin.*
Wie Du vielleicht bereits weißt, haben sich Marie und François getrennt, aus Gründen der Philosophie. *Philosophie! Als Claude (Gott hab ihn selig*) und ich auseinandergingen, taten wir dies wenigstens aus Gründen der Sentimentalität.*

Deine Dich liebende Tante Fanny

23. Februar

Mimi ist in der Feldkolonne eingesetzt worden, wie Mutter mir heute nachmittag mitteilte. »Wie konnten Sie das tun! Mimi gehört zu *mir*, zu Hortense!« Mutter legte ihre Näharbeit nieder. »Entschuldige dich für deine Unbeherrschtheit. Mimi bat darum, in der Feldkolonne eingesetzt zu werden.«

* Claude de Beauharnais, der Bruder des Marquis und Fannys Ex-Mann, starb am 25. Dezember 1784.

»Aber *warum?*« Ich konnte es nicht begreifen. Feldarbeit ist mörderisch.
»Ich kann nur vermuten, daß es deswegen ist, weil sie sich gegen uns gewandt hat, wegen unserer Rasse. Wenn du nicht so empfindsam wärst, Rose, hätte ich sie verkauft oder zumindest auspeitschen lassen. Haß in einem Sklaven ist gefährlich.«
Unter Tränen verließ ich das Zimmer.

17. Dezember 1789 – Fontainebleau

Liebe Rose,
der Marquis und ich haben wegen der betrüblichen Nachricht von François und Marie einen Nervenzusammenbruch erlitten. Der Marquis ist furchtbar betrübt und redet unaufhörlich von der Moral der Jugend, der Beschmutzung des Familiennamens, der mangelnden Bindung an Werte. Ich halte den Mund, aber innerlich gräme ich mich; denn ist dies nicht die Frucht unserer eigenen Sünden? Ich gehe nun zweimal täglich zur Messe und wöchentlich zu meinem Beichtvater. Ich bitte Dich inständig, das gleiche zu tun.
Deine Dich liebende Tante Désirée

Anmerkung – Ich füge einen Ein-Livre-Schein bei, das neue Papiergeld, das wir nun benutzen müssen, aber er ist nicht einmal einen Sou wert – behalte Dein Gold.

Mittwoch, 3. März

Der Inselpresse sind aus Furcht, daß jede weitere Erwähnung von »Freiheit« gefährlich sein könnte, Grenzen gesetzt worden. Selbst die Zeitungen, die wir aus Paris erhalten, müssen versteckt werden.
»Du solltest die Briefe deines Mannes verbrennen«, sagte Mutter. Sie mißbilligt Alexandres Ansichten. »Auch die von Madame Fanny.«

»Vielleicht zusammen mit ihrem Roman?«
»Ganz recht«, ereiferte sich Mutter und bekreuzigte sich.
Ich lächelte, denn ich habe gesehen, wie sie einen Blick hineinwarf, als sie sich unbeobachtet fühlte.

30. Dezember 1789 – Fontainebleau

Liebe Rose,
danke für die schönen Weihnachtsgeschenke – der Marquis liebt seinen Bambusstock, und die Flasche La-Pagerie-Rum ist schon leergetrunken. Die silbernen Armreifen finde ich hinreißend, aber vor allem die mit Inselmotiven bemalten Emailleknöpfe – sie wecken Träume in mir. Und eine Kiste *voller Kaffeebohnen! Welch ein Luxus!*
Eugène liebt alle Geschenke, die Du geschickt hast (wirklich, Rose, Du mußt von solchen Ausschweifungen Abstand nehmen), aber das, was ihm am besten gefiel – zu unserem Leidwesen, wie ich gestehe – war das Muschelnebelhorn.
Dein Onkel berichtet, daß Du eifrig bemüht gewesen bist, die Finanzen und die Verwaltung der Besitztümer zu ordnen. Du mußt einigen Erfolg gehabt haben, denn wir haben bereits eine Banknote erhalten. Dieses Geld wird sehr dringend benötigt. Du kannst Dir nicht vorstellen, wie teuer alles geworden ist. Es ist unmöglich*, selbst von den nunmehr zwölftausend Livre im Jahr zu leben. Nom de Dieu!*
Wie steht's um die Gesundheit meines Bruders? Wie geht es Deiner Schwester Manette? Ich habe meinen Gärtner auf eine Pilgerfahrt nach Chartres geschickt, um Heilung zu suchen. Er ist fromm; ich hoffe auf einen gewissen Erfolg.
Es war eine düstere Ferienzeit. Keiner lädt mehr ein – jeder bleibt zu Hause.
Denke daran – versäume Deine Gebete nicht …

Deine Dich liebende Tante Désirée

Weihnachtstag

Chère Maman,
danke für das Nebelhorn. Ich habe beschlossen, Seemann zu werden. So kann ich Sie und meine Schwester Hortense besuchen kommen.

Eugène

21. Mai

Während ich an diesem kleinen Tisch in meinem Zimmer schreibe und dem heftigen Tropfen des Regens lausche, frage ich mich, ob es möglich ist, daß ich diese Insel jemals verließ. Frankreich kommt mir wie ein Traum vor, weiter entfernt als meine Kindheit.
Ich schlafe mit Eugènes Miniatur unter dem Kopfkissen. Heute nacht konnte ich es nicht finden. Angst packte mein Herz – werde ich ihn *jemals* wiedersehen?

Wir fliehen unter Kanonenfeuer

3. Juni 1790

Ein Mulattenaufstand in Saint-Pierre. In seiner Predigt heute morgen stellte Pater Droppet in Frage, daß in Negern eine Seele wohnt. Nach der Kirche Gespräch über Waffen. Ich schlafe mit einer Pistole auf dem Nachttisch.

30. Juli

Heute sagte Mutter: »Du mußt fort, Rose – nimm deine Tochter, kehre nach Frankreich zurück.« Ihre Augen waren dunkel. Ich konnte ihre Gedanken nicht lesen. »Dies ist kein Platz, um ein Kind aufzuziehen.« Sie schob mir über den Tisch einen Stoffbeutel hin.

Es war ein Beutel mit Münzen – die Münzen, die sie jeden Tag so gewissenhaft zählte. »Ich kann nicht.« Ich schob den Beutel beiseite. Wie konnte ich sie angesichts der drohenden Gewalt und der schweren Krankheit von Vater und Manette im Stich lassen?

»Die Engländer werden angreifen. Wenn du jetzt nicht fährst, wirst du deinen Sohn niemals wiedersehen ...«

Mir traten die Tränen in die Augen. »Aber ...«

»Ich will nicht um *dich* trauern!« Und dann, mit leiser, beinahe tonloser Stimme: »Ich will nicht *alle* meine Kinder begraben!«

Später

Schweren Herzens habe ich Onkel Tascher geschrieben und angefragt, ob es möglich sei, eine Passage nach Frankreich zu erhalten …

Am selben Abend

Onkel Tascher hat umgehend eine Antwort geschickt. Es ist schwierig, zu dieser Zeit eine Passage nach Frankreich zu bekommen, aber nicht unmöglich. Die Möglichkeiten ergeben sich rasch, ohne Vorankündigung. Wenn es mir mit meiner Abreise ernst wäre, müßte ich mit meiner gepackten Habe in Fort Royal sein. Er rät mir, auf der Stelle zu kommen, da Gerüchte von einer Blockade umgehen.
»In diesen turbulenten Zeiten«, schrieb er philosophisch, traurig nach meiner Meinung, »ist nichts, wie es scheint, nichts, wie es sein sollte.«

1. August, mittags

Mutter war auf der Veranda, als ich heute morgen zu ihr ging, und stopfte Strümpfe, die schon viele Male gestopft worden waren. »Du reist ab«, sagte sie. Sie schaute auf den Blumengarten hinaus, den ich gepflegt hatte. Die Blüten trieften vor Regen.
Ich nickte, wandte mich ab. Ich bin der Tränen überdrüssig geworden.

6. August

Ich habe gepackt. Den ganzen Tag hat Hortense wegen einer Lumpenpuppe, die sie mitnehmen will, mit Gertrude gekämpft, aber Gertrude beharrte darauf, daß sie Unglück brächte. »Sie war die ganze Nacht draußen im Mondschein!« sagte sie mit großer Furcht.

7. August

Heute abend, nach dem Essen, bürstete und flocht ich Manette die Haare, die dicken Zöpfe fielen ihr über die Schulter. Ich las ihr aus *Paul und Virginie* vor, bis sie einschlief. Eine Weile saß ich mit dem Buch im Schoß da. Die Brise, die zum geöffneten Fenster hereinkam, ließ die Kerze flackern. Ich sah zum Mond hinaus, der durch das wirre Astgeflecht des Mangobaums aufging. Auf diesen Baum waren Manette und ich geklettert, als wir Kinder waren. Wie nimmt man Abschied?

Dienstag, 10. August

Ich erwachte kurz vor Morgengrauen. Wie durch ein Wunder regnete es nicht mehr. Leise schlüpfte ich die Treppe hinunter, zur Zuckersiederei hinaus und hinüber zum Badeteich. Ich legte mein Unterhemd und mein Kopftuch auf die nassen Steine und glitt nach Luft schnappend, bis ich mich daran gewöhnt hatte, in das kalte Wasser. Ein Frosch hüpfte ins Gras, aber außer den in der Brise raschelnden Baumfarnen war kein einziger Laut zu hören. Der Duft des Orangenbaumes lag in der Luft.
Als die Turteltauben zu gurren begannen, stieg ich schweren Herzens aus dem Wasser. Es war Zeit. Ich kleidete mich an und drehte meine letzten Runden, blieb stehen, um mit den Haussklaven zu sprechen. Jedem gab ich einen Livre. Drei Louis hinterließ ich bei dem Sklavenaufseher, damit er sie unter den Feldarbeitern verteilte. Da ich wußte, daß Mutter es nicht billigen würde, bat ich ihn, nichts zu verraten.
Gertrude wies ich an, Mimi meinen Smaragd zu geben. »Heile

sie«, sagte ich. »Öffne ihr Herz.« Gertrude brach in Tränen aus. Ich schlang die Arme um sie. »Geh!« sagte sie und schob mich weg. Ich ging in Vaters Zimmer.
»So«, sagte er.
Ich setzte mich auf den gradlehnigen Stuhl neben dem Bett. Er wackelt, weil sich eines seiner Beine ständig lockert und nicht sehr erfolgreich mit Hanf befestigt worden ist. Ein fauliger Geruch lag in der Luft, ein Geruch, an den ich mich gewöhnt hatte, »den Geruch des Todes« nannte ihn Mutter. Aber ich hatte mich mit der Zeit zu sehr in die Routine von Vaters Pflege vertieft, um an solche Dinge zu denken.
Ich nahm seine Hand, weil es mir unangenehm war, daß ich mich mit derartigen Gedanken trug. Seine Haut fühlte sich trocken an, dünn – wie die feine Struktur einer abgestreiften Schlangenhaut.
»Kann ich Ihnen irgend etwas holen?« fragte ich, denn aus meiner Ergebenheit war dies geworden: Pflichterfüllung.
»Du hast genug getan.« Seine Augen waren grau. »Genug für einen Sterbenden.«
Ich wollte schon Einwände erheben, ihn mit einer fadenscheinigen Lüge aufmuntern – aber ich wußte, es wäre respektlos, ihm die Tatsache, daß er sterben mußte, vorzuenthalten. Ich nickte. »Du wirst mir fehlen, Vater.«
»Prinzessin.« Er drückte meine Hand.
In diesem Augenblick erinnerte ich mich wieder an meine Kinderträume, an die verzaubernden Geschichten meines Vaters, die er einem in Träumen schwelgenden Mädchen erzählt hatte, das sich in einer Hängematte unter dem Mangobaum mit einem Palmwedel träge Luft zufächelte. Ich küßte ihn auf die Wange. »Mein König.« Ich fiel in den Hofknicks, den er mir als Kind beigebracht hatte und stieß, als ich mich zum Gehen wandte, majestätisch eine imaginäre Schleppe beiseite.
Er lachte leise, als ich hinausging. Einen Augenblick lang sah ich wieder diesen Funken. Ich sagte nicht auf Wiedersehen.

Ganz zum Schluß ging ich zu Manette, die schlief. Sie sah ernst aus, alt, ihr Bettzeug war zerwühlt. Ich brachte es nicht über mich, sie zu wecken. Ich küßte sie auf die Stirn und ging hinaus. Ich werde sie nie mehr wiedersehen.
Es war noch sehr früh, erst acht Uhr morgens, als Sylvester den Wagen vor die Zuckersiederei lenkte. Ich half Hortense, auf den Sitz zu klettern. Ich wandte mich zu Mutter. »Werden Sie kommen, nach Frankreich ...?« Ich konnte nicht »wenn« sagen – wenn Vater und Manette tot waren.
Sie umklammerte meine Hände. Ich kletterte auf den Wagen. Sylvester knallte mit der Peitsche, die Pferde zogen an. Als wir uns der Steinmauer näherten, blickte ich zurück. Mutter war nicht mehr da. Ich beobachtete, wie sich das Haus entfernte, und suchte nach ihrem Gesicht in den Fenstern.

13. August – Fort Royal

Tante Tascher ist außer sich, das Haus in chaotischem Zustand – in jedem Zimmer stehen geöffnete Kisten. Sie und die Kinder ziehen aufs Land, erklärte sie. »Hier ist es nicht sicher!« Wir stellten unsere Seekiste in der Remise unter – auch wir werden bald abreisen, hoffe ich.
Hortense und ich teilen uns ein Zimmer im zweiten Stock. Es ist heiß – aber abgeschieden. Ich sitze an einem Schreibtisch im Alkoven mit Blick auf den Hafen. Durch den Regen kann ich verschwommen erkennen, wo die vier Kriegsschiffe und einige Handelsschiffe vertäut sind. Onkel wird spät nach Hause kommen. Er hat jetzt viele Probleme mit Regierungsangelegenheiten und der allgemeinen Aufsässigkeit in der Bevölkerung. Heute abend wird er uns die Lage in bezug auf unsere Abreise nach Frankreich schildern können.

3. September – Residenz des Gouverneurs

In der Stadt hat es Aufstände gegeben. Gestern auf einem Fest weigerte sich Gouverneur de Vioménil, eine Trikolorenkokarde anzustecken mit der Begründung, lieber tausend Tode sterben zu wollen – was zu einer derart gewalttätigen Auseinandersetzung führte, daß er gezwungen war, seine Erklärung zurückzunehmen und das Band anzustecken, »dieses Pfand des Friedens, der Vereinigung und Eintracht«, wie er verkündete. All dies zum Lärm von Musketenfeuer über seinem Kopf.
Es wurde ein Te Deum gesungen, und zwischen allen schien wieder Friede zu herrschen, doch Onkel Tascher bestand trotzdem darauf, daß Hortense und ich in die Residenz des Gouverneurs umziehen. Für uns ist es sicherer hier, sagte er. Wir gehen nicht mehr aus.

Montag, 6. September

Es gab einen Aufstand. Onkel Tascher sperrte die Revolutionäre ein, doch dann haben die Wärter sie wieder freigelassen und das Feuer auf die Stadt eröffnet.
Ich war in der Gouverneursresidenz, als es geschah. Gouverneur de Vioménil lief von Zimmer zu Zimmer und schrie alle an. Madame de Vioménil fiel auf die Knie und betete laut. Ich brachte Hortense in unser Zimmer hinauf und las ihr aus den *Fabeln von La Fontaine* vor, wobei ich versuchte, den Lärm des Musketenfeuers zu überhören. Die ganze Zeit über zitterte ich. Dann rannte das Dienstmädchen mit der Neuigkeit die Treppe hinauf, daß Onkel Tascher auf dem Weg sei, um mit den Rebellen im Fort zu sprechen.
Hortense und ich wagten uns wieder nach unten in den Salon, wo sich alle versammelt hatten. Der Kurier, der schließlich aus dem Fort eintraf, war ein dünner Mann mit schmutziger Pe-

rücke. »Baron Tascher ist als Geisel genommen worden«, verkündete er theatralisch. Die Rebellen hatten meinen Onkel eingekerkert und drohten, ihn und jede andere Person in der Stadt zu töten.

Ich wurde zu einem Sessel geführt. »Was hat er über den Onkel gesagt?« wollte Hortense tränenüberströmt wissen. »Was bedeutet ›Geisel‹?«

Der Gouverneur war außer sich. Von allen Seiten wollten ihm Helfer Ratschläge anbieten. Seine Frau rannte hinter ihm her: »Du kannst nicht gehen!«

Er stapfte in sein Arbeitszimmer und schlug die Tür hinter sich zu. »Er ist fest entschlossen, sich umzubringen!« weinte seine Frau. Wieder setzte Musketenfeuer ein und machte die geringe Zuversicht, die wir aufgebracht hatten, zunichte.

Kurz danach verließ der Gouverneuer die Residenz. Sein Plan war, in Gros Morne, einem Dorf auf dem Weg nach Trinité, Zuflucht zu nehmen und von dort Unterstützung für einen Angriff zu rekrutieren. Seine Frau schloß sich in ihr Schlafzimmer ein und weigerte sich, herauszukommen.

Ich lag in meinem Bett mit Hortense in den Armen, versuchte sie zu beruhigen, lauschte dem Lärm des Musketen- und Kanonenfeuers und betete für Onkel Tascher. Bald, nachdem Hortense endlich eingeschlafen war, wurde ich von einem Klopfen an der Tür aufgeschreckt. »Wer ist da?« Die Nachtkerze warf gespenstische Schatten.

Die Tür öfffnete sich – es war die Kammerzofe.

»Gibt es Neuigkeiten?« flüsterte ich in Angst um Onkel Taschers Leben.

»Ein Brief von Kommandant du Braye.« Sie reichte mir ein gefaltetes und versiegeltes Papier. »Man hat mir gesagt, es wäre dringend.« Plötzlich war die scharfe Erwiderung einer Kanone zu hören, gefolgt von einer Kartätsche.

»Kommandant du Braye?« Ein Freund meines Onkels. Durand

du Braye war der Kommandant der *Sensible*, eines der Kriegsschiffe im Hafen. »Wieviel Uhr ist es?«

»Fünf? Sechs?« antwortete sie verschlafen. Sie stellte ihre Laterne auf den Nachttisch.

Besorgt brach ich das Siegel. Ich hatte Mühe, die Handschrift zu lesen, denn auf der Seite waren dicke Tintenkleckse. Sie waren im Begriff, in See zu stechen, entzifferte ich schließlich. Ich müßte mich augenblicklich zum Schiff begeben. Kommandant du Braye warnte mich, mit niemandem darüber zu sprechen, insbesondere nicht mit den Dienstboten. Einer seiner Leute würde ausgeschickt, um mich in Shell Point, südlich des Dorfes, zu treffen.

Ich blickte zu der Kammerzofe auf. Sie hatte ein so liebes Gesicht – wie konnte sie nur mein Feind sein? »Das ist ja merkwürdig. Er bedauert, mir mitteilen zu müssen, daß er im Hafen bleiben müsse, bis er die Erlaubnis zur Abreise erhalte. Was mag der Grund sein, daß er mich deshalb weckt?« fragte ich errötend.

Die Zofe zuckte mit den Schultern. Ich hatte sie mit Erfolg verwirrt.

Als sie die Tür hinter sich schloß, stand ich auf. Wie sollte ich ein Kind unbemerkt an die Küste schaffen? Ich zog, so gut es ging, ein Unterkleid und zwei Kleider übereinander an. In einem kleinen Stoffbeutel hatte ich ein paar Goldmünzen. Ich steckte ihn in mein Mieder. Viel konnte ich nicht mitnehmen. Ich wickelte meinen Rosenkranz und ein Nachthemd zusammen mit einigen von Hortenses Kleidern und der Puppe, an der sie so hing, in ein Halstuch.

Es war Zeit, Hortense zu wecken. Ich hatte sie schon fast angekleidet, ehe sie sich zu rühren begann und bei jeder Bewegung wieder aufs Bett fiel. »Wir gehen auf ein Schiff«, raunte ich ihr zu. »Wir müssen uns beeilen.« Ich stellte sie auf ihre Füße. »Kannst du laufen?« Sie war zu schwer, um sie weit tragen zu können.

Ein lauter Knall aus einer Muskete ließ sie erschrocken wach werden. Sie nickte. Ich nahm sie an die Hand und öffnete die Tür. Wir schlüpften die Treppe hinunter. In der Halle schnarchte ein Lakai in seine Brust. Ich legte den Finger an die Lippen, um Hortense zu bedeuten, daß sie sehr leise sein müßte. Auf der Straße hörte ich einen Schrei.

Ich beugte mich hinunter, küßte sie und strich ihr die kleinen Lockenbüschel aus den Augen. »Wir müssen tapfer sein«, sagte ich zu ihr, als ich ihr die Haube über den Kopf zog.

Sie vertraute mir vollkommen; ihr Vertrauen brach mir fast das Herz. Ich führte sie durch den Raum und öffnete langsam die große Eichentür. Ich war erleichtert, daß der Lakai weiterschlummerte. Unsere Schritte waren nichts verglichen mit dem Aufruhr draußen.

In dem Moment, als ich die Tür hinter uns schloß, schlug mir die Realität des Kampfes entgegen. Schwefelgeruch lag schwer in der Luft. Kartätschenschüsse durchbrachen knallend die Morgenstille. Ich zog Hortense vorwärts. Zum Zögern war keine Zeit. Wir hatten gerade erst die Savane überquert, um an die Küste zu gelangen. Es hatte aufgehört zu regnen. Der Boden unter unseren Füßen war matschig. Ich wich den Schlammpfützen aus. Gerade als ich dachte, daß wir es unversehrt schaffen könnten, brach ein Kanonenfeuer aus, gefolgt von einem Schlammschauer zu unseren Füßen.

Der Tod, so nahe.

Es heißt, daß in solchen Augenblicken die Zeit stehenbleibt. Ich werde wohl nie vergessen, wie ich in diesem Moment Hortense ansah. Ich sah sie als Baby und auch als alte Frau. Dann brach der Bann, und ich ging weiter, langsam, als entstiege ich einem Traum, die Morgendämmerung wunderschön und klar vor uns. Plötzlich sah ich ein helles grünes Lichtband quer über dem Horizont. »Schau nur!« Doch genauso plötzlich war es wieder verschwunden.

In Shell Point wartete ein Mann in einem Ruderboot. Ich ließ

Hortense in seine großen Hände hinab. Als wir über das dunkle Wasser ruderten, wurde rings um uns her geschossen. Als wir das Schiff erreichten, kletterte der Mann mit Hortense unter dem Arm die Strickleiter hinauf.
Kanonen feuerten, als die Segel losgemacht wurden, doch bis dahin waren wir außer Reichweite, und ich war unter Deck, Hortense an mein klopfendes Herz gedrückt.
Ich spürte, wie die Segel Wind fingen, das Schiff schoß vorwärts. Der Lärm der Kanonen wurde schwächer. Irgendwoher von oben konnte ich einen Mann singen hören, betrunken und falsch: *Ah, ça ira, ça ira, ça ira ...*

4

Bürgerin

Ich werde wieder mit meinem Sohn vereint

Freitag, 29. Oktober 1790 – Toulon

Wir sind angekommen. Wir sind wieder an Land. Dies schreibe ich an einem Tisch neben einem knisternden Feuer. Der Tisch kippt nicht, die Tinte wird nicht verschüttet ... und meine Hand, sie zittert nicht, mein Magen dreht sich nicht um.

Sieben Wochen lang seekrank! Wenn ich die Augen schließe, sehe ich selbst jetzt noch einen Berg Wasser dunkel über mir aufragen. Wer Atheist ist, war noch nie auf See.

Unsere Heimsuchungen sind trotzdem noch lange nicht vorüber. Unsere dürftige Bekleidung – für heiße Sommertage in Martinique, aber nicht für kühle Herbstabende in Frankreich geeignet – ist fleckig und zerrissen. Auch haben wir keinen Sou mehr für Brot und ein Bett. Glückerlicherweise konnte ich mir einen Betrag von Kommandant du Braye borgen, und dieses Geld, zusammen mit jenem, das uns freundlicherweise von Kapitän du Roure-Brison* geliehen wurde, wird uns in die Lage versetzen, die lange Reise nach Paris zu überstehen.

Wenigstens sind wir noch am Leben, rufe ich mir in Erinnerung. Zweimal gerieten wir in Brand, doppeltes Glück, sagen sie, Glück, daß wir gebrauchen konnten, denn es war eine stürmische Überfahrt. In der Straße von Gibraltar liefen wir auf Grund. Hätte nicht jeder an Bord – Hortense inbegriffen, die unbedingt

* Kapitän Scipion du Roure-Brison gehörte zur Crew der *Sensible,* des Schiffes, das Rose und Hortense nach Frankreich zurückbrachte. Einige Historiker sind der Meinung (trotz mangelnder Beweise), daß er ihr Liebhaber war.

»helfen« wollte – *mit aller Kraft* an einem Seil gezogen, um uns frei zu bekommen, wären wir sicherlich untergegangen. Ich habe immer noch Verbrennungen von dem Seil.
Ich werde nie wieder einen Fuß auf ein Segelschiff setzen.

30. Oktober

»Voilà, Madame«, sagte der Angestellte in der Poststation mit dem harten Akzent des Südens, als er mir die Fahrkarten für zwei Plätze in der Postkutsche nach Beaucaire reichte. Er trug Lederschoner über seinen Spitzenstulpen.
»Beaucaire? Aber wir wollen doch nach Paris ...«
»Weiter kann ich Sie nicht fahren lassen.« Er warf die Hände in die Luft. »Von dort ... wer weiß! Alles hat sich geändert! Alles ist ›verbessert‹ worden – die Maßeinheiten, die Strecken, die *Verfahren*. Ich weiß nicht einmal, in welchem Bezirk ich bin! Aber die Straße ist gut«, fügte er hinzu, als er meine Verwirrung bemerkte, »das heißt, wenn die Banditen Sie nicht erwischen.«
»Banditen!« stieß Hortense hervor und griff nach meiner Hand.
Nach dem Kauf der Fahrkarten konnte ich eine Schneiderei ausfindig machen, die rasch (und erschwinglich) Capes für uns anfertigen wollte. Auf dem Schiff hatte uns Kommandant du Braye freundlicherweise einige Wollsachen geliehen. Ich kann nicht sagen, daß ich unglücklich war, sie zurückgeben zu müssen – sie kratzten und rochen nach Fisch. Er bat mich eindringlich, mir eine Pistole leihen zu dürfen, für alle Fälle – »Sie reisen ohne den Schutz eines Mannes, Madame.«
Zunächst lehnte ich ab. Daraufhin erzählte er mir eine Geschichte, die ich lieber nicht gehört hätte, und ich nahm sein Angebot an.
»Machen Sie eine tiefe Innentasche«, wies ich die Näherin an. Für die Pistole.

Sonntag, 31. Oktober, am Tag vor Allerheiligen – Aix

Nach der Frühmesse – Gebete dafür, daß wir die Seereise überlebt hatten, Gebete dafür, daß wir die lange Reise, die noch vor uns liegt, überleben mögen – begleitete uns Kommandant du Braye zur Poststation. Ich war dankbar für unsere neuen Capes, denn sie verhüllten unsere fleckigen und zerlumpten Kleider.
Ich war nur kurz davor zu weinen, als ich Lebewohl sagte. Kommandant du Braye drückte mir einen Korb in die Hände: eine Flasche Wein, ein gebratenes Hähnchen, ein paar eingelegte Pflaumen, sechs hartgekochte Eier und einen zweipfündigen Laib Brot. »Hier in Toulon gebacken«, versicherte er mir, denn das Schiffsmehl war längst verdorben. Ich nahm seine Gabe nur widerstrebend an – wir schuldeten ihm schon genug.
Wir hatten das Glück, einen Platz mit dem Rücken zu den Pferden zu bekommen. Trotzdem wurden wir durchgeschüttelt. Kurz vor der zweiten Poststation wurde die Strecke ziemlich holprig, am Fuße so mancher Hügel mußten uns Postknechte hinüberhelfen. Einige Male fürchtete ich, wir würden umkippen. An einem Paß durch die Berge, nach der zweiten Station, wurden wir aufgefordert, zu Fuß zu gehen. Einer der Fahrgäste – ein junger Mann, der aus einem Flakon getrunken hatte – weigerte sich und feuerte zum Spaß seine Pistole ab, woraufhin die Pferde durchgingen und beinahe die Kutsche umwarfen, in der noch immer der junge Mann saß. Sobald sich die Pferde wieder beruhigt hatten, gerieten der junge Mann und der Kutscher heftig in Streit – der Kutscher bedrohte den Soldaten mit seiner Peitsche. Plötzlich brach der Soldat in Tränen aus und warf dem Kutscher die Arme um den Hals, entschuldigte sich vielmals dafür, einen Mitbürger beschimpft zu haben, und bot ihm seinen Flakon an.
»Warum umarmen sie sich jetzt?« flüsterte Hortense, als wir, die erschütterten Fahrgäste, wieder in die Kutsche kletterten.

Es war später Nachmittag, als wir endlich an der Poststation in Aix aussteigen durften. Wir werden unsere Reise im Morgengrauen fortsetzen. Dieses Gasthaus ist schmutzig, und die Mahlzeit aus halbrohen kleinen Drosseln war nicht nach unserem Geschmack. Hortense suchte, wie es ihr zur Gewohnheit geworden ist, die süßen Brötchen sorgfältig nach Insekten ab.

Montag, 1. November, Allerheiligen – Beaucaire

Zwischen Aix und Beaucaire kippten wir um. Nur kleine Verletzungen, aber ich bin erschöpft. Glücklicherweise ist hier unser Bettzeug sauber, und es scheint keine Flöhe zu geben. Wir teilen uns das Zimmer mit einem Uhrmacher und seiner Frau. Ich fürchte, daß es vielleicht zu Unschicklichkeiten kommt.

Freitag, 5. November – Montélimar

Wir sind schon seit drei Tagen auf einem Flußkahn. Er wird von drei friedfertigen Ochsen gezogen – Joseph, Jos und Jean hat Hortense sie getauft. Es ist ein gewöhnliches flaches Schiff, einem Floß ähnlich. In der Mitte ist ein Unterstand, unter dem das gesamte Gepäck, die Fracht und die Passagiere Schutz finden. Unter Deck ist so etwas Ähnliches wie ein Stall für die Ochsen (wir riechen es).
Es scheint mir eine vollkommen geruhsame, wenn auch langsame Art zu reisen zu sein, und ich beglückwünschte mich zu meiner Weisheit, als wir nach Pont Saint-Esprit kamen, wo der Fluß mit starkem Druck unter den Bögen einer Brücke hindurchfließt. Wir nahmen die Einladung des Schiffers an, an Land zu gehen und mit dem Ochsentreiber – einem zwölfjährigen Bauernjungen – zu laufen, bis die Brücke sicher durchfahren war. Ich machte mir sowohl um die Ochsen als auch um unseren Schiffer Sorgen, doch die Tiere schwammen ruhig unter den Bögen

durch, während der Schiffer zwischen den Hörnern des Leitochsen saß.
Doch dies war, wie ich mit Genugtuung sagen kann, bisher unsere einzige Aufregung. Hortense ist guter Laune – eine bessere Reisende als ihre Mutter, wie ich zugebe, die bei der geringsten Bewegung seekrank wird. Sie liebt den Kahn, denn sie darf herumlaufen und dem Ochsentreiber zurufen, der ihre Aufmerksamkeiten geduldig erträgt. Von Zeit zu Zeit versuche ich sie, um meiner Mitreisenden willen, zum Sitzen zu bewegen, und dann halte ich sie auf meinem Schoß fest und unterhalte sie mit Geschichten von ihrem großen Bruder Eugène, auf dessen Anblick wir beide immer sehnlicher warten.
»Und Vater«, fordert Hortense und zappelt schon wieder ungeduldig. »Erzähl mir Geschichten von meinem *Vater*!«
Alexandre … Ich seufze. Wo soll ich da anfangen?

Donnerstag, 11. November – Lyon

Wir konnten einen Platz (nur einen – Hortense wird auf meinem Schoß sitzen müssen) in einer Postkutsche, die in Richtung Paris fährt, ergattern – eine ziemlich ebene Straße, sagt man mir. In fünf Tagen dürften wir in Fontainebleau sein, wenn es das Wetter erlaubt. Und dann Paris! Und dann *Eugène*.

Freitag, 12. November – Mâcon

Ich schreibe dies im Bett, beim Schein eines schmutzigen Talglichts. Hortense liegt erschöpft neben mir und schnauft süß. Der Boden dieses Gasthauses ist übersät mit Flöhen, das Bettzeug feucht vom Schweiß anderer. Läuse halten mich wach, weil ich mich ständig wie ein Esel kratzen muß. Halte durch, halte durch, sage ich mir, zitternd vor Kälte, da ich mich ungern von fünf Sous für Kohlen trennen wollte.

15. November – Pont-sur-Yonne

Beim Essen heute abend wurde über Straßenräuber gleich südlich von Fointainebleau gesprochen. Im dortigen Wald sind schon vier Kutschen gestohlen worden. Ein paar von uns haben beschlossen, eine andere Strecke zu nehmen, durch Provins. Von dort, sagt man uns, können wir eine Postkutsche nach Paris nehmen. Ich habe einen Brief an Tante Désirée aufgegeben, in dem ich sie über die Änderung unserer Pläne informiere.

Eine Station nach Provins

Zwei Männer in unserer Kutsche, der eine Bauer, der andere Wundarzt, unterhalten sich über Politik. Sie reichen sich eine Zeitung hin und her. Von Zeit zu Zeit mischt sich eine Frau, eine Händlerin von Kerzen und Baumwollhauben, in ihr Gespräch ein, und eine lebhafte Diskussion folgt. Sie reden über die Nationalversammlung.
Ich höre zu und schweige, aber ich kann Hortense nicht in Schach halten. Sie platzte damit heraus, daß ihr Vater ein Deligierter ist, ein Vertreter des Adels.
»Spricht das Kind die Wahrheit?« fragte die Frau. Weil wir nicht so aussehen.
Ich nickte zu Hortenses Verteidigung.
»Es gibt keine Adligen mehr«, sagte der Wundarzt. Er ist ein zahnloser junger Mann mit einer behaarten Warze auf dem Kinn. Später, als wir an etwas vorbeikamen, das wie die ausgebrannten Ruinen eines gepflegten alten Landsitzes aussah, deutete er darauf.
»Das Haus eines Adligen. Vielleicht war es ja dein Haus?« Er lachte gehässig.
Am Zinnwaschbecken in der Poststation raunte ich Hortense gerade zu, daß sie nicht mit diesem Mann sprechen dürfe, als sein

Begleiter, der Bauer, zu uns trat. »Tu t'appelles Madame Beauharnais, n'est-ce pas?« Er fragte, ob mein Mann François hieße.
Es widerstrebte mir, zu antworten.
»Dann also Alexandre?« ließ er nicht locker.
Ich mußte die Antwort durch meine Augen verraten haben, denn der stämmige Mann stürzte sich auf mich. Er drehte sich zu den anderen um und rief: »Madame Beauharnais! La femme du député Alexandre Beauharnais!«
Sein Freund, der Wundarzt, und die Frau, die Haubenhändlerin, kamen herbei, und alle drei zeigten beträchtliche Freude über diese Neuigkeit. Der Wundarzt entschuldigte sich für sein rüdes Benehmen und bot mir seinen Apfelwein an. Ich nahm an, aber nicht ohne Verlegenheit. Offensichtlich hat es etwas Gutes, die Frau des Deputierten Alexandre Beauharnais zu sein, aber ich bin zu peinlich berührt, um nach dem Grund zu fragen.

17. November – Mormant

Morgen – Paris! Ich kann nicht schlafen.

Donnerstag, 18. November – Paris

Fannys Stadthaus in der Rue de Tournon muß dringend instand gesetzt werden. Ein Fenster im ersten Stock war verbrettert worden. Ich hielt nach einem Lebenszeichen Ausschau. Die einst elegante Gegend war totenstill. Eine klapprige Kutsche, gezogen von zwei nicht zusammenpassenden Gäulen, fuhr vorüber. Die Kutschenembleme waren überpinselt worden. Zerfetzte Bänder hingen an den ledernen Zugriemen.
Hortense zerrte an meiner Hand, zog mich zu den großen Holztüren, riß an der Klingelschnur. Bald darauf hörten wir, wie sich jemand am Schnappriegel zu schaffen machte, und eine der Türen schwang auf. Vor uns stand eine Frau, erlesen gekleidet in

eine grüne, mit mauvefarbenen und blauben Bändern geschmückte Ballrobe. Selbst ihr Haar war im alten Stil frisiert, kunstvoll aufgetürmt, gepudert und mit Blumen dekoriert. Aber der Sitz ihrer Frisur war leicht verrutscht: eine ausgediente Perücke, dachte ich. Hinter ihr, im Hof, stand eine zusammengebrochene Kutsche, der ein Rad fehlte.

»Kann ich Ihnen behilflich sein?« fragte sie. Sie sprach mit einem Akzent – einem deutschen Akzent, dachte ich.

»Ist Comtesse Fanny de Beauharnais zu Hause?« fragte ich, peinlich berüht wegen unserer zerfetzten Bekleidung.

»Wen darf ich melden?« Sie hatte eine musikalische Stimme.

»Ihre Nichte, Madame Rose de Beauharnais.«

»Und Hortense!« sagte mein Mädchen keck.

Plötzlich erschien von der gegenüberliegenden Hofseite eine rundliche Frau mit wilden weißen Haaren, das Gesicht mit Rouge überdeckt. Fanny!

»*Ortensia!* Mein Kind!« Fanny beugte sich hinunter, um Hortense ins Gesicht zu sehen. Hortense bot ihrer Patin die Hand. Fanny drückte einen lauten Kuß darauf, was einen hellen Rougefleck auf Hortenses Haut hinterließ.

Fanny umarmte mich auf italienische Art, sehr überschwenglich. Sie roch streng nach Rosenöl. »Das *kannst* du nicht sein«, sagte sie, als sie ins Haus vorausging. Ich bemerkte einen Hauch von Wein in ihrem Atem. »Vergib mir, Schatz, aber ich bin gerade erst von meiner Italienreise mit Michel zurückgekehrt.« Ihre Stimme hallte durch die halbleeren Räume. Vom Treppenhaus hörte ich ein Zischen. Ich schaute hinauf. Ein Mädchen von etwa acht oder neun, in einem weißen Baumwollkleid, stand auf dem Treppenabsatz. »Émilie!« Ich erkannte das Feengesicht wieder, die großen schwarzen Augen: Fannys Enkelin, Maries einziges Kind, das überlebt hatte. In den zweieinhalb Jahren, seit ich sie das letzte Mal gesehen hatte, war sie groß geworden mit langen Gliedmaßen. Sie machte eine Geste zu Hortense.

»Erinnerst du dich noch an deine Cousine Émilie?« sagte ich. Hortense zögerte nur einen Augenblick und rannte dann die Treppe hinauf.
Ich folgte Fanny durch eine Schwingtür in die Küche. Dort saßen ein Mann und eine Frau an einem bemalten Tisch. Die Haare des Mannes waren kurz und ungepudert, und er trug einen Bauernkittel.
»Rose!« Eine Frau in Männerkleidung stand auf, um mich zu begrüßen, die gelösten Locken zwanglos nach hinten in eine Leinenhaube gesteckt. Verblüfft erkannte ich Marie, Émilies Mutter – die furchtsame, zimperliche, schüchterne Marie. Aber irgend etwas hatte sich verändert, denn die Frau, die ich vor mir sah, war unerschrocken und gewiß nicht *zimperlich*.
»Na so was – das ist doch Alexandres Frau!« rief der Mann aus. Er hatte wulstige Lippen, und seine Stimme dröhnte laut – erstaunlich für einen Mann von so kleinem Wuchs. Michel de Cubières, der Dichter. Ich hatte ihn vor Jahren bei einem von Fannys Empfängen kennengelernt. Er goß Rotwein aus der Flasche, die mitten auf dem Tisch stand, in ein Glas. Auf der Anrichte standen aufgereiht drei leere Weinflaschen.
Fanny reichte mir das Glas. »Oh, Rose, du hast die prächtigsten Feste versäumt.«
»Die prächtigste Revolution!« rief Michel und schlug mit der Faust auf die blanke Tischplatte.
»Werde ich denn nicht vorgestellt?« fragte die aristokratische Frau von der Tür.
»Prinzessin Amalia, Madame Beauharnais; Rose, Prinzessin Amalia.« Marie brach ein Stück von einem Baguette ab, das auf einem Holzteller lag. »Komm, Rose, iß. Wir genießen den freien Tag der Dienstboten.«
Alle lachten, als wäre dies ein Witz.
»Aber Prinzessin Amalia ist doch jetzt meine Dienerin«, protestierte Fanny.

Prinzessin Amalia! Die Frau mit der Perücke machte einen vollendeten Hofknicks. Ich kam mir vor, als wäre ich mitten in einer Komödie auf eine Bühne getreten und könnte den Text nicht.
»Ich bin richtig *vornehm* geworden«, sagte Fanny mit Bühnenflüsterstimme. »Prinzessin Amalia von Hohenzollern-Sigmaringen ist nun meine Küchenhilfe.«
»Und *wir* helfen, den Weinkeller zu putzen«, sagte Marie mit glänzenden Augen.
Michel de Cubières hob das Glas. »Auf den Hausputz!«
Fanny zog einen Stuhl für mich heran, damit ich mich setzen konnte.
Ich wich zurück. »Ich muß gehen«, stammelte ich, »zum Collège d'Harcourt. Ich möchte gerne Eugène sehen.«
»Collège d'Harcourt?« fragte Prinzessin Amalia.
»Aber, Rose, Schatz,« stammelte Fanny, »du ...«
»Gibt es ... gibt es da ein Problem?« Auf einmal hatte ich Angst.
Michel brach in Gelächter aus. »Ich schlage vor, daß eine von euch Damen Madame Beauharnais einen Spiegel reicht.«

Wie schwindelerregend, sauber zu sein.
Wie bestürzend, satt zu sein. Ich habe mich an den Hunger gewöhnt.
Nach einer Mahlzeit aus Sahnekäse und Brot und nach dem Wechsel in saubere Unterwäsche (von Marie zur Verfügung gestellt) und in ein Straßenkleid (von Fanny zur Verfügung gestellt) komme ich mir wieder wie neu vor.
Wie neu, aber noch längst nicht erholt, sollte ich vielleicht hinzufügen, denn bei jedem meiner Schritte (selbst in die Toilette) folgte mir Marie, die sich aufgerufen fühlte, minuziös über jedes politische Ereignis in den vergangenen sechshundert Tagen zu berichten, aber auch Fanny, die ihre Tochter ständig unterbrach, um mir minuziös über ihre kürzliche Italienreise zu berichten.

Schließlich blieb mir nichts anderes übrig, als sie zu unterbrechen. »Ich muß gehen«, sagte ich.
Es war noch nicht drei Uhr nachmittags. Es war noch Zeit.

Das Collège d'Harcourt ist eine große Einrichtung. Aristokratisch, militaristisch: Am Tor stand ein Wachposten. Jeder trug Uniform.
Ich schlenderte in den Haupthof und sah jedem Jungen ins Gesicht. Ich fürchtete, daß ich Eugène nicht wiedererkennen, fürchtete, daß er mich nicht wiedererkennen würde. Er war jetzt neun. Als ich ihn das letzte Mal sah, war er erst sechs gewesen.
Ich klopfte an die Tür zum Dienstzimmer. Ich wurde dem Schulleiter, Monsieur de Saint-Hilaire, vorgestellt, ein beleibter Mann in einem leuchtend roten Frackrock. Ich erklärte, wer ich war und warum ich da war. Monsieur de Saint-Hilaire verbeugte sich und bot mir einen Stuhl an, doch ich lehnte ab. »Ich habe meinen Sohn seit zweieinhalb Jahren nicht mehr gesehen, Monsieur.«
Nachdem er den Unterricht erwähnt hatte, der offensichtlich schon längst hätte beendet sein müssen, befahl er einem mageren Jungen mit Furunkeln im Gesicht, mich zum Arbeitsraum zu begleiten. Ich folgte dem Jungen durch mehrere Korridore zu einem Raum, in dem sich nur drei Schülern befanden. In der hintersten Ecke saß Eugène, niedergeschlagen über eine Tafel gebeugt. Er wirkte älter, als ich ihn mir vorgestellt hatte.
Ich gab meinem Führer einen Sou, und er lief davon. In diesem Augenblick schaute Eugène auf, die lockigen Haare fielen ihm über die Stirn. Er sah mich kurz an und machte sich mit resignierter Miene wieder an seine Arbeit. Ich war völlig verwirrt, weil mir kein mütterliches Gefühl zu Hilfe kam.
Ich trat wieder auf den Korridor hinaus, außer Sichtweite, und lehnte mich an die Wand. Ich war außer Atem und plötzlich unsicher. Nichts hatte mich darauf vorbereitet – auf diese Gleichgültigkeit meinerseits, diese mangelnde Liebe. Wieder spürte ich

die Tränen kommen, aber dieses Mal waren es Tränen der Bestürzung.
Ich beschloß, allem zu vertrauen, was die Vorsehung für mich bereithielt. Ich ging noch einmal zur Tür. Dieses Mal rief ich Eugène an, leise. Er blickte auf, erhob sich und kam mit fragendem Blick zur Tür. Ich entdeckte einen Moment des Wiedererkennens in seinem Gesicht – aber er war unsicher, seiner jungen Erinnerungen unsicher. Ich streckte ihm die Hand entgegen. »*Ich* bin es«, flüsterte ich und führte ihn in den Korridor hinaus, außer Sichtweite der anderen Schüler, die uns beobachteten. »Maman.«
Er wußte nicht, was er sagen sollte. Ich beugte mich hinunter, damit ich sein Gesicht besser sehen konnte. »Hast du den Kricketkorb bekommen, den ich dir geschickt habe – zu deinem Geburtstag?«
Eugène blickte auf den Fliesenboden und schob die Stiefelspitze in einen Riß. Ich legte ihm eine Hand auf die Schulter. In diesem Augenblick, als ich die Zerbrechlichkeit seiner knochigen Schulter spürte, überfiel mich die Erinnerung an ihn mit Macht. »Oh, mein Junge«, flüsterte ich. Ich nahm ihn in die Arme, und er klammerte sich an mich, als wollte er mich nie mehr loslassen.

Nach und nach rückten die Bruchstücke an die richtige Stelle, fügten sich die einzelnen Teile zu einem Ganzen zusammen. Ich, mein Junge, mein Mädchen.
Als ich wieder bei Fanny eintraf, saßen wir drei in dem großen leeren Salon auf dem großen leeren Sofa, ein rührendes Häufchen unten an dem einen Ende, das sich kleine Geschichten erzählte, scheu, sich aufs neue kennenlernen mußte.
Bei Einbruch der Dunkelheit schüttelte ich das große Federbett über ihnen aus und sang ihnen vor, ein Kinderlied nach dem anderen. Ich küßte sie einmal und noch einmal – und dann wieder und wieder. Wie kann man je davon genug bekommen?
Es ist schon spät, während ich schreibe. Die Nacht ist klar; die

Straßenlaternen funkeln wie Diamanten in der Dunkelheit. Von irgendwoher höre ich den lieblichen Klang einer provenzalischen Flöte, die sich mit einer Violine und einem Cello vereinigt. Der Feuerschein berührt die Gesichter meiner schlafenden Kinder. Eine Kirchenglocke läutet, Paris schläft. Doch bevor ich die Kerze ausblase, gelobe ich, mich daran zu erinnern, an diese Nacht, mich zu erinnern, daß gleich, was das Leben auch bereithält, wirklich nur eines zählt, diese Überfülle des Herzens.

Ich entdecke, daß mein Mann sich verändert hat

Montag, 22. November 1790

Fanny hat Karten für die Nationalversammlung und besteht darauf, daß ich hingehe. »Erleben, wie die Versammlung das Theater ersetzt hat«, sagte sie. Sie trug ein keckes Ensemble ganz in Rot, Weiß und Blau gehalten. »Meine Revolutionsgarderobe.« Offensichtlich ist die Revolution heute der Stil in Modekreisen. »Reizend, findest du nicht?« Sie drehte eine unbeholfene Pirouette. Selbst ihre Handschuhe paßten dazu. »Und außerdem, Rose, wird es Zeit, daß du deinen Mann siehst.«

Es war ein wundervoller Morgen, kalt, aber strahlend. Wir mieteten einen Fiaker, der uns zum Fluß und auf die andere Seite zu den Tuilerien bringen sollte. Die Versammlung traf sich in der ehemaligen Palastreitschule neben der Gartenanlage des Klosters Feuillants. Überall waren Deputierte in Schwarz. Die Gärten waren voll von Verkäufern, die Pamphlete und Zeitungen feilboten, von schreienden Limonadehändlern. »Frisch gemacht!« Leute aller Schichten drängelten, um eingelassen zu werden.
Drinnen, über dem Saal der Versammlung, gab es Galerien für die Öffentlichkeit. Fanny wählte eine Bank, die sauberer als die anderen war, und breitete ein Tuch für uns aus, auf das wir uns setzten. Ich bemerkte eine Reihe eleganter Frauen, die wie für einen Nachmittagsbummel im Bois de Boulogne gekleidet waren. Dazwischen saßen Männer und Frauen – hauptsächlich Frauen – der dienenden Klasse, sogar Marktfrauen.

Ich suchte die Gesichter der Deputierten unter uns ab.
»Er ist noch nicht da«, sagte Fanny als Antwort auf meine Gedanken.
Ein Delegierter stand auf und schritt mit respekteinflößender Miene zur Stirnseite des Saales. Eine Frau hinter uns fluchte. Ich muß zusammengezuckt sein, denn Fanny beugte sich zu mir und flüsterte: »Du hättest letztes Jahr hier sein sollen – da wäre sie mit einem Spieß bewaffnet gewesen.« Sie deutete auf einen Mann am anderen Ende des Saales. »Siehst du Robespierre? Das ist der mit der gepuderten Perücke.«
»Der kleine Aristokrat?« Der Mann, den ich sah, trug einen blaßgrünen Frackrock und eine weiße Halsbinde aus Spitze. Er saß sehr still, die Hände im Schoß gefaltet, da und beobachtete alle.
Verächtlich ließ Fanny ihren Fächer zuschnappen. »Er hätte Priester werden sollen.«
Plötzlich wurde stürmisch Beifall geklatscht. Ich beugte mich vor, um erkennen zu können, was den Aufruhr ausgelöst hatte. Fanny deutete auf einen Mann, der gerade eingetreten war.
»Der Bauer?« fragte ich. Er war mager und mit einer groben Leinentunika und Holzschuhen bekleidet.
»Das ist der Deputierte Luzerne. Sie klatschten, weil er wie ein Bauer gekleidet kam. Da ist François! In der vierten Reihe. Er trägt eine dieser schreckliche Schweineschwanzperücken und einen Kastorhut. Kannst du ihn sehen?«
Ich machte François an der großen weißen Feder und seinem runden Filzhut aus.
Aber wo war Alexandre?
Fanny stupste mich in die Rippen, nickte zum Eingang am anderen Ende hinüber. Ein Mann stand in einer der Türen, die langen Haare lockig um die Schultern fallend. Er war mit einem schwarzen Frackrock und Nankinghosen bekleidet. Es war Alexandre.

»Hören Sie auf, mich anzuschauen«, protestierte ich.
»Du hast ihn immer noch gern. Gib's zu.«
»Sie fabulieren.« Wenn Fanny in meinem Gesicht Liebe sehen wollte, würde sie nichts davon abhalten.
Glücklicherweise wurde Fannys Aufmerksamkeit durch aufgeregtes Schreien aus dem Saal abgelenkt. Zwei Männer hatten sich erhoben und brüllten ziemlich heftig einen anderen Deputierten an. Schließlich war die Ordnung wieder hergestellt – doch nur mit Mühe.
Fanny erklärte: »Einige Deputierte, darunter dein Mann, schlagen vor, daß die Geistlichen zu gewählten Beamten, Regierungsangestellten werden. Das Thema bringt sie schön in Rage, findest du nicht auch?«
»Die Geistlichen – *gewählt*? Aber der Papst würde einem solchen Vorschlag doch niemals zustimmen«, sagte ich erschüttert über den Gedanken.
»Wer fragt denn den Papst?« fauchte Fanny.
Sprecher dafür und dagegen wechselten sich ab. Alexandre war der sechste, der zum Podium ging. Er drückte sich äußerst überzeugend aus. Frankreich stünde vor dem finanziellen Ruin, begann er. Die Armen verhungerten, doch der Klerus fröne weiterhin einem maßlosen Lebensstil auf Kosten des Volkes, frei von Besteuerung, frei von jeglicher Untertanenpflicht gegenüber dem Staat. Der Adel hätte seine besonderen Privilegien aufgegeben. Daher müßte der Klerus im Gegenzug …
Dann sprach Alexandres Bruder François, dagegen. Er war nicht so eloquent wie Alexandre. Seine Stimme trug nicht, und er war schwer zu verstehen. Trotzdem stellte ich zu meiner Verwirrung fest, daß ich seine Meinung ebenfalls verstehen konnte. Er machte geltend, daß solche Konzepte im Prinzip Hand und Fuß hätten, daß die vorgeschlagene Lösung jedoch in der Praxis undenkbar wäre. Man könnte von Männern Gottes nicht erwarten, daß sie ihre Untertanenpflicht gegenüber der Kirche aufgäben.

Von da an uferte die Debatte aus, wobei beide Seiten lautstark wurden. Die Frau, die hinter uns saß, fing erneut zu fluchen an. Schließlich wurde die Debatte beendet, doch ohne daß ein Beschluß gefaßt wurde.

»Es ist dieses System des Zehnten, das die Kirche in so große Schwierigkeiten bringt«, ereiferte sich Fanny, als wir hinausgingen. »Wenn der Klerus nur ein wenig Selbstbeschränkung üben würde – aber nein, sie müssen ja wie die Könige leben. Und auf wessen Kosten, frage ich dich? Und all diese trübsinnigen Umzüge! Warum müssen sie denn *jeden* Sonntag die Straßen verstopfen? Reichen die Feiertage denn nicht?«

»Ich wäre nur sehr ungerne bei dem Familientreffen dabei, wenn dieses Thema zur Sprache kommt«, sagte ich und dachte an Tante Désirée, die so fromm war, und an den Marquis, der Loyalität verlangte, aus welchem Grund auch immer.

Wir folgten der Menge in eine riesige Haupthalle. Alexandre stand bei einer Gruppe von Deputierten. Er blickte auf und wandte sich wieder der Diskussion zu. »Er erkennt dich nicht.« Bevor ich sie aufhalten konnte, drängte sich Fanny in die Gruppe.

Alexandre wandte sich mit einem seltsamen Blick zu mir um. Er riß sich los und stand mit zwei Schritten vor mir. »Madame Beauharnais«, sagte er, »welch Überraschung. Ich habe erst heute morgen erfahren, daß Sie zurück sind.« Er wischte sich die blonden Haare aus den Augen. »Ich fürchtete allmählich, Sie würden nie zurückkommen. Ist Hortense bei Ihnen?«

»Sie kann es kaum erwarten, Sie zu sehen«, sagte ich. Ich zog mein Schultertuch aus Gaze zurecht; Maries Kleid war mir zu klein. »Meiner Meinung nach haben Sie eine ausgezeichnete Rede gehalten.«

Alexandre schaute kurz zur Eingangshalle hinüber, wo zwei Männer, Deputierte, versuchten, seine Aufmerksamkeit zu erregen. Er sah mich mit einem entschuldigenden Achselzucken an. »Es tut mir leid, aber ich muß gehen. Sind Sie bei Fanny?«

»Noch für eine Woche. Ich hatte Mühe, in der Postkutsche nach Fontainebleau Plätze zu erhalten. Ich würde gerne Eugène mitnehmen, für die Ferien, wenn, das heißt ...«

Wir wurden von einem dicken, kleinen Mann in einer weißen Weste aus Barchent unterbrochen.

»Deputierter Dunnkirk – Sie sind *genau* der Mann, den ich sehen muß«, sagte Alexandre. »Ich würde Ihnen gerne meine Frau vorstellen, Madame Beauharnais.«

»Ihre *Frau*!« Der Mann packte und umarmte mich auf diese kameradschaftliche Art, die in Frankreich üblich geworden zu sein schien.

»Deputierter Dunnkirk ist *Bankier* – seien Sie nett zu ihm«, zwinkerte Alexandre.

»Die Damen sind alle *so* nett zu mir«, sagte der kleine Mann betrübt.

Alexandre nahm meine Hand. »Heute abend? Sie werden zu Hause sein?« Er verschwand in der Menge.

»Ich wußte gar nicht, daß der Deputierte Beauharnais verheiratet ist.« Der Deputierte Dunnkirk nieste in ein gewaltiges Leinentaschentuch.

»Da bist du ja, Schatz!« Fanny drückte ihr dick bemaltes Gesicht zwischen uns. »Ich wußte gar nicht, daß du Emmery kennst.«

»Deputierter Dunnkirk, vergeben Sie mir, wenn ich zerstreut wirkte«, sagte ich. »Ich bin erst seit ein paar Tagen in Paris, und alles ist einfach so ...«

»Das kann man wohl sagen. Wir sind alle verwirrt. Ich bezweifele sehr, daß wir uns jemals davon erholen werden.«

Fanny lachte zu laut. »Mein lieber, lieber Emmery. Warum sehe ich Sie nie?«

»Sie waren in Rom mit diesem wilden Mann. Auf einer Propagandareise, wie ich hörte, und haben zu den unaufgeklärten Massen gepredigt ...«

»Ich beginne wieder mit meinen Abenden, am kommenden

Montag«, sagte Fanny. »Ich werde einfach *sterben* vor Kummer, wenn ich Sie dort nicht sehe.«
Ich sah sie an. »Montag!« Das waren ja nur noch vier Tage.
»Aber Sie haben ja nicht einmal eine Köchin«, rief ich, als wir draußen auf unseren Fiaker warteten.
»*Mon Dieu!* Das hatte ich ganz vergessen!« sagte Fanny und befächelte sich heftig trotz der Kälte.

Am selben Abend

Ich verbrachte den größten Teil des Nachmittags damit, mich auf Alexandres Besuch vorzubereiten. Ich badete, fand ein passendes Kleid, diesmal eine Leihgabe von Prinzessin Amalia, eine ihrer weniger formellen Kreationen – eine grünlich blaue Seide mit elfenbeinfarbenen Bändern und Spitze, ganz modisch. Hortense probierte alle Großmädchenkleider von Émilie an und entschied sich schließlich für eines in einem scheußlichen Rosa. Es ist ihr viel zu groß, aber sie läßt sich zu nichts anderem überreden, schon gar nicht, nachdem Eugène ihr sagte, sie sähe »wunderschön« darin aus.
Alexandre traf nach dem Abendessen ein. Stolz bewies Eugène seine guten Umgangsformen – führte seinen Vater zu einem Sessel im Salon, bestellte Erfrischungen. Hortense wollte nicht von meiner Seite weichen, klammerte sich an mich – ihre Augen ließen das Gesicht dieses fremden Mannes, ihres Vaters, nicht los. Sie wollte nicht zulassen, daß er sich ihr näherte.
»Sie wird darüber hinwegkommen«, versicherte ich ihm, nachdem die Kinder zu Bett gebracht worden waren. Ich klang zuversichtlicher, als ich mich fühlte, denn in Wahrheit war es schwer, Hortenses Reaktionen vorauszusehen. »Du wirst mit Freuden entdecken, daß sie recht intelligent ist«, sagte ich zu ihm, »und eine Reihe bemerkenswerter Fähigkeiten besitzt.«
»Ich wünschte, ich könnte das auch von unserem Sohn sagen.«

Alexandre stand vor dem Kaminfeuer und wärmte sich die Hände.
»Vielleicht schlägt Eugène, was die Schule anbelangt, nach mir.«
Ich starrte in die Flammen, die Hitze wärmte mir das Gesicht.
»Er hat sicherlich dein Naturell.« Er räusperte sich. »Freundlich, großzügig ...« Er musterte mich einen Augenblick. »Bezaubernd. Diese Farbe steht dir sehr gut, Rose.«
Ich errötete.
»Denkst du überhaupt noch an mich?« fragte er.
»Ich denke oft an dich.«
»Sind es *freundliche* Gedanken?«
Wie ehrlich wollte ich sein? »Es ist nicht schwer, dich zu mögen, Alexandre.«
»Das klingt so einfach.«
»Ist das ein Fehler?«
»Ich möchte, daß du weißt, daß ich mich verändert habe. Ich habe das Gefühl, aus einem lähmenden Schlummer erwacht zu sein. Ich bin fest entschlossen, die Torheit der Jugend hinter mir zu lassen.«
Wir unterhielten uns einige Zeit über die Veränderungen in seinem Leben – seine Gesundheit, die Nachwirkungen des Fiebers, unter dem er in Martinique gelitten und das ein militärisches Leben unmöglich gemacht hatte. Eine politische Laufbahn war seine einzige Alternative. »Zufall«, sagte er, denn die Politik war seine Leidenschaft geworden. »Ich würde dir gerne mehr erzählen«, sagte er und zog eine Uhr hervor, »aber ich habe dem Duc d'Orléans versprochen, ihm bei der Vorbereitung einer Petition zu helfen. Oh, beinahe hätte ich es vergessen. Ich habe etwas für dich.« Er griff in seine Westentasche und zog einen Umschlag heraus.
»Ist er von *Mutter*?« Ich erkannte die Handschrift.
»Offensichtlich wurde er zu Ihrer alten Unterkunft in der Rue Neuve-Saint-Charles befördert.«

Ich erbrach das Siegel, überflog den Inhalt. Onkel Tascher war in Sicherheit. Vater, Manette waren am Leben.
»Schlechte Nachrichten?« fragte Alexandre beunruhigt durch meine Tränen.
»Nein, ja.«
»Gute Nachrichten?«
Ich lachte und reichte ihm den Brief zum Lesen. »Ich soll mich vor dir in acht nehmen«, erklärte ich.
»Vor mir?«
»Es sei denn, natürlich, es wäre mir gelungen, dich zu bessern.«

23. September im Jahre unseres Herrn 1790 – Trois-Ilets

Liebe Rose,
ich vertraue darauf, daß meine Gebete erhört wurden und daß Du und Hortense Eure Reise unversehrt beendet habt. Dein Vater und Deine Schwester werden immer schwächer, trotz meiner Gebete.
Dein Onkel Tascher wurde kurz nach Deiner Abreise freigelassen, und mit der Zeit wurden die Rebellen überwältigt. Die Unruhen gehen trotzdem weiter. Ich mußte Maßnahmen ergreifen, um die Disziplin unter den Sklaven zu gewährleisten.
Die Regierung in Frankreich ist gottlos. Ich habe Grund zu der Annahme, daß der Vater Deiner Kinder möglicherweise auf ihrer Seite steht. Es ist die Pflicht einer Mutter, dazu beizutragen, daß das, was von Gott kommt, das bezwingt, was nur das Werk des Teufels sein kann. Rose, bete für Alexandres Seelenrettung.
Es wird immer öfter von Krieg gesprochen. Es kann einige Zeit dauern, bis ich Dir wieder schreiben kann. Die Engländer blockieren immer noch den Hafen. Nur durch Schmuggler und den Willen Gottes war es mir möglich, Dir diesen Brief zukommen zu lassen, falls Du ihn erhältst.

Deine Mutter, Madame Claire de Tascher de la Pagerie

Mittwoch, 24. November

Jeder ist herangezogen worden, Fanny bei den Vorbereitungen für ihren Empfang zu helfen. Prinzessin Amalias Bruder Frédéric – *Prinz* von Salm-Kyrburg – und ich wurden gebeten, die Einladungskarten für den zwanglosen Empfang zu schreiben. Er ist ein reizender Mann, ziemlich klein und gänzlich ohne Kinn. Er tue es liebend gerne, vertraute er mir an. Er und seine Schwester haben gerade ein Stadthaus in der Rue de Lille gebaut – Hôtel de Salm heißt es.* Mit seinem drolligen deutschen Akzent beschwerte er sich, daß es dort nach Gips röche, daß ihn seine Schwester ewig in Gespräche über Wandbespannungen verwickelt, und daß er jede Ausrede, das Haus verlassen zu können, begrüßt. »Wer will schon den ganzen Tag mit Dienstboten zu Hause bleiben, die dich hinter deinem Rücken auslachen?« sagte er.
»Wenigstens *haben* Sie Dienstboten«, mischte sich Fanny ein. Sie war mit Mehl bestäubt und wirkte etwas beschwipst. Sie war den ganzen Morgen mit Jacques, ihrem Faktotum, in der Küche gewesen, um ihm das Kochen beizubringen, eine Beschäftigung, für die er Begeisterung, wenn nicht gar Talent entwickelte. Ich hatte sie in Verdacht, am Kochwein genippt zu haben.
»Sie meinen wohl *Gebieter*«, sagte Frédéric, seiner Leidenschaft für das Paradoxe frönend.

27. November

Fannys Abend ließ sich gut an, trotz vieler Katastrophen: die Gans war zu lange gebraten, der Kuchen fiel in sich zusammen, und ein Vorhang im Salon fing Feuer.
Es kamen eine ganze Menge Leute, und die Mischung war belebend. Royalisten unterhielten sich mit Radikalen, Künstler mit

* Heute der Palast der Ehrenlegion.

Bankiers. Zahlreiche Gäste waren Deputierte aus der Nationalversammlung. Als Alexandres Frau wurde ich hochgeschätzt. Ein Deputierter vermutete sogar, daß ich eine einflußreiche Position innehätte, und fragte an, ob ich mit Alexandre über eine bestimmte Angelegenheit sprechen würde.

Ich war beieindruckt davon, wie sich die Dinge verändert hatten. Wo früher die Leute mit ihrer Eleganz protzten, prahlten sie heute mit ihrer Sparsamkeit. Wo wir uns früher mit Reimspielen und Charaden unterhielten, vergnügten sich nun die Leute bei Gesprächen über Politik ... und natürlich darüber, was heute »Nationalökonomie« genannt wird: Sozialprodukt, Inflation, Staatsverschuldung. (Es hat den Anschein, als verfasse jeder einen Finanzierungsplan, um Frankreich zu retten.)

Es waren ein paar Dichter anwesend, glücklicherweise wurden einige von ihnen dazu überredet, aus ihren jüngsten Werken vorzutragen – die sie natürlich nur rein zufällig dabeihatten. Fanny bewegte mich sogar dazu, auf ihrer Harfe zu spielen, was ich ziemlich schlecht tat, wie ich zugebe – ich habe schon eine ganze Weile nicht mehr geübt.

Trotzdem war der Deputierte Emmery Dunnkirk, der Bankier, mit dem mich Alexandre bei der Versammlung bekannt gemacht hatte, überschwenglich in seinem Lob (zwischen seinen explosiven Niesern). Wir unterhielten uns eine Weile. Er meint, daß er vielleicht, trotz der englischen Blockade, mit Mutter Kontakt aufnehmen kann – auf jeden Fall wird er es versuchen. Er hat Kunden, die mit den Inseln zu tun haben, daher ist er mit den Problemen vertraut.

Alexandre erschien erst nach dem Abendessen. Er gesellte sich im Salon zu mir. »Dein heutiger Artikel im *Moniteur* hat mich beeindruckt«, sagte ich zu ihm. Es war eine lange Abhandlung über die dringende Notwendigkeit besserer Hospitäler.

Alexandre wollte gerade etwas sagen, als sich ein Mann mit einem gewaltigen Schnurrbart zu uns gesellte, ein Deputierter

aus Poitou. »Deputierter Beauharnais, Sie Teufel, Sie haben mir nie verraten, daß Sie eine so schöne Frau haben!«
»Rose – ich muß schon sagen, daß du einen ziemlichen Eindruck auf alle meine Gefährten gemacht hast«, sagte Alexandre.« Wo ich auch hinkomme ...«
»Alexandre, ich wußte gar nicht, daß du eingetrofffen bist!« unterbrach ihn seine Cousine Marie. Sie trug über dem gesamten Mieder rotblaue Kokarden, die Abzeichen eines Revolutionärs.
»Deputierter Beauharnais, wie reizend, Sie zu sehen!« Prinzessin Amalia schloß sich an. Ihre Haare waren in altem Stil frisiert, hoch aufgetürmt und stark gepudert. Überall waren Seidenbänder und Federn hineingesteckt.
»Gibt es denn Friseure, die immer noch wissen, wie man die Haare so frisiert?« fragte der Deputierte aus Poitou.
»Leider! Das Mehl ist knapp, und *sie* schüttet sich das Zeug auf die Haare«, sagte Marie.
Prinz Frédéric, der mithörte, wollte gerade etwas zur Verteidigung seiner Schwester sagen, als der Deputierte Dunnkirk und ein anderer Deputierter, Monsieur Lyautey, zu uns traten und sich das Gespräch der neuen Bodensteuer zuwandte.
Alexandre und Frédéric entschuldigten sich – sie kamen zu spät zur Sitzung eines Debattierclubs*, »gegründet unter der Schirmherrschaft der Tugenden«, sagte Alexandre, als er seinen Hut aufsetzte. »Werde ich dich und die Kinder in Fontainebleau sehen? Während der Ferien?«
»Es wird mir ein Vergnügen sein.«
Er nahm meine Hand und küßte sie mit einem zarten Anflug von Gefühl. »Das *Vergnügen* ist ganz meinerseits.«

* »Die Freunde der Verfassung« – früher der Bretonische Club und bald bekannt als der radikale und mächtige Jakobinerklub. Im Interesse der Klarheit sind alle Erwähnungen in »Jakobinerklub« umgewandelt worden.

Ich erleide einen großen Verlust

Mittwoch, 1. Dezember 1790

Fontainebleau ist eine Geisterstadt. Die Palastgärten sind verwildert, das lange Gras wuchert zügellos. Zigeuner zelten dort.
Trotz allem war es ein freudiges Wiedersehen: der Marquis stammelte, Tante Désirée weinte. Wie Hortense doch gewachsen wäre, riefen sie, und verwöhnten sie mit einer Vielzahl von Küssen.
Der Marquis ist gebrechlich, wie man es von einem Sechsundsiebzigjährigen erwartet. Es ist wirklich ein Segen, daß er noch unter uns weilt. Ich war erleichtert, Tante Désirée körperlich und geistig bei Kräften anzutreffen. Ihr Haus zeigt Spuren von Verwahrlosung – es ist nicht zu übersehen, daß sie mit sehr wenig auskommen müssen.
Es dauerte nicht lange, bis Tante Désirée auf Alexandre zu sprechen kam. Sie hat alle Zeitungsartikel über ihn ausgeschnitten und in ein großes Buch geklebt, das sie stolz und ehrfürchtig die Seiten umblätternd vorzeigt.
Sie sagte nicht, was sie von seinen Ansichten hielt. Ich frage mich, ob sie über solche Dinge überhaupt nachdenkt. Aber muß sie das denn nicht? Alexandre unterstützt den Verzicht auf die Feudalrechte – schon dies allein hat den Marquis eine Menge gekostet. Und nun unterstützt Alexandre die Umwandlung der Kirche in eine staatliche Institution. Verstand Tante Désirée denn nicht, was das bedeuten konnte? »Schau dir den an«, sagte sie. »Sein Name wird fünfmal erwähnt.« »Es ist wunderbar«, sagte ich, während ich die Seiten umblätterte.

Am nächsten Tag

Tante Désirée und ich hatten heute morgen ein Gespräch – über Finanzen. Es war nicht mehr aufzuschieben. Wir mußten entscheiden, was mit Adélaïde d'Antigny geschehen sollte, Alexandres sechsjähriger unehelicher Tochter, für die wir beide sorgen. Es ist schon schwer genug, für uns selbst zu sorgen. Trotzdem kann ich nicht damit einverstanden sein, den Unterhalt für das Mädchen ganz zu streichen. Tante Désirée drängte mich, strenger mit Alexandre zu sein. Ich mache es ihm zu einfach. »Wenn du mehr fordern würdest, würde er vielleicht den Vorteil einer Versöhnung einsehen.«
»Vielleicht möchte ich ja gar keine Versöhnung.« Ich wandte meine Aufmerksamkeit der Näharbeit zu.
»Aber du hast ihn doch gern.«
»Wie viele andere Frauen auch.« Alexandres »Erfolge« waren legendär.
Tante Désirée räusperte sich. Einen Augenblick herrschte Schweigen. »Du ziehst es doch sicher nicht vor, allein zu bleiben.«
»Ich habe wohl keine andere Wahl.«
Tante Désirée legte ihre Spitzenarbeit nieder. »Rose – da ist etwas, was du wissen solltest«, begann sie, als wollte sie gleich ein Geheimnis preisgeben. »Eine kluge Frau läßt nicht zu, daß die ›Vergnügungen‹ ihres Ehemannes sie beunruhigen, eine kluge Frau schließt die Augen. Dadurch, daß sie ihrem Ehemann seine Freiheit läßt, beherrscht sie ihn!«
Ich gestehe, daß ich keine Antwort darauf wußte. Ich kannte meine Tante Désirée als eine Frau, die in der Kunst, ihren Willen durchzusetzen, sehr erfahren war, aber ich hätte nie vermutet, daß sie ihre Maßnahmen mit einer *Philosophie* untermauerte.
Tante Désirée spürte, daß sie meine Aufmerksamkeit erregt hatte, und fuhr fort. »Alexandre hat eine Neigung zu stürmischen Empfindungen, er läßt sich leicht hinreißen – aber so ein übersteiger-

tes Empfindungsvermögen ist sicher nur der Beweis für ein gutes Herz. Eine Familie, die unter dem Makel einer Trennung gelitten hat, kann nie mehr wiederhergestellt werden. Unter der Schande werden noch die kommenden Generationen leiden müssen. Ich verrate dir diese äußerst schmerzliche Tatsache aus der Weisheit meiner eigenen Erfahrung heraus. Rose, du schuldest es deinen Kindern, alles in deiner Macht Stehende zu tun, um eine Versöhnung zwischen dir und deinem Mann herbeizuführen – dem Mann, mit dem du von *Gott* vereint wurdest.«

Nun, nach Einbruch der Dunkelheit, sitze ich in der Stille meines Zimmers. Die Erinnerung an Tante Désirées Vortrag läßt mein Herz lächeln, aber die Absicht hinter ihren Worten läßt es erschaudern. Ich würde mein Leben für meine Kinder opfern – ich würde ohne Zögern für sie sterben –, aber wollte ich ihretwegen mit Alexandre leben?

Die Laterne wirft ein flackerndes Licht an die Wände.

Im Licht sehe ich Sicherheit, doch in den Schatten sehe ich Kummer ... in den Schatten sehe ich Niederlage.

13. Dezember 1790 – Paris

Liebe Rose,

ich stelle fest, daß sich heute zum elften Male der Tag jährt, an dem wir vermählt wurden. Ich schreibe, um an diese Verbindung zu erinnern, die zwei wundervolle Kinder hervorgebracht hat.

Ich beabsichtige, in den Ferien nach Fontainebleau zu kommen. Zweifelsohne hat auch mein royalistischer Bruder vor zu kommen. Es ist heute beinahe unmöglich für uns, miteinander zu sprechen, ohne uns zu erregen, doch um der Familienharmonie willen werde ich versuchen, Gedanken über die Wahrheit beseite zu schieben.

Dein Gemahl, Alexandre Beauharnais

Anmerkung – Vergewissere Dich, daß Eugène mit seinen Studien fortfährt. Gestatte ihm keinerlei Ausnahmen, da sonst seine angeborene Neigung zur Faulheit Wurzeln schlägt.

Weihnachtstag

Alexandre kam vollbeladen mit Geschenken an, darunter ein Schmuckkasten für Hortense und emaillierte Stiefelspangen für mich. Hortense wurde schließlich von einem Gefühlstaumel überwältigt und weinte sich in ihrem Zimmer die Seele aus dem Leib. Es war einfach zuviel für sie, so plötzlich von einem fremden Mann, ihrem Vater, beachtet zu werden.
Ich kann ihre Verwirrung nachempfinden.

Sonntag, 26. Dezember

Welch ein gräßlicher Abend. Tante Désirée ist mit dem Marquis im Salon und verabreicht ihm Äther, versucht, ihn zu beruhigen.
Es begann nach dem Essen, beim Kaffee. Der Marquis fragte François, wie es in der Versammlung liefe. Ich glaube, es verletzte Alexandre, daß sein Vater nicht *ihn* gefragt hatte. Alexandre unterbrach, um die Dinge, die er vorangetrieben hatte, darzulegen. Genau an diesem Punkt schlug François vor, daß Alexandre ihren Vater über seine Ansichten zum Klerus informieren sollte.
»Nun, Alexandre«, fragte der Marquis, »meinst du wirklich, daß die Priester die Kirche verlassen sollten?«
»Sie können all seine Pläne an seinem Gesichtsausdruck ablesen, Vater«, sagte François. »Alexandre unterstützt diese Bewegung nicht nur, er ist einer der Deputierten, der sie vorantreibt.«
»Warum *sollte* der Klerus ausgenommen werden?« konterte Alexandre. »Wir glauben an die Gleichheit, aber wir fördern die Ungleichheit ...«

»Schöne Worte«, unterbrach François, »aber sie weichen der Kernfrage bedenklich aus. Ehre ist den Männern der Religion nicht unbekannt. Was willst du tun, wenn sich die Priester weigern? Sie an den Laternen aufknüpfen?«
Tante Désirée verließ mit einer Entschuldigung den Tisch. Ich fand sie im Salon, wo sie die Reliquien auf dem Kaminsims hin und her schob. Aus dem Speisezimmer hörte ich Alexandre ausrufen: »Und diese Realität heißt Hungertod!«
»Ist es wahr?« Tante Désirée sah bleicher aus, als ich sie je gesehen hatte. »Meint Alexandre wirklich, daß sich die Priester vom Papst *lossagen* sollten?« Sie sank auf den Stuhl neben dem Kamin. Sie fröstelte; die Glut wärmte den Raum nicht. Wieder hörte ich Stimmen aus dem Speisezimmer: François und Alexandre. Und dann der Marquis: »Ich werde es nicht dulden, Alexandre *de* Beauharnais!« wobei er das »de« mit großer Gehässigkeit aussprach.* Das Splittern von Porzellan war zu hören. Alexandre schritt energisch durch die Diele. Er knallte die Eingangstür hinter sich zu, daß die Wände zitterten. Als das Klappern der Hufe seines Pferdes schwächer wurde, ließ Tante Désirée ihren Tränen freien Lauf.

Freitag, 31. Dezember

Alexandre kam am letzten Tag des Jahres zurück. Er hatte auf der gesamten Strecke von Paris einen braunen Wallach geritten.
»Ich wollte das neue Jahr nicht schlecht beginnen lassen«, sagte er mir, als er erst Hortense und dann Eugène in die Arme nahm.

* *Nachdem die Adligen ihre Feudalrechte verloren hatten (ein Dekret, das Alexandre unterstützte), war es nicht mehr angemessen, in einem Namen auf das Familienerbe hinzuweisen: Folglich wurde aus Alexandre* de *(von) Beauharnais schlicht Alexandre Beauharnais, ein Mann ohne Stammbaum. Einige Personen umgingen dies, indem sie das »de« in ihren Nachnamen aufnahmen – zum Beispiel »de Moulins«, aus dem »Demoulins« wurde.*

»Haben Sie mir etwas mitgebracht?« fragte Hortense.
»Natürlich«, sagte Alexandre. »Fürs neue Jahr.«
Erwartungsvoll öffneten die Kinder ihre Geschenke: eine Reitpeitsche für Eugène und einen blauen Samtbeutel für Hortense.
»Und für eure Mutter.« Er überreichte mir ein Päckchen. Darin war ein bestickter Muff.
»Er ist wunderschön.« Ich küßte ihn auf die Wange. Eugène und Hortense liefen kichernd aus dem Zimmer.
Alexandre goß sich einen Brandy ein. »Hat mein Vater mir schon verziehen?«
»Er ist jetzt so vergeßlich. Er kann sich wahrscheinlich gar nicht mehr erinnern, was geschehen ist.«
»Ich habe ihm eine Ausgabe von Humes *Die Geschichte Englands* mitgebracht.«
»Du willst ihm ein Buch schenken, das ein *Protestant* geschrieben hat?«
Alexandre schlug sich an die Stirn. »Daran habe ich gar nicht gedacht.«
»Wie lange kannst du bleiben?«
Er verzog das Gesicht. »Ich habe morgen früh eine Sitzung, in Paris.«
»An einem Sonntag? Am Neujahrstag?«
Er seufzte. »Geschichte zu machen, ist so zeitaufwendig.« Er gab zu, daß er über eine Rede zum Thema staatliche Erziehung beunruhigt war, die er in der folgenden Woche im Jakobinerklub halten wollte. Er befürchtete, daß niemand erscheinen würde. Wenn Robespierre sprach, mußten im voraus Karten verkauft werden, aber für einen Unbekannten wie ihn …
In der Diele gab es einen Tumult. Plötzlich rauschte Tante Désirée ins Zimmer, den Hut noch auf dem Kopf. »Alexandre!« Sie sah blaß aus. »Hast du schon gehört?«
»Was gehört?«

»Du weißt es nicht?« Sie kramte in ihrem Korb herum, die Hand an die Brust gepreßt. »Tante Désirée?« Ging es ihr gut?
Sie zog eine Zeitung aus dem Korb. »Zweitausend Kreolen sind in Saint-Domingue *ermordet* worden! Von Sklaven!«
»Ermordet?« *Zweitausend*? Ich schlug die Hand vor den Mund. Mon Dieu.
Alexandre nahm ihr die Zeitung aus der Hand. Cap François war zerstört worden, die Straße in die Stadt mit den Leichen der Sklaven gesäumt – zehntausend getötet, las er vor.
*Zehn*tausend? Hatte ich richtig verstanden?
»Wir sind ruiniert!« Tante Désirée durchwühlte den Schreibtisch. »Ich dachte, hier wäre etwas Riechsalz drin.«
»Hinter den Federkielen«, sagte ich.
»Unsere Besitzungen sind um einiges von Cap François entfernt«, rief Alexandre, als sie die Treppe zum Zimmer des Marquis hinaufeilte.
Ich stand am Kamin und starrte in die Flammen.
»Das ist verhängnisvoll«, sagte Alexandre. Er stand am Fenster, umklammerte den Knauf seines Schwertes, ließ ihn wieder los.
»Ja.«
»Vielleicht solltest du dich setzen.«
»Es wird gleich vorbei sein.«
»Ich bestehe darauf.« Er räusperte sich. »Ich bringe … weitere Nachrichten.«
Ich war besorgt. Ich setzte mich.
»Du weißt ja, daß es schwierig ist, Post nach Martinique hinein- oder herauszubekommen. Die Briten haben eine Blockade errichtet.«
Martinique? Ich nickte. »Der Deputierte Dunnkirk hat versucht, mit meiner Familie Kontakt aufzunehmen.«
»Deswegen bin ich hier.« Alexandre nahm den Stuhl neben meinem. »Emmery bat mich, dir zu sagen, daß er trotz des Bürgerkriegs dort durchkommen konnte.«

»In Martinique ist *Krieg*?«
»Wußtest du das nicht?«
Mein Herz begann zu klopfen. »Du hast Nachrichten erhalten, Alexandre?«
»Ja.«
Ich spürte ein Kribbeln in den Fingern. »Ist es meine Schwester?«
»Nein.«
»Sag es mir!«
»Dein Vater … Er …«
Ich preßte meine Hände aneinander.
»Es tut mir leid, Rose. Dein Vater hat vergangenen November die Welten gewechselt.« Er legte mir die Hand auf die Schulter.
Ich bekam keine Luft. *Vater.* Tränen traten mir in die Augen.
Alexandre nahm ein Taschentuch aus der Westentasche und reichte es mir. »Du hast es doch sicher erwartet. Dein Vater ist sehr lange krank gewesen.«
»Nein!«

1. Januar 1791

Das neue Jahr. Es ist ruhig. Keine Feste, keine großen Bälle, keine Empfänge. Statt parfümierten Wassers füllen abgestandene Pfützen die Springbrunnen.
Ich erwache mit einem Gefühl des Verlusts. Ich denke an Vater, ein Mann, der so gerne träumte.
Welche Bedeutung hatte sein Leben am Ende?
Meine Mutter haßte ihn.
Harte Worte, aber man muß der Realität ins Auge sehen. Und die Realität des Lebens meines Vaters war: Er hat gelitten, und er hat es zu nichts gebracht.

Alexandre ist ein Held

21. Juni 1791 – Fontainebleau

Auf meinem Weg zum Parfümhändler heute morgen erregte ein Plakat an der Mauer einer Schenke meine Aufmerksamkeit. In fetten Buchstaben stand der Name Beauharnais geschrieben. Alexandre war zum Präsidenten der Nationalversammlung gewählt worden.*

Umgehend kehrte ich nach Hause zurück. Als ich in die Tür kam, rief ich nach Tante Désirée. Ich rief die Kinder zu mir, die im Garten waren. »Ich habe Neuigkeiten von eurem Vater!«

Tante Désirée kam zum Treppenabsatz. »Ist der Marquis in seinem Zimmer?« fragte ich.

»Es geht um Vater!« rief Eugène. Er hatte Schmutz auf dem Teppich hinterlassen.

»Geht es Alexandre gut?« fragte Tante Désirée.

»Es ist eine gute Nachricht.«

Tante Désirée führte uns alle ins Zimmer des Marquis. Dort teilte ich ihnen die Neuigkeit mit. Ich mußte sie dreimal wiederholen.

»Mein Sohn? Alexandre? *Präsident* der Nationalversammlung?« rief der Marquis ungläubig aus. »Aber das ist doch nicht möglich!«

Ich versicherte ihm, daß es so war. Außer dem König war niemand im ganzen Land mächtiger, bedeutender.

* Obwohl Alexandres Amtszeit nur zwei Wochen dauern sollte – die Position des Präsidenten wechselte turnusmäßig –, war dies eine hohe Ehre.

Mittwoch, 22. Juni

Ich war besorgt, schlaflos ohne Nachricht. *Irgend etwas* war geschehen, denn die Tore nach Paris waren geschlossen worden; keine Post, keine Zeitungen, keine Kuriere durften hinein oder heraus. Es wurde gemunkelt, daß der König und die Königin aufs Land geflohen wären – ein unvorstellbarer Gedanke.

Erst heute morgen, bei der Prozession in der Stadt anläßlich des Festes des Heiligen Sakraments, konnten sich Tante Désirée und ich eine Ausgabe des *Moniteur* verschaffen. Dort wurden unsere Befürchtungen bestätigt: In der Nacht zum zwanzigsten sind der König und die Königin und ihre beiden Kinder verkleidet durch die unterirdischen Gänge der Palastküchen geflohen. Man nahm an, daß die königliche Berline nach Varennes unterwegs war.

Rasch kehrten wir nach Hause zurück, denn es bestand die Gefahr, daß sich der Zorn des Pöbels aufheizte. Im Schlafzimmer des Marquis las Tante Désirée die Zeitungsberichte laut vor. Mit beträchtlichem Stolz erfuhren wir, daß man Alexandre zutraute, das Land zusammenzuhalten – »mit fester und ruhiger Hand«.

Tante Désirée las: »Der Präsident, der Deputierte Alexandre Beauharnais, hat die Bemühungen, den König gefangenzunehmen, organisiert ...«

»Den König *gefangennehmen*!« Der Marquis wurde von einem Nervenanfall geschüttelt.

»Nicht, um ihn gefangenzunehmen, sondern um ihn zu *befreien*!« Tante Désirée eilte davon, um den Äther zu holen.

Der König ist nicht *geflohen,* er ist »entführt« worden; er soll nicht *gefangengenommen*, sondern »befreit« werden. Wenn die Wirklichkeit doch nur so leicht zu ändern wäre.

23. Juni

Heute nachmittag nach dem Essen – ein herrliches Mahl zu Ehren meines achtundzwanzigsten Geburtstages – wurden wir von Geräuschen draußen auf der Straße aufgeschreckt. Tante Désirées Kammerzofe ging ans Fenster. »Vor dem Haus ist eine Menschenmenge.«

»Vor *diesem* Haus?« fragte der Marquis.

Die Kinder liefen zum Fenster. Ich sprang auf, wobei ich beinahe eine Vase zu Boden warf. »Kommt zurück!« befahl ich.

»Sie rufen ›Dauphin‹!« sagte Eugène verwirrt.

»*Mon Dieu*!« flüsterte Tante Désirée. »Sie meinen Eugène.«

»Wegen Alexandre?«

»Aber der Dauphin ist nicht *hier*«, protestierte Hortense. »Ist er denn nicht in Paris?«

Ich konnte nicht antworten, mein Entsetzen war zu übermächtig. Der Pöbel nannte meinen Sohn Dauphin – den künftigen *König*.

27. Juni 1791 – Paris

Liebe Rose,

danke, daß Du mir einen so überaus lieben Glückwunsch geschrieben hast. Und bitte, vergib mir, daß ich Deinen Geburtstag versäumt habe. Ich bin in einem Taumel. Seit vier Tagen habe ich nicht mehr geschlafen. Die Ereignisse der vergangenen Woche waren überwältigend, sowohl für mich als auch für die Nation.

In Augenblicken der Verzweiflung rufe ich mir Rousseaus Worte in Erinnerung – daß das Beste an der Tugend sei, das Joch der Notwendigkeit zu akzeptieren. Und so verhält es sich mit jenen von uns, die wir adlig geboren wurden, geboren, um Waffen zu tragen. Wie belebend, von dieser Sklaverei befreit zu sein, statt dessen wählen zu können, sein Leben zu Ehren dessen, was wahr und recht ist, zu riskieren. Die Opfer, die wir der Revolution brin-

gen, werden ein großer Gewinn für die Menschheit sein. Mit der Liebe der Tugend, die uns anspornt, wie sollen wir da besiegt werden?

Dein Gemahl, Alexandre Beauharnais

30. Juni

François hat die Rolle des Verteidigers des Königs in der Versammlung übernommen. »Seinetwegen werden wir noch alle gehängt werden!« ereiferte sich der Marquis.

Gestern war es noch Alexandres *Verurteilung* des Königs, die ihn wütend machte.

Die Brüder fechten es über dem Kopf des Königs auf einer nationalen Bühne aus. Beauharnais *dafür*, Beauharnais *dagegen* … Wenn es nicht der eine Sohn ist, ist es der andere.

6. Juli 1791 – Paris

Liebe Rose,

ich war krank, weil ich meinen Organismus während der Krise erschöpft habe. Danke, daß Du Eugène für den Herbst im Collège d'Hancourt eingeschrieben hast. Ich hatte es völlig vergessen. Ich stimme zu, daß Hortense in dieser Zeit ebenfalls aus einem offizielleren Unterricht Nutzen ziehen würde. Wirst Du Dich darum kümmern? Allerdings nicht zu kostspielig.

Dein Gemahl, Alexandre Beauharnais

18. Juli 1791 – Rue de Tournon, Paris

Schatz!

Es ist spät, fast Mitternacht, aber ich fühle mich genötigt zu schreiben. Alexandre hat heute abend eine wunderbare Rede im Jakobinerklub gehalten – so erbaulich! Wir waren alle da, um ihm zu applaudieren: Marie, Michel de Cubières, Frédéric. Selbst Prinzessin Amalia kam, um ihn zu hören, trotz ihrer royalistischen Neigungen. Anschließend gingen wir alle ins Café

Covazza im Palais Royal. Dort teilte mir Alexandre mit, daß Du beabsichtigst, nach Paris zu ziehen, damit Eure Kinder zur Schule gehen können. Obwohl ich bei dem Gedanken, Dich und Deine Lieblinge öfter sehen zu können, außer mir vor Freude bin, meine ich, daß es nur recht und billig ist, Dich davor zu warnen, in welchem Zustand sich Paris im Augenblick befindet. Es scheint, daß wir ewig von einem Extrem zum anderen pendeln, beginnend mit dem Erhabenen und endend im Tragischen. Gib acht:

Die Woche begann mit der großen Feier und Prozession zum Einzug von Voltaires sterblichen Überresten ins Pantheon – wieder eines der brillant theatralischen Ereignisse, die der Maler David inszenierte. (Hast Du ihn kennengelernt? Er ist einmal in meinen Salon gekommen.) Natürlich mußte ich hin – Du weißt ja, was ich von unserem Apostel der Toleranz halte. Die Veranstaltung begann in der Freimaurerloge der Neun Schwestern, dann begab man sich durch eine Reihe von Triumphbögen hindurch zum Gelände der alten Bastille. Dort blieb der Sarg über Nacht.

Als Michel Cubières und ich am Montagmorgen wieder hinkamen, waren die Rosen, Myrten und Lorbeerkränze weggeräumt worden. Vertreter der Sektionen und Klubs hatten sich in Togas gehüllt und rote Wollkappen aufgesetzt (wie diese schrecklich kratzigen, die wir bei Logentreffen tragen müssen). Der Sarg wurde auf einen Triumphwagen geladen und von einem Schimmelgespann zum Pantheon gezogen. Ich zerfloß vor Tränen.

Donnerstag, ein weiteres Fest an der Bastille, dieses Mal zur Feier der Föderation. Wir sind nicht hingegangen (wie unpatriotisch), aber in jener Nacht strahlte der Himmel geradezu vor Feuerwerkskörpern.

Und gestern, als müßten wir für unsere ausschweifenden Vergnügungen bestraft werden, gab es einen tragischen Aufruhr auf dem Champ-de-Mars. Es begann mit einer friedlichen Versammlung – Marie war mit einer ihrer Frauengruppen dort, um eine Petition zugunsten einer Republik zu unterschreiben. Die Versammlung geriet außer Kontrolle, als zwei Männer, Spione (oder so etwas Ähnliches, wie es heißt) unter der Hauptplattform versteckt entdeckt und auf der Stelle gelyncht wurden. Lafayette alarmierte folglich die Nationalgarde, jemand in der Menge schrie »Feuer!«, und nun sind über fünfzig tot.

Gott sei Dank wurde Marie nicht verletzt! Im Laufe des Tages habe ich tatsächlich meine Flasche Laudanum geleert. Es hat nicht im geringsten geholfen, daß hier Waschwoche war und die beiden Frauen, die ich als Hilfen eingestellt hatte, verschwunden blieben, um zu irgendeinem Fest, einer Demonstration oder einem Aufruhr zu laufen. Und nun all diese trübsinnigen Begräbnisse.

Wenn Du, trotz meiner Warnungen, auf dem Unterricht für Deine Kinder beharrst und in unsere unterhaltsame Stadt ziehst, empfehle ich Dir, Kontakt mit Madame Hosten aufzunehmen, einer kreolischen Witwe mit drei Kindern (nur noch eines zu Hause, glaube ich). Mir wurde erzählt, daß sie gerade eine Villa in der Rue Saint-Dominique gekauft hat (nicht weit vom Hôtel de Salm) und nach jemandem sucht, der ihr einen Teil der Kosten abnimmt. Es ist ein guter Bezirk – zumindest schneiden dort die Raufbolde aus der Gegend den Katzen nicht die Ohren ab. Du wirst sehen, daß sie eine herzliche Frau ist, und es ganz gewiß nicht bereuen, daß ich Dich zu ihr geschickt habe.

Deine Dich liebende Tante Fanny

26. Juli 1791 – Rue Saint-Dominique, Paris

Liebe Madame Beauharnais,

Ihr willkommener Brief traf gestern ein. Ich erlaube mir, Ihnen durch Ihre Tante, Madame Fanny Beauharnais, ein paar Zeilen bezüglich des Anreizes für meinen neuen Wohnsitz zu senden.

Das Haus ist groß, aufgeteilt in zwei Wohnungen, mit Unterkünften für Dienstboten im zweiten Stock. Die Wohnung im ersten Stock ist klein, aber sonnig. Es gibt einen ummauerten Garten. Die Kirche zum Heiligen Thomas Aquinas ist unmittelbar hinter uns.

Es wird mir ein großes Vergnügen sein, Sie am kommenden Montagabend in unserem Haus zu sehen, damit Sie die Räumlichkeiten besichtigen können. In der Hoffnung, Sie und Ihre Familie als Nachbarn begrüßen zu dürfen, verbleibe ich

Ihre sehr ergebene Madame Hosten.

Donnerstag, 2. August – Fontainebleau

Wie vereinbart suchte ich Madame Hosten in der Rue Saint-Dominique auf, um die Wohnung zu besichtigen. Ein Dienstmädchen in einem Tageskleid aus gewirktem Musselin öffnete die Tür und wollte gerade etwas sagen, als eine riesige und ziemlich imposante Frau hinter ihr erschien. Sie trug eine Fechtmaske und hielt einen Säbel in der Hand. »Wer ist da?« fragte sie, als sie die Maske abnahm. Ihre Stimme war freundlich, im Gegensatz zu ihrer Haltung.

»Madame Beauharnais.« Ich überreichte meine Karte, ziemlich nervös, wie ich zugebe. »Ich dachte, ich würde erwartet.«

»Von welcher Insel stammen *Sie*?« rief die Frau aus, da sie meinen Akzente erkannt hatte. Sie legte ihren Säbel ab. »Nein – lassen Sie mich raten. Martinique?«

Sie war Madame Hosten – und sie stammt aus Sainte-Lucie. Ihre Familie kennt Vater sogar! Nachdem sie mir die Räume gezeigt hatte – sie sind perfekt, sehr sonnig –, lud sie mich in ihren Salon im Erdgeschoß zu Ingwerkonfekt und einem Glas (oder zwei) *Pétépié* ein. Wir redeten stundenlang.

Sie heißt Aimée. Obwohl groß (riesig!), bewegt sie sich anmutig, gar zierlich. Sie ist geistreich, sehr komisch. Sie ist dreißig – nur zwei Jahre älter als ich –, verwitwet, kommt jedoch allein mit drei Kindern, zwei Buben, fünfzehn und sechzehn (machen eine Militärausbildung), und einem Mädchen von zwölf, Lucie, noch zu Hause, gut zurecht. Ich glaube, ich habe eine Freundin gefunden.

1. September – Paris

Ich bin erschöpft, wir sind umgezogen.

Ich habe eine Kammerzofe eingestellt, Agathe Rible, ein unterwürfiges Geschöpf, das stottert.

Ich versichere ihr, daß sie nichts zu befürchten hat, aber sie zittert nur um so mehr. Ihr Zittern hatte bereits drei zerbrochene Gläser zur Folge.

14. September

Der König hat heute vor der Versammlung den Treueeid auf die Verfassung geleistet. Schon den ganzen Nachmittag explodieren Feuerwerkskörper. Die Revolution ist vorüber!
Alexandre besuchte uns in der Rue Saint-Dominique, um zu feiern. Ich nahm ihm an der Tür Umhang und Hut ab. »Ich gratuliere«, sagte ich, als ich ihn umarmte. Sein Gesicht war gerötet, und sein Atem roch nach Brandy. Zweifelsohne sind im Jakobinerklub viele Toasts ausgebracht worden.
Eugène kam das Treppengeländer heruntergerutscht und sprang in die Arme seines Vaters. »Sie haben gewonnen!«
Alexandre lachte. »Wir haben alle gewonnen.«
Hortense kam hinter ihrem Bruder hüpfend, drei Stufen auf einmal, die Treppe herunter. »Was gewonnen?«
»Eine Verfassung«, sagte Eugène altklug.
»Du mußt stolz sein auf das, was du erreicht hast«, sagte ich oben in unserem neuen Salon. Es ist eine zermürbende Anstrengung gewesen, wie ich wußte, eine Verfassung auszuarbeiten – eine, die Frankreich das Beste zweier Welten verschaffte, eine Republik mit einem Monarchen. »Und erleichtert.«
»Es bleibt abzuwarten, ob der König wirklich damit umgehen kann.« Alexandre stopfte Tabak in seine Pfeife. »Es wird ihm schwerfallen, die Macht zu teilen, nehme ich an. Er wurde dazu erzogen, über seine Untertanen zu herrschen, nicht, ihnen verpflichtet zu sein.«
»Wenn er klug wäre, würde er die Gelegenheit nutzen, Frankreich zu einen«, sagte ich.
»Klugheit ist dem Königtum von Natur aus leider nicht gegeben.

Und nun werden sicher alle royalistischen Länder ihre Truppen einsetzen, um ihn aus dieser erschreckenden Entwicklung zu retten ...«

»Du meinst, daß es Krieg geben wird?«

»Ohne Zweifel.«

»Österreich?«

Er nickte. »*Und Preußen, und* ...«

Auf der Treppe war plötzlich ein Gepolter zu hören. Hortense und Eugène stürmten ins Zimmer. Sie hatten im Garten einen Frosch gefangen. Alexandre und ich halfen, aus einem Reisekorb ein »Heim« für das kleine Ding zu machen. Dann, nach einer Mahlzeit aus Hammelfleisch und Sahnebeignets, nahmen wir die Kinder zu einer Gemäldeausstellung im alljährlichen Salon mit. Wir betraten die zweite Galerie, und da hing es: Alexandres Porträt, zusammen mit dem des Deputierten Robespierre. Eugène und Hortense waren natürlich höchst erfreut, obwohl sie das Prestige, das solch eine Ehre begleitet, nicht begriffen. Wir bewunderten die Ähnlichkeit, die großartig ist.

Auf dem Heimweg gingen wir am Fluß entlang und jauchzten bei jeder Feuerrakete, die explodierte. Liebespaare schlenderten träge vorüber. Sie erinnerten mich wieder daran, wie ich Alexandre vorgestellt worden war – Alexandre so jung damals, so weltmännisch, so schmuck in seiner weißen Uniform, und ich selbst ein nervöses Mädchen von den Inseln, so bemüht, es allen recht zu machen, so gern bereit, mein Herz zu verschenken.

Eine Rakete explodierte direkt über uns. Ich erschrak, klammerte mich an Alexandres Arm. Wir lachten. Die Kinder, die Wangen rosa, rannten voraus. Ein hübsches Bild, dachte ich: ein Mann, seine Frau, zwei Kinder auf einem Abendspaziergang.

Februar 1792

Es ist so, wie Alexandre es vorausgesagt hat: Wir sind ein belagertes Land geworden. Österreichische und preußische Truppen versammeln sich an unseren Grenzen, bereiten sich auf den Marsch auf Paris vor, bereiten sich darauf vor, uns von der Demokratie zu befreien. Bereiten sich darauf vor, unseren König zu befreien.

15. März

Schwermut hat mich ergriffen. Täglich werde ich zur Ader gelassen. Hortense und Eugène streichen umher, bringen mir Tee und Rum zu trinken. Die Nacht bricht herein. Wenn ich allein bin, stelle ich mich mühsam auf die Beine und falle vor dem Weihwasserbecken auf die Knie. Seit über einem Jahr habe ich nichts mehr von zu Hause gehört. In der Stille steigen Ängste auf, blühen, nehmen Gestalt an.
Ich widerstehe den Karten, widerstehe der Versuchung, hineinzusehen. Aber die Selbstbeherrschung war noch nie meine Freundin. Ich krame nach ihnen im Schreibtisch, in der oberen Ecke der obersten Schublade, neben der Tintenflasche. Mit gespielter Ruhe lege ich die erste Karte aus.
Der einstürzende Turm: die Steine stürzen herab, die Menschen werden hin und her geworfen und durcheinandergewirbelt, als wären sie durch irgendeine Kraft außer Kontrolle geraten.
Die übrigen Karten brauchte ich nicht mehr zu sehen: Das Glücksrad, der Tod, der auf den Kopf gestellte Stern.
Manette ist tot.
Ich legte die Karten weg.
Manette – liebe Kleine – ich sehe dich in den Sternen, ich sehe dich über die Steine im Fluß springen. *Warte auf mich!* rufst du – mir, deiner großen Schwester, zu. *Warte auf mich!*

20. April

Aus Paris ist ein bewaffnetes Lager geworden. Die Kirche zum Heiligen Thomas Aquinas wird als Sammellager für Waffen benutzt: auf den Kirchenbänken Gewehre, Musketen, Schwerter, Bajonette, selbst Kanonenkugeln sind gestapelt. Überall sieht man Männer mit Spießen. Jungen, zum Kämpfen zu jung, stehen Schlange, um sich zu verpflichten. Eugène betrachtet sie neidisch. Ich ziehe ihn fort.

21. April

Ich erwachte mit einem unguten Gefühl, und als daher Alexandre heute morgen unerwartet eintraf, war ich kurz davor, in Schwermut zu fallen. »Du bist in Uniform.« Auf der Straße hörte ich Schritte, eine Frau, die schrie, Trommelschläge in der Ferne. Die Angst, die ich beim Aufwachen gespürt hatte, hatte mich nicht verlassen. »Verheiratete Männer müssen nicht dienen, Alexandre. Ich verstehe das nicht.«

»Die Republik braucht dringend Offiziere.«* Alexandre legte mir die Hände auf die Schultern. »Rose, bitte – laß mich nicht in den Kampf ziehen ohne deinen Segen.«

Es war ein feierlicher Augenblick, der zerstört wurde, als ich etwas Zuckendes in Alexandres Mantel bemerkte.

Ich schrie auf. Alexandre zog ein Tier aus der Tasche – einen gräßlich aussehenden Hund –, nicht größer als ein Nagetier. Er hatte einen rehfarbenen Körper und einen schwarzen Kopf. »Es ist ein King Charles«, sagte er.

Der Hund wand sich aus seinen Händen auf den Teppich. Er schnüffelte an meinen Füßen und gab schnaubende Laute von

* Vor der Revolution waren alle Offiziere Adlige. Als die Revolution ausbrach, flohen die meisten. In Frankreich gab es nur noch wenige Männer, die für die Führung einer Armee ausgebildet waren, noch weniger mit Erfahrung.

sich, als könne er nicht atmen. »Ein Hund wie dieser ist zehn Louis wert«, sagte Alexandre stolz.

Ich rief nach Agathe, meiner schüchternen Kammerzofe, aber sie wollte sich ihm nicht nähern – er ähnelte zu sehr einer Ratte. »Es ist doch nur ein junger Hund«, schalt ich sie, hob das kleine Ding hoch, steuerte auf das Zimmer der Kinder zu und winkte Alexandre, mir zu folgen.

»Ist das ein Hund?« fragte Eugène, als er dessen Ringelschwanz untersuchte.

»Beißt es?« Diesmal Hortense, die die Hand nach ihm ausstreckte. Sie quiekte, als er sie ableckte. Er knurrte. »Hat es Hunger?«

»Können wir es behalten?« fragte Eugène.

Alexandre sah mich an: Wollte ich?

Ich streckte dem Hündchen die Hand entgegen. Es leckte und zwickte mich, harmlose, aber scharfe Zähne. Seine Nase war flach, ins Gesicht gedrückt. Es war ein abstoßendes Geschöpf – aber es bezauberte mich. »Fortuné. So werden wir ihn nennen.«

Ich brauchte nicht mehr zu sagen. Wir – Alexandre, die Kinder und ich – verbrachten miteinander einen äußerst angenehmen Morgen. Als ich ihm Lebewohl sagte, war es mit Bedauern. Ich schenkte ihm einen Stein, den ich seit der Kindheit besaß, einen Talisman.

»Ich werde ihn immer bei mir tragen.« Er zögerte an der Tür, als wir uns trennten. »Darf ich dich küssen, Rose?«

»Sagen Sie ja, Maman«, rief Eugène.

Ich umarmte meinen Mann.

»Gott steh Ihnen bei!« rief Hortense aus, als Alexandre durch das Tor ging. Sie brach in Tränen aus.

»Na, komm schon«, schalt ich sie, als ich ihre Wangen trocknete, »eine Soldatentochter darf nicht weinen.« Eine Soldatenfrau auch nicht.

Wir haben Krieg

23. April 1792

Es gibt jetzt eine Ausgangssperre in Paris. Um zehn ist die Stadt dunkel und still bis auf das Geräusch der Wächterstiefel auf dem Kopfsteinpflaster und der Katzen, die in den Gassen kämpfen. Von irgendwoher höre ich eine Kirchenglocke eine Melodie läuten – ein wunderschöner, melancholischer Klang – und so selten heute. Die meisten Kirchenglocken wurden für Munition eingeschmolzen.

25. April 1792 – Valenciennes

Liebe Rose,
ich bin General Birons Stab zugeteilt worden. Nur ein Bruchteil der verfügbaren Truppen ist hier zusammengezogen worden aus Angst, die Sicherheit der befestigten Städte aufs Spiel zu setzen. Die Folge ist, daß die Kriegspläne mit sehr wenigen durchgeführt werden müssen. Als ich dies erfuhr, habe ich ein Testament gemacht. Ich schicke es Dir zu, versiegelt. Es darf erst geöffnet werden, wenn …

Dein Gemahl, Alexandre Beauharnais

2. Mai 1792 – Valencienne

Liebe Rose,
verzeih, daß ich Dich erschreckt habe. Und danke für Deine Gebete. Wenn ich an etwas sterbe, dann wahrscheinlich an Frustration. Wie soll ich bloß aus

diesen Bauernburschen Soldaten machen? Wenn sie Hunger, Langeweile oder einen kleinen Schrecken bekommen, packen sie ihre Musketen und laufen nach Hause.
Bestelle den Kindern herzliche Grüße von mir. Deinen Talisman trage ich ständig bei mir.

Dein Gemahl, Alexandre Beauharnais

4. Mai

Alexandre hat gegen die Österreicher gekämpft. Sein Verhalten wurde im *Moniteur* gelobt. Stolz zeigte ich den Kindern den Artikel. Wir haben eine große Landkarte an die Wand des Speiseraums geheftet, wo wir sein Vordringen verfolgen. Außerdem haben wir ein Buch mit Zeitungsausschnitten angelegt, das schon dick ist, denn der *Moniteur* veröffentlich täglich patriotische Artikel von Alexandre.

17. Mai

Alexandre schickt Briefe, die ich verbrennen soll. Die revolutionären Armeen sind klein, teilt er mit – schlecht ausgerüstet und nicht ausgebildet. Mißtrauen herrscht. Die Truppen trauen ihren Offizieren nicht, die Offiziere trauen ihren Truppen nicht. Ein General mußte einen Bajonettangriff abblasen, weil seine Truppen dagegen stimmten, ein anderer wurde von seinen eigenen Leuten ermordet. *Von seinen eigenen Leuten.* Grand Dieu.

Dienstag, 19. Juni

Heute abend hörte ich einen Tumult. Ich sah hinaus: Auf den Straßen drängten sich Pferde, mit Habseligkeiten vollgestopfte Wagen. Was war geschehen? Ich lief nach unten zu Aimées Wohnung.

»Oh, der König hat alle durcheinandergebracht«, seufzte sie und streckte sich mit bemerkenswerter Ruhe auf der Chaiselongue aus. Sie trug ihr weißes Fechtgewand, der Säbel lag auf dem Boden.

Ihre Kammerzofe erschien an der Tür, in der Hand einen Mantelsack. »Ich werde meinen Lohn brauchen.«

Aimée warf mir einen angewiderten Blick zu. »Sie sind alle in Panik, ohne Ausnahme.« Widerwillig ging sie zu ihrem Schreibtisch.

»Sind andere auch weg?« fragte ich.

Die Kammerzofe fluchte. »Die Österreicher marschieren auf Paris zu, und unser eigener König will die Tore weit öffnen, um die Schlächter reinzulassen! Also – ich werde nicht hier sein!«

Aimée bot der Frau Papiergeld an, aber sie bestand auf Münzen.

»Da geht wieder eine dahin«, seufzte Aimée, als die Tür zuschlug. »Laß uns den Brandy herausholen.«

21. Juni

Meine Kammerzofe weckte mich heute morgen mit erregter Stimme. »Gestern nacht hat's Ärger gegeben.« Agathe reichte mir eine Schale heißer Schokolade. »Der Palast wurde gestürmt!«

»*Gestürmt?*«

»Die Leute sind reingelaufen, haben die Macht übernommen.« Sie stotterte nicht.

»Agathe, erkläre das, bitte.«

Langsam erfuhr ich die Geschichte. Die Festlichkeiten zum gestrigen Feiertag waren in der Nacht in Gewalttätigkeit umgeschlagen. Ein Pöbel von Männern und Frauen war in den Palast eingedrungen und forderte, daß der König Truppen zurückrufen sollte, um Paris vor den Österreichern zu schützen.

»Ist die Königin unversehrt?« fragte ich. »Die Kinder?«
Agathe sah mich mißtrauisch an. Ich bemerkte meinen Fehler. Man sollte niemals Sympathie für die königliche Familie zeigen, schon gar nicht für die Königin.

28. Juni

Agathe läßt sich nicht davon abbringen, daß die Königin plant, die Versammlung niederzubrennen, wenn alle Deputierten anwesend sind, daß Musketen und Schießpulver in den Kellern aller Nonnenklöster gelagert werden. Und nun will Hortense kein Brot mehr essen. »Ich könnte sterben«, sagte sie, denn Agathe erzählte ihr, daß die Priester vorhätten, jedermann durch vergiftetes Abendmahlsbrot zu ermorden.
»Mademoiselle Agathe hat dir das erzählt?«
Hortense sah mich mit entsetztem Gesicht an. »Maman – es heißt jetzt *Citoyenne* – Bürgerin – Agathe, nicht Mademoiselle.«
Meine Tochter, die Revolutionärin. Jetzt weigert sie sich, während der Mahlzeiten zu sprechen. Das ist die patriotische Art.

Montag, 2. Juli

Aimée und ich gingen in die Comédie Italienne, um uns *Unerwartete Ereignisse* mit Madame Dugazon in der Rolle der Soubrette anzusehen. Prinzessin Amalia hatte uns angeboten, ihre Loge zu benutzen.
»Es wird erwartet, daß die Königin da ist«, sagte Aimée.
»Ich habe nicht gedacht, daß die Königin noch ins Theater geht«, sagte ich. Sie hatte schon vor Monaten alle ihre Logen aufgegeben, was ihr die Leute verübelten.
»Man hat sie genötigt, sich zu zeigen.«
Unsere Loge lag genau gegenüber jener, die die königliche Fami-

lie benutzen sollte. Es wurde applaudiert, als Ihre Majestät eintrat, begleitet von ihren Kindern – dem Dauphin, einem Jungen um die Sieben mit einem lieben Gesicht, und Madame Royale, jetzt schon nahezu eine junge Frau. Die Schwester des Königs, Madame Elizabeth und noch eine Frau, die Gouvernante der Kinder, nahm ich an, waren ebenfalls bei ihr.
Während der gesamten Vorstellung beobachtete ich das Gesicht der Königin. Es war kaum zu glauben, daß sie erst zwischen dreißig und vierzig war, sie sah so ungemein alt aus. Der Dauphin, ein reizendes Kind in der Nationaluniform, saß auf ihrem Schoß. Von Zeit zu Zeit küßte die Königin ihn auf den Kopf. Er starrte unentwegt in ihr Gesicht – ihre Tränen schienen ihn zu verwirren.
Im dritten Akt sangen die Soubrette und der Kammerdiener ein Duett. Darin rief Madame Dugazon aus: »Ah! Comme j'aime ma maîtresse!« und schaute dabei direkt zur Königin. Drei Männer in Pantalons sprangen auf die Bühne und bedrohten die Sänger.
Die Leibgarde der Königin führte die Königin und ihr Gefolge eilig aus dem Theater. Danach war es natürlich unmöglich, die Aufführung fortzusetzen.

Donnerstag, 19. Juli

Die Österreicher haben die Lieferungen nach Paris abgeschnitten – wir sind gänzlich ohne Vorräte. Wir unterhalten uns flüsternd – nicht über Klatsch, sondern über Getreide: Wo man es finden könnte. (Jene, die es wissen, bleiben stumm.) Jeden Tag gibt es Hungeraufstände.
Santerre, Kommandant der Nationalgarde, hat vorgeschlagen, alle Hunde und Katzen zu beseitigen, mit dem Argument, daß das Futter, das sie fressen, besser den Leuten zukommen sollte.
»Was ist mit dem pain bénit?« wandte Agathe ein. Jeden Sonntag

werden Tausende von Brotlaiben von den Priestern gesegnet und einfach ungegessen liegengelassen. »Und was ist mit den Haaren, die mit Mehlpuder überladen sind? Was ist damit?«
Meine schüchterne Kammerzofe ist nicht mehr schüchtern.

22. Juli, Sonntag

Die Signalkanone auf dem Pont-Neuf ist jede Stunde abgefeuert worden. Vor einer Stunde schrie ein Mann zu Pferd, ein öffentlicher Ausrufer, in den Straßen aus: »*La patrie en danger! La patrie en danger!*« Das Vaterland ist in Gefahr.
Die Österreicher sind im Anmarsch ...
Die Straßen sind mit Kutschen verstopft. Jeder versucht, aus Paris herauszukommen, aber es ist unmöglich – die Tore wurden geschlossen! Niemand darf hinein; niemand darf hinaus. Wir sitzen in der Falle.

8. August

Ich habe seit einer Woche nicht mehr richtig geschlafen. Es ist so heiß, daß Agathe behauptet, sie sähe den Fluß kochen. Jeden Tag versuche ich, Passierscheine zu bekommen, um aus Paris herauszukommen, aber es gelingt mir nicht. Die Tore sind *immer noch* geschlossen!

10. August

Letzte Nacht waren Massen von Menschen auf den Straßen. Die Kinder wurden heute morgen von der Schule heimgeschickt. Dann, gegen neun heute abend, gerade als Frédéric, die Prinzessin, Aimée und ich uns anschickten, uns zum Abendessen niederzulassen, begannen die Sturmglocken zu läuten.
Frédéric wollte unbedingt nachsehen gehen, was geschehen war.

Aimée, Prinzessin Amalia und ich versuchten ihn abzuhalten, aber er ließ sich nicht davon abbringen. Aimée bot ihm ihren Säbel an.
»Nein – das würde zu aristokratisch aussehen«, sagte Frédéric und nahm statt dessen ein Hackbeil mit.
Es war fast zwei Uhr morgens, als er zurückkehrte. Die Sturmglocken läuteten immer noch. Es wurde von einer Demonstration am Palast bei Tagesanbruch geredet.
»*Schon* wieder eine Demonstration?« fragte ich.
»Wer ruft dazu auf?« fragte die Prinzessin.
»Die Commune.« Frédérics Wangen waren gerötet. Große Fässer mit Wein waren auf der Straße vor dem Bezirkshaus aufgestellt worden.
»Wozu?« Ich fürchtete die Commune.*
»Um den König festzunehmen.«
Den König *festnehmen*?
Ich setzte mich. Ich konnte es nicht begreifen. Den König festnehmen? Aber der König *war* doch das Gesetz.

Bei Tagesanbruch begannen die Sturmglocken erneut zu läuten. Ich ging zum Fenster, zog die Vorhänge zurück. Eine Gruppe von Männern, Raufbolde, waren auf der Straße. Zwei von ihnen hatten Spieße dabei. Einer trug den blauen Kasack eines Hafenarbeiters aus Marseille. Er sah mich am Fenster und brüllte: »Tod den Aristokraten!«
Ich zog mich außer Sichtweite zurück. Aus weiter Ferne konnte ich das schwache Geräusch von Musketenfeuer hören, gefolgt von Kartätschen.
Irgendwo hatte ein Kampf begonnen.

* Die *Commune* war die Kommunalverwaltung der Stadt Paris. Konflikte entstanden, weil die Stadtverwaltung, die dazu neigte, radikal zu sein (auf Stadtebene), meinte, daß die konservative Nationalregierung (auf Landesebene) nicht genug tat, um Paris zu beschützen. Die *Commune* fühlte sich daher berechtigt, die Herrschaft zu übernehmen.

Später am gleichen Abend

Die Commune hat die Macht übernommen. Hunderte sind getötet worden. Weitere Hunderte verhaftet.

»Wir *müssen* hier raus«, flüsterte ich Aimée zu. »Die Kinder herausbekommen.« Aber wie? Wem konnten wir vertrauen?

»Ich habe gehört, daß es an der Allée des Invalides, in der Nähe des Boulevard, eine Stelle gibt, wo die Mauer niedrig ist. Vielleicht können wir da hinübergelangen?«

»Drüberklettern?« Wir müßten in der Dunkelheit über Felder laufen. Eugène und Lucie waren dazu vielleicht in der Lage, aber Hortense ...?

Gleich, wie gründlich wir es durchdenken, es ist zu gefährlich. Also bleiben wir und bereiten uns auf das Schlimmste vor.

Ich ergreife verzweifelte Maßnahmen

Montag, 13. August 1792

Ich war auf dem Balkon, als ein Vierspänner in den Hof einfuhr. Ein Lakai half einer älteren Frau auszusteigen. Ich konnte ihr Gesicht unter der Kapuze ihres Umhangs nicht erkennen.

Kurz danach brachte mir Agathe eine mit Lavendel parfümierte Visitenkarte. Es war die Comtesse de Montmorin, deren elegante Feste im Schloß in Fontainebleau mich so bezaubert hatten, deren guten, unbeholfenen Gemahl, Comte Luc de Montmorin, den Verwalter des Schlosses, ich so liebenswert gefunden hatte. Warum wollte sie ausgerechnet *mich* besuchen? Ich überlegte, während ich meine Morgenhaube abband und nach einer Perücke griff.

Die bebende Hand der Comtesse umklammerte die meine. »Comte de Montmorin ist verhaftet worden – von der Commune!«

»Ihr Gemahl?«

»Sie haben ihn mit Monsieur Armand de Montmorin, dem Außenminister, verwechselt!«

Der ungeschickte, vergeßliche, liebe alte Comte Luc de Montmorin – wie konnte man ihn mit einem Diplomaten verwechseln? »Welches Gefängnis?« fragte ich erschüttert.

»Die Abbaye.«

Die *Abbaye* – sie war nicht weit von unserem Haus entfernt; Eugène, Hortense und ich waren am Tag zuvor daran vorbeigegangen. Alle Fenster waren mit Brettern vernagelt worden.

»Niemand weiß etwas! Ich bin verzweifelt – an wen kann ich mich wenden?«

Freitag, 17. August

Endlich eine Nachricht vom Untersuchungsausschuß, der eingerichtet worden war, um die Verhaftungen vom zehnten August zu überprüfen. Man hat mir eine Audienz am kommenden Montag bei Bürger Botot, einem der sieben Leiter, gewährt. Überall auf dem Speisezimmertisch liegen Notizen herum, die Argumente formulieren, Bitten. Mein Bett ist übersät mit Kleidern, die ich aus dem Schrank geholt habe in dem Bemühen, ein passendes Ensemble auszuwählen. Was zieht man an, wenn man um ein Menschenleben fleht?

18. August

Heute morgen, als ich die Küche betrat, meinte ich zu sehen, wie Agathe hastig etwas unter die Anrichte schob. Später sah ich nach. Es war ein Pamphlet, offiziell in seiner Aufmachung, geschrieben von einem Patrioten ohne Bart. Es behauptete, daß ein Komplott aufgedeckt worden wäre, die guten Bürger von Paris während der Nacht des kommenden zweiten September zu töten. Dem Pamphlet zufolge soll dieser heimtückische Plan von Aristokraten und Priestern ausgeführt werden mit Hilfe derjenigen, die in den Gefängnissen sitzen und die die Aristokraten und Priester zu befreien gedächten.
Eine Lügengeschichte, eindeutig. Aber wer förderte eine solche Lüge? Wer förderte solche *Angst*?

Montag, 20. August, später Nachmittag, 3 Uhr 30

Bürger Botot ist ein großer, älterer Herr mit einem Kindergesicht und von schmuckem, wohlgenährtem Aussehen. Ich hatte das Gefühl, ihm schon einmal begegnet zu sein.
»Früher habe ich Zahnwasser in der Rue de Noyers verkauft«, sagte er. Er lispelte leicht.
L'eau de Botot – natürlich. »Ich habe Sie vor Jahren einmal um Rat gefragt«, sagte ich.
»Hat mein Mittel geholfen?«
»Ja«, log ich.
»Mein Onkel hat es erfunden«, sagte er stolz.
Er war teilnahmsvoll wegen der Verwechslung des Comte de Montmorin, teilte mir allerdings mit, daß er allein nur wenig ausrichten könnte. Er empfahl mir, an einem Empfang teilzunehmen, der in vier Tagen im Hause des Deputierten Paul Barras stattfinden sollte. Einige Mitglieder des Untersuchungsausschusses wären anwesend, sagte er.
»Aber der Deputierte Barras und ich sind einander noch nicht einmal vorgestellt worden«, sagte ich.
»Es wird mir eine Ehre sein, dies nachzuholen«, versicherte mir Bürger Botot.

Dienstag, 21. August

Agathe kam heute vor Aufregung gerötet vom Markt zurück. Sie hatte gesehen, wie ein Mann geköpft worden war – durch die Guillotine.* »Die Menge hat gebuht!« sagte sie, das bleiche Gesicht vor Aufregung gerötet. »Es war zu schnell vorbei.«

* Die Enthauptung, früher ein Privileg der Adelsklasse, wurde durch die Guillotine allen sozialen Schichten zugänglich gemacht. Sie wurde von Dr. Guillotin erfunden, der aus Kummer über den Mißbrauch seiner menschlichen Erfindung starb.

23. August

Die Kinder kamen heute nachmittag in hellem Entsetzen in den Salon gelaufen. Sie hatten gehört, daß unsere Truppen im Osten den Österreichern in die Hände gefallen waren.
»Ist das Vater?« fragte Eugène.
Ich versicherte ihm, daß sein Vater wohlauf war.
»Aber was ist mit uns?« rief Hortense.
»Nicht vor den *Österreichern* muß man sich fürchten«, fauchte Agathe. »Sondern vor den Priestern und Aristokraten im Gefängnis, die dir das Messer ans Herz setzen, während du schläfst.«
Hortense begann zu weinen. Es kostete einige Mühe, sie zu beruhigen.
»Entlasse Agathe«, sagte Aimée an diesem Abend mit Nachdruck. Wir saßen in unserem Garten, tranken Rotwein und beobachteten, wie der Mond und die Sterne aufgingen.
»Es ist zu gefährlich. Ich wage es nicht.« Viele werden heute von ihren Dienstboten an die Obrigkeit verraten.

Freitag, 24. August

Heute abend ist der Empfang beim Deputierten Barras. Prinzessin Amalia hat angeboten, mir eines ihrer wundervollen Kleider zu leihen. Ich habe ein Kräuterheilmittel eingenommen, um meine Magensäfte zu beruhigen. Ich muß dorthin, ungeachtet meines Zustandes.

Abends

Bürger Botot und ich wurden in eine elegant möblierte, mit Gobelins behängte Eingangshalle geführt. Ein älterer Mann um die Vierzig, der ein Schwert hinter sich herzog, kam auf uns zu. Er

ging mit der einstudierten Grazie eines Ballettmeisters. Er umarmte Bürger Botot, strich ihm über die Wange. »Und wer ist diese bezaubernde Dame, die du mir da mitgebracht hast, François?« Mit theatralischem Schwung küßte mir der Deputierte Barras die Hand.
»Ah – der berühmte Deputierte Barras.« Ich fiel in einen tiefen Hofknicks.
»Ich hasse den Gedanken, wo*für* ich wohl berühmt sein könnte.«
Er lächelte und entfernte sein goldgefaßtes Lorgnon aus dem rechten Auge. In einem Diamanten an seinem Mittelfinger fing sich das Licht. Er trug hautenge gelbe Seidenbundhosen, hohe schwarze Reitstiefel und überall Spitze – *sehr* Ancien régime. Kaum der Revolutionär, den ich, nach allem, was mir zu Ohren gekommen war, erwartet hatte.
»Gibt es da denn so viele Möglichkeiten?« fragte ich. Er roch stark nach Ambraöl.
»Unzählige.« Im Schein der Fackeln war sein Gesicht eckig, wie gemeißelt, mit hohen Wangenknochen. Ein empfindsam wirkender Mann mit kummervollen Hundeaugen. »Mein lieber Botot«, sagte er, als er meinen Arm ergriff, »wärst du gekränkt, wenn vielleicht *ich* diese Dame mit meinen Gästen bekannt machte?«
Als wir den Salon betraten, blieb ich stehen, um ein Gemälde von Greuze zu bewundern.
»Später werde ich Ihnen meine Sammlung zeigen«, sagte der Deputierte Barras. »Ich habe einen Blick für Schönheit ...«
»Manche nennen es eine Schwäche«, raunte Botot.
Der Deputierte Barras lächelte, ein jungenhaftes schiefes Grinsen, das ziemlich einnehmend war. »Da wir gerade von Schönheit sprechen, wie ich sehe, tragen Sie eine von Bürgerin Deperets Kreationen«, sagte er in Anspielung auf das komplizierte Spitzen- und Bändermuster auf der Schulter meines Kleides.

»Eine ausgezeichnete Modeschöpferin, aber launisch, wie ich hörte.«
»Sie *ist* ausgezeichnet«, sagte ich. Ich wagte nicht zu enthüllen, daß ich das Ensemble ausgeliehen hatte.
Während des ganzen Abends war der Deputierte Barras sehr aufmerksam. (Ich habe ihn im Verdacht, daß er sehr viel mehr an der Inszenierung einer Verführung als an der Verführung selbst interessiert ist.) Nach dem dritten Toast auf die Republik war ich ausreichend ermutigt, mein Anliegen bezüglich der Verhaftung des Comte de Montmorin vorzubringen. Die Antwort des Deputierten Barras machte mir Mut – jedenfalls mehr als das abweisende »Wir werden sehen«. Er legte Wert darauf, mich mit den vier anwesenden Mitgliedern des Untersuchungsausschusses bekannt zu machen. Aufgrund der Achtung, die sie dem Deputierten Barras zollten, wurde mir klar, daß es klug wäre, seine Freundschaft zu pflegen ... was sicherlich nicht schwerfällt. Er amüsierte mich.

Dienstag, 28. August

Heute nacht geht es los. Keine Kutschen, keine Pferde auf den Straßen nach neun Uhr. Ein Ausrufer zu Pferd verkündete, daß die Durchsuchungen um Mitternacht begännen.
Was mußten wir verstecken? Aimée verbrannte eine Menge Liebesbriefe. Sie las die privateren Passagen laut vor, bevor sie sie ins Feuer warf. »Ich wünschte, ich hätte Liebesbriefe zu verbrennen«, sagte ich. Alexandres Briefe waren eher Predigten, in denen er die Tugenden der Republik pries.
»Laß seine dort liegen, wo die Obrigkeit sie sehen kann«, sagte Aimée.
Agathe beobachtete uns verstohlen, und auf einmal fragte ich mich: Ist meine Kammerzofe eine Spionin?

29. August

Es war nach ein Uhr morgens, als der Suchtrupp kam, eine Gruppe von zwölf Männern, die an die Tür hämmerte. Der Anführer war ein Bürger Wimpfen, ein Fellverkäufer, den ich, wie ich mich erinnerte, in unserem Bezirksbüro gesehen hatte. Sie gingen durch die Zimmer, bestanden darauf, daß wir die Kinder weckten, damit sie deren Betten durchsuchen konnten, wobei sie mit ihren Dolchen in die Pelzdecken stachen.

Aimée bot ihnen alten Wein in einer Karaffe und kalten Flußhecht an. »Das werdet ihr für die harte Arbeit, die heute nacht vor euch liegt, brauchen, Bürger«, sagte sie zu ihnen und schenkte großzügig ein, was ihnen schließlich die Röte ins Gesicht trieb. Sie kann das gut. Ich hingegen hatte Angst, sie könnten mein Zittern bemerken.

29. August 1792

Bürgerin Beauharnais:

Bezüglich der Arretierung und Inhaftierung des Bürgers Montmorin ist Ihnen in einer Woche, am vierten Tag des September, um drei Uhr nachmittags, eine Anhörung vor dem Ausschuß gewährt worden.

Bürger Botot
Vorsitzender, Untersuchungsausschuß

Donnerstag, 30. August

Wieder sind Tausende verhaftet worden – Kleriker, Priester, Aristokraten. »Wir sind die nächsten«, sagte Aimée und streifte ihre Fechtmaske über.

28. August 1792 – Valenciennes

Liebe Rose,
ich bin zum Generalfeldmarschall in Straßburg befördert worden. Ich reise morgen ab. Ich weiß nicht, wie lange es dauern wird, bis ich dort ankomme, da ich die Garnisonsstädte an der Strecke inspizieren werde. Mache Dir keine Sorgen, ich habe ein ausgezeichnetes Pferd.
Grüße die Kinder herzlich von mir.

Dein Gemahl, Alexandre Beauharnais.

2. September

Österreichische Truppen sind einen Zweitagesmarsch von Paris entfernt. Panik hat die Stadt ergriffen. In einem Hinterzimmer, auf einem kleinen Eichentisch, stellen wir Waffen zusammen: ein Hackbeil, Aimées Fechtsäbel, Kommandant du Brayes Pistole. Ich berührte das kalte Metall und malte mir das Schlimmste aus. Konnte ich? Wollte ich?

Montag, 3. September, abends

Eugènes Geburtstag, sein elfter. Der Lärm der Sturmglocken erfüllt die Luft, Kanonen zeigen an, wie langsam die Stunden vergehen.
Ich zog die Vorhänge vor und verbot den Kindern, hinauszuschauen. Ruhig ging ich meinen Beschäftigungen nach, befestigte Bänder zur Feier des Geburtstages, sagte Gebete auf, um den Tod abzuwehren. Die Dolche stets griffbereit, brachte ich den Tag herum: Kinder verköstigen, Wäsche flicken, Bettzeug lüften. Mit kleinen Gewohnheiten überwindet man die Angst.
Doch nun, da die Kinder schlafen, warte ich am Fenster und schaue, lausche und warte, die Pistole auf dem Tisch vor mir. Im

Dunkeln herrscht die Angst. Was würde ich tun, wenn ich angegriffen wurde? Brächte ich den Mut auf, ein Menschenleben auszulöschen? Wie wird so etwas gemacht?

4. September

Es war zwei, vielleicht drei Uhr morgens, als ich leises Gelächter hörte und zum Fenster ging. Die Sterne und der Mond schwebten über der Stadt. Friedlich, dachte ich, doch dann sah ich, wie sich in der Dunkelheit flackerndes Licht bewegte. Die Stadt pulsierte von Fackeln.
Zwei Burschen, lachend vor trunkenem Vergnügen, tauchten unten auf der Straße auf.
Ich sah genauer hin.
Sie zogen und zogen, sie torkelten und fielen hin, sie lachten und zogen wieder.
Aber was zogen sie?
Und dann sah ich es. Es war der Körper eines Mannes, den sie zerrten, die langen Beine weiß, nackt unter einem schwarzen Ordensgewand – ein Priester.
Ich würgte und drehte mich um, rang nach Luft.

Sobald der Himmel hell wurde, zog ich mich zum Ausgehen um und befestigte meine Kokarde. Ich machte mich auf den Weg zur Rue de Lille. Frédéric war Mitglied der Nationalgarde. Er würde Bescheid wissen.
Es war Prinzessin Amalia, die mich empfing, trotz der frühen Stunde. Auch sie hatte nicht geschlafen. Sie führte mich in den Garten, wo sie mich aufforderte, unter einer blühenden Akazie Platz zu nehmen. Dort, in einer Kulisse von Frieden und Schönheit, erzählte sie mir, was in der Nacht vorgefallen war. Die Männer und Frauen in den Gefängnissen waren abgeschlachtet worden.

Ich fühlte mich einer Ohnmacht nahe. »Der Comte de Montmorin? Er ist in der Abbaye ...«
Prinzessin Amalia nahm meine Hand.
Mon Dieu. Ich hätte an eben diesem Nachmittag einen Termin vor dem Ausschuß gehabt. Und nun war es zu spät.
In diesem Moment verriet mir die Prinzessin, daß sie und Frédéric vorhätten, aus Frankreich zu fliehen.
»Aber wie? Die Tore, die Wächter ...«
»Frédéric ist es gelungen, zu einem hohen Preis, Passierscheine nach Saint-Martin zu bekommen. Von dort aus, so glauben wir, können wir nach England gelangen.«
England. Der Feind. Aber wer war heute der Feind? Der Feind war überall.
»Sie werden ... Sie werden alles verlieren.« Ihren Landsitz, das Hôtel de Salm, alles, was sie besaßen, würde der Staat vereinnahmen, alles bis auf die Kleider auf ihrem Leib.
»Alles bis auf unser Leben.«
»Nehmen Sie uns mit.« Die Worte entschlüpften mir ohne nachzudenken. »Mich und die Kinder.« Es war furchtbar und erschreckend, so etwas zu tun, furchtbar und erschreckend, jemanden darum zu bitten, aber ich war nur von dem einen Gedanken besessen: Hortense und Eugène aus Frankreich heraus in Sicherheit zu bringen.
»Oh, Rose, das können wir nicht. Es ist unmöglich. Sie würden einen Paß benötigen.«
»Dann die Kinder.« Tränen traten mir in die Augen. »Sie können sie als Ihre eigenen ausgeben.«
Sie griff erschrocken nach mir. »Rose?«
Ich begann zu zittern.
Prinzessin Amalia blickte zum Himmel hinauf. Sie holte tief Luft. »Ja.«

Aimée und Lucie waren in der Halle, als ich eintrat. Ich schaute weg.
»Stimmt etwas nicht?« Aimée stellte ihren Marktkorb ab.
»Ich fühle mich nicht wohl«, sagte ich. Prinzessin Amalia und Frédéric wollten bei Tagesanbruch abreisen. Ich hatte versprochen, niemandem etwas zu verraten. Ich wollte es auch nicht. Ich fürchtete mich vor Komplikationen, der Logik – der Wahrheit. Ich fürchtete mich vor Schuldgefühlen, weil ich nur an mich dachte. Ich eilte die Treppe hinauf.
Eugène begrüßte mich mit einer Umarmung. Hortense lief mit einer Zeichnung, die sie gerade angefertigt hatte, herein. Sie wirkten so ungemein jung. Ein schreckliches Gefühl stieg langsam in mir auf.
»Maman?« fragte Eugène.
Ich faßte mich. »Ich habe Neuigkeiten. Ich habe Vorkehrungen für einen Ferienaufenthalt getroffen, mit Frédéric und Prinzessin Amalia.« Ich wußte, daß ich dies durchstehen und ruhig bleiben mußte. Sonst würde ich sie verschrecken.
Eugène erschien erfreut. Ich war erleichtert.
»Ich will aber in die Schule gehen«, sagte Hortense.
»Es gibt keine Schulen mehr. Erinnerst du dich? Alle Schulen wurden geschlossen.«
»Sie kommen nicht mit?« In Hortenses Stimme schwang ein hohes Tremolo mit.
Ich nahm sie in die Arme. »Ich werde bald nachkommen.« Ich log. Ich küßte sie auf den Kopf. Weine nicht, befahl ich mir. Weine bloß nicht!

Jetzt ist es Mitternacht. Das Lampenlicht ist heruntergebrannt. Ich wickele Haarsträhnen meiner Kinder um die Finger, drücke sie in ein Medaillon. Die von Eugène kräuselt sich leicht um meinen Finger; die von Hortense ist fein und glatt, sie widersetzt sich dem Eingesperrtwerden.

Sie schlafen. Eugène liegt ausgestreckt über dem Bett, fast nur aus langen Beinen und Armen bestehend. Er schläft geräuschvoll, ohne sich zu rühren. Ich habe keine Angst um ihn. Aber Hortense braucht mich noch, Hortense ist es, die leiden wird. Sie liegt zu einer angespannten Kugel zusammengerollt da, das Gesicht selbst im Schlaf in einem Stirnrunzeln erstarrt. Ich danke Gott, daß Eugène bei ihr sein wird. Er hat Mut genug für uns alle.

5. September

Der Morgen dämmerte, als wir aufbrachen. Eugène und ich wechselten uns mit dem Tragen der Provianttasche aus Leinwand ab. Ich bemühte mich, eine fröhliche Haltung zu wahren. Der Vierspänner wartete im Hof des Prinzen und der Prinzessin. Der Kutscher war nicht livriert, und die Familienwappen waren übermalt aus Furcht, Aufmerksamkeit zu erregen.

Der arme Frédéric war aufgeregt. Er schaffte es nicht, sein Schwert ordentlich umzuschnallen. Eugène half ihm. Dann nahmen die Kinder und ich Platz, wo wir nicht im Weg waren, während die Prinzessin das Packen überwachte. Es war soviel in eine Truhe gestopft worden, daß der Kammerdiener den Deckel nicht schließen konnte. Prinzessin Amalia war gezwungen, eine Anzahl Roben wieder herauszunehmen.

Schließlich waren sie fertig. Ich half den Kindern in die Kutsche. Ich küßte sie und schloß die Tür. Der Kutscher knallte mit der Peitsche, die Pferde zogen an. Hortense winkte. Eugène drückte die Lippen ans Fenster, um eine Grimasse zu schneiden.

Das war das letzte, was ich sah.

Ich eilte nach Hause. Als ich mich der Kirche zum Heiligen Thomas Aquinas näherte, hörte ich ein Kind singen, ein melancholischer Sopran, Hortenses lieblicher Stimme sehr ähnlich. Ich blieb stehen.

Ich wollte eine Kerze entzünden, ein Gebet sprechen ... ein Gebet für eine sichere Reise, für meine Kinder, aber in der dunklen Kapelle wurde meine Absicht vereitelt. Arbeiter rissen Kirchenornamente ab. In einer Ecke war ein Tisch aufgebaut worden, und eine Reihe junger Männer hatte sich formiert: Armeerekruten. Auf den vorderen Kirchenbänken sortierten ein Priester und mehrere alte Frauen Armeeuniformen.

Ich stand verwirrt im Bogengang.

Zwei der Arbeiter gingen an mir vorbei, eine schwere Madonnenstatue zwischen sich tragend. »Pardon«, sagte einer. Sie luden die Statue auf einen Handwagen und zogen damit los. Der Arbeiter in dem blauen Kittel winkte mir zu, wie in einer Prozession.

Ich erinnerte mich, wie Hortense gewinkt hatte. *Auf Wiedersehen. Auf Wiedersehen, Maman.*

Für wie lange?

Für immer?

Ein Gefühl der Panik überwältigte mich. Ich fiel auf die Knie. Der Priester und eine der alten Frauen eilten mir zu Hilfe. Der Priester führte mich, so gut es ihm möglich war, zu einer Kirchenbank, drängte mich auszuruhen. »Ich muß gehen.« Ich riß mich los.

Ich weiß nicht mehr, wie ich zur Rue Saint-Dominique gelangte. Ich weiß nicht mehr, wie ich die Treppe hinaufstieg. Ich weiß nur noch, daß ich an der Tür des Kinderzimmers stand. Über den ganzen Fußboden waren Eugènes Zinnsoldaten verstreut. Eine von Hortenses Puppen lag in sich zusammengesunken in einer Ecke.

»Oui?« Agathe stand über Eugènes Bett gebeugt, als wollte sie es in Ordnung bringen. Im Kissen war eine Vertiefung, wo Eugènes Kopf gelegen hatte.

»Nein!«

Agathe sah mich irritiert an.

»Bitte.« Diesmal leise. Ich hatte sie erschreckt. »Nicht.« Ich langte nach dem Türgriff, um mich abzustützen.
»Soll ich denn das Bett nicht machen?«
»Nicht gerade jetzt.« Meine Stimme bebte.
Agathe betrachtete mich mißtrauisch. »Ich verstehe.« Sie wich zurück.
Ich schloß die Tür hinter uns, drehte den Schlüssel herum, holte tief Luft. Ich hätte sie immer noch bei mir, ihre vertraute Unordnung, ihre zerwühlten Betten – ihren Duft, die Abdrücke ihrer Körper auf den Kissen ... Beweise, daß es sie gab.

Ich werde eine gute Republikanerin

8. September 1792

Aimée ist entsetzt über das, was ich getan habe.
»Ich *mußte* es tun!«
»Du hättest wenigstens mit mir darüber sprechen können.«
Die Wahrheit war, daß ich Angst davor hatte, es ihr zu sagen, Angst davor, daß sie es mir ausreden würde. Angst davor, daß sie sagte: Was ist mit Lucie? Was ist mit *meiner* Tochter?
»Ich versprach, es nicht zu verraten!«
»Rose, verstehst du denn nicht? Das bringt dich in große Gefahr!« schimpfte sie. »Und was ist mit Alexandre? Ich darf gar nicht daran denken, was ihm zustoßen wird, wenn die Obrigkeit das herausfindet!« Alexandre – *mon Dieu.*

Sonntag, 16. September

Regen und noch mehr Regen. Ich verbrachte den Morgen im Bett, lauschte dem Knistern des Feuers, dem steten Tropfen des Regens auf das Dach, allein mit meinen traurigen Gedanken, einer verzehrenden Langeweile.
Gegen elf muß ich eingeschlafen sein, denn ich träumte von zu Hause, vom Salzwasser in der Bucht, dem Astgewirr der Mangroven … Ich erwachte jäh. Draußen auf der Straße hörte ich eine Kinderstimme, das sprudelnde Gekicher eines Mädchens. Wie grausam, dachte ich, daß ein Kind, das sich wie Hortense anhört, vor meinem Fenster ruft.

Ich hörte das ungeduldige Tänzeln von Pferdehufen auf dem Kopfsteinpflaster, das Öffnen der Eingangstür, eine Jungenstimme. War es möglich? Ich ging zum Treppenabsatz, umklammerte hilfesuchend das Geländer. Dort, in der Eingangshalle, standen Hortense und Eugène und blickten zu mir hoch.

»Maman!« Sie polterten die Treppe herauf und in meine Arme. Ich umklammerte sie fest, ungläubig. Sie waren verwirrt – und vielleicht ein wenig beunruhigt – durch die Heftigkeit meiner Begrüßung, meine Tränen.

»Vater hat einen Brief geschrieben, daß wir zurückkommen sollen«, erklärte Hortense. Sie schien sich darüber zu freuen.

»Alexandre?«

Prinzessin Amalia kam in die Eingangshalle. Frédéric war hinter ihr, er sah angegriffen aus. Er trug seine Nationalgardenuniform, die ihm jetzt zu eng war. Ich bedeutete ihnen, vorsichtig zu sein, denn Agathe war mit einem Korb Wäsche an die Brüstung gekommen. »Soll euch Agathe eine heiße Schokolade machen?« fragte ich die Kinder. Sie folgten ihr freudig in die Küche hinunter. Ich öffnete die doppelte Schiebetür zum Salon. Als Prinzessin Amalia und Frédéric hinter mir eintraten, vergewisserte sich Frédéric, daß niemand sich hinter den Vorhängen verbarg. Ich schloß die Tür hinter mir. »Was ist *geschehen*?« flüsterte ich.

»Kurz vor Saint-Paul erhielten wir eine Eilpost«, sagte Prinzessin Amalia mit gedämpfter Stimme, als sie ihren Federhut abnahm. Ihr stark gepudertes Haar war zu einem kunstvollen Knoten frisiert. »Von Alexandre. Er verlangte, daß die Kinder auf der Stelle nach Paris gebracht werden.« Sie zog ein Schriftstück aus ihrem Korb und reichte es mir. »Es kam zwei Tage, bevor wir nach England aufbrechen sollten, an.«

»Alexandre hat das geschickt?« Ich sank aufs Sofa. »Wie hat er es herausgefunden?«

»*Sie* haben ihn nicht informiert?« Prinzessin Amalia sah kurz ihren Bruder an. »Wir dachten ...«

»Ist es möglich, daß die Regierung davon weiß?« fragte ich.
»Sie haben überall Spione«, sagte Frédéric verbittert.
Ich wußte überhaupt nicht, was ich denken sollte. Ich war vor Freude überwältigt, Hortense und Eugène wiederzusehen, aber auch beunruhigt durch die gefährliche Lage, in die sie zurückgekehrt waren. »Aber *Sie* hätten doch nach England weiterreisen können«, sagte ich zu ihnen.
»Jemand mußte doch die Kinder begleiten«, erklärte Prinzessin Amalia.
»Es gab niemanden, dem wir vertrauen konnten«, sagte Frédéric.
Erst nachdem sie gegangen waren, wurde mir die Ungeheuerlichkeit von Alexandres Tun klar. Das Leben unserer Kinder, das Leben des guten Frédéric und der Prinzessin Amalia war aufs Spiel gesetzt worden. Ich habe Alexandre einen wütenden und kummervollen Brief geschrieben. Ich schaue zu, wie er im Kamin verbrennt.

21. September 1792 – Straßburg

Rose,
wie kannst Du sagen, daß ich die Lage in Paris nicht verstünde? Ich verstehe sie vollkommen: Die Pariser wurden von einer unvernünftigen Panik übermannt. Die Österreicher hätten niemals angegriffen! Aber trotzdem, die Kinder nach England schicken? Kannst Du Dir vorstellen, was dies für meine Karriere bedeutet hätte? Als ehemaliger Aristokrat bin ich täglich dazu aufgerufen, meine Loyalität unter Beweis zu stellen.

Dein äußerst aufgebrachter und gekränkter Gemahl, Alexandre

Freitag, 21. September

Aimée ist auf meine Sicherheit bedacht. »Du mußt eine gute Bürgerin werden, eine vorbildliche Republikanerin.« Sie hat eine rote Mütze und eine Kokarde aus Wolleinen neben die Eingangstür gelegt – nicht einmal eine Seidenkokarde ist gut genug – »für *jede* Gelegenheit, bei der du das Haus verläßt«.
Ich stöhnte.
Sie erlaubte sich vorzuschlagen, daß ich einen weniger attraktiven Umhang suchen sollte, den ich auf der Straße trage. »Jede Zurschaustellung von Reichtum ist gefährlich«, sagte sie. »Selbst saubere *Unterwäsche*.« Sie schenkte mir einen Umhang, den sie in einem Laden für gebrauchte Kleidung gefunden hatte. Er ist abgetragen und geflickt, ein unkleidsames schmutziges Gelb. »Perfekt. Du siehst gräßlich aus.«

Samstag, 22. September

Die neue Republik dämmerte feucht und trübe herauf. Auf den Straßen wimmelt es von Menschen, die im Regen herumlaufen, Wein miteinander teilen, singen, die neue Ära der Freiheit feiern. In römische Tuniken, zerlumpte alte Armeeuniformen und stokkige Hofgewänder gehüllt, haken sie sich ein und wandern von einem Viertel zum nächsten.
Aimée hat den Salon mit revolutionären Zeitungen und Magazinen vollgestopft. »Für unseren Salon«, erklärte sie.
»*Unseren* Salon?«
»Jeden Dienstagabend, Revolutionäre willkommen«, sagte sie, während sie eine Gästeliste ausstrich. »Sie sind eine Bande von Flegeln – es könnte sogar amüsant werden.«

26. September

Unser »Salon« war ein Erfolg. Es waren siebzehn Gäste anwesend. Fanny erschien als erste (modisch rustikal aussehend). Sie kam mit Michel de Cubières (dick aussehend), ihrer Tochter Marie (dünn aussehend) und einem Bürger Lestaing (reich aussehend), einem verwitweten Mulatten aus Saint-Domingue, der auf mehr als nur freundschaftlichem Fuße mit Marie zu stehen schien. (Alle taten so, als seien sie nicht entrüstet.)

Marie teilte mir mit, daß sie unter dem neuen Gesetz die Scheidung von François beantragt hätte. »Es ist einfach!« Sie trug eine Arbeiterinnenhaube mit einer riesigen Trikolorenkokarde an der Vorderseite. »Wann läßt du dich von Alexandre scheiden?«

»Daran habe ich noch nicht gedacht«, sagte ich. Trotz allem meinte ich immer noch, daß Alexandre mein Mann *war* – der Vater meiner Kinder.

Eine Anzahl Deputierter war eingeladen worden, auch der Deputierte Barras, der in Begleitung des Bürgers Botot und des Deputierten Tallien erschien, allesamt in guter Stimmung.

Der Deputierte Barras küßte mir die Hand. »Bürgerin Beauharnais«, sagte er mit Trauer in den großen Augen. »Mit Bedauern erfuhr ich von Ihres Freundes …«

Bürger Botot sah gleichermaßen niedergeschlagen drein. »Der Zeitplan …«, lispelte er. Ich zuckte mit den Schultern.

»Ich hatte eigentlich vor, Ihnen zu schreiben«, sagte ich, »um Ihnen für Ihre Hilfe zu danken.«

»Darf man alternden Lüstlingen in Gesellschaft einer Dame trauen?« mischte sich ein junger Mann in einem roten Frackrock ein. Außerordentlich groß mit widerspenstigen Haaren bewegte er sich wie eine Katze.

»Hat dir deine Mutter erlaubt, heute abend auszugehen, Tallien?« fragte der Deputierte Barras, als er einen Tisch zum Kartenspiel vorbereitete. Bürger Botot lachte.

»Der Deputierte Tallien ist *Sekretär* der Commune?« fragte ich Aimée später, als ich Gelegenheit dazu hatte. »Aber er ist noch so jung.« Obwohl er nach außen sanft wirkt, hat er das Benehmen eines unbekümmerten Draufgängers: sarkastisch, respektlos, geistreich.

»Kaum fünfundzwanzig, der Sohn eines Kammerdieners. Aber attraktiv, findest du nicht? Und offensichtlich gebildet. Der Herr seines Vaters machte den Fehler, ihn zu unterrichten. Ich habe gehört, daß er Plutarch ebenso gut zitiert wie jeder Adlige. Es heißt sogar, daß der Herr sein Vater *ist*. Fällt dir nicht etwas Aristokratisches an seinem Profil auf? An seiner Nase? Ein sanfter, gutherziger Mann dem *Anschein* nach, aber skrupellos, wie es heißt – einer der Kommissare. Hast du von dieser neunzehnjährigen Frau aus Saint-Denis gehört? Als Delegierter verkleidet, wurde sie im Konvent verhaftet, mit Schwefelsäure in der Tasche – für sein Gesicht bestimmt.«

»Er ist ein Septembrist?« Ich dachte an Luc de Montmorin, an seinen gewaltsamen Tod. Wie hatten wir bloß einen *Septembrist* in unser Haus einladen können?

»Aber einflußreich. Er war derjenige, der um Passierscheine aus der Stadt für Prinzessin Amalia und Frédéric nachgesucht hat.« Aimée drückte meinen Arm. »Es heißt, daß ihm aristokratische Frauen gefallen.«

Nach unzähligen Toasts auf die Republik forderte ich Bürger Tallien zu einer Runde Ecarté auf. Er hatte eine Schwäche fürs Spielen, wie ich bemerkte. Ich erfreute ihn außerordentlich, indem ich verlor. Nach zwei Spielen (die mich siebzehn Livres kosteten) nahm ich all meinen Mut zusammen, um meine Bitte bezüglich meiner Freunde vorzubringen.

»Und Ihrem Freund Frédéric erlauben, in die Armee des Feindes einzutreten?« entgegnete Tallien. Ich mußte lächeln.

»Vergeben Sie mir, wenn ich nicht verstehe, was daran komisch ist«, sagte Tallien.

Ich klärte ihn auf: »Dies ist vielleicht das erste Mal, daß mein Freund als ein Held auf dem Schlachtfeld betrachtet wird.« Der gute Frédéric stand im Ruf, ein Feigling zu sein. Ihm war sogar die Schande zuteil geworden, aus der freiwilligen Nationalgarde entlassen zu werden.
Leichtfertig oder nicht, jedenfalls sagte Tallien, er bezweifele, daß Passierscheine zu erhalten seien.
»Aber es muß doch eine Möglichkeit geben.« Wäre ich nicht gewesen, wären Frédéric und Prinzessin Amalia jetzt in England, sie wären in Sicherheit.

30. September 1792 – Straßburg

Rose,
wie kannst Du mich beschuldigen, die Sicherheit meiner Kinder über meine eigene zu stellen! Ich würde für sie sterben! Und was Amalia und Frédéric berifft, so sind sie in Paris besser aufgehoben.

Alexandre

2. Oktober

Heute nachmittag ging ich in das Büro des Abgeordneten Tallien, um ihn noch einmal wegen der Passierscheine für Frédéric und Prinzessin Amalia zu befragen. Man ließ mich einige Zeit warten. Er hätte am Umbruch des *L'Ami des citoyens*, der Revolutionszeitung, die er herausgibt, gearbeitet, sagte er, als er endlich geruhte, mit mir zu sprechen. Er hätte einen Redaktionsschluß einzuhalten.
»Ein anderes Mal?« erkundigte ich mich und wagte den kühnen Schritt, ihn zum Abendessen einzuladen.
»Perfekt«, sagte Aimée, als ich es ihr erzählte, und bot an, Eugène und Hortense für die Nacht in ihrer Wohnung zu behalten.

Am selben Abend

Der Deputierte Tallien ist gegangen; meine Tugend ist unversehrt. Angegriffen vielleicht, aber unbefleckt.

Wir verbrachten den Abend zusammen, tranken gemeinsam zwei Flaschen Wein, dem der Deputierte Tallien zweifelsohne gerne zuspricht. Wir spielten Piquet und unterhielten uns – über die Republik, die Verfassung, die Zukunft. Hinter einem liebenswürdigen Auftreten steckt ein junger Mann, der unbedingt etwas ändern will. Er glaubt inbrünstig an die Revolution, hat sich ganz der Vision von einer besseren Welt verschrieben.

»Die gemäßigten Deputierten behaupten, daß die Radikalen der Vergangenheit keine Beachtung schenken«, sagte er, »doch die Gemäßigten ignorieren die Gegenwart. Sie wollen die Armut nicht sehen, die uns umgibt.«

»Es ist schwer verständlich, wie man sie *nicht* sehen kann.«

Wir sprachen über unsere Familien, unsere Hoffnungen und Ambitionen. »Sie sind – vierundzwanzig? Fünfundzwanzig?« fragte ich. »Suchen Sie keine Ehefrau?«

»Ich suche die Ehefrau eines Brigadegenerals«, sagte er charmant.

»Sie wissen schon, was ich meine.« Ich lächelte.

»Ich glaube, ich bin des Gefühls, das man Liebe nennt, nicht mächtig.«

Ich schaute ihn überrascht an. »Das muß ein trauriges Gefühl sein.

»Es ist ein sicheres Gefühl.« Er erhob sich, um zu gehen. »Sie haben nicht nach den Passierscheinen für Ihre Freunde gefragt.« Er zog ein Papier aus der Westentasche. »Ich habe dafür gesorgt, daß zwei erteilt werden.«

Der Schein einer Kerze spiegelte sich in seinen Augen wider. »Das ist freundlich von Ihnen.«

»Nicht viele nennen mich *freundlich*.«

»Ich möchte noch eine andere Bitte vorbringen«, sagte ich, durch den Wein kühn geworden. »Bezüglich eines Mädchens mit Namen Anne-Julie de Béthesy, im Gefängnis Port-Libre. Sie ist erst neunzehn.«* Eine weinende Madame Moulins hatte sich vor drei Tagen wegen ihrer Nichte an mich gewandt, die inhaftiert wurde, als ihre Familie aus Deutschland zurückkehrte.
Tallien lächelte. »Man gewinnt den Eindruck, daß Ihre Liste lang sein kann ...« Er beugte sich zu mir hinunter.
Ich bückte mich unvermittelt, um sein Schwert aufzuheben, reichte es ihm. »Ich bin überzeugt, daß Sie sich zur rechten Zeit verlieben«, sagte ich.
Er seufzte, legte die Hand aufs Herz. »Jeder will meinen Untergang.«
Ich lachte. Er ging befriedigt; ich bin erleichtert.

Donnerstag, 4. Oktober

Frédéric und Prinzessin Amalia reisten heute morgen ab, in aller Stille, bevor ich ihnen Lebewohl sagen konnte.

9. Oktober

Heute abend erhielt ich eine Nachricht von Frédéric: »Wir sind leider zurück.«
Ich eilte zum Hôtel de Salm. Frédéric kam an die Tür. Er hatte geweint. »Es ist hoffnungslos. Wir werden sterben!«
Prinzessin Amalia kam hinzu. Sie erzählte mir, was vorgefallen war. Sie waren nach Amiens aufgebrochen, doch an einer Poststation in der Nähe von Clermont waren ihre Papiere in Zweifel

* Anne-Julie de Béthesy war die Cousine der Äbtissin von Penthémont. Rose war der Tante des Mädchens, der Marquise de Moulins (oder Demoulins), in Fontainebleau vorgestellt worden.

gezogen worden. Weder alle aufgebotene Überredungskunst – »Noch Gold«, warf Frédéric ein – konnte den Stationsvorsteher dazu bewegen, sie nicht den Behörden zu übergeben. Glücklicherweise war der Kommandant nachsichtiger und ließ sie gehen, vorausgesetzt, daß sie umgehend nach Paris zurückkehrten.

»Und da sind wir, im fröhlichsten Gefängnis von ganz Europa«, sagte Frédéric abschließend und schwenkte ein besticktes Taschentuch durch die Luft. »Wenigstens können wir *hier* in die Oper gehen.«

Freitag, 12. Oktober

Eine Militärkutsche fuhr heute morgen in unseren Hof ein.

»Leutnant Soufflet«, meldete mir Agathe. »Er hat eine Nachricht von Ihrem Mann.«

»Von Alexandre?«

»Ja, ja.« Leutnant Soufflet erinnerte sich daran, seinen Hut abzusetzen. Er wirkte wie ein Junge – nicht älter als vierzehn oder fünfzehn. »Ja«, noch einmal. Er tastete in seinen Taschen herum und reichte mir einen Brief.

Ich erkannte Alexandres Handschrift. *Ich kann Dir nicht länger vertrauen. Ich brauche Dich wohl nicht an das Gesetz zu erinnern.*

»Ich soll General Beauharnais' Sohn nach Straßburg mit zurücknehmen.« Leutnant Soufflet sprach die Worte entschlossen aus, als hätte er sie einstudiert.

»Eugène soll nach Straßburg fahren? Mit Ihnen?«

»Ja.«

»Gleich?«

»Ja, ja.«

»Da ist sicherlich ein Irrtum unterlaufen.«

Ich las die Nachricht noch einmal. *Das Gesetz.* Als Vater konnte Alexandre seine Kinder in die Gefahren von Paris zurückbeordern, seinen Sohn auf einer langen und gefahrvollen Reise der Obhut eines Jungen anvertrauen, ihn den Gefahren einer Garnisonsstadt aussetzen. Ich steckte die Nachricht in die Tasche. Ich verstand: Ich hatte keine Wahl.

Leutnant Soufflet und ich holten Eugène in der Tischlerwerkstatt in der Faubourg Saint-Antoine ab, wo er, wie von der Commune gefordert, als Lehrling diente. Der angenehme Geruch von Sägespänen lag in der Luft des Raumes. Eugène, an einem Tisch im hinteren Teil beschäftigt, blickte nicht auf.

Ich erläuterte dem Bürger Quinette den Zweck meines Besuches. Er rief Eugène herbei und sagte ihm, daß er entlassen wäre. Eugène machte ein erschrockenes Gesicht. Ihm bereitete seine Lehrzeit mehr Vergnügen, als es jemals die Schule vermocht hatte.

»Ich werde es dir erklären«, sagte ich.

Die große, offizielle Kutsche und das stattliche Pferdegespann beindruckten Eugène, ebenso wie die Uniform, die Bürger Soufflet trug, der flotte Hut und das lange, glänzende Schwert. Eugène bürstete die Sägespäne von seiner Kleidung und kletterte auf den Ledersitz.

Wir kehrten in die Rue Saint-Domingue zurück. Die Vorbereitungen dauerten weniger als eine Stunde. Stolz schnallte Eugène sein Schwert um. Hortense schob eine Zeichnung in seine Provianttasche. Ich überprüfte den Korb mit Verpflegung. »Keine Eier?« Agathe ging nachsehen, ob noch hartgekochte da waren.

Leutnant Soufflet wurde unruhig. Es war Zeit. Da es regnete, sagten wir an der Tür Lebwohl. Ich hatte erst Angst, weinen zu müssen, doch statt dessen war ich entsetzt, betrübt – über Eugènes Begeisterung. Er war auf dem Weg, seinen Vater an der Front zu treffen. Was könnte dem Herzen eines Jungen näher sein?

Wir trauern um den König

5. November 1792

Eugène sendet kurze, traurige Briefe. Das Leben in Straßburg ist nicht so, wie er es sich vorgestellt hatte. Anstatt »an der Front« zu sein, in Zelten und an Lagerfeuern, wie er es sich ausmalte – ist er ins Collège Nationale eingeschrieben, ein revolutionäres Internat, das er noch mehr verabscheut als die aristokratischen. Hortense quält sich mit einer Schärpe ab, die sie für ihn näht. Sie vermißt ihn sehr. Wie wir alle.

16. November

Den größten Teil dieser Woche habe ich ausschließlich damit verbracht, mit Bewerberinnen als Hauslehrerin für Hortense Einstellungsgespräche zu führen. Heute nachmittag fragte ich meine Mantelnäherin, ob sie vielleicht interessiert wäre. Sie heißt Marie de Lannoy, aus der alten flandrischen Familie Lannoy (wie sie nicht müde wird zu betonen) – eine reizlose, eingebildete Frau mit dem Anspruch, eine Aristokratin zu sein. Sie plappert unaufhörlich, aber sie kann lesen, und ich weiß mir keinen Ausweg. Als ehemalige Näherin der Königin wird sie auch in der Lage sein, Hortense ein Handwerk beizubringen, das die gesetzliche Forderung erfüllt. Sie beginnt nächste Woche.

Montag, 19. November

»*Mademoiselle* Lannoy, s'il vous plaît.« Sie ist korpulent mit einem pockennarbigen Gesicht, vorstehenden großen Zähnen und Mundgeruch. Gegen eine Schlafstube im zweiten Stock hatte sie Einwände erhoben und auf einer im ersten Stock bestanden. Die Köchin flucht bereits, da sie ihre Hammelkoteletts dreimal zurückschickte. Kein »tu« oder »toi« bei dieser Dame, nicht einmal zu den Kindern, geschweige denn zu Fortuné, der sie zu beißen versuchte.

Agathe, unsere stotternde Revolutionärin, ist die einzige tapfere Seele unter uns. Nur sie läßt sich nicht einschüchtern, nennt sie dreist »*Bürgerin* Lannoy« und erlaubte sich, ihr eine kräftige schwesterliche Umarmung zu gewähren – sehr zu Mademoiselle Lannoys offenkundigem Unbehagen. Ich gestehe, daß ich belustigt war.

22. November

Mademoiselle Lannoy will nicht mit Agathe sprechen. »Ich habe mit einer Jakobinerin nichts zu schaffen«, teilte sie mir entschieden mit.

»Darf ich Sie daran erinnern«, teilte ich ihr mit, »daß mein Mann als Brigadegeneral in der Revolutionsarmee ebenfalls ein Jakobiner ist. Wir sind eine *republikanische* Familie.«

Ich habe darauf bestanden, daß sie Hortense zu allen Revolutionsfeiern mitnimmt und ihr erlaubt, mit den Kindern des Buchhändlers zu spielen. Ich klinge patriotischer, als ich bin, aber die Arroganz der Lannoy weckt sogar in mir den revolutionären Geist.

18. November 1792 – Straßburg

Liebe Rose,
danke für den »Ölzweig« – auch ich möchte nicht streiten. In einer Zeit wie der unsrigen ist es wichtig, daß alle Zwistigkeiten ausgeräumt werden. Wir müssen vereint gegen den Feind stehen, gegen die Unterdrücker der Freiheit.
Eugène scheint sich eingewöhnt zu haben und legt mehr revolutionären Geist an den Tag.

Dein Gemahl, Alexandre Beauharnais

Montag, 26. November

Wir sind ein Haus der Spione geworden. Agathe spioniert der Lannoy nach, die Lannoy Agathe. Hortense spioniert ihnen beiden nach.
Vergangene Woche informierte mich Hortense, daß sich Agathe jeden Tag nach dem Frühstück davonschleicht – und ich entdeckte, daß es stimmt. Agathe geht in der Tat aus, und zwar heimlich, gegen zehn Uhr morgens. Eine Stunde später ist sie zurück, die Wangen gerötet, die Hausarbeit unerledigt.
Jetzt habe ich herausgefunden, wohin sie geht. Die Guillotine zieht sie an, auf der anderen Seite des Flusses auf der Place Louis Quinze – heute Place de la Révolution –, wo sich täglich Menschenmengen versammeln, die Verkäufer Limonade feilbieten, die Kinder Nachlaufen spielen und die alten Damen tratschen, wenn die Köpfe rollen.

29. November

Heute morgen ging ich zu meiner Schneiderin in der Rue Saint-Honoré. Mir wurde beklommen ums Herz, als ich einen Wagen näher kommen sah, drei Männer und eine Frau auf dem Weg zur

Guillotine, einer der Männer jung, wirklich blutjung. Er weinte, ein anderer gab sich große Mühe, ihn zu trösten. Fünf Buben zogen hinter dem Wagen her und tanzten die Farandole.
Erschüttert überquerte ich die Straße und machte mich auf den Weg zurück zu den Palastgärten. Dort fand ich eine freie Bank unter einem Kastanienbaum, wo ich eine Weile mit kummervollem Herzen saß. Nicht weit von mir, unter einem anderen Kastanienbaum, stellte ein Spielzeugverkäufer ein Brett mit kleinen Guillotinen auf, solche, wie ich sie auf Drängen von Hortense und Eugène schon häufig hätte kaufen sollen, was ich aber unpatriotisch abgelehnt hatte.
Ich konnte den Lärm der Menschenmenge hören, die sich auf der Place de la Révolution versammelte. Dann und wann stimmte eine Gruppe ein Lied an, andere fielen ein, und das Lied wurde eindringlicher und fröhlicher. Es war ein heiterer und strahlender Morgen, und wenn man das Bild des Messers verdrängen konnte, konnte man sich kein unschuldigeres Fest vorstellen.
Beifall ertönte und dann der Ruf: »Lange lebe die Republik!«
Ein Kopf war gefallen.
Was ist nur aus uns geworden?

22. November 1792 – Straßburg

Liebe Rose,
ein Sieg hat unsere Waffen gekrönt! Ich war überzeugt, daß mein kommandierender General, der große Custine, Mainz erobern würde – aber gleich auch Frankfurt! Dieser Sieg bestätigt den Erfolg unserer Sache. Unsere Republik wird das Banner der Freiheit in alle Nationen der Welt tragen, das Unterdrückerjoch der Tyrannei abwerfen! Diese Neuigkeit hat meine Aufgabe als Ausbilder der neuen Rekruten erleichtert. Mit Stolz im Herzen pakken sie ihre Aufgabe begeistert an.
Eugène war an Fieber erkrankt, ist jetzt jedoch auf dem Wege der Besserung.
Dein Gemahl, Alexandre Beauharnais

8. Dezember 1792 – Straßburg

Liebe Rose,
aus der Feier ist Schmach geworden. General Custines Truppen wurden zum Rückzug gen Mainz gezwungen, wo sie den Winter über eingeschlossen sind. Viele meiner Männer sind desertiert. Es gibt Gerüchte, daß Custine als Folge davon verhaftet werden soll.
Glaube nicht, was in den Zeitungen steht.

Dein Gemahl, Alexandre Beauharnais

23. Dezember

Es war ziemlich mühsam für Hortense und mich, zu »Weihnachten« nach Fontainebleau zu gelangen. (Wir wagen nicht, es heute so zu nennen – wir feiern nicht mehr Weihnachten, sondern *Einigkeit*, die amtliche Bezeichnung.) Die meisten Pferde sind für die Armeen beschlagnahmt worden, so daß die Wartezeit für einen Platz in der Postkutsche erheblich war. Ich dachte daran, eine Droschke zu mieten, doch die Kutscher verlangten das Vierfache des normalen Preises, was unsere Mittel weit überstieg. Als uns daher Frédéric und Prinzessin Amalia anboten, ihren Vierspänner zu benutzen, nahm ich an.
Und so kam es, daß Hortense (mit Fortuné), die Lannoy und ich auf derart vornehme Art aufbrachen. Obwohl Frédéric und Prinzessin Amalia schon vor langer Zeit die Vorsichtsmaßnahme getroffen hatten, die adligen Embleme zu übermalen, waren die feinen Holzfurniere rund um die Fenster nicht zu verbergen. War dies der Grund, warum uns die Beamten am Porte Saint-Martin nicht passieren lassen wollten? Oder war es das hochmütige Betragen der Lannoy? Oder Fortunés unablässiges Knurren? Was auch immer der Grund war, der Wächter wollte nicht glauben, daß unsere Papiere echt waren. Wir mußten umdrehen und es an einem anderen Tor versuchen. Der Umweg hat unsere Reise um

zwei Stunden verlängert. Bis wir in Fontainebleau ankamen, waren wir bedenklich durchgefroren.
Tante Désirée brach bei unserer Begrüßung in Tränen aus – wir hatten sie schon seit vielen Monaten nicht mehr gesehen, und die Zeit war sorgenvoll gewesen. Der Bart des Marquis, früher einmal grau, ist erschreckend weiß geworden.
»Nenne ihn nicht Marquis«, warnte Tante Désirée gereizt. »Es heißt jetzt *Bürger.*«
Ich unterdrückte ein Lächeln.

Mittwoch, 26. Dezember

Der Prozeß des Königs hat begonnen. »Das ist eine Beleidigung!« ereiferte sich die Lannoy. »Der *König* kann doch nichts Unrechtes tun!« Sie ist überzeugt, daß die kompromittierenden Papiere, die in der Eisenkassette gefunden worden waren, von Jakobinern absichtlich dort hineingelegt wurden.*
»Bitte halten Sie den Mund, Lannoy!« flüsterte ich und bat sie inständig, bei ihren Äußerungen Vorsicht walten zu lassen. Es war ein Verbrechen geworden, auf das die Todesstrafe stand, wenn man seine Verbundenheit der königlichen Familie gegenüber kundtat. »Eine Gouvernante braucht ihren Kopf.«
»Die können mich mal«, rief sie. »Die können mich mal, sage ich.«
Sie hat gewisse liebenswerte Eigenschaften, aber man muß danach suchen.

* Am 2. November wurde in den Tuilerien in einer verschlossenen Eisentruhe hinter einer Holzvertäfelung geheime Korrespondenz zwischen dem König und den Österreichern entdeckt.

Später

Heute abend erhielt ich Besuch von einer Marktfrau, einem Fischweib. Der Duft von Rosenöl stimmte mich nachdenklich. Im Salon schlug sie ihre Kapuze zurück. Es war Fanny. »Warum verkleiden Sie sich?« fragte ich beunruhigt.

»Ich bin gekommen, um dich zu warnen«, zischte sie und bedeutete mir, still zu sein. »François ist geflohen. Er hat versucht, den König zu befreien.«

»Mon Dieu.« Ich sank auf einen Stuhl. »Den König zu *befreien*? Aus dem Temple?« Ich formte die Worte mit den Lippen.

Fanny nickte und nahm einen Bleistift und Papier aus ihrem Korb. *Er gehörte zu einer Gruppe*, schrieb sie. *Eine Verschwörung.*

Ich war derart gelähmt von dieser Nachricht, daß ich sie kaum begreifen konnte. Alexandres älterer Bruder, der vorsichtige, ruhige, ehrenwerte François hatte alles aufs Spiel gesetzt, die einzige flammende, verzweifelte Tat eines Helden. Er hatte sein Leben riskiert, um den König zu befreien.

Fanny schob mir noch einen Fetzen Papier in die Hand. *Er ist nach Deutschland hinüber – um sich der Emigriertenarmee bei Koblenz anzuschließen.*

Ich warf die Zettel ins Feuer. Würden François und Alexandre gegeneinander Waffen tragen? Würden sie ihren Streit bis in den Tod austragen?

Ich hörte, wie in der Halle eine Tür geschlossen wurde. Agathe. Ich bedeutete Fanny, vorsichtig zu sein.

Fanny streckte die Hand aus. Es war ein Edelstein, ein Diamant. Die Lichter tanzten auf ihrer Haut. »Ich nehm nur Metallmünzen, Bürgerin«, sagte sie laut, wobei sie einen Marktakzent vortäuschte, von dem ich gar nicht wußte, daß sie ihn kannte. (Wäre ich nicht derart beunruhigt gewesen, hätte ich es vielleicht amüsant gefunden.)

»Ist er echt?« fragte ich laut genug, um gehört zu werden. »Was verlangst du dafür?«
»Nicht mal die Hälfte von seinem Wert.«
»Sie haben mit François gesprochen?« raunte ich, als ich sicher sein konnte, daß wir wieder allein waren.
Fanny nickte. »Er kam, um sich von Émilie zu verabschieden. Er gab mir einen Brief für seinen Vater. Ich werde heute nacht versuchen, nach Fontainebleau hinauszukommen. Der Marquis muß gewarnt werden.«
Natürlich. Wir stehen jetzt alle unter Verdacht. »Aber *wie*?« Die Schlagbäume waren schon die ganze Woche geschlossen.
Fanny sah kurz zur Halle hinüber. »Ich kenne eine Näherin, die neben einem Durchbruch in der Mauer wohnt«, flüsterte sie, »der früher von Schmugglern benutzt wurde.«
Ich hörte erneut leise Schritte in der Halle. »Also, gute Frau, was *willst du* denn nun dafür?«
Fanny kritzelte etwas auf ein Stück Papier. *Ich tauche unter.*
In diesem Augenblick wurde mir die harte Wirklichkeit unseres Lebens voll bewußt. Es war möglich – die Tatsache, daß es sogar *wahrscheinlich* war, konnte ich nicht eingestehen –, daß ich Fanny vielleicht nie wieder sah. Die Tränen, gegen die ich gekämpft hatte, überwältigten mich.
Fanny legte mir den Diamanten in die Hand, kniff mich in die Wange und war verschwunden.

15. Januar 1793 – Straßburg

Liebe Rose,
ich bin erschüttert und entsetzt, erfahren zu müssen, daß mein Bruder übergelaufen ist. Die Feinde der Revolution sind zu feige, sich den Problemen unserer Tage zu stellen; statt dessen richten sie ihren Blick auf die Vergangenheit, auf das Zeitalter des Rittertums, der Kreuzzüge, stellen sich die Emigration als einen modernen Kreuzzug vor. Sie behaupten, daß der König Gefahr

läuft, enthauptet zu werden. Absurd! Der Zorn Europas würde sich über uns ergießen! Für wie töricht halten sie uns? Sie beharren darauf, rechtschaffen zu sein, wenn sie die Waffen gegen ihre eigenen Landsleute erheben. Sie betrügen sich selbst.

François hat die gesamte Familie in Gefahr gebracht, uns allen den Schandfleck des Verräters aufgebürdet. Ich fürchte, daß er versuchen könnte, Kontakt mit meinem Vater aufzunehmen. Sollte ein Brief eintreffen, muß *er ungeöffnet den Beamten des Sektionsbüros übergeben werden. Überzeuge Dich davon, daß er und Désirée begreifen, wie wichtig das ist.*

Das Erbe meines Bruders, sein gesamtes Vermögen und all seine Besitztümer werden nun konfisziert, was Marie und ihre Tochter Émilie mittellos zurückläßt. Es versteht sich von selbst, daß Émilies Aussichten auf eine gute Heirat auf ewig zerschlagen sind.

Ich kann einfach nicht glauben, daß es dazu gekommen ist … Ich schließe in Verzweiflung.

Dein Gemahl, Alexandre Beauharnais

Dienstag, 15. Januar 1793

Der König wurde für schuldig befunden – des *Landesverrats*. Die Lannoy ist gänzlich indisponiert. Wir haben ihr ein Wasser gegen Hysterie verabreicht, um sie wiederzubeleben.

»Werden sie ihn töten?« fragte Hortense. »Werden sie ihm den Kopf abschlagen?« Ich versicherte ihr, daß sie dies nicht tun werden. So sehr die Franzosen auch die Freiheit lieben, unser guter König Ludwig ist uns teuer.

17. Januar

Ich war gerade in meiner Parfümerie in der Rue Neuve des Petits Champs, als ich auf der Straße einen Tumult hörte. Ein Ausrufer zu Pferd schrie: »Der König muß sterben! Der König muß sterben!«

Ich drehte mich zu der Ladeninhaberin um. Sie brach in Tränen aus und lief aus dem Laden. Ich trat aus der Tür in die strahlende Wintersonne. Auch andere säumten die Straße. Wir sahen einander in entsetztem Schweigen an. Unser *König* muß sterben?

21. Januar

Die Trommeln setzten bei Tagesanbruch ein. Ich schloß die Vorhänge, aber ich konnte den Lärm nicht ausschließen.
Die Lannoy blieb in ihrem Zimmer. Agathe brachte ihr eine Schale Tee.
Wir hörten drei Trommelwirbel. Selbst Hortense verstummte. Ich hielt sie in den Armen.
Der König ist tot. Wir haben unseren König getötet.

Der Stern meines Mannes geht auf und unter

28. Mai 1793

Der Deputierte Tallien kam heute abend zu Besuch, das widerspenstige Haar unbedeckt trotz eines sanften Frühlingsregens.
»Was ist geschehen?« Eine Soldatenfrau fürchtet sich stets vor Neuigkeiten.
»Ihr Gemahl wird befördert«, sagte er.
»Befördert?« Es war erst zwei Monate her, daß man Alexandre zum General gemacht hatte.
»Oberbefehlshaber der Rheinarmee.«
»Ober*befehlshaber*?«
»Es wird morgen in der Versammlung verkündet.«* Tallien lehnte sein Schwert an die Wand.
»Kann man denn nichts dagegen unternehmen?«
»Es ist eine ziemliche Ehre, Bürgerin.«
Ich hielt den Mund. Nun, um beinahe drei Uhr morgens, kann ich nicht schlafen. Alexandre – Oberbefehlshaber? Ich sollte hocherfreut sein, doch es ist ein Gefühl der Angst, das mich erfüllt. Der Federkiel ist Alexandres Waffe – nicht das Schwert. Ich sehe mich in Witwenkleidung, ich sehe meine Kinder in Schwarz.

* Tallien benutzte eigentlich den Begriff »Konvent«. Während der Revolution wechselte der Name des gewählten Gremiums mehrmals: Am 17. Juni 1789 wurde aus den *Generalständen* die *Nationalversammlung*, aus der wiederum im Herbst desselben Jahres die *Konstituante* wurde. Mit der Annahme der neuen Verfassung am 1. Oktober 1791 wurde aus dem gewählten Gremium die *Legislative*, aus der wiederum am 22. September 1792 der *Nationalkonvent* wurde. Im Interesse, den Text für den Leser weniger verwirrend zu gestalten, wurde durchgehend der Begriff »Versammlung« verwendet.

29. Mai

Ich traf Tallien in einer Arkade, seine leuchtende dreifarbige Hutfeder hob ihn von all jenen Deputierten mit hohen schwarzen Hüten ab. Er wies einen Bediensteten an, mich in eine private Loge zu führen, die, nach der luxuriösen Ausstattung zu urteilen, früher der königlichen Familie gehört haben mußte. Es war eher eine Suite, mit Toilette und sogar einem Kamin. Drei Frauen befanden sich dort, eine in scharlachrotem Satin mit einem gewagten Dekolleté. Sie stellten sich als Gäste des Deputierten Barras vor, »auf Mission in den Süden, *leider*«, sagte die Frau in Scharlachrot.

Wir schickten uns an, die Vorgänge zu beobachten. Als Alexandre zum Befehlshaber ernannt wurde, sprang Tallien auf und applaudierte. Der Beifall war jedoch keineswegs einmütig. »Damit wir das einmal ganz klar zum Ausdruck bringen, Bürger«, brüllte ein Deputierter aus dem hinteren Teil des Saales. »Es ist der *Vicomte* Alexandre *de* Beauharnais, der ernannt wurde ... ein *Aristokrat*.« Drohendes Zischen folgte der Erklärung.

»Ich gratuliere, *Vicomtesse*«, sagte die Frau mit der silbernen Schminke auf den Augenlidern.

»*Bürgerin*, s'il te plaît«, sagte ich und erhob mich rasch, um zu gehen.

3. Juni 1793 – Straßburg

Liebe Rose,

ich bin gefeiert worden, fühle mich jedoch keineswegs sicher. Der Krieg, der auf dem Schlachtfeld geführt wird, ist einfach im Vergleich zu dem, der in der Versammlung geführt wird. Es wäre hilfreich, wenn Du zu den Mitgliedern des Allgemeinen Sicherheitsausschusses Kontakt aufnähmst – der Deputierte Barère ist eines, wie ich weiß. Wir waren zusammen in den Generalständen.

Er könnte sich als nützlich erweisen, sei auf der Hut: In den Anfangsjahren hat er einen Thron aus Diamanten für den König vorgeschlagen, doch im Prozeß gegen den König bestand er darauf, daß der Baum der Freiheit durch königliches Blut erfrischt werden müßte. Man kann niemandem vertrauen.

Dein Gemahl, Alexandre Beauharnais

Donnerstag, 11. Juni

Ich bin erschöpft. Jeden Morgen schreibe ich Briefe – Bittbriefe, Bürgschaftsbriefe. Jeden Nachmittag nehme ich an Versammlungssitzungen teil, komme mit Mitgliedern der verschiedenen Ausschüsse zusammen. Abends gehe ich in die Salons, die von einflußreichen Leuten besucht werden. Ich lächele, ich nicke, ich frage. Auf diese Weise ist es der Frau des Oberbefehlshabers Beauharnais gelungen, die Konfiszierung des Hauses der Bürgerin Montlosier und ihrer drei Kinder aufheben zu lassen, einen Aufschub der Exekution für den Bürger Dolivier, die Freilassung des Bürgers Hervilly und die Vergabe einer Stellung im Postdienst für Bürger Basire, dessen Tochter auf dem Pont-Neuf um Münzen bettelt, zu erwirken. Auf diese Weise führt die Frau des Oberbefehlshabers Beauharnais ihren eigenen Krieg.

13. Juni

Die Österreicher werden stärker. Alexandres Briefe sind beunruhigend. Er macht sich Sorgen darüber, was geschehen könnte, wenn er seine Leute in die Schlacht führen muß. »Meine Truppen sind schlecht ausgerüstet, schlecht gekleidet und schlecht genährt. Ich tue alles, was in meiner Macht steht, um sie auszubilden, ihre Moral zu stärken, aber ich habe Angst um sie. Wir sind dreißigtausend gegen dreihunderttausend, und das Gebet ist nicht mehr in Mode.«

Sonntag, 16. Juni, 3 Uhr 15 nachmittags

Aimée ist überglücklich. Es ist ihr gelungen, für Lucie, jetzt vierzehn, einen Heiratsvertrag mit Jean-Henri de Croisœuil, vierunddreißig, auszuhandeln.
»Monsieur de Croisœuil? Ist er nicht Royalist, ein Konterrevolutionär?«
»Aber widerwärtig *reich*.«

15. Juni 1793 – Fontainebleau

Liebe Rose,
wie von Dir beharrlich gefordert, habe ich eine Kopie der Menschenrechtserklärung an einem auffälligen Platz in unserem Salon aufgehängt – glücklicherweise kann der Marquis nicht gut genug sehen, um sie zu bemerken –, und gerade heute morgen habe ich der Stadtverwaltung eine Spende gemacht im Austausch gegen eine beeidigte Erklärung, die meinen Patriotismus bestätigt. Aber dem Tempel der Vernunft diene ich nicht, da hört es für mich auf!
Ich habe versucht, den Marquis dazu zu überreden, dem hiesigen Jakobinerklub eine Spende zu schicken zusammen mit der patriotischen Rede, für die Du aufmerksamerweise gesorgt hast, aber er weigert sich. Über diese Sache mußt Du persönlich mit ihm sprechen.
Ich habe große Mühe, unsere Urkunden und Papiere zu ordnen. (Hast Du vielleicht meine Taufurkunde? Sie könnte in der untersten Schublade Deines Sekretärs sein.) Ich bin deswegen schon in arge Bedrängnis geraten. Auf Schritt und Tritt wird man aufgefordert, Papiere und Pässe vorzuzeigen, und wenn es da auch nur kleinste Ungereimtheit gibt ...!
Wann kommst Du uns in Fontainebleau besuchen? Wir vermissen Hortense. Ich weiß ja, wie beschäftigt Du mit all Deinen guten Werken bist, aber versuche es doch. Wir sind außer uns ...

Deine Patin, Tante Désirée

21. Juni – Fontainebleau

Tante Désirée ist mit den Nerven am Ende, was gar nicht ihre Art ist. Sie hat in einer Kellerecke Wertsachen eingemauert, spätnachts, als die Dienstboten schliefen. Sowohl sie als auch der Marquis schienen sichtlich erleichtert, mich zu sehen, und sehr erfreut, Hortense wiederzusehen.

Mein Paß erlaubte mir einen einwöchigen Aufenthalt. Dadurch hatte ich genug Zeit, mit Tante Désirée zu sprechen, zu entscheiden, was zu tun ist. Sie befürchtet, daß sie wegen François, der Generalmajor in der Emigrantenarmee geworden ist, unter Bewachung stehen. Wäre die Gesundheit des Marquis nicht so angegriffen, würden sie sich verstecken.

»Was sollen wir denn tun?« fragte Tante Désirée, als sie mir die Requisiten für die Letzte Ölung zeigte, die sie in einem Steinguttopf in der Spülküche versteckt hielt: ein ausgehöhltes Kruzifix mit zwei Kerzen, ein paar Baumwolltupfer und ein Fläschchen mit geweihtem Öl – für den Fall, daß der Marquis sterben sollte. »In einer Mansarde im zweiten Stock hausen?« Sie legte behutsam das Kruzifix zurück. »Das würde ihn umbringen!«

Daher verhalten sie sich ruhig, bezahlen ihr Personal gut (besser, als sie es sich leisten können), und tun nichts, wodurch sie Aufmerksamkeit erregen könnten.

Ich gab mir alle Mühe, sie dazu zu bewegen, öffentlich ihre Loyalität gegenüber der Republik zu bezeugen, als Schutz vor einer Verhaftung. Wenn sie es nicht taten, würde es sicherlich nicht zu ihren Gunsten sprechen. Zunächst weigerte sich der Marquis. Er wäre außerstande, Ergebenheit gegenüber einer Regierung zu geloben, die er nicht unterstützen könnte. »Ein Adliger hält zu seinem Schwert.« Es kostete beträchtliche Überzeugungskraft, ihn zum Einlenken zu bewegen.

Die Fahrt zur Sektionsverwaltung war gefährlich. Tante Désirée und ich hatten den Marquis nach besten Kräften eingekleidet und dafür gesorgt, daß er nicht zu vornehm aussah. Mit einiger Mühe bewegte ich ihn dazu, mit einer roten Kappe zu protzen. Ich ließ sie üben, was sie sagen mußten, und erinnerte sie daran, die familiäre Anrede zu benutzen. (»Bei jemandem, den ich nicht einmal kenne?« fragte der Marquis. »Wie unhöflich.«) Als der Beamte im Sektionsbüro ihn im familiären Ton ansprach und nicht respektvoll seine Kappe abnahm, zitterte ich. Glücklicherweise war der Marquis zu verwirrt, um zu streiten, und Tante Désirée zu nervös. Sie legten ihre Eide mit augenscheinlicher Aufrichtigkeit ab, und als wir wieder in die heiße Sommersonne hinaustraten, gratulierte ich ihnen beiden.

»Wozu?« grollte der Marquis und zog die rote Kappe vom Kopf.

Rasch nahm ich ihm die Kappe ab: Ich fürchtete, er könnte sie zu Boden werfen. Ich hängte sie an einen Zweig des Freiheitsbaumes vor der Bezirksverwaltung – eine übliche patriotische Tat.

»Wie hochherzig von dir, auf deinen Hut zugunsten des Freiheitsbaumes zu verzichten, Bürger«, sagte ich laut, damit ein paar junge Männer, die gerade vorübergingen, es hören konnten.

Langsam begaben wir uns nach Hause. Was mich angeht, so ist mir schwindlig vor Erleichterung.

25. Juni – Paris

Heute abend kam der Deputierte Tallien zu unserem Salon. Es war in den frühen Morgenstunden, nachdem eine erschreckende Menge Geld beim Faro den Besitzer gewechselt hatte, als er mir anvertraute: »Der Stern Ihres Mannes steigt weiter. Er wird jetzt für den Posten des Kriegsministers in Erwägung gezogen.«

»Für *ganz* Frankreich?«

»Freuen Sie sich nicht?«

»Sie werden ihn umbringen. Und *das* soll mich freuen?«

Tallien setzte ein unbekümmertes Grinsen auf. »Sie werden uns alle umbringen«, sagte er achselzuckend und spielte seine letzte Karte aus.

Donnerstag, 27. Juni

Heute wurde Alexandre in der Versammlung zum Kriegsminister nominiert. Eine Anzahl Deputierter, Robespierre eingeschlossen, sprang aus Protest auf. Der Deputierte Barère ging zur Tribüne vor der Loge des Präsidenten. Er trug einige von Alexandres patriotischen Erklärungen aus den Zeitungen vor, Beweise seiner Begeisterung. Dann trat ein anderer Deputierter vor. Er wand ein, daß der Oberbefehlshaber Alexandre Beauharnais zu wertvoll sei, um zum Kriegsminister gemacht zu werden. Er sollte bei der Rheinarmee bleiben und weiterhin glorreiche Siege erringen. Ein anderer Deputierter entgegnete, wenn der Oberbefehlshaber Alexandre Beauharnais an der Spitze einer einzigen Armee schon soviel erreichen könnte, zu welchem Ruhme Frankreichs wäre es dann erst, wenn man ihn als Kriegsminister an die Spitze von *elf* Armeen stellte.

Elf ... *mon Dieu.*

Als einige Deputierte protestierten – indem sie brüllten, daß es ein *Aristokrat* wäre, der für einen der mächtigsten Posten in der Republik erwogen würde –, sprang der Deputierte Barère auf und rief: »Er ist mein Freund! Er ist mein Freund!«

Die Nominierung wurde angenommen.

Ich bin krank; ich habe mich ins Bett gelegt. Alle unsere Armeen haben Niederlagen erlitten. In dieser Zeit Kriegsminister zu sein, bedeutet den sicheren Tod. Ich habe Alexandre einen Eilbrief gesandt, in dem ich ihn anflehe, abzulehnen.

Dienstag, 30. Juli

Unser Dienstagnachtsalon war etwas angespannt. Die plötzliche Kapitulation unserer Leute vor den Deutschen in Mainz, der fehlgeschlagene Versuch von Alexandres Truppen, sie zu retten, die Schande für die Republik, lastete schwer auf dem Abend.

»Ich muß Ihnen etwas zeigen«, raunte mir der Deputierte Tallien zu und führte mich ins Musikzimmer. »Ein Billet, das Ihr Mann der Versammlung schickte. Ich meine, Sie sollten es sehen.«

Er reichte mir den Brief – eine einzige Seite, nur zur Hälfte beschrieben. In kurzen, schonungslosen Worten drückte Alexandre seinen Zorn über die Kapitulation unserer Truppen in Mainz aus, beschuldigte die dortigen Befehlshaber, verlangte ihre Hinrichtung und forderte, daß ihre geköpften Häupter dem Feind geschickt werden sollten. Empört bestand er darauf, daß die Regierung seinen Abschied, sein Angebot, sein Schwert zu zerbrechen, annehmen möge. Ich reichte den Brief zurück. Alexandres Schuldzuweisung an andere, sein Ruf nach Vergeltung beunruhigten mich. »Offensichtlich ist er krank«, sagte ich.

»Wie passend.« Tallien faltete den Brief, ließ ihn in seine Westentasche gleiten. »Der Feind greift an, eine Million Franzosen bereiten sich auf den Kampf vor, und Ihr Mann möchte sein Kommando zurückgeben.« Sein Ton war sarkastisch. »Das wirft kein gutes Licht auf ihn, Bürgerin. Sie sollten sich sehr wohl darüber im klaren sein, daß das Wort ›Verräter‹ gefallen ist.«

»Hätte der Oberbefehlshaber Beauharnais besser daran getan, unausgebildete Truppen gegen eine zehnmal größere Berufsarmee zu führen? Hätte er besser daran getan, seine Männer zum *Abschlachten* zu führen?«

»Man führt, ob man will oder nicht«, antwortete der Deputierte Tallien. »Es verlangt schon Mut, dem eigenen Tod ins Auge zu sehen, aber noch mehr dem Tod anderer. Wir lernen diese Lektion gründlich.«

Unser Gespräch wurde von einer Frau und zwei Männern unterbrochen, von denen einer in Uniform war. »Warum ist das Tanzen auf der Straße eigentlich nicht mehr erlaubt?« beklagte sich die Frau und fuhr mit den Fingern leicht über die Saiten der Harfe.

»Mich interessieren die anderen ungesetzlichen Sinnesfreuden«*, sagte der Mann in Uniform. Sein Begleiter lachte.

»Deputierter Tallien, Liebster.« Die Frau nahm seine Hand, vollführte einen kleinen Tanz um ihn herum. »Warum kein Tanz, bitte?«

»Robespierre macht sich nichts aus Sinnesfreuden, habe ich gehört«, sagte der Mann in Uniform.

»Robespierre macht sich nichts aus Frauen«, sagte der andere Mann.

»Soll ich dem Deputierten Robespierre erzählen, daß Sie das gesagt habt?« Talliens Augen ruhten auf der Frau, auf ihrem offenherzigen Dekolleté.

Ich starrte in den leeren Kamin, taub für ihre Fröhlichkeit. Was würde jetzt aus Alexandre werden?

Samstag, 10. August

Wir wurden bei Tagesanbruch von Artilleriefeuer geweckt, das das Fest der Einigkeit ankündigte.

Da man an diesen Ereignissen teilnehmen mußte, damit der eigene Patriotismus nicht angezweifelt wurde, brachen Aimée, die Kinder und ich, in Revolutionstracht, am Nachmittag auf. Wir mieteten einen Fiaker, der uns auf das Gelände der Bastille bringen sollte. An der Port Saint-Paul mußten wir wegen einer Prozession von Männern, Frauen und Kindern, die sich mit klei-

* Die Revolutionsregierung mißbilligte die Prostitution als ein Überbleibsel des korrupten Ancien régime.

nen Weizengarben in den Händen mühsam in der Hitze dahinschleppten, langsamer fahren. Wir beschlossen, auszusteigen und hinterherzugehen. An der Kreuzung der Rue Saint-Antoine und Rue des Tournelles war eine riesige Waage (Symbol der Gleichheit?), unter der jedermann spazieren sollte. Sie erinnerte mich an dieses Ding, das man bei Freimaurertreffen sieht, und war ebenso geheimnisvoll.
Auf den Trümmern des früheren Gefängnisses war die riesige Statue einer Frau errichtet worden – Mutter Natur. Sie hatte einen merkwürdig spöttischen Gesichtsausdruck, während sie mit den Händen ihre Brüste drückte, aus denen Wasser strömte. Sie sah genau wie Aimée aus. Es gelang mir, eine angemessen ehrfürchtige Haltung zu bewahren. Aber die Kinder fingen natürlich zu kichern an. Ich war keineswegs traurig, als Aimées Tochter Lucie sich nicht wohl fühlte und wir heimkehren mußten. Später gestand mir Aimée den Grund für das Unwohlsein ihrer Tochter: Das Mädchen bekommt ein Kind, aber nicht von Jean-Henri, seinem Verlobten, sondern vom Sohn des Papierwarenhändlers.
»Was wirst du tun, wenn die Verlobung gelöst wird?« fragte ich.
»Sie umbringen«, sagte Aimée und machte mit ausgestrecktem Schwertarm einen Ausfallschritt.

13. August

Jean-Henri hat schließlich eingewilligt, Lucie zu heiraten, trotz der Schändung seiner jungen Braut. »Zweifellos war die Angst, geächtet zu werden, der motivierende Faktor«, bemerkte Aimée sarkastisch. »Vive la Révolution!«

18. August

Lucie ist endlich verheiratet. Die Verbindung wurde zum Lärm der Menge auf dem Place de la Révolution gesegnet – der Pöbel bejubelte die Hinrichtung von General Custine, Alexandres früherem kommandierenden Offizier. Er hatte eine Schlacht verloren – also herunter mit seinem Kopf. Trotz der Hitze schloß ich alle Fenster.

Jeden Tag schickt Alexandre Briefe an die Versammlung, in denen er die Annahme seines Abschieds fordert. Jeden Tag lehnen sie ab.

21. August

Die Versammlung hat *endlich* Alexandres Abschied angenommen – aber er muß sich dreißig Wegstunden von den Grenzen entfernt aufhalten, zwanzig Wegstunden von Paris, ein Verbrecher.

Ich war auf den öffentlichen Galerien, als die Ankündigung erfolgte. Augenblicklich stand der Deputierte Tallien auf und entfernte sich. Ich holte ihn in den Gartenanlagen ein – mit einiger Mühe, denn seine Beine sind lang, und sein Gang ist ungeduldig.

»Es gibt andere Belange«, sagte er. Er blieb gütigerweise stehen. Ich konnte verschnaufen. »Der Abschied Ihres Mannes, die Einschränkungen seiner Bewegungsfreiheit sind kein Thema mehr«, sagte er. »Was allerdings von Belang *ist*, ist sein *Kopf*.«

»Sie sind grausam!« Ich ärgerte mich über seine Respektlosigkeit.

»Weit davon entfernt, Bürgerin«, sagte er. »Habe ich nicht die Anschuldigungen, die gegen Ihren Mann erhoben wurden, von Ihnen ferngehalten? Habe ich nicht meinen Mund gehalten?«

»Meinen Sie etwa, ich weiß nichts davon!« Der Armeekommissar von Straßburg hatte Alexandre beschuldigt, seine Zeit mit Dirnen zu verbringen, statt Vorkehrungen für die Schlacht zu treffen. Ich wußte das. Ich wußte noch mehr. Ich wußte, daß er der Tochter des Armeekommissars, Bürger Rivage, den Hof gemacht hatte – Rivage der Reiche, wie er gemeinhin genannt wurde. Rivage der Rächer, wie ich ihn jetzt nennen würde.

»Es gibt ernstzunehmendere Beschuldigungen«, sagte der Deputierte Tallien. »Einige sagen, daß Ihr Mann, ein Aristokrat in geheimem Bündnis mit seinem Bruder François, Mainz *absichtlich* fallen ließ, die Republik *absichtlich* verriet.«

»Wer äußert eine derartige Verleumdung?«

»Der Deputierte Robespierre zum Beispiel.« Tallien blickte hinter sich. Ich folgte seinem Blick. Zwei Männer, Deputierte, standen am Springbrunnen und beobachteten uns.

Tallien sprach nun mit gedämpfter Stimme. »Bürgerin Beauharnais, wenn Sie mir erlauben, als Freund – Sie täten gut daran, wenn Sie sich unsichtbar machten. Es wird den Radikalen bald gelingen, ihr Verdächtigengesetz durchzusetzen und damit dem Allgemeinen Sicherheitsausschuß die Macht zu verleihen, ohne *Prozeß,* ja selbst ohne *Grund* zu inhaftieren!«

»Sind Sie nicht in diesem Ausschuß?«

»Nicht mehr – die radikaleren Mitglieder haben nun das Sagen. Ich warne Sie, keine Aufmerksamkeit zu erregen. Wenn Sie klug wären, würden Sie von Ihren mildtätigen Aktivitäten, von Ihren Bemühungen, alle guten Menschen von Paris zu retten, Abstand nehmen. *Verlassen* Sie die Stadt.«

Ich glaube, ich wurde bleich, denn er umklammerte meinen Arm. »Sie *müssen* auf mich hören! Ich werde nicht hier sein, um Ihnen zu helfen. Ich gehe morgen früh von hier fort.«

»Fort?« Ich gestehe, daß ich entsetzt war. Ich war von seiner Hilfe, seinem Schutz abhängig geworden.

»Nach Bordeaux. In Mission.« Ich wußte nicht, was ich antworten sollte. »Ich gratuliere. Bordeaux ist wunderschön.«

»Meiner Meinung nach ist jeder Ort außer Paris unzivilisiert.«
»Werden Sie lange fortbleiben?«
»Lange genug, um die Bevölkerung zu zähmen, die Provinzler zu bekehren, sie gefügig zu machen.« Er vollführte eine komische Geste.
Ich lächelte. Er war in so vieler Hinsicht noch ein Kind.
Er zog seine Uhr heraus. »Ich werde zu einem Treffen in der Rue Saint-Honoré erwartet. Wir haben eine Guillotine machen lassen. Der Lieferant, ein Deutscher, hat uns versichert, daß sie fertig wäre, aber nun hat er natürlich tausend Ausreden.«
Eine *Guillotine*. Ich griff nach der Hand meines Freundes. Ich wußte, daß er wohlmeinend war, ein Patriot, doch er war so überaus jung, zu jung für die Macht, die er ausübte, die berauschende Macht über Leben und Tod. »Sehen Sie sich vor, mein Freund. Lassen Sie nicht ...«
Er beugte sich vor, um mir ins Ohr zu flüstern: »Sie sind es, die sich vorsehen sollte.«

1. September 1793 – Hôtel Croisœuil, Croissy

Liebste Rose,
Lucies Schwangerschaft verläuft nicht gut. Sie muß das Bett hüten. Ich bin ins Hôtel Croisœuil umgezogen, um mich um sie zu kümmern und den Haushalt zu führen. Ich dachte, dies wäre nur eine vorübergehende Maßnahme, doch nun wird mir allmählich klar, daß es einige Zeit so weitergehen könnte. Folglich mußte ich mir überlegen, was aus meinem hiesigen Château werden sollte, und plötzlich kam mir die Idee: Warum ziehst Du nicht ein? Croissy ist sicher ... und Du fehlst mir.
Alles Liebe und tausend Küsse,

Deine beste Freundin Aimée

Anmerkung – Mein Fechtlehrer hat mich endlich »gestochen« (wie wir auf den Inseln sagen). Ich fintierte, aber parierte nicht. Touché!

24. September

Agathe weckte mich in der Nacht. Sie hatte es klopfen hören.
»Ist es ein Suchtrupp?« fragte ich erschrocken.
»Es ist an der Hintertür.«
Ich holte den Dolch unter meiner Matratze hervor. Ich zog meinen Morgenmantel über. Agathe war verschwunden. Ich zündete eine Kerze an und ging zur Tür. »Wer da?«
Niemand antwortete. Ich hörte ein Geräusch. »Sprecht, ich bitte Euch!«
»Rose?«
Ich hielt den Atem an.
»Rose – bist du es? *Bitte*, öffne die Tür!«
Die Stimme klang vertraut. Ich öffnete die Tür einen Spalt, das Messer an meiner Seite. Da, im Mondschein, stand mein Mann.
»Alexandre!« Ich öffnete die Tür. Er war vom Regen durchnäßt. »Du darfst nicht in Paris sein! Warum bist du hier? Du läufst Gefahr, verhaftet zu werden. Ist Eugène bei dir?«
Alexandre ging auf und ab. »Ich hatte keine Ahnung, daß es heutzutage in Paris so zugeht! Überall sind Wachen! Wie komme ich wieder heraus?« Er hatte an Gewicht verloren. Sein Gesicht sah ausgemergelt aus, und in seinen Augen war ein fiebriger Glanz.
»Alexandre – wo ist Eugène?« Ich packte ihn am Arm.
Er sah mich an. »Eugène?«
Hatte er getrunken? Ich konnte keinen Alkohol riechen.
»In der Schule«, sagte er. Er schlenderte ins Empfangszimmer. Er zog die Vorhänge zur Seite, spähte hinaus.
»Du ... du hast ihn *zurückgelassen*, in *Straßburg*?« fragte ich, als ich ihm folgte. »Aber, Alexandre, er ist erst zwölf! Er kann doch nicht ...«
Draußen auf der Straße waren Schreie zu hören. Dann ein Klop-

fen an der Eingangstür. »Ich muß hier heraus!« rief Alexandre. Er machte einen Satz zur Küchentür.

»Alexandre ...!« Doch bevor ich ihn aufhalten konnte, war er fort. »Gib auf dich acht!« Ich weinte, als die Küchentür zuschlug.

Ich versuche Paris zu entkommen

26. September 1793

Wir sind in Croissy, endlich, in diesem reizenden Château am Ufer der Seine. Der Himmel ist in den verblüffendsten Rosaschattierungen gestreift. Hier werden wir in Sicherheit sein.

4. Oktober

Er ist hier, endlich. Wir sitzen nebeneinander, Hortense und ich, und betrachten ihn voller Verwunderung. Er ist größer als in meiner Erinnerung, besteht fast nur aus Beinen – und so wunderbar anzuschauen, dieser Junge, mein Sohn.
Er hat sich von Straßburg aus durchgeschlagen, in Begleitung eines Adjutanten. Er trägt ein Schwert und weiß damit umzugehen. Er ist ein kühner Reiter und weiß, wie man ein Pferd zähmt. Er betrachtet mich scheu – seine Mutter, eine *Frau*. Er wurde unruhig, als ich weinte.

10. Oktober

Jeden Morgen um elf kommt Aimée auf eine Schale Tee. Häufig leistet uns Abbé Maynaud de Pancemont von der »Kirche« auf der anderen Straßenseite Gesellschaft. Er ist ein hochgewachsener Mann, schlaksig, seine mageren Knöchel schauen unter einem geflickten weißen, im römischen Stil drapierten Umhang hervor.

»Das ist ein römisches *Reit*gewand«, versicherte er mir. Priestern ist es nicht gestattet, Kirchengewänder zu tragen. Er trinkt gerne einen Schluck Rum und liebt romantische Poesie. Er hat ein gewinnendes Lächeln, ein breites Pferdegebißgrinsen. Heute morgen spielten wir drei Whist und plauderten über ein sehr wichtiges Thema in unserem Dorf: das Werben meines Gärtners um die Kammerdienertochter meines Nachbarn.
Abbé Maynaud de Pancemont hatte etwas ungehemmt Fröhliches an sich, so daß ich es zunächst nicht glauben konnte, als ich erfuhr, daß er während der Septembermassaker im Gefängnis von Carmes gesessen hatte. Er gehört zu den wenigen, die überlebt haben, weil er dank seiner langen Beine über die hohe Mauer in Sicherheit springen konnte, zu den wenigen, die dem Blutbad entkommen sind, während sich die Leichen seiner ermordeten Gefährten viele Meter hoch stapelten.
Wir alle verstecken uns hier.

17. Oktober

Die Königin wurde guillotiniert, unvorstellbarer Verbrechen angeklagt.*
»Nein!« schrie ich. Ich setzte mich in der Dunkelheit auf, mein Herz hämmerte. Die Nachtkerze war heruntergebrannt, und der Mond warf unheimliche Schatten auf die Wände. Ich dachte, ich wäre in Martinique. Ich glaubte, Trommeln, Gesänge zu hören. Ich hörte ein Geräusch vor meiner Tür, sah ein Licht, das sich bewegte. Ich begann zu zittern.

* Die Königin wurde unter anderem öffentlich angeklagt, ihren achtjährigen Sohn mit ins Bett genommen und ihm beigebracht zu haben, wie man masturbiert, worauf sie mit tränenreicher Würde entgegnete: »Ich wende mich an alle hier anwesenden Mütter – ist ein solches Verbrechen möglich?« Sie wurde verurteilt wegen Unterstützung und Aufhetzung fremder Mächte und wegen Verschwörung, um einen Bürgerkrieg in Frankreich zu provozieren.

»Madame?« Es war die Lannoy, eine Kerze in der Hand, das bleiche Gesicht von ihrer gerüschten Schlafhaube umrahmt. »Ich hörte einen Schrei.« Sie stellte den zinnernen Kerzenhalter ab.
»Oh, Lannoy«, weinte ich. »Unsere Königin.«

25. Oktober, 2 Uhr nachmittags

Noch ein Diktat des »Nouveau Régime« – wir haben keine Wochen mehr, sondern Dekaden von zehn Tagen.* Welcher Tag ist heute? Welcher Monat? Ich weiß es nicht. Ist jetzt Vendémiaire, der Weinmonat? Oder Brumaire, der Nebelmonat?
Diese Veränderung hat jeden aufgebracht. Diese neue, »natürlichere« Anordnung, dieser Kalender des Nebels, des Windes und Schnees, der Wiesen, Blumen, Hitze und Früchte bedeutet nichts anderes als mehr Arbeit. Wo sind unsere Festtage, die Sonntage geblieben? Wo unsere Ruhetage?**
»Das ist ein Komplott, um uns zu verwirren«, sagte Abbé Maynaud, und vielleicht hat er recht, denn verwirrt sind wir gewiß alle. Die Maßeinheiten wurden geändert, die Bezeichnungen unserer Münzen, unserer Straßen, unserer Gottheiten und nun sogar unserer Tage. »Sie ändern sogar das nächste Leben«, klagte er, denn er wurde aufgefordert, ein Schild auf dem Friedhof aufzustellen, auf dem steht: Der Tod ist ewiger Schlaf.

* Um Frankreich noch weiter von der Kirche zu trennen, wurde der Gregorianische Kalender durch einen »republikanischen« Kalender ersetzt, der ab dem 22. September des vorangegangenen Jahres (1792) datierte, dem Tag, an dem die Republik ausgerufen worden war.

** Vor der Revolution hatten die Franzosen über vierzig Feiertage im Jahr *zusätzlich* zu den Sonntagen und Montagen. Unter dem revolutionären Kalender gab es alle zehn Tage einen freien Tag plus fünf oder sechs »jours complémentaires«, die ans Jahresende angehängt wurden – eine erheblich schwerere Arbeitslast.

26. Oktober

Eine große Traurigkeit hat sich über dem Dorf ausgebreitet. Vor zwei Wochen ist eine hiesige Blumenhändlerin nach Paris gefahren, um als Zeugin für ihren Bruder auszusagen, und wurde seitdem nicht wieder gesehen. Gerüchte gingen um, daß sie verhaftet wurde, weil sie ihm zu Hilfe eilte, und nun heißt es sogar, daß sie geköpft wurde. An mehreren Türen in der Stadt hängt ein schwarzer Trauerkranz, und dies trotz des Gesetzes, das jedem mit dem Tod drohte, der um ein Opfer der Guillotine trauert. Geschichten dieser Art hört man jetzt häufig. In den meisten Fällen halte ich es für klug, ihren Wahrheitsgehalt anzuzweifeln, doch manchmal, fragt man sich … was, wenn sie wirklich *wahr* sind?

Freitag, 1. November, Allerheiligen

Als ich heute morgen an der Kirche vorüberging – auf dem Weg zum Hôtel Croisœuil, um Aimée einen Besuch abzustatten –, winkte mir Abbé Maynaud zu, daß ich eintreten solle. In der Kirche waren Kerzen angezündet. Obwohl es noch früh war, lagen fünf Frauen auf den Knien. »Zu Ehren der ›Vernunft‹«, flüsterte er mir augenzwinkernd zu. Es ist Allerheiligen, aber wir wagen nicht, es auszusprechen.
Ich zündete Kerzen für Cathérine, Manette und Vater an – und noch eine für die Seele unserer Königin. Ich zittere, während ich diese Worte schreibe.

2. November

Heute brachte mir Eugène ein Briefchen, das ihm der Postmeister gegeben hatte. Das Wachssiegel war ungeschickt angebracht, aber nicht aufgebrochen worden. Die Handschrift war verschnörkelt, sorgfältig, gleichmäßig – eine Kinderschrift. Es war von der jungen Émilie in Paris, die mir mitteilte, daß man ihre Mutter ins Gefängnis gebracht hatte.

»Was ist los?« fragte Eugène.

Ich zögerte, es ihm zu sagen.

»Deine Tante Marie wurde verhaftet. Sie ist in Sainte-Pélagie …«

»Im *Gefängnis*?« Er war entsetzt.

»Sie ist unschuldig«, versicherte ich ihm rasch. »Sie hat nichts Unrechtes getan.« Wie sollte ich es ihm erklären? Maries Verbrechen: mit einem Emigranten verheiratet gewesen zu sein. Dies reichte offensichtlich schon aus, um sie zu verurteilen. Ihre Scheidung, ihre revolutionären Aktivitäten, ihre Arbeit zur Unterstützung der Republik waren offensichtlich ohne Bedeutung.

»Ich muß zu ihr.«

»Nach *Paris*?« fragte Eugène. Ich konnte die Angst in seinen Augen sehen.

Heute abend zeigte ich Aimée den Brief. »Dein Sohn hat recht«, sagte sie. »In Paris ist es jetzt zu gefährlich. Du darfst keine Aufmerksamkeit erregen.«

»Aber ich muß doch!«

Mein Koffer ist gepackt. Morgen früh breche ich auf. In aller Stille.

Sonntag, 3. November – Paris

Es regnete auf dem gesamten Weg nach Paris. An einer Stelle, wo die Straße übel zerfurcht war, fürchtete ich, die Postkutsche könnte im Graben landen. In der Nähe von Melun passierten wir einen Korntransport, der von der Nationalgarde begleitet wurde. Bauern folgten ihm zu Fuß, Wölfe, die die Beute umkreisten.

In Fannys Stadthaus in der Rue de Tournon wurde ich von Bür-

ger Lestaing in Empfang genommen. Maries »Freund« war offensichtlich eingezogen.
»Und welchem Umstand verdanke ich das Vergnügen dieses Besuches?« fragte er. Er ist ein schmächtiger Mann mit gehetztem Blick. Er trug einen weißen, mit römischem Motiv bestickten Schlafrock aus Satin.
»Émilie hat mir geschrieben – wegen ihrer Mutter.« Ich nahm den angebotenen Teller Kalbsbrühe an. »Wie geht es Marie?«
»Ich schicke jeden Tag die Kammerzofe mit sauberer Wäsche ins Gefängnis. Sie berichtet, daß es Marie gutgeht.«
»Sie haben sie noch nicht besucht?«
Hinter mir hörte ich Schritte. Ich drehte mich um. Im Flur, eine Hand auf dem Treppengeländer, stand die elfjährige Émilie.
»Ich habe deinen Brief erhalten, Émilie«, sagte ich.
»Du hättest deine Tante nicht belästigen sollen«, sagte Bürger Lestaing. Ich ging zu Émilie, nahm ihre Hand in meine. Sie war kalt. »Hast du deine Mutter schon besucht?«
»Émilie!« Ich blickte hoch und in das Gesicht einer Negerin von ungeheuerlichen Ausmaßen, die auf dem Treppenabsatz stand. Die Kinderfrau. Émilie lief rasch die Treppe hinauf.
»Das Kind ist leicht erregbar«, sagte Bürger Lestaing. »Ein Besuch im Gefängnis würde es durcheinanderbringen.«
Ich wandte mich ihm zu, mein Herz hüpfte in meiner Brust. »Ich weiß Ihre Besorgnis zu schätzen, Bürger, aber ich werde Marie besuchen«, teilte ich ihm mit, »und ich werde Émilie mitnehmen.«

Es war kurz nach zwei, als Émilie und ich aufbrachen. Als wir die Eisentore zum Sainte-Pélagie-Gefängnis erreichten, nahm ich ihre Hand. »Du mußt nicht mit mir hineinkommen.«
Émilie drückte das Paket, das sie mitgebracht hatte, an sich. Sie hatte denselben Feenblick, an den ich mich aus ihrer frühen Kindheit erinnerte. »Ich möchte aber«, sagte sie.

»Du bist ein tapferes Mädchen.«
Der Torwächter war ein großer Mann mit rotem Gesicht. Er zeigte uns den Weg zum Wachhaus, wo wir in Gesellschaft zweier Männer warteten. Sie waren freundlich und rauchten draußen auf der Treppe. Émilie und ich saßen nebeneinander auf einem Rollbett, über das eine rauhe Wolldecke gezogen war. Bald kehrte der Torwächter zurück, atemlos vom Treppensteigen. Marie war hinter ihm.
Sie sah ungepflegt aus, das Kleid war verschmutzt, die Trikolorenkokarde auf ihrem Mieder ausgefranst. Sie versuchte, ihre Haare zu richten.
»Ich bin hier, um dir zu helfen«, sagte ich, da ich ihre Beschämung spürte.
»Bürger Lestaing ist nicht gekommen?«
»Er war besorgt, daß es dich quälen könnte«, log ich.
Émilie drückte ihrer Mutter das Paket in die Hand. Es enthielt saubere Wäsche und eine Gabel, ein Messer und einen Löffel aus Silber, außerdem eine Porzellantasse, ein Kästchen mit Nähzeug und einen Roman von Richardson.
Émilie umarmte ihre Mutter.
»Du darfst nicht zur Last fallen!« sagte Marie.
»Wir bemühen uns, dich herauszuholen«, sagte ich ihr. Ich küßte sie auf ihre schmutzigen Wangen. Sie nahm ihre Kokarde ab, drückte sie mir wütend in die Hand.
Nun ist es spät. Ich bin voller Sorge. Der Deputierte Tallien ist in Bordeaux. Der Deputierte Barras ist im Süden, wie ich hörte, der Bürger Botot begleitet ihn. An wen kann ich mich wenden?

5. November

»Du schlägst vor, daß *ich* ein Gnadengesuch an den Ausschuß richte?« Émilie errötete. Für einen Augenblick bezweifelte ich, ob mein Vorschlag klug war.

»Es ist wahrscheinlicher, daß sich der Ausschuß von einer Petition, die von der Tochter der Gefangenen eingereicht wird, überzeugen läßt.«

Émilie und ich verbrachten den Morgen mit Vorbereitungen. Wir formulierten die Petition, probten. »Stell dir vor, daß du in einem Theaterstück spielst«, wies ich sie an, denn so schüchtern Émilie auch ist, auf der Bühne blüht sie auf. »Stell dir vor, daß die Mitglieder des Ausschusses im Publikum sitzen.«

Sie vollführte eine dramatische, flehende Geste.

»Genau so!«

Kurz vor drei begleitete ich Émilie zu den Tuilerien. Man sagte uns, daß das Büro des Ausschusses im südlichen Trakt läge. Mein Herz klopfte heftig, als wir die breiten Marmorgänge entlangliefen. Ich dachte an die Königin, an ihre Schritte auf den Steinen, die ich gerade berührte. Ich dachte an ihre Kinder, nun Waisen, die allein in einem dumpfen Gefängnis aufwuchsen.

Wir saßen mit all den anderen Bittstellern im Vorzimmer, während Émilie ihre Notizen zusammen- und wieder auseinanderfaltete. Endlich wurde ihr Name aufgerufen. Ich gab ihr einen kleinen Schubs. Sie ging durch die Doppeltür.

Als sich kurze Zeit später die Türen wieder öffneten, erblickte ich eine traurige, in sich zusammengesunkene Émilie. »Ich habe versagt!« weinte sie. »Was, wenn ich versagt habe!«

10. November

In dieser Woche hingerichtet: Olympe de Gouges, der Duc d'Orléans, die Bürgerin Roland. Morgen der Bürger Bailly, der Astronom. Wie soll das nur weitergehen? Selbst Kühe können nicht mehr nach Paris gebracht werden, der Geruch von Blut ist zu stark.

Später

Ich reise morgen früh nach Croissy – ohne Émilie. Ich konnte sie nicht überreden, Paris zu verlassen, die Stadt, in der ihre Mutter gefangengehalten wird.

Montag, 13. Januar 1794 – Croissy

Abbé Maynaud machte heute morgen ein ernstes Gesicht.
»Stimmt etwas nicht?«
Er reichte mir einen Brief. Das Siegel war aufgebrochen.
Er war vom Ausschuß. »Haben Sie ihn gelesen?« fragte ich.
»Es sind keine guten Nachrichten.«
Ich überflog den Brief. Émilies Gnadengesuch war abgelehnt worden. Ein Grund wurde nicht genannt. Ich drehte das Blatt in meinen Händen. So wenige Worte, aber sie bedeuteten so viel – daß eine Frau, eine Mutter, eingesperrt blieb, ihre Gesundheit, ihre Seele gefährdete, vielleicht zur Guillotine ging, ihren Kopf verlor, während ein betrunkener Pöbel johlte.
Abbé Maynaud führte mich zu einem Stuhl. »Ein Glas Brandy?«
»Nein!« Ich wich zurück. »Ich muß meinen Koffer packen«, sagte ich.

14. Januar

Heute morgen ersuchte ich um einen Paß. »Du willst also wieder nach Paris reisen.« Der Postmeister benutzte ein winziges Guillotinemodell, um ein Stück Schnur abzuschneiden. Er lachte.
Ich warf ängstlich einen kurzen Blick zur Tür. Zwei Männer standen da und beobachteten mich.

Freitag, 17. Januar – Paris

Ich bin erschöpft. Es ist früher Abend, ein Hahn kräht. Ich habe Rotwein getrunken, um meine Nerven zu beruhigen. Ich werde morgen früh schreiben. Im Augenblick bin ich nicht dazu imstande …

18. Januar

Was geschah:
Als ich die große Eingangshalle betrat, wurde mir ein höchst beunruhigender Anblick geboten – eine lange Reihe von Männern, Frauen, sogar Kindern. Aus dem Bettzeug und den Körben mit Verpflegung schloß ich, daß einige schon lange da waren. Ich ging bis an den Anfang der Reihe. »Ich möchte mit dem Deputierten Vadier sprechen«, teilte ich dem Wachmann mit. Vadiers Unterschrift hatte auf Maries Haftbefehl gestanden. Er und Alexandre hatten, wie ich mich erinnerte, in der Versammlung zusammengearbeitet.
»Das möchten alle anderen auch«, lächelte der Wachmann affektiert.
Ich überreichte ihm einen Brief, den ich geschrieben hatte. »Wäre es denn möglich, dies dem Deputierten Vadier zukommen zu lassen?«
Der Wachmann öffnete die beiden großen Doppeltüren. Er gab meinen Umschlag einem Mann in blauem Samt, der an einem Schreibpult saß. Der Mann sah kurz zu mir auf.
Ich lächelte: *Bitte.*
Er sah weg. Zweifellos wurden ihm jeden Tag solche Blicke zugeworfen.
Jetzt konnte ich nur noch warten. Von Zeit zu Zeit öffnete sich die große Eichentür, der Mann im blauen Samt rief einen Namen auf, und einer aus unserer Mitte trat ein. Es hielt unsere Hoff-

nung aufrecht, daß wir selbst einmal aufgerufen werden würden.

Ein paar Mitglieder des Ausschusses kamen und gingen. Robespierre war darunter. Er trug eine gestreifte Satinweste. Eine Frau warf sich vor ihm auf die Knie. Sie wurde von den Wachmännern weggezogen.

Gegen Mittag begann ich zu verzweifeln. Da sah ich einen Mann näher kommen – einen Mann, den ich wiedererkannte. Den Deputierten Barère! Ich lief ihm nach, rief seinen Namen. Er wandte sich um.

»Bürgerin Beauharnais.« Etwas in seinem Gesicht warnte mich.

»Ich bin schon den ganzen Morgen hier in der Hoffnung, mit dem Deputierten Vadier sprechen zu können.«

»Wir sind außerordentlich beschäftigt.« Er fuhr mit der Hand durch sein sich lichtendes Haar, das er so gekämmt hatte, daß es eine kahle Stelle überdeckte.

»Wenn ich doch nur mit ihm sprechen könnte ...«

Er schüttelte den Kopf und warf mir einen warnenden Blick zu: *Besteht nicht darauf.* »Ich fürchte, das ist unmöglich.« Die große Eichentür schloß sich hinter ihm.

Es ging auf fünf Uhr nachmittags zu, als mein Name aufgerufen wurde. Ich ging zum Anfang der Reihe. Der Wachmann reichte mir einen Umschlag. Ich erbrach das Siegel. Darin war ein Zettel: *Grüner Salon, Nordseite.* Unterzeichnet *B.*

Es dauerte einige Zeit, den grünen Salon ausfindig zu machen. Als ich dem Wachmann meinen Namen nannte, öffnete er die Tür: Ich wurde erwartet.

Der Deputierte Barère saß an einem eleganten Schreibtisch. Der Raum war voller Goldbronzeuhren und Vasen, Gobelinbehängen, etlichen Teeservicen aus Gold und Silber, einer Messingstatue der Jungfrau Maria und drei riesigen Lichtputzscheren. Der Deputierte Barère wartete, bis sich die Tür geschlossen

hatte, bevor er mir einen Platz anbot. »Ich bringe mich in Gefahr, indem ich mich mit Ihnen treffe.«
Ich bekam kaum Luft. Draußen hörte ich Jubel: »Lang lebe die Republik!« Menschenmengen am Schafott. Hastig begann ich meine Rede: »Ich ersuche um die Freilassung meiner Schwägerin, der Bürgerin Marie-Françoise Beauharnais, einer glühenden Republikanerin. Sie wurde im Sainte-Pélagie inhaftiert, weil ihr ehemaliger Mann übergelaufen ist. Sie ist jedoch schon lange von ihm geschieden und hat mit ihm überhaupt nichts mehr zu tun ...«
»Bürgerin Beauharnais!« Der Deputierte Barère brachte mich mit einer Handbewegung zum Schweigen. »Ich kann Ihrer Schwägerin nicht helfen. Ich habe selbst Familie im Gefängnis – ihr kann ich auch nicht helfen! Ich habe diesem Treffen mit Ihnen nur aus einstiger Achtung vor Ihrem Gemahl zugestimmt. Sie müssen ihn warnen – er ist in Gefahr, verhaftet zu werden.« Diese letzten Worte flüstere er. »Und was Sie und Ihre Kinder angeht ...«
Die *Kinder* ... grand Dieu!
»Bitte begreifen Sie, daß Sie *außergewöhnlich* vorsichtig sein müssen. Ich kann dies nicht genug betonen ...«
»Aber Bürger Beauharnais ist in Blois«, stammelte ich. »Ich kann ihm nicht einmal schreiben, um ihn zu warnen. Ich habe Grund zu der Annahme, daß die Post überwacht wird.«
»Sehr wahrscheinlich.« Der Deputierte Barère erhob sich, seufzte. »Dies sind ... *schwere* Zeiten. Mehr kann ich nicht sagen.« Und er war fort.

Die Lannoy war beunruhigt über meine Verfassung. Sie brachte mir einen Rotwein. Entgegen Ermahnungen bestand ich darauf, aufzustehen. Ich wußte, was ich zu tun hatte. Ich mußte noch einmal an den Deputierten Vadier appellieren, einen Brief schreiben, um Alexandres willen und auch um Maries willen. Ich mußte aufstehen und diesen Brief schreiben, von dem so viel ab-

hing, und ich mußte dies rasch tun, bevor mich der Mut verließ, bevor die Angst von mir Besitz ergriff.
Es dauerte eine Stunde, das Konzept zu entwerfen. Die Lannoy brachte mir eine Brühe nach der anderen zur Stärkung. Trotz der Schwächen und Mängel schrieb ich die endgültige Version ab. Als ich sie mit Sand bestreute, sagte ich stumm ein Lied auf, das mir Mimi vor so vielen Jahren einmal beigebracht hatte – ein Gebet an die Geister. Ich versiegelte den Umschlag und schickte die Lannoy los, um ihn auszuhändigen. Wenn ich auf einen Boten wartete, würde ich ihn sicher zerreißen.

4. März 1794 – Croissy

Heute ein langer Spaziergang am Fluß entlang. Als ich ins Château zurückkehrte, sah ich Eugène auf mich zulaufen, seine langen Beine stampften auf und ab, auf und ab.
Was war geschehen?
Er weinte, als er mich erreichte.
Alexandre war verhaftet worden.

Ich eile meinem Mann zu Hilfe

6. März 1794 – Paris

Beklommen näherte ich mich dem Palais du Luxembourg – jetzt ein Gefängnis –, wurde jedoch bald beruhigt. Im Palais verkehrten Männer und Frauen in aristokratischen Gewändern ungehindert miteinander. Überall gab es Tête-à-têtes, Gesprächsrunden, Gelächter und Spiele. Einige Räume waren sorgfältig möbliert. Ich sah eine Frau in einem gestreiften kurzen Schnürrock, die von einem Kammerdiener in Livree begleitet wurde.

Ich wurde aufgefordert, in einem eleganten Vorzimmer zu warten. Man bot mir Tee an – *echten* Tee, heute so selten. Kurz darauf erschien Alexandre. Ich war gerührt, ihn zu sehen. Er war vom Leben auf dem Lande gebräunt, sein blondes Haar war heller als gewöhnlich. Wir umarmten uns und tauschten Neuigkeiten aus, fast, als säßen wir zu Hause im Salon, nicht in einem Gefängnis. Er gestand, daß er an einer Magenverstimmung litt, aber nicht aufgrund des Essens, das, wie er sagte, vorzüglich sei. Er hatte einen alten Freund getroffen, einen Offizier bei den Esterhazy-Husaren, und sie hatten den größten Teil der Nacht mit Weintrinken und Billardspielen zugebracht.

»Die besten Leute von Paris sind hier«, sagte Alexandre, als wäre er stolz, dazuzugehören. Er gab mir eine Liste mit Büchern, die er gerne hätte, und bat um Geld – eine ansehnliche Summe, denn das Privileg, so komfortabel inhaftiert zu sein, war kostspielig. »Ich werde zweifellos bald wieder draußen sein, aber bis zu diesem glücklichen Tag möchte ich die Zeit sinnvoll nutzen.«

»Ich wünschte, ich hätte deine Zuversicht«, sagte ich.
Nach einem Mittagsmahl, das ich nur halbherzig zu mir nahm, beschloß ich, Prinzessin Amalia und Frédéric aufzusuchen. Ich hatte die Liebenswürdigkeit der Prinzessin, den humorvollen Geist Frédérics bitter nötig.
Als ich mich dem Hôtel de Salm näherte, war ich irritiert, daß die Nationalgarde vor ihrem Tor stand. Ich durfte zwar den Hof betreten, aber nur, um von einem Lakai abgewiesen zu werden. Prinzessin Amalia wäre indisponiert, sagte er.
»Und Prinz Frédéric?«
Der Kammerdiener machte ein verwirrtes Gesicht. Er bat mich, im Vorzimmer zu warten, und verschwand in einem der palastähnlichen Räume. Kurz darauf kam er zurück. »Die Prinzessin wird Sie empfangen«, sagte er.
Er führte mich in ein Schlafgemach im ersten Stock, wo ich Prinzessin Amalia vorfand, mit geröteten Augen, die Perücke auf dem Teppich: Frédéric war verhaftet worden, sie selbst stand unter Hausarrest. Deswegen die Wache vor ihrem Tor.
Wir brachen beide auf dem Sofa zusammen. Ich fühlte mich wie erstarrt. Alle meine Befürchtungen waren eingetroffen. Ohne mein Zutun wären Frédéric und Prinzessin Amalia jetzt in England, sicher vor Gefahr. »Wo halten sie ihn fest?« fragte ich.
»Das weiß ich nicht einmal!« weinte sie.

9. März

Die Kinder und die Lannoy werden um drei mit der Kutsche eintreffen. Ich habe meine Fleischzuteilungskarten zusammengelegt, damit Agathe einen Hasen kaufen konnte. Wir werden eine Mahlzeit einnehmen und anschließend zum Palais du Luxembourg hinübergehen, um ihren Vater zu besuchen – einen Gefangenen.

14. März

Alexandre ist ins Karmeliterkloster verlegt worden. Mir sank das Herz, als ich es erfuhr. Ein verlotterter Ort, an dem es spukt – das Carmes, so heißt es, ist eines der schlimmsten Gefängnisse in Paris. Ich dachte an die Massaker, die dort stattgefunden hatten, die Geschichten, die Abbé Maynaud mir erzählt hatte.
Daher hatte ich, als ich heute dorthin ging, ein banges Gefühl. Das Tor knarrte, als der Wachmann es öffnete. Schon im Hof bemerkte ich den Gestank. Ich folgte dem Wachmann durch einen Bogengang und eine Steintreppe hinauf zu einem kleinen Raum. Dort sollte ich warten. An einer Wand waren dunkle Flecken, Blutflecken, erkannte ich, dort, wo die Mörder ihre Säbel angelehnt hatten.
Alexandre wurde hereingeführt. Er sah mitgenommen, verängstigt aus. Er trug keine Halsbinde. Ich sagte ihm, daß ich den Grund für seine Verhaftung immer noch nicht herausgefunden hätte. Zum erstenmal zeigte er Ungeduld. »Aber es muß doch einen Grund geben! Sie können mich doch nicht einfach festhalten!«
Als ich ging, war ich noch entschlossener, die Antwort herauszufinden.

Samstag, 15. März

Tallien ist wieder in Paris, Gott sei Dank. Ich schickte ihm eine Botschaft: Ich müßte ihn dringend sehen. Er sandte innerhalb einer Stunde eine Nachricht zurück. Ich sollte in sein Büro kommen – in Verkleidung. Ich sollte mich als eine Bürgerin Gossec ausgeben, eine Parfümhändlerin, die Zeugin geworden sei, als man eine Kornlieferung vor den Stadttoren vernichtete.
Warum ich mich verkleiden mußte, war mir rätselhaft. Ich borgte mir ein Kleid von der Lannoy. Durch ein kleines Kissen, das ich

in ein Korsett steckte, konnte ich den Eindruck erwecken, schwanger zu sein. Das und ein Hut mit Schleier ließen mich ausreichend geheimnisvoll aussehen.
Um Punkt zwei fand ich mich in Talliens Büro ein. Ich wurde ins Vorzimmer geführt. Als der Deputierte Tallien zur Tür kam, sah er mich an, ohne mich wiederzuerkennen. Ich lächelte, und dann wußte er, wer ich war.
Sobald wir im privaten Bereich seines Büros waren – das seit meinem letzten Besuch mit stattlichen neuen Möbeln ausgestattet worden war –, konnten wir uns umarmen.
»Nein, ich bin *nicht* schwanger«, lächelte ich in Antwort auf seinen fragenden Blick. »Warum war die Verkleidung notwendig?« fragte ich und nahm das Glas Clos-Vougeot an, das mir mein Freund anbot.
»Ich werde überwacht.«
»*Sie*?« Er sah nicht gut aus. »Sie sind überraschend nach Paris zurückgekehrt.«
»*Zurückgerufen* worden ist zutreffender.«
»Gab es dort ein Problem?« Ich dachte an die Dinge, die ich gehört hatte, an die entsetzlichen Dinge, für die mein Freund, wie man munkelte, verantwortlich gewesen sein sollte: ein *Massaker* in Bordeaux, Hunderte von Aristokraten hingerichtet. War es möglich? Ich konnte es nicht glauben.
»Sie sollten wissen, daß Ihr Wunsch in Erfüllung gegangen ist.« Er legte die Hand aufs Herz.
»*Mein* Wunsch?«
»Ich weiß jetzt, was es bedeutet, zu lieben.«
Über ein solch feierliches Geständnis mußte ich einfach lächeln.
»Das bekümmert Sie?« fragte ich. In seinem Gesicht spiegelte sich tiefer Kummer wider.
»Die Besitzerin meiner Zuneigung hat ein ungezähmtes Herz – wofür ich sie um so mehr liebe, wie ich gestehe. Aber die Folge wird sein, daß ich sterbe – wenn nicht an gebrochenem Herzen,

dann durch den Verlust meines Kopfes auf dem Schafott.« Er saß ernst da, die Hände vor sich, die langen Finger ineinander verschränkt.

»Ich flehe Sie an, laßt mich nicht im Ungewissen, mein Freund.«

»Diejenige, die mein Herz gefangengenommen hat, schrieb einen Brief an Bürger Jullien, Robespierres kleinen Liebling, der mich in Bordeaux bespitzeln sollte. Darin schenkt sie *ihm* ihre unsterbliche Liebe und beklagt sich über mich, ›den Tyrannen‹! Sie versuchte sogar, ihn dazu zu überreden, mit ihr nach Amerika zu fliehen!«

»Sie sandte diesen Brief an Jullien? Wie haben Sie dann davon erfahren?«

»Die Geschichte, meine Freundin, wird noch schlimmer.« Er trank seinen Wein aus und schenkte sich noch ein Glas ein. »Jullien leitete dieses Schreiben an den Allgemeinen Sicherheitsausschuß weiter. Nun ist es ein öffentlicher Skandal, und mir ist die Rolle des Narren zugewiesen worden.« Er sah verzweifelt aus.

»Vielleicht ist es ein Komplott von Jullien und Robespierre, um Sie in Verruf zu bringen. Haben Sie schon über diese Möglichkeit nachgedacht?«

Tallien schüttelte den Kopf. »Ich habe den Brief geprüft. Es ist ihre Handschrift. Darin besteht kein Irrtum. Sie, der Engel, der mein Herz gefordert hat, sie allein ist die Urheberin meiner Niederlage. Jullien hat mich vor den Mitgliedern des Ausschusses beschuldigt, ihr Leibeigener zu sein; ich kann es nicht leugnen!«

»Wo ist sie jetzt? Ihr Engel ...«

»Ich habe gerade erfahren, daß sie wieder in Paris ist. Ich kann Ihnen nicht sagen, wie es mich quält zu wissen, daß sie so nah ist.« Er stand auf und begann, auf und ab zu gehen, wobei er sein Weinglas heftig hin und her schwenkte. »Sie kennen sie, bestimmt. Ihr Name ist Thérèse ... Thérèse Cabarrus.«

Ich war völlig verblüfft. Thérèse Cabarrus? Ich war ihr vor Jahren in einem Salon begegnet. Schon als Mädchen war sie für ihre außergewöhnliche Schönheit bekannt gewesen – und ihre Körpergröße: »Amazone« hatte man sie genannt. Sie war die Tochter des Schatzmeisters des Königs von Spanien. Ihre Familie war sowohl mächtig als auch sehr reich. Thérèse war eine der wenigen Frauen gewesen, die zum Club 89 zugelassen worden waren, einer exklusiven Gruppe, zu deren Mitgliedern unter anderen Mirabeau, Lafayette, Sieyès und Condorcet zählten. Selbstverständlich behaupteten die Klatschmäuler, daß ihr Beitrag nicht *philosophischer* Natur wäre und hatten sogar in diesem Sinne ein Pamphlet veröffentlicht.
Plötzlich verstand ich das Klagelied meines Freundes. Der junge Deputierte Tallien, der unbedeutende Sohn eines unbedeutenden Kammerdieners hatte der reichsten, schönsten, *geistreichsten* Frau in ganz Europa sein Herz geschenkt.
»Welch gräßlichen Kummer haben Sie Ihrem Freund gewünscht!« jammerte er. »Nicht vor der Guillotine fürchte ich mich, sondern vor dem Verlust ihrer Liebe!«
Ich seufzte. Es war wenig wahrscheinlich, daß mein Freund ein offenes Ohr für eine *meiner* Bitten um Hilfe hatte – nicht in seiner erregten Verfassung. »Vielleicht kann ich ja behilflich sein«, bot ich an.
Und *danach* würde ich mich um Alexandre, Frédéric und Marie kümmern …

16. März

Thérèse Cabarrus war bei ihrer Toilette, als ich eintrat. Es war neun Uhr morgens. Sie trank Champagner vor einem offenen Fenster, das zur Seine hinausging. Eine junge Frau (ich würde sie auf zwanzig schätzen) und verblüffend hochgewachsen, die, ohne sich um Sittsamkeit zu bemühen, einen offenherzigen

Morgenmantel trug. »Kann ich Ihnen helfen?« fragte sie, als sie sich zu meiner Begrüßung umwandte. Sie sprach mit einem leichten spanischen Akzent. Ihre Stimme war tief, angenehm, ohne die Großspurigkeit, die in ihrer Gesellschaftsschicht so häufig ist.

Ich sah mich kurz in ihrem Schlafgemach um – überall, in und zwischen zahlreichen Blütenpflanzen, befanden sich Gemälde, Skulpturen, Kunstwerke. In der Ecke stand ein Cembalo. Am Fenster ein unvollendetes Gemälde auf einer Staffelei. Die üppigen Verzierungen waren elegant – trotzdem wirkte die Einrichtung einzigartig, bizarr, phantasieanregend.

»Ich bin im Interesse eines gemeinsamen Bekannten hier«, begann ich und nahm, wie mir angeboten, Platz.

Die Kammerzofe streifte Thérèse den Morgenrock von den Schultern und fing an, ihr den Hals zu massieren. »Und wer könnte das sein?« fragte Thérèse. Ihre Augen waren sehr groß, schwarz – und durchaus klug.

»Ein Mann, der Sie sehr liebt.«

Thérèse sah mich mit schelmischer Miene an. »Ah – aber davon gibt es so viele.«

Ich lächelte. Ich glaubte ihr. Ich hielt es für durchaus möglich, daß alle Pariser Männer ein solches Geschöpf begehrten.

»Finden Sie, daß ich eitel bin?«

»Ich finde, daß Sie entwaffend ehrlich sind«, sagte ich.

»Stört Sie das?«

»Ich schätze Ehrlichkeit.«

Sie sah mich lange an. »Wir sollten Freundinnen sein.«

Wir leerten die Flasche Champagner. Ich teilte ihr mit, daß der Deputierte Jullien ihren Brief an den Allgemeinen Sicherheitsausschuß weitergeleitet hatte.

»Grand Dieu!« Sie preßte die Hände ans Herz. »Ich wollte den Deputierten Jullien doch nur in Mißkredit bringen, weil ich herausgefunden hatte, daß er Tallien ausspionierte und Robespierre

darüber berichtete. Ich wollte ihn zu einer Dummheit verleiten.«
»Sind Sie sich bewußt, in welcher Gefahr der Deputierte Tallien sich dadurch befindet?«
»Wird er mir jemals vergeben?«
»Er wird Ihnen *alles* vergeben.«

20. März

Tallien hüpft umher. Er kann sein Glück nicht fassen, kann nicht fassen, daß eine so reiche, so schöne und so aristokratische Frau *ihn* lieben könnte. Er ist außer sich vor Unruhe, überwältigt von zärtlichen Gefühlen, schreibt Sonette und seufzt den lieben langen Tag. Es ist schwierig, seine Konzentration auf meine Petitionen wach zu halten, aber ich bin hartnäckig. Täglich besuche ich Alexandre. Täglich besuche ich Frédéric, Marie. Die Lage verschlechtert sich.

3. April

Ich bin erkrankt. Jeder Tag bringt Nachrichten von Verhaftungen, Todesfällen. Das Betteln um Audienzen, das Schreiben von Gnadengesuchen hat meine Kräfte aufgezehrt. Der Deputierte Tallien warnt mich, in meinen Bemühungen behutsamer zu sein. »Man wird Sie verhaften, wenn Sie nicht lockerlassen«, mahnte er. »Sie sollten zuerst an sich selbst denken. Ihre Kinder brauchen eine Mutter.«
»Meine Kinder brauchen einen Vater«, sagte ich und unterdrückte die Tränen.

19. April

Heute abend, bei Einbruch der Dunkelheit, kamen drei Männer an die Tür. Fortuné knurrte. Einen der Männer kannte ich aus dem Sektionsbüro. Die beiden anderen waren mir unbekannt. Ich fürchtete, sie könnten eintreten und die Osterzeichnungen finden, die ich für die Kinder angefertigt hatte.
Sie reichten mir ein Papier. »Was hat das zu bedeuten?« fragte ich. Es war ein Durchsuchungsbefehl.
»Die Zeichnungen sind im Feuer«, raunte die Lannoy.
Die Männer gingen nicht sanft mit unseren Besitztümern um. Sie begannen im Keller und arbeiteten sich bis zur Mansarde hinauf, wo sie begeistert ein verschlossenes Schreibpult entdeckten, das sie gewaltsam öffneten. Zu ihrer Enttäuschung fanden sie nur patriotische Briefe von Alexandre (die ich absichtlich dort hineingelegt hatte). Niedergeschlagen, weil sie nichts Belastendes gefunden hatten, zogen sie ab.
Mittlerweile ist es dunkel. Die Flamme der Kerze flackert. Ich kann nicht schlafen. Ich weiß, daß sie wiederkommen werden – *meinet*wegen.

Später

Es war vier Uhr früh, als das Hämmern an der Tür einsetzte. Dieses Mal hatten sie einen Haftbefehl für mich.
»Und aus welchem Grund?« protestierte die Lannoy.
»Sie brauchen keinen Grund«, raunte ich. Widerstand würde die Lage nur noch erschweren. Ich bat Agathe, ein paar Sachen zusammenzupacken.
Ich ging ins Kinderzimmer. Ich wollte sie wecken, Lebewohl sagen. Ich dachte an ihre Tränen. Ich konnte sie nicht aus ihrem Schlaf reißen. Ich gab jedem einen Kuß, zog die Bettdecken zurecht, sagte stumm ein Gebet.

Agathe und die Lannoy hatten beide zu weinen begonnen. »Paßt auf sie auf«, sagte ich, als die Männer mich aus der Tür führten.

Mein Gemahl und ich versöhnen uns

Ich war dankbar, daß es Nacht war. Ich hätte keine Zeugen haben wollen.

Meine Häscher waren gewöhnliche Männer, die eine Arbeit verrichteten. Einer, der Bürger Delmer, der gesprächigere von den dreien, hatte eine kranke Frau und konnte es kaum erwarten, nach Hause zu kommen. Ich war der letzte Befehl, und er war froh, daß er ausgeführt war. Es gefiel ihm nicht, Mütter von ihren Kindern wegzuholen. »Es ist gut, daß du sie nicht geweckt hast. So ist es besser.«

Sie brachten mich zum Konvent der Englischen Ursulinerinnen. Der Schließer, der nach Branntwein roch, sagte, es gäbe keinen Stuhl mehr, auf dem man sitzen könnte, geschweige denn ein Bett.

»Wo sollen wir sie denn dann hinbringen?« Bürger Delmer sah noch mehr Arbeit auf sich zukommen.

Der Schließer blickte finster. Delmer schlug das Rollbett im Wachraum vor.

»Das ist *mein* Bett«, sagte der Schließer, war aber schließlich einverstanden.

Am nächsten Tag bat ich darum, ins Carmes verlegt zu werden.

»Du willst ins Carmes?« Der Torwächter war ein kleiner Mann mit Pockennarben im Gesicht.

»Mein Mann ist dort.«

»Es ist überfüllt und nicht besonders angenehm.«

Trotzdem willigte er ein. Am Nachmittag, nach Schinken, Eiern und verschmutztem Wasser, von dem mir übel geworden war, wurde ich mit drei anderen auf einen Planwagen verfrachtet. Einer von ihnen war ein etwa fünfzehnjähriger Bursche. Die beiden anderen, ein Mann und eine Frau, waren Puppenspieler und verhaftet worden, weil sie eine Puppe von Charlotte Corday* angefertigt hatten.

Auf dem Wagen lag Stroh, teilweise besudelt. Der Wagen hatte dazu gedient, am Abend zuvor Gefangene von Versailles herzubringen, erklärte unser Wächter. Als wir durch die Straßen fuhren, schauten Leute zu uns herein und fluchten. Ein junger Bursche warf ein faules Ei. Ich wandte beschämt mein Gesicht ab.

Am Carmes mußten wir warten, während der Schließer, ein schwergewichtiger Mann namens Roblâtre, über die Dokumente murrte. »Jeden Tag ändern sie die Prozedur«, schimpfte er. »Und wenn ich was falsch mache ...!« Er rollte mit den Augen. Sein gerötetes Gesicht ließ erkennen, daß er nur allzu gerne dem Rebensaft zusprach.

Wir wurden einen engen Steinflur hinuntergeführt. Der Gestank von den offenen Latrinen erstickte mich beinahe. Roblâtre öffnete die Tür zu einem schmalen Raum. Der Boden war mit Strohsäcken gesäumt, alle in einer Reihe. Überall waren Kleider aufgehängt. Es roch streng nach Moder.

Mir wurde ein Ballen gegenüber einem der vergitterten Fenster zugewiesen. Auf der einen Seite lag eine junge Frau, das goldblonde Haar wie ein Heiligenschein auf dem Sack ausgebreitet. »Bürgerin Madame Custine«, stellte sie sich vor. »Sie können mich Delphine nennen.«

»Custine? Der General ...«

»Der große General Custine war der Vater meines Mannes.« Sie hatte eine hohe, melodische Stimme und sprach sehr artikuliert, wie eine Schauspielerin, mit übertriebenen weiblichen Gesten.

* Die junge Frau, die den Deputierten Marat ermordete.

»Mein Mann hat unter General Custine gedient. Alexandre Beauharnais. Er ist hier.«
»Oh, Bürger General Beauharnais! Sie sind seine *Frau*?«
»Sie kennen ihn?«
»Er ist der Busenfreund meines Mannes.« Sie legte sich wieder aufs Bett und seufzte, die Hand über dem Herzen. »General Beauharnais hat mein Porträt gezeichnet.«
Im Flur wurde eine Glocke geläutet. Ich folgte Delphine und den anderen über ein Labyrinth von Treppen in die Kapelle hinunter. Dort, unter den Gewölbedecken, unter den zerkratzten Bildnissen von Christus und der Jungfrau, waren grobe Brettertische aufgestellt worden.
Ich suchte mir einen Platz auf einer Bank. Verbogenes Eßbesteck war zu Haufen gestapelt. Zu meiner Linken befanden sich die Holzstufen zum Altar.
»Hier lesen sie jeden Abend die Namen vor«, sagte eine Frau hinter mir. Die Stimme klang wie die von Aimée.
Ich drehte mich um. Es *war* Aimée. Ich brach in Tränen aus. Sie zwängte sich neben mich. Sie reichte mir eine Teetasse. »Hier – trink das«, zischte sie. Es war Whisky. »Ich habe den Schließer bestochen.« Ihre Wangen waren gerötet. Ich hatte den Verdacht, daß sie schon eine Menge getrunken hatte.
Eine magere Frau mit schmutzigen Fingernägeln reichte mir einen Metallteller mit gekochten Bohnen und Sardinen.
»Pfui Teufel, das schon wieder.« Aimée schnitt dem Essen eine Grimasse. »Eine Mahlzeit am Tag, und dann ist es Abfall.«
»Welche Namen?« fragte ich. »Der Verurteilten – wer geht, wer bleibt, wer lebt, wer stirbt. Das ist die Abendunterhaltung – ziemlich dramatisch, muß ich sagen.«
Das Schmalz auf den Bohnen war ranzig. Ich legte meine Gabel hin. Die Küchenhilfe warf einen Korb mit schwarzem Schrotbrot auf den Tisch. Aimée brach ein Ende ab und stopfte es in ihr Mieder. Ich war wie benommen. »Wann bist *du* ...?«

»Gestern morgen – aber mir kommt es schon wie ein Jahr vor. Sie haben uns alle geholt. Jean-Henri – er ist drüben im Männerquartier. Sogar Lucie, das arme Kind. Sie schläft gerade, oben.«
Lucie? Nachdem sie ihr erstes Kind verloren hatte, wurde sie rasch wieder schwanger – dieses Mal glücklicherweise von ihrem Ehemann.
»Ihr ist so übel, daß sie nichts essen kann – falls du das *Essen* nennst. Ich meine, es waren die Eier, die wir gestern gegessen haben – noch unter dem Ancien régime gelegt.«
»Wir wurden alle zur gleichen Zeit verhaftet. Seltsam.«
»Weißt du warum?« fragte sie.
Ich schüttelte den Kopf. »Hast du Alexandre schon gesehen?«
Bevor Aimée antworten konnte, nahm die Küchenhilfe uns die Teller weg, und die Tische und Stühle wurden verschoben. Der Lärm in der Kapelle war ohrenbetäubend. Die großen Doppeltüren öffneten sich, und eine Gruppe von Männern trat ein. Sie waren unrasiert, hatten verdreckte Hemden und Kniebundhosen an. Einer trug ein Halstuch um den Kopf.
»Und nun beginnt der aufregende Teil«, seufzte Aimée mit gespielter Ehrfurcht. »Alexandre wird wahrscheinlich draußen sein. Ich habe ihn gestern abend in einem Fechtturnier geschlagen.«
»*Du* hast Alexandre geschlagen?« Ich folgte ihr durch einen breiten Gang, der in einen ummauerten Garten hinausführte. Es war eine heiße, feuchte Nacht. Es roch intensiv nach Minze. Neben einer Eiche sah ich Alexandre mit einem anderen Mann stehen. Er blickte auf, als wir näher kamen.
»Und somit vereint uns das Schicksal.« Alexandre küßte mir die Hand. »Man hat mir gesagt, daß du hier bist. Ich kann nicht behaupten, daß ich *froh* bin, dich zu sehen.«
Ich wurde mit Boyce Custine bekannt gemacht, einem jungen Mann mit leuchtend rosa Wangen und erwartungsvoller Miene.

»Willkommen«, sagte er und verbeugte sich galant, »zu dem, was wir Gecken und Lebemänner einst einen Jux nannten. C'est bizarre, cela.«

»Ich habe Ihre Frau kennengelernt«, teilte ich ihm mit. »Wir schlafen in der gleichen Unterkunft.«

»Vielleicht könnten wir ja die Plätze tauschen«, sagte er traurig.

»Er ist ein unternehmungslustiger Bursche, aber seine Frau sträubt sich«, erklärte Alexandre. »Ich habe sie schon zu einem Rendezvous mit ihrem Herzallerliebsten in der Liebeslaube zu überreden versucht.«

»Der *Liebes*laube?«

»Ein für verheiratete Paare reserviertes Privatgemach«, sagte Aimée, »für die Rechte, nach denen es viele gelüstet, wie du dir vorstellen kannst.« Sie hatte von einem Fliederzweig die Blätter abgestreift und benutzte ihn als einen behelfsmäßigen Säbel.

»*Abgesehen* von der schönen Delphine«, sagte Alexandre.

»Leider!« rief Boyce Custine theatralisch aus, und wir lachten.

Wir durften uns bis zehn Uhr miteinander im Garten verlustieren. Eine seltsame Situation, wenn man die Kulisse bedachte. Ich wurde mit zahlreichen Leuten unterschiedlicher Richtungen bekannt gemacht – von der vornehmen Duchesse Jeanne-Victoire d'Aiguillon bis hin zu dem radikalen Jakobiner General Santerre.

»*Der* General Santerre?« flüsterte ich Aimée zu. Der Schenkenwirt, der vorgeschlagen hatte, alle Hunde und Katzen von Paris töten zu lassen? Das Ungeheuer, das den Marsch auf die Tuilerien angeführt hatte, das den König auf dem Schafott zum Schweigen gebracht und den Trommeln befohlen hatte, zu schlagen, als der König zum Sprechen ansetzte?

»Alle Damen nennen ihn den ›Tröster‹«, sagte Aimée. Sie hakte sich bei ihm unter. Offensichtlich war der stämmige Schenkenwirt zum Favoriten avanciert.

»General Santerre«, sagte ich, »ich bin überrascht, wie ich gestehe, einen Mann Ihrer politischen Überzeugung *hier* zu sehen.«
Der Tröster grinste einfältig und rückte seine rote Mütze zurecht. »Meiner Ansicht nach werden sie auf diese Weise, wenn sie mich wirklich brauchen, *genau* wissen, wo sie mich finden können.«
»Ehrlich gesagt, wenn du *nicht* hier drinnen bist, dann bist du verdächtig«, sagte Alexandre.

23. April

Schon zweimal hat die Lannoy morgens die Kinder gebracht, und Alexandre und mir wurde ein kurzer Besuch gestattet. Doch heute morgen wollte uns Roblâtre nicht gestatten, sie zu sehen.
»Morgen?« fragte ich.
Roblâtre schüttelte den Kopf. »Es gibt eine neue Bestimmung.« Es war noch früh, doch er war schon betrunken.
»Ihr meint, wir können sie *überhaupt* nicht sehen?« wollte Alexandre wissen.
Roblâtre zuckte mit den Schultern. »Nicht mehr.«
Alexandre versetzte dem Stuhl einen Tritt, wodurch er umflog.

[Ohne Datum]

Ich bin erkrankt. Jeder von uns. Wir meinen, daß es die Suppe mit Fleisch gestern abend war. Die Duchesse Jeanne-Victoire d'Aiguillon sagte, sie sei aus dem Fleisch kranker Pferde gemacht und wollte sie nicht essen. Andere sagen Schlimmeres.*

* Manche Gefangenen waren überzeugt, daß ihnen Menschenfleisch vorgesetzt wurde.

Später

Ich bin schwach, an mein Strohlager gefesselt. Heute nachmittag brachte mir Alexandre das Paket mit frischer Wäsche, das die Lannoy abgeliefert hatte. In einem Unterrock entdeckte ich meine Wahrsagekarten und einen von Eugène geschriebenen Brief. Vor Freude überwältigt begann ich zu weinen. Alexandre drückte mich an sich.

25. April

Nun können die Kinder nicht einmal mehr *schreiben* – unsere Pakete werden durchsucht.
»Woher sollen wir denn dann wissen, wie es ihnen geht, Alexandre?« Ich weinte. Es gibt Gerüchte, daß der Staat die Kinder von Gefangenen abholt und in die Obhut »guter« Republikaner gibt.
»Sie könnten krank sein, sie könnten sterben! Und wir würden es nicht einmal *wissen*!«

26. April

Wie es unsere Gewohnheit ist, gingen Alexandre und ich heute morgen in die Dienststube, um unser Paket mit sauberer Wäsche abzuholen. Der Schließer überprüfte die einzelnen Stücke anhand einer Inhaltsliste. Er wollte die Liste gerade ins Feuer werfen, als Alexandre darum bat, sie sehen zu dürfen. Der Schließer sah ihn mißtrauisch an, reichte sie ihm aber trotzdem. Ich erkannte sofort, daß sie von Eugène geschrieben war.
»Danke, Bürger.« Alexandre reichte dem Schließer die Liste zurück, seine Hand zitterte nur leicht.

27. April

Jeden Morgen liegt unseren Wäschepaketen nun eine Liste bei. An einem Tag trägt sie Eugènes Handschrift, am anderen die von Hortense. Jetzt kann ich schlafen.

28. April

Heute morgen, als ich vom Frühstück (Salzheringe – schon wieder*) zurückkehrte, hörte ich ein Jaulen. Plötzlich sah ich ein Bündel von einem Hund zu meinen Füßen.
Fortuné!
Ich hob ihn hoch. Er mußte an den Wächtern vorbeigeschlüpft sein.
»Was ist das denn? Ist das ein Hund?« fragte meine Begleiterin unsicher.
Fortuné hatte ein großes schwarzes Band um den Hals. Es hatte sich in seinem Halsband verheddert. Mit einiger Mühe brachte ich ihn dazu, stillzuhalten, damit ich es richten konnte. Dann spürte ich etwas. Da, unter seinem Halsband versteckt, war ein gefaltetes Stück Papier.
Rasch zog ich den Zettel heraus und verbarg ihn in den Falten meines Rockes. »Was für ein häßlicher Hund. Er sieht ja wie eine Ratte aus – findest du nicht auch?« Ich setzte Fortuné ab und schob ihn mit klopfendem Herzen auf das Tor zu. »Lauf! Lauf nach Hause!«
Erst als Alexandre und ich uns in dem Privatgemach trafen, brachte ich den Mut auf, den Zettel zu lesen. Es war ein Brief von Eugène. Es geht ihnen gut – sie lassen in Liebe grüßen. Ich brach tränenüberströmt zusammen.

* Salzheringe wurden den Gefangenen in großen Mengen zugeteilt. Die Dänen lieferten sie, um damit ihre Schulden zu begleichen.

[Ohne Datum]

Alexandre und ich haben uns versöhnt.

Meine schlimmste Befürchtung wird wahr

30. April 1794

Bürger Boyce Custines Name wurde aufgerufen. Delphine wurde ohnmächtig und sank auf den Steinboden, als sie es hörte. Wir trugen sie zu ihrem Strohlager. Dort kühlte ich ihr die Stirn. Dann öffnete sie die Augen und begann zu schreien. Die anderen wurden ärgerlich. Hemmungslos gezeigte Trauer bringt alle aus der Fassung und wird als selbstsüchtig erachtet.
Ich ging in die Kapelle auf der Suche nach Alexandre. »Delphine ist außer sich«, teilte ich ihm mit. »Sie bringt die anderen aus der Fassung. Ich dachte, ich könnte sie vielleicht ins Privatgemach bringen.«
Als ich zurückkam, hatte Aimée die Arme um Delphine gelegt, um sie im Zaum zu halten. »Sie hat mit ihren bloßen Fäusten gegen die Wand gehämmert«, sagte Aimée.
»Komm.« Gemeinsam konnten Aimée und ich mit ihr fertig werden. Als wir im Privatgemach waren, beruhigte sich Delphine allmählich. Ich wiegte sie wie einen Säugling. Und dabei weinte ich die ganze Zeit.

3. Mai

Heute hat Delphine endlich etwas »Brot« gegessen – ein Gerstengebräu, das uns in der Kehle weh tut. Delphine schluckte es klaglos. Es dauert schon drei Tage an.

4. Mai

Delphine setzte sich heute morgen auf. »Ich werde Schwarz anfordern«, sagte sie. Sie entwarf eine Nachricht an ihre Kammerzofe. Bis zum Nachmittag hatte sie eine neue Garderobe, auffallende schwarze Roben, recht kleidsam zu ihrem feinen blonden Haar und ihren hellblauen Augen.
»Du siehst wie eine Prinzessin aus«, sagte ich zu ihr.
»Ich bevorzuge eine Göttin.« Sie rollte ihre Haare im Spiegelbild des Wasserkübels auf.
Ich begreife, daß ihre Trauerzeit vorüber ist.

9. Mai

Delphine hat Gedichte verfaßt, die sie mir jede Nacht vorliest. »Aber ob *Alexandre* sie auch mag?« fragt sie besorgt, wenn ich ihr versichere, wie großartig sie sind.

Später

Heute nachmittag, als ich in den Garten trat, sah ich, wie sich Delphine und Alexandre rasch bewegten. Es war nur eine ganz kurze Bewegung, nicht mehr als ein Rascheln, aber Delphines bereitwilliges Lächeln verriet mir, daß mehr dahintersteckt, verriet mir alles.

[Ohne Datum]

Delphine kann ihre Freude nicht unterdrücken. Sie glüht. Sie seufzt. Nachts stöhnt sie, bewegt sich sehnsüchtig. Ich weiß, von wem sie träumt.

11. Mai, ein heißer Nachmittag

Alexandres Blicke folgen jeder Bewegung Delphines, und ich, die ältere, einsame Ehefrau, muß hilflos daneben sitzen und zusehen, wie sich diese Leidenschaft, diese große Liebe, entfaltet. Eifersucht erfaßt mich. Eifersucht, Zorn und Einsamkeit – eine gefährliche Mischung.

12. Mai

Es ist unerträglich heiß. Wir stehen äußerst unschicklich in leichter Bekleidung auf den Gängen. Die Männer rasieren sich selten, denn Wasser ist kostbar. Die Frauen lassen ihre Haare herunter, vergessen ihr Schamgefühl. In jeder dunklen Ecke sind Paare, die den letzten Trost suchen.
Ich sitze an den Fensterschlitzen und schöpfe frische Luft. Im Dunkeln sehe ich, wie sich unter einem fleckigen Bettlaken etwas bewegt. Ich höre eine Frau stöhnen, höre einen Mann Koseworte flüstern.
Ich lehne den Kopf an die feuchte Steinwand. Besoin d'être aimé.
Ich werde ungeliebt sterben. Ich werde allein sterben.

13. Mai

Heute zwei Neuankömmlinge: Madame Elliot, eine englische Edelfrau (die Geliebte des Duc d'Orléans und eine Spionin der Engländer, wie Aimée hartnäckig behauptet), und General Lazare Hoche – der Held der Revolution. Warum Madame Elliot verhaftet wurde, konnte ich verstehen, aber General *Hoche* ...? Er, ein ehemaliger Stallbursche, hatte sich als brillanter Kämpfer auf dem Schlachtfeld erwiesen. Alle Jakobiner hatten ein Loblied auf ihn gesungen.

»Aber wenn man die Schlachten nicht *gewinnt* ...« General Hoche machte die Geste, die wir mittlerweile nur zu gut kannten: eine schnelle Bewegung der Finger quer über die Kehle. Er ist ein außergewöhnlich attraktiver junger Mann – schmal, groß, dichtes schwarzes Haar und klarumrissene Gesichtszüge: Alle Frauen werden seinetwegen schwach. Und zu allem Überfluß ist es so, daß er, um zu seiner Unterkunft zu gelangen, durch unseren Schlafraum muß. Heute abend, ich las gerade den anderen aus einer Zeitung vor, sank Aimée in einen gespielten Ohnmachtsanfall, als er vorbeiging. Ich warnte sie, blickte auf. General Hoche stand auf dem steinernen Absatz und blickte auf mich herab. Die Säbelnarbe zwischen seinen Augen verlieh ihm ein spöttisches Aussehen.

14. Mai

Heute abend, auf dem Weg durch unseren Schlafraum, warf mir Lazare Hoche einen kurzen Blick zu. Er machte eine kleine Handbewegung.

Ich sah zu Madame Elliott hinüber. »Ein kleiner Besuch?« fragte sie auf englisch. Sie lächelte und blickte sittsam weg.

Ich raffte meinen Mut zusammen und stand auf. Meine Wangen glühten. Rasch schlüpfte ich die Steintreppe hinauf.

Oben war ein schmaler Gang, der zu einer anderen schwer verriegelten Tür führte. Lazare Hoche stieß sie auf.

Seine Kammer war klein und sehr tief. Oben an einer großen Wand war ein kleines Fenster. »Mein Kerker«, sagte er und zündete eine Kerze an. Er zog ein Bettlaken über das Strohlager. Auf einem Bord stand eine Flasche Whisky.

»Sie haben ein eigenes Zimmer«, sagte ich.

»Generälen werden gewisse Privilegien gewährt – selbst im Gefängnis.«

»Selbst im Tod?« Warum hatte ich das gesagt?

Er holte einen zerbeulten metallene Feldbecher aus einer Holzkiste und füllte ihn aus der Flasche. Er bot mir den Becher an. »Darf ich Sie Rose nennen?« fragte er.
Ich nahm einen kleinen Schluck und hustete. Der Alkohol verbrannte mir die Kehle. »Ich bin älter als Sie.« Es war eine törichte Bemerkung. Aber ich fühlte mich plötzlich so unsicher. Wie alt *war* er eigentlich? Vierundzwanzig, fünfundzwanzig? Trotz allem, was er von der Welt gesehen hatte, wirkte er wie ein Junge. Und ich? Ich kam mir so alt vor wie die Erde.
Er leerte den Becher und stellte ihn auf dem Bord ab. »Ich möchte gerne, daß Sie bleiben.«
Ich antwortete nicht. Er näherte sich mir, wie man sich einem Pferd nähert, das scheuen könnte – entschlossen, aber ruhig, vertrauensvoll. Seine Haut war rauh; seine Berührung zärtlich.

[Ohne Datum]

Jeden Abend werden einige von uns aufgerufen. Wir fallen uns gegenseitig in die Arme, umarmen, werden umarmt, als wäre es das letzte Mal. Es ist das letzte Mal.
Ich lege die Karten. Sie sagen: Dies ist der Himmel, dies ist die Hölle. Es ist wie ein und dasselbe.

16. Mai

Aus mir ist ein Nachtmensch geworden. Tagsüber schlafe ich. Ohne zu essen, mein Körper knöchern, klammere ich mich an meinen Liebhaber, löse mich in den Sternen auf, die ich flüchtig durch das schmale Metallgitter sehe.
Lazare. *Halte mich fest!*
Denn ich sterbe.

17. Mai

Heute nacht ging ich zu seiner Kammer. Die Tür stand offen, die Bettlaken lagen in einem Bündel auf dem Boden.
Bürger Virolle kam zur Tür. »Du kannst zu *mir* kommen.«
»Wo ist Lazare?«
»Unter den Auserwählten«, sagte Bürger Virolle mit verwaschener Stimme. Er war betrunken.
»*Lazares* Name wurde aufgerufen?« Ich erbrach mich auf den Steinboden.

19. Mai

Delphine hat sich beim Schließer beschwert. Mein Weinen läßt sie nicht schlafen. Die Duchesse Jeanne-Victoire d'Aiguillon hat vorgeschlagen, daß ich in ihre Zelle ziehe. Dort ist jetzt eine Schlafstelle frei, nachdem ihre Zellengenossin aufgerufen worden ist, eine Hängematte aus Ledergurten.
»Eine Hängematte?«
»Damit einen die Ratten nicht erwischen«, sagte Jeanne-Victoire.

23. Juni

Heute bin ich einunddreißig geworden. Ich zog mein bestes Kleid an, trotz meines Vorsatzes, es zu schonen.* Alexandre schenkte mir eine Zeichnung, die er von den Kindern angefertigt hatte und die ihnen sehr ähnlich sieht.
Er sagte mir, daß ich ihn im Privatgemach treffen solle. »Es ist nicht das, was du denkst«, fügte er hinzu.
»Die Kinder – sind sie ...?« Beunruhigt.
»Ich wage nicht zu reden.«

* Unter den Frauen im Gefängnis war es üblich, ihre eleganteste Garderobe beiseite zu legen, um sie dann am Tag der eigenen Hinrichtung zu tragen.

Wir standen uns im Privatgemach gegenüber, mit den Rücken an die Wand gelehnt. »Unter uns ist ein Spitzel«, sagte er. »Ich habe Grund zu der Annahme, daß ich aufgerufen werde.« Er sagte mir, daß er für sein Land geopfert würde, daß er sein Schicksal inzwischen akzeptiere. Er sagte, er wäre bereit zu sterben. Er bat mich, mein Leben der Reinwaschung seines Namens zu widmen. Er hätte nur einen Wunsch, nämlich, die Kinder ein letztes Mal zu sehen. »Delphine kann das arrangieren.«
»Oh?« Ich hatte genug von Delphine.
»Einer der Räume oben blickt auf den Garten nebenan. Dort steht ein kleines Haus – das Haus eines Gärtners. Wenn die Kinder dorthin gebracht würden und wenn wir am Fenster stünden ...«
»Aber was, wenn man sie entdeckt? Was, wenn man uns sieht? Das ist zu gefährlich, Alexandre! Sicherlich ...«
»Es ist bereits alles arrangiert.«
Ich verstummte. Es war heiß in dem kleinen Raum.
»Ich dachte, du würdest dich freuen.« Er war verärgert.
»Habe ich eine andere Wahl?«
»Morgen nachmittag, um zwei Uhr.«

24. Juni

Alexandre und ich warteten am Fenster, das auf den Garten hinausführt. Nach kurzer Zeit bemerkten wir eine Bewegung im ersten Stock des kleinen Hauses. Hortense und Eugène kamen in Sicht.
Bewegungslos starrten wir einander an: die Eltern die Kinder, die Kinder die Eltern.
Sie sahen *so* schön aus.
Hortense stieß einen Schrei aus, streckte die Arme vor. Ich hörte einen Wächter rufen: »Wer ist da?« Die Kinder wurden ins Dunkel zurückgezogen.
Genauso rasch war es vorüber.

9. Juli

Heute abend wurden achtzehn Namen aufgerufen. So viele! Wir sind wie Schlafwandler, abgestumpft. Im Garten beschuldigte Alexandre den Bürger Virolle, ein Spitzel zu sein. Der kleine Mann sagte kein Wort. Eine Stunde später wurde seine Leiche in der Kapelle gefunden. Er ist erdrosselt worden.

17. Juli

Heute abend wurde es verkündet: Fünfzig Namen werden aufgerufen. *Fünfzig!*
Ist das möglich? Fünfzig von uns – sollen *sterben?*
Allmählich begreifen wir.
Wir werden *alle* sterben.

18. Juli

Zwei junge Männer, Brüder aus der Normandie, wurden als erste aufgerufen. Hand in Hand sprangen sie das Treppenhaus hinunter in den Tod.
Zwei weitere Namen wurden auf die Liste genommen.

21. Juli

Namen:
Maurice Gigost,
Louise Dusault,
Armand-Thomas Paré,
Alexandre Beauharnais.
Der Himmel verdunkelt sich und bricht mit einem lauten Donnerschlag auf. Eine streunende Katze zittert, sucht unter einer Bank Schutz.

Es kommt mir vor, als träume ich. Ich liege in meiner Hängematte und summe ein Lied aus meiner Kindheit. Ich kann das Meer riechen.

23. Juli

Alexandre wurde in die Conciergerie gebracht, um sich vor Gericht zu verantworten. An Delphines Finger sein Talisman – der Stein, den ich ihm geschenkt habe. Es spielt keine Rolle.

24. Juli

Ich bin krank. Nach dem Abendessen kam Jeanne-Victoire mit etwas zu essen, ein wenig Wein. Es gibt nichts Neues, sagte sie. »Aber es muß doch etwas geben«, beharrte ich. »Was geschah in Alexandres Prozeß? Was geschah in der Conciergerie?«
»Der Prozeß wurde verschoben.« Sie drehte sich zum Fenster.

[Ohne Datum]

Pik-As. Tod. Ich schiebe es unter mein Kissen.
Wenden und wieder wenden, aus der Blume wird Blut. Liebende berühren sich, und dort ist das Leben. Ein Name wird aufgerufen, und dort ist der Tod.
Man sagt, daß ich schreie. Man sagt, daß ich weine.
Es gibt kein Entrinnen.

[Ohne Datum]

Zitternd vor Fieberglut erhebe ich mich aus meiner Hängematte. Ich gehe zum Fenster, lehne am Gitter, presse die kalten Metallstäbe an meine Stirn. Ich suche in den Straßen nach einem Zeichen. »*Irgend jemand* weiß es«, flüstere ich.

Ich wandere in die Gänge. »Sagt es mir.«
Aimée wendet den Blick ab. »Schlafe«, sagt sie und führt mich zu meiner Hängematte zurück. Sie flößt mir mit einem Löffel bitteren Wein ein, glättet mir mit einem feuchten grauen Lappen die Stirn. Ich höre Husten, Stimmen, weit entfernt: »Sie kommt zur Ruhe, bald«, sagt Jeanne-Victoire.
Zur Ruhe kommen, bald.

[Ohne Datum]

Ich erhebe mich im Dunkeln. Durch das Fieber kann ich wie eine Katze sehen. Ich schwebe auf Katzenpfoten durch leere Gänge, spüre die feuchte Kälte der Steine, die Luft auf meiner Haut. Überall lauern meine Geister, schmeicheln.
»Ich muß es wissen«, sage ich. »Sagt es mir.«
Sie führen mich zu einem unter einem Stein verborgenen Papier. Sie geben mir die Kraft zu sehen. Er ist da, auf der Liste der Toten, sein Name: *Alexandre.*

Der Tod ruft, und ich lausche

[Ohne Datum]

Aimée schiebt mir eine rostige Schere in die Hand. Das Metall ist heiß, so heiß.
Ich weiß, was zu tun ist. Ich mache mich an die Arbeit, hacke auf meine Haare ein, bereite dem Messer einen Weg. Rein, singe ich, rein, und sehe zu, wie der Haufen wächst.

[Ohne Datum]

Aimée kommt zu mir. »Bist du auch tot?« frage ich.
»Du bist krank«, sagt sie. »Du hast Fieber, Fiebergedanken.«
»Ich höre Engel singen.«
Sie legt meinen Kopf an ihre Brust.
»Deine Tränen, meine Freundin, salben mich«, sage ich.
»Rose, dein Name wurde aufgerufen«, flüstert sie. »Der Arzt sagte ihnen, daß du zu schwach bist, um zu laufen.«
»Hat er ihnen gesagt, ich wäre tot?«
Sie nickt, hustet. »Er sagte ihnen, bald.«
»So ist es besser.« Besser als der Pöbel.
»Die Engel singen ohnehin.«
Ich greife unter mein Kissen, drücke ihr das Haarbüschel in die Hand.
»Für die Kinder?«
Ich nicke. Ich wage es nicht, ihre Namen auszusprechen. Nicht, wenn der Tod so nah ist. Nicht, wenn der Tod zuhört.

»Die Karte auch?«
Das Pik-As. »Nein!« Ich reiße es wieder an mich.
Ihre Hand ist kalt auf meinem Arm. »Rose – höre nicht auf die Engel …«
Ich spüre, wie die Luft sich verändert, die Wände beginnen zu bröckeln. Eine Hexe ist neben mir, ihre langen Finger packen mein Handgelenk. Ich schreie auf, schrecke zurück. Es ist die Wahrsagerin, ihr altes schwarzes Gesicht, ihr altes weißes Haar. Ich kenne sie, ich kenne sie …
Erinnere dich an das, was ich dir gesagt habe! sagt sie.

[Ohne Datum]

Die Engel singen nicht. Die Erde zerrt an mir, der Gestank des Nachttopfs, von verfaulendem Essen. Ich treibe hinein, treibe hinaus. Stimmen kommen, Stimmen gehen. Heiße Hände, kalte Hände. Kalte Hände. Kalte Hände.
Erinnere dich an das, was ich dir gesagt habe! sagt sie.

26. Juli (glaube ich)

Heute morgen setzte ich mich auf. Jeanne-Victoire gab mir ihre tägliche Ration Wein. Meine Lippen sind blasig, mein Gesicht eine Maske. »Sind es die Pocken?« fragte ich und befühlte meine Wangen. Und wenn, ich hatte keine Angst.
»Nein, ein Schüttelfrost«, sagte sie. »Wir dachten, du würdest sterben.«
»Ich bin auch gestorben. Mehrmals.«
»Dein Name wurde aufgerufen.«
»Aimée hat es mir gesagt.«
Ich habe es dir gesagt! zischt die Wahrsagerin.
Ich schlage die Hände über die Ohren. *Geh weg! Geh weg, altes Weib!*

27. Juli

Heute geht es mir besser. »Steh nicht auf«, warnt Aimée, »sonst rufen sie deinen Namen auf.«
Das Gefängnis scheint fast leer zu sein, so viele sind aufgerufen worden. Sogar unser Schließer ist zum Schafott gegangen, sagt Aimée. Er war zu freundlich zu uns. Armer, betrunkener Roblâtre.
Nun haben wir Aubert, einen Septembrist. Er erdrosselt streunende Kätzchen mit den bloßen Händen, nur so zum Spaß. Jeden Abend, nach dem Essen, sperrt er uns ein. Das ist nicht wichtig.
Draußen höre ich Trommeln, heftiges Kanonenfeuer, hastige Schritte auf dem Kopfsteinpflaster.
»Da geht etwas vor«, sagt Jeanne-Victoire.
Da geht etwas vor, flüstert die Wahrsagerin in mein Ohr.
Ich dachte, du wärst fort, altes Weib!

28. Juli

Bei Sonnenaufgang kam der Schließer, um meine Hängematte zu holen. Ich stand am Fenster und sah zu, wie er sie abnahm.
»Aber worauf soll die Bürgerin Beauharnais denn schlafen?« wolle Jeanne-Victoire wissen.
»Ich schätze, sie wird sie nicht mehr brauchen.« Er lachte.
Jeanne-Victoire wurde bleich. Sobald er gegangen war, brach sie in Tränen aus. »Weine nicht«, sagte ich zu ihr.
Erinnere dich, was ich gesagt habe!
Ich erinnerte mich: Ich würde unglücklich verheiratet sein. Ich würde Witwe sein.
Da ist noch mehr!
»Sieh nur, du zitterst nicht einmal.« Jeanne-Victoire nahm meine Hand.

Sag es!
Ich holte tief Luft. »Ich werde nicht sterben.«
Sag es – sag alles!
»Ich werde Kaiserin sein«, sagte ich. Die Worte kamen von anderswo aus mir heraus.
»Still, Rose – es gibt schon keine Königin mehr«, sagte Jeanne-Victoire sanft wie zu einem Kind. Aber der Ausdruck auf ihrem Gesicht war besorgt. Sie hielt mich für verrückt.
»Und du wirst meine Hofdame sein«, sagte ich.
»Du hast immer noch Fieber.«
Sie zog mich ans Fenster, damit ich Luft schöpfte. Schwach lehnte ich an den Gitterstäben. Ich hörte Musketenfeuer, galoppierende Pferde. Auf der Straße hüpfte eine Frau auf und nieder. Sie hob ihren Rock hoch und dann einen Stein, ihren Rock und dann den Stein.
»Sie versucht, uns etwas mitzuteilen«, sagte Jeanne-Victoire.
Der Himmel war rot. Schon flimmerte die Hitze über den Steinen. Die Frau hob ihren Rock hoch, deutete darauf.
»Robe.«
»Pierre«, sagte Jeanne-Victoire, der Stein. »Robespierre. Sie sagt ›Robespierre‹.«
Die Frau zog die Hand quer über die Kehle und fing an, wild zu tanzen.
Jeanne-Victoire wandte sich zu mir um. »Robespierre ist tot.« Sie sah beunruhigt aus – ängstlich. »Du bist gerettet!«
Erinnere dich, was ich gesagt habe! sagte das alte Weib.

5

La Merveilleuse

Ich wandele zwischen den Lebenden und den Toten

28. Juli 1794, abends

Grenzenlose Freude. Sie sprudelt aus den Rissen in den Steinen hervor. Mit einem Krachen und Donnern wird unsere Zelle hell wie der Tag – noch mehr Feuerwerkskörper folgen, einer nach dem anderen.

Der Schein meiner Kerze wirft Schatten an die Wände. Die Geister dieses Ortes, dieser Zeit, sind befreit. Sie tanzen in der flimmernden Hitze. Ich schlinge mein Büschel abgeschnittener Haare zu einem Knoten und werfe ihn von einer Hand in die andere. So nahe war er dran. Mein Kopf.

Die Trauer spricht den Refrain. Um jene, die den Glückstreffer um einen einzigen Umlauf der Sonne und des Mondes verpaßt haben. Trauer ... um Lazare, die alten Puppenspieler, die anderen, zu viele, um sie alle aufzuzählen. Trauer ... um Alexandre.

Und auch die Angst, denn die Riegel sind immer noch hinter uns verschlossen, die Guillotine steht immer noch.

Mittwoch, 6. August

Heute kamen zwei Männer durch die Tore. Deputierte. Wir, die Schwachen, die Zerlumpten rotteten uns wie Vieh zusammen und sahen schweigend zu. Draußen, auf dem Kopfsteinpflaster, der Pöbel – betrunken, fröhlich, in muffige Ballgewänder, zerfetzte, dreckbespritzte Seidenroben gekleidet.

Wir wurden in die Kapelle getrieben. Einer der Deputierten stieg auf die Kanzel, ein Stück Papier in der Hand.

Aimée legte den Arm um mich. »Geht es dir gut?«

Ich lachte; andere drehten sich um und starrten mich an. Ich lachte grundlos. Ich war eine von *denen*.

Der Deputierte räusperte sich. »Wir sind im Namen der Freiheit hier.«

Ein Mann schrie auf. War nicht alles, was sich zugetragen hatte und sich noch zutrug, im Namen der Freiheit geschehen? Wir kannten die Freiheit – Freiheit bedeutete *Tod*.

Der Deputierte fuhr fort. »Was ich hier habe, ist eine Liste ...«

Wir zitterten. Wir kannten Listen. Die Abläufe dieses Rituals waren uns wohlbekannt.

»... eine vorläufige Liste, wie wir euch versichern dürfen, von jenen, die die neuen Mitglieder des Allgemeinen Sicherheitsausschusses für zu Unrecht angeklagt erachten. Den folgenden Bürgern steht es frei zu gehen ...«

»Verstehst du?« flüsterte Aimée.

»Ich bin ja kein Kind«, sagte ich zu ihr. Sie hielten mich für verrückt.

»Bürgerin Rose Beauharnais.«

Ich sah mich erschrocken um. Mein Name war aufgerufen worden.

Aimée umklammerte meine Hände. Ich schaute in ihre weinenden Augen. Gesichter wandten sich mir zu, Freunde umringten mich. Meine Knie gaben nach.

Ich kam auf einem Brettertisch zu mir. Jemand schlug mir mit einem nassen Lappen auf die Stirn. Ich hörte ein Husten, dann die Worte: »Sie kann mich hören.«

Ich öffnete die Augen.

Aimées Augen beruhigten mich. Ich sah mich zu den anderen um.

»Verstehst du denn nicht, Rose?« sagte Aimée. »Du darfst nach Hause. Du bist *frei*.«

Ich hörte ihre Worte mit einem Herzen voller Angst. *Frei?* Was bedeutete das? »Wirst du mit mir kommen?« fragte ich.

»Bald«, versicherte sie mir und verwischte Rouge auf meinen Wangen. Sie reichte mir einen Korb – meine Wäsche, meinen Kamm, ein Taschentuch, in dem mein Haarbüschel war, meine abgegriffenen Karten. »Rasch, bevor sie es sich anders überlegen«, zischte sie.

»Ich kann dich hier nicht zurücklassen.«

»Weine nicht! Deine Kinder brauchen dich.«

Meine Kinder.

Meine Freunde drängten sich alle um mich und standen mir bis zum Tor bei. Der Pöbel draußen auf der Straße jubelte. Vier Männer in der Uniform der Nationalgarde versuchten, die Leute zurückzuhalten. Würden sie sich auf mich stürzen, mich in Stücke reißen?

Zitternd, meinen Korb umklammernd wurde ich auf die Straße hinausgeschoben. Das große Eisentor schlug hinter mir zu. Ich schaute zurück. Die Gesichter meiner Freunde waren tränenüberströmt.

»Wo willst du denn hin, Bürgerin?« rief eine Frau hinter mir. Ihr Atem roch nach Alkohol. Sie trug einen höfischen Hut, eine purpurrote Kreation, die mit schmutzigen Seidenblumen und zerfetzten Bändern übersät war.

»Zum Fluß?« Ich konnte mich nicht mehr erinnern.

Die Rue Saint-Dominique war breiter, als ich sie in Erinnerung hatte, eine menschenleere Durchgangsstraße. An den großen Holztüren war ein Papier angeschlagen worden. Gesiegelt, laut gesetzlicher Anweisung; Betreten nur bei Todesstrafe. *Todesstrafe*. Von Panik ergriffen wandte ich mich ab. Wo waren meine Kinder? Wo waren Hortense und Eugène?

Ich stolperte die Rue du Belle Chasse hinunter. Die Hunde im Holzlager knurrten mich an. An der Port-de-la-Grenoüillere legte ich die Hand vor die Augen. Licht glitzterte auf dem Wasser des Flusses. Gegenüber, auf der anderen Seite, drängte sich eine Menschenmenge auf der Place de la Révolution, rund um die Guillotine. Noch immer?

Ich wandte mich in die Richtung, die zu Prinzessin Amalia führte, zum Hôtel de Salm. Ich wußte, daß die Kinder dort täglich zu Besuch waren.

Die Tore zum Innenhof waren verriegelt. Ich zog am Glockenseil. Die Kammerzofe kam angerannt. Sie spähte durch die Eisenstäbe.

»Bürgerin Beauharnais«, sagte ich. Ich sagte nicht: die *Witwe* Beauharnais.

Ein kleiner Mann erschien zwischen den Säulen des Portikus. Seine gelbe Satinweste glitzerte vor Juwelen. »Was ist los?« Ein Bauer, seinem Akzent nach. Er hielt eine dicke Pferdepeitsche in der Hand.

»Ich möchte mit Bürgerin Amalia Hohenzollern sprechen.« Ein Gefühl der Schwäche überkam mich. Ich umklammerte die Eisenstäbe, um mich zu stützen.

»Die Prinzessin? Sie und ihresgleichen sind über den Rhein gelaufen, zusammen mit all dem anderen Pack.«

Prinzessin Amalia ... in *Deutschland?* »Ihr Bruder, Bürger Frédéric, ist er ...«

Die Zofe fuhr mit einem Finger rasch quer über ihre Kehle.

Frédéric – *geköpft?* Mon Dieu.

Der Mann befahl der Frau, an ihre Arbeit zurückzukehren. Ich packte sie durch die Stäbe am Ärmel. »Wo sind meine Kinder?« fragte ich. »Wo sind Hortense und Eugène?«

»Ihre Großtante ist gekommen ...«

Der Mann knallte mit der Peitsche.

»Bürgerin Renaudin?«

»Nein – die kleine«, zischte sie und rannte los.
Fanny? Konnte das sein?

Es war Jacques, Fannys Faktotum, der die großen Holztüren zum Hof öffnete. Er durchlebte einen Augenblick der Verwirrung, ehe ihm klarwurde, wer ich war. Ich nahm seine ledernen Hände in meine. Mein Herz schlug wie wild. »Meine Kinder – sind sie hier?«

Ich folgte ihm ins Haus. Fortuné jagte durch die Halle. Ich hob ihn in meine Arme; er war ein einziges wackelndes Bündel, seine kleine Zunge leckte mir die Wangen.

Die Lannoy erschien auf dem oberen Treppenabsatz, Agathe kurz dahinter. »Was ist los, Jacques?« fragte die Lannoy. Sie betrachtete mich mit hochmütiger Mißbilligung.

»Bürgerin Rose!«

»Madame?« Die Lannoy blickte mit ungläubiger Miene auf mich herab.

Hinter mir hörte ich eine vertraute Stimme. Es war eine alte Frau, das Gesicht stark geschminkt.

Fanny. Ich legte einen Arm um ihre Schultern, berührte ihre Wange mit meinen Lippen, ihre trockene, papierdünne Haut. »Gott sei Dank, daß Sie überlebt haben«, sagte ich und drängte die Tränen zurück. Wie lange hatte er gedauert, der Alptraum, den wir durchgemacht hatten? Konnte es sein, daß er vorüber war?

»Mon Dieu, Kind, du bist ja so mager.« Sie trat zurück, um mich zu betrachten.

»Ich war krank. Die Kinder ...«

»Sie sind hier.« Fanny legte die Finger um mein Handgelenk. »An dir ist ja kaum noch etwas dran. Und deine Haare ...!« Sie lächelte unwillkürlich.

»Tante Désirée? Der Marquis? Sind sie ...?«

Laß sie am Leben sein, betete ich.

Und dann: *Sei gnädig, laß sie dahinscheiden. Bitte verlange nicht von ihnen, den Schmerz über Alexandres Tod erleiden zu müssen.*
»Sie sind jetzt wieder in ihrem Hause – in Fontainebleau. Vorher hatten sie sich versteckt. Charlotte hat sie in ihrem Keller untergebracht.«
»Die Köchin?« Ich versuchte mir Tante Désirée und den Marquis in Charlottes barscher Obhut vorzustellen. »Wissen sie ... hat man es ihnen gesagt?« Ich hielt mich am Geländer fest, um mich abzustützen. Wußte *Fanny* überhaupt davon?
»Von Alexandre?« flüsterte Fanny.
Ich nickte. Ja.
Ich hörte ein Mädchen singen, den Klang eines Cembalos. »Hortense?« Ich ging zur Tür des Musikzimmers. Hortense saß mit dem Rücken zu mir am Instrument. Eugène und Émilie saßen dicht daneben. Eugène drehte sich um und betrachtete mich. Seine Miene sagte: »Wer ist diese Frau?«
Hortense hörte auf zu spielen. Sie drehte sich um und starrte.
Ich blieb stehen, verwirrt. »Erkennt ihr mich nicht?« Ich setzte Fortuné ab. Er blieb zu meinen Füßen, winselte, damit ich ihn wieder hochnahm. »Fortuné weiß, wer ich bin.«
»Maman?« Seine Stimme schnappte über.
»Gar nicht wahr«, sagte Hortense.
»Sie glauben nicht, daß ich es bin«, sagte ich zu Fanny. Ich brachte ein Lächeln zustande.
»Mon Dieu, das ist ja auch kein Wunder – du siehst wie eine streunende Katze aus!« Sie befahl den Kindern näher zu kommen. Eugène kam tapfer auf mich zu, ließ sich eine Umarmung gefallen, gefolgt von Émilie, die in Tränen ausbrach. Hortense weigerte sich und stellte sich hinter Eugène. Sie betrachtete mich, ihre großen blauen Augen ließen keinerlei Emotion erkennen. Die Augen ihres Vaters.
Fanny schalt ihr Patenkind. »Deine Gebete sind erhört worden, und nun sieh nur, wie du dich aufführst.«

»Ich verstehe schon«, sagte ich. »Ich ...«
Ein Schmerz durchfuhr mich, dieses Mal heftig. Ich krümmte mich. Fanny rief nach Jacques, der mir zu einer Bank half.
»Möchtest du eine Tasse Brühe?« fragte Fanny.
Ich schüttelte den Kopf. Ich fühlte mich zu krank. »Ich muß mich waschen«, sagte ich. Ich holte tief Luft, setzte mich auf. Der Schmerz hatte nachgelassen. Die Kinder – zweifellos beunruhigt – standen zusammengedrängt am Cembalo und sahen schweigend zu. »Mir geht es gut«, sagte ich.
»Füll die Kupferwanne auf«, wies Fanny Jacques an. »Mach es heiß.«
»Wir haben nur noch wenig Holz«, protestierte er.
»Tu, was du kannst.«
Die Lannoy half mir bis zu Fannys Schlafzimmer hinauf. Dann half sie mir, mich auszuziehen, wobei sie kleine mißbilligende Schnalzlaute von sich gab. Tränen standen in ihren Augen.
»Ich konnte mich nicht waschen«, sagte ich zu ihr, peinlich berührt von meinem Schmutz, meinen Knochen. »Es gab kein Wasser.«
Sie half mir in den großen Waschzuber, in das Fanny wohlriechende und heilende Kräuteressenzen geschüttet hatte. Danach brachte mir Fanny ein Unterhemd, hübsch mit Spitze.
Ich wehrte mich. »Ich bin verseucht.«
Fanny zuckte mit den Schultern. »Das sind wir alle.« Sie führte mich zu einem Schemel.
Langsam kämmte sie die Nissen aus meinem Haar und erzählte dabei – von ihrem Versteck in einer Mansarde in Valenciennes, von ihrer Rückkehr nach Paris und ihrem Versuch, ihre Tochter Marie aus dem Gefängnis zu holen (vergeblich), von ihrer eigenen Haft im Port-Royal, von Michel Cubières heroischer Befreiung.
Ich hörte zu, ohne zu hören. Vor mir war ein Spiegel, in Goldbronze gefaßt. Die Frau, die ich sah, war eine Fremde für mich.

Ihr hageres Gesicht war von Falten durchzogen, gealtert, ohne Farbe. Ihre Zähne waren schwarz, ihre Augen eingefallen – verstohlene, ängstliche Augen.
Es war kein Wunder, daß die Kinder mich nicht erkannt hatten.
Diese Frau war nicht ihre Mutter.
Aber wer war sie dann?
Ich wollte es nicht wissen.

Während ich dies schreibe, ist es beinahe fünf Uhr nachmittags. Ich sitze an dem Schreibtisch in Fannys Gästezimmer. Ich habe geschlafen, eine bescheidene Toilette verrichtet, eines von Fannys Kleidern angezogen – es hängt locker von meinen Schultern.
Draußen auf der Rue de Tournon höre ich eine Glocke – der Wagen eines Lumpensammlers. Das Geräusch bringt Erinnerungen zurück, Erinnerungen, die mir wirklicher vorkommen als dieses Zimmer, das ich bewohne, Erinnerungen an das Carmes, an die Gefangenen – meine teuersten Freunde –, die genau in diesem Augenblick auf ihren Strohsäcken liegen und auf die Schritte des Wärters warten, auf das Läuten seiner Glocke warten, das das Abendessen ankündigt.
Seltsamerweise sehne ich mich danach, bei ihnen zu sein. Hier, außerhalb der Gefängnismauern, weiß ich nicht, wohin ich gehöre. Ich bin von dieser Welt, aber nicht von *dieser* Welt. Ich bin wie ein Zombie, von den Toten auferstanden.

Später an diesem Tag

Ich stehe auf, kleide mich an, esse – erledige die einfachen Routinen meines Alltags. Es ist nicht wirklich: Ich spiele eine Rolle in einem Stück. Doch gerade diese einfachen Verrichtungen sind es – eine Schärpe binden, einen Knopf befestigen, einen Satz in einem Lesebuch vorlesen –, an denen mich Hortense und

Eugène langsam wiedererkennen. Wie ich mich danach sehne, sie in die Arme zu nehmen, sie zu *berühren*, doch gerade jetzt muß ich mich zurückhalten. Ich darf sie nicht erschrecken.

8. August

Heute bin ich kräftiger, bereit für Tatsachen. »Erzählen Sie es mir«, sagte ich zu Fanny.
»Es ist zu früh«, sagte sie.
»Mich kann nichts verletzen.« Tatsächlich habe ich das Gefühl, längst tot zu sein. Doch das sagte ich ihr nicht.
Sie ging zu ihrem Pult und holte ein blaues Seidentuch heraus, gefaltet. Es war etwas darin.
Ich öffnete es – Haare, lang und wellig, kastanienfarben.
»Von Alexandre«, sagte sie.
Ich blickte zu ihr auf.
»Ich bat den Torwächter darum.«
»Sie ... Sie waren *dort*?« Ich spürte ein Prickeln in meinen Händen. »Sie haben *zugeschaut*?« Wollte ich denn fragen? Wollte ich es denn wissen?
»Ich dachte, daß Alexandre nicht alleine sterben sollte.«
Ich preßte das Gesicht auf die Knie, um die Tränen zu unterdrükken. Wie ich diese Frau verehrte, ihre lebhafte, schrullige, hartnäckige Stärke.
»Rose! Bist du krank?«
Ich richtete mich auf, holte tief Luft. »Verzeihen Sie, ich war überwältigt.«
»Du hättest das gleiche getan«, sagte sie.
Stimmte das? »Er wußte sicher, daß Sie dort waren, da bin ich sicher.«
»Das ist noch nicht alles.« Fanny reichte mir ein Pamphlet. Ich drehte es in meinen Händen. Alexandres Name stand darauf. »Was ist das?« fragte ich. »Hat Alexandre das geschrieben?« Ich

bemerkte meinen Namen. »Es ist an *mich* gerichtet?« Ich überflog den Text:

Ich bin das Opfer …

Die brüderliche Liebe, die ich für Dich empfinde …

Halte mein Andenken in Ehren …

Die Worte verschwammen vor meinen Augen. »Woher haben Sie das?« Ich drehte das bedruckte Blatt herum. Ein Sou, stand da, in der unteren rechten Ecke. »Haben Sie dafür *bezahlt*?«

»Ich bekam es an den Toren des Luxembourg. Ein junger Mann in einer Toga verkaufte sie. Er hatte einen ganzen Korb voll davon.« Sie hielt inne. »Offensichtlich ist es Alexandres letzte Verlautbarung – für dich.«

Leb wohl, liebe Freundin …

Tröste Dich um unserer Kinder willen …

Ich konnte nur mit Mühe atmen. Ich erhob mich und ging zum Fenster. Wie typisch für Alexandre, dafür zu sorgen, daß seine letzten Worte *veröffentlicht* wurden, dachte ich.

»Rose, er dachte an die Familienehre, an die Kinder.«

»Ich verstehe«, sagte ich. Zwei Frauen halfen einem Betrunkenen, die Straße entlang zu gehen. »Er hatte sich in Madame Custine verliebt – General Custines Schwiegertochter.«

»Delphine Custine? Dieses dumme blonde Ding?« spottete Fanny.

»Das dürfte nicht erfreulich für dich gewesen sein.«

Ich ließ mich auf dem kleinen Polsterschemel vor dem Kamin nieder. »Ich kann mich nicht erinnern«, sagte ich.

6 Uhr abends

Eugène war heute nachmittag in sich gekehrt – während des gesamten Essens sprach er kein Wort. »Es ist nichts!« beharrte er. Ich folgte ihm in sein Zimmer. »Etwas bedrückt dich.« Ich setzte mich neben den Tisch mit seinen Militärfiguren.

Er zuckte mit den Schultern, brachte vier Kanonen wieder in Stellung, kniete nieder, um die Winkel zu beurteilen.
»Eugène, bitte, sprich mit mir. Es hat etwas mit deinem Vater zu tun, nicht wahr?« Keine Antwort. »Ist heute morgen in der Werkstatt etwas vorgefallen? Hat Bürger Quinette etwas gesagt?« Bürger Quinette ist ein hervorragender Vitrinenbauer, aber berüchtigt für seinen Jähzorn.
Eugène schüttelte den Kopf.
»Wer dann? Die anderen Burschen, die dort arbeiten?«
Er wollte mich nicht ansehen.
»Haben sie etwas zu dir gesagt?«
Ich streckte die Hand aus, um seine Schulter zu berühren. Er drehte sich jäh weg. »Sie nennen mich den Sohn eines Verräters!« Er verbarg das Gesicht in den Händen.
»Glaubst du ihnen, Eugène?«
»Er hat Mainz verloren! Er hat nie angegriffen – statt dessen ist er davongelaufen!«
»Und das sagen sie?« Er nickte, Tränen brachen aus ihm heraus. Peinlich berührt von seiner Schwäche wischte er sie fort.
»Und was sagst du *ihnen*?«
»Was *kann* ich denn sagen?«
Ich studierte das Gesicht meines Sohnes. Sein Vater – ein Mann, den er verehrte, ein Mann, der alles, was edel und gut war, verkörperte – war ins Gefängnis gebracht, vor Gericht gestellt, schuldig gesprochen, zum Tode verurteilt worden. »Dann werde ich es dir sagen«, sagte ich und holte tief Luft. »Im Krieg wie in der Liebe geht es immer kompliziert zu. Du bist alt genug, um es allmählich zu verstehen.« Ich erzählte ihm vom Zustand der Truppen seines Vaters – Bauernburschen ohne Ausbildung, ohne Verpflegung. Ich erzählte ihm vom Feind – Berufssoldaten, die seines Vaters Truppen um das Zehnfache an Zahl übertrafen. Ich erzählte ihm von Alexandres Widerwillen, seine Leute zum Abschlachten zu führen.

»Nach Meinung vieler muß man im Blut anderer baden, wenn man ein Held sein will. Nach Meinung vieler hätte dein Vater seine Leute in den Tod führen, ihr Leben um des Ruhmes willen riskieren müssen. Aber nach meiner Meinung beweist es den Mut deines Vaters – seinen Mut, die Verurteilung, die Verhaftung, ja sogar den Tod zu riskieren, nur um zu dem zu stehen, was seiner Überzeugung nach richtig war. Ist *das* nicht heldenhaft?«

Eugène betrachtete mich mit ruhigem Blick.

»Du bist der Sohn eines guten Mannes, Eugène, ein Mann, der dich sehr geliebt hat, ein Mann, der sein *Land* sehr geliebt hat. Ein Mann, der lebte – und starb –, wofür er glaubte. Ein *Held*. Das darfst du niemals vergessen. Das Andenken deines Vaters wird reingewaschen werden – das habe ich ihm versprochen –, aber es muß in *deinem* Herzen beginnen.«

Und in meinem.

9. August

Ich lege die Kleider der Witwe Beauharnais an. Das glanzlose Schwarz paßt zu meiner Seele, spiegelt den Tod wider, den ich in meinem Innern spüre. Selbst meine Kinder können mich nicht aus dieser Betäubung wecken. Steife weiße Gaze kitzelt an meiner Kehle. Ein Taftschleier bedeckt meine knabenhaften Locken. Ich bin ein Geist. Ich bin eine Überlebende.

Ich breche zum Faubourg Saint-Antoine auf. »Place du Trône renversé«, wies ich den Kutscher an.

Er setzt mich an einer Ecke ab. Ich weise ihn an zu warten. Ich schreite die Seiten ab. Hier ist mein Mann gestorben.

Es ist ein bewölkter, heißer Tag. Überall spielen Kinder. Sind sie um die Guillotine herumgesprungen? Haben sie gesungen?

Ich weiche Pferden, Kutschen aus – schlage mich zur Mitte durch. Dort stehe ich, trotz der Flüche der Fuhrmänner, der

Drohung mit ihren Peitschen. Ist *dies* die Stelle? Ich warte nur einen Augenblick. Nur einen Augenblick, lang genug, um zu wissen, daß er nicht dort ist.
Ich kehre zur Kutsche zurück, gebe meinem Kutscher neue Anweisungen. Dieses Mal fahren wir aufs Land hinaus, vor die Stadtmauern. Man hat mir den Weg beschrieben; mein Kutscher scheint ihn sowieso zu kennen.
Er betrachtet meine schwarze Kleidung, meine kurz geschorenen Haare. »Ich gehe selbst oft hin«, erzählt er mir. Er trägt einen hohen Hut mit gelben Quasten. »Mein Sohn ist dort. Meine Frau ist einmal hin, aber nicht wieder.« Er mußte reden.
Endlich halten wir an. Es ist nur ein Acker. Er ist umgegraben, aufgehäuft, umgepflügt worden. Aber trotzdem würde man seinen Verwendungszweck nicht erraten.
»Der König und die Königin sind hier«, erzählt mir der Kutscher. Er ist stolz darauf. »Es heißt, daß sie sich eine Grube mit Robespierre teilen.« Er läßt den Tritt herunter. Ich nehme das Angebot seiner rauhen Hand an. Er möchte behilflich sein. Er war schon zu oft allein an diesem Platz.
Auf dem Acker sind noch andere, vier, die graben, ein Kalkhaufen, ein Fuhrwerk in der Nähe. Körper. Köpfe.
»Immer noch?« Noch mehr, die begraben werden müssen?
»Der Berg berührt die Erde.« Der Kutscher lacht über seinen Scherz. Er nickt zu einer alten Frau in einem fleckigen Musselinkleid hinüber, die im Schmutz sitzt. »Sie ist immer hier«, sagt er. Er dreht einen Finger an seiner Schläfe, meint: verrückt.
Im Gegensatz zu uns übrigen, denke ich mit Ironie.
Ich lasse meinen Blick über die zerklüftete Erde schweifen, das Unkraut. Hier also ruht Alexandre. Und die anderen – Lazare? Frédéric? Die lieben alten Puppenspieler? Es tröstet mich, an sie alle zusammen zu denken.
Ich gehe auf den Acker hinaus. Ich habe keinen Plan. In der Mitte hebe ich drei Steine auf. Einen für Hortense, einen für Eugène

und einen für mich. Ich befühle die glatten Oberflächen. Andenken.
Ist das alles? Stimmt es, was die Jakobiner sagen – daß Tod ewiger Schlaf ist, nicht mehr, nicht weniger?
Die Wahrsagerin sagte: *Du wirst unglücklich verheiratet sein. Du wirst Witwe sein.*
Ich schaue zu, wie zwei Vögel durch die Luft fliegen – ein Pärchen. Ich warte auf eine Bedeutung. Aber da sind keine Antworten, da ist nur dies … diese schreckliche Leere.

Geister werden lebendig

10. August 1794

Der Morgen dämmerte, als ich in Begleitung von Jacques aufbrach. Die Bettler in der Rue de Vaugirard schliefen noch. Vor dem Palais de Luxembourg peitschte ein Lebensmittelhändler auf einen Esel ein, um die alte Kreatur zum Laufen zu bewegen. Wir umrundeten das zänkische Paar.

Es war ein kurzer Weg zu den Carmes, wie ich wußte, aber einer, der zwei einander fremde Welten miteinander verband. Mut hat verschiedene Stufen, und ich war nicht sicher, ob ich die Willenskraft aufbrachte, noch einmal durch diese Gefängnistore zu gehen. Ich war dankbar, daß Jacques bei mir war. Ein Wärter, den ich nicht kannte, öffnete das Tor. Jacques klopfte an die schwere Brettertür zum Dienstraum des Schließers. Dahinter hörte ich jemanden husten. Drinnen saß der Schließer mit finsterer Miene beim Schein einer Talgkerze über eine Zeitung gebeugt. Eine hoch schwangere, aus den Nähten platzende Lucie kauerte schläfrig auf einem Stuhl. Aimée saß in der Ecke am anderen Ende. Der tierische Blick in ihren Augen erschreckte mich.

Sie brach in ein verrücktes Lachen aus, das in einen rasselnden Husten überging, der ihr den Atem nahm. »Bin ich so furchterregend?« keuchte sie, als sie wieder atmen konnte.

Jacques nahm ihren Korb, ihre armselige Habe. »Bereit?«

»Was ist mit Jean-Henri?« fragte ich.

»Croisœuil?« Der Schließer blätterte durch seine Papiere. »Nein.« Lucie zuckte mit den Schultern.

Auf der Straße trat ein alter Mann auf uns zu. »Willkommen.« Er überreichte Lucie eine Blume.
»Woher wußte er das?« Sie sah zu, wie der Mann davonhumpelte.
Ich nahm Aimées Hand. Ich konnte die Knochen spüren. »Wir wohnen bei meiner Tante Fanny in der Rue de Tournon«, teilte ich ihr mit. »Es ist nicht weit von hier. Bist du kräftig genug?«
»Wir gehen nicht in die Rue Saint-Dominique?«
»Es ist versiegelt worden.«
»Ich kann nicht nach Hause?« Ich sah, wie etwas in ihrem Innern zerbrach.
»Komm«, sagte ich.

Abends

»Bist du sicher, daß es dir gutgeht?« fragte ich Aimée, als ich ihr ins Bett half. Sie kam mir immer noch seltsam vor.
»Ich tue so«, sagte sie.
Ich setzte mich neben sie aufs Bett. Eine eigenartige Bemerkung, wie mir schien.
»Du tust auch nur so. Nur, daß du so tust, als wärst du davon überzeugt«, sagte sie.
Mir traten die Tränen in die Augen. Sie hatte recht. Ich tat nur so. Ich sprach nicht über das Entsetzen, das ich erlebt hatte. »Hier draußen ist es anders. *Wir sind* anders.«
»Der Wahnsinn, meinst du.«
»Mehr als das.« Ich zog die Bettdecke über sie, küßte sie auf die Stirn. »Schlafe.« Ich schloß die Vorhänge, blies die Kerze auf dem Kaminsims aus.
»Du hast nicht gesagt, was du meinst, Rose«, sagte sie in der Dunkelheit.
Ich stand einen Augenblick da. Was *meinte* ich? »Scham«, sagte ich. Ein Wort in der Dunkelheit. Scham, daß wir zusammenbra-

chen, am Boden krochen, *bettelten*. Scham, daß wir geschrien, geweint, unsere Köpfe an die Wände geschlagen haben. Scham, daß wir die Hoffnung, den Glauben verloren haben, daß wir bereit waren, alles aufzugeben, *irgend etwas*, im Tausch gegen das Leben. Scham, daß wir die Angst kennen, ihren Würgegriff.
Die Scham des Überlebenden.
»Ja«, flüsterte Aimée. »Das auch.«

11. August

Heute morgen traf ich mich mit Bürger Dunnkirk, meinem Bankier, der versucht, meine Finanzen in Ordnung zu bringen. Der Bericht ist nicht gut. Martinique hat gedroht, daß es eher zu den Engländern überwechseln würde, als sich der Revolutionsregierung in Frankreich zu unterwerfen. Bürger Dunnkirk hat Anlaß zu glauben, daß Mutter ihr Haus den englischen Streitkräften geöffnet, dem Feind Unterstützung angeboten hat.
»Den *Engländern*?« Ich dachte an Vater, an ein Leben, das dem Kampf gegen »die Gottverdammten« gewidmet gewesen war. Hatte Mutter englischen Offizieren das Bett meines Vaters angeboten? Ich war froh, daß er tot war.
»Ich versichere Ihnen, daß diese Information streng vertraulich bleiben wird. Ich bin mir der Schande bewußt, die Ihnen daraus erwachsen könnte, der Verdacht ...«
»Geht es ihr gut?« unterbrach ich ihn. »Die Plantage – ist sie ...?«
»Ich weiß nicht, ob Ihnen klar ist, daß Ihr Vater beträchtliche Schulden hinterlassen hat – einhunderttausend Livres.« Bürger Dunnkirk nieste in ein häßliches grünes Taschentuch.
»Warum wurde ich nicht ...«
»Wir haben es selbst gerade erst herausgefunden. Ihre Mutter – eine einfallsreiche Frau nach allem, was man hört – hat mit ihren Gläubigern eine Vereinbarung getroffen, wonach die Schulden

über einen gewissen Zeitraum hinweg abbezahlt werden sollten. Glücklicherweise war die Ernte in diesem Jahr gut, trotz des Bürgeraufstands. So gut sogar, daß sie die Schulden abbezahlen und, wie berichtet wird, ein Fest für alle Dorfbewohner geben konnte.«

»*Mutter*?« Sicher sprach er über eine andere Frau.

»Ganz sicher, Bürgerin. Wir neigen sogar zu der Annahme, daß Ihre Mutter sorgenfrei, vielleicht sogar wohlhabend ist. Sie dürfte keine Mühe haben, Ihnen die Zinsen auf Ihre Anteile auszuzahlen – das heißt, wenn es gelingt, sie Ihnen zu schicken. Wegen des Krieges wird sich *jegliche* Korrespondenz natürlich als schwierig erweisen.«

»Ich kann ihr nicht schreiben?«

»Sie können es versuchen«, sagte er achselzuckend. »Weiß sie von Ihrer ... Situation?«

»Sie weiß nichts.« Nichts über das Gefängnis, nichts über Alexandres Tod.

Wir sahen meine Bücher durch. Ich habe ansehnliche (und wachsende) Schulden bei Bürger Dunnkirk, der so liebenswürdig war, Gelder für den Unterhalt der Kinder vorzustrecken, während Alexandre und ich im Gefängnis waren. »Ich werde sie Ihnen zurückzahlen«, versicherte ich ihm – aber *wie*? »In meinen Räumen in der Rue Saint-Dominique habe ich Juwelen versteckt. Ich kann sie verkaufen, wenn ...« *Wenn* ... Wenn die Siegel entfernt wurden. Wann würde *das* sein?

»Das wird dauern«, warnte Bürger Dunnkirk und nieste erneut. »Die Räder der Bürokratie haben sich schon immer langsam gedreht – und heute ...« Er warf die Hände in die Luft.

»Was ist mit La Ferté?« fragte ich. Alexandre hatte seine gesamte Erbschaft in sein Landgut investiert.

»Die Besitztümer Ihres Mannes wurden beschlagnahmt. Alles, was auch nur irgendeinen Wert hatte, wurde von der Regierung auf einer Auktion verkauft.«

»Verkauft?« Es gab ein Bild von Alexandre als Kind – ich hätte es gerne für Hortense und Eugène gehabt. »Und wann könnte *diese* Beschlagnahme aufgehoben werden?«

Bürger Dunnkirk sah mich unbehaglich an. »Es ist mir sehr zuwider, daß ich es bin, der es Ihnen mitteilen muß, Bürgerin, aber das Gesetz erlaubt der Regierung die volle Verfügungsgewalt über den Besitz des Verurteilten. Selbst wenn die Beschlagnahme heute aufgehoben würde, fiele das Gut weder an Sie *noch* an Ihre Kinder.«

Langsam begriff ich die Situation. Nach dem Gesetz starb Alexandre als Verbrecher. Die Kinder waren damit ihres Erbes beraubt worden. Sie blicken einer Zukunft entgegen, in der sie nichts besitzen außer ihren Kleidern auf dem Rücken und einem verunglimpften Namen.

Kurz vor Mittag kehrte ich in die Rue de Tournon zurück. Auf der Straße war eine Anzahl von Leuten versammelt. Eine Frau mit einem Leierkasten stand vor der Tür zu Fannys Stadthaus.

»Da geht etwas vor«, sagte ich zu Fanny und stellte meinen Korb auf dem Boden der Diele ab. Menschenmengen ängstigten mich.

»Sie lassen heute Gefangene aus dem Luxembourg frei.« Fanny hielt einen Stapel Bücher auf einem Arm. »Und machen ein Spektakel daraus – Reden, offenbar eine Parade.«

»Wo sind die Kinder?« fragte ich.

»Vorn an der Ecke.«

Ich seufzte. Zuzuschauen, wie Gefangene freigelassen wurden, war zu einer Art Unterhaltung geworden. »Lucie auch?«

»Sie erklärte sich bereit, mitzugehen, trotz des Umstands, daß das Kleid, das ich ihr zur Verfügung stellte, als nicht angemessen schmeichelhaft beurteilt wurde.«

»Weder das Gefängnis noch die Schwangerschaft haben die Eitelkeit dieses Kindes gedämpft«, sagte ich. »Und Aimée?«

Fanny nickte zu den Doppeltüren, die auf den Balkon hinausführten. »Sie ist gerade erst aufgestanden. Hast du Fahrkarten für die Kutsche nach Fontainebleau bekommen können?«

»Ich werde es morgen früh erneut versuchen.« Schon zweimal hatte ich versucht, einen Passierschein zu bekommen.

Ich trat auf den Balkon hinaus.

Aimée hatte sich über die Brüstung hinausgelehnt, ihre Haare hingen lose und lang herunter. Ich dachte daran, etwas zu ihr zu sagen, sie vor Schamlosigkeit zu warnen, doch ich hielt meinen Mund. Was spielt das noch für eine Rolle?

Ich legte ihr den Arm um die Schultern, küßte sie auf die Stirn. Sie hatte über vierundzwanzig Stunden geschlafen, den Schlaf der Toten, aber sie sah trotzdem erschöpft aus.

»Gut«, sagte sie als Antwort auf eine Frage, die ich gar nicht gestellt hatte. Sie hielt die Hand vor den Mund, um einen Hustenanfall zu stillen.

Ich blickte auf die Menschenmenge. Eine Frau mit einem Kind an der Brust trug ein Kleid, das aus einer Flagge gemacht war. Vier junge Männer, die in Togas gehüllt waren und ein Banner mit der Aufschrift »la nation« trugen, schoben sich langsam die Straße hinunter. Alle klatschten, als sie vorüberkamen.

»Mir kommt das wie ein Traum vor«, sagte ich. Von Zeit zu Zeit trug der Wind den schwachen Duft von Geißblatt heran.

Aimée lachte. Dieses gräßliche Gefängnislachen, wie Fanny es nannte.

Eine von einem alten Braunengespann gezogene Kutsche bog in die Rue de Tournon ein. Zwei offene Kutschen folgten. Ein hochgewachsener junger Mann, mit roten, weißen und blauen Bändern geschmückt, stand in der letzten. Die Frau in dem Fahnenkleid begann freudig zu kreischen und hielt ihr kleines Kind hoch, als sollte es gesegnet werden.

»Ist das nicht Tallien?« fragte ich. Talliens Unterschrift hatte auf meinem Entlassungschein gestanden. Eine atemberaubende junge Frau saß neben ihm, spärlich in eine Toga gehüllt, eine Schärpe mit der Aufschrift »la liberté« über eine Schulter drapiert. Ihre lockigen, schwarzen Haare waren kurz geschnitten, wie die eines Jungen. »Und Thérèse Cabarrus!«

Vor Tagen hatten mir die Kinder die Geschichte erzählt: Wie eine wunderschöne junge Frau dem Deputierten Tallien eine Nachricht aus dem Gefängnis geschickt hatte, die zusammen mit einem Dolch in einem Kohlkopf verborgen war, wie er aus Liebe zu *ihr* ihren kleinen Dolch drohend in der Versammlung geschwungen, den Tyrannen Robespierre herausgefordert und dem Terror ein Ende gesetzt hatte.

»Deine Freunde – der neue König und die neue Königin«, sagte Fanny, als sie sich zu uns gesellte. »Das könnte nützlich sein.«

Ich pflückte eine Blüte von einem eingetopften Rosenbusch und versuchte, sie in die Kutsche zu werfen. Ich verfehlte sie und versuchte es erneut, und diesmal rief ich dazu. Thérèse schaute hoch. Sie versuchte, Tallien etwas zu sagen, aber der Lärm auf der Straße war zu groß, die Menge zu fordernd.

Kurz darauf hämmerte es ans Tor. Jacques kehrte mit einer Botschaft zurück. »Ein Bursche«, sagte er. »Er sagte, daß ich Ihnen ausrichten sollte, daß die Dame des Deputierten Tallien Sie zu einem Besuch einlädt.«

»Thérèse? Hat er eine Adresse genannt?«

»Rue Georges Nummer neun, Chaussée d'Antin. Morgen nachmittag um drei.«

»Wirst du dich um Marie kümmern?« wollte Fanny wissen und packte mich am Arm.

12. August

Ein magerer Junge, nur wenig älter als Eugène, öffnete die Tür.* Ich folgte ihm in ein Zimmer voller blühender Topfpflanzen. »Sie wird gleich bei Ihnen sein«, stammelte der Junge und verschwand.

Ich hörte eine Frau singen – ihre Stimme war gefühlvoll, leicht melancholisch, von betörender Klangfarbe. Thérèse Cabarrus trat ins Zimmer. Sie war mit einer lockeren weißen, im römischen Stil drapierten Tunika bekleidet. Ihre kurzen, tiefschwarzen Locken umrahmten ihr Gesicht, die Haarpracht war geschoren, kurz und knabenhaft wie meine eigene ... aber auch aus dem gleichen Grund? fragte ich mich. Es schien mir unmöglich. Die graue Blässe, an der man die Opfer des Terrors erkannte, die Dunkelheit, die unsere Seelen umhüllte, schien sie nicht berührt zu haben. War es möglich, daß sie sogar im Gefängnis gewesen war?

»Sie tragen keine Narben«, sagte ich, nachdem wir Höflichkeiten ausgetauscht hatten. Es gehörte sich nicht, die Schrecken der Vergangenheit zu erwähnen, aber ich fühlte mich irgendwie genötigt.

Sie zog einen Fuß aus einem weißen Seidenslipper. »Sehen Sie das?« Sie berührte drei Stellen an ihren Zehen. »Von den *Ratten*.«

Ich griff mir an die Kehle. Ich hatte gesehen, was Ratten anrichten konnten.

»Darf ich mich Ihnen anvertrauen?« Ihre Berührung auf meiner Hand war leicht, zärtlich. »Als ich nach La Petite-Force gebracht wurde, hielten mich acht Wärter in einem Raum fest. Man befahl mir, mich auszuziehen.« Sie erzählte ihre Geschichte emotionslos. »Ich wußte, in welcher Gefahr ich mich befand. Der Schlie-

* Es handelt sich um Guéry, den vierzehnjährigen Sohn eines Geschäftsfreundes von Thérèse, der am Tag zuvor aus dem Luxembourg-Gefängnis entlassen worden war.

ßer, ein kleiner Mann mit einem abstoßenden Gesicht, berief sich auf seine Befehlsgewalt. Er schickte die Männer fort. Doch dann forderte er sein Recht.«

Ich betrachtete sie – ihre reine weiße Haut, ihre jungen geröteten Wangen. Sie sah wie ein Kind aus, ein unendlich verwundbarer, aber sinnlicher Fratz.

»Früher glaubte ich an die Liebe«, fuhr sie fort, »aber jetzt nicht mehr. Vielleicht ist *das* meine Narbe.« Überrascht betrachtete sie meine Augen. »Sie weinen? Um *mich*?«

»Dennoch kann Liebe der Ansporn zu großen Taten sein«, sagte ich. »Ich hörte, daß Sie sich unter Androhung des Todes geweigert haben, eine Erklärung zu unterschreiben, die den Deputierten Tallien kompromittiert hätte.«

»Man hat mir die Rolle einer Heldin zugewiesen. Ich genieße die Rolle, wie ich gestehe. Der Text, das Kostüm, der Applaus haben einen gewissen Charme – meinen Sie nicht auch?« Sie lächelte und fächelte sich Luft zu. »Verzeihen Sie mir, daß ich in Theatralik schwelge. Das ist eine meiner Schwächen. Aber ich verspreche, daß ich immer ehrlich zu Ihnen sein werde. Nicht Liebe hat meine Loyalität angespornt. Es war einfach so, daß der Tod mich nicht mehr schreckte.« Sie ließ ihren Fächer zuschnappen. »Und *das,* meine Freundin, ist die *wahre* Freiheit.«

Ich hörte eine Männerstimme im Flur, Schritte. Tallien trat ein. Dicht hinter ihm folgte der Deputierte Barras, sein langes Schwert hinter sich herziehend.

»Rose!« rief Tallien mit einem knabenhaften Grinsen. Er umarmte mich.

»Wie schön, Sie zu sehen«, sagte ich unerwartet gerührt.

»Erinnern Sie sich noch an den Deputierten Barras?« fragte Tallien.

»Selbstverständlich«, sagte ich. »Sie beide kamen doch zu meinem Salon in der Rue Saint-Dominique, was schon einige Jahre her ist.«

»Bürgerin Beauharnais, welche *Freude*«, sagte der Deputierte Barras, nahm meine Hand und küßte sie liebevoll nach alter Sitte. Er roch nach Ambergeist. »Ist es wirklich schon so lange her?« fragte er mit traurigen und zärtlichen Augen. Er hatte zugenommen, seit ich ihn das letzte Mal gesehen hatte – seine ledernen Jagdbundhosen lagen eng an. Trotzdem strahlte er Eleganz aus.

»Hat euch der junge Guéry hereingelassen?« fragte Thérèse.

Der Deputierte Barras umarmte sie innig. »Er sieht zu mager aus«, sagte er zu ihr. »Schickt ihn zu mir nach Hause; ich werde ihn mästen.«

»In *deine* Nähe lasse ich ihn keinesfalls.«

»Ungerecht!« Der Deputierte Barras ließ sich in einem eleganten, rosafarbenen Lehnsessel nieder.

Tallien stand vor dem Kamin. »Mein Beileid, Rose. Zu meinem Kummer habe ich von Ihrem Mann erfahren ...«

Ich nickte bejahend.

»Wie unglückselig. Nur ein paar Tage mehr und ... Wenn doch nur ...«

Wenn doch nur ...

»Wir sind alle in Trauer«, sagte ich. Alle erschüttert. »Jeder hat einen ihm lieben Menschen verloren.« Ich nahm das Glas Kirschwasser an, das eine Zofe anbot. Ich hob das Glas, um einen Toast auszusprechen. »Ich möchte meine Dankbarkeit aussprechen. Zuerst Ihnen, Tallien, mein lieber Freund. Es war *Ihr* Name auf meinem Entlassungsschein.«

»Es tut mir leid, daß ich Sie nicht früher herausholen konnte«, sagte er.

»Und dann Ihnen dreien. Ich habe den Eindruck, daß Sie uns gemeinsam von Robespierre, dem Tyrannen, erlöst haben.«

»Wir ›Bluttrinker‹ – wie er uns so gerne nannte – haben schließlich etwas von seinem bekommen.« Barras leerte sein Glas.

»Tallien und Barras gebührt die Ehre«, sagte Thérèse.

»Haben Sie nicht Tallien, in einem Kohlkopf versteckt, eine Nachricht und einen Dolch geschickt?« lächelte ich. »Jedenfalls erzählen mir das meine Kinder.«
»Ich liebe diese Geschichte«, sagte Thérèse.
»In Wahrheit hatten wir schon seit einiger Zeit ein Komplott geschmiedet«, sagte Tallien.
»Der Ausschlag war, als Robespierre mit Reitunterricht begann«, sagte der Deputierte Barras und stopfte Tabak in seine Pfeife. »Wenn ein *Politiker* mit dem Reiten beginnt, bereite dich auf die Schlacht vor – eine grundlegende Lektion, die allen Schülern an jeder Militärakademie gelehrt wird.«
»Dann hat Thérèse also gar keine Nachricht an Tallien gesandt?« fragte ich.
»Sie meinen jene, die sich auf die berüchtigte Feigheit unseres Freundes bezieht?« Barras lachte. Tallien warf ihm einen drohenden Blick zu.
»Doch, ich habe ihm eine Nachricht gesandt«, sagte Thérèse. »Die Frau des Torwärters schmuggelte sie für mich heraus. Die Geschichte von dem Kohlkopf habe ich erfunden, um sie zu schützen. Ist doch ein hübsches Märchen daraus geworden, meint ihr nicht auch?«
»Besonders gut gefällt mir der Teil mit dem kleinen Dolch«, sagte Barras mit einem drolligen Ausdruck in seinen großen, sorgenvollen Augen.
»Es verblüfft mich, daß die Leute das glauben«, sagte er. »Wie soll man denn bloß im Gefängnis einen Dolch aufbewahren?«
»Ah, aber die Franzosen lieben gute Geschichten«, sagte Barras.
»Und gute Geschichten gibt es durchaus zu erzählen«, sagte Thérèse.
Ich legte die Hände an die Ohren: Ich höre!
Und dann kamen alle Geschichten: Wie sie das Komplott geschmiedet hatten; wie Tallien in der Versammlung drohend

einen Dolch (seinen eigenen) geschwungen und sich Robespierre entgegengestellt hatte (»Ich kann es immer noch nicht glauben, daß Sie das getan haben«, sagte ich zu ihm. »Ich kann es auch nicht glauben«, sagte er); wie der Deputierte Barras beherzt die Führung des Militärs übernommen hatte und derjenige gewesen war, der Robespierre verhaftete; wie der Deputierte Barras mitten in der Nacht den Temple gestürmt und den Jungen – den Sohn des Königs in seiner Zelle gesehen hatte.

»Sie haben ihn *gesehen*?« unterbrach ich.

Der *Junge*. Fast hätte ich gesagt: *König*. »Wie alt ist er jetzt? Zehn?« Er war, wie ich mich erinnerte, nur wenig jünger als Hortense, die jetzt elf war. Ich dachte daran, wie ich ihn im Theater auf dem Schoß seiner Mutter gesehen hatte. Ich dachte an seinen rührenden Kummer über die Tränen seiner Mutter. Wie entsetzlich mußte es für ihn – ein noch so kleines Kind – nun ein Waisenkind, sein, allein in einer Gefängniszelle zu sitzen.

»Der kleine Capet ist schmächtig«, sagte der Deputierte Barras, »zu schmächtig, um König zu sein. *Glücklicherweise*. Aber krank. Man hat schlecht für ihn gesorgt.«

Thérèse klopfte mir mit ihrem Fächer auf die Hand. »Ich sollte Sie warnen, Rose: Jedesmal, wenn das Gespräch auf den Jungen kommt, beginnt der Deputierte Barras zu weinen.«

Der Deputierte Barras lachte. »Es ist so unerträglich traurig! Als ich ihn sah, war er in graue Lumpen gekleidet, lag in dieser winzigen Wiege – aus irgendeinem Grund weigerte er sich, in seinem eigenen großen Bett zu schlafen. Sein Gesicht war ganz aufgebläht, seine Hände geschwollen. Offen gestanden hatte ich entsetzliche Angst, er könnte sterben, daher befahl ich, daß er untersucht, in Behandlung genommen wurde. Kein Anzeichen von Rachitis, versichert mir der Arzt.« Er zuckte mit den Schultern. »Aber ich weiß nicht genau, wie alt er ist, ehrlich. Was Madame Royale betrifft, seine Schwester, sie ist« – er wölbte die Hände, um Brüste anzudeuten – »gesünder, wenn auch nicht im Kopf.

Sie hat Mühe zu sprechen. Wie ich hörte, hat ihr unser teurer Verstorbener Robespierre einen Besuch abgestattet. Zweifellos verdankt sie ihr Leben seinem ... *Interesse*, könnte man sagen. Wenn wir nicht aufpassen, werden wir bald einen Wurf Möchtegern-Könige und -Königinnen haben, um den wir uns kümmern müssen. Könnt ihr euch eine Verbindung Capet–Robespierre vorstellen? *Furchterregend*. Aber der Junge ...? Ja, also, neun, acht vielleicht? Ein liebes Kind. Ich wünschte ...« Er seufzte.
»Armer Paul«, sagte Tallien und reichte ihm ein Taschentuch. »Wer hätte gedacht, daß öffentlicher Vater der Nation zu werden, gleichbedeutend damit ist, auch privat *Vater* zu werden.«
Der Deputierte Barras wischte sich die Augen und seufzte gequält. »Das ist eine Aufgabe. Die Kronjuwelen, der Kronprinz und die Kronprinzessin« – er rollte mit den Augen – »die *Krone*.«
»Sag das nicht!« sagte Thérèse.
Ein Lakai kam mit einer Nachricht auf einem Silbertablett an die Tür.
»Da wir gerade von Aufgaben sprechen ...« Der Deputierte Barras klemmte sein Lorgnon ins Auge, streckte die Nachricht auf Armeslänge von sich und warf einen Blick darauf. Er reichte sie Tallien. »Lies du es«, sagte er. »Du hast junge Augen.«
»Sie haben die Sitzung auf heute nachmittag verschoben«, sagte Tallien. »Um vier.«
»Der Ausschuß?«
Tallien nickte.
Der Deputierte Barras stöhnte und zog seine Uhr hervor. »Dann sollten wir wohl besser hinübergehen.« Er stand auf, streckte sich, die Hände ans Kreuz gelegt. »Ich werde zu alt dafür.« Er setzte seinen Samtzylinder auf und rückte die Trikolorenfeder zurecht. »Wenn wir diesen Haufen auch nur für eine Minute allein lassen, wird es eine weitere Machtübernahme geben – nur, daß es diesmal unsere Köpfe sein werden, die rollen.«

»Wartet einen Augenblick.« Thérèse kramte in einem Haufen loser Papiere auf einem Schreibpult.

»Ich werde die Pferde fertigmachen«, sagte der Deputierte Barras. »Au revoir, Bürgerin.« Er verbeugte sich und küßte mir die Hand.

»Mit Vergnügen«, sagte ich.

»Da ist sie.« Thérèse reichte Tallien ein Stück Papier.

»*Noch* eine Liste?« Er stöhnte.

»Die mit den Sternchen sind die Dringlichsten.«

Er schob das Papier in die Tasche seines gestreiften Gehrocks. »Ich werde sehen, was ich tun kann.«

Ich erhob mich und zog meine eigene Liste aus meinem Samtbeutel heraus. Tallien lächelte wehmütig, als er sie sah. »Ich bin von barmherzigen Engeln umgeben.«

»Es handelt sich um meine Cousine«, sagte ich. Ich deutete auf Maries Namen. »Bürgerin Marie Beauharnais – erinnern Sie sich? Wir hatten uns bemüht, sie herauszuholen, bevor ich eingesperrt wurde. Aber sie ist immer noch …«

Tallien hob die Hände: Halt!

»Und Jean-Henri Croisœuil, der Schwiegersohn meiner Freundin Aimée«, fuhr ich trotzdem fort. »Er ist im Carmes, und –«

»Ich werde tun, was ich kann«, sagte er und nahm meine Liste. »Mein *Ehrenwort*. Aber es ist schwierig. Robespierre mag ja tot sein, aber seine Anhänger leben noch. Sie sind eine hartnäckige Bande.«

»Wenn jemand etwas tun kann, dann *du*«, sagte Thérèse.

Die Hände an die Brust gelegt, äffte Tallien die Pose eines Helden nach.

»Sie spotten«, sagte ich, »aber wenn Sie nicht so mutig gehandelt hätten, wäre wir heute nicht mehr am Leben.« Tallien lächelte verlegen. Er fühlte sich in der Rolle eines Schurken wohler. »Ich verdanke Ihnen mein Leben«, sagte ich und küßte ihn auf die Wange. »Das werde ich *nie* vergessen.«

7 Uhr abends

Dank Tallien habe ich endlich Plätze in einer Postkutsche nach Fontainebleau erhalten. Wir reisen morgen früh ab.

Donnerstag, 14. August

Die Kinder und ich sind nach Fontainebleau und wieder zurück gefahren. Ich bin erschöpft.
Der Anblick Tante Désirées und des Marquis war beunruhigend. Tante Désirée ist jetzt zwar schon über fünfzig, aber sie sieht noch älter aus. Und der Marquis mit seinen achtzig Jahren ist ein kranker Mann. Sein Geist wird wirr, sein Gedächtnis schwach. Barmherzigerweise. Einige Male nannte er Eugène bei Alexandres Namen.
Sie sind jetzt wieder in ihrem Haus. Das Haus wurde geplündert, ihr Hab und Gut zerstört – aber nach Tante Désirées Meinung ist das nicht wichtig. Ihre Trauer um Alexandre ist grenzenlos. Ich mache mir Sorgen, welche Wirkung ihre heftigen Gefühle auf ihr Herz haben werden. Der Verlust all ihrer weltlichen Güter wäre an sich schon genug, aber nichts davon bedeutet ihr etwas. Der einzige Kummer, der sie verzehrt und der nicht enden will, ist die Tatsache, daß Alexandre tot ist.
Tante Désirée war nicht Alexandres Mutter, aber sie liebte ihn weit mehr als seine leibliche Mutter, mehr als ich. Wenn ich weine, dann um sie.

Am selben Abend

So viele sind schon entlassen worden, man könnte meinen, die Gefängnisse sind jetzt leer. Doch trotz alledem, Marie bleibt.
»Sie müssen geduldig sein«, sagte mir Tallien.
»Geduldig!« rief Fanny, als ich es ihr erzählte.

Ich hatte Verständnis dafür. Ich war vier Monate im Gefängnis gewesen, und das hat mich um ein Haar umgebracht. Marie war nun schon seit über neun Monaten drin. Wie lange konnte sie noch durchalten?

Freitag, 15. August

Lucies Mann, Jean-Henri, wurde endlich freigelassen. Er, Aimée und Lucie werden in wenigen Tagen nach Croissy zurückkehren. Ich gebe eine kleine Gesellschaft für sie – so eine Art Wiedersehensfeier, trotz Aimées schlechter Gesundheit. General Santerre und meine ehemalige Zellengenossin Jeanne-Victoire d'Aiguillon werden kommen, ebenso einige der anderen, die kürzlich aus dem Carmes entlassen wurden.
Die Lannoy hat mit Kündigung gedroht, falls »dieser ekelhafte Santerre« einen Fuß in ihr Haus setzt. Ich erinnerte sie freundlich daran, daß dies nicht ihr Haus sei, daß wir Gäste meiner Tante seien.
Fanny hat mich wegen meiner Haare zu trösten versucht. »Du siehst wie ein griechischer Schafhirte aus. Selbst dein kreolischer Akzent ist jetzt in Mode.«
Ich nickte, ohne darauf zu hören, und betrachtete mich, meine abgeschnittenen Haare, eingehend im Spiegel: »coiffure à la victime« wird sie genannt.
»Kurze Locken stehen dir«, fuhr Fanny fort. »Sie machen dich jung.«
Jung?
Niemals. Niemals wieder.

Abends

Die sogenannte Wiedersehensfeier begann unbehaglich. Wir waren einander fremd, fühlten uns in dieser Welt nicht wohl. Aber mit der Zeit (und mit Wein) entdeckten wir, daß wir wieder wir selbst sein konnten, in einer Sprache redeten, die nur wenige der anderen verstehen konnten, die Sprache der Gefangenen.

Gegen Mitternacht stellte General Santerre ein obszönes Scharadenspiel vor, das uns vor Lachen brüllen ließ. Wir fielen weinend übereinander her. Genau in diem Augenblick trat Jacques ein. Er flüsterte Fanny etwas ins Ohr.

Fanny warf mir einen Blick zu, machte eine Handbewegung, die ich nicht verstand. Ich neigte den Kopf zur Seite: Wie bitte?

Alle im Raum wurden still. »Mon Dieu«, flüsterte Aimée, als sie zur Tür schaute. Ich sah, wie die Farbe aus ihrem Gesicht wich.

»Rose?«

Es war eine Männerstimme – eine vertraute Stimme. Mein Herz machte einen Sprung. Ich drehte mich um. Lazare Hoche stand vor uns.

Ich muß jenen, die ich liebe, Lebewohl sagen

Lazare lächelte. »Ich bin *kein* Geist«, sagte er. »Ich wünschte, alle würden aufhören, mich wie einen zu behandeln.«
Ich stand auf, ging näher. Ich wußte, daß ich jeden Augenblick in Ohnmacht fallen würde.
»Nein, Rose.« In seiner Stimme war diese Zärtlichkeit – die gleiche Zärtlichkeit, an die ich mich erinnerte.
»Lazarro?« Sprechen half. Ich legte die Hände ans Gesicht. »Es ist nur ... wir ... ich dachte ...« Tränen überschwemmten meine Augen.
Er lehnte sein Schwert an die Wand, nahm seinen Hut ab. »Willst du mich nicht umarmen?« Neckend.
Ich drückte die Wange an die kratzende Wolle seines Rocks.
Aimée und die anderen umringten uns. Lazare verbeugte sich, ein spöttischer Galan. »Ihr fragt euch: Ist er tot? Lebendig?« Er lachte.
Er war noch genauso attraktiv, so vital, wie ich ihn in Erinnerung hatte. Ich lehnte mich an die Wand. Eine leichte Benommenheit hatte mich ergriffen.
»Ich nehme an, dies ist der *berühmte* General Hoche.« Fanny warf ihm einen verführerischen Blick zu, einen Blick, den sie attraktiven jungen Männern vorbehielt, und hängte sich bei ihm ein. Wir folgten ihnen, als sie langsam in den Salon schritten. »Es hieß, Sie wären tot, General. Sie haben zweifellos eine Geschichte zu erzählen. Vielleicht könnten Sie uns mit einem Bericht über Ihre Auferstehung unterhalten. Wir haben unsere Vorliebe für Wunder entdeckt.«

Lazare führte Fanny zum Sofa am Kamin und nahm dann auf einem ledernen Armsessel gleich daneben Platz. Ich setzte mich mit Aimée und Lucie auf das Sofa gegenüber. Ein Wirbelwind von Gefühlen hatte mich gepackt. Ich riß mich zusammen aus Angst, daß meine starken Gefühle zu offensichtlich wurden. Lazare. *Am Leben.*

Er wirkte ungehobelt in Fannys elegantem Salon, seine niedere Herkunft war nicht zu übersehen. Und jung sah er aus. Jünger, als ich ihn in Erinnerung hatte. Ein hochgewachsener Mann, mager. Das hatte sich nicht verändert. Aber blaß, dachte ich. Was war ihm zugestoßen?

General Santerre stand vor dem Kamin, die Hände vor sich gefaltet, einen abwesenden Ausdruck im Gesicht.

»Sie wußten davon?« fragte Aimée.

General Santerre und Lazare wechselten Blicke. Lazare nahm von Jacques ein Glas Portwein an. Und dann erzählte er seine Geschichte. Er war in einem so tiefen Verlies eingesperrt worden, daß man ihn vergessen hatte. Am vierten August waren die Gitter zu seiner Zelle geöffnet worden. Er dachte, seine Zeit wäre gekommen. Er trat ins Licht hinaus, überrascht, daß keine Wärter zu sehen waren, keine Gewehre, keine Schinderkarren warteten. »Der Schließer hatte die Füße auf dem Tisch. Er sang ein derbes Lagerlied. Ich dachte an Flucht, doch bevor ich eine Bewegung machen konnte, bedeutete er mir: Hinaus! Als scheuche er eine Katze weg. Gestern dann, mittags, lief ich unserem Freund General Santerre in einem Varieté in Les Halles über den Weg. Er erzählte mir von dieser Zusammenkunft, und wir heckten diese kleine Überraschung aus.«

Lazare suchte meinen Blick und wagte es mir zuzuzwinkern. Ich blickte weg, mein Herz schlug wie närrisch. Wir waren ein Liebespaar gewesen, zugegeben – aber in dieser anderen Welt, dieser Welt des Dunkels und der verzweifelten Not. Hier draußen gab es andere Regeln, hier war alles verändert. Hier draußen war Lazare ein ehemaliger Stallbursche; ich eine ehemalige Vicomtesse. Hier draußen war Lazare ein attraktiver Mann, verheiratet, ein General mit glänzender Zukunft … und ich? Was war ich denn anderes als eine verarmte Witwe, eine zweifache Mutter, nicht mehr jung, nicht mehr schön.

Als sich die Gäste verabschiedeten, trat ich unsicher, was ich sagen sollte, zurück. Fanny hatte sich schon lange zuvor zurückgezogen, und Aimée, nicht dumm, verschwand wortlos und ließ mich und Lazare allein.

Er lehnte an der Tür, sah mich an, sagte nichts.

»Du darfst nicht so starren«, sagte ich.

»Ich war bekümmert, als ich vom Tod deines Mannes erfuhr.«

»Er gehörte zu jenen, die kein Glück hatten.«

»Er war ein guter Mensch, ein guter General.«

»Hast du das wirklich gedacht?«

»Weißt du das nicht?«

»Eine Ehefrau beurteilt ihren Mann anders.«

»Und wie beurteilst du mich?«

»Du bist so freimütig wie immer.« Ich lächelte.

Er setzte seinen Hut auf, nahm sein Schwert. »Wenn ich zu Besuch kommen dürfte …?«

Ich schaute zur Treppe. »Meine Kinder, es ist immer noch sehr … ich weiß es nicht.«

»Könnten wir uns treffen? Im Café Lutte im Palais-Égalité vielleicht?«

»Meinst du das Palais-Royal?«

Er nickte und warf sich seinen Umhang über die Schulter. »Wenn du mich sehen möchtest, werde ich morgen da sein, um eins.«

Samstag, 16. August

Fanny warnte mich vor, daß sich das Palais-Royal verändert hätte – aber trotzdem war ich auf das, was sich dort meinen Augen bot, nicht vorbereitet. Im Innenhof waren Buden und Tische aufgestellt, wo alles verkauft wurde, was man sich nur vorstellen konnte: beschlagnahmte Kirchenreliquien, silberne Teeservice, Kerzenhalter, Lichtputzscheren und Bekleidung jeglicher Art, vieles davon eindeutig aus den Schränken von Adligen, die jetzt tot, verbannt oder nur verarmt waren.

Und der Lärm! Es war früher Nachmittag, aber dennoch waren die Tanzsäle und Spielräume überfüllt. Junge Frauen in durchsichtigen Gazegewändern lungerten an den Springbrunnen herum, warfen sich in Pose, um die Aufmerksamkeit der jungen Männner zu erregen, die selbst in empörend hautenge Seide gekleidet waren. Mit ziemlicher Erleichterung schlüpfte ich in die Ruhe des Café Lutte. In einer Ecke spielte ein Geiger. Ein Kellner bewegte sich lautlos über die dicken Teppiche. Selbst die Gezeichnetsten unter uns sahen in dem sanften Kerzenlicht blühend aus.

Lazare erhob sich, als ich an seinen Tisch geführt wurde. »Du bist gekommen«, sagte er. Mit einiger Freude, wie ich gestehe, bemerkte ich die Erleichterung in seiner Stimme.

»Hast du es nicht für möglich gehalten?« fragte ich und erlaubte ihm, mir meinen Umhang von den Schultern zu streifen.

Er küßte meinen Nacken.

Ich wandte mich um und sah ihn an. Ich hatte mich darauf vorbereitet, was ich ihm sagen wollte: daß ich erst kürzlich Witwe geworden war; daß es zu früh war, daß die Kinder meine ganze Aufmerksamkeit erforderten; daß zu vieles zusammenkam, es nicht recht war; daß ich noch krank war, noch nicht kräftig genug; daß er selbst verheiratet war; daß das, was in einem Gefängnis, unter Todesbedrohung, begonnen hatte, hier, in dieser anderen Welt vielleicht nicht dasselbe war …

Doch die Worte waren mir entfallen. Ich war völlig willenlos. Ich ertappte mich dabei, daß ich seine Aufmerksamkeiten dankbar annnahm. Wir blieben nur kurz in dem Café. Dann begleitete ich ihn in seine Wohnung.

17. August

Ich habe noch nie einen Mann wie ihn gekannt. Ehrlich, freimütig, ausgelassen ... Daß er in einem Stall aufgewachsen ist, verleugnet er nicht. Nein, er ist stolz darauf. Ungehobelt, kühn, sanft – er erobert das Leben im Sturm.
Er ist ein Mann mit Größe: Herzensgröße, Körpergroße, Seelengröße. Er besitzt die Macht, die Schatten zu verjagen, die Geister zu verbannen.
Für Etikette, intellektuelle Spiele, gesellschaftliches Protokoll hat er nichts übrig. »Ich bin Republikaner!« sagt er stolz. Er ist fest davon überzeugt, trotz allem, was er durchgemacht hat.
Sein Herz kennt keine Grenzen. Sein Mut ebenfalls nicht. Man hält ihn für ein Genie. Jung. Furchtlos. Klug.
»Sie *kennen* General Hoche?« fragte Eugène ungläubig.
»Er ist ein Freund«, sagte ich. Stolz.

19. August

»Morgen reist du ab, nicht wahr?« fragte ich Lazare und bemühte mich, meine Unruhe nicht zu zeigen. Ich wußte schon seit einiger Zeit, daß er nach Thionville reisen würde, um seine junge Frau zu besuchen. Ich wußte auch, daß er sie liebte, wußte es, seit er mir das erste Mal von ihr erzählt hatte, wußte es durch die Art, wie er ihren Namen aussprach – *Adélaïde* –, daß ich in seinem Leben keinen Platz hatte. Dennoch konnte ich ihn nicht fortschikken, ich brauchte ihn zu sehr. »Wann? In der Frühe?«
Wir lagen in seinem Bett, das Bettzeug zerwühlt, feucht von

Schweiß. Ich streckte mich über den Kissen aus, ein kühlender Schweißfilm gegen die drückende Sommerhitze, der beißende, süße Geruch der Liebe in der Luft.

»Ich habe ihr heute morgen geschrieben.« Er streichelte meinen Arm, meinen Hals, berührte mein feuchtes Haar. »Ich habe ihr mitgeteilt, daß ich nicht käme – daß ich aufgehalten worden bin.«

»Warum?« wagte ich zu fragen.

Der Anflug eines Lächels spielte um seine Lippen. »Du möchtest es wissen?«

Ich nickte. Ich mußte es wissen.

»Du möchtest die Wahrheit hören?«

»Wir haben vereinbart, daß wir uns immer die Wahrheit sagen.«

»Die Wahrheit ist, daß ich den Gedanken, dich zu verlassen, nicht ertragen kann.«

Ich vergrub das Gesicht in den Kissen, um meine Tränen zu verbergen.

Er wollte mich wieder lieben, doch ich beruhigte ihn. Es gab Dinge, die ich ihm sagen wollte, Dinge, die ich nicht sagen konnte. Wie ich jede Nacht schweißgebadet, von Angst gepackt aufwache; wie mich zeitweise ein Schwächegefühl überkommt, ein Gefühl gräßlicher Hilflosigkeit; wie ich manchmal bei Einbruch der Dunkelheit die Gesichter der Toten sehe, die sich an ein Fenster drücken; wie ich eine nicht enden wollende Scham empfinde, noch immer – als hätte ich es irgendwie verdient, daß man mich einsperrte; als wäre es irgendwie *mein* Versagen, *meine* Schwäche, *meine* Schuld gewesen. Doch der schlimmste, der quälendste Schmerz war die Kälte, die in mein Herz eingezogen war. Ich hatte Angst, daß ich nicht mehr lieben konnte. Nicht einmal *ihn*.

Aber wie konnte ich ihm solche Dinge sagen? »Liebt dich deine Frau?« fragte ich statt dessen.

»Hast du etwa daran gedacht – an Adélaïde?«

Adélaïde. Ein Name, der ohne Zärtlichkeit kaum auszusprechen war.

»Nein«, sagte ich. »Aber ich hoffe, daß sie dich liebt – denn, wenn nicht ...«

Wenn ... wenn ...

»Sie liebt mich.« Lazare drehte sich auf den Rücken. Er rieb sich das Kinn. Er wandte sich zu mir. »Ich komme nicht leichtfertig zu dir, Rose – ich komme, weil ... Was wir gesehen, empfunden, durchgemacht haben – es hat uns irgendwie gezeichnet, anders werden lassen. Ich ...« Er hielt inne. Er fand keine Worte.

»Du mußt es nicht erklären«, sagte ich. »Ich verstehe es.« Ich preßte mein Gesicht an seine Brust. Ja. Die Scham des Überlebenden.

Donnerstag, 21. August

Lazare wird wieder als Kommandant der Armee in Cherbourg eingesetzt. Er reist in zwei Wochen ab.

Zwei Wochen ...

23. August

Eugène wird bald dreizehn – er ist so rasch mündig geworden.

»Er sollte mit seiner Militärausbildung beginnen«, sagte Lazare.

»Er sollte in die *Schule* gehen.« Selbst ich war entsetzt von seiner Rechtschreibung. Doch ich konnte gerade einmal seine Stiefel bezahlen.

»Ich könnte ihn mitnehmen.«

Lazares Worte drangen langsam in mein Bewußtsein. »Ihn *mitnehmen*?« fragte ich.

»Er könnte in meinem Stab arbeiten – als Lehrling.«

»Er würde für *dich* arbeiten?« Allmählich begriff ich. »Du würdest dich um ihn kümmern, auf ihn aufpassen?«
»Ich mag deinen Sohn, Rose – er ist ein ehrlicher, freimütiger Junge. Ich würde es nicht vorschlagen, wenn ich nicht der Meinung wäre, daß er zu etwas taugte.«
»Sehr gut«, sagte ich und unterdrückte die Tränen.

Samstag, 30. August, 3 Uhr 30 nachmittags

Die Tage vergehen so rasch. Lazare bereitet seine Abreise vor. Und nun packt auch Eugène.

31. August

Heute nachmittag sagte ich zu Lazare: »Sehe ich dich morgen?« Es blieben nur noch wenige Tage.
Er räusperte sich. »Adélaïde kommt, sie bringt mein Pferd. Mein Schwert und meine Pistolen. Ich werde sie brauchen.«
Plötzlich fühlte ich mich schwach. »*Morgen*?«
Er nahm mich in die Arme.

1. September

Eugène reist morgen früh ab – am Tag vor seinem Geburtstag.
Hortense und ich haben ihm einen Geburtstagskuchen gebakken. Da er keine Eier enthielt und nur sehr wenig Zucker, war es ein Wunder, daß wir ihn überhaupt essen konnten. Wir umkränzten ihn mit Blumen aus dem Garten. »Wenigstens sind die kostenlos«, sagte ich.
Er hat seine Stiefel dreimal poliert. Mein Sohn, dreizehn, ein Soldat.

Später

Kein Wort von Lazare. Ich sandte ihm eine Nachricht. »Werde ich Dich denn nicht mehr sehen, bevor Du abreist?«
Er traf zwei Stunden später ein.
»Du liebst sie«, sagte ich.
Er nahm meine Hand. Seine Augen verrieten tiefe Verwirrung.

Dienstag, 2. September

Sie sind fort, Eugène, Lazare.
Eugène schaute nicht zurück.
Wie sollte ich sagen: *Paß auf dich auf.*
Wie sollte ich sagen: *Beschütze meinen Liebling.*

Freunde trösten und betrüben mich

Samstag, 6. September 1794

Thérèse und Tallien überredeten mich, gestern abend auszugehen, in ein Konzert im Feydeau. »Ein Mittel gegen Melancholie«, sagte Thérèse.
Das *Feydeau* – es war leicht, sich überreden zu lassen. Die meisten Leute mußten drei Tage Schlange stehen, um Karten zu erhalten.
Thérèse lieh mir einen Hut mit langen Silberfedern, eine passende Silberperücke und ein Halsband in Form einer Schlange.
»Wollen Sie etwa in *dieser* Aufmachung ausgehen?« wollte die Lannoy wissen, als sie sah, wie ich mich ausgehbereit machte.
»Sie sollten einmal sehen, was Thérèse trägt«, sagte ich amüsiert über ihren mißbilligenden Blick.
»Das, was Madame Cabarrus *nicht* trägt, erregt Aufsehen.«
Im Theater herrschte ein entsetzliches Gedränge. Das Feydeau ist für sein ausgezeichnetes Orchester und die besten Solisten in Paris bekannt, aber das ist nicht die Hauptattraktion. »Es ist das Publikum«, sagte Thérèse – und sie hatte recht. Alle vornehmen Damen von Paris erschienen wie zu einem Bühnenauftritt, sahen eher wie Kurtisanen aus. Keine Korsetts im Feydeau!
Ich kam mir wie ein Bühnenstar vor, als sich die Menge in Dreierreihen aufstellte, um der Aufsehenerregendsten, der Ausgefallensten zu applaudieren. Thérèse, die auch in einer Nonnentracht sensationell aussähe, war offensichtlich der Liebling.

»Du hättest Schauspielerin werden sollen«, sagte ich zu ihr. Der Druck der Menge machte mir Angst.

»Ich *bin* Schauspielerin«, sagte sie.

Innen war es wie auf einem Privatempfang. Jeder ging von Loge zu Loge, so ganz anders als in früheren Tagen, wo es für unschicklich gehalten wurde, wenn sich eine Frau auch nur von ihrem Stuhl erhob. Fortunée Hamelin war da, eine häßliche siebzehnjährige Kreolin, die weithin für ihren derben Witz bekannt war – »und für ihren Körper, der den Männern die Tränen in die Augen treibt«, stöhnte Tallien. Und Madame de Châteaurenaud (»Minerva«) mit dem süßen Gesicht – die wie ein Windbeutel in weißer Gaze aussah. Und sogar die liebe kleine Madame de Crény war da und trug eine ergötzliche Kopfbedeckung mit einer riesigen, steil hochragenden Feder. Ich hatte sie zuletzt gesehen, als wir beide im Kloster de Penthémont wohnten – heute eine Salpeterfabrik.

Es war eine unglaubliche Szenerie – all die alternden Aristokraten, die einstmals eleganten Männer und Frauen mit Geschmack, zusammen mit ihren mittlerweile erwachsenen Kindern, die, während des Terrors mündig geworden, alle Zwänge abgelegt hatten und sich ausgefallen kleideten. »Das erinnert mich an den Karneval in Martinique.« Ich ließ meinen Blick über das Publikum schweifen. Wir saßen in Thérèses luxuriöser Loge und tranken ausgezeichneten Champagner.

»Ist das nicht Bürger Loménies Sohn?« fragte sie und zeigte auf einen Jugendlichen in einer karierten Jacke und einem riesigen grünen Halstuch. »Ist das eine blonde Perücke, die er da trägt?«

Die »Jeunesse dorée« wurden sie genannt – unsere ausgefallen gekleideten jungen Männer.

»Es ist der heruntergekommene Haufen der Hälfte von vierunddreißig«, sagte jemand.

Thérèse drehte sich um und verschüttete dabei ihren Champagner. »Bürger Fouché! Sie schleichen sich ständig von hinten an mich heran.«

Ich versuchte, meine Überraschung zu verbergen. Fouché: »der Massenmörder von Lyon«, der Deputierte, der die meisten Todesbefehle unterschrieben hatte. Doch der Mann, der vor mir stand, war ein schmächtiger, schlecht gekämmter Mensch mit Zahnlücken und widerspenstigen roten Haaren. Ich hatte gehört, daß er vor Kummer wahnsinnig wurde, als seine Tochter starb. Wie konnte ein solcher Mann ein Ungeheuer sein?

»Hälfte von vierunddreißig?« fragte ich. »Ich habe diesen Ausdruck schon einmal gehört. Was bedeutet er?«

Thérèse erklärte: »Die Hälfte von vierunddreißig ist siebzehn. Der Junge im Temple ist der Erbe von Ludwig XVI., an siebzehnter Stelle ...«

»Ich verstehe – an siebzehnter Stelle der Thronfolge.« *Der Junge*. Le Petit Roi. »Der kleine Kerl«, wie Hortense ihn nannte – ein zehnjähriges Waisenkind, das allein mit den Ratten im Kerker des Temple schlief. Und nun, manchen Leuten zufolge, *König*.

Thérèse füllte unsere Gläser. »Sind die Worte ›Révolution Française‹ nicht ein Anagramm für ›La France veut son Roi‹?«*

Ich sah sie an. Für einen kurzen, trügerischen Augenblick zweifelte ich an der republikanischen Gesinnung meiner Freundin.

»Royalisten!« schimpfte Bürger Fouché. Er zog eine Schnupftabakdose aus seiner Westentasche. »Sie sind dumm, habgierig, ohne jegliche Moral – und *alle* sind heute abend hier.« Mit halbgeschlossenen Augen inhalierte er das feine Pulver.

»Sie scherzen«, sagte ich.

Bürger Fouché bürstete den Schnupftabak von seiner Weste und lächelte gemächlich. Das Lächeln eines Mannes, der nicht scherzte.

»Bürger Fouché weiß *alles*«, sagte Thérèse. »Auf diese Weise macht er sich nützlich.« Sie beugte sich zu ihm und entblößte da-

* Frankreich will seinen König.

bei ihr tiefes Dekolleté. »Es wird gemunkelt, daß Sie Ihre Augen und Ohren in jedem Salon haben, Bürger.«
Bürger Fouché ließ den Deckel seiner Schnupftabakdose zuschnappen, was einen Laut verursachte, der fast wie das Spannen eines Pistolenhahns klang. »Möchten Sie mir denn etwas sagen, verehrte Dame der Freiheit?«
Thérèse klopfte Bürger Fouché mit ihrem Fächer auf die Hand. »Sie könnten an den Spieltischen Ihr Glück machen, Sie verstellen sich so großartig.«
Die Musiker begannen, ihre Instrumente zu stimmen. Eine Gruppe von Leuten in den unteren Ebenen klatschte und lachte dann.
Bürger Fouché wandte sich zum Gehen. »Guten Abend, Bürgerinnen. Wie ich sehe, wird das Konzert gleich beginnen.«
»Ein merkwürdiger Mann«, sagte ich, nachdem er gegangen war.
Thérèse fächelte sich träge Luft zu. »Hast du bemerkt, daß Iva Théot heute abend hier ist?«
Iva Théot ist eine ältere Dame, eine ehemalige Duchesse, eine führende Persönlichkeit in der Gesellschaft. »Ist das von Bedeutung?« fragte ich.
»Iva Théot erstattet dem Bürger Fouché Bericht.« Thérèse trank ihr Glas leer.
»Iva?« Die leichtfertige, matronenhafte Iva Théot – eine *Spionin* für Fouché?
Thérèse lachte. »Rose – du bist so leicht aus der Fassung zu bringen.«
»Eine Verschwörung, meine Damen?« Es war der Deputierte Barras, Arm in Arm mit Tallien.
»Oh, die Störenfriede.« Thérèse schnitt hinter ihrem Fächer eine Grimasse. »Ihr beiden wirkt ... *heiter*, wenn ich das so sagen darf. Deputierter Barras – haben Sie meinen Schatz vom rechten Weg abgebracht?«

»Nur ein kleiner Schmuggelkaffee, meine Liebe – sechs Tassen.«
»Kaffee!« ächzte Thérèse. »Und ihr habt mir keinen mitgebracht.«
Der Deputierte Barras begrüßte mich zuvorkommend, dann beugte er sich vor, um Thérèse die Hand zu küssen. »Du siehst köstlich aus heute abend, Thérèse, mein Kind. Zum Verspeisen köstlich. Gib acht, daß du nicht das Interesse eines alten Mannes erregst.«
»Wehe wenn!« Tallien legte seine langen Finger um Thérèses Hals.
»Was ist das für ein unangenehmer Geruch?« Der Deputierte Barras schnüffelte.
»Bürger Fouché war gerade hier«, sagte Thérèse, und sie lachten.
»Habt ihr schon mal seine Frau getroffen?« fragte Tallien. »Das häßlichste, dümmste Weib ...«
»Trotzdem ist er ihr treu ergeben«, sagte Thérèse. »Ich finde das rührend.«
»Bürgerin Beauharnais, Sie *erlesenes* Geschöpf«, sagte der Deputierte Barras und füllte mein Glas mit Champagner, »was hören wir denn von unserem wunderbaren Mann in Cherbourg?«
»General Lazare Hoche ist bereits vergeben, Paul«, sagte Thérèse.
»Wie schade.« Barras ließ sich anmutig in einem Sessel neben dem meinen nieder. Mit Leidensmiene wandte er sich mir zu. »Das ist der Dank dafür, daß man das Leben dieses Mannes gerettet hat.«
»*Sie* haben General Hoches Leben gerettet?« Ich war verwirrt. »Ich dachte, der Deputierte Carnot hätte für seine Freilassung gesorgt.«
Der Deputierte Barras stöhnte theatralisch. »Carnot! Als General Hoche im Kerker saß, kam der Scharfrichter mit einer Liste der

Verurteilten zu mir. *Ich* war derjenige, der den Namen unseres lieben Lazare durchstrich – aber, das muß man *ihm* nicht verraten. Man möchte ja nicht, daß er sich mir verpflichtet fühlt, *nicht wahr?*«
»Pst«, flüsterte Thérèse, als der Solist begann.

Nach dem Konzert gingen wir ins Garchy in der Rue Richelieu (ich aß ein Aprikoseneis mit Mandelbiskuits – *köstlich*), wo die ausgelassene Stimmung bis in die frühen Morgenstunden andauerte. Barras unterhielt uns mit Geschichten, über die wir so lachen mußten, daß uns alles weh tat. In Gesellschaft ist er der sprühende Funke, der eine Zusammenkunft erinnernswert macht, der Meister der Komödie, des Witzes. Die Gerüchte, die man so hört, sind kaum zu glauben. »Ein Mann, der weiß, wie man seine Karten ausspielt«, verriet mir Thérèse im Puderraum, wobei sie sich nicht auf sein begeistertes Spiel an den Tischen bezog – eine Leidenschaft, die Barras mit Tallien teilte –, sondern auf seinen untrüglichen Instinkt, sein politisches Blatt zu verbessern. Die Männer überredeten uns, vom Garchy aus in ein Spielhaus im Palais Égalité zu gehen (ich gewann zwei Livres – in Münzen – beim Pharao), und von dort, nachdem Tallien mehr, als klug war, verloren hatte, ins Café Covazza und dann zu Madame de Châteaurenaud (das heißt, zu *Minerva*), wo wir »Magnetismusspiele« spielten, über die Reform diskutierten und über die Liebe plauderten.
Bei Tagesanbruch machten wir uns alle zu einem kleinen Café in der Rue Saint-Honoré auf, wo wir eine Anzahl von Leuten trafen, die im Theater gewesen waren: die extravagante Fortunée Hamelin und zwei aus ihrer Begleitung (*nicht* aber ihren mißbilligenden Ehemann, wie ich feststellte), die kleine Madame de Crény mit einem großen Mann namens Denon, aber auch seltsamerweise Bürger Fouché, der allein an einem Tisch im hintersten Teil saß, eine unberührte Schale Brühe vor sich.

»Essen Sie Ihre Brühe nicht gerne warm, Bürger?« sagte ich, als ich stehenblieb, um Höflichkeiten auszutauschen.
Er zuckte mit den Schultern. »Wollen Sie sich setzen, Bürgerin Beauharnais?« Trotz der Stunde war er nüchtern. Im Gegensatz zu mir.
Ich nahm den angebotenen Stuhl an. Er bat den Kellner, ein Glas zu bringen, das er aus der Flasche ungarischen Wassers auf dem Tisch füllte. »Haben Sie vielleicht gearbeitet?« fragte ich. »Sie sehen nicht wie ein sorgloser Mann aus.«
»Ja, ich glaube, ich habe gearbeitet.«
»Sie sind nicht sicher?«
»Die Grenze zwischen Arbeit und Vergnügen ist nie ganz deutlich.«
Er betrachtete mich mit unbewegter Miene. »Sie sind eine Frau, die aufrichtig zu sprechen scheint – doch in diesem Augenblick meine ich, auch sicher sein zu können, daß Sie über die Art meiner Arbeit umfassend informiert sind. Daraus kann ich nur schließen, daß Sie eine derjenigen Frauen sind, die den Anschein von Offenheit erwecken, während Sie die ganze Zeit Ihr Blatt verdecken.«
Ich legte den Kopf zur Seite. »Gewöhnlich gewinne ich auch an den Spieltischen.« Ich lächelte.
»Nicht viele schätzen die Fähigkeit, eine Eigenschaft vorzutäuschen. Dennoch ist dies eines der wahrhaft unentbehrlichen Talente.«
»Ich hätte Sie nicht für einen Philosophen gehalten.«
»Es gibt vieles, was Sie nicht über mich wissen.«
»Manches, was ich weiß, würde Sie überraschen.«
»Zum Beispiel ...«
»Oh, daß Sie vorgeben, gefühllos zu sein, obwohl Sie ein gutes Herz haben«, wagte ich zu sagen, »und daß Sie das quält.« Ich beobachtete seinen Gesichtsausdruck. Er schien eher amüsiert als irritiert zu sein. Vielleicht war es töricht, aber ich fuhr fort: »Daß

Sie sich den Anschein von Gelassenheit geben, obwohl Ihre Phantasie leicht zu erregen ist, daher treffen Sie Vorkehrungen dagegen.«

Er lehnte sich auf seinem Stuhl zurück und betrachtete mich.

»Wie ich höre, brauchen Sie Geld.«

Ich spürte, wie meine Wangen heiß wurden.

»Verzeihen Sie, ich bin Ihnen zu nahe getreten«, sagte er. »Sie müssen verstehen, daß solche Dinge keinerlei Bedeutung für mich haben. Sie sind eine Frau ohne den Schutz eines Ehemannes – das ist keine *Schuld*, obwohl manche das behaupten. Ihre Familie ist weit entfernt und aller Wahrscheinlichkeit nach verarmt. Sie haben zwei Kinder zu versorgen. Darüber hinaus bewegen Sie sich in der Gesellschaft der Reichen und Sorglosen. Das kostet – versteht sich – kostet eine Menge, aber es zahlt sich auch aus, nicht wahr? Kontakte, angemessen gepflegt, sind von unschätzbarem Wert. Zweifellos steht der Saldo auf der Habenseite. Mit der *Zeit*, natürlich.« Er lehnte sich zurück.

Ich warf einen Blick zu dem Tisch im vorderen Bereich. Der Deputierte Barras beobachtete uns.

»Darüber hinaus«, fuhr Bürger Fouché fort, »habe ich Kenntnis von den Beträgen, die Sie Ihren Verwandten zukommen lassen, aber auch einer Anzahl von Freunden. Ganz zu schweigen von den Nachbarn, Straßenbettlern, gewöhnlichen Raufbolden. Ehrlich gesagt, Ihre Hand ist zu häufig freigiebig. Ich würde Ihnen raten, umsichtiger zu sein.«

»Sie wissen wirklich alles.« Ich war peinlich berührt. War denn nichts vertraulich?

Er lächelte nicht. »Ich werde dies als Kompliment auffassen – aber leider entgeht vieles meiner Aufmerksamkeit. In dieser Hinsicht brauche ich Unterstützung. Sollten Sie jemals etwas benötigen, kommen Sie zu mir – ich würde mich sehr dankbar für die Dienste erweisen, die Sie mir leisten könnten, Dienste, die zum Wohle der Republik wären, sollte ich wohl hinzufügen. Ich weiß,

daß Sie eine aufrechte Patriotin sind.« Er warf einen Blick zu meinem Tisch, wo Tallien jetzt ziemlich laute Reden schwang, Thérèse lachte. »Im Gegensatz zu *einigen* anderen.«
Ich erhob mich, um zu gehen. Mir war unbehaglich zumute. »Wir sind allesamt Patrioten, Bürger Fouché.«
»Sie verlassen mich.« Er füllte sein Glas erneut mit Wasser. »Ich gestehe, daß meine Phantasie erregt *worden* ist. Sie scheinen eine Menge zu verstehen.«
»Meine Freunde behaupten, ich wäre naiv.«
»Sie irren sich – Sie schauen durch die Maskerade auf den wahren Charakter eines Menschen. Ich bin entwaffnet worden. Wie ein tapferer Ritter in alten Zeiten stehe ich von nun an immer zu Ihren Diensten.«
Ich lächelte. »Ich glaube, es ist Ihnen ernst damit.« Ich gab ihm einen Kuß auf die Wange und kehrte zu meinen Freunden zurück, die mich ausgiebig ob meiner neuen Eroberung neckten. Ich erduldete es und genoß ihre gute Laune – obwohl ich zugebe, daß dieser kurze Gedankenaustausch meine Ruhe gestört hat. Bürger Fouchés Worte klingen immer noch nach.

10. September

Vergangene Nacht, kurz nach Mitternacht, wurde Tallien in der Rue des Quatres Fils von einem Schurken mit einer Pistole angegriffen. Er fiel verwundet zu Boden. Als ihn der Attentäter mit dem Pistolenkolben auf die Brust schlug, stieß Tallien einen Schrei aus, der die Nachbarn weckte. Er wurde zum nahe gelegenen Haus seiner Mutter gebracht.
Als ich ihn in der armseligen Behausung seiner Mutter besuchte, war ich erschüttert. Er ruhte auf einem Himmelbett in dem winzigen Salon, hinter geflickten Vorhängen. Eine Kugel hatte seine linke Schulter durchschlagen. Er war zur Ader gelassen worden, doch er litt immer noch unter Schmerzen.

»Wissen Sie noch, daß ich einmal sagte, in einer Revolution darf man nicht nach hinten schauen?« fragte er. »Ich hatte unrecht.«
»Es war ein Jakobiner, der ihn töten wollte«, verriet mir Thérèse, als wir Talliens Mutter beim Abräumen der Teetassen halfen. Sechs Tage zuvor war Tallien wegen seiner zu liberalen Ansichten aus dem Jakobinerklub ausgeschlossen worden.
»Du denkst doch nicht, daß Carrier etwas damit zu tun hat, oder?« fragte ich. Der Deputierte Carrier war der Präsident des Jakobinerklubs. Er war derjenige gewesen, der Tallien ausgeschlossen hatte.
»Carrier würde die Drecksarbeit doch nicht selbst verrichten.« Thérèse stellte eine Suppenschüssel auf den Holztisch. »Er würde irgendeinen Verbrecher damit beauftragen.«
Drecksarbeit. Es ging das Gerücht, daß Carrier während des Terrors in Nantes befohlen hatte, daß mehr als zehntausend hingerichtet wurden – ertränkt in der Loire. *Zehntausend*.
Ich hörte Stimmen. »Das ist die Nationalgarde!« rief Talliens Mutter und trocknete sich hastig die Hände an ihrer fleckigen Schürze ab. »Auf der Straße ist eine Menschenmenge!« Ihre Wangen waren leicht gerötet.
»Ich werde mit ihnen reden«, sagte Thérèse.
Im Laufe des Morgens kam eine große Anzahl Besucher. Die Polizei kam zweimal. Etliche Journalisten bettelten um Einlaß, was Tallien ablehnte, er machte jedoch eine Ausnahme für einen Freund, der für den *Moniteur* schreibt. Am Ende des Tages traf der Deputierte Barras ein, beladen mit alkoholischen Getränken und einem Portweinpudding, von dem er steif und fest behauptete, ihn selbst gemacht zu haben. Seine Augen füllten sich mit Tränen, als er die Verletzung seines Freundes sah. Er wurde von zwei modisch ungekämmten jungen Männern der Jeunesse dorée begleitet, nicht viel älter als Eugène, dachte ich.
»Bonjour, Monsieur«, begrüßte einer der beiden Tallien. Er lis-

pelte beim Sprechen, wie es Mode war, so daß es klang wie: *Bonzou, monsez*. Seine Kniebundhosen waren ausgebeult, und von den Knien rieselten dünne Bänder in langen Kringeln.

»Wir werden den Attentäter für Sie töten«, sagte der andere. Seine Rockschwänze waren ausgefranst und die Taschen seiner Weste ausgestopft, damit es unförmig wirkte. »Sagen Sie uns nur, wen.«

Seine Worte ließen mich frösteln. Ich wußte, daß er der Sohn des Duc d'Annonay war. Er dürfte ungefähr zwölf gewesen sein, als sein Vater ermordet wurde, mit dem Beil totgeschlagen vor dem Haus der Familie. Wie konnte so etwas keine Narben bei einem Kind hinterlassen?

»In Blut getauft«, flüsterte Thérèse, nachdem sie fort waren. Wir waren in der Küche und halfen Talliens Mutter eine Wundtinktur zuzubereiten.

»Es macht mich traurig«, sagte ich. Eine ganze Generation, durch die Revolution zu Waisen geworden, durch Gewalt abgestumpft, auf den Straßen zur Schule gegangen. Was sollte nun aus ihnen werden?

»Ist dir aufgefallen, wie sie sprechen? Barras sagt, daß sie Unsinnsverse stammeln, während sie Jakobiner erschlagen. Ein bißchen seltsam, findest du nicht auch?«

Rache. Würde die Gewalt denn nie aufhören? »Wenn es doch nur eine Möglichkeit gäbe, die Vergangenheit hinter uns zu lassen«, sagte ich.

»Versuche das mal, Tallien zu sagen«, sagte sie.

Gegen Abend fühlte sich Tallien kräftig genug, um einen Angriffsplan gegen den Jakobinerklub zu formulieren – gegen Carrier. »Ich werde fordern, daß Vernehmungen wegen der Greuel von Nantes durchgeführt werden«, sagte er. »Vernehmungen zu Carriers dortigen Verbrechen. *Tausende* kaltblütig ermordet. Es sollte nicht schwierig sein, ihn zu überführen, ihn aus dem Weg zu räumen.« Dieser Gedanke gab ihm Kraft.

Thérèse und ich wechselten Blicke. »Ist das klug?« fragte sie.
»Sollte unser Ziel nicht die Vereinigung aller Gruppen sein?« schlug ich behutsam, wie ich hoffte, vor. »Splittergruppen sind unser Ruin gewesen.«
»Der Gerechtigkeit muß Genüge getan werden«, sagte Tallien.
»Aber was, wenn sich die Versammlung von dieser Idee der Vernehmungen begeistern läßt?« fragte Thérèse. »Wenn sie beschließt, die Geschehnisse in Lyon zu untersuchen, dann wird sie Bürger Fouché in den Zeugenstand stellen. Wenn sie Marseille untersuchen, wird es unser Freund Barras sein.«
Und wenn sie Bordeaux untersuchen, dann wird es *Tallien* selbst sein, dachte ich. Thérèse sprach es nicht aus.
»Wer unter uns ist schon unschuldig?« fuhr sie fort.
»Du.« Tallien ließ seine Hand unter ihre Unterröcke gleiten.
»Unschuldig.« Sie lachte.
Still, ohne mich zu verabschieden, ging ich hinaus.

9. September 1794 – Cherbourg

Liebe Rose,
verzeih mein unordentliches Gekritzel. Ich hatte keinen Schreiblehrer, als ich klein war. Die Stallburschen waren meine Lehrmeister, und ich möchte Dir lieber nicht erzählen, was sie mir beigebracht haben.
Dein Sohn ist ein feiner Kerl – aus ihm wird ein guter Soldat.
Ich weiß, daß ich mich nicht sehr geschickt verhalten habe, als ich abreiste. Kannst Du mir verzeihen? Ich liebe Dich wirklich.

Dein Soldat Lazare

Samstag, 12. September

Tallien hat sich erholt – soweit, daß er im Odéon-Theater erscheinen konnte. »Mein Publikum verlangt es!« sagte er, als er seine Schlinge aus roter Seide zurechtrückte.

»*Unser* Publikum.« Thérèse war in eine schlichte weiße Chemise gekleidet, sehr offenherzig. Eine Diamantkette warf tanzende Lichttupfen auf ihre Brüste.

»*Dein* Publikum.« Tallien betrachtete sie hingebungsvoll.

Das Theater war voll besetzt, der Beifall ohrenbetäubend, als Thérèse und Tallien eintraten. Die Leute stiegen auf ihre Stühle, um sie zu sehen, jubelten und schrien. Ich war ergriffen, stolz – und verängstigt.

Ich bin Trauzeugin

22. September 1794

Erster Tag im dritten Jahr der Republik. Ich schreibe dies an einem Pult in einer kleinen, aber eleganten Wohnung in der Rue de l'Université. Ich habe sie von Madame de Crény (»Der Kleinen«, wie Hortense sie nennt) zu einem angemessenen Preis gemietet. Hortense und ich sind heute morgen eingezogen. Es dauerte nicht lange – wir haben ja so wenig.
Die Lannoy hat zugestimmt, bei mir zu bleiben, obwohl ich ihr nichts bezahlen kann. Auch Agathe wird für Kost arbeiten, ebenso ein alter Mann, den ich heute eingestellt habe, Bürger Gontier, der hartnäckig behauptet, kräftig genug zu sein, um Wassereimer zu tragen.
Wir sind also untergebracht ... für den *Augenblick* jedenfalls. Die liebe kleine Madame de Crény ist bereit, drei Monate auf die Miete zu warten. Wenn ich doch nur, durch irgendein Wunder, zu Mutter durchkäme ...

27. September

Lannoys Schwager hat ein Vermögen durch den Kauf von Gütern zu sehr niedrigen Preisen und ihren Wiederverkauf zu überhöhten Preisen gemacht. Auf Lannoys Vorschlag hin habe ich ihn um ein Darlehen gebeten – um fünfzehn*tausend* Livres. Es scheint sehr viel zu sein, aber wie lange wird es reichen? Ich erinnere mich an die Zeit, wo soviel Geld einen Aristokraten drei

Jahre lang mit Fasanen und Champagner versorgt hätte. Heute wird es uns keine drei Monate mit Hühnern und saurem Wein versorgen.

Samstag, 4. Oktober, abends

Heute abend bei Fanny. Sie ist krank, ist, wie ich meine, der Schwermut erlegen, die ihr Kummer über Marie mit sich brachte – sie hatte so wenig Erfolg bei ihren ständigen Bemühungen um die Freilassung ihrer Tochter aus dem Gefängnis. »Kannst du nicht *irgend etwas* tun?« flehte sie niedergeschlagen.
Was *kann* ich denn noch tun? Ich habe bereits mehrere Versuche unternommen, um Marie zu helfen, alle ohne Erfolg.
»Was ist mit deinem kriminellen Freund?« bohrte Fanny weiter. »Ich wette, daß er etwas tun könnte.«
»Krimineller Freund?« Ich grinste. »*Welcher*?«

6. Oktober

Der Deputierte Barras schnitt sich die Fingernägel mit einem Federmesser, während er meiner Bitte lauschte. Der lange Bürger Botot mit dem Kindergesicht, nun sein Sekretär, saß am Fenster und machte sich Notizen. Nachdem ich meine Petition zu Ende vorgetragen hatte, blickte der Deputierte Barras zu mir auf und sagte: »Sie haben wundervoll gesungen gestern abend bei Madame Tallien. Sie haben eine ungewöhnliche Stimme. Unschuldig und doch frivol.« Er trug eine zweireihige Jacke aus rosa gestreifter Seide. Seine Haare waren gepudert und im Nacken in einem schwarzen Seidenbeutel zusammengefaßt.
»Sie schmeicheln mir ...« Ich fühlte mich unbehaglich. Ich hatte mich mit dem Deputierten Barras schon bei zahlreichen Gelegenheiten unterhalten – im Theater, in Salons, bei mir zu Hause – aber immer in Gesellschaft von Freunden. Er kokettierte mit

mir (wie er das mit Frauen immer tat), und dennoch befürchtete ich, mich mit meiner Bitte um einen Gefallen aufzudrängen. Ich war erleichtert, daß er so herzlich eingewilligt hatte, sich meinen Appell anzuhören.

»Und Sie sind überraschend perfekt beim Billard«, sagte er. »Sie haben Tallien mit drei Spielen Vorsprung geschlagen, wie ich feststellte.«

»Unser Freund Tallien ist in vielen Dingen herausragend« sagte ich, »aber Billard gehört nicht dazu. Ich halte es nicht für angemessen, mir einzubilden, daß ich Talent für das Spiel hätte.«

»Trotzdem haben Sie auch gegen Bürger Rosin gewonnen. Sie kennen ihn, wie ich annehme?«

Ich nickte. Ich hatte Bürger Rosin vor einiger Zeit kennengelernt, bei einem Freimaurertreffen. Als kreolischer Bankier mit außerordentlichem Vermögen war es ihm gelungen, vor dem Zusammenbruch seinen Reichtum aus Saint-Domingue herauszuschaffen.

»Und seinen Schweizer Bankiersfreund Perré – den Mann mit der Brandnarbe im Gesicht?«

Ich nickte. Trotz seiner Entstellung fand ich Perré ausgesprochen charmant.

Der Deputierte Barras rückte sein goldgefaßtes Lorgnon zurecht und studierte die vor ihm liegenden Papiere. »Bezüglich Ihrer Cousine ... Françoise-Marie, Bürgerin Beauharnais ...« Er zuckte mit den Schultern.

»Kann man denn gar nichts tun?«

Er machte eine aufgebrachte Geste. »Sie müssen verstehen: Regierungen kommen, Regierungen gehen, aber die Bürokratie bleibt dieselbe. Ganz gleich, wer dafür verantwortlich ist, da gibt es Papiere, Prüfungsausschüsse, Komitees, Verfahren. Das ist eine fixe Idee in diesem Land.« Er räusperte sich, warf nochmals einen Blick auf das Papier. »Ich sehe hier, daß ihr Mann, François Beauharnais, *Marquis*, ein Emigrant ist, ein Offizier in der Armee

des Prinzen von Condé. Verwundet in der Vendée«, fügte er geistesabwesend hinzu, während er las.
François – *verwundet*? In der Vendée? Ich wollte unbedingt Einzelheiten wissen, aber ich wagte nicht zu fragen, wagte nicht, mein Interesse zu zeigen. »Vielleicht erinnern Sie sich ja, ihr begegnet zu sein«, sagte ich, »in meinem Salon in der Rue Saint-Dominique.«
Der Deputierte Barras legte den Finger ans Kinn, eine Pose, die die feine Bändchenspitze an seiner Ärmelrüsche vorteilhaft zur Geltung brachte. »Aber als die Frau eines Emigranten und obendrein eines, der die Waffen gegen uns erhoben hat …«
»Marie wurde schon vor einiger Zeit von ihrem Mann geschieden«, verwahrte ich mich. Ich sah kurz zu Bürger Botot hinüber, der in seine Notizen vertieft war.
»Viele adlige Frauen haben sich von ihren Ehemännern scheiden lassen, um ihr Vermögen zu retten«, sagte der Deputierte Barras, »*und* ihre Hohlköpfe. Das hat wenig zu bedeuten, fürchte ich.«
»Meine Cousine ist eine Republikanerin, sie gehörte einer Anzahl von revolutionären Clubs an. Aus diesem Grund haben sie und ihr Mann sich getrennt«, beharrte ich.
Der Deputierte Barras seufzte. »Ich werde tun, was ich kann«, sagte er. Er nickte Botot zu, der sich erhob und den Raum verließ. »Wie kann ich Ihnen danken?« fragte ich. Ich umklammerte meinen Seidenbeutel. Ich hatte mich darauf vorbereitet zu zahlen, aber ich konnte nicht viel anbieten.
»Es gibt tatsächlich etwas, was Sie für mich tun *können*«, sagte der Deputierte Barras und nahm sein Lorgnon ab. »Ich bin in eine Anzahl ziemlich großer … Unternehmungen, wie Sie es vermutlich nennen würden, verwickelt. Ich brauche dringend Bankiers mit einem Hang zum *Risiko*, darf ich das so sagen? Die Bürger Rosin und Perré wurden empfohlen, aber natürlich, ohne eine Einführung, eine Empfehlung …«

»Ich wäre hocherfreut, wenn ich etwas in die Wege leiten dürfte«, sagte ich und erhob mich. »Einen Abend bei mir zu Hause?«

Er ergriff meine Hand mit übertriebenem Zartgefühl. »Werde ich heute abend in meinem Salon die Ehre Ihrer Gesellschaft haben?« fragte er.

Ich antwortete ihm mit einer Verbeugung, geehrt.

»Unter der Bedingung, daß Sie sich auf eine Partie Billard mit mir einlassen«, sagte er.

»Vielleicht sollten wir eine Wette darauf setzen«, sagte ich.

»Wenn ich recht verstehe, wollen Sie gewinnen.«

»Immer.«

»Sie sind eine verruchte Dame.«

»Ganz recht«, sagte ich lächelnd.

Als ich ging, hielt ich inne, um ein paar Worte mit Bürger Botot zu sprechen. »Gibt es denn Hoffnung?« fragte ich.

Erschrocken blickte Bürger Botot von den Papierstapeln auf, die seinen Schreibtisch bedeckten. »Die Bürgerin Marie Beauharnais wird morgen freigelassen – um elf Uhr früh«, sagte er nur ein wenig lispelnd.

29. Oktober

Ich begegnete Bürger Fouché im Salon des Deputierten Barras. »Was führt Sie denn in diese Kreise?« fragte ich. Er trug ein nicht zusammenpassendes, fleckiges und schlecht sitzendes Ensemble, ungeachtet der Eleganz der Zusammenkunft. Die Knoten der Bänder an seinen Kniebundhosen hatten sich gelöst.

»Ich könnte Sie das gleiche fragen, Bürgerin Beauharnais«, sagte er. »Obwohl eine Frau, die so bereitwillig zuhört, unter Männern mit Macht stets willkommen ist.«

»Sie sind drôle, Bürger. Sie weichen meiner Frage aus.«

»Sind Sie vertrauenswürdig?«

»Sie, die Sie alles über mich wissen, fragen, ob ich vertrauenswürdig bin?»

»Gestern abend wurden zwei Deputierte aus ihren Betten geholt, um in den Temple zu gehen. Vielleicht wissen Sie das ja bereits.«

Ich schüttelte den Kopf. »*Warum*?« Der Temple war das Gefängnis, in dem die verwaisten Kinder des Königs gefangengehalten wurden – Madame Royale und der Junge waren dort.

Bürger Fouché blickte über die Schulter. »Es geht das Gerücht, daß der Junge – der ›König‹, wie die Verräterischen unter uns ihn nennen – nicht mehr dort ist.«

»*War* er denn dort?«

»Es war tatsächlich ein Junge dort. Aber war er auch des Königs Sohn? *Das* ist nicht gewiß.«

»Aber wenn der Junge nicht im Temple ist – wo ist er dann?« Ein neunjähriges Kind, die Trumpfkarte von Nationen. So viel hing von einem so kleinen Kopf ab.

Bürger Fouché zuckte mit den Schultern. »Sagen Sie es mir. Die Royalisten wollen ihn lebend. Die Jakobiner wollen ihn tot. Und wer auch immer den Jungen hat, hat Macht über beide.«

Ich sah, daß der Deputierte Barras auf uns zukam. Ich bedeutete Bürger Fouché zu schweigen.

»Also frage ich mich«, fuhr Bürger Fouché fort, ohne auf meine Warnung zu achten, »wer könnte wohl soviel Macht wollen? Wer könnte das wohl sein?«

Dienstag, 11. November

Pöbel auf den Straßen. Der Deputierte Carrier, Präsident des Jakobinerklubs, der Scharfrichter für Tausende, war wegen »Übermäßigkeit« in der Pflichtauffassung verhaftet worden. Die Jeunesse dorée schrie nach seinem Kopf. Daran gehindert, ihn in Stücke zu reißen, überfiel sie den Jakobinerklub.

Dann erschien Thérèse, um abzuschließen.

Thérèse. Sie nahm den Schlüssel zum Klub an sich, ohne sich vor den raufllustigen Männern, vor der Gewalttätigkeit in ihren Herzen zu fürchten. Thérèse, die den Schlüssel zum Jakobinerklub in ihr Mieder steckte, sperrte die Geschichte aus.

»Hattest du denn keine Angst«, fragte ich sie erstaunt. Ich las gerade einen Zeitungsbericht laut vor: »Diese Frau ist imstande, die Tore der Hölle zu schließen«, hatte ein Journalist geschrieben.

»Ich werde dir mein Geheimnis verraten, Rose.« Sie legte die Hände auf den Bauch. »Gott ist bei mir. Ich bekomme ein Kind.« Sie brach in Tränen aus.

14. November, später Nachmittag

Thérèse und ich standen eine Weile an der Tür der Wahrsagerin und schrien durch den Briefschlitz. Es wehte ein kühler Wind.

»Ich bin keine Wahrsagerin mehr!« Die Bürgerin Lenormand blieb hartnäckig. Sie weigerte sich, die Tür zu öffnen. Während des Terrors war sie ins Gefängnis gekommen, weil sie den Tod von Robespierre vorausgesagt hatte. Seitdem hatte sie sich zurückgezogen. Sie wollte uns nicht hereinlassen.

»Aber ich bin es doch, Thérèse Cabarrus de Fontenoy – ich war es, die Ihre Freilassung erreicht hat!« schrie Thérèse.

Endlich öffneten sich die Türen. Bürgerin Lenormand war eine kleine Frau, jünger, als ich gedacht hatte, mit kleinen dunklen, ziemlich tiefliegenden Augen unter einer schmutzigen Spitzenhaube.

»Sie habe ich schon mal gesehen«, sagte sie zu Thérèse. Sie hielt inne. »Als Freiheit verkleidet … als die Gefangenen aus dem Luxembourg freigelassen wurden.«

»Sie haben ein gutes Gedächtnis.« Thérèse entwirrte ihre Hutbänder.

»Sie haben ein unvergeßliches Gesicht«, sagte die Wahrsagerin. Nach dem Austausch von Höflichkeiten wies die Lenormand Thérèse an, Wasser über einen Spiegel zu sprengen, der auf einem mit drei Decken überzogenen Tisch lag. »Sie sind im Begriff, eine wichtige Entscheidung zu treffen«, sagte sie, als sie den Spiegel eingehend betrachtete. »Das Schicksal will es, daß diese Verbindung zustande kommt. Sie wissen, von wem ich spreche?«
Thérèse nickte. In ihrem Blick lag Resignation.
»Ihr Weg ist nicht leicht. Es ehrt Sie, daß aus diesem Bund viel guter Wille sprießen wird – doch werden Sie es sein, die den Preis dafür bezahlt.«
Thérèse verzog das Gesicht. »Ich weiß.«
»Sie besitzen die Gabe zu sehen.«
»Den Fluch.«
»Ja«, sagte Bürgerin Lenormand. »Es *ist* ein Fluch.« Sie wandte sich an mich. »Ich glaube, Ihnen habe ich schon einmal die Zukunft vorausgesagt.«
»Als ich in den Carmes war, haben ein paar von uns es fertiggebracht, Ihnen Informationen zukommen zu lassen, aus denen Sie unsere Zukunft abgeleitet haben.«
»Ja. Und Sie *sind* jetzt Witwe.«
Ich nickte.
»Wie ich mich erinnere, habe ich Ihnen auch vorhergesagt, daß Sie wieder heiraten und daß Ihr zweiter Ehemann ein außergewöhnlicher Mann sein wird, den die ganze Welt kennt.«
»Dieser Teil hat sich nicht bewahrheitet.« Ich lächelte.
»Sie machen sich lustig, aber Ihr Herz ist schwer. Fragen Sie mich, was Sie wissen möchten.«
»Erzählen Sie ihr mehr über diesen außergewöhnlichen Mann«, schlug Thérèse vor und grinste mich schelmisch an.
Bürgerin Lenormand legte einige Karten aus. Nach langem Schweigen sagte sie: »Er wird jünger als Sie sein. Sehr intelligent, ja. Ein Mann des Militärs – ein General wahrscheinlich.«

Thérèse zwinkerte. »Wer *das* wohl sein könnte?«
Auf dem Rückweg zur Rue de l'Université hielt mir Thérèse eine Strafpredigt. »General Hoche ist ein aufgehender Stern – er wird Großes vollbringen.« Wir saßen in ihrer neuen roten Kutsche. Eine Bande Kinder, Straßenbengel, jagte hinter uns her.
»Das ist wahr«, sagte ich. Ein Wundertäter, sagten die Leute; ein Kriegsgenie, ein Friedensgenie.
»Was ich damit meine, ist, daß er ein aufgehender Stern ist – dein *außergewöhnlicher Mann*.«
Ich stöhnte.
»Gib mir deine Hand, Rose«, forderte sie.
»Tallita – du bist eine Zigeunerin«, beklagte ich mich. »Gib es zu. Eine Zigeunerkönigin.«
Thérèse lächelte und wurde dann ernst. Sie erforschte die Linien in meiner Handfläche. »Bürgerin Lenormand hat recht. Du *wirst* einen General heiraten.«
»General Hoche ist bereits verheiratet.« Ich zog meine Hand fort.
»Soldaten heiraten und lassen sich einmal im Jahr scheiden, um ihrer neuesten Flamme zu gefallen.«
»So einfach ist das nicht. Lazare ist seiner Frau sehr zugeneigt – ich glaube, er liebt sie.«
»Du wärst nützlicher für ihn. Du könntest ihm helfen, in seiner Karriere voranzukommen.«
»Lazare braucht meine Hilfe nicht.«
Thérèse gab einen kehligen Laut von sich – ein Ausdruck ihrer Ungeduld. »Darf ich offen zu dir sein, Rose?«
»Bist du jemals *nicht* offen zu mir?« Ich lächelte.
»Du wirst nicht jünger. Deine Kinder sind reizend, wirklich, das ist dein Verdienst – aber sie benötigen dringend eine Ausbildung. Schneller, als du denkst, wird deine Tochter eine Mitgift brauchen, dein Sohn eine Stellung. Das wird kosten, eine Menge kosten. An *sie* mußt du denken.

»Du redest, als gäbe es überall gute Chancen.«
»Was ist mit dem Marquis de Caulaincourt? Auf dem Ball von Thélusson sah ich, wie er dir überallhin folgte, an deiner Schulter hing.«
»Er ist schon seit Jahrzehnten verheiratet, hat acht Kinder, ist fast sechzig ...«
»Er ist reich, und er ist in dich vernarrt.« Thérèse zog die Felldecke über ihre Knie.
»Ja, Mama«, sagte ich. Thérèse machte ein schelmisches Gesicht.
»Aber was ist mit dir?« wechselte ich das Thema. »Hast du gefunden, was du wolltest?«
Thérèse seufzte. »Seit dem Augenblick, als ich Tallien begegnete, wußte ich, daß ich dazu ausersehen war, ihn zu heiraten, dazu ausersehen, durch ihn anderen zu helfen ...« Sie hielt inne, schaute aus dem Fenster. Wir kamen gerade an den Fluß. Die Türme von Notre-Dame – heute der »Tempel der Vernunft« – hoben sich kühn und wunderschön gegen den Himmel ab. »Dazu ausersehen, die Herrschaft seiner Faust zu mildern«, sagte sie leise.
»Tallita!« Ihre Worte erschütterten mich.
»Verzeih mir. Ich weiß, daß du ihn gern hast.«
»Und du etwa *nicht*?« Nannte sie Tallien nicht ihren »Lion amoureux«?
»Manches an ihm finde ich abstoßend.«
Ich lächelte. »Du wurdest zu einer Prinzessin erzogen«, sagte ich. Und Tallien war gewiß kein Prinz.
»Ich wurde zu einer Kurtisane erzogen, aber das müssen wir nicht vertiefen. Nein – ich muß zugeben, daß ich auf die Gefühle unseres Freundes aus einer Reihe von Gründen eingehe, aber Liebe zählt nicht dazu. Nicht einmal Leidenschaft, die oft mit Liebe verwechselt wird. Ich empfinde eher eine Verpflichtung ihm gegenüber. Er hat mir das Leben gerettet und das Leben vieler meiner Verwandten und Freunde. Und er hat dadurch leiden

müssen.« Sie hielt inne. »Ich sollte dir solche Dinge nicht erzählen.« Sie ließ das Fenster herunter, trotz der Kälte, und schob es wieder hinauf.
»Dann wirst du ihn also nicht heiraten?«
Thérèse lehnte sich zurück, ihre Augen schwammen in Tränen.
»Nein«, sagte sie. »Ich werde ihn heiraten.«
»Ich ...«
»Hast du jemals das Gefühl gehabt, Teil eines größeren Plans zu sein?« unterbrach sie mich.
Ich dachte darüber nach. Die Tatsache, daß ich jetzt Witwe war, daß dies vorausgesagt worden war – bedeutete das auch, daß meine Ehe mit Alexandre Teil eines größeren Plans war? War Alexandres vorzeitiger Tod *vorherbestimmt* gewesen?
Die Kutsche fuhr in den Hof meines Hauses in der Rue de l'Université ein. »Glaubst du, daß dies bei Tallien der Fall ist?« fragte ich. Ich fand den Gedanken an das Schicksal sowohl tröstlich als auch beängstigend.
»Als Tallien und ich in Bordeaux zusammen waren, habe ich jede Nacht, wenn ich mit ihm ins Bett ging, mit Freude an die Menschenleben gedacht, die er an diesem Tag verschonte, weil ich ihn dazu überredet hatte. Auf diese Weise habe ich den Sinn meiner Existenz entdeckt.«
Ich wußte nicht, was ich sagen sollte. Thérèse war so jung, ein so sorgloser Mensch – und doch war da diese, immer *diese* furchtbare Verantwortung, die sie übernommen hatte. Kein Tag verging, an dem sie sich nicht für ein Leben einsetzte. Es war eine Verpflichtung, die wir teilten – unsere Religion, wie manche sagten. »Barmherzige Schwestern«, wie uns Tallien nannte.
»Thérèse – du bist ein Engel«, sagte ich und nahm meinen Korb auf.
Der Lakai öffnete die Tür und ließ den Tritt herab.
Thérèse berührte mich an der Schulter. Ich drehte mich zu ihr um. »Wirst du die Patin?« fragte sie.

»Ich?«
Sie nickte, ihre Wangen schimmerten.
»Es wäre mir eine Ehre«, sagte ich.

10. November 1794 – Cherbourg

Rose,
wir sind dabei, in das neue Hauptquartier in Rennes zu übersiedeln. Ich werde nach Paris kommen, um für Vorräte zu sorgen. Der einzige Trost bei dieser leidigen Pflicht ist, daß ich Dich wieder in meinen Armen halten werde.

Dein Soldat Lazare

Sonntag, 16. November

Lazare!

Montag

Lazare bringt Neuigkeiten von Eugène. Behutsam stelle ich Fragen. Ich möchte ihm nicht auf die Nerven gehen. »Du setzt ihm doch nicht zu hart zu? Er ist doch nicht in Gefahr? Ißt er auch? Paßt du auch auf ihn auf?« Ich hatte vor lauter Sorge nicht geschlafen. Rennes liegt mitten in der Region Vendée. Ich hatte Geschichten von einem dortigen Bürgerkrieg gehört – Bauern und Adlige vereint gegen die Republikaner. Mir war wohler zumute gewesen, als Eugène in Cherbourg war, den Engländern ins Auge sah. Ich wollte nicht, daß er gegen Franzosen kämpfte. Es wäre nicht recht.
Lazare lachte, als er seine Kniebundhosen schnürte. »Natürlich setzte ich ihm hart zu. Natürlich ist er in Gefahr. So ist nun mal die Armee!«
»Aber er ist doch noch ein Junge.«

»Verstehst du denn nicht, daß *ich* stolz auf ihn bin? Die liebevolle Fürsorge eines Vaters empfinde?«

Das brachte mich zum Schweigen. Die liebevolle Fürsorge eines *Vaters*?

Lazare streckte die Hände in einer hilflosen Gebärde aus. »Ich habe deinen Sohn liebgewonnen, Rose«, gestand er, »betrachte ihn mittlerweile als meinen eigenen.«

19. November

Lazare verbringt die Tage in Sitzungen beim Allgemeinen Sicherheitsausschuß, die Nächte verbringt er bei mir. Ich verschlinge die Zeit, die mir vergönnt ist, gierig, denn mein Hunger ist überwältigend.

20. November

Lazare ist fort. Er war nur drei Tage hier – drei Wirbelsturmtage der Leidenschaft und der Tränen. Werde ich mich jemals an solche Abschiede gewöhnen?

19. November 1794 – Rennes

Chère Maman,
wir sind in Rennes eingetroffen – zu Fuß! Meine Stiefel sind durchgelaufen. (Ich habe eine Pause meines Fußes und die Maße meines Beines beigefügt, für ein neues Paar.) Alle haben Läuse. Aber wenigstens habe ich nicht die Krätze bekommen. Wir nächtigen im Wald. Gestern wurde der Artillerist in der Stadt ermordet. Wir werden als Feinde betrachtet!

Tausend Küsse, Ihr Sohn Eugène

20. November

Ein Partner von Bürger Dunnkirk segelt nach Amerika. Da die Hoffnung besteht, zu Mutter durchzukommen, habe ich den Tag damit verbracht, immer wieder aufs neue einen Brief zu schreiben, in dem steht, was ich ihr erzählen muß, was sie unbedingt wissen muß: daß ich Witwe bin, daß Hortense und Eugène ohne Vater sind, daß wir alle zusammen keinerlei Mittel für unseren Lebensunterhalt besitzen.
Ich bin so tief verschuldet, daß ich nicht weiß, wohin ich mich noch wenden soll. Welche Möglichkeiten *habe* ich denn noch?

28. November 1794 – Rennes

Rose,
meine Truppen langweilen sich – sie sehnen den Kampf herbei. Für sie besteht der Ruhm nicht in einem Olivenzweig. Schwerter sind heroischer, das gebe ich zu.
Die Bauern wollen doch nur zu ihren Heiligen beten. Sollen wir sie dafür umbringen? Die Politiker in Paris bestehen darauf, daß sie statt dessen in einen Tempel der Vernunft gehen. Was stellen sich diese Stümper eigentlich vor? Glaube kann man nicht gesetzlich regeln.
Folglich ist die royalistische Gesinnung hier sehr stark – eine erschreckende Zahl hat die Hoffnung, den Jungen auf Frankreichs Thron zu sehen. Dieser Gedanke widert mich an! Wofür haben wir denn gekämpft, wofür gelitten – wenn nicht für die Freiheit? Wenn der Junge auf den Thron gesetzt würde, muß ich wieder in einem Stall arbeiten.

Dein Soldat Lazare

12. Dezember

Heute nachmittag begleitete ich Thérèse zu ihrem Landhaus – La Chaumière nennt sie es. Es ist eine lange Fahrt, außerhalb der Stadtmauern. Trotzdem beabsichtigt sie, dort zu leben. Sie liebt die Bescheidenheit, mit der es sich präsentiert. »Niemand kann verstehen, was ich daran finde.«

Es war auch nicht leicht. Ich war selbst überrascht. Es hat sogar ein Strohdach.

»Es ist größer, als es aussieht«, versicherte sie mir.

»Die Lage ist herrlich.« Am anderen Ende der Allée des Veuves, nicht sehr weit vom Fluß, inmitten von Wald und Feldern gelegen, drückte es etwas Urwüchsiges, Freies aus. Ich schloß die Augen, atmete die frische, kalte Luft ein. Ja, dachte ich – ich *kann* es verstehen.

»Als ich das erste Mal herkam, legte eine Henne ein Ei auf die Türschwelle. Ein Zeichen, ganz sicher …«

»Aber *wofür*?« fragte ich lachend. Denn Thérèse sah überall Zeichen.

16. Dezember

Heute morgen wurden drei führende Jakobiner enthauptet und ihre Köpfe über der jubelnden Menge zur Schau gestellt.

»Es geht wieder los«, sagte die Lannoy und sah besorgt aus dem Fenster.

»Es heißt, das würde der Sache ein *Ende* setzen«, sagte ich. Ich konnte jemanden auf einer Trompete »Ça ira« blasen hören.

Die Lannoy warf mir einen durchdringenden Blick zu. »Ihre Freunde – die ›Bluttrinker‹ – sind die so viel anders?«

Samstag, 20. Dezember

Heute nachmittag begegnete ich Bürger Fouché in der Rue Saint-Honoré. Er fragte, ob ich noch irgend etwas über den Jungen gehört hätte.
»Nichts.« Abgesehen von Hortenses ständigem Geplapper.
»Kein Gemunkel bei Barras?«
Ich schüttelte den Kopf. »Warum?«
»Gestern untersuchten drei Deputierte das Kind. Der Deputierte Luzerne ist überzeugt, daß es ein Schwindler ist, daß der echte Junge entführt wurde ... vielleicht sogar getötet.«
Getötet. Der Junge – *ermordet*? »Warum erzählen Sie mir so etwas?« Mir traten Tränen in die Augen.
Bürger Fouché tippte an seinen Hut. »Um Sie zu warnen, Bürgerin. Nicht alles ist so, wie es scheint.«

26. Dezember

Heute abend wurden Thérèse und Tallien getraut. Eine kleine Zusammenkunft von Freunden.
»Auf das Glück«, sagte ich, als ich Thérèse umarmte. Daß sie im vierten Monat war, konnte man ihrem Bauch schon ein wenig ansehen.
»Auf Madame Tallien.« Tallien erhob das Glas zu einem Toast. »Auf unsere barmherzige Schwester.«
Ich rief mir Thérèses Worte in Erinnerung: *Ich bin dazu ausersehen, durch ihn anderen zu helfen, dazu ausersehen, die Herrschaft seiner Faust zu mildern.*
Die Herrschaft seiner Faust. War das ein blauer Fleck, den ihre starke Schminke verbarg?

Ich erfahre den wahren Wert der Freundschaft

Freitag, 2. Januar 1795

Jeden Tag gehe ich über den Fluß zur Versammlung, versuche, die Zwangsverwaltung unserer Habe aufheben zu lassen, versuche, Alexandres Namen reinzuwaschen, versuche, Wiedergutmachung, Rückerstattung zu erreichen ... *versuche*.

Überall entlang des Quais sind sie, die mageren Kinder, die verwirrten Männer, die verzweifelten Frauen mit Säuglingen an den Brüsten – Exkremente beschmutzen ihre Kleidung, Ungeziefer kriecht in ihren Haaren. Der trotzige Blick in ihren Augen berührt mich. Wie kommt es, daß eine ganze Stadt einem solchen Elend erliegen kann? Wie viele Seelen schreien zum Himmel empor, wie viele Gebete? Wie kann man, nach allem, was wir erlitten haben, von uns fordern, immer weiter zu leiden? Nimm mein Brot, bete ich, verschone dieses Kind. Und dieses. Und dieses. Die ausgestreckten Händchen, die eingesunkenen Augen: diese Qual ist grenzenlos. Niedergeschlagen kehrte ich nach Hause zurück. Agathe, die Lannoy, Gontier waren bei ihrer Arbeit, Hortense bei ihren Hausaufgaben. Auf der Küchentheke lag der eine kleine Laib Brot, der uns allen zustand – zwei Unzen pro Tag und pro Person. Ich ließ ihn in meinen Korb gleiten und kehrte zur Brücke zurück, zu der kränkelnden Mutter mit einem Säugling an der Brust und vier Kleinkindern, die an ihrem Rock zerrten. Ich legte ihr den Laib in den Schoß. Die Kinder sahen zu ihrer Mutter auf – durften sie? Sie fiel wie ein Tier über das Brot her. Ich wandte den Blick ab.

Später, zu Hause, hörte ich Agathe schreien: »Das Brot! Es ist weg!« Sie hatte zwei Stunden angestanden, die Kälte erduldet, um es zu bekommen. Vorhin war der kleine Laib noch da gewesen, das *wußte* sie, genau auf dieser Theke, beharrte sie. Ihre Stimme bebte vor Erregung.

»Es kann doch nicht verschwunden sein«, sagte die Lannoy. Vielleicht war das Brot aufgegessen worden; vielleicht war Agathe ja selbst die Schuldige, ließ sie durchblicken.

»Ich habe es genommen«, griff ich in die Auseinandersetzung ein.

Lannoy drehte sich mit verwirrter Miene zu mir um. »Madame?«

»Ich schenkte es einer Frau auf dem Pont-Royal. Sie hat vier Kinder. Sie hat es nötiger als wir.«

Agathe brach in Tränen aus.

Am selben Abend

Bei Tag bahne ich mir meinen Weg durch die unübersehbaren Spuren der erschreckendsten Armut. Bei Nacht kokettiere ich mit den Neureichen in vornehmen Salons. Der Deputierte Dumot, ein ehemaliger Geflügelmäster, mästet sich nun selbst an beschlagnahmtem Kircheneigentum. Der Deputierte Naval, ein Lederhändler, kaufte kürzlich eines der Herrenhäuser der Marquise de Neufchâteau – voll möbliert, einschließlich der Pferde und Kutschen – von den Gewinnen, die er mit Lieferungen verwurmten Schweinefleischs an die Armee des Ostens gemacht hatte. Wer will schon wissen, daß Menschen verhungern?

6. Januar

Die Lannoy kehrte mit aschfahlem Gesicht von der Putzmacherin zurück. Sie ging direkt in ihr Zimmer. »Was ist geschehen?« fragte ich Gontier, der sie begleitet hatte. Er begleitet sie jetzt überallhin, mit einem Messer in der Jacke.
Er scharrte mit den Füßen und starrte zu Boden. Es erforderte Geduld, Gontier zum Reden zu bringen. Ich wartete. »Eine Frau ist in den Fluß gesprungen«, murmelte er schließlich.
»Und Mademoiselle Lannoy hat das gesehen?« Jeden Tag stürzten sich Menschen in die Seine. Tallien behauptete, daß es inzwischen so viele wären, daß die Arbeit, die Leichen in Saint Cloud herauszuholen, nicht mehr zu bewältigen wäre.
»Sie hatte sich ein Kind umgeschnallt.« Gontier hielt inne und verlagerte sein Gewicht von einem Fuß auf den anderen. »Ein großes Mädchen ... wie unseres.«
Wie unseres. Er meinte Hortense. Ein Mädchen dieser Größe, das um sein Leben kämpfte.

Donnerstag, 8. Januar, 7 Uhr abends

In La Chaumière herrscht eine Atmosphäre kreativen Durcheinanders. Ein Arbeitstrupp schuftet unter Thérèses Anleitung. Trotz ihrer Schwangerschaft läßt ihre Energie nicht nach. Sie ist anspruchsvoll, sie weiß, was sie will – aber ausnahmslos ist es etwas Ungewöhnliches. Die Arbeiter können es einfach nicht begreifen. Häufig sind mehrere Anläufe notwendig, bevor sie es richtig machen.
Wir bleiben bis spät in die Nacht hinein, prüfen Stoffmuster, wandern durch die Zimmer. Sie möchte eine theatralische, künstlerische, witzige Atmosphäre schaffen: *fast* übertrieben (das ist reizvoll). Es beflügelt meine Phantasie. Von Zeit zu Zeit kommen wir auf eine Idee, die uns tanzen läßt.

Danach stehen wir an den Türen zum Garten, lauschen dem Heulen der Wölfe, dem Pfeifen des Windes durch die Bäume, reden über die Liebe und das Leben. Eine andere Welt, so weit entfernt von der, die nun in Paris herrscht – abgesehen von den hungrigen Wölfen, die ihre Kreise ziehen, beobachten und warten.

2. Januar 1795 – Rennes

Chère Maman,
ich werde bald eine neue Uniform brauchen. Auch neue Gamaschen; meine sind an den Fersen schon ganz durchgescheuert.

Ihr Sohn Eugène

8. Januar 1795 – Rennes

Rose,
verzeih mir, daß ich nicht häufiger schreibe. Ich bin kein Briefeschreiber, wie Du weißt. Außerdem hatten wir hier eine Heidenarbeit; unsere Vorräte sind völlig unzureichend. Wir tun, was wir können, was wir müssen – und das mit sehr wenig.
Mit Eugènes Fortschritten bin ich zufrieden – er ist ein großartiger Bursche.

Dein Soldat Lazare.

Montag, 12. Januar

Unter Thérèses Anleitung habe ich einen hervorragenden Gewinn mit Salperterspekulationen erzielt. Tante Désirée war entsetzt. »Es gehört sich für eine Frau nicht, sich an Geschäften zu beteiligen«, schimpfte sie. *Bis* ich ihr erzählte, wieviel Gewinn ich erzielt hatte (fünftausend Livres!). Daraufhin war ihr eigenes Interesse geweckt. Ich habe vor, das Geld wieder in einen Ankauf von Spitze aus Britannien zu investieren, die ich in Paris weiterverkaufen kann, was zusätzliche zwanzig Prozent abwirft. Bürgerin Rose Beauharnais – eine *Profitjägerin*. Wenigstens kann ich Eugène jetzt Geld für eine neue Uniform schicken.

15. Januar 1795 – Hôtel de Caulaincourt, Paris

Verehrte Madame Beauharnais,
ich schreibe, um Ihnen mitzuteilen, daß dank Ihrer Empfehlung General Hoche meinem ältesten Sohn, Armand, freundlicherweise einen Posten als Leutnant in der Küstenarmee zugesprochen hat. Außerdem ist mein zweiter Sohn, Auguste, dank Ihrer Bemühungen nun als Sekretär erwerbstätig. Ich bin Ihnen zu Dank verpflichtet.
Auf Ihren Rat hin habe ich einen Termin vereinbart, um mit dem Deputierten Caligny über den Sold von drei Jahren zu sprechen, den man mir als General außer Dienst schuldet. Ich werde Sie über das Ergebnis auf dem laufenden halten. Danke, daß Sie sich meinetwegen an ihn gewandt haben.
Ich würde gerne mehr sagen, aber selbst in solch unmoralischen Zeiten wie den unseren wird es für einen Mann meines fortgeschrittenen Alters und Familienstandes als unziemlich erachtet, einer wunderschönen Witwe Worte der »Wertschätzung« zu schreiben. Vielleicht sehe ich Sie ja bei Talliens?
Ich verbleibe, höchst dankbar und wie stets,
Ihr teuerster und törichtster Freund, Marquis de Caulaincourt,
»ein Sklave der teuflischen Leidenschaft des mittleren Alters«

Donnerstag, 15. Januar

Der Marquis de Caulaincourt hat darauf bestanden, mir zehn Prozent für meine Bemühungen zukommen zu lassen.
»Ich habe es aus Freundschaft getan«, wehrte ich ab.
»Ich werde Sie in Münzgeld entlohnen«, sagte er.
Gold. »Wenn Sie es unbedingt wollen.«

16. Januar

Tallien hat mich darin beraten, wie man am besten eine Petition verfaßt, in der ich um die Entfernung der Siegel von meinen Besitztümern in der Rue Saint-Dominique bitte. Heute nachmittag wurde ich beim Allgemeinen Sicherheitsausschuß vorstellig. Tallien unterstützte mich: »Es besteht kein Zweifel«, begann er und wiederholte seine Worte, wie es seine Gewohnheit war, »daß meine bewaffneten Deputiertenkollegen allmählich begreifen, daß wir gemeinsam die Wunden der Vergangenheit heilen, das Unrecht im Sinne des Baumes der Freiheit wiedergutmachen müssen, damit wir einen fruchtbaren Boden haben, in dem wir Wurzeln schlagen können.«
Ich unterdrückte ein illoyales Lächeln. »Lauwarm-Wasserhahn« ist der Spitzname, den man meinem Freund in der Versammlung gegeben hat, und so führt er sich auch auf.

Mittwoch, 21. Januar

Feststimmung in der ganzen Stadt, zur Feier des Tages, an dem der König vor zwei Jahren starb. Und das trotz der Kälte.
Ich wäre zu Hause geblieben, mit der Lannoy, die den König nicht gerade im geheimen betrauert, wenn die Zeremonie im Palais der Égalité nicht gewesen wäre, bei der Tallien geehrt werden sollte. Daher begleitete ich Thérèse, die in einen riesigen Fuchsumhang gehüllt war.
Die Reden zogen sich hin, anschließend wurde gesungen. Die Jeunesse dorée, prächtig in ihrem verrückten Putz und mit schweren Keulen bewaffnet, forderte, daß die Kapelle »Tod den Jakobinern« spielte.
»Es kann Ärger geben«, sagte der Deputierte Barras.
Ich schlug vor, daß wir in meine Wohnung gingen, die nicht weit entfernt war. Ich zitterte vor Kälte. Außerdem machte ich mir

Sorgen um Thérèse – im fünften Monat ist sie immer noch anfällig.
In meinem Salon war es kalt; das Feuer war heruntergebrannt. Wir konnten unseren Atem sehen. Ich wollte gerade nach Gontier läuten, als Tallien darauf bestand, den Kamin anzuheizen. »Schließlich war das einmal die Aufgabe meines Vaters.«
»Nun denn«, sagte der Deputierte Barras und ließ sich auf einem Schemel am Kamin nieder. Er rieb sich die Hände. »Heute vor zwei Jahren.«
Sowohl Barras als auch Tallien hatten für den Tod des Königs gestimmt. Ich dachte nicht gerne daran.
Das Feuer brannte. »Dieses letzte Jahr hat der Teufel gesehen.« Tallien schaute schnell in meine Richtung. »Verzeiht meine Ausdrucksweise, Bürgerin Beauharnais – ich vergaß, daß Sie eine Dame sind.« Er erhob sich und wischte sich die Hände ab.
»Und was ist mit mir?« fragte Thérèse, die sich auf meinem Tagesbett ausstreckte, das ich erst kürzlich wegen der Kälte in den Salon gestellt hatte.
Tallien beugte sich über sie und flüsterte ihr etwas ins Ohr. Sie lachte.
»Vielleicht sollten wir um einen Anschauungsunterricht nachsuchen.« Barras nahm meine Einladung zu einem Brandy an. Ich füllte sein Glas aus einer Flasche, die der Marquis de Caulaincourt mir verehrt hatte.
»Also wirklich, Deputierter Barras ... Sie sind ja *so* pervers«, sagte Thérèse.
»Welch Vorstellung und das in Thérèses Zustand ...« Ich tat so, als wäre ich empört.
»Ich *versuche*, es mir vorzustellen, das ist mein Problem.« Der Deputierte Barras schnitt eine Grimasse.
Lächelnd warf ich eine Pelzdecke über Thérèse.
»Unsere liebe, unschuldige Rose«, sagte sie. »Bringen wir dich in Verlegenheit?«

»Wie unschuldig kann sie denn sein, frage ich euch, wenn sie ein Bett in ihrem Salon stehen hat?« fragte der Deputierte Barras.
»Meine Mutter hat auch ein Bett in ihrem Salon stehen«, sagte Tallien. »Alle Bauern haben das.«
»Und schlafen da auch?« fragte der Deputierte Barras. Sein grün und schwarz gestreifter Rock hatte große quadratische, mit Jagdszenen bemalte Knöpfe.
»Nein, es ist nur zum Miteinander-Schlafen da«, sagte Tallien. (Tatsächlich benutzte er ein unfeineres Wort.) »Wenn Besuch zum Tee kommt.«
»Bürgerin Beauharnais, wenn ich so unverschämt sein darf, nachzufragen – warum *ist* denn nun ein Bett in Ihrem Salon?« Der Deputierte Barras trank sein Glas aus.
»Es ist der einzige warme Raum.« Ich nahm neben dem Kamin Platz.
»Die anderen Räume sind *kälter*?«
Wir lachten alle, doch in Wahrheit bedauerte ich allmählich, sie eingeladen zu haben. Mit ihren Augen betrachtet, wirkte meine kleine, wenn auch elegante Wohnung recht bescheiden. Rose, *ihre* Rose – die ehemalige Vicomtesse, die ihren teuren Champagner trank – diese Frau, war eine Schwindlerin, oder etwa nicht?
»Hast du denn kein Brennholz?« fragte Thérèse und spielte mit einer Kamee, die ihr Tallien kürzlich für »nur« sechstausend Livres gekauft hatte.
»Heutzutage ist es in großen Mengen nur schwer erhältlich.« Ich sagte nicht: und entsetzlich teuer.
Tallien stöhnte. »Warum haben Sie denn nicht gefragt? Es gibt mehr als genug. So, wie die Leute reden, sollte man meinen, es gäbe in ganz Paris kein Brennholz.«
»Oder *Brot*«, fügte der Deputierte Barras hinzu. »Wovon es wenig gibt, wie du zugeben mußt.«
»Die Leute sind einfach zu verdammt faul, um zu arbeiten, und

dann kommen sie zu uns und beschweren sich«, schimpfte Tallien.
Ich blickte von einem zum anderen. Wie vieles davon war scherzhaft gemeint? Ich war mir nicht sicher.
»Mein Freund ist zynisch geworden, fürchte ich«, sagte der Deputierte Barras als Antwort auf meinen fragenden Blick. »Das ist eine der Gefahren des öffentlichen Lebens. Das Volk erwartet von seinen Vertretern, daß sie wie Götter sind, daß sie das schlechte Wetter vertreiben.«
Ich seufzte erleichtert. Wir waren auf sicherem Boden: das Wetter. Ich stellte ein Pharaospiel auf. Wir spielten, lachten, plauderten und setzten (ich gewann sieben Livres). Kurz vor Mitternacht gingen sie, gutgelaunt.
»Nächsten Dienstag kommen wir wieder«, verkündete Thérèse, als sie aufbrachen. »In deinen *Salon*.«
»Das ist unmöglich«, sagte ich entsetzt.
»Rose – sei doch realistisch: Es *muß* sein, etwas anderes kannst du dir gar nicht leisten. Stell dir doch mal vor ... *Chez Rose* – der angenehmste Salon in ganz Paris.«
Chez Rose? Ich lächelte. »Das klingt wie ein Bordell.«
»Mit einem Bett im Salon und all dem«, sagte der Deputierte Barras.
»Um so mehr lassen sich die Deputierten anlocken«, sagte Thérèse.
Und nun ist es abgemacht. Nächsten Dienstag. Jeden Dienstag.

23. Januar

Oh, es ist kalt, aber wir haben es warm. Der Deputierte Barras sorgte für die Lieferung einer großen Ladung Holz. Draußen liegt ein riesiger Stapel. Gontier muß danebenstehen, um die Nachbarn vom Stehlen abzuhalten.

Ich schickte dem Deputierten Barras ein Billett: »Wie kann ich Ihnen danken?«
Er schickte ein Billett zurück: »Empfehlen Sie mich dem Bankier Bürger Rougemont.«

31. Januar, nachmittags

Wie durch ein Wunder ist es mir geglückt. Wie ein Bühnendirektor habe ich die Requisiten zusammengesucht, die Möbel verschoben, *Ambiente* geschaffen – diese geheimnisvolle Aura, die die Flecken auf dem Sofa verbirgt, das Loch im Teppich, das alles andere als elegante Inventar.
Mein Kostüm schneiderte ich aus einem veralteten Brokat, indem die Lannoy und ich die Stoffbahnen auseinanderschnitten und zu einem eleganten griechischen Entwurf wieder zusammensetzten. Es bedurfte einiger Überredung, bis sie bereit war, Nadel und Faden in die Hand zu nehmen, um ihre verfeinerten Nähkünste für ein so »schamloses« Kleid einzusetzen. Zuviel Arm, zuviel Bein, aber das Allerschlimmste, kein Korsett!

Später

Chez Rose war ein Erfolg!
Wer kam: Tallien und Thérèse natürlich. Der Deputierte Barras in Begleitung der alten La Montansier (die ihrem wüsten Ruf gerecht wurde). Die kleine Madame de Crény und Denon, ihr Liebhaber. Bürger Fouché, der herumschlich. Der Deputierte Fréron, der phantasierte und trank und in Begleitung einer Schauspielerin war. (Man munkelt, daß sie drei gemeinsame Kinder haben.) Fanny mit ihren *beiden* derzeitigen Favoriten: Michel de Cubières und Rétif de la Bretonne, der gut mit La Montansier auskam – *pas de surprise*. Fortunée Hamelin, halbnackt wie immer, und ihr mürrischer Ehemann, der keinen leiden konnte. Der

Marquis de Caulaincourt, der *ebenfalls* gut mit La Montansier auskam, wie ich bemerkte. Die sinnliche Minerva in hauchdünnem Weiß und mit einem Mann, den sie als ihren *Verlobten* vorstellte (das war eine Überraschung). Zwei aus meiner »Gefängnisfamilie«: die elegante Grace Elliott, für kurze Zeit, und die Duchesse Jeanne-Victoire d'Aiguillon – in Begleitung der Damen de Broglie, Valance und Bizet, die in der Toilette Opium rauchten, wie Thérèse behauptete (ich glaube ihr nicht). Und der gute, niesende Bürger Dunnkirk, der mit Bankierskollegen, den Bürgern Rougemont, Hottinguer und Perré erschien. (Ich machte sie alle mit dem Deputierten Barras bekannt.) Und nicht zu vergessen, mein lieber Tröster, der unbändige, radikale und verruchte General Santerre.

Eine unterhaltsame, *sehr* gemischte Gruppe. »Ein Wunder, kein Blutvergießen«, sagte Thérèse beim Abschied.

Mir wäre das Essen ausgegangen, wäre Caulaincourt nicht gewesen, der Gänseleberpastete aus Straßburg, gespickten Fasan und einen gewaltigen, mit Trüffeln aus dem Périgord gefüllten Karpfen beisteuerte. Ganz zu schweigen von einer Weidenkiste mit frischgebackenem, köstlichen Brot und einem Korb mit Obst (im Februar!) von Bürger Dunnkirk. Selbst der Deputierte Barras sorgte dafür, daß ein halbes Faß mit ausgezeichnetem Rotwein angeliefert wurde.

»Eine Feier, Schatz?« fragte Thérèse, als sie zusah, wie der Lakai von Barras das Faß hereinbrachte.

»Ein Feier weswegen?« fragte der Deputierte Barras. In einem schwarzen Seidenrock und einer altmodischen Zopfperücke sah er ungewöhnlich feierlich aus.

»Weil du zum Präsidenten der Versammlung gewählt wurdest.«

»Ach, *das*.«

»Sie wurden zum Präsidenten gewählt?« Ich erinnerte mich daran, wie Alexandre zum Präsidenten der Versammlung ge-

wählt wurde, an unsere Erregung, unseren Stolz. Wie jung wir damals waren.
Barras zuckte mit den Schultern. »Ein Ärgernis, wenn Sie mich fragen. Nein – wenn überhaupt, dann feiere ich den Gewinn, den ich vor zwei Tagen beim Verkauf einer Liegenschaft erzielt habe. Fünfhunderttausend. *Netto.*« Er grinste, sein charmantes schiefes Lächeln.
Fünfhunderttausend! Eine solche Summe konnte ich mir gar nicht vorstellen. Ich mußte praktisch meine Seele verkaufen, um ein Darlehen von nur fünfhundert zu bekommen.
»Dieses konfiszierte Kircheneigentum in der Rue Jacques?« fragte Tallien, der zufällig gelauscht hatte.
Barras lächelte und bekreuzigte sich. »Und der liebe Gott *war* mir gnädig«, sagte er.
Gegen Mitternacht kam Barras' Sekretär, Botot, vorbei, in Begleitung eines anderen Mannes, des Bürgers Laurent. Lispelnd fragte Botot, ob er mit Barras sprechen könne. Ich drängte sie, einzutreten, doch sie sträubten sich. Ich fragte mich, ob etwas nicht stimmte.
Der Deputierte Barras kam zur Tür. Er trat auf den Treppenabsatz, um mit ihnen zu reden. Als er zurückkam, sah er abgespannt aus.
»Ist etwas geschehen?« fragte ich.
»Nichts«, sagte er rasch. Zu rasch, dachte ich.
»Habe ich nicht Laurents Stimme gehört?« fragte Thérèse, als sie an Bürger Fouchés Arm in die Diele kam.
»Er war gerade hier, mit Botot. Sie hatten eine Botschaft für den Deputierten Barras«, sagte ich.
»Für Botschaften ist es ziemlich spät«, sagte Thérèse.
»Ah – Laurent und Botot«, sagte Bürger Fouché und lenkte meine Aufmerksamkeit auf sich. »Das Temple-Duo.«
Temple? Der *Junge* ist im Temple ...

5. Februar

Endlich, dank Tallien und Barras, wurde meiner Petition stattgegeben. Die Siegel sind von meiner Habe in der Rue Saint-Domingue entfernt worden.

Ich begab mich heute morgen dorthin – allein. So hatte ich es gewollt.

Es war seltsam, die Türen zu öffnen. Die Zimmer waren dunkel, die Fensterläden auf die Fenster genagelt. Ich zündete eine Laterne an – und war angewidert von dem, was ich sah: Alles war zu Boden gerissen worden. Vandalen.

Ich wanderte durch die muffigen Zimmer, schritt durch den Abfall meines Lebens. Meine zerbrochenen und beschmutzten Besitztümer riefen eine Fülle von Erinnerungen wach. Kleidung, Halstücher, Gemälde, meine Gitarre – Dinge, die ich geliebt hatte. Nun zerstört.

Ich nahm meinen Mut zusammen und ging in den Salon. Behutsam stemmte ich den losen Stein im Kamin zur Seite. Ich blies in das Loch, für den Fall, daß sich dort irgendwelche Lebewesen eingenistet hatten. Ich bezwang meine Angst und steckte die Hand hinein. Papiere. Sie waren noch da. Gott sei Dank.

Langsam und mit großer Erleichterung zog ich meine Schätze heraus – meine Tagebücher, Briefe, Manettes Gobelin, meine Bibel, einen Behälter mit Erde aus Martinique, meinen Kinderrosenkranz, den Heiratsvertrag, einen kleinen Stoffbeutel mit Edelsteinen. Und zum Schluß Alexandres Testament, mit Wachs versiegelt.

Ich setzte mich in einen Armsessel. Ich war in eine Staubwolke eingehüllt. Alles, was von meinem Leben übriggeblieben war, lag auf meinem Schoß. So saß ich eine Weile da, so regungslos wie die stummen Gegenstände um mich herum. Wie wenig das alles am Ende bedeutete.

Mein Blick fiel auf einen Gegenstand in der Ecke – mein Stick-

rahmen. Der Gobelin, an dem ich gearbeitet hatte, war noch eingespannt, ein Rosenmuster, halb fertig. Wundersamerweise steckte die Nadel noch an ihrem Platz. Das unheimliche Gefühl von einem jäh abgebrochenen Leben, einem mitten im Stück gefallenen Vorhang überkam mich.
Die Geister begannen sich zu rühren. Noch kein Jahr war vergangen, seit man mich abgeholt, auf einen Wagen und in eine Zelle getrieben hatte. Mich meiner Würde, meiner Gesundheit, meines Glaubens beraubt hatte – meiner Jugend, meines Lebens.

6. Februar

Meinen Korb fest umklammert, saß ich Bürger Dunnkirk gegenüber. In seinem Gesicht war ein Ausdruck des Unbehagens, der mich warnte.
Er räusperte sich und lehnte sich auf seinem durchgescheuerten Lederstuhl vor. »Ich fürchte, daß das Testament Ihres Gatten Ihnen nicht von großem Nutzen sein wird«, sagte er und nieste in ein Leinentaschentuch.
»Was meinen Sie?«
»Nun ...« Er hielt inne. »Er hat Ihnen nichts hinterlassen.«
Einen Augenblick saß ich, ohne zu antworten, da. Ich hatte ihn gewiß nicht richtig verstanden.
»Und zweitens«, fuhr er fort, da er mein Schweigen als Gelassenheit mißdeutete, »ist Ihnen eine Marie-Adélaïde de la Ferté bekannt?»
»La Ferté ist der Name von Alexandres Landsitz.« Aber das wußte Bürger Dunnkirk.
»Hier handelt es sich um ein Kind, ein Mädchen, geboren im Juni 1785, in der Nähe von Cherbourg«.
»Vielleicht meinen Sie Adélaïde d'Antigny.« Adélaïde d'Antigny war Alexandres uneheliche Tochter, die Tante Désirée und ich nach besten Kräften unterstützten, trotz der großen Entbehrun-

gen. Mit seinen nun neun Jahren war es ein wunderhübsches Kind, recht intelligent und mit Alexandres Gesichtszügen. »Aber Adélaïde d'Antigny wurde 1784 in Paris geboren.«

»Hier handelt es sich um ein anderes Mädchen, im darauffolgenden Jahr geboren. Ihr verstorbener Gatte hat ihr eine jährliche Pension von sechshundert Pfund hinterlassen.«

Noch ein uneheliches Kind? *Zwei* Adélaïdes?

»Außerdem sollen sechshundert Livre im Jahr an Movin, den Diener Ihres Gatten, gezahlt werden, zweihundert an Richard, den Pferdeknecht, und eine einmalige Zahlung von weiteren zweihundert an Sauvage, den zweiten Pferdeknecht.«

»Und *nichts* für Hortense oder Eugène?«, unterbrach ich. »Keine Erwähnung *meines* Namens?«

»Zweifellos nahm er an, daß durch Ihren Inselbesitz gut für Sie gesorgt wäre.«

Ich konnte kaum noch atmen.

Bürger Dunnkirk räusperte sich erneut und rückte das Lorgnon in seinem Auge zurecht. »Hören Sie, Madame Beauharnais, was Marie-Adélaïde de la Ferté angeht, es gäbe vielleicht eine Möglichkeit, die Sache zu umgehen ...«

»Begleichen Sie es«, sagte ich scharf. Ich steuerte bereits zum Unterhalt eines unehelichen Kindes bei. Wie viele gab es noch? dachte ich müde.

Ich werde gewarnt

10. Februar 1795

La Chaumière ist zu einem »Wallfahrtsort« geworden. Thérèse mußte einen Türwächter einstellen. Massen erwartungsvoller Menschen säumen den Hof.
Zuerst wurden Bemerkungen hinter vorgehaltener Hand zu dem absonderlichen Bau, Witze über das bäuerliche Leben gemacht. Doch es besteht kein Zweifel darüber, daß jedermann verzaubert ist, denn das Innere dieses bescheidenen Châteaus ist ein prachtvoller Palast – die Tür öffnet sich zu einer Theaterwelt aus Marmorsäulen und griechischen Statuen. Die Originalität des Dekors, die offenkundige künstlerische Vollendung, ganz zu schweigen von der reichen Kost und der glänzenden Unterhaltung, beeindrucken zweifellos.
Aber im Grunde ist es Thérèse, die alle aufsuchen. Wir schwirren wie Motten zum Licht. Sie umarmt uns, als wären Monate vergangen, seit wir uns das letzte Mal sahen – nicht erst gestern abend oder vorgestern abend. Sie ist stets erstaunlich schön, in eine einfache Toga oder eine schlichte Chemise gewandet, die gar nicht erst versuchen, ihren wachsenden Bauch und ihre schwellenden Brüste zu verbergen. Sie zerrt uns in ihren Salon und flüstert: »Monsieur Monroe ist hier, der amerikanische Botschafter. Und Bürger Ouvrard, der großartige Bankier ... Kommt, ich stelle euch vor.«
Innen unterhalten sich die Gäste im Flüsterton, immer mit wachsamem Blick für die anderen. Kontakte werden geknüpft und wie-

der gelöst, Bündnisse geschlossen. Wenn die Abendsitzung der Versammlung beendet ist, erscheinen die Deputierten in ihren hohen Hüten. Die hitzigen Debatten dauern bis Tagesanbruch. *Das* ist die Regierung, heißt es.

12. Februar

»Gott sei Dank, daß du da bist!« Thérèse packte heute abend meine Hand, als ich in die Halle kam. »Der Deputierte Renan trank das Wasser aus seiner Fingerschale, Bürger Maurois schneuzte sich die Nase ins Tischtuch. Es gab bereits zwei Faustkämpfe ...«

»Im Mittelalter oblag es den Römern, die Barbaren zu zähmen«, sagte der Deputierte Barras. Er sah in einer bestickten blauen Satinweste besonders elegant aus. »Heute obliegt es Thérèse, der neuen herrschenden Klasse die *korrekte* Etikette beizubringen.«

Aufgebrachte Stimmen drangen aus dem Salon. Thérèse zog zornig die Augenbrauen hoch. »Aber es muß mir jemand bei der Zähmung dieses Gesindels helfen!«

Und so war meine Rolle festgelegt: Friedensstifterin. Und offensichtlich mache ich meine Arbeit gut. Ich wähle den hitzigsten Gast aus, verwickele ihn in eine ruhige Unterhaltung, locke ihn fort – zu einem Spaziergang in den Garten vielleicht, wenn das Wetter schön ist, oder durch die Räumlicheiten, um die Kunstobjekte zu besichtigen. Bald darauf ist mein »Opfer« ruhig und denkt nicht mehr daran, daß er noch vor wenigen Augenblicken unbedingt einen Mord begehen wollte.

Gegen vier Uhr morgens war der letzte Gast endlich gegangen. Thérèse und ich fielen aufs Sofa und lachten Tränen über diese glühenden Revolutionäre, die sich soviel Mühe gaben, reich zu sein.

13. Februar

Thérèse und Tallien überredeten mich, sie zum »Bal de Victimes« im Hôtel Thélusson zu begleiten. Ich ging frühzeitig zu Thérèse, um mich vorzubereiten.
»Deine Haare sind schon perfekt«, sagte sie und befestigte ein rotes Band um meinen Hals, das die Spur des Messers symbolisierte.
»Das ist phantastisch«, sagte ich. Sie trug ein fleischfarbenes Trikot unter einem durchsichtigen Gazegewand. Mit ihrer Größe und ihrem enormen Bauch und Busen sah sie spektakulär aus.
»Und so geht der Tanz.« Thérèse fing an, seltsam zu zucken, wobei ihr Kopf vor und zurück pendelte, als könnte er gleich abfallen.
Die Straßen vor dem Hôtel Thélusson waren überfüllt von Kutschen. Bettler drängten sich um den Eingang und wetteiferten um Aufmerksamkeit.
»Erinnert dich das nicht an die Zeiten des Ancien régime?« raunte Thérèse. »An die Opernbälle.«
Ein Straßenbengel packte den Saum meines Kleides. Tallien bedrohte den Bettler mit der Faust. Der Junge fiel nach hinten in den Dreck. Ich blieb stehen, um mich zu vergewissern, daß er nicht verletzt war, und schenkte ihm eine Münze.
»Dürfen Henker auch hinein?« schrie jemand, als Tallien eintrat.
»Heute werde ich als *Befreier* empfangen«, antwortete Tallien, um einen Scherz bemüht.

15. Februar

Ich fürchte, daß Thérèse und Tallien nicht miteinander auskommen.
»Stimmt etwas nicht?« fragte ich. Ihre linke Wange war stark ge-

schminkt. In ihren Augen blitzten Tränen. »Ich verstehe das nicht. Er liebt dich doch so sehr.«
»Seine Liebe bringt mich um!« weinte sie.

15. Februar 1795 – Rennes

Rose,
meine Bemühungen, einen Frieden auszuhandeln, werden möglicherweise Erfolg haben. Bete für mich – bald ist dies vielleicht sogar wieder legal. Ich sehne mich nach Dir.

Dein Soldat Lazare

18. Februar, 11 Uhr vormittags

Lazare ist es gelungen, mit den Rebellen der Vendée einen Frieden auszuhandeln, woran doch so viele vor ihm scheiterten. Für die Freiheit des Gottesdienstes werden sie ihre Waffen niederlegen.
»Aber was ist mit uns übrigen«, murrte die Lannoy. »Bekommen wir denn keine Freiheit?«

21. Februar

Auf den Straßen herrscht große Aufregung. Die Freiheit des Gottesdienstes wurde gewährt – für ganz Frankreich.
»Du kannst jetzt deine kleine Madonna hervorholen«, sagte ich Hortense.
»Sind Sie sicher?« Sie ist ein ängstliches Mädchen.
»Die Zeit des Versteckens ist vorüber.« Dank Lazare.

Dienstag, 24. Februar

Thérèse ging es nicht gut; ihre Schwangerschaft behindert sie. Daher bat sie mich um Hilfe bei der Organisation eines Empfangs zu Ehren des türkischen Botschafters. Er soll nächste Woche in Barras' Château in Chaillot stattfinden. Thérèse und ich sind jeden Nachmittag dort draußen.

Alles an Barras zeugt von altem Reichtum: die Jagdhunde, die Pferde, die Schwenker mit erlesenem Kognak ... die degenerierte Moral. (Der Marquis de Sade sei sein Vetter, behauptet er: »mon cher cousin«.) Von Zeit zu Zeit leidet er sogar unter einer rätselhaften aristokratischen Nervosität, die heiße Bäder erforderlich macht. (»Der französische Tripper*, meinst du nicht auch?« flüsterte Thérèse.) Dennoch ist er nicht gewissenlos. Er scheint stolz darauf zu sein, daß er die kommenden jungen Männer entdeckt. Zunächst vermutete ich ein lüsternes Interesse, aber ich habe festgestellt, daß es sich anders verhält. Auf die gleiche Weise wie er die Siegerpferde bei einem Rennen auswählt, sagt er mit Vorliebe voraus, wer in den kommenden Jahren die politische Trumpfkarte in der Hand halten wird. All das ist nicht ohne Eigennutz – nichts, was der Deputierte Barras tut, ist ohne Eigennutz –, denn auf diese Weise sichert er sich seine Rückendeckung. Er ist ein Überlebenskünstler.

Ja, ein amüsanter Mann, gesittet, geistreich, großzügig – aber mit einer Eigenschaft, die wirklich ausgesprochen schockierend ist. Der zügellose Mensch, der er ist, versorgt er Thérèse und mich mit täglichen Berichten über seine Eroberungen. Wäre er nicht so geistreich, kämen einem seine Geschichten gewiß schmutzig vor – doch Thérèse und ich lachen am Ende unbändig über seine Schilderungen neckischer Verführungskünste unter erwachsenen Männern. In der Tat, es ist alles *sehr* seltsam.

* Syphilis oder Gonorrhöe (wurden damals für dieselbe Krankheit gehalten).

Samstag

Was für ein Abend! Das Rebhuhn traf verdorben ein, das Obst traf überhaupt nicht ein, der Geiger traf betrunken ein, und der türkische Botschafter schickte eine Nachricht, daß er nicht teilnehmen könne. Vielleicht war das ein Segen ...

Dienstag, 3. März, spätabends

Thérèse, die sich auf ihre Niederkunft vorbereitet, hat mich inständig bedrängt, mich mehr in Barras' Angelegenheiten zu engagieren. »Du bist genau der Typ Frau, den er braucht – aristokratisch, elegant, mit untrüglichem Geschmack und gesellschaftlichem Geschick. Deine Kontakte könnten sich als nützlich für ihn erweisen. Es gibt *keine* Geeignetere als dich. Das habe ich ihm selbst schon gesagt.»

»Du hast ihm das gesagt?«

»Er zeigt sich einer Frau gegenüber sehr erkenntlich – *das* kann ich dir versichern. Und das einzige, was du tun mußt, ist, dir seine Geschichten über amouröse Abenteuer anzuhören.«

Ich lächelte.

»Und deinen Sohn von ihm fernzuhalten, sollte ich wohl hinzufügen.«

Mein Lächeln erstarb.

Freitag, 13. März

Ich bin erschöpft, aber zufrieden. Der Empfang bei Barras verlief gut. Der größte Teil des Abends wurde an den Spieltischen mit einem getrennten Bereich für Gespräche und Kanapees verbracht. Um Mitternacht ließ ich ein Mahl servieren, das aus Produkten von Barras' Gütern zubereitet war: Kaninchen aus seinen Ställen, Gemüse aus seinen Gärten, Wein aus seinen Weinbergen in der Provence. Danach überredete ich alle, *L'hombre* zu spielen. »Ein Kinderspiel!« beklagten sich die Gäste (einschließlich der Bankiers Rosin und Perré), bevor sie widerwillig zustimmten – und sich dann ausgelassen daran beteiligten.

Alles in allem ein Erfolg. Der Deputierte Barras schien zufrieden zu sein. »Die Protzerei werden wir den Neureichen überlassen.«

Es ist schon spät, Zeit zu schlafen – Ideen wirbeln: Ich bin voller Phantasien über Theateraufführungen, Konzerte, Bälle, elegante Abendessen bis Tagesanbruch. Gäste unterhalten mit einem unbegrenzten Budget – *diese* Aufgabe bereitet mir Vergnügen.

Samstag, 28. März, 3 Uhr morgens

Es ist spät. Ich bin immer noch bei Barras in Chaillot. Die Straßen sind zu schlammig, um die Rückkehr nach Paris zu riskieren. Der Deputierte Barras kam gerade herein, um gute Nacht zu sagen. Er trug den hohen Kastorhut, den er für ernsthafte Spiele aufbewahrt. Heute abend hatte er ihn mit rosa und lavendelblauen Bändern verziert. »Ihre Bekenntnisse?« fragte er, als er mein Tagebuch bemerkte. »Schreiben Sie etwas Skandalöses über mich hinein. Für die Nachwelt.«

»Ich habe hineingeschrieben, welch Tugendengel Sie sind.« Er roch nach Ambergeist, ein Duft, den er bevorzugt.

»Ah, dieses *T*-Wort«, stöhnte er, sank in einen der Plüschsamtsessel und warf seinen Hut zu Boden. »Lassen Sie uns nicht schon wieder über *Tugend* sprechen. Darüber haben wir von unserem guten Robespierre wirklich schon genug gehört, meinen Sie nicht auch?« Er nahm einen langen Schluck von der Flüssigkeit aus dem Glas in seiner Hand, was immer es auch sein mochte. Wahrscheinlich Alkohol.

»Was halten Sie von der Bemerkung des Deputierten Valen heute abend?« fragte ich.

»Über den Jungen?« Er beugte sich hinunter, um Toto, seinen Miniaturwindhund, zu streicheln.
Ich nickte. Beim Abendessen, einer erlesenen Veranstaltung für zwölf Personen, hatte der Deputierte Valen die Ansicht geäußert, daß nicht viel dazu gehöre, den Jungen als König wieder auf den Thron von Frankreich zu setzen – eine haarsträubende Erklärung unter den gegebenen Umständen.
Der Deputierte Barras ließ die Seidenquaste seines Schlafrocks vor Totos Nase baumeln, um ihn zu necken. »Ich meine, wir haben von Königen wirklich genug«, sagte er und lächelte über Totos Possen.
»Es geht das Gerücht, daß Sie für die Rückkehr der Monarchie eintreten«, fuhr ich unbeirrt, aber mit klopfendem Herzen fort.
»Nur ein Narr würde das zugeben.« Er sah zu mir hinüber. »Nicht einmal einem Freund gegenüber.« Der Ausdruck in seinen großen Augen war unmöglich zu deuten. »Auf jeden Fall«, gähnte er, »rede ich lieber über Männer als über Könige.« Toto sprang auf seinen Schoß.
»Ist Bürger Lumière nicht geblieben?«
Der Deputierte Barras seufzte und kraulte Toto hinter den Ohren. »Leider nein – seine Frau erwartete ihn. Seine *Frau*!«
»Und nun haben Sie nur noch mich.«
»Und Vorträge über Tugend …« Er schnitt eine Grimasse.
»Wie langweilig«, lachte ich.

1. April

Agathe kam weinend vom Markt zurück. Tumulte auf dem Marktplatz – sie hatte gesehen, wie ein Kind niedergetrampelt wurde. Dann, als ich mich zum Ausgehen vorbereitete, um nach La Chaumière hinauszufahren, meinte ich Musketenschüsse zu hören.

Trotzdem schickte ich Gontier nach einer Mietdroschke. Der Kutscher, in einer nicht zusammenpassenden Livree, bestand auf einem Fahrpreis, der dreimal so hoch war wie der normale Betrag, und den verlangte er noch in Münzgeld.

»Nur Narren sind heute auf der Straße«, sagte er, als ich gegen die Gebühr Einspruch erhob.

»Was ist geschehen?«

»Die Versammlung wurde angegriffen.« Er war ein junger Mann, aber zahnlos.

Die Versammlung!

Am Ende des Pont-Royal waren etliche berittene Nationalgardisten. Der Kutscher knallte mit der Peitsche; unsere Pferde galoppierten den Quai hinunter.

Der Hof in La Chaumière war voll von Kutschen und Pferden. Ich sah Tallien, immer noch in seinem Deputiertenornat. »Du bist in Sicherheit!« Ich umarmte ihn.

Er erzählte mir, was geschehen war: Eine wütende Menschenmenge war in die Versammlung eingedrungen und verlangte Nahrungsmittel. Die Jeunesse dorée wurde herbeigerufen, die sich als feige erwies (trotz ihrer Reden). Dann wurde die Nationalgarde mobilisiert. Schließlich wurden die Anstifter verhaftet, und der Frieden war wiederhergestellt.

»Wer steckte dahinter?« fragte ich.

»Vier Männer.« Tallien zog an seiner Pfeife. »Die Vier – wie sie jetzt genannt werden – die ehemaligen Mitglieder des Terrors.« Er zählte die Namen auf: Billaud-Varenne, Collot d'Herbois, Barère, Vadier.

»Der Deputierte Barère? Dein alter *Freund*?« Barère und Tallien pflegten zu unseren Zusammenkünften in der Rue Saint-Dominique zu kommen. Ich erinnerte mich daran, wie Barère Alexandre in der Versammlung unterstützt hatte, an seine Angst mir zu helfen, als Marie verhaftet worden war. Und Vadier, natürlich ... der Deputierte Vadier hatte meinen Haftbefehl unterschrieben.

Und dennoch waren sie alle, vor vielen Jahren, Mitstreiter von Alexandre gewesen, Idealisten, die gemeinsam für eine bessere Welt arbeiteten. Nun war Alexandre tot, und sie waren auf dem Weg ins Gefängnis ... oder noch schlimmer, nach Guyana.
»Ja«, sagte Tallien mit zufriedener Miene. »Seltsam – nicht wahr – wie sich die Geschichte wendet.«

2. April

Heute morgen kam Agathe aufgeregt zu mir. »Da ist ein merkwürdiger Mann an der Tür. Er will unbedingt mit Ihnen sprechen.«
»Merkwürdig – inwiefern?« fragte ich. Es waren tumultartiger Lärm und Schüsse zu hören gewesen. Ich war beunruhigt. Heute war der Tag, an dem die Vier nach Guyana deportiert, in Karren aus der Stadt verbannt werden sollten. Halb Paris wollte, daß sie enthauptet wurden, die andere Hälfte, daß man sie freiließ.
»Er riecht, und er ist irgendwie nervös«, sagte Agathe.
Ich ging zur Tür. Wegen der Schals, die er sich um das Gesicht gewickelt hatte, konnte ich die Augen des Mannes kaum sehen.
»Bürgerin Beauharnais – ich bin es.« Er zog seinen Pelzmuff aus und wickelte einen der Schals ab.
»Bürger Fouché?«
Agathe trieb sich in der Nähe herum. »Du darfst gehen«, sagte ich zu ihr.
»Ich bin gekommen, um mich zu verabschieden«, zischelte er, nachdem sich Agathe zurückgezogen hatte.
»Ich verstehe nicht.« Ich nahm seinen Arm und drängte ihn herein.
»Die Vier wurden verhaftet, deportiert. Wie Sie ja wissen. Was Sie vielleicht nicht wissen, ist, daß es ohne das Zutun des Deputierten Barras ›Die Fünf‹ gewesen wären. Ich bin verschont wor-

den, aber unter einer Bedingung. Ich muß verschwinden, sozusagen.«
»Verschwinden? *Sie*?« Ich forderte ihn auf, neben mir auf einer kleinen Bank neben der Tür Platz zu nehmen. »Aber warum?«
»Zuviel herumgeschnüffelt, nehme ich an.« Er zuckte mit den Schultern. »Ich werde jetzt Schweinezüchter.«
Ich lächelte. Es war schwer, ihn sich so vorzustellen. »Ich mag Schweine«, sagte ich.
»Ich vergaß, daß Sie ein Bauernmädchen sind.«
»Aber wo werden Sie sich aufhalten? Sie und Ihre Schweine.«
»Nicht weit entfernt.« Er reichte mir ein Stück Papier. Darauf stand, in sauberer Schrift geschrieben, eine Adresse. Er erhob sich, um zu gehen. »Sie sind doch sicherlich über den Vorfall im Hospital, im Hôtel-Dieu, unterrichtet?«
»Das Wunder, meinen Sie?« Ein sterbendes Kind war über Nacht geheilt worden. Hortense hatte mir alles darüber erzählt.
»Es gibt keine Wunder mehr, Bürgerin. Das wissen Sie doch.«
»Sie klingen traurig.«
»Es ist ein Schwindel – mit Kindern als Schachfiguren! Das kranke Kind wurde vom Hospital in den Temple gebracht, um als der Junge ausgegeben zu werden.«
»Aber wo *ist* dann der Junge?« *König* ...
»Genau das will ich wissen. Ihr Freund, Lazare ...«
»General Hoche?«
»General Hoche kann davon betroffen sein. Der Friedenspakt, den er mit den Rebellen aushandelte – ich nehme an, daß zu der Abmachung auch gehörte, daß man den Jungen wieder auf den Thron erheben würde.«
»General Hoche hätte dem *niemals* zugestimmt!«
Bürger Fouché nickte. »Aber Direktor *Barras* vielleicht«, sagte er. »Versprechen und dann nicht Wort halten.«
Ich spürte, wie mich ein seltsames Kribbeln erfaßte. Ich konnte

meine Augen vor vielen Dingen verschließen, aber konnte ich meine Augen auch davor verschließen? Ich wollte nichts als Frieden.
»Wie günstig«, fuhr Bürger Fouché fort, »wenn der Junge – oder vielmehr das Kind, das alle für den Jungen *halten* – wie äußerst günstig, wenn es *sterben* würde ...« Bürger Fouché verbeugte sich, wickelte sein Gesicht in die Schals und verschwand.

Ein Kind wird geboren und ein Kind stirbt

17. Mai 1795

Heute morgen wurde ich von Fortunés Knurren geweckt.
»Bürger Talliens Diener ist an der Tür«, informierte mich Agathe.
»Thérèse! Ist es ...« Ich taumelte in meine Kleider, stülpte eine Perücke über und warf mir einen Umhang um.
Die Pferde schnaubten und scharrten auf den Steinen. Thérèses Diener half mir in den neuen Landauer. Sofort zogen die Pferde an. Sie waren ein schnelles Gespann. Ich schloß die Augen und hielt mich fest.
Als wir in La Chaumière ankamen, war die Hebamme bereits da. Ich trat neben Thérèses Bett, berührte ihre Hand. Thérèse drückte sie fest. Ihre Nachtgewänder waren bereits durchnäßt.
»Wo ist Tallien?« fragte ich.
»Er ging gestern abend aus. Mit Barras.«
Mehr brauchte ich nicht zu wissen. Die Deputierten Tallien und Barras hatten beide eine Schwäche für die »Spieltische der Freiheit«, wie sie es nannten. »Nun – dann wirst du eine hübsche Überraschung für ihn haben, wenn er zurückkehrt«, sagte ich.
Ich holte Tücher und eine Schüssel Wasser. Stundenlang strich ich ihr über die Stirn, streichelte sie, sprach beruhigend auf sie ein. Kurz vor Mittag kam das Kind. »Ich habe sie schon im Traum gesehen«, sagte sie. In ihren Augen glitzerten Tränen. »Schminkst du mich?« fragte sie.

»So wie du bist, siehst du wunderschön aus.« Auf ihren Wunsch trug ich Farbe auf ihre Wangen auf.
Danach fiel sie in einen erschöpften Schlaf. Ich nahm das kleine Mädchen – Thermidor-Rose war es genannt worden – und hielt es in meinen Armen. Mein Patenkind. Es schrie nur einen Augenblick, ein kleiner, animalischer Protestschrei, und dann beruhigte es sich. Meine Brüste reagierten mit einem vertrauten Prickeln. Ich setzte mich also für eine Weile in den Schaukelstuhl am Fenster und betrachtete das Gesicht dieser kostbaren kleinen Seele, so rein und so frisch.
Sollte ich jemals wieder heiraten, würde ich dann noch ein Kind bekommen? *Konnte* ich?

3. Juni

Dr. Desault, der Arzt des Jungen, starb plötzlich vor drei Tagen an Hirnhautentzündung – zumindest wurde es so berichtet. Die Straßen schwirrten vor Gerüchten. Dieses eine Mal waren sich Agathe und die Lannoy einig: Der Arzt war vergiftet worden.
Ich sage ihnen zwar, daß solche Geschichten jeglicher Grundlage entbehren, doch nun hat sich der Neffe des Arztes geäußert und behauptet, daß sein Onkel tatsächlich vergiftet worden sei, und dies nur, weil er entdeckt habe, daß dieses Kind eine arglistige Täuschung und keinesfalls der Dauphin war.
»Na, bitte – da haben Sie's!« sagten die Lannoy und Agathe unisono.

8. Juni

In La Chaumière wurde ich von Tallien erwartet. Er zog mich ins Arbeitszimmer. »Der Allgemeine Sicherheitsausschuß ist zu einer Krisensitzung zusammengekommen. Der Dauphin ist gestorben«, flüsterte er.

»Der *Junge?*« Ich setzte mich. Erst vor einer Woche war der Arzt des Jungen gestorben ... und nun der Junge selbst? Er war erst zehn Jahre alt.
Mir fielen Bürger Fouchés Worte ein: *Wie günstig, wenn der Junge sterben würde.* Ich fühlte mich entsetzlich hilflos. »Wann?« fragte ich.
»Um drei Uhr heute nachmittag.« Jetzt war es sechs. »Du darfst es *keinem* sagen.« Er sah sich nervös um. »*Insbesondere nicht* Tallita.«

9. Juni

Heute nachmittag war ein riesiger Empfang geplant: ein Orchester, ein Essen mit sieben Gängen für dreihundert Personen (jeder Würdenträger in Paris war eingeladen), danach ein Ball – all das, um den Passus in einem Gesetz zu feiern, der den Opfern des Terrors Wiedergutmachung gewährte. Es war eine bedeutsame Leistung, die ein Fest verdient hatte. Mit dem neuen Gesetz war der erste Schritt getan, um die Wunden der Vergangenheit zu heilen. Nun konnte Alexandre als zu Unrecht angeklagt, zu Unrecht verurteilt erklärt und seine Besitztümer und sein Vermögen an seine Familie zurückgegeben werden.
Trotzdem wollte ich nicht hingehen: Ich konnte die Niedergeschlagenheit, die ich empfand, nicht abschütteln. Aber ich hatte es versprochen; daher brach ich um die Mittagszeit auf.
Ich wurde von Minerva begrüßt, deren Windbeutelwangen vor Aufregung rosig waren. »Ist das nicht herrlich!« Ihr hauchdünner Rock blähte sich um sie herum auf. »Wir werden wieder reich.«
Meine gar nicht fröhliche Miene ließ sie zurückschrecken. »Was ist los, Rose? Nach all der Arbeit, die du und Thérèse geleistet habt, solltest du doch eigentlich glücklicher sein als alle anderen.«

Sie hatte recht. Thérèse und ich hatten hart gearbeitet. »Es hat sich da etwas Beunruhigendes angebahnt«, sagte ich. Wie ich wußte, sollte heute morgen in der Versammlung die Nachricht vom Tod des Jungen bekanntgegeben werden. Bald würden es alle wissen.

»Der Junge ist gestern gestorben.«

»Du meinst den *Sohn* des Königs?« Minerva setzte sich auf einen der Liegestühle und fächelte sich heftig Luft zu. »Ach, du meine Güte.«

Ich sah Thérèse herankommen, mit Tallien, der sie am Arm führte. Ihnen folgte ein Schwarm von Männern und Frauen, wie Höflinge einem Königspaar. Thérèse war immer noch schwach und bewegte sich sehr langsam.

»Du solltest im Wochenbett liegen.« Minerva nahm ihren anderen Arm.

»Ich will nicht.« Thérèse lächelte schwach.

Ein Herr eilte, um ihr einen Stuhl zu holen. Ein anderer hielt einen pastellblauen Sonnenschirm über sie.

Ich sah rasch zu Tallien. »Wie haben sie die Nachricht aufgenommen?« fragte ich.

»Die Deputierten? Sie waren ruhig.« Tallien ließ den Blick über die festlich geschmückten Parkanlagen schweifen. Der gepflegte Garten öffnete sich zu einem kleinen See, wo bunte Boote träge auf dem Wasser dümpelten. Auf einer schwimmenden Plattform hatte ein Streichorchester Platz genommen.

»Wahrscheinlich vor Schreck«, sagte ich.

»Ich bin mir nicht sicher.« Er verscheuchte eine Mücke von seiner Wange.

»Weswegen sonst?«

»Mißtrauen.«

11. Juni

Gestern nacht zu später Stunde wurde ein Kind begraben – still, *rasch.*

»Was, meinst du, hat das zu bedeuten?« wollte Thérèse, ihr Kind in den Armen, wissen. Wir spazierten durch ihren Garten. Die Blumen blühten, es war ein herrlicher Nachmittag. »Jetzt sagt jeder, daß das Kind, das gestorben ist, in Wirklichkeit gar nicht der Junge war. Dabei wäre das doch so einfach zu beweisen gewesen. Warum haben sie nicht Madame Royale gefragt? Wenn überhaupt jemand die Leiche des Jungen mit absoluter Sicherheit identifizieren könnte, dann sollte das doch wohl seine Schwester sein.«

»Vielleicht wollte man sie nicht aufregen.« Ich habe Thérèse nie von meiner Unterhaltung mit Bürger Fouché, von meinem wachsenden Unbehagen erzählt ... von meinen Zweifeln.

»Weil sie so weichherzig sind? Weil sie so *besorgt* sind um die königliche Familie?« Thérèse sah mich spöttisch an. »Rose – das ergibt keinen Sinn. Selbst Barras weicht aus. Warum müssen sie so geheimnisvoll tun? Ich mag das nicht.«

Ich legte den Arm um sie. »Tallita, du solltest dich nicht mit solchen Gedanken quälen. Du solltest dich ausruhen.« Ich führte sie wieder aufs Haus zu.

13. Juni

Ich bin den ganzen Nachmittag im Haus des Deputierten Barras gewesen, um einen neuerlichen Empfang vorzubereiten. »Weichst du mir aus?« fragte er schließlich. Ich war im Arbeitszimmer und schrieb die Einladungen.

Ich legte den Federkiel nieder. Was sollte ich antworten? Es stimmte – ich *war* ihm ausgewichen. Seit dem Tod des Jungen hatte mich ein Gefühl der Unruhe nicht mehr verlassen.

Der Deputierte Barras schlug sich theatralisch mit der Hand an die Stirn. »Und selbst darauf, auf diese kleine Frage, bleibt sie stumm. Man mag gar nicht über das Ausmaß ihrer Verzweiflung nachdenken.«

»Das ist kein Stoff für eine Komödie«, sagte ich.

Er stellte einen Stuhl neben mich und nahm Platz. »Tragödie?«

»Ich kann nicht darüber sprechen.«

»Es geht um all diese häßlichen Gerüchte. Richtig?«

»Häßliche Gerüchte gibt es ständig.«

»Aber dieses glaubst du?«

Ich blickte weg. Ich hätte alles darum gegeben, um nicht in dieser Lage zu sein, um nicht mit Barras sprechen zu müssen, aber ich hatte damit angefangen, und nun mußte ich auch weitermachen. »Es heißt, daß du mit dem Feind paktiert hast – mit den Engländern.«

Barras blickte mich amüsiert an. »Den Gottverdammten?«

»Ist es *wahr*?«

Er lächelte affektiert. »Ich wage zu behaupten, daß der Spionagedienst einer gesamten Nation nicht soviel hätte herausfinden können.«

»Wie kannst du bloß scherzen?« Ich ermahnte mich zur Ruhe. »Glaubst du etwa, das ist ein Spiel?«

»Das *ist* ein Spiel, Rose – ein vielschichtiges Spiel. Maße dir nicht an, es zu verstehen.« Er war jetzt zornig.

»Du gibst es zu?« Ich lehnte mich zurück, bekam plötzlich kaum noch Luft.

»Die Tatsachen stimmen, aber die Absicht wird falsch verstanden. Wie kann man den Feind besser kennenlernen, als wenn man mit ihm gemeinsame Sache macht? Oder ihn zumindest in dem Glauben läßt, mit ihm gemeinsame Sache zu machen. Ein gefährlicher Zeitvertreib, zugegeben, denn man riskiert, von allen Seiten verurteilt zu werden, aber das Risiko ist schon lange mein Verbündeter, und welches Risiko ist zu groß, wenn es um das Wohl der Republik geht?«

»*Hast* du den Jungen ermordet? Hast du den Sohn des Königs vergiftet?« Barras stieß einen Seufzer aus. »Es gibt Dinge, die du lieber nicht wissen solltest«, sagte er.

Ich bekam kaum noch Luft. »Du ...«

Er hob die Hand. »Es ist nicht so, wie du denkst.«

»Wie dann?« Mein Mund war trocken.

»Die unerfreuliche Wahrheit ist, daß der liebe Onkel dieses Kindes, der Comte d'Artois, eine ansehnliche Summe dafür zahlte, damit dies erledigt wird. Er möchte den Thron lieber für sich haben, sollte sich die Gelegenheit ergeben.«

Ich war einen Augenblick still. »Der Comte d'Artois?«

Barras nickte.

»Machte das Angebot, zu *zahlen*?«

»Zahlte.«

»Zahlte an *dich*?«

Wieder nickte Barras, bedächtig.

»Und daraufhin hast du es getan«, sagte ich eisig und machte Anstalten, mich zu erheben. »Du ...«

»Bleib«, sagte er und legte mir die Hand auf den Arm. »Ich habe es *nicht* getan. Das Kind – ein netter Bursche, den du vielleicht gerne gekannt hättest, ein Junge, der mir ans Herz gewachsen ist, auf meine Weise – starb vor einiger Zeit auf natürliche Weise an einem Fieber. In diesem Punkt bin ich unschuldig.«

»Warum es dann nicht bekanntgeben? Warum diese Geheimniskrämerei?«

»Spanien hätte niemals unterzeichnet!« Er warf die Hände in die Luft.

»Den Friedenspakt, meinst du.«

Er nickte erschöpft.

»Dann war also das Kind, das gerade gestorben ist, *nicht* der Junge?«

»*Dieses* Kind war kränklich, taubstumm, der Sohn eines Nagelschmieds – ein Lockvogel, könnte man sagen, der am Leben erhalten wurde, um einen Frieden mit Spanien zu schmieden. Er wäre auf jeden Fall gestorben. Die Natur hat uns die Arbeit abgenommen.«

Einen Augenblick herrschte Schweigen. Trotz allem wollte ich ihn nicht ansehen.

»Rose, sieh mich an«, sagte er.

Ich drehte mich um und sah ihm ins Gesicht. Er sah nicht wie ein Teufel aus. Er sah wie ein alternder, gewöhnlicher Mann aus.

»Du glaubst mir nicht«, sagte er mit kummervollem Blick.

»Doch, ich glaube dir«, sagte ich. Doch mein Herz war noch nicht überzeugt.

»Die Frage lautet nicht, ob ich es getan *habe*.« Er stand abrupt auf und ging zum Fenster. »Die Frage lautet ...« Er zog die Vorhänge zu. »Die Frage lautet, ob ich es getan *hätte*.« Er stand eine Zeitlang mit dem Rücken zu mir da. »Und die Wahrheit ist ... *ja*«, hörte ich ihn sagen.

Ich wartete darauf, daß er sich rührte, etwas sagte. »Paul?«

Er drehte sich zu mir um, seine Augen schwammen in Tränen.

»Ich glaube dir nicht«, sagte ich.

16. Juni

Heute morgen kam Barras zu Besuch. Es war noch früh; ich hatte, nach kreolischer Art, ein Tuch um meinen Kopf geschlungen. Er bat mich nach draußen. »Ich muß dir etwas zeigen.« Im Hof standen zwei stattliche Rappen, die vor eine schimmernde dunkelgrüne Equipage gespannt waren.

»Was hältst du davon?« Er gab einem der Pferde einen Klaps auf die Flanke. »Hübsche Exemplare. Ungarisch.« Er öffnete die Tür zu der Equipage. Die Polsterung war in sattem Rot gehalten, die Farbe der Krone.

»Samt?« Solcher Luxus ist heutzutage selten. Aber andererseits leistete sich der Deputierte Barras ja immer nur das Beste.
»Sie ist wunderschön. Wann hast du sie bekommen?« fragte ich.
»Sie gehört dir.«
»*Mir*?«
»Als Entschädigung für die Kutsche und die Pferde, die dein Herr Gemahl in Straßburg zurückgelassen hat.«
Zufrieden registrierte er meine entgeisterte Miene. »Dazu gehört auch noch eine Kuh – eine Milchkuh. Ich habe sie nicht mitgebracht. Zu langsam, weißt du.«
»Eine *Kuh*?«
Barras lehnte sich mit dem Rücken an die Kutsche, darauf bedacht, seinen Rock nicht an den Rädern zu beschmutzen. »Ich habe die Leute überredet, sie gratis dazuzugeben.«
Ich brach in Gelächter aus. Eine *Kuh* – wir könnten Butter, Milch, Käse haben. Vielleicht hätten wir sogar zuviel davon, mehr als wir brauchten. Vielleicht so übermäßig viel – daß wir es verkaufen oder damit handeln konnten. »Aber wo soll ich sie unterbringen?«
»Mußt du so praktisch denken?«
»Ich meine es ernst.« Eine Kutsche, zwei Pferde, eine Kuh ... ich hatte keinen Stallknecht, keinen Kutscher, kein Heu, geschweige denn einen Stall.
»Die Pferde kannst du unten an der Straße unterstellen. Und die Kuh kann nach Croissy.«
»Croissy? Aber ich werde den Mietvertrag nicht erneuern.«
Er machte ein irritiertes Gesicht. »Warum nicht?«
Ich rieb Daumen und Zeigefinger aneinander, was bedeuten sollte: *Geld*. Barras hatte seine Landgüter, seine Wolfshunde, seine englischen Vollblutpferde. Er konnte das nur schwer verstehen.
»Warum hast du mir denn nichts gesagt? Ich habe ein kleines

Vermögen aufgrund des Treffens verdient, das du mit unseren Freunden Rosin und Perré arrangiert hast.«
Und somit steht es fest. Barras wird die Miete für Croissy übernehmen.

Das Intrigenspiel beherrscht den Alltag

20. Juni 1795

Eine Nachricht an meiner Tür. »Die Emigrantenflotte hat die Küste Englands verlassen und ist auf dem Weg nach Frankreich. Sie planen, die Bucht von Quiberon anzugreifen.«
Ohne Unterschrift.
Ich durchsuchte mein Schreibpult. Endlich fand ich ihn, den Fetzen Papier, den mir Bürger Fouché mit seiner Adresse darauf gegeben hatte. Die Handschrift war dieselbe.
Krieg. Die Emigranten waren auf dem Weg.
Ich schickte einen berittenen Boten nach Rennes mit einer Botschaft an Lazare. Am Schluß kritzelte ich hastig die Worte: Schicke Eugène nach Hause. Rasch.
Rasch.

Mittwoch, 1. Juli

Die Streitkräfte der Emigranten haben angegriffen. Tallien brach mitten in der Nacht zur Bucht von Quiberon auf.
Wo *ist* Eugène?

Donnerstag, 16. Juli – Fontainebleau

Ich bin nach Fontainebleau gefahren, um der Spannung in Paris, der Angst in meinem Herzen, meinen Gedanken an Lazare zu entkommen … und meiner Sorge um *Eugène*.

Nur, damit Tante Désirée über mich herfiel.
»Bald ist es schon ein Jahr her«, sagte sie.
Ein Jahr. Ich wußte, was sie damit sagen wollte. Ein Jahr seit Alexandres Tod.
»Es wird Zeit, daß du daran denkst, wieder zu heiraten, Rose.«
»Ich bin zu alt zum Heiraten«, sagte ich.
Sie lächelte unsicher. Hinter meinem Scherz verbirgt sich die Wahrheit.

18. Juli – Paris

Als ich die Treppe zu meiner Wohnung hinaufstieg, kam Agathe angelaufen, um mich zu begrüßen. »Was ist los?«
»Nichts, Madame«, sagte sie und lief hinter mir her.
Da sie mich nie »Madame« nannte, war ich mißtrauisch. Ich betrat den Salon. Auf dem Sofa saß Eugène, schneidig anzusehen in einer dunkelblauen Uniform mit silbernen und roten Tressen. Tränen traten mir in die Augen. Er sah meinem Vater so ähnlich.
Ich umarmte ihn, versuchte nicht zu weinen. Er war gewachsen, seit ich ihn vor über zehn Monaten das letzte Mal gesehen hatte, groß für sein Alter. »Wann bist du angekommen?« fragte ich und setzte mich neben ihn auf das Sofa.
»Vor zwei Stunden.« Seine Stimme war noch nicht tiefer geworden.
Ich nahm seine Hand. Er wich zurück. »Was ist mit dir?« fragte ich.
»Warum haben Sie mich zurückkommen lassen? Gerade, als es losging?«
Es war heiß im Zimmer. Ich erhob mich und ging zum Fenster, öffnete es weit. Die Luft draußen war nicht minder drückend; es machte wenig Unterschied.
Was sollte ich ihm antworten? Daß er zu jung war, um getötet zu

werden, zu jung, um zu sterben? Daß ich es nicht zulassen würde, daß er die Waffen gegen französische *Emigranten* erhob? Daß ich das Risiko, ihn zu verlieren, nicht ertragen könnte?
»Ich brauche dich hier«, sagte ich.
»Sie haben Ihre Freunde, die Ihnen helfen können!« Er erhob sich abrupt und stapfte hinaus. Ich hörte, wie hinter ihm die Tür ins Schloß fiel.

20. Juli

Eugène läuft mit Leidensmiene durch die Wohnung, voller Groll, daß ich ihn »in den Käfig gesperrt« habe, ihn von den Aufregungen des Armeelebens, dem Ruhm des Krieges abhalte. Er flüchtet auf die Straßen, wo er sich mit grobschlächtig wirkenden Burschen rauft.
Was soll ich bloß mit ihm anfangen?

Donnerstag, 23. Juli

Es war früh, noch nicht neun Uhr, als ich Eugène zu mir rief.
»Weißt du, welche Bedeutung der heutige Tag hat?«
Er zuckte mit den Schultern.
»Vor einem Jahr starb dein Vater.« Das rüttelte ihn auf.
»Ich habe etwas für dich.« Ich holte Alexandres Schwert vom Geschirrschrank herunter und legte es auf den Tisch im Speisezimmer. »Das war das Schwert deines Vaters. Es wäre in seinem Sinne gewesen, daß du es bekommst.«
Eugène berührte es, nahm es auf, zog es aus der Scheide. Auf dem Griff war das Familienmotto der Beauharnais' eingraviert, »Diene, nichts weiter«, und darunter ein Herz. Das Familienwappen war mit den Worten »la nation« überkratzt worden.
»Gefällt es dir?« fragte ich.
Seine Wangen hatten sich vor Ergriffenheit gerötet.

Ich legte ihm die Hand auf den Arm. »Trage es mit Ehrfurcht, Eugène.« Rasch ging ich hinaus. Ich wollte nicht, daß er meine Tränen sah.

23. Juli 1795 – Quiberon

Rose,
Sieg! Ich trage Dein Band dicht an meinem Herzen.

Dein Soldat Lazare

Anmerkung – Sage Eugène, daß Sébastien Antier im Kampf gefallen ist. Eugène und Sébastien waren eng befreundet. Sage ihm, daß Sébastien ehrenvoll gestorben ist.

27. Juli

Sieg an der Bucht von Quiberon! Ich brach sofort nach La Chaumière auf. Es war zehn Uhr morgens, früh, aber der Hof war bereits vollgestopft mit Kutschen.
»Hast du es gehört?« rief ich aus, sobald ich Thérèse sah. Durch die offene Tür glaubte ich Talliens Stoppelkopf zu sehen. »Tallien ist *zurück*?«
»Er ist gestern am späten Abend angekommen.«
»Wegen des Banketts heute abend?« Es war der erste Jahrestag der Niederlage Robespierres.
Thérèse nickte. Sie sah wie versteinert aus.
»Stimmt etwas nicht?« fragte ich. »Ist es Lazare ...«
»Nein.«
»Was dann?« Ich spürte, wie Panik in mir hochstieg.
»Über siebenhundert Gefangene wurden gemacht«, flüsterte sie.
Ich verstand nicht. »Ist das keine gute Nachricht?«
»Man redet von Hinrichtung.«

»Der *Gefangenen*?«
Thérèse nickte.
»Sie wurden in der Schlacht gefangengenommen?« fragte ich.
»Sie ergaben sich, sie legten ihre Waffen nieder.«
»Dann können sie laut Gesetz nicht hingerichtet werden.«
Thérèse schnaubte verächtlich. »Angst liegt in der Luft! Man wird sie abschlachten!«
»Du denkst an die Vergangenheit.« Ich legte die Arme um sie. Sie war zu früh aus dem Wochenbett aufgestanden.
»Wir sind die Vergangenheit«, sagte sie.

28. Juni

Ich wurde mitten in der Nacht geweckt. Es war Thérèse, verzweifelt. Sie hatte sich mit Tallien gestritten und flüchten müssen. Es gab sogar Spuren, daß sie nicht früh genug geflüchtet war, denn ihre Lippe war geschwollen, und auf ihrer Wange war ein Bluterguß.
»Ich verstehe das nicht.« Ich drückte ihr eine kalte Kompresse aufs Gesicht. »Ich weiß doch, wie sehr er dich liebt.«
Sie sah aus, als wolle sie gleich wieder in Tränen ausbrechen. »Es ist meine Schuld. Ich dachte, ich könnte ihn ändern. Ich habe mir die Sünde des Stolzes erlaubt.«
»Tallita, bitte! Sprich nicht in Rätseln.« Ich schenkte uns beiden ein großes Glas Rotwein ein. »Was hat ihn ausgelöst? Worum ging es bei dem Streit?«
»Hast du es denn nicht gehört? Von *Sieyès*?« Sie sah mich ungläubig an. Ich schüttelte den Kopf. Der Deputierte Sieyès ist in Holland, dachte ich.
»Er behauptet, Dokumente entdeckt zu haben, die beweisen, daß Tallien mit den Royalisten, mit den Anführern der Emigrantenflotte, die in der Bucht von Quiberon angriffen, gemeinsame Sache macht.«

Tallien? »Aber das ist doch nicht möglich, Thérèse.« Das würde bedeuten, daß Tallien auf der Seite des Feindes stand – genau jener Männer, gegen die Lazare in der Schlacht kämpfte.
»Es ist wahr, Rose. Der Ausdruck auf seinem Gesicht hat es mir verraten, als ich ihn damit konfrontierte – aber das Schlimmste daran ist ... das *Schlimmste* daran ist seine Angst, daß man es herausfindet. Jetzt wird er vor nichts zurückschrecken, um sich als Anti-Royalist zu erweisen, der Versammlung zu beweisen, daß er gegen die Emigranten ist ... selbst wenn das bedeutet, die Gefangenen zu *massakrieren*, deren Rettung er versprochen hat!« Sie brach in Schluchzer aus. Ich hielt sie in meinen Armen. Die Sonne ging schon auf, als sie endlich einschlief.

Es war beinahe Mittag, als wir erwachten. Thérèse machte sich hastig an ihre Toilette, verdeckte den Bluterguß auf ihrer Wange mit Rouge.
»Wohin willst du?« Ich traute ihrer Stimmung nicht.
»Zur Versammlung«, sagte sie und verknotete ihre Hutbänder.
Die Türglocke läutete.
»Es ist der Deputierte Tallien«, meldete mir Agathe.
»Du bleibst hier«, befahl ich Thérèse.
Ich ging zur Eingangstür. Tallien stand vor der Sonne. Gegen das helle Licht war sein Gesicht schwer zu erkennen. »Ich komme wegen Thérèse«, sagte er.
»Ich halte es nicht für klug, daß du sie jetzt siehst«, sagte ich. Er roch nach Alkohol.
Plötzlich tauchte Thérèse hinter mir auf. Sie versuchte, sich vorbeizudrängen, zur Tür hinaus. »Wohin willst du?« Tallien packte sie am Arm.
»Zur Versammlung.« Thérèse riß sich los. Sie verfluchte ihn auf spanisch.
»Es hat keinen Zweck!« schrie er.

»Was meinst du damit?« Sie starrte ihn an, ihr Atem ging schwer.
»Es ist vorbei!« Heute morgen war der Antrag angenommen worden: Die Gefangenen würden hingerichtet werden.
»Wer hat den Antrag gestellt?« wollte Thérèse wissen.
Tallien leugnete es nicht. »Du verstehst das nicht!«
»*Du* verstehst das nicht. Über siebenhundert Menschenleben sind geopfert worden, um ein *einziges* zu retten – deines. Wie kannst du damit leben?«
»Du würdest zulassen, daß man *mich* opfert?«
»Ja!« Und lauter: »*Ja*!« Sie lief in mein Schlafzimmer zurück.
»Es kann doch sicher noch etwas getan werden?« fragte ich erschüttert.
Tallien schüttelte den Kopf. Er wandte mir den Rücken zu, den Hut in der Hand, ein zugrunde gerichteter Mann.

31. Juli 1795 – Rennes

Rose,

Du kannst Dir meine Schande vorstellen. Ich versprach *diesen Männern das Leben – nun sollen alle sterben! Sie ergaben sich sogar, sie legten ihre Waffen nieder! Tallien weiß das sehr wohl – auf meine Bitte legte Sombreuil seinen Säbel in Talliens Hände! Meine Leute haben es gesehen! Wir gaben Sombreuil unser Wort, daß seine Leute als Kriegsgefangene behandelt würden.*
Als Tallien nach Paris aufbrach, war er entschlossen, ihre Sicherheit zu gewährleisten. Nun höre ich, daß es Tallien war, der den Antrag in der Versammlung stellte, sie hinrichten zu lassen, daß es Tallien war, der mit einem Dolch in der Luft herumfuchelte und nach ihrem Blut schrie! Ich kann es nicht begreifen!
Ich bin zu zornig, um Liebesworte zu schreiben. Sei vorsichtig …

Dein Soldat Lazare

2. August

Ich suchte Tallien auf. Ich hatte Gerüchte gehört – daß er über zehntausend Livres in einem einzigen Pharaospiel verloren hatte, daß er übermäßig trank. Trotz allem, was geschehen war, fühlte ich mich ihm gegenüber verpflichtet. Er war mir ein Freund gewesen, als ich einen Freund am meisten gebraucht hatte. Er hatte mir das Leben gerettet. Nun war ich an der Reihe.

»Scher dich hinaus!« brüllte er, als er mich sah. Ich wich angeekelt zurück. Der nackte Holzfußboden war übersät mit leeren Weinflaschen.

»Ich komme als Freundin!«

Er warf ein Glas an die Wand. »Ich brauche dich nicht!«

Ich ging eilig hinaus.

3. August

Ich brachte den Mut auf, Tallien noch einmal aufzusuchen. Ich traf ihn krank an. Er war allerdings nüchtern – wir unterhielten uns eine Weile. »Ich kenne meine Dämonen«, gestand er.

»Aber deine Stärken kennst du nicht.«

»Ich bin ein Feigling. Ich verdiene es nicht zu leben.«

»War das ein Feigling, der sich Robespierre in den Weg stellte?«

»Ich fürchtete um mein Leben!«

»Und das von Thérèse?«

Er legte die Hände vors Gesicht und weinte. »Und jetzt habe ich sie verloren!«

»*Das* ist dein Dämon«, sagte ich ihm und hielt eine leere Weinflasche hoch.

Ich berichtete ihm von seiner kleinen Tochter, für die er eine aufrichtige Zuneigung entwickelt hat. Wir trennten uns in beinahe liebevollem Einvernehmen.

Abends

Ein Siegesempfang im Hause von Barras, siebenunddreißig Gäste, viele geleerte Flaschen Champagner.

»Armeechampagner«, sagte Barras, der den Gastgeber spielte.

»Die Armee wird mit Champagner beliefert?« fragte ich. Selbst Wasser war teuer.

»Nur *siegreiche* Armeen, wozu die unsrigen natürlich zählen.«

Kurz nach neun erblickte ich zu meinem Erstaunen Thérèse. Sie trug ein *sehr* offenherziges Gewand, das ihre riesigen, prallen Milchbrüste enthüllte. Es war ein heißer, schwüler Sommerabend, und ihr Anblick ließ die Temperatur noch höher steigen. Jeder Mann im Raum betrachtete sie mit einem sowohl mißbilligenden als auch wollüstigen Ausdruck.

»Solltest du hier sein?« flüsterte ich. Sie roch nach Tabak.

Ich sah Barras hilfesuchend an, stellte jedoch fest, daß er gerade ihr Glas füllte.

»Sie sollte nach Hause gehen, Paul. Vielleicht tut sie etwas, was ihr später leid tut.«

»Sie ist kein Kind.«

Kurz vor Mitternacht hörte ich Thérèses melodische Stimme im Spielzimmer. »Alles was ich trage, wiegt nicht mehr als zwei Sechs-Livre-Stücke.«

Ich ging zur Tür. Die Männer hatten sich um sie geschart. Drei Frauen schauten aus Sesseln am Kamin zu.

»Einschließlich des Schmucks?« fragte der Deputierte Nabodine.

»Ja.« Thérèses Gesicht war gerötet, ihre Augen glasig. »*Alles*.«

»Darauf wette ich einen Louis.« Der Deputierte Verneuil warf die Münze auf den Tisch.

»Noch jemand?« Thérèse setzte sich verführerisch in Positur. Es war still bis auf das klimpernde Geräusch aneinanderschlagender Münzen.

Grinsend wies Barras einen Diener an, eine Waage zu bringen. Thérèse nahm ihre Ohrringe ab, ihre Ringe und reichte sie Barras. Dann ließ sie einen Ärmel über die Schulter gleiten.

Ich verließ den Raum. Bald darauf hörte ich Beifall, hörte Thérèses Schrei – des Sieges, nahm ich an … oder der Niederlage?

Kurz danach gingen Barras, ein junger Mann und Thérèse gemeinsam fort.

Das Herz wurde mir schwer. Ich habe nicht den Mut für dieses Leben.

4. August

Heute morgen brach ich nach La Chaumière auf. Ich wollte früh ankommen, damit ich mit Thérèse sprechen konnte.

Ich traf sie in ihrem Boudoir an, wo sie gerade Kölnisch Wasser auf ihr seidenes Futteralkleid spritzte, so daß der dünne Stoff an ihren nackten Brüsten klebte.

»Du kommst mit mißbilligendem Blick, liebe Freundin.« Ihr eigener Blick war glasig. Laudanum, dachte ich.

»Ich komme, weil ich mir Sorgen mache, um dich.« Ich konnte das Kind im anderen Zimmer schreien hören. »Ich meine, du solltest vorsichtig sein. Der Kummer jagt dich. Laß zu, daß er dich fängt. Letztlich tut es weniger weh.«

»Du beneidest mich um meine Heißblütigkeit. Ich empfehle dir eine Diät aus Trüffeln und Selleriesuppe, um dich heiß zu machen.« Sie lachte, ein freudloses Lachen.

»Tallita, ich liebe dich – aber ich kann nicht mir dir reden, wenn du so bist.«

Ihre Augen füllten sich mit Tränen. »Sieh nur, was du getan hast!« Sie warf sich auf ihr Bett.

»Warum weinst du?« Ich setzte mich neben sie, nahm ihre Hand.

Sie fühlte sich knochenlos an.

»Wirst du mir verzeihen – wegen Barras?« fragte sie.

»Bedeutet er dir etwas?«

»Er ist ein komischer Vogel, aber er amüsiert mich.«

»Auf der ganzen Welt, Tallita, bist du wahrscheinlich die einzige Frau, die unseren Freund verführen *konnte*.«

»Man muß eben Phantasie haben«, sagte sie müde.

Ich lächelte. »Ruh dich aus.« Ich küßte sie auf die Stirn.

»Der Tripper soll diese Männer holen«, sagte sie und schloß die Augen.

Ich mache die Bekanntschaft eines sonderbaren kleinen Mannes

6. August 1795

Überall wird von Prophezeiungen, Kartenlegerinnen, Schicksalskünderinnen, Wahrsagerinnen gesprochen ... dieses Zauberreich, das heute zu einer so großen Leidenschaft geworden ist.

»Rose wird immer geweissagt, daß sie Kaiserin von Frankreich wird«, verkündete Thérèse heute nachmittag bei Minerva. Sie räkelte sich auf einer Chaiselongue, bekleidet mit einer elfenbeinfarbenen Seidenrobe und einer grünen Perücke – die Wirkung war bizarr, aufsehenerregend. (»Les merveilleuses«, nannte man uns, die Wunderbaren.)

»Aber das ist ja schrecklich!« sagte Minerva und richtete ihre weißen Gazeunterröcke.

»Nur einmal«, widersprach ich, »als Mädchen in Martinique. Das andere Mal, in den Carmes, wurde mir nur gesagt, daß ich einen Mann heiraten würde, der die Welt in Erstaunen versetzen würde.« Ich zuckte mit den Schultern. »Aber was bedeutet das schon? Meine Zukunft ist außergewöhnlich, aber mein Leben ist profan.«

In diesem Augenblick wurde der Deputierte Barras gemeldet. Er war in Begleitung eines sonderbar aussehenden Mannes mit kurzen Beinen und einem großen Kopf. Minerva erhob sich, um sie zu begrüßen.

»Wer ist dieser Mann bei Barras?« fragte Fortunée Hamelin, als sie die beiden näher kommen sah. »Wieder ein Günstling?« Sie verzog das Gesicht.

»Möglich, daß ich ihn schon einmal im Feydeau gesehen habe«, sagte die kleine Madame de Crény.

»Wenn ja, dann würden Sie sich *sicherlich* erinnern«, sagte Thérèse.

Der Mann war bemerkenswert, ohne Zweifel, aber aus Gründen, die allesamt verkehrt waren. Sein langes, weiches Haar hing in dem kläglichen Bemühen, modisch zu wirken, um seine Ohren herum. Seine Haut war fahl und seine Figur so dünn, daß seine fadenscheinigen Kniebundhosen zu flattern schienen.

»Was Barras wohl im Sinn haben mag?« raunte Thérèse.

Das Vorstellungszeremoniell brachte uns zum Schweigen. »Bürger Buonaparte, die Witwe Beauharnais ...«

»Sie sind Witwe«, sagte der Fremde. Sein Akzent war hart – unangenehm. Italiener? Ich konnte es nicht genau sagen.

»Der republikanische General, Vicomte Alexandre de Beauharnais, war der Gemahl dieser Dame«, sagte Barras.

Bürger Buonaparte drückte mir die Hand. Seine Augen waren groß, grau, eindrucksvoll. Seine Zähne waren gut. Sein Gesicht drückte jedoch eine Intensität aus, die Frivolität verbot. Ich war erleichtert, als er den anderen in unserer Gruppe vorgestellt wurde, die ebenso stumm auf ihn zu reagieren schienen wie ich. Er nahm Platz und sagte nichts mehr.

»Nun denn!« rief Minerva aus. »Vielleicht sollten wir Scharaden spielen?« Es hatte den Anschein, als würde nichts die Stimmung aufmuntern. Die Gegenwart des Mannes in der Ecke wirkte auf uns alle ernüchternd.

»Dieser Barras!« ereiferte sich Thérèse, als wir in Minervas Boudoir allein waren. »Er hat seine Projekte zu weit getrieben.«

»Der Deputierte Barras bedrängte mich, Bürger Buonaparte in unseren Kreis einzuführen«, berichtete uns Minerva. »Er ist neu in Paris und braucht dringend gesellschaftliche Kontakte ...«

»Er braucht dringend gesellschaftliche *Manieren*«, sagte Thérèse. »Was ist er – Korse oder was?«

»Napoleone Buonaparte …? Warum klingt dieser Name vertraut?« fragte ich.

»Er war der General, der Toulon rettete«, sagte Minerva. »Erinnert ihr euch?«

Toulon?

»Vor zwei Jahren – als die Engländer einfielen?«

Ich erinnerte mich. Die Feierlichkeiten, das Tanzen, die Trinksprüche die ganze Nacht hindurch. »Also *daher* kennt ihn Barras«, sagte ich. »War Barras in Toulon nicht der Verantwortliche?«

»Ich kann es einfach nicht glauben, daß dieser Mann General werden konnte, geschweige denn ein Held«, sagte Thérèse und bestäubte ihr Gesicht mit Reispuder.

»Meine lieben Bürgerinnen, kann es sein, daß ihr von der Armut dieses Mannes, seiner mangelnden Erziehung geblendet seid?« fragte Minerva. »Seid meine Zeuginnen: Ich sage ihm eine große Zukunft voraus. Das habe ich an der Form seines Kinns erkannt.«

Zukunft oder nicht, Thérèse und ich blieben nicht lange – wir gingen mit der Entschuldigung, daß ihr Kind krank sei.

»Was für ein gräßlicher Abend«, stöhnte Thérèse, als sie sich in ihrer Kutsche niederließ. »Ich hoffe, daß Barras sich davor hütet, diesen Korsen überallhin mitzuschleifen. Als nächstes, weißt du, wird er darauf bestehen, daß ich ihn in La Chaumière einführe.«

7. August

Es ist genauso gekommen, wie Thérèse es befürchtete – Barras ist fest entschlossen, aus dem Korsen ein Projekt zu machen. Er und der sonderbare kleine Mann tauchten in La Chaumière auf, und nun kommt Bürger Buonaparte allein. Thérèse, stets die Weichherzige, hat sich erboten, ihm bei der Beschaffung eines Stoffes

für eine neue Uniform behilflich zu sein. »Wenn er hierherkommen will, dann soll er wenigstens anständig gekleidet sein«, sagte sie mir.
»Paß auf, Tallita – ich glaube, er ist in dich verliebt«, flüsterte ich ihr zu.
»Es hat den Anschein, als ob sich Bürger Buonaparte leicht verliebt«, sagte sie und verdrehte die Augen. »Er ist mit einem Mädchen in Marseille verlobt, er spricht endlos über ein Mädchen in Châtillon, und nun teilt mir Barras mit, daß er vorhabe, La Montansier einen Antrag zu machen.«
»Der Dame, von der Barras sein Stadthaus gemietet hat?«
»*Dame*? Rose, du bist zu liebenswürdig.«
La Montansier war stolz darauf, daß sie ihre Karriere als Prostituierte begonnen hatte. Die Logen in den Theatern, die sie führt, sind mit besonders breiten Diwans ausgestattet. »Aber sie ist doch schon über Sechzig ...«, wandte ich ein.
»Und hat drei Millionen Livres unter ihrer reichlich frequentierten Matratze versteckt.« Thérèse hob die Augenbrauen. »Offensichtlich macht man in Korsika aus solchen Dingen kein Hehl ...«

Dienstag, 9. August

Gestern nacht, kurz vor Mitternacht in La Chaumière, trat Thérèse zu mir. »Komm mit in mein Boudoir«, raunte sie.
Ich löste mich von meiner Gruppe. Als wir in ihrem Zimmer allein waren, fiel sie auf ihr Bett und hielt sich die Seiten. »Buonaparte ...!« Sie brach wieder in Gelächter aus.
»Der Korse?«
»Er hat einen Heiratsantrag gemacht!«
»*Dir*?« Ich starrte sie an. Als ich mir das vorstellte, mußte ich lächeln: Thérèse war soviel größer als der Korse. »Gerade eben? Im Salon?«

Thérèse nickte und versuchte angestrengt, sich zu fassen. »Ich war mit Fortunée, Madame de Crény und Minerva zusammen. Er trat zu uns und sagte: ›Bürgerin Tallien, dürfte ich mit Ihnen sprechen ... unter vier Augen?‹ Also zog ich mich mit ihm zum Eingang zurück. Und dort sagte er: ›Nun, da Sie frei sind, möchte ich gerne, daß Sie mich in Erwägung ziehen.‹ Zunächst begriff ich nicht. Er wurde ein wenig ungeduldig. ›Ich mache Ihnen gerade ein Heiratsangebot‹, platzte er schließlich heraus. Dann sagte er: ›Zusammen könnten wir eine große Zukunft haben, denn Fortuna ist mir hold.‹«
»*Das* hat er gesagt? Daß Fortuna ihm hold ist? Was für eine merkwürdige Ausdrucksweise.«
»Insbesondere für einen Mann, der in so großer Verlegenheit ist. Wenn ihm Fortuna hold ist, dann sollte sie lieber anfangen aufzupassen.«
»Was hast du ihm gesagt?«
»Ich sagte ihm, er sollte *dich* statt dessen in Erwägung ziehen«, sagte Thérèse und ordnete im Spiegel den Perlenschmuck in ihrem Haar.
»Nein!« Sie machte Spaß – bestimmt. »Tallita?«
Sie hat es mir nie gesagt. Aber nun beobachtet der Korse *mich*.

10. August

Bei Barras war es turbulent zugegangen. Er beklagt sich, daß er keine Zeit für die Spieltische, für die Jagd habe. »Demokratie!« schimpfte er. »Sie ist so zeitraubend! All diese ermüdenden Sitzungen.«
Ich schob ihm eine Gästeliste zu. Schon seit zwei Tagen versuchte ich, sein Einverständnis zu erhalten.
»Bürger Buonaparte? Er steht nicht darauf?« fragte er, als er die Liste durchsah. »Die Damen sind meines korsischen Schützlings überdrüssig geworden? Ihr verkennt seine herausragende Intel-

ligenz wegen seiner langen und, zugegeben, ekelerregenden Haare, seiner stinkenden Stiefel. Ich versichere dir, daß er ein ehrgeiziger Mann ist – er wird es weit bringen.«
»Ich erkenne seinen Ehrgeiz«, sagte ich, »seinen Ehrgeiz, jeder Frau von Stand in Paris den Hof zu machen. Er zeigt keinerlei Zurückhaltung in seiner Leidenschaft ... für vermögende Frauen, genauer gesagt.«
»Zu Hölle mit der Zurückhaltung. Zurückhaltung gehört der Vergangenheit an. Napoleone braucht dringend eine Ehefrau. Vielleicht solltest *du* ihm den Gefallen tun.«
Und damit war er verschwunden. Ich seufzte und fügte der Liste seinen Namen hinzu. Zu diesem Thema werde ich noch mehr hören, fürchte ich.

12. August

Gestern abend kam Barras in Begleitung des Korsen in meinen Salon.
»Lachen Korsen eigentlich niemals?« beklagte sich Thérèse. »Er ist ja *so* ernst.«
Gegen Ende des Abends saß ich plötzlich neben Bürger Napoleone (ein Name, den man *unmöglich* aussprechen kann). In dem Bemühen, Konversation zu treiben, beglückwünschte ich ihn zu seinem Heldenmut in Toulon. »Es heißt, daß Sie ein Genie sind«, sagte ich zu ihm.
»Ja«, sagte er.
»Haben Sie eine große Familie in Marseille? Man hat mir erzählt, daß eine Ihrer Schwestern außergewöhnlich reizend ist.«
»Wer hat Ihnen das erzählt?«
»Der Deputierte Fréron«, sagte ich.*

* Louis-Marie Stanislas Fréron hatte Buonapartes dreizehnjährige Schwester Maria-Paola zwei Jahre zuvor in Marseille kennengelernt. Sie wollten heiraten, stießen jedoch auf den

Daraufhin stand er abrupt auf und verließ das Zimmer!
»Ist er verärgert?« fragte ich Barras. Hatte ich etwas gesagt, was ihn beleidigen konnte?
»Er ist manchmal etwas eigenartig.« Barras nahm meinen Arm, zog mich zum Eingang. »Ich möchte gerne, daß du dich seiner annimmst. Lerne ihn kennen«, raunte er.
»Es ist nicht einfach, mit ihm zu reden«, wehrte ich ab. »Ich weiß nicht, ob ich ...«
»Wenn es jemand kann, Rose, dann du«, sagte Barras. Er holte mehrere Münzen aus seiner Tasche und drückte sie mir in die Hand.
»Wofür ist das?« Die drei Louisdor waren über siebzig Livres wert.
»Kann ich auf dich zählen?« fragte er.

15. August

»Wie ich sehe, ist Napoleone ein regelmäßiges Mitglied deines Salons geworden.«
Barras und ich ließen uns ein privates Mittagessen in seinem Garten schmecken.
»Ich lerne ihn allmählich kennen«, sagte ich. »Ein wenig.« Napoleone Buonaparte war eine vielschichtige Person; an einem Abend redete er freimütig und am nächsten sagte er kein Wort. »Man weiß nie so recht, woran man bei ihm ist.«
»Und woran *möchte* man sein?«
»Warum fragst du?«
Barras wies seinen Butler an, das Dessert zu bringen. »Diskutierst du eigentlich auch über Politik mit ihm?«

Widerstand von Madame Buonaparte. Obwohl ein gebildeter Aristokrat, der sich zu einem leidenschaftlichen Revolutionär gewandelt hatte, war Fréron über Dreißig, neigte zum Trinken und hatte mit einer Schauspielerin drei Kinder.

»Er unterstützt die Republik«, sagte ich, »wenn du *das* wissen willst.«
»Aber mit *wem* an der Spitze?«
»Ich halte ihn eher für einen Führer als für einen Gefolgsmann – zumindest seiner eigenen Meinung nach.«
Barras lachte, als er mein Glas füllte. »Und genau *deswegen* müssen wir ein wachsames Auge auf ihn haben, meine Liebe.«

Ich finde ein Zuhause

16. August 1795

Ich habe mich verliebt ... in ein *Haus*.
Das Haus von Julie Carreau, um genau zu sein, an den Hängen des Mont-Martre. Man erreicht es über eine lange ummauerte Auffahrt, die sich zu einer überaus entzückenden Kulisse öffnet: ein kleines Herrenhaus, eine Remise, ein Stall mit einem Garten dahinter. Eine winzige, perfekte Welt.
Es war ein heißer Tag, doch dort war es kühl wegen der Brise, die von der Stadt den Berg hinaufwehte. »Es ist wie ein Haus auf dem Lande«, sagte ich zu Julie, »und doch nahe am Herzen der Stadt.« Ich war verzaubert.
»Ich werde es vermissen«, sagte sie.
»Du ziehst aus?«
»Es ist klein. Ich kann hier nicht genug Personal halten. Und der Platz reicht nur für eine Kutsche.«
Ich spazierte den Gartenweg hinunter. Zu beiden Seiten standen Rosenbüsche.
»Willst du es verkaufen?«
»Vermieten.«
»Ich nehme es.« Ich fragte nicht nach dem Preis.

17. August

Ich habe den Mietvertrag unterzeichnet. Zehntausend Livres im Jahr – fast die Hälfte meiner Zuwendung von Mutter, wenn sie denn jemals ankommt. Ich ziehe in fünf Wochen um, am republikanischen Neujahrstag. Ich habe Vorkehrungen getroffen, daß man meine Kuh von Croissy herbringt. Ein Haus, Pferde, eine Kuh, ein Garten, Personal. Ein bescheidener Haushalt, und trotzdem so vieles, um das man sich kümmern muß ... so vieles, das *bezahlt* werden muß.

Mittwoch, 19. August

Dank Tallien ist meinem Entschädigungsgesuch für Alexandres Besitz La Ferté endlich stattgegeben worden. Wir sollen die Bücher aus seiner Bibliothek (eine umfangreiche Sammlung) zurückerhalten, das Silber, das beschlagnahmt wurde, sowie eine Vorauszahlung von zehntausend Livres (nur!) auf den Wert des Besitzes, den die Regierung verkaufte.

»Es wird einige Zeit dauern, bis die Schreibarbeit erledigt ist«, warnte Tallien. »Es ist unwahrscheinlich, daß du bis zum Frühjahr irgend etwas davon sehen wirst.«

»Wie kann ich dir danken?«

»Du hast bereits genug getan, Rose.«

Ich sah ihn fragend an.

»Du bist vielleicht die einzige Person, die über meine offensichtlicheren Schwächen zugunsten meiner verborgeneren Stärken hinwegsieht. Das ist Dank genug.«

17. August 1795 – Rennes

Liebe Rose,
die Post wird überwacht. Gib an mich gerichtete Briefe und Pakete dem Deputierten Barras. Die Regierungskuriere sind sicher.
Ich liebe Dich.

Dein Soldat Lazare

27. August

Mit der Post erhielt ich heute nachmittag ein handgeschriebenes Mitteilungsblatt bezüglich einer Mädchenschule in Saint-Germain-en-Laye, gleich neben dem Collège Irlandais, einer Jungenschule.
Ich zeigte der Lannoy das Blatt. »Madame Campan leitet sie«, sagte ich. Ich hatte Madame Campans Bruder und dessen Frau in Croissy kennengelernt – die Augiés. Hortense spielte häufig mit Adèle, ihrer Tochter.
»Ah, Madame Campan!« flüsterte die Lannoy ehrfürchtig. Als ehemalige Hofdame unserer armen verstorbenen Königin war Madame Campan beinahe selbst königlich, in Lannoys Augen.
»Das wäre die perfekte Schule für Hortense«, sagte ich.
Und das Collège Irlandais nebenan für Eugène.
Wenn bloß die Kosten nicht wären …

Sonntag, 30. August

Heute haben die Kinder und ich die beiden Schulen in Saint-Germain-en-Laye besichtigt. Eugène fügte sich resigniert. Seine Anstalt ist spartanisch, wie man es von einer Jungenschule erwartet. Die Sportplätze gefielen ihm.
Madame Campans Schule ist in dem angrenzenden Hôtel de Rohan untergebracht, ein wunderschönes, wenn auch baufälli-

ges Gebäude auf einem weitläufigen Grund. Hortense und ihre Freundin Adèle Augié liefen in fieberhafter Erregung umher. Ich war hocherfreut, sie wieder beisammen zu sehen. Wenn man sie lachen hört, sollte man nicht glauben, daß Hortense vor noch nicht allzu langer Zeit ihren Vater und Adèle ihre Mutter an das Unrecht des Terrors verloren haben.

Madame Campan begrüßte mich mit vornehmer Schlichtheit in der Halle. »Bitte nennen Sie mich Henriette.« Sie ist eine farblose Frau mit groben Zügen. Sie trug ein einfaches schwarzes Kleid, streng geschnitten. In Trauer, fragte ich mich? Um ihre Schwägerin, die Königin, den Jungen? Ich hatte Geschichten darüber gehört, was sie durchgemacht hatte, wie sie selbst nur knapp dem Tod entronnen war.

Sie bat mich in ihr Dienstzimmer. Überrascht entdeckte ich eine gerahmte Kopie der Menschenrechte an der Wand über ihrem Schreibtisch. Als sie mein Gesicht sah, drehte sie sie verschmitzt um. Auf der anderen Seite war ein Porträt der Königin.

»Comtesse de Montmorin hat mir von den heroischen Bemühungen berichtet, die Sie zur Rettung Ihres Mannes unternommen haben«, sagte Madame Campan und nahm neben mir Platz.

»Ich wünschte, ich hätte ihn vor dem Tod bewahren können.« Und andere. »Mit Kummer habe ich von Ihrer Schwägerin erfahren.« Ich erinnerte mich an Madame Augié als eine sanftmütige, etwas zerstreute Frau, die sich ständig bemühte, ihre drei lebhaften jungen Töchter im Auge zu behalten.

Madama Campan bot mir dünnen Tee in einer feinen, leicht gesprungenen Porzellantasse an. »Ich habe den Mädchen erzählt, daß ihre Mutter im Schlaf gestorben wäre.« Ihre Tasse begann auf der Untertasse zu klirren. Sie stellte sie hastig ab. »Ich bin ihnen allen jetzt die Mutter. Einem gebrechlichen Mann, einem Sohn, drei Nichten, um die ich mich ebenso kümmern muß wie um eine Schule mit einhundert Mädchen.« Sie nahm ihre Tasse wieder auf, trank einen Schluck. »Ich habe zum Trauern keine Zeit.«

Sie umriß das Programm der Schule: Die Mädchen erhielten eine klassische Erziehung mit besonderem Augenmerk auf Kunst (Jean-Baptiste Isabey, ein Porträtmaler, den ich bewundere, wird sie unterrichten) und Geschichte. Sie warf einen raschen Blick auf das Porträt der Königin. Obwohl ihr Institut wohlhabend war, würden die Mädchen, wie sie mir versicherte, nicht verwöhnt – man brächte ihnen das Kochen und das anschließende eigenhändige Aufräumen bei. »Und außerdem lernen *meine* Mädchen, entgegen der heutigen Mode, gute Umgangsformen und die Kunst der Konversation.«

Ich hörte ein Kind gellend schreien. Ich blickte aus dem Fenster und sah Hortense, die ausgelassen Eugène und Adèle über den Rasen jagte. Umgangsformen? Nun, dann viel Glück, dachte ich lächelnd. »Hortense hat eine Cousine, Émilie – die Tochter eines Emigranten«, sagte ich. »Ihre Familie ist jetzt natürlich ruiniert. Sie braucht unbedingt eine Ausbildung; ich würde ja gerne für sie sorgen, aber ...«

Madame Campan willigte ein, sowohl Hortense als auch Émilie zu nehmen, doch nur für Hortense Gebühren zu berechnen. Außerdem bot sie die Verwendung von gebrauchten Uniformen an. »Adèle spricht so oft von Ihrer Tochter, daß ich sie schon als ein Familienmitglied betrachte. Ich muß Sie um Vergebung bitten, daß ich überhaupt etwas berechne.«

6. September

Ich hatte ein Treffen mit Barras in seinem Haus in Chaillot vereinbart, doch der Nachmittag erwies sich als zu turbulent. Er war gerade von der Jagd hereingekommen, und seine aufgeregten Spaniels rannten in den Fluren auf und ab und bellten Toto, den kleinen Windhund, an. In der Eingangshalle warteten zwei Männer, und ein Kurier mit einer dringenden Botschaft wartete auf eine Antwort. »Komm um sechs wieder«, schlug er vor. »Dann wird es ruhiger sein.« Ich gab ihm einen Brief für Lazare (wieder keiner für mich, leider) und ging.

Am Abend war es allerdings nicht viel anders: Boten, wartende Männer. Barras schickte sie alle fort. »Wenn es nicht die Jakobiner sind, sind es die Royalisten«, schimpfte er. »Wir bringen den einen zum Schweigen und werden gleich von dem anderen angegriffen.«

»Erwartest du Gewalttätigkeiten?« Ich hatte bemerkt, daß eine wachsende Zahl von Nationalgardisten in der Nähe der Versammlung Posten bezogen hatte. Außderdem mußte man nun sogar um einen besonderen Passierschein nachsuchen, wenn man in diese Gegend wollte.

»Es kann gut sein, daß das Schlimmste noch bevorsteht.«

»Wer steckt dahinter?«

»Manchmal denke ich, daß es als Jakobiner getarnte Royalisten sind. Dann wieder als Royalisten getarnte Jakobiner. Es ist zum Verrücktwerden.«

»Warum lächelst du?«

»Tatsache ist, wen kümmert's? Das Volk ist erschöpft. Wie viele sind zu dieser letzten Wahl erschienen? Einer von dreißig? Aber verkünde die Ergebnisse, und schon kommen die Steine angeflogen.«

Nach dem Abendessen kam er auf das Thema Buonaparte.

»Ich habe ihn seit einiger Zeit nicht gesehen«, sagte ich. »In keinem der Salons, nicht einmal im Theater.«

»Es kann gut sein, daß er beschäftigt war. Ich habe ihm Arbeit in der topographischen Abteilung verschafft, wo er Karten herstellt. Strategisches Zeug – seine Leidenschaft. Eine merkwürdige Begeisterung.«

»Dennoch achtest du ihn.«

»Ich wünschte nur, ich könnte ihm vertrauen. Er ist verarmt und hat eine riesige Familie zu unterstützen. Man fragt sich, was er für Geld alles tun würde. Und fraglos haben die Royalisten eine Menge davon, mit dem sie herumwerfen können. Wenn Buonaparte zu ihnen überläuft ...«

»Das ist kaum vorstellbar. Wenn überhaupt, dann hat er eher etwas von einem Jakobiner.«

»Ja – die Rhetorik hat er.«

»Zweifelst du an seiner Aufrichtigkeit?«

Barras zuckte mit den Schultern. »Es gibt nichts Gefährlicheres – oder vielleicht ist Unberechenbareres treffender – als einen Revolutionär, der dringend ein Vermögen braucht.«

12. September – Fontainebleau

Ich bin zwei Tage in Fontainebleau gewesen, ohne die Kinder – Eugène und Hortense sind bereits von Schulaktivitäten in Anspruch genommen –, dennoch redete ich die ganze Zeit von ihnen. Tante Désirée und der Marquis waren entzückt, als ich ihnen berichtete, was Hortenses Lehrer sagten, wie Madame Campan von ihr schwärmte (»La Petit Bonne«, wurde sie getauft). »Sie liebt die Schule«, erzählte ich ihnen. »Ich glaube nicht, daß ich sie jemals von dort wegbekomme.« Ich bin ein wenig eifersüchtig geworden, wie ich zugebe; Hortense spricht so ehrfurchtsvoll von Madame Campan.

Es war ein angenehmerr Besuch, ohne Tante Désirées übliche Vorträge über die Sünden der Eitelkeit, des Festefeierns und der Lektüre von Liebesromanen. Als ich mich jedoch auf die Abreise vorbereitete, kam sie an meine Tür. Ich erkannte gleich an ihrem Verhalten, daß sie etwas sagen wollte. Schließlich, mit einigem Zögern, gestand sie, daß sie sich über Gerüchte, die sie über Madame Tallien gehört hatte, Sorgen machte. Ich versicherte ihr, daß Thérèse ein Engel sei, eine Freundin in jeder Beziehung.

»Und du hast hoffentlich nichts mit diesen Verbrechern zu tun, die jetzt die Regierung anführen.«
»Verbrechern?«
»Dieser Deputierte Barra ... Bassar ... Du weißt schon, wen ich meine.«
Barras meinte sie. Ich hielt den Mund. Ich brachte es nicht übers Herz, ihr zu sagen, daß es »dieser Verbrecher« war, der für die Erziehung von Hortense und Eugène bezahlte.

15. September 1795 – Hôtel de Croisœuil, Croissy

Verehrte Bürgerin Madame Beauharnais,
meine Mutter hat mich gebeten, auf Ihren Brief zu antworten, da es ihr nicht gutgeht. Sie bedauert, daß es ihr nicht möglich sein wird, Sie zu besuchen. Sie bat mich, Ihnen zum Erwerb des Talma-Hauses zu gratulieren, aber auch ihren Kummer zu äußern, daß Sie das Château in Croissy aufgeben werden. Haben Sie vor, Ihre Kuh zu holen? Wir hoffen, daß wir Sie bald sehen dürfen. Mutter braucht dringend Zerstreuung.

Bürgerin Madame Lucie Hosten de Croisœuil

Anmerkung – Mutter bat mich, Ihnen mitzuteilen, daß sie Bürger Callyot empfiehlt – ein ausgezeichneter Koch, der kreolisch kochen kann. (Ich empfehle ihn ebenfalls!)

18. September – Croissy

Ein regnerisches, melancholisches Wochenende in Croissy, das ich mit Sortieren und Packen verbrachte. Und zwei Besuchen täglich bei Aimée.
Sie ist viel schwächer geworden. Es ist quälend, sie ans Bett gefesselt zu sehen, eine Situation, über die sie nicht glücklich ist. »Selbst wenn ich nur eine Schale Tee haben möchte, muß ich meine Tochter darum bitten«, klagte sie. »Glücklicherweise

nimmt Lucie immer noch an, daß ich eine gewisse Autorität über sie habe, aber bald, ganz sicher …«

»Die Person, der es gelingt, dich zu beherrschen, möchte ich gerne kennenlernen, Aimée.«

Sie fluchte kräftig. Noch ist Leben in ihr.

23. September

Das neue Jahr, die Proklamation der neuen Verfassung. Feuerwerke bis spät in die Nacht. Thérèse und ich verfolgten die protzige Darbietung von meinem Garten aus – meinem Garten! Ich bin erschöpft vom Umzug, aber glücklich. Ich liebe mein neues Zuhause. Ich nenne es Chantereine.

25. September

Ich habe den ganzen Tag im Garten gearbeitet. Fortuné beschnüffelte jeden Erdhaufen, bellte jeden Käfer an. Die Lannoy hat mit dem Nähen von Vorhängen fürs Schlafzimmer (blauer Nanking mit roten und gelben Wappen) begonnen. Der Salon sieht wie ein Schneideratelier aus, der Boden mit Stoffresten übersät. Ich lasse sechs Holzstühle und eine kleine Couch beziehen. Ich habe eine Renaud-Harfe gekauft (es fehlen nur drei Saiten) und eine Marmorbüste von Sokrates in einem Trödelladen. Nach und nach fügt sich mein Heim zusammen. Die Wirkung wird schlicht, aber elegant sein (hoffe ich).

Ich habe einen Koch eingestellt, Callyot, ein Neger aus Sainte-Lucie, der kreolische Gerichte ebensogut kocht wie traditionelle Kost. (Er wurde mir von Aimée empfohlen.)

Agathe lief mit einem Vogelfänger aus dem Midi davon, sah jedoch alsbald den Irrtum ihrer Lebensweise ein (er stank nach Hühnern) und kehrte zurück, nicht schwanger, wie wir hoffen.

Gontier ist geblieben, die treue alte Seele. Glücklicherweise – denn er ist der einzige, der Kleopatra, meiner Kuh, Milch entlokken kann.
Nun brauche ich nur noch einen Kutscher und einen Gärtner. Ich hoffe, wir kommen damit aus – für eine Weile. Die Barmittel sind knapp, selbst mit der großzügigen Unterstützung von Barras.

26. September

Ein heißer Tag, aber eine Brise verschaffte Abkühlung. Ich habe wieder in meinem Garten gearbeitet. Mücken schwirrten herum, Libellen kreisten. Hin und wieder hörte ich knallende Geräusche und ein schwaches Läuten – eine Sturmglocke vielleicht? Das brodelnde Paris scheint so überaus weit fort zu sein …

Wir führen wieder Krieg

Montag, 28. September 1795

Es ist so friedlich in Chantereine. Ich war entsetzt, als ich erfuhr, daß es gestern bei der Versammlung einen Aufruhr gegeben hat. Mehrere hundert Menschen wurden getötet.

»Mehrere ***hundert***?«

»Selbst die Jakobiner denken allmählich, daß uns nur eine Monarchie retten kann.« Barras' Schwert klirrte gegen den Kamin. Er war gerade von der Militärakademie gekommen, wo er eine Gruppe von Männern ausgebildet hatte – »Meine persönliche Kampftruppe, mein ›Heiliges Bataillon‹.«

»Nicht die Nationalgarde?«

»Zu zivilisiert«, sagte er. »Aufrechte Bürger, Männer mit Vermögen. Wie viele von ihnen haben schon einmal einen Menschen getötet? Wie viele werden sich in einem Konflikt aus dem Staub machen? Die Hälfte, prophezeie ich. Für eine Parade sind sie zu gebrauchen, aber für viel mehr nicht. Nein – ich brauche kampferprobte Schlächter, Männer mit dem Geruch des Blutes an den Händen.«

»Und wo findet man ›kampferprobte Schlächter‹?«

»In den Gefängnissen natürlich – Schläger, Mörder, der Gelegenheitsterrorist.« Gegen einen weiteren Brandy, den ich ihm anbot, hatte er nichts einzuwenden. »Ich habe bereits fünfzehnhundert von ihnen zusammen. Ich habe praktisch die Gefängnisse geleert.«

»Nein!«

»*Meine* Männer«, grinste er.
Ich erinnerte mich an etwas, was Thérèse einmal gesagt hatte: *Barras mag seine Männer lieber grob, seine Damen lieber fein.*
»Und je mehr, desto lustiger, dank dir«, sagte Barras, als könnte er meine Gedanken lesen. Er zog seine Uhr hervor. Er mußte gehen. Doch zuerst wollte er noch etwas fragen: Ob ich Bürger Buonaparte aushorchen würde? »Es geht das Gerücht, daß er mit den Royalisten Kontakt aufgenommen hat. Auf welcher Seite steht er? Ich muß das wissen. Die Lage wird immer brenzliger ...«
»Aber du hast doch gesagt, daß er beschäftigt ist – mit dieser Landkartenarbeit.«
»Ihr Frauen habt da doch so eure Möglichkeiten ... Lade ihn zu dir nach Hause ein. Das ist dir doch sicher nichts Neues.«
Der Plan berührte mich unangenehm.
»Denke an das Schicksal der Republik«, ließ Barras nicht locker, »an das Schicksal deiner *Kinder.*«

4. Oktober

In einer neuen blauen Uniform war Bürger Buonaparte besser gekleidet, als ich es bisher von ihm gewohnt war. Trotzdem sah er ungesund aus, die Haut fahl, die Stiefel riesig an seinen spindeldürren Beinen.
Ich lud ihn in den Garten ein und bat Agathe, uns Café au lait zu bringen. »Aus Kaffeebohnen von Martinique«, teilte ich ihm mit, »und Milch von meiner Kuh.«
Er nahm an, obwohl er es eilig hatte, wie er sagte. Für Crêpes konnte er nicht bleiben. Er hätte sich Tag und Nacht abgemüht – mit einem Plan zur Befreiung Italiens von den Österreichern, sagte er.
Ich lächelte. »Sie sagen das mit vollem Ernst.«
»Man muß nur daran glauben.«

»Ist das so einfach?« Er antwortete nicht. Er war in eine eingehende Untersuchung der Sonnenuhr vertieft. »Glauben Sie nicht an das Schicksal?« ermunterte ich ihn.
Er wandte sich mir abrupt zu. »Man kann sich eher daran gewöhnen, das Schicksal zu besänftigen, als es zu kontrollieren.« Er hatte eine seltsame Art, sich auszudrücken – beinahe im Stil von Sprichwörtern.
»Ich glaube, ich gehöre zur ersten Gruppe, Bürger Buonaparte«, sagte ich, obwohl mir nicht ganz klar war, was er meinte.
»*Brigadegeneral* Buonaparte«, korrigierte er mich.
»Verzeihen Sie, ich dachte ...«
»Übrigens ...« Er lächelte. Er ist fast charmant, wenn er lächelt. »Sie können mich Kaiser nennen.«
»Kaiser Buonaparte?« Ich neigte amüsiert den Kopf.
Er starrte mich an, mit seinen grauen, kalten, aber brennenden und beunruhigenden Augen. »Ich verwirre Sie«, sagte er. »Das ist verständlich. Was ich allerdings nicht verstehe, ist, warum Sie mich zu diesem Besuch veranlaßt haben. Ich gestehe, daß ich eine gewisse Zuneigung zu Ihnen entwickelt habe. Trotzdem kann ich mich des Eindrucks nicht erwehren, daß diese Empfindung nicht, noch nicht, erwidert wird.«
Ich beugte mich vor, um eine Rose abzubrechen. Ein Dorn stach mir in den Finger. Tränen traten mir in die Augen, eine peinliche Schwäche.
»Barras hat etwas damit zu tun«, bohrte er weiter.
Ich drehte mich zu ihm um, verärgert, weil man mich so unverblümt herausforderte. »Offensichtlich bevorzugen Sie Offenheit, General Buonaparte. Nun denn, ja, es war der Deputierte Barras.«
»Und wieviel bezahlt er Ihnen?« Er setzte seinen Hut auf.
»Gehen Sie nicht ...«
»Ich habe meinen Stolz, Bürgerin.« Und er war verschwunden.

Ich war nervös, als ich zu Barras aufbrach. Ich wurde erwartet – um gesellschaftliche Pläne, finanzielle Vereinbarungen durchzusehen ... Trotzdem hatte ich meine eigene Tagesordnung. Ich wollte nicht länger das tun, was er wollte.
Barras brach in Lachen aus, als ich ihm von meinem Meinungsaustausch mit General Buonaparte erzählte.
»Ich bedauere, aber ich weiß nicht, was daran komisch ist.«
»Rose – du bist so reizend in dieser Stimmung.«
Ich erhob mich. »Du nimmst meine Situation nicht ernst.«
Er legte mir die Hand auf den Arm. »Setz dich, entspanne. Du kannst jetzt nicht gehen. Ich habe den Koch gebeten, Baisers zu machen.«
»Ich möchte kein Dessert.« Setzte mich aber trotzdem.
»Sehr gut, dann esse ich deinen Anteil. Deine Laune ist süß genug. Ich dagegen könnte durchaus etwas Süßes gebrauchen. Ah, siehst du? Ich wußte doch, daß ich ein Lächeln hervorzaubern kann. Aber bitte, liebe Freundin, nimm meine Entschuldigung an. Ich habe dir Kummer zugefügt. Leider muß ich dir sagen, daß keine Briefe von Lazare für dich angekommen sind. Soldaten sind ja so grausam. Aber erzähle mir doch von deinen Kindern – gehen sie gern zur Schule? Übrigens, habe ich dir schon gesagt, daß dieser kreolische Bankier, mit dem du mich bekannt gemacht hast, sich als ein *höchst* einträglicher Kontakt erwiesen hat?«
Kurz gesagt, Barras zeigte sich von seiner liebenswürdigsten Seite. Ich wurde weich, und wir unterhielten uns: über seine jüngste romantische Eroberung, die Tragödie von Corneille, die in zwei Tagen in der Comédie Française Premiere hatte, seine Kaninchen.
Gerade, als ich mein zweites Baiser aufaß, erschien ein Bote.
»Weißt du noch, wo das Kloster der Filles de Saint-Thomas ist?« fragte Barras und kniff die Augen zusammen, um die Schrift entziffern zu können.
»In der Rue Vivienne, glaube ich. Warum?«

»Offensichtlich ist es voller bewaffneter Männer.« Barras fluchte.
»Royalisten.« Er schaute auf seine Taschenuhr und seufzte. »Und ich hatte gehofft, heute nacht einmal schlafen zu können.«
Ich ging, als er gerade sein Schwert umschnallte, ein gesatteltes Pferd verlangte, »in die Kriegsrüstung schlüpfte«, wie er sich ausdrückte. Ich wünschte ihm mit einem Kuß viel Glück. »Paß auf dich auf«, sagte ich.
Er hielt einen Moment inne. Dann lächelte er, dieses schiefe Lächeln, das ihn so liebenswert machte. »Nun sag schon, Rose – *kann* man Buonaparte vertrauen?«

5. Oktober, Mitternacht

Ich bin bei Thérèse. Ich dachte, daß sie heute nacht nicht allein sein sollte.
Leutnant Floraux war gerade hier, kam dramatisch im kurzen Galopp in den Hof geritten, sein Pferd vor Schweiß schäumend. »Die Nationalgarde hat rebelliert!« rief er, immer noch atemlos. Er setzte seinen Helm ab. Wie es bei den jungen Leuten heute Mode ist, war sein Haar kurz geschnitten, Brutuskopf nennt man das. »Sie haben sich gegen die Versammlung gerichtet, gegen die Deputierten, sich den Royalisten angeschlossen!«
»Die Nationalgarde?« fragte ich ungläubig. »Hat sich den *Royalisten* angeschlossen? Sind Sie sicher?« Ich nötigte ihn, sich zu setzen.
»Nicht alle.« Er stürzte das Glas Portwein herunter, das ich ihm anbot. »Drei von vier.«
Wie konnte man ohne Männer eine Verteidigung aufbauen? »Wie viele Royalisten sind es?« Ich fragte mich, ob der Neffe von Jeanne-Victoire d'Aguillon darunter war. Oder Régis de Saale, der Freund des Marquis de Caulaincourt. Oder der junge, erst siebzehnjährige Vetter von Madam Campan.

»Man glaubt, daß sie vierzigtausend Mann stark sind.«
»*Vierzig*tausend – mon Dieu!«
»Vierzigtausend was?« fragte Thérèse, die gerade ins Zimmer kam. Sie hatte dem Kindermädchen geholfen, das Kind zu Bett zu bringen.
»Royalisten«, sagte ich matt und setzte mich.

6. Oktober, bei Tagesanbruch

Wir wurden von lautem Hämmern am Tor geweckt. Thérèses Diener lief hin, um zu öffnen, und schrie dem Eindringling zu, leise zu sein. Daraufhin wieherte ein Pferd.
Es war wieder Leutnant Floraux. Die Regierung hat sich erholt, erzählte er uns. Er schenkte sich ein Glas Portwein ein. »Sie haben den Deputierten Barras zum General ernannt.«
»Aber wen kommandiert er denn ohne Nationalgarde?« fragte ich.
»Er hat einige Männer, eine finster aussehende Truppe, das Heilige Bataillon nennt er sie. ›Bataillon der Terroristen‹ würden andere sie wohl nennen.«
Ein Bataillon von Mördern, losgelassen auf den Straßen von Paris. Ich war dankbar, daß die Kinder in Saint-Germain-en-Laye waren. »Und General Buonaparte? Ist ... ist er beteiligt?« fragte ich.
»Der kleine Korse? Er ist offensichtlich stellvertretender Kommandeur.«
»*Stellvertretender* Kommandeur?« stöhnte Thérèse.
»Er wird dich womöglich überraschen«, sagte ich. *Man muß nur daran glauben.*
»Wir könnten eine Überraschung gebrauchen.«

10 Uhr abends

Beim Abendessen meinten wir Gewehrfeuer zu hören …

»Können das *Kanonen* sein?« fragte Thérèse, die mit dem Kind im Zimmer auf und ab ging.

Wir hörten eine zweite Detonation, und eine dritte.

Thérèse drückte den Kopf des Säuglings an ihr Herz. »Sicher nicht …«

»Sie würden doch keine *Kanonen* einsetzen«, sagte ich. »Musketen, aber keine Kanonen. Doch nicht auf Bürger.« Meine Worte wurden von einer Salve unheilvollen Geschützdonners zum Schweigen gebracht.

Mein Herz ist gebrochen

7. Oktober 1795

Blut auf dem Kopfsteinpflaster. Vor einer Kirche klagte eine Marktfrau. »Die Schlächter! Die Schlächter!«

Es ist, wie wir es befürchteten – ein Blutbad.

»Auf *Bürger*!« schimpfte die Lannoy. »Ihre Freunde, Ihre tugendhaften Republikaner feuern *Kanonen* auf Bürger ab!«

Was war geschehen? Ich machte mich auf den Weg zu Minerva.

»Hast du schon mit Barras gesprochen?« erkundigte sie sich. »Was geht da vor?«

Ich schüttelte den Kopf. »Ist irgend jemand, den wir kennen, verletzt worden?« *Getötet worden*, wollte ich eigentlich fragen, traute mich jedoch nicht.

»Nur Gerüchte. Jeder ist außer sich.« Wir gesellten uns zu einer Gruppe an den Türen zum Garten.

»Es war der Korse, der den Befehl gab, die Kanonen abzufeuern«, sagte der Deputierte Renouvier gerade.

»Das habe ich aber anderes gehört«, sagte ein Mann, der neben ihm stand.

»Korsen sind skrupellos«, behauptete Madame de Méchain. »Gänzlich ohne Moral. Das weiß doch jeder.«

»Und habt ihr das schon gehört? Jetzt hat er eine strenge Überwachung aller Theater und Cafés angeordnet – selbst die Treffpunkte um die Springbrunnen stehen unter Beobachtung. Die Springbrunnen!«

»Ich war im Theater«, sagte ein lieb aussehender junger Mann mit hoher und bebender Stimme. »An den Türen zu allen Logen standen Posten. Wenn irgendwer es *wagte*, um eine Melodie zu bitten, die nicht ganz *einwandfrei* republikanisch war, dann standen hundert Grenadiere bereit, um zuzuschlagen!«

»Ist es nicht sehr bedenklich, daß die Regierung die Kontrolle übernimmt?« fragte der Deputierte Renouvier.

»Hatten wir unter Robespierre nicht schon genug Kontrolle?« warf der lieb aussehende junge Mann ein. »Der Korse ist ein Jakobiner, wie ich erfuhr.«

»Ein enger Freund von Robespierre, wie ich hörte«, sagte Madame de Méchain.

»Nicht direkt.« Minerva sah mich hilfesuchend an. »Er war ein Freund von Robespierres Bruder.«

»Ah, *Bonbons* Freund!« sagte der lieb aussehende junge Mann, und alle lachten.

Die Gruppe verstummte. Ich sah zur Tür. Es war General Buonaparte, der mit hochmütiger Miene einen Blick in den Raum warf. Er setzte seinen Hut ab. Die Trikolorefeder fiel herunter. Er beugte sich nach vorn, um sie aufzuheben, wobei sein Schwert gegen die Tür schlug.

Als er sich aufrichtete, erspähte er mich.

»Bürgerin Madame Beauharnais«, sagte er und trat direkt neben mich, »ich …«

»Würde es Ihnen etwas ausmachen, in den Garten zu gehen, General?« unterbrach ich ihn. »Ich habe das Bedürfnis nach frischer Luft.«

Draußen fächelte ich mir Luft zu, denn ich fühlte mich etwas schwach. »Es geht mir gut.« Ich nahm auf einer Steinbank Platz.

»Danke.« Ein Mann und eine Frau gingen vorüber. Als die Frau General Buonaparte erkannte, drehte sie verächtlich den Kopf weg.

Buonaparte brach einen Zweig von einem Busch ab und machte

sich daran, die Blätter abzuzupfen. »Die Franzosen haben eine seltsame Art, ihre Helden zu behandeln.«
»Meinen Sie, daß Ihre Taten über jeden Tadel erhaben sind, General?«
»Ich bin ein Mann des Militärs, kein Politiker. Ich tue, was man mir sagt.«
»Aber vielleicht zu gut und zu rasch.«
»Die Royalisten brauchten einen Denkzettel.«
Ich erhob mich, meine Wangen glühten. »Ich kenne die Sitten in Korsika nicht, General, aber die Franzosen feuern in der Regel keine Kanonen auf ihre Bürger ab.«
Ich kehrte zitternd in den Salon zurück.
Ich war mit Minerva im Spielzimmer, als Barras eintraf. »Herzlichen Glückwunsch zu Ihrem Sieg«, sagte Minerva zu ihm und legte ihre Karten nieder.
Er war erhitzt. Er warf sich auf das Sofa. »Wie wir Soldaten sagen, wenn der Wein geöffnet ist, muß man ihn trinken. Auf *ihre* Ärsche«, sagte er und hob das Glas. »Dieses eine Mal.« Er lachte und nahm einen langen Schluck.
Ich blickte weg.
»Zum Teufel mit deinen Tränen!« Er warf das Glas in den Kamin. Es gab einen scharfen, melodischen Ton von sich.

12. Oktober

Es war noch nicht Mittag, als ein Mitglied der Nationalgarde an meine Tür kam. Alle Waffen mußten der Militärbehörde von Paris ausgehändigt werden. Unter Androhung der Todesstrafe.
Eugène, für zwei Tage aus der Schule zu Hause, umklammerte sein Schwert.
»Du mußt tun, was man dir sagt«, sagte ich zu ihm. Ich konnte Trotz in seinen Augen erkennen.
Ich bat den Gardisten, uns zu entschuldigen. Wir gingen in den

Salon. Eugène wollte nicht nachgeben. Ich wandte mich an den Gardisten. »Wie könnte man eine Befreiung erreichen?« fragte ich. »Dieses Schwert bedeutet meinem Sohn sehr viel. Es gehörte seinem Vater, einem republikanischen General, der vor etwas über einem Jahr starb.«
»Nur General Buonaparte kann eine Befreiung gewähren.«
Jeden Tag, so schien es, wurde Buonaparte befördert. Jetzt war er Militärkommandant von Paris.
»Werden Sie mich begleiten?« fragte Eugène.
»Es ist besser, wenn du ohne mich hingehst«, sagte ich in Erinnerung an mein letztes zorniges Gespräch mit dem General.

13. Oktober

Um die Mittagszeit wurde ich von einem Besucher überrascht.
»General Bona-irgendwas«, sagte Agathe.
»General Buonaparte?« Sie nickte.
Ich erhob mich rasch. Was würde ich sagen? Unser letztes Zusammentreffen war nicht freundlich gewesen.
Aber ich hatte keine Zeit, mich vorzubereiten. Er stand bereits in der Tür. »Schlagen Sie das an Ihrem Tor an.« Er schob mir hastig ein Stück Papier in die Hand.
Es war eine Befreiungsbekanntmachung. »Bedeutet dies, daß mein Sohn das Schwert seines Vaters behalten darf?«
General Buonaparte nickte. Er zögerte. »Am zwölften Tag des Vendémiaire * waren die meisten Gewehre mit Platzpatronen geladen. Ich sorgte dafür, daß die Bürger sich in Bereichen aufhalten konnten, die den größtmöglichen Schutz boten.«
Seiner Erklärung folgte ein betretenes Schweigen.
»Meine Meinung kann Ihnen doch gewiß nichts bedeuten, General«, sagte ich.

* Eine Anspielung auf den republikanischen Kalender.

»Sie haben recht. Nein. Trotzdem möchte ich Sie wissen lassen, daß ich nicht gänzlich skrupellos bin.«
»Danke, General.« Aber er war bereits gegangen.

26. Oktober

Die Wahlergebnisse wurden verkündet. Unter der neuen Verfassung werden fünf »Direktoren« regieren. Barras ist einer davon.
»Sie enthaupten den König und setzen fünf an seine Stelle«, schimpfte die Lannoy. »Und Ihr Freund Barras ist der Schlimmste der Bande.«
»Still, Lannoy.«

Dienstag, 3. November

Die fünf Direktoren sind heute morgen in das Palais du Luxembourg eingezogen. Am Nachmittag gewährte »Direktor« Barras Thérèse und mir einen Rundgang.
Das Palais ist in einem entsetzlichen Zustand, seine kürzliche Verwendung als Gefängnis nur allzu offensichtlich. Ich erinnerte mich an meine dortigen Besuche bei Alexandre. Welch Unterschied zu seinem heutigen Zweck. Es gab keine Möbel – nur ein paar Küchenstühle und einen wackeligen Tisch. Und kalt obendrein – Barras schickte einen Diener nach Holz.
Die fünf Direktoren werden nächste Woche einziehen, jeder in seine eigene Suite. Barras läßt bereits eine Gruppe Handwerker die Wände mit Seide beziehen. Seine Kaninchenställe wurden im Garten aufgestellt, seine englischen Pferde stehen bereits im Stall.
»Was nützt ein König ohne Palast?« fragte er, als er sein heruntergekommenes Reich betrachtete.
»Was nützt ein Palast ohne Hofdamen?« gab Thérèse zurück und nahm meinen und seinen Arm.

4. Dezember 1795 – Fontainebleau

Liebe Rose,
danke für Deinen Brief. Wie schön, daß die Kinder so gut in der Schule vorankommen. Ich vermisse Hortenses Besuche an den Wochenenden, obwohl ich zugeben muß, daß ein sonntäglicher Firmungsunterricht bei Madame Campan womöglich die einzige Entschuldigung ist, die ich gerne akzeptiert hätte.
Dein neues Heim klingt entzückend – klein, aber fein. Ich bin beeindruckt, daß Du bereits Gemüse aus Deinem Garten geerntet hast. Deine Mutter wäre stolz. Ich las von Deiner Absicht, Deine Kuh kalben zu lassen, damit sie Milch für den Marquis gibt. Wir haben beide darüber gelacht. Wenn mein eigener Gesundheitszustand nicht so schlecht wäre und ich mich nicht so hingebungsvoll um den Marquis kümmern müßte, würde ich Deiner Einladung zu einem Besuch Folge leisten.
Sicherlich hast Du gehört, daß Fanny von einer Frau verklagt wurde, die behauptet, ihre Tochter zu sein – welch ein Skandal! Ich weiß nicht, wie Fanny es fertigbringt, so fröhlich zu sein, insbesondere jetzt, da Marie einen Mulatten heiratet. *Ich wage es nicht, es dem Marquis zu erzählen – die Nachricht würde ihn umbringen.*
Ich weiß, wie beschäftigt Du bist, mein Liebes, aber trotzdem sehnen wir uns nach Deinem Besuch. Vergiß nicht, was ich über die Pflege eines guten Umgangs sagte.

Deine Dich liebende Tante Désirée

Mittwoch, 9. Dezember

Ich bin jeden Tag ins Luxembourg gegangen, um für Freunde und Freunde von Freunden – überwiegend Emigranten, die nach Frankreich zurückkehren möchten – Bittschriften vorzulegen.
»Du verbringst zuviel Zeit zum Wohle anderer, Rose«, sagte heute morgen Direktor Barras zu mir. »Es wird Zeit, daß du über dein eigenes Wohlergehen nachdenkst.«

»Soll heißen?«
»Soll heißen, daß du ans Heiraten denken solltest.«
»Hast du jemanden im Sinn, *Père* Barras?«
»Buonaparte.«
»Ich bin ihm nicht reich genug, fürchte ich.« Es wurde gemunkelt, daß General Buonaparte gerade der kürzlich verwitweten Madame Permon einen Antrag gemacht hatte, einer Frau, die alt genug war, um seine Mutter zu sein – aber wohlhabend.
»Ich habe ihm zugesichert, daß er reichlich belohnt würde.«
Ich sah zum Fenster, holte tief Luft. Vielleicht hatte ich ja nicht recht gehört.
»Du bist offensichtlich beunruhigt.« Barras lehnte sich in seinem roten Samtsessel zurück, seinem »Thron«, wie er ihn nannte. »Nun schön, ich werde es dir erklären. Buonaparte hat um den Oberbefehl über die Italienarmee gebeten. Er möchte einen Plan verfolgen, um die Österreicher aus Italien zu vertreiben.« Barras machte eine Geste, die ohne Zweifel bedeutete: wahnsinnig! »Meine Mitdirektoren trauen ihm natürlich nicht. Sie halten ihn für schroff, abweisend ... allzu ehrgeizig. Sie verdächtigen ihn, daß er insgeheim den Wunsch hat, zu regieren – daher sträuben sie sich natürlich, ihm eine Armee zu übertragen, selbst eine so erbärmliche wie die Italienarmee. Aber sie sind Narren, sage ich. Buonaparte *wird* versuchen, die Macht zu übernehmen, das liegt in seiner Natur – es sei denn, versteht sich, man beschäftigt ihn ständig. Es sei denn, versteht sich, man *kontrolliert* ihn ...«
»Es sei denn, versteht sich, man verheiratet ihn mit einer sehr guten Freundin von dir«, sagte ich.
Barras lächelte zögernd. »So hätte ich es *eigentlich* nicht ausgedrückt, meine Liebe.«
»Und wie *hast* du es ausgedrückt?« Ich spürte, wie ein beunruhigendes Gefühl in mir hochstieg.
»Ich erklärte Buonaparte, daß es der französischen Republik widerstrebe, Ausländer in Machtpositionen zu befördern. Ich regte

an, falls er eine Französin heiratete – eine gewisse französische Witwe zum Beispiel –, dann würden ihm die Direktoren vielleicht mehr vertrauen, und *dann* – wer weiß? – könnte die Italienarmee vielleicht sehr wohl ihm gehören.«

»Das hast du ihm gesagt?«

»Denk darüber nach, Rose. Buonaparte mag ja ein Korse sein und verarmt, zugegeben, aber er ist ein Mann mit Zukunft. Dafür kann ich mich verbürgen.«

Ich schickte mich an zu gehen. Seine unerwünschte Einmischung kränkte mich.

»Rose, mußt du denn immer so emotional sein! Du weißt doch selbst, daß es Zeit für dich wird, zu heiraten. In deinem Alter ist das nicht leicht.«

Ich steuerte auf die Tür zu.

»Ich habe ihm eine Armee angeboten!« brüllte er hinter mir her. »Ich *schenke* dir eine Mitgift, in Gottes Namen.«

10. Dezember

Ich habe Stunden mit meiner Toilette zugebracht. Winzige Fältchen beginnen, mein Gesicht zu zeichnen. Meine Zähne, noch nie wohlgeformt, werden langsam schwarz. Im vergangenen Jahr habe ich zwei verloren. Ich lächele, und ich sehe ein Fischweibgrinsen.

Verzweifelt werfe ich meine Bürsten hin. Die Kräuterheilmittel konnten die Regelmäßigkeit meines Monatsflusses nicht wiederherstellen. Hin und wieder werde ich auch durch schreckliche übermäßige Blutungen geschwächt (und in peinliche Lagen gebracht).

Ich werde alt.

Heirate, sagen meine Freunde. Bald.

Freitag, 11. Dezember

Gestern abend bei Minerva hat General Buonaparte seine Gefühle für mich erklärt. Und dies ziemlich öffentlich, mitten in einem Fuchs-und-Gans-Spiel. Ich tat es als einen Scherz ab, ging jedoch bald danach.

Dienstag, 22. Dezember

Minerva kam zu Besuch. Nach einem Glas Wein, Neuigkeiten (Madame Royale, die unglückliche Tochter des Königs, war aus dem Temple freigelassen und nach Wien geschickt worden) und leerem Geschwätz (Bürger Léon unterzieht sich einer Quecksilberbehandlung *) fragte sie mich, warum ich in letzter Zeit nicht mehr zu ihrem Salon gekommen sei. Ich gestand, daß mir bei den Aufmerksamkeiten von General Buonaparte nicht wohl wäre. Ich suchte sie nur ungern zu Hause auf, aus Furcht, ihn dort vorzufinden.
»Hältst du General Buonaparte denn nicht für einen annehmbaren Freier?«
»Mein Herz ist vergeben«, sagte ich.
»General Hoche, meinst du wohl.«
Ich nickte. Meine Gefühle für Lazare waren kein Geheimnis.
»Rose, wenn ich so frei sein darf – aber da ist etwas, was ich dir sagen muß. Es ist dein Liebhaber, der *vergeben* ist.«
Ich stellte mein Glas ab.
»Als die Emigranten in der Bucht von Quiberon landeten, rettete General Hoche einem Monsieur de Pout-Bellan das Leben. Ich weiß aus glaubwürdiger Quelle, daß er sich in die Frau dieses Mannes verliebt hat.« Ich erhob mich und ging zur Fensternische. Lazare – *liebt* eine andere Frau.

* Geschlechtskrankheiten wurden mit Quecksilber behandelt.

Minerva trat hinter mich und legte mir die Hand auf die Schulter. »Du wußtest doch sicher, daß Lazare dich nie heiraten würde, schon gar nicht jetzt, da seine Frau ein Kind erwartet.«
Ein *Kind*?
»Es wird bald zur Welt kommen, glaube ich«, sagte sie.
Ich biß mir auf die Lippe, um die Tränen zu unterdrücken. Warum hatte er nicht geschrieben?
»Du kommst doch zu meinem Salon, Rose?« fragte Minerva. »Heute abend?«

Am selben Abend

Ich bin gerade von Minerva zurückgekehrt. General Buonaparte bat um die Ehre, ihn morgen abend in die Oper zu begleiten. Ich habe eingewilligt.

Ich werde umworben

Mittwoch, 23. Dezember 1795

General Buonaparte suchte mich um neun Uhr auf. Er kam fast eine Stunde zu spät und war ein wenig unordentlich, denn seine Schärpe saß schlecht. »Ich war in einer Sitzung.« Er entschuldigte sich nicht. Er stand im Salon vor dem Kamin und ließ die Fingerknöchel knacken. Er zog seine Taschenuhr hervor. »Der Vorhang hebt sich in wenigen Minuten.« Er stürzte zur Tür. Ich lief verdutzt und etwas verstimmt hinterher.

Seine Kutsche ist neu, ein grelles Gelb mit Goldverzierungen, sehr protzig, geschmacklos. Die Innenausstattung ist genauso – die Sitze sind mit Goldbrokat bezogen, die Rouleaus mit rosafarbenen Seidenquasten geschmückt.

Wir fuhren mit grauenvollem Tempo davon, die Kutsche schwankte mit angsterregender Geschwindigkeit über die Unebenheiten und um die Ecken. Ich war vorübergehend wie gelähmt. Die Angst hatte mich sprachlos gemacht. Ich hielt mich an den Seiten fest. Endlich brachte ich die Kraft auf zu schreien: »Halt!« General Buonaparte gab dem Kutscher ein Zeichen, und die Kutsche hielt jäh an. Ich fiel nach vorne auf den gegenüberliegenden Sitz. Ich brach in Gelächter aus.

»Wir kommen zu spät.« Er zog wieder seine Taschenuhr hervor. »Was wollen Sie denn?«

Wegen des Lachanfalls, der mich gepackt hatte, konnte ich nicht sprechen. Tränen liefen mir über die Wangen. Buonaparte musterte mich verwirrt. »Zu schnell?«

Ich brach wieder in Gelächter aus und nickte durch meine Tränen.
Zögernd und ein wenig unsicher lächelte er. Er bedeutete dem Kutscher, wieder loszufahren, aber diesmal in gemäßigterem Tempo. Nach und nach beruhigte sich mein Gelächter. Ich holte mehrmals tief Luft.
Ein Abend mit General Buonaparte – er verlief nicht so, wie ich es mir vorgestellt hatte.
Es war eine erfreuliche Aufführung, dachte ich, doch auf dem Heimweg bekundete General Buonaparte seine Unzufriedenheit. »Die Franzosen können nicht singen, ihre Musik ist unmelodisch. Sie tut in den Ohren weh. Singen *Sie* für mich.«
»Hier?« Wir waren an der Kreuzung der Rue Richelieu und der Rue Neuve des Petits Champs.
»Das ist das Unangenehme an den Franzosen. Sie meinen, sie könnten nicht überall und jederzeit singen.« Er stimmte eine Arie an, die mir unbekannt war. Ein Schornsteinfeger wandte sich um und starrte uns an. »Jetzt Sie«, befahl er.
»Ich bin keine Sängerin.«
»Aber Sie besitzen eine schöne Sprechstimme.«
Er wollte sich nicht abweisen lassen. Leise sang ich einen kurzen Refrain von Mozart.
Er betrachtete mich mit ernstem Gesicht. »Nicht übel. Wie ist Ihr Name?«
»Sie kennen meinen Namen.«
»Ihr vollständiger Name.«
»Marie-Joseph-Rose.«
»Joseph ist der Name Ihres Vaters?«
»War.«
»War er ein guter Mensch?«
Ich lächelte. Wohl kaum. »Ein sehr guter Mensch.«
»Nun denn, ich werde Sie Joséphine nennen, nach der Heldin in *Le Sourd*. Haben Sie es gesehen?«

»Meine Name ist Rose.«
»Sie irren sich.«

26. Dezember

»Warum bestehen Sie darauf, mich Joséphine zu nennen?« Buonaparte und ich waren gerade aus Barras' Salon gekommen und auf dem Weg ins Theater, zu einer Aufführung eines Stückes von Molière.
»Finden Sie den Namen denn nicht attraktiv?«
»Man hat mir erzählt, daß Sie immer so mit einer Frau umgehen. Erst bitten Sie sie zu singen, und dann geben Sie ihr einen neuen Namen.«
»Sie haben mit Ihrer Freundin Thérèse gesprochen«, sagte er verärgert.
»Sie können nichts vor mir geheimhalten, Buonaparte.«

29. Dezember

»Was macht ihr eigentlich die ganze Zeit?« wollte Thérèse wissen. »Gestern wart ihr fast eine Stunde im Garten.«
»Wir reden nur.« Es stimmte – im Bois de Boulogne spazierenfahren, am Kai entlanglaufen, in meinem Garten sitzen oder in seinem.
»Ihr redet *nur*? Worüber in aller Welt?«
Musik, Wissenschaft, Religion – es gab wenig, was ihn nicht interessierte, wenig, was seiner Aufmerksamkeit entging.
»Du weißt ja, was die Leute sagen, daß er verrückt nach dir ist.«
»Wir sind Freunde.«
»Zweifellos«, sagte Thérèse und lächelte kapriziös.

30. Dezember

Es ging auf die Mittagszeit zu, als die rote Kutsche von Thérèse in meinen Hof einbog. »Du solltest heute abend vielleicht nicht nach La Chaumière kommen«, sagte sie, als sie das Fenster herunterließ.

»Aber ich muß – es ist verabredet. Buonaparte holt mich um neun ab.«

»Lazare ist zurück. Er wird heute abend dasein.«

Lazare?

»Ich dachte, du solltest gewarnt sein.«

Buonaparte und ich trafen kurz vor zehn in La Chaumière ein. Ich war erleichtert, daß Lazare noch nicht da war. Trotzdem konnte ich mich nicht entspannen.

Erst um Mitternacht traf Lazare ein, in Uniform und in Begleitung mehrerer Adjutanten. Er sah mich und wandte sich ab. Ich nahm Buonapartes Arm und fragte, ob wir einen Augenblick in den Garten gehen könnten.

»Aber es ist eiskalt.«

»Nur, um ein bißchen Luft zu schöpfen.«

Nach wenigen Augenblicken konnte ich meine Fassung wiedergewinnen. Ich wußte, daß ich das Wort an Lazare richten mußte, daß ich den Mut aufbringen mußte, das Wort an ihn zu richten.

Bei der Rückkehr in den Salon wurde Buonaparte von Madame de Crèny und Fortunée Hamelin angesprochen, die verlangten, daß er ihnen aus der Hand läse, eine Zauberkunst, für die er, wie er behauptete, einiges Talent besäße.

Lazare stand in der Nähe, am Feuer, und sah zu. »Wie schön, dich in Paris zu sehen«, sagte ich und gratulierte ihm zu seiner kürzlichen Beförderung. Er betrachtete mich mit kalter Würde – mit einem derart frostigen Gesichtsausdruck, daß ich froh war, als sich Buonaparte zu uns gesellte.

»Und Sie, General Hoche?« fragte Buonaparte. Lazare streckte seine Hand aus. Buonaparte studierte sie und grinste. »General, Sie werden jung sterben – und in Ihrem Bett«, sagte er.*
»Alexander der Große ist doch auch in seinem Bett gestorben, oder?« Ich nahm Buonapartes Arm. »Ich glaube, Thérèse braucht uns im Spielzimmer«, sagte ich und zog ihn fort. »Das war unnötig«, zischte ich.
Buonaparte sah mich an. »Halten Sie mich für blind?« Ich zog meine Stola um die Schultern. »Bringen Sie mich nach Hause, Buonaparte«, sagte ich ihm. »Ich fühle mich nicht recht wohl.«

Die Rückfahrt nach Chantereine kam mir sehr lang vor. Buonaparte und ich saßen schweigend da. »Wie geht es Ihnen?« fragte er, als wir in die Rue Mont-Martre einbogen.
»Ich habe gelogen, was mein Unwohlsein betrifft«, sagte ich.
»Ich war gespannt, wie weit Sie die Farce treiben würden.«
»Das ist nicht nett.«
»Ich habe nie behauptet, ein netter Mensch zu sein.« Er zögerte.
»Sie sind General Hoche zugeneigt.«
Ich richtete die Pelzdecke über meinen Knien. Ich war dankbar für die Dunkelheit. »Ich kannte ihn im Gefängnis.«
»Und heute?«
»Und heute hat General Hoche eine eigene Familie. Möchten Sie hereinkommen?« fragte ich, als wir in meinen Hof einfuhren.
»Möchten Sie es denn?«
Ich überlegte einen Augenblick. »Ja«, sagte ich. Ich sagte nicht die Unwahrheit. Ich fühlte mich von einem Gefühl der Traurigkeit überwältigt, dem Gefühl, daß ich in diesem Leben zuviel allein war. Der kalte Blick in Lazares Augen hatte mich auf eine Weise verstört, wie Worte dies niemals vermocht hätten.

* Lazare Hoche sollte am 17. September 1797 in seinem Bett sterben, im Alter von neunundzwanzig Jahren.

Buonaparte blieb über eine Stunde. Ich trank mehrere Gläser Chambertin. Bevor er ging, sagte er: »Ich hätte gerne die Erlaubnis, Sie zu küssen.« Es schien ein harmlose Bitte zu sein.
Seine Berührung war zaghaft, unsicher und dann zudringlich. Ich riß mich los. Er spazierte mit lebhaften Schritten im Zimmer umher. »Buonaparte?« Sein Benehmen beunruhigte mich.
Offensichtlich hörte er mich nicht, denn er antwortete nicht. Dann lächelte er, ein merkwürdiges Lächeln, dachte ich, als bewahre er ein großes Geheimnis. Er küßte mir die Hand und war verschwunden.

7. Januar 1796

»Liebt ihr euch?« wollte Thérèse wissen und zog eine Robe über den Kopf. Sie probierte gerade eine Reihe von Ensembles an. In zwei Wochen sollte im Palais du Luxembourg ein Fest zu Ehren des dritten Todestages des Königs stattfinden, und Thérèse plante ihre Toilette. Roben, Unterröcke und Stolen waren im ganzen Zimmer verstreut.
»Nicht in dem Sinne, den du meinst.« Ich hielt eine Stola hoch, die sie in Erwägung ziehen sollte, eine aus luxuriöser weißer Spitze, die Barras ihr geschenkt hatte.
»Welchen Sinn gibt es denn noch?« Sie lachte.
»Er fasziniert mich.« General Napoleone Buonaparte war wie ein tropischer Tag – in einem Moment übersprudelnd und im nächsten still und launisch. Er flößte keinen Respekt ein; er forderte ihn vielmehr. Ich wußte nie, was ich von ihm zu erwarten hatte.
»Barras will unbedingt, daß du ihn heiratest«, sagte Thérèse.
»Ich bin nicht Barras' Eigentum.«
»Wir sind alle *Direktor* Barras' Eigentum, meine Liebe.« Sie schloß die Perlenknöpfe an ihrem Ärmel. »Was würdest du denn nun antworten, wenn Buonaparte dir einen Antrag machte?«

Ich seufzte und setzte mich. »Buonaparte *heiraten*?«
»Ich denke, unser Freund, der Direktor, hat recht. Ich denke, du solltest es in Erwägung ziehen. Wie alt ist Buonaparte – sechsundzwanzig? Weißt du noch, was dir die Lenormand vorausgesagt hat – daß du einen brillanten Mann des Militärs heiraten würdest, der etwas jünger ist als du?«
»Hortense weint schon bei dem Gedanken, daß ich wieder heiraten könnte.«
»Hat sie Buonaparte überhaupt schon kennengelernt? Warum nimmst du sie nicht zu dem Fest im Palais mit? Sie ist fast dreizehn – es wird Zeit, daß sie in die Gesellschaft eingeführt wird.«

Samstag, 9. Januar

Zuerst war Hortense begeistert von der Neuigkeit, daß wir zu einem Festmahl gehen würden, vor allem, als ich ihr das Kleid zeigte, das ihr die Lannoy gerade nähte. »Es findet im Palais statt«, sagte ich und dachte, sie wäre beeindruckt.
»Dem Luxembourg?«
Ich nickte. »Direktor Barras ist der Gastgeber.«
»Wir gehen zu einem Empfang, den Direktor *Barras* gibt?« Die Verachtung stand ihr ins Gesicht geschrieben. »Aber, Maman, es waren Männer wie er, die Vater *ermordet* haben!«
»Wo hast du das gehört?« Seit Hortense in die Schule ging, hatte sie plötzlich »Meinungen«. Ich hatte eigentlich mit Madame Campan darüber sprechen wollen, mich jedoch zurückgehalten, da ich ahnte, daß möglicherweise Madame Campan selbst dahintersteckte. »Wenn Direktor Barras uns nicht geholfen hätte, wäre es uns nie gelungen, die Besitztümer deines Vaters zurückzubekommen«, wies ich sie zurecht. »Du hast die Pflicht, einem Mann gegenüber freundlich zu sein, der soviel getan hat, um uns zu helfen.«

Schließlich gab sie nach; sie würde mitgehen. »Aber ich weigere mich, mit Verbrechern und Schurken zu sprechen. Schließlich bin ich eine Royalistin.«
Ich schlug sie. Wir brachen beide in Tränen aus.

21. Januar, Mitternacht

Ich bin erschöpft. Das Galafestessen im Palais du Luxembourg war ein gewaltiger Erfolg, aber für mich kaum erfreulich. Buonaparte war besonders eifrig und folgte mir auf Schritt und Tritt. Er aß rasch, oftmals mit den Fingern. Hortense saß zwischen uns und weigerte sich trotzig zu reden.
Auf dem gesamten Heimweg war Hortense still. Schließlich, schon im Schlafgewand, schrie sie plötzlich schluchzend: »Wenn Sie diesen gräßlichen kleinen Mann heiraten, werde ich nie wieder mit Ihnen reden.«
Ich nahm sie in die Arme. »Das werde ich nicht«, sagte ich ihr. »Ich verspreche es.«
Ich verspreche es.

Ich muß mich entscheiden

Freitag, 22. Januar 1796

Buonaparte hat mir einen Heiratsantrag gemacht. Ich sagte ihm, daß ich darüber nachdenken würde.

»Wie lange?« Er begann, das Zimmer zu durchschreiten.

»Ich werde Ihnen in zwei Wochen eine Antwort geben.«

»In einer Woche.«

»Dann wird die Antwort nein lauten.«

Er lächelte. »Sie sind stärker, als Sie aussehen, Joséphine. Ich mag das an einer Frau.«

»Mein Name ist Rose.«

Samstag, 23. Januar

Eugène schlug die Hacken zusammen, als General Buonaparte zu Besuch kam. Hortense dagegen zeigte ihm die kalte Schulter. Buonaparte gab sich alle Mühe, sie zu bezaubern, aber mit wenig Erfolg. Hortense blieb die meiste Zeit des Abends auf ihrem Zimmer und weigerte sich, herunterzukommen.

»Versuchen Sie, nicht verletzend zu sein«, legte ich ihm nahe.

»Ich habe sie doch nur geneckt.« Er hatte Hortense vorgeworfen, eine Betschwester zu sein, weil sie sich auf die Firmung vorbereitete.

»Sie ist kein Kind, das man necken kann. Sie nimmt alles ernst.«

»Dann *werden* wir miteinander auskommen.«

29. Januar, 6 Uhr abends

»Aber, Thérèse, ich bin nicht verliebt.« Thérèse und ich machten einen Spaziergang am Quai. Es war kalt, aber erfrischend, das Wasser grau.

»Er bedeutet dir als Freund viel«, sagte sie. »Du bedeutest ihm viel. Ist das nicht wichtiger?«

»Glaubst du nicht an die Liebe?«

Thérèse lachte verächtlich auf. »Tallien hat mich geliebt – und alles, was ich bekam, waren blaue Flecken.«

»Er weiß, daß er dir Unrecht getan hat.« Ich hatte auf eine Gelegenheit gewartet, um mit ihr über Tallien zu sprechen.

»Du hast ihn gesehen?« Ich nickte. »Er hat sich verändert.«

Sie sagte nichts.

»Er betet dich an, Thérèse«, fuhr ich unbeirrt fort. »Und er ist ein so zärtlicher Vater.«

Sie ging auf mich los. »Weißt du denn nicht, wie mich das quält?« rief sie mit aufgewühltem Blick. »Eine Ehe kann ohne Leidenschaft überleben, Rose, aber nicht ohne Achtung. Sag ihm, daß es mir leid tut, aber ich kann nicht – ich *kann* einfach nicht.«

30. Januar

»Sie drückt ihr Bedauern aus.« Ich versuchte, es ihm schonend beizubringen. Tallien hatte so hoffnungsvoll ausgesehen, als ich erschien. »Du bedeutest ihr viel.« Das stimmte.

»Aber …?«

Ich schüttelte den Kopf.

Ich blieb eine Weile. Wir spielten Piquet, wie in unseren Jugendzeiten, den Zeiten vor dem Terror, Zeiten, die so weit entfernt zu sein schienen. Ich sprach mit ihm über General Buonaparte, über meine Zweifel und meine Verwirrung.

»Er ist ein ehrgeiziger Mann«, sagte Tallien. »Er wird es zu etwas bringen. Darüber kann kein Zweifel bestehen.«
»Barras sagt das auch.«
»Mag er dich? Und die Kinder?«
»Ja.« Er schien Hortense und Eugène wirklich zu mögen. »Ich glaube, er wäre ihnen ein guter Vater.«
»Und als General sicher eine Hilfe bei der Militärkarriere deines Sohnes.«
»Richtig.« Dies war ein bedeutender Faktor.
»Trotzdem bist du unsicher?«
»Wir lieben uns nicht.«
»Das ist nicht schwer zu lösen.«
»Eine Frau hat es nicht immer leicht.«
»Ist eheliche Treue ein Problem? Vielleicht ...«
Ich zuckte mit den Schultern. Es war für verheiratete Männer und Frauen üblich, sich Geliebte zu nehmen – aber wollte ich so leben?
»Ich rate dir anzunehmen«, sagte Tallien. »Es ist ein Spiel – aber andererseits ...« Er stöhnte, als ich meine Karten offenlegte. »Aber andererseits hattest du schon immer ein Talent dafür, Glücksspiele zu gewinnen.«

31. Januar 1796 – Hôtel de Croisœuil, Croissy

Sehr verehrte Bürgerin Madame Beauharnais,
kommen Sie rasch – Mutter geht es nicht gut.

Bürgerin Madame Lucie Hosten de Croisœuil

1. Februar 1796 – Hôtel de Croisœuil, Croissy

Sehr verehrte Bürgerin Madame Beauharnais,
verzeihen Sie, daß ich Sie beunruhigt habe. Mutter ist heute kräftiger.

Bürgerin Madame Lucie Hosten de Croisœuil

Dienstag, 2. Februar – Croissy

Es war kurz nach Mittag, als mein Kutscher mich vor dem Hôtel de Croisœuil absetzte. Lucie kam mit einem Säugling auf dem Arm in die Halle. »Madame Beauharnais!« Sie begrüßte mich äußerst freundlich. »Haben Sie meine zweite Nachricht erhalten?« fragte sie. Von irgendwoher hörte ich ein Kind lachen.

»Wie geht es Ihrer Mutter?« fragte ich sie, nachdem ich sie zu ihrem zweiten Kind – wieder ein Junge – beglückwünscht hatte. »Was sagt der Arzt?«

Wir wurden durch einen Schrei unterbrochen – der eines Kindes. Lucie blickte zur Treppe hinauf. »Ruhe!« brüllte sie. Sie wandte sich mit Engelsmiene wieder zu mir um. »Wir haben sie nach unten gebracht«, sagte sie, abgelenkt von dem nun ebenfalls schreienden Kind in ihren Armen.

Im Musikzimmer war es dunkel; die Vorhänge waren vorgezogen, die Fenster geschlossen. Der Geruch war eher zu greifen, als zu riechen, Luft, die immer schlechter wurde. Ich schlug die Bettdecken zurück. Aimées Augen waren offen.

»Du bist da.« Ihre Stimme war rauh, heiser.

»Lucie hat mir geschrieben.«

»Das war nicht nötig.«

»Fällt dir das Sprechen schwer?«

»Ich bin so müde.«

»Ich werde dir die Füße massieren. Würde dir das gefallen?«

Sie nickte. »Erzähle. Was gibt es Neues? Wie geht es allen?«

»Ich denke über einen Heiratsantrag nach.«

»Lazare?«

Ich schüttelte den Kopf. »General Buonaparte.«

»Der Mann in den Zeitungen?«

Ich nickte.

»Ist er nicht Italiener, Rose? Italiener sind so unreinlich.«

»Er ist Korse.«

»Das ist noch schlimmer.«
»Ich wünschte, du könntest ihn kennenlernen.« Ich hätte ihr so gerne von der Verwirrung in meinem Herzen erzählt, doch sie wurde schon schläfrig, ihre Augenlider flatterten und schlossen sich. Ich setzte mich wieder neben sie und nahm ihre Hand. Du kannst mich nicht einfach so verlassen, Aimée, dachte ich. Ich brauche dich.
Lucie kam ins Zimmer, einen Nachttopf in der Hand. Ich erhob mich. »Sie schläft immer mehr«, sagte Lucie.
»Das wird sie heilen.«
»Ja.« Aber keiner von uns glaubte daran. Ich griff nach meinem Korb, meinem Hut. An der Tür wandte ich mich um und schaute zurück. Lucie – so jung, so blühend – stand mit resignierter Miene am Fußende des Bettes ihrer Mutter. »Bestellen Sie ihr herzliche Grüße von mir«, sagte ich. Bete für ihre Seele.

3. Februar

»Man hat mir einen Heiratsantrag gemacht«, erzählte ich Fanny. Ich war in ihrem Stadthaus in der Rue de Tournon, um Vorkehrungen für eine Holzlieferung zu treffen.
»Du würdest deine Freiheit wegwerfen?« Sie sah entsetzt aus.
»Die Freiheit zu verzichten.« Die Freiheit, allein zu schlafen. »Eugène und Hortense brauchen einen Vater.«
»Ist das dieser Korse, den ich in deinem Salon getroffen habe?«
»Sind Sie dagegen?«
»Er erzählt gute Geistergeschichten. Er gefiel mir eigentlich.«
»Den meisten Leuten nicht.«
»Schick sie zum Teufel. Ich weiß, daß die adligen Matronen von Saint-Germain ihre Nase über einen Mann rümpfen werden, dessen Namen sie nicht aussprechen können, aber wer schert sich denn noch um *die*?«

»Was Tante Désirée wohl denken wird?«
»Du hast es ihr noch nicht erzählt?«
»Ich habe nicht den Mut dazu.«
»Sie möchte doch, daß du heiratest.«
»Aber einen Korsen?«
Fanny lachte. »Sie wird sich daran gewöhnen. Verglichen mit Marie, die einen Mulatten heiratet, könnten die Chancen sogar gut stehen. Liebst du ihn?«
»Nein.«
»Da bin ich aber erleichtert.«

4. Februar

General Schérer, Kommandeur der Italienarmee, ist zurückgetreten.
»Warum?« fragte ich beunruhigt. Jede Erwähnung der Italienarmee greift meine Nerven an.
Buonaparte und ich waren in seiner gräßlichen Kutsche im Bois de Boulogne. Ich hatte ihn überredet, daß die Ausfahrt, wenn ich sie genießen sollte, nicht mit voller Geschwindigkeit stattfinden dürfe, und er hatte seinen Kutscher angewiesen, die Finger von der Peitsche zu lassen.
»Direktor Carnot hat ihm meine Pläne für den Einsatz in Italien geschickt«, sagte Buonaparte. »Es hat den Anschein, daß sich General Schérer nicht dafür interessierte. Er sagte lediglich, daß der Idiot, der sie sich ausgedacht hätte, wohl auch dazu imstande wäre, Erfolg damit zu haben.«
»Und daher ist er zurückgetreten? Einfach so?«
»Zur Seite getreten, sagen wir mal.«
»Für Sie?«
»Wir werden sehen ...«
»Was meinen Sie?«
»Ich muß eine Antwort haben. *Bald.*«

6. Februar

Heute morgen war ich nervös. Ich entschloß mich zu einer Ausfahrt. Einer plötzlichen Eingebung folgend, bat ich meinen Kutscher, mich zu dem Acker hinauszufahren, wo Alexandre begraben war.

Er sah anders aus als vorher. Hier und dort war büschelweise Gras gewachsen, jetzt braun vom Frost. Der Wind fegte über die harten Erdschollen. Die Verrückte war auch wieder da, trotz der Kälte.

Ich lief auf den Acker hinaus, zu der Eiche in der Mitte. Ich lehnte den Kopf an den knorrigen Stamm. Wie alt dieser Baum wohl war? fragte ich mich.

Ich dachte über mein Leben nach, über die Entscheidungen, die vor mir lagen. Ich dachte an Hortense, an Eugène. In diesem Sommer wurde ich dreiunddreißig. Wie viele Heiratsanträge würde es wohl noch geben?

»Die Kinder müssen einen Vater haben«, sagte ich laut. Konnte Alexandre mich hören? »Ich kann es nicht allein schaffen!«

Die Verrückte wandte den Kopf und grinste.

Ich ging zu ihr. Sie kauerte auf dem Boden. Ich beugte mich neben ihr herunter. Ich war überrascht, als ich sah, wie jung sie war, jünger als ich. Ihre Kleider waren zerfetzt, verschmutzt von Exkrementen. Sie zitterte.

»Du wirst dir hier draußen den Tod holen. Hast du ein Zuhause?« fragte ich. »Irgendeinen Platz, wo du hingehen kannst?«

»Cäsar wird kommen«, sagte sie.

»Der Römer?«

»Er sagte, daß er mich hier treffen würde.«

»Du solltest im Haus sein.« Ihre Haut war von der Kälte grau.

»Ich warte.« Ich legte ihr meinen Umhang um die Schultern. »Er hat mir gesagt, daß du nach Hause gehen sollst«, log ich.

»*Er* hat dir das gesagt?«

Ich zögerte. »Er hat gesagt, daß ich dir das geben soll.« Ich ließ meinen kleinen Münzbeutel in ihre Hand gleiten.

Sie befühlte den Beutel. Sie sah zu mir auf. Ihre Augen lagen tief, waren von einem dunklen Blau – Alexandres Augen. Ich wandte mich ab.

Sonntag, 7. Februar

Eine weitere schlaflose Nacht. Der Wind bläst gegen die Fensterläden. Ich bin zu meinem Schreibtisch neben dem Feuer gegangen und habe eine Flickendecke über meine Knie gelegt. Morgen muß ich Buonaparte meine Antwort geben. Ich weiß nicht, wie sie ausfallen wird.

Ich hole meine Karten hervor, die seit den Carmes versteckt waren. Ich fühle ihre abgegriffene Oberfläche, spüre immer noch die Trauer, die in ihnen steckt. Ängstlich lege ich sie aus. In der Mitte: Konflikt. Für die Zukunft: Vereinigung. Und die Kontrollkarte: Schicksal.

8. Februar

Ich habe Buonaparte meine Antwort gegeben.

Ich habe Anlaß zu bereuen

9. Februar 1796

Eugène nahm die Neuigkeit gleichmütig auf. Ich meine sogar, daß er sich freute. Hortense dagegen war untröstlich. Ich hätte sie hintergangen, sagte sie. Sie blieb auf ihrem Zimmer, weigerte sich zu essen.

18. Februar

Das Aufgebot wird morgen veröffentlicht. »Haben Sie es jemandem erzählt?« fragte ich Buonaparte. »Haben Sie es Ihrer Familie erzählt?«

Buonapartes riesige Familie: seine verwitwete Mutter, Madame Letitia (die er verehrt), sein älterer Bruder Guiseppe (den er liebt), Lucciano (der zu den besten Hoffnungen berechtigt), Luigi (den er als seinen Sohn betrachtet), seine Schwestern (»die drei Marias«) Maria-Anna, Maria-Paola und Maria-Anuntiata, der »Kleine«, Girolamo – jetzt zwölf. Alle in seiner Obhut, alle notleidend.

»Ich habe nur Guiseppe informiert«, sagte er. Wir saßen am Kamin und aßen eingemachte Kirschen in frischer Schlagsahne. »Ich habe ihm vor zwei Wochen geschrieben.«

Vor zwei Wochen? Vor zwei Wochen hatte ich Buonaparte meine Antwort noch nicht gegeben. »Und was hat er geantwortet?« fragte ich.

»Er ist wütend. Er sagte, er hätte um Rat gefragt werden müssen,

da er der Älteste ist. Er besteht darauf, daß ich meine Verpflichtung, die Schwester seiner Frau zu heiraten, einlöse.«
»Das Mädchen, mit dem Sie vergangenen Sommer verlobt waren?«
»Und nun hat Guiseppe an Mutter geschrieben.«
»Und?«
»Und nun verlangt *sie*, daß ich die Verlobung mit dir löse.«
»Könnte das nicht ein Problem werden, Buonaparte? Vielleicht sollten wir ...«
»Nein!« sagte er verärgert. »Ich bin mein eigener Herr.«

19. Februar

Buonaparte hat mit Barras gesprochen, Barras hat mit Thérèse gesprochen, Thérèse hat mit mir gesprochen. Auf diese Weise habe ich erfahren, daß Buonapartes Bruder Guiseppe ihm mit einer Klage gedroht hat, weil er seine Schwägerin nicht heiratet!*
»Die Korsen verbringen ihr halbes Leben im Gerichtssaal«, sagte Thérèse, als sie es mir erzählte. »Das ist ihr Lieblingssport. Hast du schon mal von der Vendetta gehört?«
»Auf was lasse ich mich da bloß ein?«
»Keine Sorge, Rose. Du kannst eine Schlange beschwören.«
»Aber auch korsische Verwandte?«
Thérèse machte ein unschlüssiges Gesicht. »Vielleicht nicht.«

* Bernadine Eugénie Désirée Clary heiratete später Bernadotte, der Kronprinz von Schweden wurde – und somit Désirée zur Kronprinzessin machte. Ironischerweise heiratete beider Sohn, Oskar I. von Schweden, eine von Roses Enkeltöchtern.

20. Februar

Wegen meines Taufscheins, der für die Heiratserlaubnis verlangt wird, habe ich Bürger Calmelet, meinen Familienberater, aufgesucht. »Ich denke, Sie handeln richtig«, sagte er zu mir.
»Das sagen nicht viele.« General Aubert-Dubayet, der Kriegsminister, hatte sich erdreistet, mir zu sagen, daß ich mich lächerlich machte, wenn ich Buonaparte heiratete. Selbst Grace Elliott hatte gefragt, wie ich auch nur daran denken könnte, einen Mann mit einem so fürchterlichen Namen zu heiraten.
Bürger Calmelet nickte. »General Buonaparte ist keiner, der die Etikette beachtet. Das erregt bei manchen Leuten Anstoß. Aber er berechtigt zu den besten Hoffnungen, und er scheint Ihnen aufrichtig zugetan zu sein. Das kann man in seinen Augen lesen.«
»Werden Sie zu der Feier kommen, einer meiner Trauzeugen sein?«
»Es wäre mir eine Ehre. Wann findet sie statt?«
Noch siebzehn Tage.

Montag, 22. Februar

Es war fast Mittag, als ich ein Pferd die Gasse herauftraben hörte. Ich schaute hinaus und erblickte Lazare, der von einem prächtigen Grauschimmel absaß. Er reichte meinem Kutscher die Zügel und die Reitpeitsche.
Rasch ging ich zu meinem Spiegel und rieb mir etwas Farbe auf die Wangen.
Agathe kam in mein Ankleidezimmer. »General Hoche ist hier, um Sie zu besuchen.«
»Ja, ich habe ihn gesehen.« Ich band meine Schürze ab. Ich hatte vorgehabt, im Garten zu arbeiten, und das einfache Musselinkleid, das ich trug, schmeichelte nicht gerade.

»Soll ich ihm sagen, daß Sie ihn empfangen werden?«
Ich überlegte einen Augenblick. Sollte ich? Nein. »Sag ihm, ich sei unpäßlich.«
Wenige Augenblicke später hörte ich Lärm in der Diele. Ich blickte hoch. Lazare stand in der Tür. »Ich möchte meine Briefe zurück«, sagte er.
Ich lachte höhnisch auf. »Welche Briefe! Ich habe seit *August* keinen einzigen Brief mehr von dir erhalten.« Ich zog mir das Tuch um die Schultern. »Seit du Madame de Pout-Bellans Ehemann *gerettet* hast.«
»Monsieur de Pout-Bellan? Was hat er denn damit zu tun?«
»Es heißt, daß du seine Frau liebst.«
Lazare wedelte ungeduldig mit der Hand. »Madame de Pout-Bellan? Da ist nichts ...! Wenigstens nichts im Vergleich mit dem, wie du und Vanakre ...«
»Vanakre? Dein *Diener*?«
»Du brauchst nicht diesen aristokratischen Ton anzuschlagen. Vanakre ist jetzt mein Adjutant.«
»Darum geht es nicht. Du hast geglaubt, daß ich eine Affäre mit *Vanakre* hatte?«
»Ich habe *Beweise*!«
»Diese Beweise würde ich gerne einmal sehen, General Hoche.«
Lazare begann auf und ab zu laufen. »Und jetzt bist du mit diesem« – er fluchte, schlug mit der Faust auf den Beistelltisch – »diesem kleinen *Polizeigeneral* zusammen! Wie konntest du nur!«
»Sprich nicht so von General Buonaparte.«
»Wußtest du, daß er erst im letzten Jahr zu einer Infanteriebrigade unter *meinem* Befehl versetzt wurde, weil er *angeblich* krank war? Wußtest du, daß der Ausschuß ihn wegen Gehorsamsverweigerung degradiert hat? Und daß er den Türken seine Dienste angeboten hat! Er ist ein Opportunist! Man kann ihm nicht

trauen. Er will nur die Beförderung, die Barras ihm angeboten hat.«
»Mit Barras hat das nichts zu tun!« Ich hielt mir die Ohren zu.
Lazare packte meine Hände und zog sie weg. »Buonapartes Belohnung für die Heirat mit dir ist die Italienarmee. *Das* will er – nicht *dich*.«
»Wer auch immer dazu ernannt wird, die Italienarmee zu befehligen, wird aufgrund seiner Verdienste ernannt.« Ich zitterte.
»*Alle* Direktoren müssen dem zustimmen – wie du sehr wohl weißt. In Wirklichkeit hat es doch wohl den Anschein, daß Direktor Carnot derjenige ist, der General Buonaparte befördert.«
»Sag mir, daß du ihn liebst«, wollte Lazare wissen.
»Ich habe ihm mein Wort gegeben.«
Er starrte mich lange an. »Das wär's also?«
Ich drehte mich zum Fenster und holte tief Luft. »Ich nehme an, daß Glückwunsche angebracht sind. Du bist Vater geworden, wie ich höre.«
»Ganz recht. Ein Mädchen.« Aus seiner Stimme klang Stolz.
Ich drehte mich zu ihm um. »Ich war dir nie untreu«, sagte ich.
Er nahm meine Hand. »Du zitterst ja. Erschrecke ich dich?«
»Bring mich nicht zum Weinen, Lazare.« Ich zog meine Hand fort. Seine Berührung war zärtlich. Er war immer so zärtlich gewesen. »Bitte geh.«
An der Tür wandte er sich um. »Es stimmt, daß ich mich in eine andere Frau verliebt habe«, sagte er. »In meine Frau.«
»Du hast sie schon immer geliebt.«
Er verbeugte sich und war fort. Kurz darauf hörte ich sein Pferd die Einfahrt hinuntergaloppieren.
Ich saß eine Weile am Fenster und schaute in den grauen Wintertag hinaus. Agathe fragte, ob ich etwas wünsche.
»Nichts«, sagte ich.

Später

Ich grub gerade im Garten, als eine Botschaft abgegeben wurde. Es war eine Nachricht von Bürger Dunnkirk: »Bitte suchen Sie mich auf.«

Handelt es sich um Mutter? Ich rief sofort nach meiner Kutsche und traf kurz vor fünf Uhr in Emmerys Büro ein.

»Ich bin froh, daß Sie so prompt kommen konnten. Da ist etwas, was Sie meiner Meinung nach wissen sollten. Ihr Verlobter hat mich aufgesucht.« Es war kalt. Er schniefte wie gewöhnlich.

»General Buonaparte?«

»Ja. Heute morgen.«

»Aber *warum*?«

»Er erkundigte sich nach Ihren finanziellen Verhältnissen.«

»Ich habe keine Geheimnisse! Er mußte Sie nicht fragen.«

Bürger Dunnkirk zuckte mit den Schultern.

»Was haben Sie ihm gesagt?«

»Die Wahrheit.« Er schneuzte sich die Nase in ein schmutziges blaues Taschentuch.

»Und ...?« Ich wußte nicht, auf wen ich wütender war: auf Buonaparte oder Bürger Dunnkirk.

»Er hatte Sie für vermögender gehalten, als Sie es sind.«

Ich saß einen Augenblick schweigend da.

»Ich weiß, es steht mir nicht zu, Bürgerin, aber ... sind Sie sicher, daß dies der Mann ist, den Sie heiraten sollten?«

»Ich muß gehen.« Aus Angst vor meinen Gefühlen erhob ich mich.

Am selben Abend

»Es ist aus!« schrie ich in dem Augenblick, als Buonaparte eintrat. Ich hatte nicht derart explodieren wollen, aber die Worte entschlüpften mir, bevor ich mich beherrschen konnte.

Buonaparte blickte hinter sich. Sprach ich zu jemand anderem als zu ihm? »Joséphine ...?«

»Und ich werde *nicht* Joséphine sein! Ich bin *Rose*.« Ich lief im Zimmer auf und ab.

Buonaparte warf seinen Hut auf einen Stuhl. »Vielleicht könnten Sie mir verraten, was das alles zu bedeuten hat«, sagte er, »*Joséphine*.«

Ich holte zum Schlag gegen ihn aus. Er packte mich am Handgelenk. »Ich warne Sie, mich niemals zu schlagen«, sagte er.

Die Lannoy kam zur Tür gelaufen. Gontier war hinter ihr. »Madame?«

»Laßt uns allein«, befahl Buonaparte. Er war nicht so ruhig, wie er vorgab.

Ich nickte beiden zu. »Es ist in Ordnung.«

Nachdem sie gegangen waren, herrschte einen Augenblick Schweigen. Draußen wieherte ein Pferd.

»Nun, ob Sie wohl so freundlich wären und mir eine Erklärung geben könnten?« Buonaparte stach mit einem Eisen nach den glühenden Kohlen.

Ich setzte mich und faltete die Hände in meinem Schoß. »Ich habe beschlossen, unsere Verlobung zu lösen.«

»Soviel habe ich begriffen. Würde es Ihnen Umstände bereiten, einen Grund dafür zu nennen?«

»Sie haben meinen Bankier aufgesucht.«

»Ganz recht.«

»Sie hätten zu mir kommen können.«

Er antwortete nicht.

»Sie empfinden keine Zuneigung zu mir, Buonaparte. Durch die Heirat mit mir erhoffen Sie sich lediglich eine Beförderung.« Ich wollte ihn nicht ansehen. »Nichts was Sie vorbringen können, kann mich vom Gegenteil überzeugen. Versuchen Sie also erst gar nicht, sich zu verteidigen.«

»Und *Sie* – sind Sie so ...?« Er erhob sich. »So frei von Eigennutz? Können Sie behaupten, daß Sie nur aus *Zuneigung* zu mir in die Heirat eingewilligt haben?«

»Um so mehr Grund, auf diese unglückselige Verbindung zu verzichten.«

Er verließ abrupt das Haus. In seinen Augen waren Tränen. Ich fühle mich nicht erleichtert.

Wir fangen noch einmal an und noch einmal

23. Februar 1796

Ich war noch im Bett, als Agathe mir meldete, daß General Buonaparte eingetroffen sei.

»Ich habe das Pferd gehört«, sagte ich. Agathe brachte mir mein weißes Musselinkleid. Ich band mir einen roten Schal um den Kopf und legte Rouge auf.

Ich freute mich nicht auf dieses Treffen. »Bleib in der Nähe«, wies ich Agathe an und streifte ein Tuch über meine Schultern, »falls ich dich brauche.« Ich zitterte vor Kälte.

Buonaparte wartete im Empfangszimmer. Er stand am Fenster und betrachtete die Büste von Voltaire. Er wandte sich zu mir um, als ich eintrat. An seinen Augen konnte ich erkennen, daß er nicht geschlafen hatte.

»Guten Tag«, sagte ich.

»Ist es schon so spät?« Er trug einen schwarz bestickten Rock mit einem hoch aufgestellten Kragen.

Ich nahm links vom Kamin Platz und bedeutete ihm, auf der rechten Seite Platz zu nehmen. Seine Stiefel, die er mit einer abscheulichen Substanz zu polieren pflegte, verströmten einen strengen Geruch. Ich bat Agathe, uns Kaffee und Toast zu bringen. »Und Rum.«

Buonaparte und ich saßen in unbehaglichem Schweigen da, bis Agathe zurückkehrte. Sie stellte den Kaffeekessel und Kelchgläser auf einen Serviertisch und ging. »Kaffee?« fragte ich. Er lehnte ab. Ich goß mir aus dem Kessel Kaffee ein, fügte Rum, Sahne und zwei gehäufte Löffel Zucker hinzu. Mein Löffel schabte auf dem Boden meiner Tasse.

»Die Zeit der Wahrheit ist gekommen«, sagte er. Er stand auf. Ich machte mich auf Gegenbeschuldigungen, Rechtfertigungen gefaßt. »Sie haben mich des Eigennutzes bezichtigt, indem ich Ihnen einen Heiratsantrag machte. Ich möchte auf Ihre Vorwürfe antworten.« Er verschränkte die Hände hinter dem Rücken, dann vor der Brust und dann wieder hinter dem Rücken. »Am Anfang, ja, reizten mich die Vorteile, die mir eine Heirat mit Ihnen bieten würde. Ich erkannte, daß Sie eine einflußreiche Frau waren, eine Frau, die ungezwungen mit mächtigen und reichen Männern Umgang pflegte, eine Frau, die eine Brücke zwischen der alten und der neuen Welt schlug. Ich wußte, daß diese Eigenschaften ein Gewinn für mich wären. Und natürlich war da noch als Rosine die Italienarmee! Ich hätte die ordinärste Marktdirne geheiratet, um den Befehl über die Italienarmee zu bekommen.«

»Sie müssen mich nicht beleidigen, Buonaparte.«

»Sie *beleidigen*!« Er fiel vor mir auf die Knie. »Ich möchte Sie ehren, wie noch nie eine andere Frau zuvor geehrt wurde!«

»Erheben Sie sich!« sagte ich beunruhigt und peinlich berührt.

»Sie *müssen* mich anhören!« Er nahm den Sessel neben dem meinen und ergriff meine Hand. »Begreifen Sie denn nicht? Ich habe mich in Sie *verliebt*!«

»Und dennoch sind Sie zu meinem Bankier gegangen.«

»Das will ich nicht leugnen. Das war die Tat eines Feiglings.« Er erhob sich wieder und trat zurück. »Ich suchte nach Gründen, Ursache und Wirkung, Bedingung und Beweis. Ich suchte nach einer Möglichkeit zu fliehen.«

»Vor *was*?«

»Vor Ihnen. Vor dem Gefühl, das mich verschlang.«

Ich lehnte mich aufgebracht zurück. »Ich kann Rätsel nicht leiden«, sagte ich.

»Sie verstehen mich nicht! Wenn ich bei Ihnen bin, dann ist es so, als hätte sich ein Vorhang geöffnet und alles, was vorher geschehen war, wäre nur eine Ouvertüre gewesen. Ist das nicht erschreckend? Ich habe einen Toten in meinen Armen gehalten. Ich bin auf die Mündung einer in Brand gesetzten Kanone zugegangen. Ich habe dem Zorn meiner Mutter die Stirn geboten. Doch *nichts* ist so erschreckend für mich wie die Zärtlichkeit, die mich überkommt, wenn ich in Ihre Augen schaue.«
Ich stand abrupt auf und ging zum Fenster. Fortuné war an der Gartenmauer, bei den Rosensträuchern, die dort standen, und grub nach etwas.
»Wollen Sie mich nicht heiraten?« Seine Stimme klang verzweifelt.
Ich kam zu meinem Sessel am Kamin zurück. »Sie wissen, daß ich Sie nicht liebe«, sagte ich.
»Ja, das weiß ich.«
»Sie wissen, daß ich ... älter bin als Sie, daß ich einen anderen geliebt habe.« Immer noch liebe. Das sagte ich nicht.
»Ja.«
»Und trotzdem möchten Sie mich heiraten?«
»Ich möchte Sie anbeten.«
»Müssen Sie so spaßig sein, Buonaparte?«
»Sie meinen, ich scherze.«
»Gewiß, was sonst?« Ich lächelte.
»Verzeihen Sie mir?« Ich nahm seine Hand. Wir waren fast gleich groß. Er kam mir wie ein Bruder vor, ein Kamerad – »mein Seelenfreund«, wie Mimi gesagt hätte. »Ich will Chantereine nicht aufgeben«, sagte ich, als ich die Türen zum Garten öffnete.
»Mein Haus in der Rue des Capucines hat mehr Prestige«, sagte er.
»Dies ist mein erstes, richtiges Zuhause. Es bedeutet mir alles.«
Er sah sich um. »Nachdem ich Italien befreit habe, werde ich ein größeres Haus verlangen.«

»Und wann wird das sein, General Buonaparte?« neckte ich ihn.
Er sah mich amüsiert an. »Gleich nach unserer Hochzeit, Joséphine.«

Mittwoch, 24. Februar

»Ich habe den Direktoren unsere Verlobung mitgeteilt«, berichtete mir Buonaparte heute abend.
»Und wie haben sie reagiert?«
»Positiv.« Offensichtlich zufrieden stolzierte er umher. »*Sehr* positiv.« Er klatschte in die Hände.

2. März

Buonapartes Diener lud eine Kiste mit Papieren in meinem Eingang ab. Buonaparte kam hinter ihm herein. »Und siehe«, sagte er und schwenkte dramatisch die Hand. »Der Befehlshaber der Italienarmee.«
»Ist es jetzt offiziell? Hatten Sie es denn nicht erwartet?«
»Man kann sich solcher Dinge nie ganz sicher sein.« Er durchwühlte die Kiste mit Papieren.
»Und nun?«
Buonaparte durchblätterte die Seiten eines Berichts.
»Und nun?« Ich berührte seinen Arm.
Er sah mich zerstreut an.
»Und nun?«
»Und *nun* beginnt die Arbeit.«

8. März

Buonaparte holte mich um die Mittagszeit ab. Ich war bereit. Zusammen fuhren wir in die Kanzlei meines Rechtsanwalts in der Rue Saint-Honoré. Buonaparte wartete am Eingang, während mein Anwalt den Ehevertrag durchlas.

»Ist Ihnen dieser Vertrag bekannt?« fragte Raguideau, als ich mich setzte. Sein staubiges Büro war mit Papieren und Gesetzesformularen übersät. Die Fenster, die zur Rue Saint-Honoré hinausgingen, waren mit Ruß bedeckt. »Ja.«

»Trotzdem verlangt es das Gesetz, daß ich den Vertrag noch einmal mit Ihnen durchgehe.« Er ist ein kleiner Mann, doch er hat eine außergewöhnlich tiefe Stimme. »Ihre finanziellen Mittel werden auseinandergehalten. Sie werden beide zu gleichen Teilen zu den Unterhaltskosten eines Haushaltes beitragen. Selbst die Kosten für die Hochzeit werden zwischen Ihnen geteilt.« Mühsam entzifferte er den Wortlaut: »Ihr Gemahl übernimmt keine Verantwortung für Ihre Schulden. Außer, daß er Ihnen eine nominelle Summe von fünfzehnhundert Livres im Jahr bezahlt, werden Sie nichts aus dieser Verbindung erhalten.«

Er legte die Papiere auf den Schreibtisch und setzte seine dicke Brille ab. »Bürgerin Beauharnais, ich muß offen sein. Dieser Mann bringt Ihnen nichts mit außer einem Mantel und einem Schwert. Ich fürchte, ich kann Ihnen nicht mit gutem Gewissen raten, diesen Vertrag zu unterschreiben.«

Trotz der Kälte spürte ich die Hitze in meinen Wangen. »Ich bin hier, um diesen Vertrag zu unterschreiben, Bürger Raguideau, nicht, um ihn in Zweifel zu ziehen.«

»Bitte, verstehen Sie doch, es wäre Ihr *Verderben*, diesen Mann zu heiraten.«

»So sei es.« Ich nahm den Federkiel in die Hand.

Buonaparte wartete in der Diele. Er wirkte amüsiert. »Nur einen Mantel und ein Schwert?«

»Sie haben gelauscht? Sind Sie nicht gekränkt?« Ich war wütend. Weiß man denn nie, wie er reagiert?
»Wir werden ja sehen, was ein Mantel und ein Schwert vermögen!«

Später

Die Kirchenglocken hatten gerade vier geschlagen. Ich stand am Fenster und sah in den Garten hinaus, als ich von einem Geräusch aufgeschreckt wurde. Hinter mir stand die Lannoy mit einem abgenutzten Lederkoffer in einer Hand.
»Wollen Sie verreisen, Lannoy?« fragte ich. Ich erinnerte mich nicht, daß wir einen Urlaub vereinbart hatten.
Ein heftiges Kopfnicken verschob um ein Haar ihren Hut, eine bescheidene Strohkreation, die von einer weiß und blau gestreiften Schleife erdrückt wurde. »Ich kann diesem Jakobiner nicht dienen!«
»Sie verlassen mich? *Jetzt*?«
»Leben Sie wohl!« heulte sie und warf sich in meine Arme.

9. März

Barras und Tallien erschienen kurz nach sieben Uhr. Tallien hatte seinen schwarzen Gehrock an und seinen Zylinder auf. Statt eines Schwertes trug er einen Schirm. »Seine Begräbnisaufmachung«, sagte Barras, der traditioneller in Samt und Spitze gekleidet war.
Ich lächelte gezwungen.
Wir fuhren zu dritt in Barras' Kutsche davon. Agathe und Gontier hatten kleine Blumensträuße mit weißen Bändern an das Zaumzeug der Pferde gebunden.
Es war genau acht Uhr, als wir das Gemeindeamt betraten, ein einstmals elegantes, in Weiß und Gold gehaltenes und mit her-

umtollenden Cupidofiguren geschmücktes Empfangszimmer, nun Sitz des Zweiten Stadtbezirks und staubbedeckt. Ein Feuer erlosch in dem Marmorkamin. Es war dunkel: eine einzige Kerze flackerte in einem Bronzeleuchter. Die großen vergoldeten Spiegel reflektierten nur Schatten.
Mein Berater Jérôme Calmelet war bereits da, saß auf einem der harten Lederstühle. Der Standesbeamte, Bürger Leclerq, las Papiere auf dem Schreibtisch durch. Ein dünner Bursche mit einem Holzbein saß in sich zusammengesunken neben ihm.
Aber keine Spur von Buonaparte. »Er ist sicher aufgehalten worden«, sagte Barras und legte seinen Umhang ab.
Wir warteten. Nach fast einer Stunde erhob sich der Standesbeamte, gähnte und zog seinen Mantel an. »Ich gehe und überlasse dir die Verantwortung, Antoine«, sagte er dem jungen Burschen.
Bürger Antoine manövrierte sein Holzbein unter den großen Schreibtisch und musterte uns mit einem um Autorität bemühten Blick.
»Er dachte sicher, er müßte erst um neun Uhr hier sein.« Tallien rutschte auf dem unbequemen Stuhl hin und her.
»Es ist schon nach neun.« Mein kleiner Blumenstrauß begann zu welken. »Ich verlange, daß wir gehen.« Ich erhob mich. Ich war wütend. Ich war mehr als wütend; ich war gedemütigt.
»Warte«, befahl Barras.
Es war nach zehn, als wir auf der Treppe Schritte hörten. »Er ist hier«, sagte Barras.
Buonaparte platzte, gefolgt von einem Jugendlichen in Uniform, in den Raum. Er ging schnurstracks zu dem jungen Antoine und schüttelte ihn. »Wach auf!«
Der Bursche setzte sich auf, blinzelte.
Buonaparte packte meine Hand, zog mich hoch. »Trau uns«, befahl er dem Burschen und schob einen Goldring über meinen Ringfinger.
Es war in fünf Minuten vorüber.

Wir fuhren schweigend nach Chantereine zurück, Buonaparte und ich.
»Ich habe beschlossen, meinen Namen zu ändern. Bonaparte. Napoléon Bonaparte. Er klingt französischer. Gefällt er Ihnen?«
Ich sagte nichts.
»Stimmt etwas nicht?«
»Wenn Barras nicht so hartnäckig gewesen wäre, wäre ich gegangen. Ich weiß nicht, warum ich geblieben bin.«
»Dann lassen Sie sich doch morgen von mir scheiden.«
»Vielleicht tue ich das auch.«
Wir wechselten auf dem ganzen Weg nach Chantereine kein weiteres Wort mehr. Ich lief sofort die Treppe hinauf. Ich schleuderte die Blumen auf mein Bett, peinlich berührt, daß Agathe und Gontier soviel Aufhebens gemacht hatten. Fortuné knurrte, als Buonaparte ins Zimmer trat.
»Ihr Diener hat heute nachmittag Ihre Taschen dort hineingestellt.« Ich nickte zum Ankleidezimmer.
»Was ist mit dem Hund?« fragte Buonaparte, als er im Nachtgewand zurückkehrte. Er trug eine Baumwollnachtmütze mit einer albernen Quaste darauf.
»Der Hund bleibt.« Fortuné lag auf seinem üblichen Platz am Fußende des Bettes.
»Ich werde nicht mit einem *Hund* schlafen.«
»Na schön, dann werden Sie eben auf dem kleinen Sofa schlafen.« Ich blies die Laterne aus.
Buonaparte stolperte im Dunkeln auf das Bett zu. Ich hörte Fortuné knurren. Dann hörte ich Buonaparte laut auf italienisch fluchen.
Ich setzte mich mit wild klopfendem Herzen auf. Fortuné knurrte wütend. »Was ist passiert?«
»Dieser Hund sollte erschossen werden!« Buonaparte hielt seine Hand hoch. Im Mondlicht konnte ich etwas Dunkles darauf erkennen.

»*Mon Dieu*! Ist das Blut? Hat er Sie in die Hand gebissen?«
»Ins Bein.«
Agathe kam ins Zimmer gelaufen, in der Hand eine Laterne. Buonapartes Bein war voller Blut. Buonaparte preßte ein Bettlaken darauf, um die Blutung zu stillen.
Fortuné hockte unter einem Stuhl und bleckte die Zähne.
»Eine Schüssel mit heißem Wasser und ein paar Binden«, wies ich Agathe an, als ich Fortuné am Genick packte und das knurrende kleine Ding ins Ankleidezimmer sperrte.
Gontier kam zur Tür, seine zerknitterte Schlafmütze war ihm über die Augen gerutscht. »Hol einen Wundarzt«, wies ich ihn an.
»Ein Wundarzt wird nicht nötig sein«, sagte Buonaparte.
»Versuchen Sie nicht, deswegen den Helden zu spielen, Buonaparte«, sagte ich. »Dabei ist nichts zu gewinnen.«
»Meinen Sie, Heldentum ist etwas, was man sich umhängen kann wie einen Mantel!« Er wandte sich an Gontier. »Ich bin jetzt der Herr in diesem Haus, und ich sage dir, daß du *keinen* Wundarzt holst. Ich habe zuviel Zeit auf dem Schlachtfeld verbracht und meine Wunden selbst versorgt, um mich wie ein Schneider von einem unfähigen Burschen verhätscheln zu lassen.« Er nahm eine der Binden, die Agathe gebracht hatte, und tauchte sie in das dampfende Wasser. »Ob Ihr Mädchen etwas Salz bringen könnte?«
»Ihr Name ist Agathe. Fragen Sie sie selbst.«
Buonaparte funkelte mich an. »Sollen wir den Rest unseres Lebens damit verbringen, miteinander zu streiten?«
»Ich denke schon.« Ich nickte Agathe zu. »Wenn du das Salz holen könntest? Und den Cognac«, fügte ich hinzu.

Buonaparte reinigte und verband seine Wunde, nachdem er sie selbst mit einem starken Seidenfaden und zwei Stichen vernäht hatte, wobei er die Zähne gegen den Schmerz zusammenbiß.

Ich überredete ihn, sich hinzulegen und das Bein auf einem Kissen abzustützen.
»Ihr könnt jetzt gehen«, sagte ich zu Agathe und Gontier, die am Fußende des Bettes standen und auf den Blumen herumtrampelten. »Nehmt Fortuné mit.«
»Ich muß um sechs geweckt werden«, wies Buonaparte Agathe an. »Das sind ja nur noch wenige Stunden«, sagte ich.
»Ich habe schon zuviel Zeit verloren«, sagte er.
Agathe und Gontier zogen sich zurück und nahmen die Laternen und Fortuné mit.
Beim Schein einer einzigen Kerze goß ich Cognac in zwei Schwenker. Einen reichte ich Buonaparte. Er hob ablehnend die Hand. »Ich muß einen klaren Kopf behalten«, sagte er.
Ich setzte mich aufs Bett, nahm einen Schluck Cognac, seufzte. Ich hatte mir einen Vater für meine Kinder gewünscht, Sicherheit – nun schien es, als wäre alles viel komplizierter.
»Sie zweifeln, ob es klug war, was Sie getan haben«, sagte er.
Was ich getan habe. Ja. »Müssen Sie mir ewig meine Gedanken verraten?« Ich wußte, daß ich grob war. »Es tut mir leid«, sagte ich. »Es war nicht gerade ein romantischer Abend.« Plötzlich spürte ich, wie mir die Tränen kamen. Darf man zurück, noch mal von vorne beginnen? Können Fehler ungeschehen gemacht werden?
Buonaparte zerrte an einem Kissen.
»Gestatten Sie«, sagte ich. Ich stellte mein Glas ab und rückte das Kissen hinter ihm zurecht. Er legte mir die Hand aufs Handgelenk. »Da ist etwas, was ich Ihnen nicht erzählt habe.«
»Bitte, nein.« Es war zu spät für Geständnisse. Ich zog meine Hand fort.
»Eine Wahrsagerin sagte mir, daß eine Witwe mein Engel, mein Glücksstern werden würde.«
Ich dachte an die Zukunft, die man mir vorhergesagt hatte. *Du wirst Kaiserin sein.*

»Sie spotten«, sagte er.
»Ich bin kein Engel«, sagte ich. Ich legte mich neben ihn.
»Sie meinen, die Frau, die ich liebe, gibt es nicht. Sie glauben nicht an Joséphine.«
Seine grauen Augen waren so ernst. Ich wandte den Blick ab.
»Glauben Sie an *mich*?« fragte er.
Ich betrachtete sein Profil im Schein der Kerze. Sein Blick war gehetzt. Was war es, was ihn entflammte, ihn trieb? Es würde ihm niemals Frieden schenken, das wußte ich.
»Ist Ihnen kalt?« Er zog die Bettlaken über mich.
»Ja«, sagte ich. Ich hielt seine Hand an meiner Brust fest.
Er schien unsicher zu sein, was er tun sollte. Ich war selbst unsicher. Sollte ich die Kerze ausblasen? Mein Nachtgewand ausziehen? Ich spürte mein Alter, seine Jugend.
»Ich habe gelesen, daß eine Frau, wenn man ihre Brustspitze auf eine bestimmte Weise berührt, vor Lust verrückt wird«, sagte er. Er klang wie ein Schuljunge, der eine Hausaufgabe vorträgt.
»Ich amüsiere Sie?« fragte er, als er mein Lächeln bemerkte.
»Sie haben einen wissenschaftlichen Verstand«, sagte ich.
Er umfaßte meine Brust mit der Hand und studierte sie. »Ihre Brust ist ein vollkommenes Exemplar ihrer Art – rund, fest.«
»Buonaparte!« Mir war warm ums Herz geworden.
Ich beugte mich über ihn. Sein Atem an meinem Gesicht duftete süß. »Wirklich, du ...« Er hielt inne, unfähig zu sprechen.
Ich berührte eine Träne, die über seine Wange lief. Sie schmeckte nach Meer. »Ja«, sagte ich. »Ich glaube an dich.«

Tagesanbruch

Die Sonne hat den Himmel in ein äußerst zart schattiertes Rosa getaucht. Es erinnert mich an die Morgenstunden in meiner Jugend. Ich lausche nach Tieren, die sich regen, dem Hahn, der Kuh.

Buonaparte, das Bein in eine Binde gewickelt, schläft. Ich lausche dem Klang seines Atmens.

Ich bin verheiratet. Wieder.

Mein Gemahl ist nicht der Mann, von dem ich als junges Mädchen geträumt habe, nicht mein *grand amour* – und gewiß nicht der König, den die Wahrsagerin vorhergesagt hat. Nur Buonaparte – der sonderbare kleine Napoleone. Nun Napoléon.

Und ich? Wer bin *ich*?

Er nennt mich Joséphine. Er sagt, ich sei ein Engel, eine Heilige, sein Glücksstern. Ich weiß, daß ich kein Engel bin, aber in Wahrheit beginne ich diese Joséphine, die er sieht, zu mögen. Sie ist intelligent; sie ist amüsant; sie ist sympathisch. Sie hat Anmut, Charme und Herz. Nicht wie Rose: ruhelos und in Not. Nicht wie Rose mit ihrem jämmerlichen Dasein.

Ich streife meinen Ehering ab, ein einfacher Goldreif. Innen sehe ich eine Inschrift. Ich halte sie ans Licht. Auf das Schicksal.

Anhang

Chronologie

28. Mai 1760	Alexandre wird in Fort Royal, Martinique, geboren.
23. Juni 1763	Rose wird in Trois-Ilets, Martinique, geboren.
11. Dezember 1764	Roses Schwester Cathérine wird geboren.
13.–14. August 1766	Ein Hurrikan zerstört Roses Elternhaus.
Anfang September	Roses zweite Schwester, Manette, wird geboren.
15. August 1769	Napoleone Buonaparte wird in Ajaccio, Korsika, geboren.
16. Oktober 1777	Roses Schwester Cathérine stirbt.
11. April 1779	Das Heiratsaufgebot wird in Martinique verlesen.
12. Oktober	Rose trifft in Frankreich ein.
13. Dezember	Rose und Alexandre heiraten.
3. September 1781	Eugène wird geboren.
6. September 1782	Alexandre bricht nach Brest auf (auf dem Weg nach Martinique).
31. November	Alexandre segelt nach Martinique. Laure Longpré ist an Bord.
10. April 1783	Hortense wird geboren.
27. November	Rose zieht in das Kloster von Penthémont ein.

8. Dezember	Rose strengt ein Gerichtsverfahren gegen Alexandre an.
5. März 1785	Gerichtsentscheid zugunsten von Rose.
Juli	Rose und die Kinder ziehen nach Fontainebleau.
3. September 1786	Eugène, fünf, ist nun in der Obhut seines Vaters.
2. Juli 1788	Rose segelt nach Martinique.
11. August	Rose trifft in Martinique ein.
16. September 1790	Rose segelt unter Kanonenfeuer nach Frankreich.
29. Oktober	Rose landet in Toulon.
7. November	Roses Vater stirbt.
20. Juni 1791	Der König flieht mit der Familie aus Paris.
21. Juni	Alexandre wird Präsident der Versammlung.
25. Juni	Der König und die Königin werden nach Paris zurückgebracht.
31. Juli	Alexandre wird zum zweiten Mal Präsident der Versammlung.
14. September	Der König schwört den Treueeid auf die neue Verfassung.
4. November	Roses Schwester Manette stirbt.
20. April 1792	Frankreich erklärt Österreich den Krieg. Alexandre tritt in die Armee ein.
25. April	Erster Einsatz der Guillotine.
August	Alexandre wird zum Stabschef der Rheinarmee ernannt.
10.–13. August	Aufstand. Der König und die Königin kommen ins Gefängnis.
28.–30. August	Nächtliche Hausdurchsuchungen beginnen – Tausende werden verhaftet.

2. September	Französische Truppen in Verdun werden vom Feind eingenommen. Panik in Paris.
2.–6. September	September-Massaker. Über 1000 Gefangene werden ermordet.
	Rose schickt die Kinder mit Frédéric und Amalia fort. Alexandre befiehlt die Rückkehr der Kinder nach Paris.
20. September	Scheidung wird gesetzlich möglich.
22. September	Die Republik wird ausgerufen.
26. Dezember	Der Prozeß gegen den König beginnt.
15. Januar 1793	Der König erklärt sich für schuldig.
21. Januar	Der König wird enthauptet.
29. Mai	Alexandre wird zum Oberbefehlshaber der Rheinarmee ernannt.
21. August	Alexandres Rücktritt wird angenommen.
17. September	Das Verdächtigengesetz wird verabschiedet.
26. September	Rose zieht nach Croissy.
16. Oktober	Die Königin wird enthauptet.
29. Oktober	Fannys Tochter Marie wird verhaftet.
2. März 1794	Alexandre in Blois verhaftet.
20. April	Rose wird in Paris verhaftet.
23. Juli	Alexandre wird enthauptet.
28. Juli	Robespierre wird enthauptet.
6. August	Rose wird aus dem Gefängnis entlassen.
2. September	Hoche verläßt Paris wegen eines neuen Oberbefehls. Er nimmt Eugène mit.
9. September	Attentatsversuch auf Tallien.
7. Oktober	Marie wird aus dem Gefängnis entlassen.
26. Dezember	Thérèse (21), schwanger, und Tallien (27) heiraten.
21. Februar 1795	Religiöse Andachten in Privatwohnungen werden erlaubt.

17. Mai	Thérèse bringt Thermidor-Rose zur Welt.
8. Juni	Der Dauphin (10) stirbt im Gefängnis.
23.–27. Juni	Emigrantenstreitkräfte landen in der Bucht von Quiberon.
16.–21. Juli	Der Kampf in der Bucht von Quiberon. Hoche führt die französischen Truppen zum Sieg.
17. August	Rose unterzeichnet den Mietvertrag für das Haus in der Rue Chantereine.
28. September	Rose lädt Buonaparte ein, sie zu besuchen.
4.–6. Oktober	Aufstand des rechten Flügels wird von Truppen unter Barras und Buonaparte niedergeworfen.
26. Oktober	Barras und vier andere werden gewählte Direktoren von Frankreich.
	Buonaparte übernimmt Barras' Posten als Oberbefehlshaber der Heimatarmee.
21. Januar 1796	Galadinner im Palais du Luxembourg.
19. Februar	Aufgebot für die Hochzeit von Rose und Buonaparte wird bekanntgegeben.
2. März	Buonaparte wird zum Oberbefehlshaber der Italienarmee ernannt.
8. März	Der Ehevertrag wird unterzeichnet.
9. März	Rose (32) und Napoleone (26) werden in einer Ziviltrauung vermählt.

Literaturauswahl

DICTIONNAIRE DE BIOGRAPHIE FRANÇAISE. Sous la direction de M. Prévost et Roman d'Amat. Librairie Letouzey et Ané, 1954

DICTIONNAIRE NAPOLÉON. Sous la direction de Jean Tulard. Fayard, 1987

CASTELOT, ANDRÉ: *Joséphine. A Biography.* Harper & Row, New York, 1967 (Übersetzung)

CATINAT, DOCTEUR MAURICE: »Une lettre inédite de la future impératrice Joséphine.« *Bulletin, 1991*. Societé des Amis de Malmaison, Rueil-Malmaison, 1991

CHEVALLIER, BERNARD UND CHRISTOPHE PINCEMAILLE: *L'impératrice Joséphine.* Presse de la Renaissance, Paris, 1988

COLE, HUBERT: *Joséphine*. Heinemann, London, 1962

CRONIN, VINCENT: *Napoleon.* Collins, London, 1971

EPTON, NINA C.: *Joséphine. The Empress and Her Children.* Weidenfeld & Nicolson, London, 1975

JONES, COLIN: *The Longman Companion to the French Revolution*. Longman, London und New York, 1988

KNAPTON, ERNEST JOHN: *Empress Joséphine*. Harvard University Press, Cambridge, 1963

LE NORMAND, MLLE. M. A.: *The Historical and Secret Memoirs of the Empress Joséphine*. Bd. I u. II . H. S. Nichols, London, 1895 (Übersetzung)

MINNIGERODE, MEADE: *The Magnificent Comedy; Some aspects of public and private life in Paris, from the fall of Robespierre to the coming of Bonaparte July, 1794 – November, 1799*. Farrar & Rinehart, New York, 1931

Rose-Rosette, Robert: *Les jeunes années de l'impératrice Joséphine*. Publié avec le concours de la Fondation Napoléon, Martinique, 1992

Turgeon, F. K.: Fanny de Beauharnais. Biographical Notes and a Bibliography. *Modern Philology*, Aug. 1932

Wagener, Françoise: *La reine Hortense (1783–1837)*. Éditions Jean-Claude Lattès, 1992

Whitham, J. Mills: *Men and Women of the French Revolution*. The Viking Press, New York, 1933

Danksagungen

Für ihre Unterstützung im allgemeinen und im besonderen: Eleanor Alwyn, Nathalie Bedard, Gale Bildfell, Elena Diana (Amaritha), Dr. John Goodman, Paul Kropp, Jackie Levitin, Corine Paul, Charis Wahl, John Williamson und den Golden Girls Plus Bob, insbesondere Robert Zentner. Für ihre redaktionellen Anregungen, meinen Hauptlesern: Peggy Bridgland, Judy Holland. Marnie McKay (stets geduldige Bibliothekarin), Fran Murphy und insbesondere Sharon Zentner. Für ihre Nahrung und Weisheit: Janet Calcaterra, Thea Caplan, Pat Jeffries, Kathlyn Lampi, Jenifer McVaugh, Joanne Zomers. Für ihre bedeutsamen Lehren an Scheidewegen: Margaret Atwood, Matt Cohen, Janet Turner Hospital und insbesondere Jane Urquhart. Für ihre Hilfe im historischen Labyrinth: William R. Beall, Bernard Chevallier, Dr. Robert Rose-Rosette und insbesondere Dr. Maurice Catinat und Dr. Margaret Chrisawn. Für das Anspornen der Leidenschaft: den von Napoleon ebenso begeisterten Tony Kenny, Dr. John McErlean, Derwin Mak, Helen Smith und Robert Snibbe von der Napoleonic Society of America und insbesondere dem verstorbenen Mitglied der Gesellschaft, David Goudy. Dafür, von Anfang an da gewesen zu sein: Jan Whitford. Dafür, so großartige Lektoren und Verleger zu sein: Iris Tupholme, Maya Mavjee und der übrigen Schar von HarperCollins. Dafür, sogar noch pingeliger zu sein als ich: Bernice Eisenstein. Für ihre Begeisterung und ihr Verständnis: Carrie und Chet Gulland und insbesondere Richard Gulland – ohne dessen bedingungslose und unerschütterliche Unterstützung dieses Buch niemals hätte geschrieben werden können.

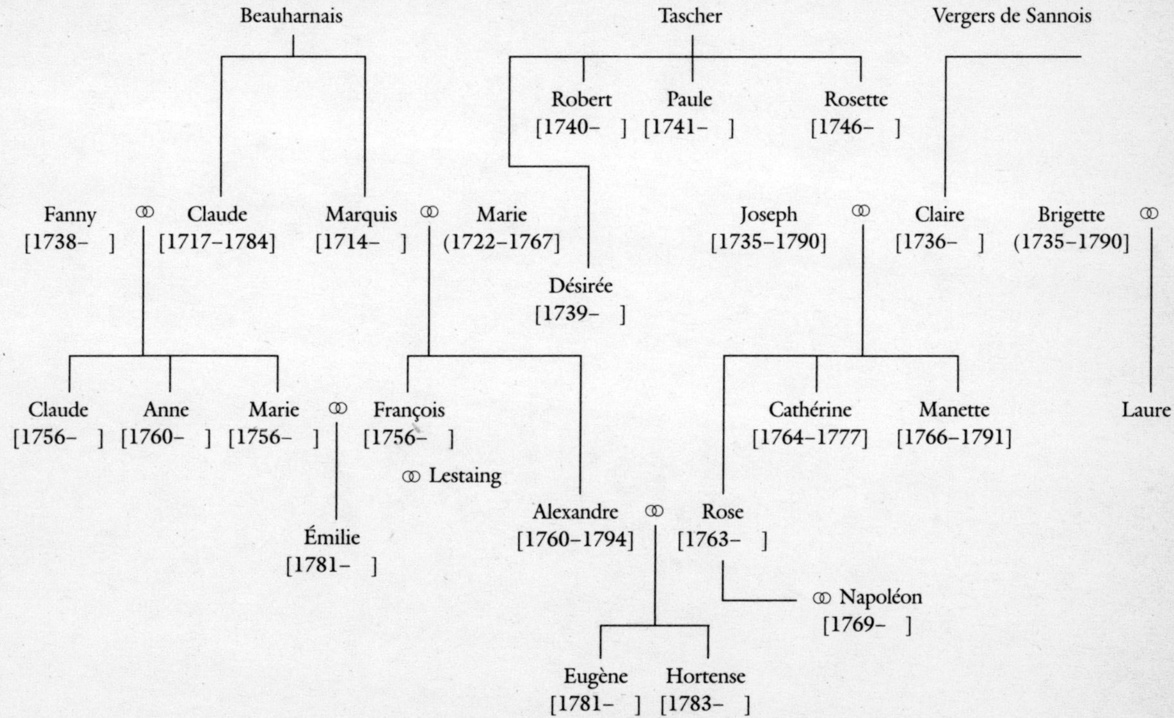

Beauharnais
Tascher
Vergers de Sannois
Robert [1740–]
Paule [1741–]
Rosette [1746–]
Fanny [1738–]
Claude [1717–1784]
Marquis [1714–]
Marie (1722–1767]
Désirée [1739–]
Joseph [1735–1790]
Claire [1736–]
Brigette (1735–1790]
Claude [1756–]
Anne [1760–]
Marie [1756–]
François [1756–]
⚭ Lestaing
Cathérine [1764–1777]
Manette [1766–1791]
Laure
Émilie [1781–]
Alexandre [1760–1794]
Rose [1763–]
⚭ Napoléon [1769–]
Eugène [1781–]
Hortense [1783–]

Sandra Gulland

Joséphine und Napoléon

Roman

Aus dem Amerikanischen von Sigrid Gent

Band 15168

»Ich fürchte, ich habe einen Fehler gemacht.« Am 9. März 1796 werden Napoléon und Joséphine in Paris verheiratet. Frisch vermählt, bemerkt Joséphine in der Stille ihrer Gemächer, dass sie den Mann, den sie soeben geheiratet hat, gar nicht richtig kennt. Wer ist dieser Bonaparte, den man überall »den Korsen« nennt und mit dem sie ab sofort Leben und Bett teilen wird? Als Napoléon immer höher strebt und zu immer mehr Macht gelangt, wird Joséphine Zeugin der politischen Intrigen und persönlichen Ränkespiele, mit deren Hilfe die ihnen Nahestehenden zu Ruhm und Sieg gelangen, die jedoch für andere nicht selten Untergang oder gar Tod bedeuten. Dennoch kann sie sich Bonapartes Charme nicht entziehen, und allmählich entwickelt sich zwischen den beiden eine Beziehung, die von Liebe und Hass gleichermaßen geprägt ist. Mit Joséphines Augen erblicken wir die Bühne, auf der Geschichte gemacht wird: Ballsäle und Schlafzimmer der großartigen Paläste, aber auch blutgetränkte Schlachtfelder. Geschichte, zu der Joséphine ihren Teil beiträgt.

»Das starke Portrait einer faszinierenden Frau
in einer bewegten Epoche.«
Journal für die Frau

Teil II der Joséphine-Trilogie

Fischer Taschenbuch Verlag

fi 15168 / 2

Sandra Gulland

Kaiserin Joséphine

Roman

Aus dem Amerikanischen von Sigrid Gent

Band 15298

Aus der Tochter eines verarmten Plantagenbesitzers ist eine First Lady geworden: Sandra Gulland zeichnet in »Kaiserin Joséphine« den Aufstieg und Fall eines mächtigen Imperiums und einer großen Liebe, die Betrug, Verbannung und selbst den Tod überdauert. Napoléon Bonaparte wird vom Konsul zum Kaiser der Franzosen und regiert ein immer größer werdendes Reich. An seiner Seite steht Joséphine, Vertraute und Geliebte, die er glorreich zur Kaiserin krönt. Doch ihre Verbindung ist von allen Seiten bedroht: Innere Unruhen erschüttern das Land, England führt Krieg gegen Frankreich, und Napoléons korsischer Familienclan führt Krieg gegen Joséphine, weil sie ihrem Kaiser keinen Erben schenkt. In den aufrichtigen Tagebucheintragungen Joséphines wird der Leser Zeuge der Intrigen, die Joséphine und Napoléon schließlich entzweien – die Tragödie der Scheidung und die Verbannung Napoléons nach Elba nehmen ihren Lauf.

»Mit Bravour krönt Sandra Gulland Joséphine
zur Kaiserin der Herzen.«
Amazon.de

Teil III der Joséphine-Trilogie

Fischer Taschenbuch Verlag

fi 15298 / 2

Hanny Alders

Die Rebellin von Avignon

Roman

Aus dem Niederländischen von Silke Schmidt

Band 15292

Anfang des 13. Jahrhunderts in Frankreich: Der junge Ritter Amaury schließt sich dem christlichen Heerzug an, um die angeblich ketzerische Sekte der Katharer zu bekämpfen. Doch dann lernt er inmitten von Blut und Tod die wunderbare Colomba kennen – und durch sie den wahren katharischen Glauben. Von da an teilen Colomba und Amaury ein Schicksal bis zur alles entscheidenen Belagerung von Montségur.

»Spannung von der ersten bis zur letzten Seite.«
Kieler Stadtmagazin

Penelope Williamson

Wagnis des Herzens

Roman

Aus dem Amerikanischen
von Manfred Ohl und Hans Sartorius

Band 14681

Schon seit einiger Zeit wartet die reiche und vornehme Emma Tremayne darauf, dass der junge Geoffrey Alcott, Besitzer einer großen Wollspinnerei in Bristol, um ihre Hand anhält. Jeder erwartet es, und jeder erwartet auch, dass Emma sich in ihrem Leben um nicht viel mehr kümmern wird als um die neueste Mode. Schließlich ist es soweit, Geoffrey bittet sie, seine Frau zu werden. Aber als Emma an diesem Tag mitansehen muss, wie er eine Frau schroff zurückweist, die ihr totes Kind in den Armen hält, das in seiner Spinnerei durch einen Unfall gestorben ist, ändert sich ihr Leben von Grund auf. Sie bricht aus diesem unterkühlten goldenen Käfig aus. Endlich will sie leben, und sie lernt Shay McKenna, einen irischen Revolutionär und Landarbeiter kennen, in den sie sich leidenschaftlich verliebt. Noch ahnt sie nicht, dass er zu Bria, der Frau gehört, die es gewagt hat, Geoffrey Alcott die Stirn zu bieten und ihr damit die Augen zu öffnen.

Fischer Taschenbuch Verlag

fi 14681 / 2

Penelope Williamson
Wege des Schicksals
Roman
Aus dem Amerikanischen von
Manfred Ohl und Hans Sartorius
Band 14883

Ohne zu zögern hilft Rachel Yoder einem fremden schwerverletzten Mann und pflegt ihn gesund. Sie ahnt noch nicht, dass dies der Beginn einer großen Liebe, aber auch eines gefährlichen Abenteuers ist.

Penelope Williamsons neuer Roman erzählt die Geschichte einer starken Leidenschaft und einer großen Herausforderung an eine außergewöhnliche Frau.

»... nicht nur ein spannender Schmöker ...,
sondern auch ein Buch voller Humor
und Lebensklugheit.«
Margarethe von Schwarzkopf, NDR

Fischer Taschenbuch Verlag

fi 14883 / 2

Marianne Fredriksson

Inge und Mira

Roman

Aus dem Schwedischen von Senta Kapoun

Band 15236

Als Inge und Mira sich kennen lernen, haben beide Frauen schon viel erlebt. Sie waren beide verheiratet, sie sind Mütter, und sie haben auch beide von den Schattenseiten des Lebens erfahren. Sie begegnen sich zufällig in einer Gärtnerei, in der Nähe von Stockholm. Und dieser Zufall will es, dass sich zwischen diesen beiden so unterschiedlichen Frauen eine enge Freundschaft entwickelt. Inge ist Schwedin, hat lange Jahre als Lehrerin gearbeitet und schreibt jetzt Bücher, Mira ist mit ihrer Familie nach Pinochets blutigem Militärputsch aus Chile geflüchtet und hat in Schweden ein neues Leben begonnen. Je enger die Freundschaft und je größer das Vertrauen der beiden Frauen zueinander wird, umso mehr forschen sie gemeinsam in ihrer Vergangenheit und stoßen auf verdrängte Erinnerungen an schreckliche Ereignisse. Und so hilft ihnen die Freundschaft, ihre Vergangenheit zu erkunden, mit ihr umzugehen und ihr Leben zu leben.

»Es ist keine Frage, dass Marianne Fredriksson mit ›Inge und Mira‹ einen Roman von großer Ausgewogenheit geschrieben hat, einen reizvollen und spannenden, vielleicht sogar ihren bisher besten.«

Nürnberger Zeitung

Fischer Taschenbuch Verlag

fi 15236 / 2